HEYNE <

W0288946

Das Buch

Dr. Peyton Shaw sah ihre Mutter an. »Du weißt, wer es geschrieben hat?«

Lin nickte. »Dr. Paul Kraus.«

Peyton betrachtete noch einmal das Blatt. »Darum ging es also: das hier zu finden. Er seine Aufzeichnungen für dich zurückgelassen, oder?«

»Kraus war es gewohnt, seine Forschung zu verstecken. Er war ein deutscher Wissenschaftler und wurde im Rahmen der Operation Paperclip in die USA gebracht. Paperclip war ein Programm, mit dem deutsche Wissenschaftler nach dem Krieg in die USA geholt wurden. Es hatte großen Einfluss auf den Verlauf der Geschichte. Kraus erforschte den Ursprung der Menschheit. Eine zweite Evolutionstheorie. Er hat sein Leben lang nach Vorgängern der Menschen gesucht – Hominiden, die vor unserer Entstehung ausstarben. Er glaubte, sie wären der Schlüssel zu dem im menschlichen Genom versteckten Code – dem Code, mit dem man die Zukunft der Menschheit lenken kann.«

Peyton hatte eine Erkenntnis. »Du willst seine Forschung zu Ende bringen.«

Doch ihre Mutter antwortete nicht.

Der Autor

A. G. Riddle wuchs in North Carolina auf. Zehn Jahre lang beschäftigte er sich damit, diverse Internetfirmen zu gründen und zu leiten, bevor er sich aus dem Geschäft zurückzog. Seitdem widmet Riddle sich seiner wahren Leidenschaft: dem Schreiben. Seine ebenfalls bei Heyne erschienene Atlantis-Trilogie ist in Amerika schon jetzt ein Phänomen. Riddle lebt in Parkland, Florida.

A. G.
RIDDLE

GENOM

ROMAN

Aus dem Amerikanischen
von Marcel Häußler

WILHELM HEYNE VERLAG
MÜNCHEN

Die Originalausgabe GENOME erschien 2017
bei Riddle Inc., Raleigh, North Carolina

MIX
Papier aus verantwortungsvollen Quellen
FSC® C014496

Verlagsgruppe Random House FSC® N001967

Vollständige deutsche Erstausgabe 03/2020

Neumarkter Str. 28, 81673 München
Printed in Germany
Redaktion: Lars Zwickies
Umschlaggestaltung: Johannes Wiebel | punchdesign, München
unter Verwendung von Motiven von Shutterstock.com
(Sergey Nivens, Michael Rosskothen, Afonso Martins, EML,
Pogorelova Olga)
Satz: Buch-Werkstatt GmbH, Bad Aibling
Druck und Bindung: GGP Media GmbH, Pößneck
ISBN: 978-3-453-43939-9

www.heyne.de

Anmerkung zum Thema Fakten und Fiktion

Genom ist ein fiktives Werk, das auf Tatsachen beruht. Besuchen Sie nach dem Lesen meine Internetseite agriddle.com, um sich über den Wahrheitsgehalt zu informieren.

Danke fürs Lesen,

– Gerry
A. G. Riddle

PROLOG

17. Juli 1941

Adelines Familie verließ Berlin mitten in der Nacht. Ihr Vater sagte ihr, sie würden in den Urlaub fahren, aber sie wusste, dass etwas nicht stimmte. Ihre Eltern waren zu nervös. Ihre Mutter hatte zu viel eingepackt – und die falschen Dinge: Erinnerungsstücke und Unterlagen aus dem Tresor.

Zwei Tage und drei Nächte verbrachten sie im Zug. Sie aßen im Speisewagen. Nachmittags spielten ihre Eltern Karten. Ihr Vater las aus ihrem Lieblingsbuch vor – *Alice im Wunderland*. In den Waggons drängten sich Soldaten und Verwaltungsangestellte, aber auch einige Familien. Die anderen Erwachsenen wirkten genauso nervös wie Adelines Eltern.

Mehrmals wurde der Zug durchsucht. Soldaten verlangten mit versteinerter Miene ihre Papiere. Adelines Mutter hielt jedes Mal den Atem an, aber der Gesichtsausdruck ihres Vaters spiegelte den der Soldaten wider.

Die Hakenkreuzfahne hing auf dem Dach jedes Bahnhofs in Frankreich, und die Bahnsteige waren voller Soldaten. Die Durchsuchungen wurden häufiger, die Befragungen länger.

An der spanischen Grenze zeigte ihr Vater den Soldaten zu Adelines Überraschung ein Dokument und sagte: »Ich führe Forschung zum Wohle des Reichs durch.«

Der SS-Offizier überflog das Dokument, bevor er Adeline

und ihre Mutter beäugte. »Und warum haben Sie Frau und Tochter dabei?«

»Meine Frau assistiert mir, und meine Tochter ist erst fünf.«

»Ich habe nicht nach ihrem Alter gefragt, sondern warum sie hier ist.«

»Sie ist hier, weil es nicht anders geht. Sie konnte ja schlecht allein in Berlin bleiben, und wir haben niemanden gefunden, bei dem wir sie lassen konnten.«

Der Soldat wirkte nicht überzeugt.

Adelines Vater seufzte. »Obersturmführer, wenn Sie meine Tochter zurück nach Berlin bringen und sich einen Monat um sie kümmern möchten, bis ich zurückkomme, nur zu. Das wäre eine große Hilfe für meine Forschung.«

Adeline spürte, wie ihre Augen sich mit Tränen füllten. Sie wandte sich ab, damit es niemand sah.

Der Soldat schnaufte, und Adeline hörte ein paar laute Geräusche. Das Stempeln der Pässe, vermutete sie.

Ihre Mutter entspannte sich, als der Zug wieder anfuhr. Ihr Vater nahm Adeline in die Arme. Seine Lippen strichen über ihr Ohr, als er sagte: »Das war nur eine Geschichte, damit der böse Mann uns in Ruhe lässt. Du bist der einzige Grund für unsere Reise, Schätzchen, wart's nur ab.«

Er versuchte, sie abzulenken, indem er aus *Grimms Märchen* vorlas: *Schneewittchen* und *Aschenputtel*.

In Spanien wurde der Zug nicht mehr so häufig durchsucht. Schließlich stiegen sie in der kleinen Stadt Santillana del Mar aus, nur wenige Kilometer von der Nordküste entfernt. Auf dem Marktplatz trafen sie sich mit einem Dutzend Männern, die ihrem Vater bei seiner Forschung helfen sollten. Zusammen fuhren sie aus der Stadt und über Land, bis sie schließlich vor dem Eingang einer Höhle ihr Lager aufschlugen.

Adelines Vater sagte, es sei die Höhle von Altamira und ein sehr wichtiger Ort – ein Ort, an dem Botschaften für sie hinterlassen worden seien. Er und seine Männer verbrachten jede Minute in der Höhle und kamen nur zum Essen und Schlafen heraus, oder wenn sie sich erleichtern mussten.

Sie hatten seit einer Woche dort kampiert, als Adeline kurz vor Sonnenaufgang von ihrem Vater geweckt wurde. Ihre Mutter schlief noch neben ihr in dem Zelt, das sie sich zu dritt teilten.

»Sei leise, Schätzchen«, flüsterte ihr Vater.

Er führte sie durch das Lager, wo zwei Männer am Feuer Kaffee aufwärmten. Mit einer batteriebetriebenen Laterne leuchtete er ihnen den Weg.

Am Eingang der Höhle blieb er stehen und zog die Augenbrauen hoch. »Bereit?«

Adeline nickte aufgeregt.

Die Höhle war anders, als sie erwartet hatte. In einem Moment war der Gang breit und hoch, im nächsten so niedrig, dass ihr Vater sich bücken und manchmal sogar kriechen musste. Die Höhle wand und verzweigte sich wie die Wurzeln eines riesigen Baums. Aber ihr Vater schien den Weg zu kennen, als hätte er eine Karte im Kopf. Adeline kam sich vor wie Alice, nachdem sie in den Kaninchenbau gestiegen war. Sie war groß und die Welt um sie herum klein und beengt.

Ihr Vater blieb stehen und leuchtete mit der Laterne auf eine Wand. Adeline schnappte nach Luft. Rote Handabdrücke bedeckten den Fels. Manche zeigten auch nur die Umrisse, als hätte der Künstler seine Hand aufgelegt und die Wand besprüht.

»Das ist eine Botschaft«, flüsterte ihr Vater. »Sie teilen uns mit: ›Wir waren hier. Und wir denken so wie ihr. Ihr seid am richtigen Ort.‹«

Adeline streckte die Hand aus, um die Wand zu berühren, aber ihr Vater hielt sie zurück. »Nicht anfassen. Die Malerei ist zu empfindlich. Komm, es gibt noch mehr.«

Ein paar Minuten später blieb ihr Vater erneut stehen und

ging in die Hocke, sodass sein Gesicht dicht neben ihrem war. »Sieh nach oben.«

Er richtete die Laterne zur Decke, wo ein Wandgemälde auftauchte, eine Herde dunkelroter Tiere, so groß wie Kühe, aber mit dunklem Fell an Rücken und Beinen.

Adeline war sprachlos. Sie ging umher und betrachtete die Malerei, die sich endlos zu erstrecken schien. Die Tiere waren detailreich dargestellt. Durch die gewellte Decke wirkten einige von ihnen dreidimensional. Als ihr Vater zurücktrat und den Lichtstrahl über die Decke gleiten ließ, schien sich die Herde zu bewegen.

»Was sind das für Tiere?«, fragte Adeline.

»Steppenbisons.«

Adeline hatte noch nie davon gehört.

»Sie sind jetzt alle tot«, sagte ihr Vater. »Das sind sie schon sehr lange. Weißt du, wie man es nennt, wenn alle Exemplare einer Art tot sind?«

Adeline schüttelte den Kopf.

»Sie sind *ausgestorben*. Das ist eine weitere Botschaft. Kannst du sie erraten?«

Adeline überlegte kurz. »Sie haben Bisons gejagt?«

»Ja. Aber noch mehr. Es verrät uns wann. Sie haben sie vor sehr, sehr langer Zeit gejagt. Sie haben vor sehr langer Zeit gelebt. Alles zusammengefasst, teilen die Künstler uns mit: ›Wir waren hier. Wir denken so wie ihr. Und wir haben vor sehr, *sehr* langer Zeit gelebt.‹«

Er führte sie tiefer in die Höhle, zu einer weiteren Malerei an der Wand. Es war eine Hirschkuh, die allein und majestätisch dastand. »Wunderschön, oder?«, flüsterte er.

Sie nickte.

»Nicht halb so schön wie du.«

Einige Schritte weiter blieben sie vor einer kleinen Nische stehen, wo mehrere Löcher gegraben worden waren. Daneben stand ein Stapel Metallkisten.

Er öffnete eine, in der lange Knochen lagen. Beine, dachte Adeline. In einer anderen befand sich der Teil eines Schädels.

»Sind das die Maler?«, fragte sie.

»Vielleicht. Oder jemand wie sie. Aber diese Knochen sind noch viel mehr. Sie sind Teil einer größeren Botschaft, die durch die Zeit geschickt wurde und darauf wartet, dass wir sie finden und untersuchen, wenn wir so weit sind.«

Adeline zog die Brauen zusammen.

Ihr Vater schien ihre Verwirrung zu bemerken. »Die Knochen sind wie Hänsel und Gretels Brotkrumen.«

Adelina kannte das Märchen gut. Als die Not der armen Holzfäller zu groß wird, setzen sie ihre Kinder Hänsel und Gretel im Wald aus, damit sie zwei Münder weniger zu stopfen haben. Hänsel und Gretel streuen Brotkrumen, um den Heimweg zu markieren. Aber die Brotkrumen werden von Vögeln aufgepickt, sodass die beiden Kinder sich in der Wildnis verirren.

Adeline dachte über die Geschichte nach, verstand aber nicht, was sie mit den Knochen zu tun haben sollte. »Wohin führen die Brotkrumen denn, Papa?«

»Zur Wahrheit. Eines Tages werden wir all diese Knochen finden. Sie markieren einen Weg, genau wie die Brotkrumen von Hänsel und Gretel, und wir werden endlich erfahren, wie wir zu dem wurden, was wir sind ... und was unsere Bestimmung ist.«

Er ging in die Hocke, um ihr in die Augen zu sehen. »Die Knochen sind Teile eines Puzzles, die zurückgelassen wurden, damit wir sie irgendwann finden – wenn wir bereit sind, sie zusammenzusetzen, wenn unsere Technologie das Rätsel lösen kann. Es wird die größte Entdeckung aller Zeiten. Wir müssen nur die Teile finden. Möchtest du mir helfen, sie zu suchen?«

Adeline nickte.

»Eines Tages werden wir das tun. Aber im Moment ist die

Welt wie der Wald in Hänsel und Gretel. Gefährlich. Du hast die bösen Menschen gesehen.«

Sie zog die Brauen zusammen.

Er lächelte. »Der Soldat im Zug.« Er strich ihr eine Haarsträhne hinter das Ohr. »Aber sie werden dir nichts tun. Wenn deine Mutter aufwacht, bringt sie dich zu einer Stadt im Meer, und du wirst davonsegeln, zu einer anderen Stadt im Meer, an einem fernen Ort, den deine Mutter gut kennt.«

Er griff nach ihren Schultern. »Du kommst zurück, wenn es sicher ist.«

»Und du kommst mit uns.«

Er sagte nichts.

Sie schüttelte den Kopf.

Er packte sie fester. »Ich kann nicht.«

»Warum nicht, Papa?«

»Sie sind hinter meiner Arbeit her. Sie würden mich deswegen bis zum Ende der Welt verfolgen. Ich gehe zurück nach Berlin und verstecke, was ich gefunden habe. Und warte ab. Du und deine Mutter, ihr kommt zurück, sobald die Welt aus dem Wald herausgefunden hat. Und dann ziehen wir los und finden die restlichen Brotkrumen. Zusammen.«

1

Dr. Peyton Shaw wurde von lauten Stimmen geweckt. Sie wickelte sich enger in die dicke Wolldecke. Ein Heizlüfter brummte neben ihr, aber in dem kleinen Büro war es trotzdem eiskalt.

Hinter der geschlossenen Tür gingen die Rufe in eine aufgeregte Unterhaltung über. Peyton schnappte nur einzelne Bruchstücke auf.

»Keine genetische Übereinstimmung.«

»Definitiv kein Neandertaler.«

»... eine neue menschliche Spezies.«

Das einzige Fenster im Büro bestand aus einer breiten Glasscheibe, durch die man auf den Laderaum des Schiffs blickte. In der riesigen Halle, die für diesen Einsatz zu einem Forschungslabor umgebaut worden war, herrschte immer rege Geschäftigkeit. Der Schein der Leuchtstoffröhren drang in das Büro und tauchte es in ein fahles Licht, wie die Straßen Londons in einer nebligen Nacht. Peyton wollte hinübergehen und nachsehen, was die Unruhe ausgelöst hatte, aber sie war noch immer erschöpft von ihrem letzten Tauchgang zum Schiffswrack. Also blieb sie im Bett liegen und lauschte, während ihr Blick über die Fotos von Knochen und Leichen schweifte, die an den Wänden hingen. Es sah aus wie bei einer Mordermittlung.

Peyton war unbequeme Quartiere bei ihren Forschungsarbeiten gewohnt. Sie hatte ihr halbes Leben lang Seuchenausbrüche in den betroffenen Regionen untersucht. Die größte Herausforderung hatte sie letzten Monat erlebt, als die X1-Pandemie die Welt verwüstete. Milliarden waren infiziert worden. Dreißig Millionen waren gestorben, darunter viele von Peytons Kollegen beim CDC und Studenten ihres EIS-Programms. Es war ein schwerer Schlag gewesen, besonders als sie die Wahrheit über die tödliche Seuche erfuhr.

Peyton hatte herausgefunden, dass es sich bei dem Ausbruch um einen Terroranschlag handelte. Yuri Pachenko und seine Organisation, Kition, hatten den Erreger nur aus einem Grund auf die Welt losgelassen: um ein Heilmittel anbieten zu können. Aber das Heilmittel war mehr, als es schien. Es bekämpfte den Erreger, enthielt jedoch auch eine Nanotechnologie namens Rapture.

Über Rapture war nicht viel bekannt, außer dass es zu einem größeren Vorhaben gehörte, das als Spiegel-Projekt bezeichnet wurde. In Kombination mit zwei anderen Technologien, Rook und Rendition, würde Yuri mit Rapture und dem Spiegel-Projekt jeden Menschen auf der Erde kontrollieren können.

Die Regierungen sämtlicher Staaten, die schon durch die Millionen Toten der Pandemie ins Wanken geraten waren, versuchten nun verzweifelt, die Vollendung des Spiegel-Projekts zu verhindern. Sie suchten auf der ganzen Welt nach Kition, aber da es kaum Spuren gab, hatten sie bisher keinen Erfolg.

Lin Shaw, Peytons Mutter, hatte eine andere Lösung vorgeschlagen. Ihrer Meinung nach boten die Forschungsergebnisse eines konkurrierenden Kition-Projekts die einzige Hoffnung, Yuri aufzuhalten. Dieses Material befand sich an Bord der *Beagle*, eines U-Boots von Kition, das Yuri vor dreißig Jahren versenkt hatte. Lin hatte auf der *Beagle* gearbeitet und wusste mehr über das U-Boot als jeder andere lebende

Mensch. Sie glaubte, die Daten und Proben an Bord würden einen im menschlichen Genom verborgenen Code enthüllen und zu einer Entdeckung führen, die die Geschichte der Menschheit neu schrieb.

Viele zweifelten an Lins Behauptungen, und das aus gutem Grund: Bis vor Kurzem war sie Kition-Mitglied gewesen. Außerdem gab sie sich geheimnisvoll und weigerte sich, ihr Wissen preiszugeben. Aber Peyton genügte ihr Versprechen. Wenn auch nur die Chance bestand, dass die Forschungsergebnisse auf der *Beagle* Yuri und das Spiegel-Projekt aufhielten, würde Peyton bis ans Ende der Welt gehen, um sie zu finden. Und auf gewisse Weise hatte sie das getan.

Vor zwei Wochen war sie mit ihrer Mutter in Alaska an Bord des russischen Eisbrechers *Arktika* gegangen und Richtung Polarkreis gefahren. Nach vier Tagen hatten sich alle an Deck versammelt, um die Sonne ein letztes Mal über dem Horizont auftauchen zu sehen. Danach arbeiteten sie in ständiger Dunkelheit. Es fühlte sich an, als befänden sie sich in einer anderen, zeitlosen Dimension, wo die Gesetze des Planeten nicht galten. Die einzige natürliche Helligkeit stammte von den Polarlichtern, die die Umgebung noch fremder wirken ließen. Die phosphoreszierenden grünen, blauen und orangefarbenen Streifen erinnerten Peyton an die Shetlandinseln, wo sie vor drei Wochen zum ersten Mal eine solche Erscheinung gesehen hatte. Dort hatte sie sich mit ihrem Vater wiedervereint. Und hatte nach dreizehn Jahren wieder mit Desmond Hughes Zeit verbracht. Jetzt kam es ihr vor wie ein anderes Leben. Ein Traum, und zwar ein guter.

Für die Forscher auf der *Arktika* ging es bei diesem Einsatz darum, Kition aufzuhalten und eine wissenschaftliche Entdeckung historischen Ausmaßes zu machen. Für Peyton ging es um viel mehr. Yuri und Kition hatten ihr ihren Vater, ihren Bruder und Desmond genommen. Ihren Vater hatten sie getötet, Desmond entführt. Die *Beagle* war der Schlüssel, um Kition zu stoppen, aber sie hoffte, sie würde sie auch zu Desmond führen. Ihre Mutter hatte es ihr versprochen.

Peyton drehte sich auf die Seite und sah zur breitesten Wand des Büros, die zur Hälfte von einem Plan des U-Boots eingenommen wurde. Die Bereiche, die sie erkundet hatten, waren markiert, und obwohl sie schon seit zehn Tagen von der *Arktika* zur *Beagle* tauchten und alle Funde katalogisierten, hatten sie das riesige Atom-U-Boot nicht einmal zur Hälfte erkundet.

Unter der Karte stand die altersschwache Kaffeemaschine. Peyton hätte gern eine Tasse getrunken, aber sie traute sich nicht, das laute Gerät einzuschalten. Ihre Mutter lag nur ein paar Schritte entfernt in dem anderen schmalen Bett und schlief fest. In letzter Zeit hatte Lin sehr wenig Schlaf bekommen – und ihn auch niemand anderem zugestanden.

Peyton streifte die Decke ab und zog einen dicken Pullover an. Sie schlüpfte in die Hose und steckte ein kleines gläsernes Herz in die Tasche. Es war der einzige persönliche Gegenstand, den sie aus Atlanta mitgebracht hatte, das Einzige, was ihr von Desmond geblieben war. Sie trug es mit sich, um sich daran zu erinnern, warum sie hier war – und warum sie weitermachen würde, um jeden Preis.

Leise öffnete sie die Tür und trat in den Frachtraum. Sie blinzelte im grellen Licht. An den vor dem Büro aufgereihten Computerarbeitsplätzen blickten mindestens zehn Techniker auf die großen Bildschirme, tippten, schlürften Kaffee und lehnten sich gelegentlich auf ihren Drehstühlen zurück. Fünf Forschungsassistenten standen hinter ihnen und zeigten auf die Bilder und Texte auf den Monitoren.

»Könnte sich vor dem anatomisch modernen Menschen abgespalten haben.«

»Oder es ist eine isolierte Bevölkerungsgruppe wie der Homo floresiensis.«

»Wir könnten ihn Homo beagalis nennen ...«

»Wir geben ihm noch gar keinen Namen, meine Damen und Herren. Es ist Probe 1644 – so haben die Forscher auf der *Beagle* ihn bezeichnet, und dabei bleibt es vorläufig.«

Peyton erkannte die letzte Stimme: Dr. Nigel Greene. Er war ein Evolutionsbiologe, der das Team leitete, das die Proben von der *Beagle* analysierte.

Als er Peytons Schritte vor der Metalltür hörte und sich zu ihr umdrehte, lächelte er sofort.

»Klingt, als hätten Sie alle den Super Bowl gewonnen.«

Der englische Wissenschaftler legte den Kopf schräg. »Was ist das?«

»Nichts.« Sie nickte zu den Bildschirmen. »Irgendwas gefunden?«

Er zog die Brauen hoch. »Allerdings.«

Nigel beauftragte die anderen Wissenschaftler und Techniker großspurig »weiterzumachen«, dann legte er Peyton sanft die Hand auf den Rücken und schob sie zu einem freien Computerterminal. Er sprach mit gedämpfter Stimme, als verriete er ihr ein gut gehütetes Geheimnis.

»Wir haben gerade die ersten Daten von Rubicon zurückbekommen. Die Proben aus Gruppe eins stammen alle von ausgestorbenen Arten – wie Ihre Mutter vorhergesagt hat.« Er beugte sich vor und rief auf dem Computer das Bild eines langen Knochens in einer Metallkiste auf. »Wir haben vermutet, dass Probe 1642 der Oberschenkelknochen eines Tiers aus der Familie der Canoidea ist. Wir hatten recht.«

Das Bild, das jetzt auf dem Monitor erschien, erinnerte an einen großen Wolf.

»Er stammt von einem Canis dirus. Die Tiere haben Nordamerika von vor 125 000 Jahren bis zu ihrem Aussterben vor 10 000 Jahren bewohnt. Einige der besten Fossilien wurden in den La Brea Tar Pits bei Los Angeles gefunden.« Nigel betrachtete die Darstellungen. »Es waren prächtige Tiere. Stellen Sie sich einen Wolf vor, der über fünfzig Kilo wiegt und ein riesiges Gebiss hat. Die Art ist mit der Megafauna des Pleistozäns ausgestorben, am Ende der letzten Kaltzeit. Dachten wir jedenfalls.«

Er rief eine Grafik auf, die Peyton als Radiokarbondatierung erkannte.

»Die Probe, die von der *Beagle* geborgen wurde, ist ungefähr 9.500 Jahre alt«, sagte er. »Das bedeutet, sie stammt von einem Tier, das 800 Jahre nach dem jüngsten bekannten Canis dirus gelebt hat. Die zeitliche Einordnung der Spezies muss korrigiert werden.«

Nigel klickte mit der Maus. »Und das ist noch nicht alles.«

Ein Foto von vier Rippenknochen erschien.

»Irgendeine Vermutung?«

Peyton schnaufte. Jetzt hätte sie wirklich einen Kaffee gebrauchen können.

Sie hatte darum gebeten, dass Nigel und sein Team sie auf dem Laufenden hielten. Es gehörte nicht zu ihrem Fachgebiet, aber es lag in ihrer Natur, sich auf die Arbeit zu stürzen, und sie war schon immer neugierig gewesen, vor allem wenn es um wissenschaftliche Fragen ging. Und tief im Inneren hegte sie die Hoffnung, ihre Chancen, Yuri aufzuhalten und Desmond zurückzubekommen, würden steigen, wenn sie wüsste, was dort unten war. Jetzt spürte sie, dass Nigel noch einen anderen Grund hatte, ihr von den Entdeckungen zu berichten, auch wenn sie nicht wusste welchen.

»Ich vermute, es sind Knochen einer ausgestorbenen Art.«

»Ha. Ja, aber welcher ...«

»Nigel, ich habe keine Ahnung.«

»Wirklich nicht?«

»Ich bin Epidemiologin. Meine Kompetenz besteht darin, zu verhindern, dass wir aussterben.«

Ihre Zurechtweisung dämpfte seine Begeisterung nicht. »Natürlich. Nun, die Fossilien stammen jedenfalls von einem Amerikanischen Löwen.«

Auch von dieser Art hatte Peyton noch nie gehört. Sie fragte sich erneut, worauf er hinauswollte.

Eine Rekonstruktion des Tiers erschien auf dem Bildschirm. In Peytons Augen sah es aus wie ein afrikanischer Löwe, nur viel größer.

Nigel schlug einen professionellen Tonfall an, als zitiere er nur für Peyton einen *National Geographic*-Artikel. »Der Amerikanische Löwe entwickelte sich vor etwa 340 000 Jahren. Vermutlich spaltete er sich irgendwann vom eurasischen Höhlenlöwen ab und gelangte über die Beringbrücke nach Nordamerika, wo er sich in eine andere Richtung entwickelte. Er war riesig. Er gehört immer noch zu den größten Katzen, die je existiert haben – ungefähr 25 Prozent größer als der moderne afrikanische Löwe.«

Er verkleinerte das Bildschirmfenster und wandte sich zu Peyton um. »Wie der Canis dirus und viele andere große Säugetiere starb er am Ende des Pleistozäns aus. Die jüngsten Fossilien werden auf 11 355 Jahre in der Vergangenheit datiert. Bisher. *Diese* Knochen sind viel jünger – ungefähr 9.500 Jahre alt, wie die des Canis dirus. Wir vermuten, dass sie aus derselben Fundstelle stammen, den La Brea Tar Pits, die die ergiebigste Quelle für Fossilien des Amerikanischen Löwen sind.«

Er hielt inne. »Zusammengenommen deuten die Fossilien auf ein Interesse an der quartären Aussterbewelle hin.«

Peyton kniff die Augen zusammen. Sie konnte ihm nicht folgen.

»Ah, das ist das Aussterben vor allem großer Tiere zum Ende der letzten Kaltzeit. Es ist wahrscheinlich eines der größten wissenschaftlichen Rätsel – jedenfalls für Evolutionsbiologen wie mich.« Nigel streckte die Hände aus. »Stellen Sie sich die Welt vor, wie sie vor 12 000 Jahren war – ein Land der Riesen. Mastodonten. Säbelzahnkatzen. Gigantische Kondore. Riesenfaultiere. Säbelzahnlachse. Zur selben Zeit, als

Menschen die Stadt Jericho gründeten, streiften riesige Tiere über die Erde, flogen am Himmel und schwammen in den Meeren. Manche waren schon viel länger da als wir – mehrere zehn Millionen Jahre. Dann, innerhalb eines Wimpernschlags nach evolutionären Maßstäben, waren sie verschwunden.«

Nigel legte eine dramatische Pause ein.

»Jahrelang haben Wissenschaftler versucht, den Grund dafür zu finden. Wurde das an Bord der *Beagle* untersucht? Haben sie die Ursache für die quartäre Aussterbewelle gefunden?«

Peyton rutschte unbehaglich hin und her. »Schwer zu sagen, Nigel.«

»Weil Sie es nicht wissen?«

Lin hatte das Forschungsteam größtenteils im Dunkeln gelassen. Peyton hatte sie ein wenig mehr erzählt, aber nicht viel mehr. Nur dass die Wissenschaftler auf der *Beagle* etwas getestet hatten, das sie eine »zweite Evolutionstheorie« genannt hatten – eine revolutionäre Hypothese, die unser Verständnis der Menschheit dramatisch verändern würde, so bedeutend wie die Entdeckung der Schwerkraft. Aus irgendeinem Grund hatte Lin diese Informationen nicht an Nigel und die anderen Forscher weitergegeben.

Jetzt begriff Peyton, warum Nigel das alles mit ihr besprach. Er wollte wissen, was Lin ihr gesagt hatte. Er hoffte zu erfahren, was die Forscher auf der *Beagle* untersuchten. Das brachte sie in eine unmögliche Lage. Sie musste mit ihrer Mutter sprechen.

»Ist das alles, Nigel?«

Der dickliche Biologe setzte sich wieder in Bewegung. Er wandte sich dem Computer zu und rief das Foto eines kleinen menschlichen Schädels auf. »Das Beste habe ich für den Schluss aufbewahrt. Wir konnten aus einem Zahn eine DNS-Probe extrahieren. Sie ist menschlich, aber das Genom stimmt nicht mit unserem überein.«

»Jeder hat ein anderes Genom.«

»Stimmt, aber jede Spezies – und Subspezies – hat eine unterschiedliche ... Schablone, wenn Sie so wollen. Unser Genom gleicht zu 98,8 Prozent dem der Schimpansen. Jeder Mensch und jeder Schimpanse hat unterschiedliche Werte in den Sequenzen, aber das Gerüst ist gleich: dreiundzwanzig Chromosomen. Neandertaler haben sogar noch größere Ähnlichkeit mit uns: Ihr Genom stimmt zu 99,5 Prozent mit unserem überein.«

Nigel zeigte auf das Foto des Schädels. »Und dieser mysteriöse Mensch ist noch enger mit uns verwandt. Eine 99,6-prozentige Übereinstimmung. Das ist außergewöhnlich. Ein Genom, das wir noch nie gesehen haben. Und dieser Mensch ist vor rund 9.000 Jahren gestorben. Er gehörte vielleicht zu unseren engsten Vorfahren – oder Cousins. Wir wissen nicht, ob die Spezies sich von dem menschlichen Stammbaum abgespalten hat, bevor wir uns entwickelt haben oder danach.«

Er betrachtete das Bild. »Wir vermuten, dass der Schädel an derselben Stelle gefunden wurde wie der Löwe und der Wolf, oder in der Nähe dieser Stelle. Aber das ist reine Spekulation.« Er warf einen Blick zu dem Büro, das Peyton sich mit ihrer Mutter teilte. »Es wäre sehr hilfreich zu wissen, was Sie alles in den Büros gefunden haben – sämtliche Aufzeichnungen bezüglich der Knochen. Karten der Fundstellen ...«

»Das ist nicht meine Entscheidung, Nigel.«

»Mag sein, aber sie hört auf Sie. Diese Knochen waren da unten, seit die *Beagle* vor dreißig Jahren gesunken ist. Wer weiß, wann sie gefunden wurden – und was sonst noch entdeckt wurde. Wir müssen mehr über die Umstände wissen, um rauszufinden, womit wir es zu tun haben.«

Peyton schüttelte den Kopf.

»Bitte, Peyton. Das ist wirklich wichtig. Ich bin nicht

sicher, ob Ihnen die Tragweite dieser Entdeckung bewusst ist. Wir schreiben buchstäblich die Geschichte um.«

Eine scharfe Stimme erschreckte Peyton. »Wir schreiben nicht die Geschichte um.«

Lin Shaw stand nur wenige Schritte hinter ihnen. Sie wirkte ausgezehrt, aber ihrer Stimme war keinerlei Erschöpfung anzumerken. Sie sah auf den Schädel und wandte dann den Blick ab, als fände sie ihn uninteressant. »Geschichte ist Geschichte, Dr. Greene. Sie wird nur vergessen und wiederentdeckt. In unserem Fall retten wir nur, was die mutige Besatzung der *Beagle* wiederentdeckt hat.«

»Und was genau ist das?«

»Das erfahren Sie, wenn wir alle Teile beisammenhaben. Und es wird Zeit, dass wir weitere bergen. Lassen Sie die Russen das Tauchboot vorbereiten.«

Nigel sah auf die Uhr. »Der letzte Tauchgang ist erst sechs Stunden her.«

»Soll heißen?«

»Die Besatzung ist erschöpft und ...«

»Ich kümmere mich schon um die Moral der Besatzung. Legen Sie los, Dr. Greene.«

Er nickte und sah zu Boden. »Ja, Ma'am.«

Lin wandte sich Peyton zu. »Kaffee?«

***

Im Büro schaltete Lin die alte Kaffeemaschine an.

»Er stellt Fragen, Mom.«

Lin strich mit dem Finger über den Plan der *Beagle*, als ginge sie im Geiste durch das Wrack des U-Boots und überlegte, welcher Bereich als Nächstes erkundet werden sollte.

»Was wirst du ihm sagen?«

»Nichts«, flüsterte Lin, ohne den Blick von der Karte abzuwenden.

»Sie wollen genau wissen, was da unten ist. Worum es bei den Experimenten ging. Und ich ehrlich gesagt auch.« Peyton sah zum Fenster, um sich zu vergewissern, dass niemand vor dem Büro lauschte. »Dieser ... Code im menschlichen Genom – was ist das? Was bewirkt er? Wie kann er Kition aufhalten?«

Lin wich ihrem Blick aus. »Vertraust du mir?«

»Ja.« Peyton zögerte. »Aber offenbar ist da draußen jemand, dem du *nicht* traust.«

»Du irrst dich.«

»Wobei?«

»Da draußen ist nicht jemand, dem ich nicht traue. Da draußen ist *niemand*, dem ich traue. Der einzige Mensch, dem ich traue, steht in diesem Raum.«

2

Desmond hasste das Gefängnis, aber er musste zugeben, dass es seinen Zweck gut erfüllte. Seine Zelle war ein Freilandgehege mit einem hohen Elektrozaun. Der Boden bestand aus harter staubiger Erde, aus der einige Grasbüschel sprießten. Ein zweiter Elektrozaun stand drei Meter hinter dem ersten. Alle zwei Stunden marschierten Wärter vorbei, und in der Zwischenzeit wurde er durch Kameras beobachtet, die auf Stangen montiert waren. Große Planen mit Tarnmuster schützten ihn ein wenig vor der Sonne des Südpazifiks, verbargen ihn aber vor allem vor den Satelliten, die nach ihm und Kition suchten.

In der Mitte des Geheges lag Desmond auf einer Pritsche und versuchte, nicht an Peyton zu denken. Vergeblich. Zu viel war zwischen ihnen unausgesprochen geblieben. Aber das war nicht der einzige Grund. Er machte sich Sorgen um sie. Er hätte sich bereit erklärt, nie wieder mit ihr zu sprechen, wenn er dafür gewusst hätte, dass sie das Blutbad auf der Kition-Insel überlebt hatte und es ihr gut ging. Desmond hatte sich an diesem Morgen geopfert – hatte seine Gefangennahme in der Hoffnung zugelassen, dass Avery ihre Mission zu Ende bringen und ein Heilmittel gegen die Pandemie verteilen konnte. Er fragte sich, ob Avery erfolgreich gewesen war, ob die Milliarden von Infizierten gerettet worden waren. Oder ob die Welt zusammengebrochen war. Oder beides.

Jeden Tag bei Sonnenuntergang bekam er Besuch von

seinem Bruder. Conner McClain setzte sich zwischen den beiden Zäunen auf einen Klappstuhl. Manchmal redete er mit ihm, manchmal las er, und manchmal saß er einfach nur schweigend da. Desmond beachtete ihn nicht. Er starrte nur auf den Strand weiter unten.

Als die Sonne wieder einmal hinter dem blauen Horizont versank, fragte er sich, worauf sie warteten.

***

Einen Kilometer entfernt ging Conner zu der silbernen Doppeltür und schob seine Hand in das Lesegerät an der Wand. Als der Apparat piepste, beugte er sich vor und sah in den Irisscanner.

Die Türen öffneten sich, und er trat in einen kleinen Raum mit Wänden aus gebürstetem Metall. Vor ihm befand sich eine weitere geschlossene Doppeltür. Conner wartete, während die Scanner in der Decke und den Wänden ihn auf Waffen, Sprengstoff und unbekannte Gegenstände durchsuchten.

Schließlich glitten die Türen zur Seite und gaben den Blick auf einen Raum frei, der von beleuchteten Kunststofffliesen an Boden und Decke in gleichmäßiges weißes Licht getaucht wurde. Reihen von Servern und Überwachungsgeräten erstreckten sich vor ihm, und Lämpchen blinkten rot, grün, gelb und blau wie eine Lichtorgel. Techniker schwirrten umher, überprüften die Geräte und beugten sich in die Racks, um Fehler zu beheben. Hinter dem Maschendraht wirkten ihre Gesichter wie die von Büßern im Beichtstuhl.

Conner fand den Vergleich passend. Dieser Raum war ein Heiligtum. Ein Ort der Ehrfurcht und Wiedergeburt. Ein neuer Anfang für ihn und die gesamte Menschheit.

Er ging an den Servern vorbei zu der Glaswand auf der anderen Seite. Dahinter lag eine riesige dunkle Kammer, eine

Grotte mit metallisch-graublauen Wänden und einem See am Boden, über dem weißer Dunst schwebte. Hundert schwarze Türme ragten aus dem Dunst auf wie Wolkenkratzer ohne Fenster, das Modell einer Stadt der Zukunft.

Conner bewunderte sein Werk. Bald würde Rook in Betrieb genommen werden, und er wäre frei.

***

Draußen marschierte Conner einen Feldweg entlang. Tarnplanen schützten ihn vor der drückenden Hitze und verbargen die Kition-Basis. Amerikanische, russische und japanische Schiffe und Drohnen suchten den Südpazifik ab, um Yuri und Conner zu finden. Sie kamen allmählich näher.

Conner hielt vor dem äußeren Tor von Desmonds Gefängnis inne und hoffte, sein Bruder würde eine Reaktion zeigen. Aber er starrte nur auf die Plane über ihm.

Conner öffnete das Tor. Desmond rührte sich noch immer nicht.

Seit Conner ihn vor zwei Wochen hergebracht hatte, hatte Desmond kein Wort gesprochen. Er hatte weder nach Essen noch nach Schutz vor den Elementen verlangt.

Gestern war er verhört worden – gegen Conners Wunsch. Es war ein Akt der Verzweiflung gewesen, dessen Anblick Conner geschmerzt hatte. Aber sie mussten es tun. Die Zeit lief ihnen davon, und es stand zu viel auf dem Spiel.

Unter dem Einfluss der chemischen Droge hatte Desmond preisgegeben, dass die Erinnerung an das, was er mit Rendition getan hatte, noch nicht zurückgekehrt war. Er hatte die Information irgendwo versteckt – für den Zeitpunkt, wenn er bereit war, sie zu verwenden.

Conner wollte unbedingt zu seinem Bruder vordringen und ihn zurück zu Kition holen. Ihr Vorhaben hing von ihm ab. Aber es steckte noch mehr dahinter. Desmond war der

Einzige, zu dem er eine echte Verbindung verspürte; ohne ihn war Conner einsam. Er fühlte sich wie damals, bevor Desmond ihn in Australien gefunden hatte: hilflos und isoliert.

Desmond war in dem gleichen Zustand gewesen, ehe sie wiedervereint waren. Bücher waren in dieser Zeit sein einziger Trost. Sie halfen ihm, seiner Kindheit zu entfliehen. Und eines seiner Lieblingsbücher war *Die Schatzinsel* von Robert Louis Stevenson.

Conner schlug einen anderen Klassiker von Stevenson auf – *Der seltsame Fall des Dr. Jekyll und Mr. Hyde* – und begann zu lesen.

***

Als die Sonne untergangen und das Mondlicht zu schwach zum Lesen war, stand Conner auf, schloss das Tor hinter sich und schlenderte zurück über den Pfad. Wie gewöhnlich hatte Desmond weder etwas gesagt noch sich gerührt oder sich anmerken lassen, dass er die Anwesenheit seines Bruders bemerkte. Das tat am meisten weh.

In dem getarnten Gebäude ging Conner zum Raum des Programmierteams. Wie immer sah es dort aus wie im Schweinestall. Der Mülleimer quoll über vor zerquetschten Dosen von Energiedrinks und Verpackungen von Mikrowellengerichten. Computer, aus deren aufgeschraubten Gehäusen Kabel quollen, standen auf einem langen Tisch. Der Boden war mit zusammengeknüllten Papierkugeln übersät.

Conner wusste, was auf einem dieser Blätter war. Als er den Raum zum ersten Mal betreten hatte, hatte ein ausgedrucktes Bild von seinem Gesicht an der Wand gehangen. Die Narben, welche Stirn, linke Wange und Kinn verunstalteten, waren teilweise mit Borg-Implantaten bedeckt. Unter dem Bild standen die Worte »Widerstand ist zwecklos«. Er war sich nicht sicher, ob sie sich auf seinen Führungsstil oder seinen Plan für die Menschheit bezogen, und es war ihm auch egal. Sein ganzes Leben lang war er verspottet worden. Er war es gewohnt.

Aber bald würde es enden. Das Bild an der Wand hatte bestätigt, dass die Programmierer über seine Entschlossenheit im Bilde waren.

Dass sie es abgenommen hatten, zeigte ihre Angst vor ihm.

Der leitende Entwickler sah Conners Spiegelbild in der Fensterscheibe. Byron riss den Kopfhörer herunter, wirbelte mit seinem Drehstuhl herum und stand auf. Er war schlaksig und hatte teigige weiße Haut.

»Wie weit sind wir?«, verlangte Conner zu wissen.

»Womit?«, fragte Byron.

»Hughes. Dem Labyrinth.«

Der Programmierer schluckte. »Es ist unmöglich.«

»Ihre Aufgabe ist es, das Unmögliche möglich zu machen«, fuhr Conner ihn an.

»Hören Sie, das ist wie eine Blackbox in einer Blackbox.«

»Soll heißen?«

»Das heißt, es ist wie ...«

»Ich will nicht wissen, womit man es *vergleichen* kann. Drücken Sie sich genauer aus. Was ist das Problem?«

»Das Problem ist, wir haben keine Ahnung, wie die Labyrinth-Reality-App funktioniert.«

»Dann tun Sie, was man so macht – bauen Sie sie nach. Entschlüsseln Sie sie.«

»Haben wir schon. Vor fünf Tagen. Das ist nicht das Problem.«

»Was dann?«

»Die Standorterkennung.«

»Ich kann Ihnen nicht folgen.«

Byron massierte sich den Nasenrücken, als hätte er Angst, es zu erklären. »Die App sendet einen Code an Hughes' Gehirn, um die Erinnerungen freizugeben, aber nur an bestimmten Standorten. Zuerst dachten wir, sie würde die im Handy eingebaute Standorterkennung verwenden, aber jetzt wissen wir, dass sie es mithilfe eines externen Servers verifiziert. Vielleicht benutzt sie Mobilfunk-Sendemasten oder wahrscheinlicher private Satelliten, um ...«

»Dann hacken Sie den Server. Hacken Sie den Satelliten. Sorgen Sie dafür, dass es funktioniert.«

»So einfach ist das nicht. Der Server schickt einen Code an das Implantat im Gehirn – das ist die zweite Blackbox. Der Code ist mit einem eigenen Algorithmus verschlüsselt. Wir wissen nicht mal, wo wir ansetzen sollen. Es ist wie eine Prüfsumme, die sicherstellt, dass der Rest gültig ist. Einen syntaktisch falschen Code zu senden könnte unerwartete Folgen haben.«

»Zum Beispiel?«

»Wer weiß.«

»Spekulieren Sie.«

Byron schnaufte. »Wenn die Prüfsumme nicht stimmt, bemerkt das System, dass es gehackt wird, und schaltet sich im besten Fall komplett ab. Dann könnten wir ihm *nie* ermöglichen, seine Erinnerungen zurückzufinden.«

»Und im schlimmsten Fall?«

»Gehirnschaden. Der fehlerhafte Code zerstört die Erinnerungen oder löst einen zu starken Impuls aus. Er könnte nur noch vor sich hin vegetieren oder sterben.«

Conner schloss die Augen. »Was bleibt uns dann noch übrig?«

»Das Gleiche wie auf der *Kentaro Maru*.«

Die Erwähnung des gewaltigen Frachtschiffs, auf dem Conner seinen Bruder gefangen gehalten hatte, rief schlechte Erinnerungen hervor. Damals hatte er einen Fehler begangen. Er hatte nicht vor, ihn zu wiederholen.

»Wir lassen ihn nicht wieder laufen. Damals hätten wir ihn beinahe nicht wiedergefunden.«

»Stimmt, aber eine Sache ist dieses Mal anders.« Byron hielt das Handy hoch und öffnete die Labyrinth-Reality-App. »Auf dem Schiff hatten wir keinen Ort.«

Eine Nachricht erschien auf dem Display.

1 Eingang gefunden

Als Byron darauf tippte, tauchten die GPS-Koordinaten auf. Conner prägte sie sich ein.

»Wir müssen ihn nicht gehen lassen«, sagte der Programmierer. »Wir brauchen ihn bloß da hinzubringen.«

Conner gefiel das nicht, aber es war immerhin eine Möglichkeit. Im Moment die einzige Möglichkeit.

»Gut. Ich kümmere mich um Hughes. Wie weit sind wir mit der Wiederherstellung der Rapture-Steuerungssoftware?«

»*Dabei* haben wir Fortschritte gemacht.«

»Wie große?«

»Schwer zu sagen. Vielleicht sind wir bei 15 Prozent.«

Conner schüttelte den Kopf. »Sie müssen schneller arbeiten.«

»Wir können nicht ...«

»Doch. Die Zeit läuft uns davon. Die Schiffe, die nach uns suchen, werden uns innerhalb einer Woche finden. Dann greifen sie uns an, genau wie auf der Kition-Insel. Sie werden die meisten von uns töten. Der Rest wird lebenslänglich eingesperrt oder hingerichtet.« Conner ließ seine Worte wirken. »Rapture Control ist unsere einzige Überlebenschance.«

Byron nickte. »Wir werden es schaffen, Sir.«

Conner sah ihn einen Moment lang an, dann drehte er sich um und verließ den Raum.

Er ging direkt zur Einsatzzentrale. Ein großer Bildschirm nahm die hintere Wand ein und zeigte Satellitenbilder und

Echtzeitstatistiken. Fast jeder Arbeitsplatz an den langen Reihen von Schreibtischen war besetzt. Es war die entscheidende Phase, und alle waren auf ihren Posten.

Conner blieb vor dem Schreibtisch der Operationskoordinatorin stehen. Die rothaarige Melissa Whitmeyer war die beste Datenanalystin, die noch übrig war.

Conner schrieb die GPS-Koordinaten auf einen Zettel auf dem Schreibtisch. »Ich muss wissen, wo das ist.«

Whitmeyer warf einen Blick auf die Zahlen und rief eine Karte auf. Der Ort befand sich bei San Francisco an einer Straße, die aus den Bergen zur Küste führte. Conner wusste ihren Namen, bevor sie ihn nannte: Sand Hill Road. Im Jahr 2000, während der Dotcom-Blase, waren die Büromieten in dieser einsamen Gegend in den sanften Hügeln Kaliforniens die höchsten der Welt gewesen. Der leuchtende Punkt in der Mitte der Karte markierte das Gebäude, in dem Desmonds Firma Icarus Capital ihren Sitz gehabt hatte. Es könnte ein Problem sein, dort hinzukommen.

»Wie ist die Sicherheitslage in den USA?«

»Der Luftraum ist geschlossen, und die Küsten werden scharf bewacht. Angesichts ihrer verringerten militärischen Schlagkraft befürchten sie einen Angriff mit konventionellen Waffen.«

»Landgrenzen?«

»Etwas durchlässiger. An der Grenze zu Mexiko in Texas, Arizona und New Mexico wurden Truppen zusammengezogen.«

»Was ist mit Kalifornien?«

»Auf den Hauptstraßen wurden die Kontrollpunkte verstärkt, aber sonst nicht viel.«

»Und die Lage in Mexiko?«

»Bürgerkrieg.«

»Wer?«

»Kartelle und organisiertes Verbrechen gegen die neue

Regierung. Die Kartelle gewinnen. Sie betrachten es als Gelegenheit, das Land in einen Drogenstaat zu verwandeln.«

»Okay. Lassen Sie eines der Flugzeuge startklar machen. In dreißig Minuten muss ein Einsatztrupp bereitstehen. Sieben Leute. Ich will die besten.«

Conner weihte sie in den Rest seines Plans ein, und sie begann, auf der Karte nach einem geeigneten Ort zu suchen.

***

Conner informierte Yuri in seinem Büro. Der Russe saß so teilnahmslos da, als läse Conner ihm den Wetterbericht vor. Conner fragte sich, ob seine Kindheit in Stalingrad während des Angriffs der Wehrmacht ihn für immer geprägt hatte. Oder vielleicht wusste Yuri bereits, was vorging ... oder hatte es erwartet. Manchmal beunruhigten seine grauen Augen und der unbewegte Ausdruck sogar Conner.

Yuris Stimme war kaum lauter als ein Flüstern. »Dein Bruder ist außerordentlich clever, Conner. Er könnte diese Eventualität eingeplant haben. An die Orte gebracht zu werden, wo er seine Erinnerungen versteckt hat, könnte die nächste Phase *seines* Plans sein, den wir immer noch nicht durchschauen.«

»Wir haben keine Wahl. Ich passe auf ihn auf.«

»Und wenn er Rendition nicht übergibt?«

»Er wird es tun.«

Yuri sah zur Seite. »Er hat uns schon mal verraten. Wenn er die Gelegenheit bekommt, wird er es wieder tun. Denk an das, was auf dem Spiel steht. Und dass wir ihn mit dem Spiegel-Projekt wieder hinkriegen, egal was passiert.«

»Er ist nicht der Einzige, der uns verraten hat. Lin Shaw hat bei dem Angriff mit den Amerikanern kooperiert. Sie hat unseren Soldaten befohlen, sich zu ergeben.«

»Anscheinend hatte sie größere Pläne.«

»Welche Pläne?«

»Lin ist das letzte lebende Mitglied der ursprünglichen Kition-Zelle. Wahre Gläubige, die sich der Suche nach der höchsten Wahrheit verschrieben haben. Der Bestimmung der Menschheit. Wir können davon ausgehen, dass sie all die Jahre heimlich an ihrem eigenen Spiegel-Projekt gearbeitet hat.«

Das könnte ein Problem sein. »Warum hat sie es dann noch nicht fertiggestellt?«

»Ich kann mir mehrere Möglichkeiten vorstellen. Wir hatten ihren Sohn. Und ich habe ihre Töchter bedroht. Aber ich glaube, der wahrscheinlichste Grund ist, dass ihr die notwendigen Forschungsergebnisse fehlten.«

»Die *Beagle*«, flüsterte Conner.

»Ja. Vor fünfzehn Tagen haben Taucher begonnen, Fundstücke und Dokumente zu bergen.«

»Was haben sie entdeckt?«

»Weiß ich nicht. Wenn es das ist, was Lin zu ihrem Spiegel-Projekt gefehlt hat, hat sie es offenbar noch nicht verwendet.«

»Was heißt das für uns?«

»Ich weiß es nicht genau. Wir sollten davon ausgehen, dass ihre Arbeit ein Problem darstellt – wenn sie sie zu Ende bringt. Aber das wird nicht passieren. Dafür sorge ich.«

3

In dem Büro neben dem Frachtraum des Schiffs begann ein Funkgerät zu knistern. Windgeräusche und statisches Rauschen übertönten Dr. Nigel Greenes Stimme. Beim zweiten Versuch konnte Peyton ihn verstehen.

»Dr. Shaw, bitte kommen.«

Lin stand von ihrem schmalen Bett auf und schnappte sich das Funkgerät. »Hier Shaw.«

»Ma'am, Sie werden an Deck gebraucht.«

Lin warf Peyton einen vielsagenden Blick zu.

»Bin unterwegs.«

Die beiden Frauen kippten ihren Kaffee hinunter und zogen die Reißverschlüsse ihrer Thermo-Overalls hoch. Vor dem Büro drängte sich das Biologenteam noch immer vor den Computern und sichtete die Daten von Rubicon. Gleich dahinter befand sich zu beiden Seiten eines breiten Gangs jeweils eine Reihe von Kabinen, die mit weißer Plastikplane abgetrennt waren. In ihrem Inneren beugten sich Archäologen über Metalltische mit den Knochen von der *Beagle*. Das schrille Geräusch ihrer Bohrer orchestrierte ihre penible Arbeit.

Das Biologenteam ärgerte sich ständig über die Langsamkeit der Archäologen. Es wollte, dass die Proben schnell entnommen und analysiert wurden, während es für die Archäologen das Wichtigste war, die Fundstücke nicht zu beschädigen. Lin hatte einen Mittelweg gefunden und für einen fragilen Waffenstillstand gesorgt, aber das hielt die Biologen nicht davon ab, Spitznamen zu erfinden. Sie nannten die Archäologen »Eisbären« oder einfach »Bären«. Ihre Labore wurden als »Bärenkäfige« bezeichnet, Streitigkeiten als »Bärenangriffe« und das Abliefern der Fundstücke als »Bärenfüttern«.

Peyton bekam den Bärenvergleich nicht aus dem Kopf, während sie durch den Mittelgang ging und zusah, wie die weiß gekleideten Gestalten in den Kabinen die Knochen begutachteten und dann tiefer hineinbohrten.

Hinter dem Frachtraum kletterten Peyton und Lin schweigend die Leitern zu den Decks hinauf. Lin drehte das Rad der Luke und stieg ins Freie. Peyton biss die Zähne zusammen, als ihr die arktische Luft entgegenschlug.

Das Deck des russischen Eisbrechers wimmelte von Seeleuten. Das Forschungspersonal, das für den Einsatz des Tauchboots benötigt wurde, stand hinter ihnen am Heck des Schiffs. Die Wissenschaftler bestimmten, was getan wurde, aber die russische Marine war dafür verantwortlich, wie es getan wurde. Wie bei den Biologen und Archäologen gab es ständig Spannungen zwischen den beiden Gruppen.

An diesem Morgen war es nicht anders. Der befehlshabende Offizier, Kapitän Alexei Wasiliew, brüllte die um das Tauchboot versammelten Forscher an, sie hätten unrealistische Erwartungen. Die Besatzung hatte sich hinter dem kräftigen Russen versammelt wie eine Straßengang, die ihre Stärke demonstriert.

Lins schlanke Gestalt bildete einen scharfen Kontrast zu den stämmigen Seeleuten, als sie sich durch die Menge drängte wie ein Kind, das einen Lynchmob durchquert. Peyton blieb ihr dicht auf den Fersen, weil sie befürchtete, die Lücke könnte sich hinter ihr schließen und sie wäre dann in der Meute gefangen.

Wasiliew hörte auf zu schreien, als er sie sah.

Lins Stimme durchschnitt die eisige Luft. »Kapitän, kann Ihre Mannschaft unseren Tauchplan einhalten oder nicht?«

Wasiliew warf die Hände in die Luft und fing wieder an zu brüllen. Weiße Dampfwolken begleiteten seine Worte, und er erinnerte Peyton an einen beschleunigenden Motor, der immer lauter wurde und immer mehr Abgase ausstieß.

Lin wandte sich an das Forschungsteam. »Dr. Greene, informieren Sie die Allianz, dass die Besatzung der *Arktika* nicht in der Lage ist, unseren Tauchplan einzuhalten, und wir deshalb unseren Auftrag nicht mit der gebotenen Eile ausführen können.«

Nigel nickte und löste sich aus der Gruppe, aber Wasiliew streckte seine fleischige Hand aus, um ihn aufzuhalten. Er wandte sich an seine eigenen Männer und murmelte etwas auf Russisch. Bevor er das Deck verließ, sprach er ein paar Worte mit Nigel.

Nigel sagte zu Lin: »Sie sind in fünfzehn Minuten bereit.«

»Gut.«

Peyton sah zu, wie auf dem Deck hektische Betriebsamkeit ausbrach. Die Forscher und die russischen Besatzungsmitglieder rempelten sich an und stritten miteinander.

Nigel trat näher zu Lin. Sein englischer Akzent kam stärker hervor, als er mit gedämpfter Stimme zu ihr sprach. »Dr. Shaw, ich muss Sie erneut bitten, auf dem Schiff zu bleiben.«

»Nein.« Lin wandte den Blick ab und beobachtete die Vorbereitungen.

»Sie sind unersetzlich.« Nigel schnaufte. »Es ist ein unnötiges Risiko.«

»Niemand kennt die *Beagle* so gut wie ich.«

»Vielleicht. Aber wir haben das Boot komplett kartiert. Unser Bergungspersonal ist ausgebildet ...«

»Ihre Einwände wurden zur Kenntnis genommen, Dr. Greene. Ich habe meine Entscheidung getroffen.«

Nigel sah zu Peyton, die mit den Achseln zuckte, als wollte sie sagen: *Ich hab's auch schon versucht.*

Peyton fragte sich, ob es in dem Wrack etwas gab, das ihre Mutter unbedingt selber finden wollte. Sie konnte das Gefühl nicht abschütteln, dass Lin etwas verbarg. Deshalb hatte sie darauf bestanden, sie bei jedem Tauchgang zu begleiten. Wenn es etwas gab, das Menschleben retten konnte – oder ihr helfen konnte, Desmond zu finden –, wollte sie darüber Bescheid wissen.

Sie fragte sich auch, ob Nigel etwas ahnte. Wenn ja, dann ließ er sich nichts anmerken. Er nickte nur und ging davon. Peyton und Lin standen allein in dem Chaos wie Statuen inmitten eines Mardi-Gras-Umzugs.

Oben auf dem Deck wurden Peyton die Ausmaße des russischen Schiffs bewusst. Mit knapp dreißig Meter Breite und hundertfünfzig Meter Länge war die *Arktika* der größte Eisbrecher der Welt. Die beiden Kernreaktoren ermöglichten ihm, vier Meter dickes Eis zu durchbrechen, ebenfalls ein Weltrekord. Die Decks waren in einem Grünton gestrichen, der Peyton an Minigolfplätze erinnerte, und die Außenwände und Luken waren rostrot. Vielleicht hatten die Konstrukteure gedacht, die Farbkombination würde im arktischen Eis besonders hervorstechen, aber Peyton erinnerte sie an Weihnachten, das nur noch knapp eine Woche entfernt war. Und sie konnte nicht an Weihnachten denken, ohne an Desmond zu denken – an die Nacht, die sie in der Half Moon Bay verbracht hatten, und an den Moment, in dem er die Schachtel mit dem gläsernen Herz geöffnet hatte. Unwillkürlich tastete sie in ihrer Hosentasche danach.

Sie ließ ihre Mutter zurück und ging zum Rand des Decks. Die Eisschicht schien sich in der Dunkelheit endlos über den Arktischen Ozean zu erstrecken. Die Scheinwerfer bildeten einen Lichtkreis um das Schiff, sodass Peyton sich vorkam wie auf einem Spielzeugschiff in einer Schneekugel, abgeschnitten von der Außenwelt.

Von der Reling aus konnte sie den Hubschrauber der US-Navy sehen, der auf dem Landplatz weiter oben thronte. Ihre Mutter hatte sie schon zweimal gefragt, ob sie in den Helikopter steigen und das Schiff verlassen wollte. Peyton hatte abgelehnt. Sie würde nicht gehen, ohne mehr erfahren zu haben.

Schritte hallten hinter ihr über das Deck. Lins Stimme war jetzt leiser und weniger gebieterisch. »Es wird Zeit, Peyton.«

Wenige Minuten später tauchten sie zu dem U-Boot-Wrack hinab.

***

Während Peyton und Lins Forschungs-Tauchboot an dem U-Boot am Meeresboden andockte, näherte sich ein anderes Tauchboot dem russischen Eisbrecher. An Bord befand sich ein Team aus fünf Männern, die alle speziell für ihren Auftrag ausgebildet worden waren.

Statt an der Anlegestelle der *Arktika* aufzutauchen, bewegte sich das Boot langsam am Rumpf entlang. Es suchte nach einer Öffnung im Eis, die groß genug und vom Achtern- und Vordeck aus schlecht zu sehen war.

Das Tauchboot kehrte den Schub um, setzte zurück und trieb zur Oberfläche, bis es auf die Eisschicht traf. Ein weißes Rohr wurde ausgefahren und hob sich dicht am Rumpf aus dem Wasser. Eine Pumpe entwässerte das Rohr, die Luke an der Oberseite öffnete sich, und Lieutenant Stockton, der Zweite Kommandant des Einsatzes, kletterte die Leiter hoch.

Oben angekommen hielt er das Roboterfahrzeug an den Rumpf der *Arktika*. Er zog eine Fernsteuerung hervor und schaltete den Magneten an. Der Roboter heftete sich an den

Eisbrecher und begann, mit seinen Gummiketten lautlos den Rumpf zu erklimmen.

Als er das Deck erreicht hatte, fuhr er zwei kleine Arme aus und klammerte sich an der Metallkante fest. Eine fingerlange Antenne mit einer Glasspitze erhob sich knapp über den Schiffsrand.

Im Tauchboot sah Captain Furst, der Kommandant, auf seine Uhr und merkte sich die Zeit.

Stockton stieg die Leiter hinab, und das Rohr wurde wieder eingefahren. In den nächsten zwanzig Minuten sahen sich die fünf Männer schweigend die Videoaufnahmen an und hielten Ausschau nach Wachen und anderen Details, die ihrer Mission dienlich sein konnten.

Stockton wandte sich zu Furst und tippte auf seine Luminox-Uhr.

Furst nickte.

Stockton und ein zweiter Mann legten ihre Körperpanzerung an und zogen russische Marineuniformen darüber. Das Roboterfahrzeug ließ ein hochbelastbares Seil herab. Wieder wurde das weiße Rohr ausgefahren, das Wasser abgepumpt und die Luke geöffnet. Die beiden Spezialisten benötigten weniger als eine Minute, um den Rumpf der *Arktika* zu erklimmen.

An Deck mischten sie sich unter die hundertvierzig Besatzungsmitglieder, um ihren Auftrag auszuführen: die *Arktika* zu versenken und Lin und Peyton Shaw gefangen zu nehmen oder zu töten.

4

Um Mitternacht verließ Conner das Gebäude und folgte dem Pfad über die Insel. Der Mond leuchtete ihm den Weg. Drei Söldner in Tarnkleidung folgten ihm. Insekten zirpten wie ein aus dem Takt geratenes Orchester, das ihren Marsch begleitete.

Er blieb vor dem Zaun des Geheges stehen. Desmond lag mit geschlossenen Augen auf seiner Pritsche und atmete flach. Leise öffnete Conner das äußere Tor. Er griff in die Tasche, zog eine Spritze heraus und entfernte die Plastikkappe. Jetzt kam es auf Schnelligkeit an.

Er riss das innere Tor auf und stürmte zu seinem Bruder.

Zu seiner Verblüffung rollte sich Desmond von der Pritsche und sprang aus der Hocke nach vorn. Er traf Conner mit der Schulter knapp oberhalb der Knie. Conner flog über seinen Rücken. Desmond traf den ersten Soldaten mit einem heftigen Schlag im Gesicht. Der Mann wurde rückwärts gegen den Zaun geworfen und zuckte unter den knisternden Stromstößen zusammen.

Die beiden anderen Söldner gingen auf Desmond los und rangen ihn zu Boden. Desmond versuchte, sie abzuschütteln, aber Conner kam mit der Spritze in der Hand wieder auf die Beine. Er drückte den Kopf seines Bruders auf die Erde und rammte ihm die Nadel in den Hals.

Tut mir leid, Des. Du hast mir keine Wahl gelassen.

***

Die beiden Söldner, die Desmond bezwungen hatten, trugen ihn auf seiner Pritsche den Hang hinab. Conner ließ den bewusstlosen Soldaten zurück und ersetzte ihn durch einen anderen. Fünf weitere Söldner warteten bei dem Jet im getarnten Hangar. Major Goins, der Teamleiter, informierte Conner, dass die Fracht eingeladen sei und sie bereit zum Abflug waren.

Die Startbahn war grasbewachsen und leicht kurvig. Ruckelnd nahm der Jet Fahrt auf und hob schließlich ab.

Conner ließ sich auf den Sitz neben Desmond sinken, der betäubt und intubiert war. Das letzte Mitglied von Conners Team, ein Anästhesist namens Dr. Simon Park, setzte sich Desmond gegenüber und überwachte seine Vitalfunktionen. Der Arzt hatte sich ausgiebig über den Plan beschwert und genug medizinisches Gerät und Medikamente mitgebracht, um ein kleines Krankenhaus auszustatten. Seine Miene drückte ständig Besorgnis aus.

Conner betrachtete das als gutes Zeichen. Menschen, die sich keine Sorgen machten, begingen mehr Fehler. Deshalb hatte er Park auch klargemacht, dass sein Schicksal eng mit dem von Desmond verknüpft war.

***

Sechs Stunden später stand Conner im Cockpit und sah zu, wie die Sonne über den Bergen des mexikanischen Bundesstaats Baja California aufging. Bald wichen die Hügel der Wüste, dann erreichten sie die Küste. Zwischen dem Gebirge und dem Golf von Kalifornien wirkte die Stadt San Felipe winzig.

Einige Kilometer landeinwärts lag ein Flughafen mit einer einzigen Landebahn. Ihre Satellitenaufnahmen waren eine Woche alt, aber beim ersten Überflug stellten sie fest, dass der Regionalflughafen noch immer verlassen war. Oder zumindest so aussah.

Das Flugzeug wirbelte eine große Staubwolke auf, als es landete. Conner und sein Team warteten, während das weiße Flugzeug wie von einem Sandsturm eingehüllt wurde. Die Soldaten entluden zuerst zwei Geländemotorräder, und neue milchige Staubwolken stieben auf, als vier der Söldner der aufgehenden Sonne entgegen zur Stadt fuhren.

Dr. Park injizierte irgendetwas in Desmonds Tropf.

»Wie ist sein Zustand?«, fragte Conner.

»Stabil.« Park sah nicht auf. Er war kein Mann großer Worte. Conner gefiel das.

Wie geplant, kehrten die Soldaten mit vier gestohlenen Lieferwagen zurück, alle fensterlos und ziemlich zerbeult.

Sie luden die Motorräder und den Großteil der Fracht in eines der Fahrzeuge. Die medizinische Ausrüstung und Desmond wurden in den Wagen gebracht, in dem Dr. Park, Conner und seine drei besten Männer saßen. Die anderen Soldaten stiegen mit der restlichen Fracht, zu der auch mehrere große Benzinkanister gehörten, in die beiden letzten Fahrzeuge. Jeder Wagen war mit Proviant, Wasser und Munition ausgestattet – für den Fall, dass sie getrennt wurden.

Sie verschlossen das Flugzeug, versteckten es unter einer Plane und fuhren nach Norden durch San Felipe. Die Touristenstadt wirkte unbewohnt. Conner fragte sich, ob die Bewohner gestorben waren oder in einer größeren Stadt Schutz gesucht hatten.

Sie konnten unmöglich wissen, wie lang die Fahrt zur Sand Hill Road dauern würde. Unter normalen Umständen wären zwölf Stunden eine realistische Schätzung – vorausgesetzt, die Straßen waren passierbar. Aber sie würden nicht die direkte Route nehmen, sondern über Nebenstraßen fahren und die großen Städte meiden. Wahrscheinlich würden sie doppelt so lang brauchen, aber auf diese Weise gingen sie Banditen und Kontrollpunkten der Regierung aus dem Weg, die ihre Mission vorzeitig beenden könnten.

In der Nähe der Grenze zu den USA bogen sie von der Straße ab und fuhren durch die Wüste. Irgendwo zwischen Mexicali und Tijuana überquerten sie die unmarkierte Grenze. Sie hätten sich genauso gut in der Sahara befinden können – es gab weder Menschen noch sonstiges Leben, bis auf ein paar Kakteen und Büsche. Die Lieferwagen schossen nach Norden, alle vier nebeneinander, damit die Staubwolke ihnen nicht die Sicht nahm.

Erst als sie auf den California Highway 98 stießen, hatten sie wieder Asphalt unter den Rädern. Sie fuhren nach Westen und hielten nach verlassenen Autos Ausschau, aber auf der langen flachen Straße, die in der Mittagssonne glühte, fanden sie keine.

Bei der kleinen Gemeinde Coyote Wells, die nicht viel mehr als ein Rastplatz für Lastwagen war, verließen sie den Highway. Dort fanden sie, was sie brauchten: kalifornische Kennzeichen. Die Beschreibung der Fahrzeuge würde nicht zu den Lieferwagen passen, wenn die Nummernschilder mit der Verkehrsdatei abgeglichen würden, aber es würde genügen, bis sie welche von ähnlicheren Autos gefunden hatten.

Sie fuhren nach Osten, weg von der Küste, wo es mehr Menschen und Soldaten gab. Die Wüste verwandelte sich langsam in bewässertes, grünes Ackerland. Kurz darauf bogen sie nach Norden ab und passierten Salton Sea, den Joshua-Tree-Nationalpark und Yucca Valley.

Der Wagen mit den meisten Soldaten fuhr jetzt einige Kilometer voraus, um Ausschau nach Kontrollpunkten oder anderen Problemen zu halten. Sie mussten einige umgekippte Bäume und einen Steinschlag aus dem Weg räumen, aber ansonsten hatten sie keine Schwierigkeiten.

Und von Stunde zu Stunde wurde Conner entspannter.

Einen Kilometer vor Barstow fanden sie Nummernschilder an Lieferwagen, die mit ihren eigenen Modellen übereinstimmten. Bei Mariposa bogen sie Richtung Küste ab. Conner wollte keinen der großen Highways benutzen, die in die Bay Area führten, deshalb fuhren sie über Nebenstraßen, die sich durch die Naturparks und geschützten Wälder zwischen San Jose und Santa Cruz schlängelten.

Irgendwo auf ihrem Weg, Stunden nachdem die Sonne untergegangen war, glitt Conner in den Schlaf. Das leise rhythmische Piepsen des Herzschlagmonitors seines Bruders war das Letzte, was er hörte.

***

Eine Hand packte ihn an der Schulter. Conner griff nach der Pistole in seinem Holster und riss die Augen auf. Captain Goins' Gesicht wurde von der Deckenbeleuchtung des Lieferwagens angestrahlt.

»Lagebericht«, fuhr Conner ihn an.

»Das Spähfahrzeug ist gerade von der Portola Road auf die Sand Hill gefahren.«

»Anhalten.« Conner setzte sich auf. »Der Späher soll warten.«

Er schaltete das Satellitentelefon ein und rief Yuri an.

»Wie ist die Lage?«, fragte der Russe.

»Wir sind in Position.«

»Widerstand?«

»Keiner.«

»Gut. Dann starten wir den Angriff. Hoffentlich bietet er euch Deckung.«

»Verstanden.«

»Vergiss nicht, warum du da bist, Conner.«

Conner warf einen Blick auf seinen Bruder, der neben ihm im Koma lag. »Bestimmt nicht.«

***

Yuri trennte die Verbindung und ging in die Einsatzzentrale. Zum Wachleiter sagte er: »Pearl Harbor?«

»Wir sind bereit, Sir.«

»Anfangen.«

Der große Bildschirm am hinteren Ende des Raums zeigte eine Weltkarte voller grüner Punkte. Ein Punkt nach dem anderen wurde rot – Router, die abgeschaltet wurden. Kition hatte die Firmware schon vor Jahren gehackt und als Vorbereitung auf diesen Moment Trojaner installiert. Jetzt waren die Geräte nur noch Klötze aus Plastik, Silizium und Metall – bis Kition beschloss, sie zu reaktivieren.

Satelliten, die Daten für das Internet übertrugen, wurden ebenfalls aus dem Verkehr gezogen. Die einzigen, die noch funktionierten, gehörten Kition oder einigen privaten Firmen.

Die Welt hatte sich vom Internet abhängig gemacht.

Und jetzt war es weg.

***

Conner wartete, bis eine Nachricht auf seinem Laptop erschien:

Internet weltweit deaktiviert

Er schaltete auf die Videoübertragung des Spähfahrzeugs um und sprach ins Funkgerät.

»Weiter.«

Der Wagen fuhr zurück auf die Straße und hielt sich knapp unter der Geschwindigkeitsbegrenzung. Der Fahrer trug wie alle Zivilkleidung, aber Conner wusste, dass sie bei jedem Kontrollpunkt Verdacht erregen würden. Die kurz geschorenen Haare, die kantigen Gesichter und die harten Augen verrieten sie.

Die Straße war leer. Desmonds Bürogebäude lag gleich hinter der Ausfahrt Sand Hill Road der Interstate 280. Nichts rührte sich, weder Autos noch Fußgänger noch sonst etwas.

»Fahren Sie rein«, sagte Conner. »Und sagen Sie den anderen, sie sollen ausschwärmen.« Vier Lieferwagen, die auf einem Parkplatz standen und weißen Rauch in den Dezembermorgen spuckten, würden auffallen. Trotzdem wollte er sie in der Nähe haben, damit sie im Notfall eingreifen konnten. »Aber alle Einheiten sollen in Sichtweite bleiben.«

Als sein Wagen auf den Parkplatz bog, zog Conner das Handy aus der Tasche und öffnete die Labyrinth-Reality-App.

»Müssen wir in Desmonds Büro sein, damit es funktioniert?«, fragte er den Arzt.

»Ich weiß nicht, aber ich möchte ihn möglichst wenig bewegen.«

»Gut. Versuchen wir es hier.«

Die App fragte Conner, wie er das Labyrinth betreten wolle: als Minotaurus oder Held. Conner grinste. Er war der Held des großen Spiels, das die Welt im Griff hielt, aber für die Unwissenden war er der Minotaurus – ein Monster mit dem Körper eines Menschen und dem Kopf eines Stiers. Mit seinem entstellten Gesicht war er eine gute Besetzung für diese Rolle.

Trotzdem klickte er auf »Held«, weil er wusste, dass sein fehlgeleiteter älterer Bruder sich als solcher betrachtete. Er würde es so programmiert haben, als Erinnerung für sich selbst, nachdem er sein Gedächtnis verloren hatte. Hatte Desmond die Frage in das Programm eingebaut, um seinen Glauben an die Mission wiederherzustellen? Es gab immer noch so vieles, das Conner über seinen Bruder nicht wusste.

Eine weitere Meldung erschien:

Suche nach Eingang …

Und nach wenigen Sekunden:

1 Eingang gefunden

Conner tippte erneut auf das Display, und ein Ladebalken mit dem Wort *Downloading* tauchte auf.

Nach zehn Minuten summte das Handy.

Download abgeschlossen.

Im selben Moment bog Desmond den Rücken durch, als würde sein improvisiertes Krankenbett brennen. Dann fiel er zurück auf die Trage und zuckte. Das gleichmäßige Piepsen des Herzschlagmonitors ging in einen schrillen Warnton über. Desmonds Hände zerrten an den gepolsterten Gurten, mit denen sie an der Trage fixiert waren.

»Was ist los?«, fragte Conner.

Dr. Park ignorierte ihn. Er zog eins von Desmonds Augenlidern hoch und leuchtete mit einer Stiftlampe hinein.

Conner packte ihn an der Schulter. »Hey.«

Park schüttelte seine Hand ab. »Ich weiß es nicht.«

Plötzlich fühlte sich Conner hilflos. *Er stirbt. Und ich habe ihn getötet.*

5

Peyton gab acht, dass sie ihren Anzug nicht zerriss, als sie ihrer Mutter und zwei Navy SEALs durch das gesunkene U-Boot folgte. Sie hatten die Luft auf Giftstoffe getestet und keine entdeckt, aber Lin Shaw hatte sie daran erinnert, dass auf der *Beagle* seltsame Experimente durchgeführt worden waren, und bei jedem Labor und Büro, das sie öffneten, riskierten sie, sich Toxinen auszusetzen. Also behielten sie die Anzüge ständig an.

Als leitende Epidemiologin des CDC war Peyton es gewohnt, im biologischen Schutzanzug zu arbeiten. Die Einsatzgebiete lagen jedoch meist in der Nähe des Äquators: in der Karibik, in Afrika und Südostasien. Die *Beagle* war das Gegenteil, ein eisiges Grab, und hinter jeder Ecke wartete ein neues Geheimnis: ein Labor mit einem Experiment, ein Büro mit Unterlagen, Schäden, die die Explosion angerichtet hatte, durch die das U-Boot vor dreißig Jahren gesunken war.

Bei seinem ersten Tauchgang hatte das Team winzige LED-Lampen in den Gängen verteilt. Sie beleuchteten vom Boden aus die Eiskristalle an den Wänden. Schwebende Staubpartikel glitzerten im Strahl von Peytons Helmlampe, als flöge sie durch das dunkle All und Sterne zögen vorbei.

In diesem Abschnitt des Gangs gab es Kojen zu beiden Seiten. In etwa der Hälfte davon lagen von der Kälte konservierte Leichen. Manche Besatzungsmitglieder der *Beagle* waren mit einem Buch auf der Brust gestorben, während andere einen Freund oder Geliebten umarmt hatten. In Peytons Augen ähnelten die Szenen seltsamerweise einem Dorf während eines Ausbruchs – die letzten Stunden verzweifelter Menschen.

Durch das U-Boot zu gehen und die toten Forscher zu sehen, erinnerte sie an die Pandemie und die Opfer aus ihrem eigenen Team. Und daran, wozu Yuri fähig war. Für Yuri war die Pandemie nur ein Mittel zum Zweck gewesen: der Verteilung von Rapture. Die Mikroroboter waren darauf programmiert, den Erreger zu neutralisieren, aber sie blieben auf unbestimmte Zeit im Blutkreislauf und warteten auf weitere Anweisungen. Mit der richtigen Software konnte Kition die Nanobots instruieren, ihre Wirte auf genetischer Ebene zu verändern.

Peyton hatte Rapture-Nanobots in ihrem Blut. Lin auch. Im Augenblick waren sie sicher, aber nur weil Peytons Bruder die Kontrollsoftware gelöscht hatte. Peyton vermutete, dass Yuri und Conner fieberhaft daran arbeiteten, das Programm wiederherzustellen. In einem Punkt hatte ihre Mutter recht: Ihnen lief die Zeit davon. Von Stunde zu Stunde wurden ihr die winzigen Eindringlinge bewusster, wie ein Gift, das durch ihren Kreislauf strömte, sich langsam verteilte und darauf wartete, ihren Körper und Geist zu lähmen und ihr die Freiheit zu rauben.

Vor ihnen blieben die beiden SEALs stehen, packten ihre Ausrüstung aus und schalteten den Plasmabrenner ein. Der Lichtbogen leuchtete blau, und orangefarbene Funken stieben auf, als sie ihn auf die verschlossene Tür richteten.

Während sie daran arbeiteten, einen neuen Bereich zu öffnen, traten Lin und Peyton in das Büro, mit dessen Durchsuchung sie beim letzten Tauchgang begonnen hatten. Wortlos zog Lin eine Schublade aus einem Aktenschrank. Peyton hob die Kamera, um beide Seiten jedes Dokuments abzufotografieren.

***

Auf der *Arktika* schlichen sich die beiden Mitglieder des Kition-Einsatztrupps unter Deck zu einem Abteil, das an den Reaktorraum grenzte. Ein Mann hielt im Gang Wache, während der andere Sprengladungen am Schott anbrachte.

Dann begaben sie sich zu ihrem zweiten Ziel: ein Schott dicht am Rumpf auf der ihrem Tauchboot gegenüberliegenden Seite. Sie gingen den Gang entlang und horchten auf Schritte hinter ihnen. Immer wieder griffen sie in ihre Rucksäcke, zogen Sprengladungen heraus und befestigten sie am Schott. Sie verteilten sie so, dass das Loch, das die Explosion in den Rumpf reißen würde, sich über mehrere Abschnitte erstreckte. Um die *Arktika* zu versenken, musste man nur genügend Wasser hineinlaufen lassen.

Als alle Sprengladungen angebracht waren, tippte der Teamleiter dreimal auf das eingeschaltete Mikro seines Funkgeräts. Sie waren bereit zum nächsten Schritt.

***

Peytons Mutter erstarrte, als sie das Blatt sah. »Mach die Kamera aus.«

»Warum?«

Lin wandte sich zu ihr um und blendete Peyton einen Moment lang mit ihrer Helmlampe. Sie streckte vier Finger hoch.

Peyton schaltete den Funk auf Kanal vier.

»Das hier wird nicht katalogisiert.«

»Wieso nicht?«

»Es ist wichtig.«

»Ein Grund mehr, es zu katalogisieren.«

Lin zögerte. »Vertrau mir, Peyton. Ich vertraue dir auch.«

Peyton öffnete den Mund, um etwas zu entgegnen, hielt jedoch inne. Ihr wurde klar, wie viel ihr die Worte ihrer Mutter bedeuteten. Sie wollte unbedingt, dass sie ihr vertraute, und vor allem wollte sie ihrer Mutter vertrauen können. Wie in Trance schaltete sie die Kamera aus und nahm sie herunter. Sie streckte die Hand aus, und ihre Mutter reichte ihr das Blatt so vorsichtig, als wäre es ein heiliges Dokument.

Peyton war überrascht. Sie hatte mit einem Schriftstück gerechnet, aber es war ein Foto. Es zeigte die Höhlenmalerei eines Steppenbisons in kräftigen Rot- und Brauntönen.

»Du hast gesagt, das wäre wichtig. Warum?«

»Es ist ein Bild aus der Höhle von Altamira.«

Peyton hatte noch nie davon gehört. »Was hat das mit Kition zu tun?«

»Dreh es mal um, Schatz.«

Auf die Rückseite hatte jemand zwei Zeilen geschrieben:

Do fidem me nullum librum
A Liddell

»Die erste Zeile ist Latein. Was bedeutet sie?«

»Das ist der Anfang eines Eids. Eines uralten. Ein heiliger Schwur, das Wissen zu beschützen.«

Peyton wartete vergeblich, dass ihre Mutter es näher erklärte.

»A Liddell. Klingt wie ein Name. Vielleicht der, der es geschrieben hat.«

»Nein.«

Peyton sah ihre Mutter an. »Du weißt, wer es geschrieben hat?«

Lin nickte. »Dr. Paul Kraus.«

»Erkennst du seine Handschrift?« Plötzlich wusste Peyton warum. »Du hast mit ihm gearbeitet, als du vor fünfzig Jahren auf der *Beagle* gedient hast.«

»Ja.«

Peyton betrachtete noch einmal das Blatt. »Darum ging

es also: das hier zu finden. Er hat es für dich zurückgelassen, oder?«

»Für den Fall, dass etwas passiert.«

»Wie Yuris Verrat.«

»Es gab schon immer verschiedene Fraktionen innerhalb von Kition. Forschungsergebnisse wurden gestohlen. Leute haben alle möglichen Winkelzüge unternommen, um Gelder von konkurrierenden Projekten abzuzweigen. Und Kraus war es gewohnt, seine Forschung zu verstecken. Er war ein deutscher Wissenschaftler, der während des Zweiten Weltkriegs gezwungen war, für die Nazis zu arbeiten. Er wurde im Rahmen der Operation Paperclip in die USA gebracht.«

»Nie davon gehört.«

»Paperclip war ein Programm, mit dem deutsche Wissenschaftler nach dem Krieg in die USA geholt wurden. Es hatte großen Einfluss auf den Verlauf der Geschichte. Viele amerikanische Neuerungen in den Fünfzigern und Sechzigern beruhten auf von Nazis finanzierter Forschung. Die Saturn-V-Raketen, mit denen die Apollo-Missionen zum Mond gebracht wurden? Nur größere Versionen der V2-Raketen, die die Wehrmacht 1945 auf London abgeschossen hat. Beide wurden von demselben Wissenschaftler entwickelt: Wernher von Braun.«

»Was hat Kraus erforscht?«

»Den Ursprung der Menschheit. Eine zweite Evolutionstheorie.«

»Deshalb wurde er von Kition rekrutiert.«

Lin nickte. »Sie dachten, seine Forschung würde die wahre Bestimmung der Menschheit enthüllen – unsere Zukunft. Kraus hat sein Leben lang nach Vorgängern der Menschen gesucht – Hominiden, die vor unserer Entstehung ausstarben. Er glaubte, sie wären der Schlüssel zu dem im menschlichen Genom versteckten Code.«

»Was für ein Code?«

»Es gibt viele Theorien darüber, was der Code ist – oder bewirkt.«

»Was ist deine Theorie?«

Lins Helmlampe schwenkte zur Seite, als sie den Blick abwandte. »Ich werde es bald rausfinden.«

Dann dämmerte es Peyton. »Du willst seine Forschung zu Ende bringen.«

Lin antwortete nicht.

»Deshalb wolltest du die DNS-Proben haben. Während der Pandemie haben die Regierungen überall auf der Welt in den Sperrzonen Proben genommen und an Rook Quantum Sciences geliefert. Das gehörte zu deinem Forschungsprojekt, oder? Du wolltest die genetischen Daten mit Kraus' Forschung kombinieren, die du hier unten zu finden hofftest.«

»Ja. Ich hatte gehofft, die Daten würden Kraus' Werk vollenden, aber mir wurde nie mitgeteilt, *wie* sie gesammelt werden sollten. Wenn ich gewusst hätte, dass Yuri eine Pandemie plant ...«

Peyton hob die Hand. »Ich glaube dir, Mom. Moment – du hast gesagt, du hättest *gehofft*, die Daten würden Kraus' Werk vollenden. Hat es nicht funktioniert?«

»Es ist nicht komplett.«

»Wieso?«

»Der Schlüssel zum Verständnis des Codes ist nicht der Stichprobenumfang. Es kommt auf die Vielfalt der Proben an. Wir müssen wissen, wie sich das menschliche Genom im Lauf der Zeit verändert hat. Die Veränderungen folgen einem Muster, wie bei einer mathematischen Gleichung. Wenn wir genug Daten sammeln, können wir sehen, wie die Daten entstehen.«

»Und was als Nächstes passiert.«

Ein Lächeln huschte über Lins Lippen, als wäre sie stolz, dass Peyton den richtigen Schluss gezogen hatte.

»Ist das der Code? Ein Algorithmus für das Fortschreiten der Evolution?«

»Er könnte dafür benutzt werden, aber wir glauben, dass er einem anderen Zweck dient.«

»Und zwar?«

Lin schwieg einen Moment. »Vertrau mir, Peyton.«

»Du bittest mich ständig, dir zu vertrauen, aber du willst mit nicht sagen, was vorgeht. Du vertraust *mir* nicht. Das ist ungerecht.«

»Es sind Kräfte am Werk, die du nicht verstehst.«

»Weil du mich im Dunkeln lässt.«

»Nein, weil jede Frage zu einer weiteren Frage führt. Schließlich führen sie zu Antworten, zu deren Verständnis dir der wissenschaftliche und historische Hintergrund fehlt.«

»Dann besorge ich mir eben einen Bibliotheksausweis.«

»Sei nicht schnippisch, Peyton. Das ist unhöflich.«

»Du kritisierst meine Umgangsformen, während du mir von oben herab erklärst, ich wäre nicht schlau genug, um zu verstehen, was passiert?«

»Ich habe nicht gesagt, du wärst nicht schlau genug, und ich wollte auch nicht herablassend sein. Tut mir leid, wenn du das so aufgefasst hast. Es war nicht meine Absicht.«

»Was ist denn deine Absicht?«

»Zeit zu sparen. Dir fehlt es nicht an Intelligenz, um zu verstehen, was vorgeht, sondern an Wissen. Dieses Wissen zu vermitteln würde lange dauern, und das können wir uns nicht leisten. Manche Forschungsprojekte haben schon vor zweitausend Jahren angefangen. Über das meiste findet man nichts in Bibliotheken oder an Unis oder sonst wo. Manches ist hier unten verborgen, und manches wartet woanders darauf, dass wir es finden. Und der Rest ist ehrlich gesagt nur in meinem Kopf.«

Peyton sah zur Seite. »Verrate mir wenigstens, warum du das tust – was dein Ziel ist.«

»Das weißt du doch. Yuri aufzuhalten. Kition aufzuhalten.«

»Aber wie? Wie kann der Code im menschlichen Genom sie stoppen?«

Lin schnaufte.

»Erzähl mir die Kurzfassung.«

»Wir glauben, der Code ist der Schlüssel, um einen Apparat zu entwickeln. Einen, der Yuris und Conners Spiegel-Projekt unschädlich macht. Und das größte Rätsel aller Zeiten löst.«

Peyton sah sie mit großen Augen an. »Du gegen Yuri – es geht darum, wer von euch das Spiegel-Projekt kontrolliert. Er will es wegen der Macht, die es ihm verschaffen würde. Du willst es zum Wohl der Wissenschaft. Du willst das Spiegel-Projekt nicht zerstören. Du willst es kontrollieren.«

Vor ihrem inneren Auge tauchten Bilder von vor dreißig Jahren auf, wie sie mitten in der Nacht London verlassen hatten, in die USA gereist waren, in Hotels gewohnt hatten, wie ihre Mutter sich mit dem Telefon im Bad verkrochen und flüsternd erkundigt hatte, was aus der *Beagle* geworden war. »Vor dreißig Jahren warst du verzweifelt, als die *Beagle* gesunken ist. Weil du die Forschung für dein eigenes Spiegel-Projekt brauchtest.«

»Ja.«

»Was bewirkt es – dein Spiegel-Projekt?«

»Wir nennen es den Kaninchenbau. Es ist nicht mit Yuris Spiegel-Projekt zu vergleichen, weder von der Funktionsweise noch von den Auswirkungen her …«

»Mom. Sag mir einfach, was es macht.«

»Mehr kann ich dir wirklich nicht verraten, Schatz. Tut mir leid.«

Der Strahl einer Helmlampe fiel in den Raum. Peyton drehte sich um und sah eine Gestalt durch die Tür auf sie zukommen.

6

In der Erinnerung saß Desmond in seinem Büro und sah durch das Fenster auf die Sand Hill Road, wo Radfahrer in teurer Ausrüstung fest in die Pedale traten, als der Nieselregen einsetzte. Es war der Herbst 2003, und die Investoren hatten den Dotcom-Crash noch frisch in Erinnerung. Die Mittel waren knapp. Risikokapitalgeber stellten gründlichere Fragen – und mehr davon. Die sogenannten Drive-by-Investments hatten den Weg der Dinosaurier beschritten. Übrig waren nur noch die vorsichtigen, methodischen Investoren wie Desmond. Er machte seine Hausaufgaben. Und er gab nie auf, wenn er an eine Firma glaubte.

Ein Klopfen an der Glastür erregte seine Aufmerksamkeit.

Yuri Pachenko stand dort, wie immer gelassen und mit ausdrucksloser Miene. Wortlos wandte er sich um und ging aus dem Büro.

Desmond schnappte sich seine Regenjacke und folgte ihm.

Sie fuhren auf der Interstate 280 nach Norden. Schweigend beobachteten sie, wie die sanften grünen Hügel Einkaufszentren, Bürogebäuden und Wohnsiedlungen wichen. Der Regen wurde stärker, als sie sich San Francisco näherten. Die Stadt war wie ein Virus, das sich von der Golden Gate Bridge aus Richtung Süden ausbreitete und alle Gebäude, die auch nur ein wenig in die Jahre gekommen waren, in etwas Neues und Glitzerndes verwandelte. Und teurer machte.

Immer mehr Menschen, die in der Stadt arbeiteten, konnten sich dort kaum noch eine Wohnung leisten.

Yuri nahm die Abfahrt zum Highway 1, und sie fuhren durch dicht bebautes Gebiet. Die Häuser bestanden aus Garagen im Erdgeschoss und zwei oder drei Stockwerken zum Wohnen, Miniatur-Wolkenkratzer, die sich am Straßenrand drängten.

Wahlkampfplakate von Gavin Newsom hingen in mehr als der Hälfte der Fenster, und Aufkleber schmückten die Stoßstangen der meisten Autos. Es gab noch mehr Plakate für die Gouverneurswahlen, manche warben für Gouverneur Gray Davis, andere für die neuen Kandidaten, vor allem den Demokraten Cruz Bustamante. Auf einem Transparent am Dach einer Tankstelle stand nur *Hasta La Vista Baby* – als Unterstützung für Arnold Schwarzenegger. Das erinnerte Desmond an ihre *Terminator*-Witze bei SciNet und seine erste Begegnung mit Kition und ihrer Tarnfirma Rapture Therapeutics.

In der Ferne ragten stolz die beiden roten Türme der Golden Gate Bridge auf, während die Sonne über dem Pazifik unterging. Nebel trieb vom Meer heran und schlich sich über die Brücke wie eine Lawine in Zeitlupe.

Yuri nahm die gewundene Straße durch den Golden Gate Park ins Presidio. Aber statt weiter auf die Brücke zuzufahren, bog er auf die 101 zum Yachthafen. In der Bucht lag Alcatraz. Eine Fähre mit Touristen legte ab, eine andere näherte sich dem Festland.

Als er auf die Lombard Street bog, sagte Yuri endlich etwas.

»Die Welt ist nicht so, wie sie scheint, Desmond.« Er blickte durch die Windschutzscheibe, und Desmond dachte, er würde seine Aussage weiter ausführen, aber der ältere Mann fuhr einfach schweigend weiter.

In Russian Hill bog Yuri nach links Richtung Fisherman's Wharf ab. Der Ghirardelli Square war voller Touristen, die shoppen gingen, Restaurants ansteuerten, auf ihre Stadtpläne sahen und unter Schirmen Schutz suchten, als der Nieselregen zu einem Wolkenbruch wurde.

Yuri nickte zu der Menschenmenge. »Kennst du den Unterschied zwischen ihnen und uns?«

Er hielt an. Das Plätschern des Regens wurde immer lauter, und Yuris leise Stimme drang wie aus weiter Ferne zu ihm. »Wir sind wach. Wir spüren die Wahrheit: dass irgendwas mit der Welt ganz und gar nicht in Ordnung ist.«

Yuri fuhr wieder an und rollte langsam an der Menge vorbei. Sie passierten das Argonaut Hotel, das Cannery Shopping Center und den Anchorage Square. Er hielt erneut vor dem Pier 39, dem Touristenmagneten, wo die Bars, Restaurants und Geschäfte überfüllt waren.

»Tief im Inneren wissen sie es auch. Das Gefühl ebbt ab und schwillt an. Manche Ereignisse überdecken es: Man verliebt sich, kriegt einen neuen Job, ist auf der Gewinnerseite. Man glaubt, das würde reichen, damit das Gefühl weggeht, aber das stimmt nicht. Es kommt immer wieder. Unsere Spezies hat es zu einer wahren Meisterschaft darin gebracht, dieses Gefühl zu verdrängen. Wir arbeiten uns zu Tode. Wir kaufen Dinge. Wir gehen auf Partys und ins Stadion. Wir lachen, schreien und jubeln – und schlimmer noch, wir kämpfen und streiten und sagen Sachen, die wir nicht meinen. Alkohol und Drogen beruhigen die heftigsten Anwandlungen. Ständig müssen wir die Bestie im Zaum halten. Aber unser Unterbewusstsein ruft nach Hilfe. Nach einer Lösung – einer Behandlung für das Grundproblem. Wir leiden alle unter derselben Sache.«

»Und zwar?«

»Uns wurde gesagt, das wäre einfach die Natur des Menschen.« Yuri wandte sich Desmond zu. »Aber das stimmt nicht. Unser Problem ist ganz einfach: Die Welt ist nicht so, wie sie scheint.«

»Wie ist sie denn?«

»Die Wissenschaft gibt darauf eine Antwort. Religiöse Texte bieten zahllose weitere. Aber die Menschheit ist davon allmählich ermüdet. Sie glaubt nicht mehr daran. Sie erwacht – und dieses Erwachen wird bald die Welt zerreißen. Es wird eine unvergleichliche Katastrophe geben.« Yuri holte tief Luft. »Aber wir können es verhindern, Desmond. Wir bieten eine Antwort auf die Frage, die uns schon immer quält. *Und* eine Lösung. Sie ist nicht schnell. Sie ist nicht einfach zu schaffen. Unsere ... Gruppe ...«

»Kition.«

»Ja. Wir versuchen schon lange, das Problem zu lösen.«

Desmonds Herz schlug schneller. »Was ist die Lösung?«

»Sobald du so weit bist.«

Wenn Desmond in seinem Leben etwas gelernt hatte, dann, dass es nichts umsonst gab. Alles hatte einen Haken. Er saß in diesem Auto, weil Yuri es wollte – weil Yuri etwas von ihm wollte.

»Warum ich? Was willst du von mir?«

Yuri verzog die Lippen zur Andeutung eines Lächelns. »Zwei Gründe. Erstens, wie gesagt, du bist wach. Wenn einer von denen da draußen bei mir im Auto sitzen würde, und ich hätte dasselbe gesagt, hätte derjenige gelacht und wäre ausgestiegen. Aber du weißt, dass ich die Wahrheit sage. Die Welt ist nicht so, wie sie scheint.«

»Und der zweite Grund?«

»Den hast du wahrscheinlich schon erraten.«

»Du brauchst mich.«

»Stimmt.«

»Warum?«

»Deine Fähigkeiten. Ich glaube, du bist auf einzigartige Weise dafür qualifiziert, eine Komponente der Lösung zu entwickeln.«

»Das Spiegel-Projekt.«

»Ja.«

»Was ist es?«

»Alles zu seiner Zeit. Du musst noch eine Menge lernen.«

»Zum Beispiel?«

»Wenn du Kition beitreten willst, musst du zuerst die Menschheit so sehen, wie sie wirklich ist. Du musst dich der Wahrheit stellen, die in uns steckt.« Yuri hielt erneut inne. »Das ist kein Teilzeitjob oder Hobby, Desmond. Du musst dich voll und ganz darauf einlassen. Und wenn du einmal angefangen hast, kannst du keinen Rückzieher mehr machen. Hast du das verstanden?«

Desmond musste an die Buschfeuer in Australien denken, an den Tag, als er in die Flammen gestürmt war, die sein Heim zerstört und seine Familie getötet hatten. Und er erinnerte sich an den Tag, an dem er erfahren hatte, dass sein Onkel gestorben war, den Tag, an dem Dale Epply ihn berauben wollte. Beide Male hatte er beschlossen zu handeln. Er war in Australien ins Feuer gegangen. Er hatte Dale getötet, um sich selbst zu retten. Beide Entscheidungen, beide Handlungen hatten Punkte markiert, an denen keine Rückkehr mehr möglich war.

Er wusste, dass jetzt erneut ein solcher Augenblick gekommen war. Und wieder zögerte er nicht. Er wusste, was er tun musste.

»Ich gebe dir ein bisschen Zeit, um darüber nachzudenken.«

»Ich brauche keine Zeit.«

Yuri fuhr weiter. Er verließ Fisherman's Wharf über die Embarcadero. Die Hotels, Restaurants und Geschäfte wichen nun Wolkenkratzern und Parkhäusern, als sie sich dem Bankenviertel und der Bay Bridge näherten.

Yuri parkte in einer Garage unter einem großen Gebäude aus Stahl und Glas, das Desmond wenig beeindruckend fand. Im Erdgeschoss befanden sich eine CVS-Drogerie, ein

Klamottenladen von Banana Republic und zwei leere Ladenlokale. Sie stiegen aus, und Desmond sah auf den Plan neben dem Aufzug. Rapture Therapeutics befand sich im vierzehnten Stock.

Zu seiner Überraschung drückte Yuri den Knopf für den fünfundzwanzigsten Stock, nachdem er seine Zugangskarte in den Schlitz geschoben hatte.

Als sich der Aufzug öffnete, sahen sie ein Foyer mit Marmorboden und hölzerner Doppeltür vor sich. Yuri legte die Hand auf den Fingerabdruckleser neben der Tür, und sie schwang auf.

Eine schlanke Frau in schwarzem Kostüm saß hinter einem erhöhten Rezeptionspult. Es gab weder ein Firmenlogo an der Wand noch sonstige Schilder. Die Frau lächelte Yuri an. »Guten Abend, Sir.«

»Guten Abend, Jennifer. Ich möchte Ihnen Desmond Hughes vorstellen.«

Sie stand auf und schüttelte seine Hand.

»Desmond wird eine Weile bei uns sein.«

»Willkommen.«

»Danke.« Desmond sah sich um, weil er sich noch immer fragte, wo sie eigentlich waren.

Yuri führte ihn einen Flur entlang, der in einem winzigen Vorraum mit vier Türen endete. Er zog eine weitere Karte aus der Tasche, fuhr damit über das Gerät neben einer der Türen und drückte sie auf.

Dahinter lag eine modern eingerichtete Wohnung. Vom Wohnzimmer aus hatte man einen atemberaubenden Blick auf die Bucht. Es gab ein kleines Schlafzimmer, ein Arbeitszimmer und eine gut ausgestattete Küche.

»Das ist jetzt dein Zuhause.«

Desmond nickte abwesend. »Ist das ...«

»Eine Art Hotel. In den obersten drei Stockwerken sind Wohnungen. Sie gehören alle uns.«

Desmond versuchte, sich einen Reim darauf zu machen. »Ich werde bei Rapture arbeiten?«

»Nein.«

Yuri führte Desmond aus der Wohnung, zurück über den Flur und an der Rezeption vorbei. Mit beiden Händen schob er zwei Schiebetüren auseinander, hinter denen der beeindruckendste Raum lag, den Desmond je gesehen hatte.

Desmond trat ein und sah sich sprachlos um. Er hörte, wie die Türen hinter ihm geschlossen wurden.

»Ich dachte, das würde dir gefallen.«

Die Bibliothek war drei Stockwerke hoch, und eine Wendeltreppe in der Ecke führte zu einer hufeisenförmigen Galerie auf zwei Ebenen. Durch die Glaswand, die sich auf der anderen Seite über die gesamte Höhe erstreckte, konnte man auf die Bucht sehen. Die letzten Sonnenstrahlen klammerten sich an Alcatraz und die Golden Gate Bridge wie Seegras, das von der Ebbe fortgespült wurde. Lange beleuchtete Lesetische standen verlassen da.

»Hier fängt es an«, sagte Yuri leise.

»Was?«

»Deine Ausbildung.« Yuri ging zum Fenster. »Deine wirkliche Ausbildung.«

»Wie?«

»Mit einer Frage.« Yuri sah ihn an. »Ich stelle dir drei Fragen. Jede davon wird einen weiteren Teil der Wahrheit enthüllen.«

»Worüber?«

»Über die Menschheit. Du musst das Problem verstehen, bevor du es lösen kannst. Die Antworten befinden sich in diesem Raum.«

Desmond ließ den Blick über die Regale schweifen. Wissenschaftliche und historische Bücher. Biografien. Und Bände ohne Beschriftung. In der Ecke stand auf einem Podest ein Computer. Ein digitaler Katalog?

Er grinste. »Und wenn ich die Bücher alle gelesen habe, weiß ich Bescheid?«

Yuri ignorierte seine Flapsigkeit und antwortete ernst: »Das würde auch nicht helfen.«

»Warum nicht?«

»Du weißt nicht, wonach du suchst.«

»Wonach suche ich denn?«

»Nach der Lösung eines sehr seltsamen Rätsels.« Yuri ging zu einer Weltkarte und zeigte auf den afrikanischen Kontinent. »Vor sechs Millionen Jahren wurde in Afrika eine Äffin geboren. Eines wissen wir mit Sicherheit über sie: Sie hatte mehr als ein Kind. Jeder Mensch stammt von einem dieser Kinder ab. Und jeder Schimpanse stammt von einem der anderen Kinder ab. Unglaublich, oder? Unser letzter gemeinsamer Vorfahr mit den Schimpansen lebte vor sechs Millionen Jahren, trotzdem stimmen unsere Gene zu 98,8 Prozent überein. Nach Millionen von Jahren haben sich nur 1,2 Prozent der Gene auseinanderentwickelt. Daran sieht man, wie große Auswirkungen wenige Gene haben können.«

Er betrachtete die Karte. »Von diesem Punkt an wird die Geschichte seltsamer. Vor zweieinhalb Millionen Jahren tauchten die ersten Menschen auf – die ersten Mitglieder der Gattung *Homo*. Ebenfalls in Afrika. Sie trieben sich ungefähr eine halbe Million Jahre da rum, dann begannen sie die Welt zu erkunden. Zuerst den Nahen Osten, später dann ganz Europa und Asien.

Die Neandertaler entwickelten sich vor einer halben Million Jahren – in Europa vermutlich. Sie zogen schließlich nach Asien, wo sie Hunderttausende von Jahren gemeinsam mit dem *Home erectus* lebten und vielleicht sogar ähnliche Steinwaffen nutzten, um das gleiche Wild zu jagen.

Unsere spezielle menschliche Spezies entstand vor zweihunderttausend Jahren – wieder in Afrika. Überleg mal: Zu diesem Zeitpunkt gab es andere Menschenarten überall in

Europa und Asien. Diese Frühmenschen hatten zwei Millionen Jahre lang überlebt. *Wir* sind die Neulinge. Zuerst scheinen wir nichts Besonderes zu sein. Die Welt nimmt ungerührt ihren Lauf.

Vor ungefähr siebzigtausend Jahren wird es interessant. Wir verändern uns – wir erringen irgendeinen Vorteil. Eine kleine Gruppe Menschen verlässt Afrika und beginnt, den Planeten zu erobern wie keine Spezies zuvor. Alle anderen Menschenarten sterben aus. Die Megafauna geht zugrunde. Wir schaffen eine neue Welt. Aber das vielleicht außergewöhnlichste Ereignis passiert vor fünfundvierzigtausend Jahren – in deiner Heimat.«

»Australien.«

»Ja. Bis dahin hatte keine menschliche Spezies einen Fuß auf den australischen Kontinent gesetzt. Aus gutem Grund. Er war isoliert, von allen anderen Landmassen durch mindestens hundert Kilometer offenes Meer getrennt. Und es gab auch keine Karte, die einem zeigte, welche Richtung man einschlagen musste.«

Yuri zeigte auf eine kleine Insel in der Salomonensee, östlich von Papua-Neuguinea. »Buka. Von der nächsten Insel durch zweihundert Kilometer offenes Meer getrennt. Dort wurden menschliche Überreste gefunden, die dreißigtausend Jahre alt sind. Überleg mal: eine Gruppe von Menschen, die vor dreißig- oder vierzigtausend Jahren die Fähigkeit hatte, Boote zu bauen und über riesige Entfernungen auf dem Meer zu navigieren. Damals wäre das die größte Erfindung der Geschichte gewesen; sie müssen an der Spitze der Entwicklung gestanden haben. Das ist, als wäre ein Land im achtzehnten Jahrhundert zum Mond geflogen, während der Rest die Welt in Holzbooten erkundet.«

Desmond betrachtete die Karte. »Und was ist das Rätsel?«

»Das Rätsel«, sagte Yuri, »besteht darin, was aus ihnen geworden ist.«

Desmond wartete ab.

»Vor fünfundvierzigtausend Jahren standen sie an der Spitze der menschlichen Spezies. Sie waren Lichtjahre voraus. Aber als die Holländer 1606 in Australien landeten, waren ihre Nachfahren primitive Jäger und Sammler. Sie hatten nicht mal Ackerbau oder Schrift entwickelt.

Die erste Frage an dich, Desmond, lautet: Was ist mit ihnen passiert?«

***

In dem Lieferwagen an der Sand Hill Road beobachtete Conner den Herzschlagmonitor. Der Rhythmus hatte sich in den letzten Minuten stabilisiert.

»Was war das?«

Dr. Park sah von seinem Laptop auf. »Ich vermute, wir haben gerade die physiologische Reaktion auf die Rückkehr einer Erinnerung erlebt.«

»Also erinnert er sich jetzt?«

Park hob die Hände. »Weiß ich nicht.«

»Warum nicht?«

»Tja, weil ich so was noch nie gemacht habe. Ich überwache seine Gehirnwellen. Er befindet sich definitiv im REM-Schlaf.«

»REM?«

»Rapid Eye Movement. Das ist eine Schlafphase, in der wir Alpha- und Betawellen messen können und desynchrone Wellen ...«

»Ich bin nicht hier, um mir einen Vortrag über Gehirnwellen anzuhören. Sagen Sie mir, was mit ihm los ist.«

»REM ist eine besondere Schlafphase. Der Körper ist praktisch gelähmt. Es ist der Zeitraum, in dem wir lebhafte, zusammenhängende Träume haben. Die einzigen Träume, an die wir uns erinnern können, finden in dieser Phase statt.«

»Sie glauben also, seine Erinnerung läuft wie ein Traum ab, den er sich später vergegenwärtigen kann?«

»Das ist meine Vermutung. Es kommt mir logisch vor. Das Implantat könnte Träume simulieren – das wäre eine gute Methode, damit das Gehirn die Erinnerung wiedererlangt. Es kennt diesen Prozess schon.«

»Merken Sie es, wenn die Erinnerung zu Ende ist?«

»Möglich. Wenn wir eine Veränderung der Gehirnwellen sehen, können wir wohl davon ausgehen, dass die Erinnerung fertig abgespult wurde.«

»Gut. Sagen Sie mir Bescheid, wenn der Abspann läuft, Doktor.«

Conner würde seinen Bruder später unter Drogen setzen und verhören müssen. Hoffentlich würde ihn diese Erinnerung zu Rendition führen.

Durch das Fenster sah er, wie zwei gepanzerte Truppentransporter die Sand Hill Road Richtung Stanford und Palo Alto entlangschossen. Kurz darauf folgten drei Humvees an der Spitze eines Konvois aus leichten Panzerfahrzeugen, von deren Ladeflächen Soldaten mit automatischen Waffen im Schoß zwischen den Planen hervorblickten.

Der Zusammenbruch des Internets bewirkte genau das, was Conner brauchte: Chaos. Das würde ihm etwas Zeit verschaffen.

7

Peyton blinzelte im grellen Licht der Helmlampe und hielt sich die Hand vor die Augen.

Der SEAL trat in das enge Büro zu Peyton und ihrer Mutter. Seine Lippen bewegten sich, aber über Funk wurde nichts übertragen.

Lin griff sich an den Helm, um den Kanal zu wechseln, und begann zu sprechen.

Peyton schaltete ebenfalls zurück auf Kanal eins.

»... gerade durchgekommen«, sagte der Techniker.

»Gut.« Lins Stimme war emotionslos.

»Sollen wir mit dem nächsten Büro weitermachen?«

»Nein. Versiegeln Sie das Büro, das Sie gerade geöffnet haben, vorschriftsmäßig, und machen Sie sich zum Aufbruch bereit. Wir sind hier erst mal fertig.«

Der SEAL verließ das Büro und verschwand im Gang.

Lin wandte sich zu Peyton und streckte vier Finger ihres Handschuhs hoch. Peyton wechselte wieder den Kanal.

»Können wir weitermachen?«

Peyton musterte das leicht gerunzelte Gesicht ihrer Mutter. »Was bewirkt es? Dein Spiegel-Projekt. Der Kaninchenbau.«

»Schwer zu beschreiben ...«

»Schadet es jemandem?«

Lin wirkte gequält. »Nein. So ist es nicht.«

»Wie ist es denn?«

»Es wird uns einen ganz neuen Blick auf die Welt verschaffen.«

Wie die meisten Kinder hatte Peyton nie angezweifelt, was ihre Mutter sagte. Normalerweise hatte Lin Shaw das letzte Wort. Peyton war kein aufmüpfiger Teenager, sondern ein stilles Mädchen gewesen; sie hatte ihre Nase ständig in Bücher gesteckt oder für sich ganz allein gespielt. An Auseinandersetzungen war sie nicht gewöhnt. Das war einer der Gründe, warum sie sich für die Epidemiologie entschieden hatte. Viren und Bakterien griffen Menschen an, aber sie waren mikroskopisch klein. Der Kampf spielte sich eher im Verborgenen ab, aber er war wichtig. Sehr wichtig.

Doch in diesem Moment hatte sie das Gefühl, ihre Mutter drängen zu müssen. Sie musste wissen, dass sie etwas Wichtiges taten – und dass es das bewirkte, was ihre Mutter versprach. »Wird es Yuri und Kition aufhalten?«

»Wenn ich recht habe, wird es ihn kaltstellen.«

»Und hilft es uns, Desmond zu finden?«

»Nein. Aber *ich* werde dir helfen. Das verspreche ich dir, Peyton. Ich weiß, was er dir bedeutet. Ich weiß, wie es ist, die Liebe seines Lebens zu verlieren, weil man die Umstände nicht ändern kann.«

Die Anspielung auf ihren Vater machte Peyton traurig. Ihre Mutter blieb ungerührt.

»Wir beide bringen das zu Ende. Zusammen.«

***

Im Tauchboot beobachtete Peyton, wie die Tiefenanzeige sich der Null näherte. Das speziell angefertigte Boot hatte keine Fenster, aber ein Flachbildschirm zeigte die Bilder von sechs Kameras, die oben, unten und an allen vier Seiten montiert waren. Die dicke Eisschicht tauchte auf und zog vorbei. Das Boot wackelte, als es die Wasseroberfläche durchstieß.

Peyton nahm den Helm ab, als sie das Deck betrat. Eine dichte weiße Wolke umhüllte sie, eine Mischung aus Zigarettenrauch und dem warmen Atem der russischen Seeleute in der arktischen Luft. Die Stimmen der Matrosen und des Forschungsteams bildeten eine Kakofonie, deren Ursprung nicht auszumachen war. Flutlichter schienen von dem Deck über ihnen herab wie vier Monde hinter der Wolkendecke einer fremden Welt. In dem Durcheinander konnte Peyton ein paar Fetzen des Streits aufschnappen – Forscher diskutierten, ob sie abreisen sollten. Irgendetwas lief gewaltig falsch.

Lin ging zu dem Soldaten der US-Navy, der die Winde bediente, die das Tauchboot mit der *Arktika* verband. »Was ist hier los, Chief?«

»Das Internet funktioniert nicht mehr, Ma'am.«

»Liegt das Problem bei uns?«

»Nein, Ma'am.«

»Klären Sie mich auf.«

Der Mann löste den Blick von der Steuerung. »Vor fünfzehn Minuten ist die Satellitenverbindung abgebrochen.«

»Unsere oder ihre?« Lin nickte zu den Russen.

»Beide.«

Lins Augen huschten hin und her, als würde sie schnell lesen.

»Die Geräte funktionieren, aber die Satelliten reagieren nicht. JTF-GNO. Rubicon. Sie sind abgeschaltet ...«

Lin wirbelte herum und rief über das Deck.

»Wasiliew!«

Der stämmige russische Offizier tauchte mit verärgerter Miene aus der Dampfwolke auf.

»Lösen Sie Alarm aus!«, brüllte Lin.

Er sah sie verwirrt an.

»Los! Sofort, Wasiliew! Wir werden angegriffen.«

Sein Gesichtsausdruck wurde weicher, als er schließlich

begriff. Er zog das Funkgerät vom Gürtel und hielt es sich an den Mund, brachte jedoch kein Wort hervor.

Das Deck bebte, als die Bombe explodierte. Die Flutlichter erloschen, und die trübe gelbe Notbeleuchtung flackerte kurz auf, bevor eine zweite Explosion das Schiff erschütterte. Diese hielt länger an, wie Donner, der durch den Stahlkoloss grollte.

Dann rannten alle los. Die Seeleute liefen zu ihren Sammelstellen. Ihre Rufe hallten vom Metall wider. Peyton glaubte, Schüsse zu hören, dumpfe rhythmische Geräusche in der Dunkelheit. Eine Böe blies den Vorhang aus Zigarettenqualm und Dunst weg, und Peyton sah, dass alle stehen geblieben waren. Sie starrten zu dem Helikopter auf dem Deck über ihnen. Die Rotoren drehten sich. Die Seeleute fluchten lautstark, als ihnen klar wurde, dass ihre beste Fluchtchance entschwand.

Lins Warnung war in dem Geschrei kaum zu hören: »Zurück!«

Der Hubschrauber explodierte in einem Feuerball, und Splitter flogen durch die Luft. Die Druckwelle warf Peyton zu Boden. Zwei Männer landeten auf ihr. Wenn sie nicht den dicken Anzug getragen hätte, hätte sie sich beim Aufprall auf dem Deck unter dem Gewicht der Männer die Knochen gebrochen. Ihre Ohren klingelten, und Blut floss ihr über das Gesicht. Sie begriff, dass es nicht ihr eigenes war, sondern von einem der Männer über ihr stammte. Als sie aufblickte, sah sie ein Metallstück aus seinem Gesicht ragen.

Sie streckte die Arme aus und drückte gegen den oberen Mann. Er rutschte herunter. Sie krümmte ihren Rücken, um sich von dem anderen Mann zu befreien, aber er war zu schwer. Schließlich gelang es ihr, sich auf den Bauch zu drehen und unter ihm hervorzukriechen.

Sie überprüfte seinen Puls. Nichts. Er war tot.

Das Deck bot einen schrecklichen Anblick. Überall stapelten sich Leichen in bizarren Winkeln, als hätte jemand eine Streichholzschachtel ausgekippt. Ein Feuer prasselte im verkohlten Wrack des Helikopters und schickte schwarze Rauchwolken auf das Deck hinab. Einige Seeleute begannen, sich zu bewegen, wie Zombies, die sich aus einem Massengrab erhoben, nur beschienen vom grünen und violetten Polarlicht.

Ihre Münder öffneten sich, aber Peyton hörte nichts. Doch – eine dumpfes Klingeln. Sie schüttelte den Kopf und kroch zu dem Seemann, der ihr am nächsten lag. Tot.

Aber der daneben lebte noch.

Sie rief einen Mann, der gerade auf die Beine gekommen war. Aber sie konnte ihre eigene Stimme nicht hören, und wenn er sie hören konnte, dann ignorierte er sie. Er rannte zu einem Rettungsboot und begann, die Seile zu lösen.

Peyton versuchte, sich zu konzentrieren. Das Forschungsteam. Unter Deck. In der Dunkelheit. Sie musste die Leute warnen, ihnen nach draußen helfen. Und die Daten retten.

Was noch?

Ihre Mutter.

Lin Shaw lag drei Meter entfernt. Und rührte sich nicht.

Peyton taumelte über das Deck und schreckte jedes Mal zusammen, wenn sie auf einen am Boden liegenden Seemann trat. Nur wenige bewegten sich unter ihren Füßen.

Sie nahm das Gesicht ihrer Mutter in die Hände, dann legte sie zwei Finger auf ihre Halsschlagader und wartete voller Angst …

Sie spürte einen Puls.

Lin öffnete nicht die Augen, aber ihr Atem normalisierte sich. Sie kam zu sich. Peyton konnte nicht warten. Ihre Mutter würde überleben, das musste erst einmal genügen.

Peyton wirbelte herum und suchte das Deck nach ihrem Helm ab. Er lag noch neben dem Tauchboot, wo sie ihn abgesetzt hatte. Sie setzte ihn wieder auf und schaltete die Lampe an.

Vorsichtig ging sie zur nächstgelegenen Luke. Dahinter befand sich eine Leiter, die sie hinabstieg.

Nur ihre Helmlampe beleuchtete die Gänge. Sie erinnerten sie an die der *Beagle*, nur dass hier weder Eiskristalle hingen noch Staubflocken vorbeiflogen. Sie fragte sich, ob auch die *Arktika* zu einem Grab auf dem Meeresgrund werden würde. Oder wollten die Angreifer nur die Daten und Fundstücke stehlen?

Allmählich kehrte ihr Gehör zurück. Stimmen und Schritte hallten durch die Gänge. Sie musste mehrmals stehen bleiben, um russische Seeleute vorbeizulassen. Bald wimmelten die Gänge von Menschen. Peyton kam sich vor wie eine Flipperkugel, die unkontrolliert herumgeschossen wurde.

Sie hatte fast den Laderaum erreicht, als sie jemand an der Schulter festhielt und gegen die Wand drückte.

Eine Helmlampe leuchtete ihr in die Augen.

Ihre Mutter.

Sie hatte das Visier hochgeklappt und rang nach Luft. Peyton öffnete ihren Helm ebenfalls, damit sie ihre Mutter hören konnte.

»Wir müssen ...« Lin beugte sich vor und stützte die Hände auf die Knie. »... vom Schiff runter.«

»Mom, die Forscher, die Daten ...«

»Keine Zeit, Peyton. Sie werden das Schiff versenken.«

»Wer?«

»Yuri.«

»Er ist hier?«

Lin schüttelte den Kopf. Endlich kam sie wieder zu Atem. »Seine Männer. Ich weiß es.«

Zwei Lichtstrahlen fielen um die Ecke und erfassten sie von hinten. Eine Männerstimme rief durch den Gang. »Dr. Shaw.«

Die Frauen drehten sich um.

Ein Lächeln umspielte die Lippen des Mannes. »Die *Doktoren* Shaw, sollte ich wohl sagen.«

Er und sein Begleiter waren mit Arbeitsuniformen der US Navy bekleidet. Peyton erkannte das Wüstentarnmuster, das den SEALs und anderen Sondereinsatzkräften der Navy vorbehalten war. Die beiden Männer trugen Stirnlampen, Körperpanzer und Winterausrüstung. An ihren Schultern hingen automatische Gewehre.

»Lieutenant Stockton, Ma'am«, sagte der erste Mann. Er nickte zu seinem Begleiter. »Chief Petty Officer Bromitt und ich haben den Befehl, Sie vom Schiff runterzubringen.«

Lin musterte ihn gründlich, ohne etwas zu entgegnen. Peyton spürte ihr Misstrauen.

»Wir haben leider nicht viel Zeit, Dr. Shaw. Wenn Sie und Ihre Tochter uns folgen würden ...«

Zu Peytons Überraschung schloss sich Lin dem Petty Officer an. Mangels Alternative ging Peyton mit.

Mit jedem Schritt wurden die Gänge voller. Russische Seeleute rannten mit Taschenlampen vorbei. Biologen versuchten, sich mit dem Licht ihrer Handys zu orientieren. Archäologen in weißen Anzügen, manche mit LED-Leuchtstäben oder Stiftlampen in den Händen, drängten sich durch das Chaos.

Lins Stimme war durch den Lärm der Schritte kaum zu verstehen. »Wohin gehen wir, Lieutenant?«

»Notevakuierung, Ma'am. Kann ich Ihnen nicht sagen.«

»Auf wessen Befehl?«

»Direkt von CENTCOM, Ma'am. Ständige Anweisung für diesen Einsatz. Sie beide sind unersetzlich.«

Sie erreichten eine Leiter, die Bromitt hinaufzuklettern begann. Lin und Peyton folgten ihm, Stockton kam zum Schluss. Sie hielten nicht an, bis sie das Hauptdeck erreichten. Als sie aus der Luke traten, befanden sie sich in der Mitte des Schiffs, gegenüber der Seite, auf der die Anlegestelle des

Tauchboots lag. Überall banden russische Seeleute Rettungsboote los und legten ihre gefallenen Kameraden hinein. Ein Offizier rief ihnen mit einem Megafon auf Russisch Befehle zu.

Stockton zeigte auf ein Drahtseil, das außen an der Reling hing. »Schwingen Sie sich rüber, Ladys.«

Peyton spähte über die Reling. Ungefähr fünfzehn Meter unter ihnen schwamm in einem Loch im Eis ein Tauchboot, das ein wenig größer war als das der *Arktika*.

»Was ist Ihre Operationsbasis, Lieutenant?«

»Ein anderer Eisbrecher, Ma'am. In der Nähe. Wir müssen jetzt wirklich los.«

Das Schiff ruckelte, als wäre unten irgendwas gebrochen. Eine Spundwand vielleicht?

Peyton sah zum Wasser hinab. Die Oberfläche kroch immer weiter den Rumpf hinauf. Der gewaltige Eisbrecher sank.

Stockton näherte sich Lin. »Ich muss darauf bestehen.«

Lin wies auf das Seil. »Okay. Der Chief soll zuerst runterklettern, um zu testen, ob das Seil hält.«

Stockton schüttelte den Kopf. »Ladies first.«

»Nein, Lieutenant. Erst der Chief. Wenn er halb unten ist, folge ich ihm, dann kommt Peyton und zum Schluss Sie, genau wie vorhin.« Sie sah ihm in die Augen. »Sonst müssen Sie mich runterwerfen.«

Stockton lächelte und nickte dem Chief zu, der die Beine über die Reling schwang, das Seil packte und hinabrutschte.

Als Lin an die Reling trat, schob sie eine Hand in die Tasche ihres Schutzanzugs. Dann sprang sie mit erstaunlicher Behändigkeit auf den Lieutenant zu. Sie traf ihn am Bauch, knapp unter der Panzerung. Ein elektrisches Knistern ertönte – das schnelle Klack-klack-klack einer Betäubungswaffe. Stockton brach zuckend zusammen und schrie, als er hart mit dem Gesicht aufs Deck schlug.

Lin zog das Kampfmesser aus der Scheide an Stocktons Wade und schlug mit der Klinge auf das Seil. Es riss nicht, sondern vibrierte heftig und summte wie eine Violinensaite.

Bromitt war zehn Meter unter ihnen. Er begann sofort, wieder hinaufzuklettern.

Peyton wollte weglaufen, aber ihre Mutter drehte das Messer um und sägte mit der gezackten Seite an dem Drahtseil.

»Mom!«

Lin sah nicht auf.

Bromitt zog sich keuchend weiter hinauf. Er kam schnell näher. Nur noch sieben Meter.

Einzelne Drähte lösten sich aus dem Seil. Es würde niemals rechtzeitig reißen.

Über ihnen wurden Leuchtraketen abgeschossen – die russische Besatzung rief um Hilfe.

Bromitt begann, seitwärts am Rumpf entlangzulaufen, und schwang sich wie ein menschliches Pendel hin und her, um die Reling zu erreichen. Mit jedem Versuch kam er näher. Beim nächsten Mal würde er sich daran festklammern.

»Mom!«

Lin warf Peyton einen kurzen Blick zu, drehte das Messer wieder um und hackte mit aller Kraft auf das Seil. Es riss, und Bromitt fiel aufs Eis. Er prallte dort auf, wo die vier Meter dicke Schicht ins Wasser überging. Seine Beine brachen. Er schrie auf, ruderte mit den Armen und versuchte, an der schrägen Kante Halt zu finden. Langsam rutschte er aufs Wasser zu.

Zehn Meter entfernt wurde die Luke des Tauchboots aufgerissen. Ein Mann streckte den Kopf heraus und entdeckte Bromitt. Entsetzt beobachtete er, wie sein Kamerad ins eiskalte Wasser glitt. Bromitt konnte seine gebrochenen Beine kaum bewegen, und seine letzten Worte wurden zu einem Gurgeln, als das arktische Wasser in seinen Mund floss.

Der Soldat in dem Tauchboot sah mit hasserfülltem Blick

nach oben. Er zog eine Pistole und feuerte. Der erste Schuss schlug wenige Zentimeter neben Lin in die Reling ein.

Sie sprang zurück und schrie: »Angreifer!«

Seeleute vom Achterdeck strömten in den schmalen Durchgang. Sie feuerten auf das Tauchboot. Die Geschosse prallten vom Rumpf ab, während der Mann seinen Kopf einzog.

Stockton stöhnte, streckte eine Hand aus und griff nach der Metallreling. Seine halb gelähmten Glieder zitterten, als er sich zur Kante zog.

Lin sprang auf ihn zu, aber nicht schnell genug; er fiel über die Kante und rutschte mit dem Kopf voran am Rumpf hinab. Er schrie, als er ins eiskalte Wasser stürzte.

Ein anderer Mann erschien aus dem Tauchboot und deckte den Gang mit automatischem Gewehrfeuer ein. Weitere Russen liefen auf das Deck und begannen zu schießen. Das Tauchboot befand sich jetzt im Kreuzfeuer, vom Vordeck und vom Achterdeck aus.

Lin packte Peyton und zog sie zur Luke. »Lauf.«

»Mom.«

»*Los*, Peyton. Sonst sind wir tot.«

Lin schlug die Tür hinter ihnen zu und verschloss sie mit dem Rad. Die beiden Frauen schlängelten sich im Licht ihrer Helmlampen durch die Gänge.

Sie erreichten das Achterdeck, das mit Leichen und Trümmern von der Explosion des Hubschraubers übersät war. Eine Menschenmenge hatte sich um die Anlegestelle des Tauchboots gebildet – Biologen in arktischer Schutzkleidung und Archäologen in weißen sauberen Anzügen –, und alle riefen durcheinander und winkten. Peyton begriff, was ihrer Mutter offenbar schon früher klar geworden war: Es gab nur zwei Möglichkeiten, das sinkende Schiff zu verlassen, entweder mit den Rettungsbooten oder mit dem Tauchboot. Die Rettungsboote konnten auf das Eis herabgelassen werden, aber die

Überlebenden würden den Elementen in Zelten und warmer Kleidung trotzen müssen. Wenn nicht bald Hilfe kam, glich das einem Todesurteil. Peyton war sich nicht sicher, ob die Chancen mit dem Tauchboot viel besser standen, aber ihre Mutter hatte sich dafür entschieden.

Lin formte mit ihren Armen einen Keil und stürmte in die Menge.

An der Steuerung der Winde hielten sechs SEALs den Mob mit vorgehaltenen Gewehren zurück. Sie winkten Peyton und Lin nach vorn, ließen sie durch und schlossen hinter ihnen die Reihen. Nigel Greene stand schon dort und drückte eine Umhängetasche an die Brust, unter der sein schwammiger Bauch hervorragte.

»Lieutenant«, sagte Lin zu einem SEAL mit zwei silbernen Streifen auf dem Revers.

»Ma'am«, entgegnete er, ohne sie anzusehen. »Ich dachte, Sie würden das Tauchboot bevorzugen.«

»Eskorte?«, fragte sie trocken.

»Adams und Rodriguez werden Sie begleiten, Ma'am. Sie kennen die *Beagle* am besten. Wir halten ihnen den Rücken frei.«

Warum müssen sie das U-Boot kennen?, fragte sich Peyton. Und dann gab sie sich selbst die Antwort: falls die Männer aus dem anderen Tauchboot in das Wrack eindrangen. Falls sie verfolgt wurden und auf der *Beagle* kämpfen mussten.

»Sie und Ihre Männer werden für Ihre Tapferkeit heute geehrt werden, Lieutenant«, sagte Lin. »Das verspreche ich Ihnen.« Sie wandte sich zu Nigel. »Dr. Greene, bitte.«

Der Biologe ging schnell zu dem Tauchboot. Als er einstieg, drängte die Menschenmenge nach vorn, weil sie erkannte, dass ihre einzige Überlebenschance ihr entglitt. Die SEALs schossen in die Luft, und die Menge beruhigte sich und wich zurück.

Peyton sah in die hoffnungslosen und ängstlichen

Gesichter. Sie kannte diese Mienen nur zu gut – sie hatte sie unzählige Male bei Seuchenausbrüchen überall auf der Welt gesehen, in Hütten und baufälligen Mietskasernen und Feldhospitälern. Aber das hier war anders. Als Epidemiologin hatte sie alles getan, um den Sterbenden zu helfen. Sie hatte sogar ihr eigenes Leben riskiert. Bei Pandemien nahm die Menschheit den Kampf gegen die Kräfte der Natur auf – alle waren betroffen und rangen ums Überleben. Das war ein Kampf, dem sie sich verschreiben konnte, aber hier ... hier räumte sie ihrem eigenen Leben einen höheren Stellenwert ein als dem der anderen und verurteilte sie damit zum Tode. Sie gegen die anderen. Es fühlte sich falsch an.

Sie blieb stehen. Sah zu, wie die anderen an Bord gingen.

»Peyton.« Die Stimme ihrer Mutter war wie ein Peitschenhieb, aber ihre Augen verrieten keine Gefühle. »Wir müssen los, Peyton. Die Menschen verlassen sich auf dich.« Sie trat näher. »Es geht ums Überleben.«

Vor ihrem inneren Auge sah Peyton Desmonds Gesicht. Ihren Bruder Andrew. Ihre Schwester Madison.

Wie in Trance ging sie zum Tauchboot und kletterte die Leiter hinab. Sie hörte, wie ihre Mutter und zwei Navy SEALs ihr folgten. Die Luke wurde geschlossen, das Boot zu Wasser gelassen.

Ein einziger Gedanke hallte durch ihren Kopf. *Wir lassen sie hier sterben.*

Ihre Mutter schien sie zu verstehen. Sie beugte sich zu Peyton und sah ihr in die Augen. »Hör mir zu. Wir haben diese Situation nicht ausgelöst.« Sie zeigte nach oben. »Das waren sie. Yuri und die anderen. Sie haben uns in diese Lage gebracht. Sie versenken das Schiff und töten diese Menschen. Und das ist erst der Anfang. Du hast ja gesehen, wozu sie fähig sind. Wir müssen überleben, und wenn nur aus einem einzigen Grund: um sie aufzuhalten. Wenn wir unser Urteilsvermögen von Gefühlen trüben lassen, wenn wir die falsche

Entscheidung treffen, wenn sie uns entführen oder töten, werden noch viel mehr Menschen leiden müssen.«

Sie schwieg einen Moment.

»Du musst ans Wohl der Allgemeinheit denken, Peyton. Hast du verstanden?«

Peyton nickte. »Ja. Aber mir gefällt das nicht.«

»Das soll es auch nicht. Du solltest dich nie mit dem abfinden, was wir gerade getan haben.« Ohne ihn anzusehen, sagte Lin: »Dr. Greene?«

»Ma'am?«

»Berichten Sie.«

Er stieß den Atem aus. »Notfallplan ausgeführt. Ich habe die neusten Daten runtergezogen und Karten vom U-Boot mitgenommen.«

»Gut. Chief Petty Officer Adams.«

»Ma'am?«

»Wir müssen einen Plan entwickeln, wie wir die *Beagle* gegen Eindringlinge verteidigen. Wenn ich mich nicht irre, müssen wir bald um unser Leben kämpfen.«

8

Conner hatte sich auf einer Liege im Laderaum des Lieferwagens ausgestreckt, der noch immer vor dem Bürogebäude an der Sand Hill Road stand. Bisher hatte er nicht die Aufmerksamkeit der gemischten Einheiten aus Nationalgarde, Army, FEMA und Navy, die der Einfachheit halber allgemein als X1-Truppe bezeichnet wurden, auf sich gezogen.

Desmond lag in einem Krankenhausbett neben Conner. Das rhythmische Piepsen des Geräts zur Überwachung seiner Vitalfunktionen war wie ein Metronom, das Conner zum Schlafen verleiten wollte. Er widerstand.

Im Polizeifunk wurde davon berichtet, wie Kition die Welt eroberte und ein zweiter amerikanischer Bürgerkrieg ausbrach. Von Stunde zu Stunde wurden die Stimmen der Nationalgardisten und Polizisten angespannter und besorgter.

Feindliche Kämpfer bewegen sich über die El Camino Real Street. Bitte um Verstärkung.

Aufstand im Behandlungszentrum Stanford.

Feuer bei Trader Joe's, Embarcadero Ecke Alma Street. Benötigen Feuerwehr.

Conner war damals zu jung gewesen, um sich heute an das Feuer erinnern zu können, das ihn entstellt hatte, aber die Auswirkungen bestimmten sein Leben. So etwas wünschte er niemandem. Jedes Mal, wenn der Brand über Funk erwähnt wurde, wurde er von Angst ergriffen. Am liebsten wäre er weggerannt, irgendwohin, wo er sicher war, wo er nie wieder Verbrennungen erleiden konnte.

Aber so einen Ort konnte nur das Spiegel-Projekt erschaffen.

Doktor Parks Gesicht wurde von dem Laptop beleuchtet.

»Wie ist die Lage, Doktor?«

»Er durchlebt immer noch die Erinnerung.«

»Und wie lange noch? Die Kämpfe rücken näher.«

»Ja, das höre ich selbst ...«

»Passen Sie auf, was Sie sagen, Doktor, sonst könnten Sie die Sinnesorgane verlieren, die Sie für diese Aufgabe nicht brauchen.«

Park schluckte und schlug einen neutralen Tonfall an. »Ich habe seine Gehirnwellen überwacht. Ich versuche, einen Algorithmus zu entwickeln, der uns verrät, wie lange die Erinnerung ungefähr noch anhält.«

Das war gut. Conner musste es sofort wissen, wenn sie weitermachen konnten. Er spürte, dass es bald so weit war.

***

Auf den Tischen der Bibliothek stapelten sich die Bücher. Die sieben Ringe des Kronleuchters beleuchteten alle drei Stockwerke des riesigen Raums. Desmond saß an einem der langen Tische am Fenster und kratzte sich am Kopf. Ein dicht beschriebener Notizblock lag neben dem Geschichtsbuch, das er gerade gelesen hatte.

Unten glitzerte die Bucht von San Francisco, aber Desmond beachtete sie kaum. Seit er hergekommen war, verbrachte er jede wache Minute damit, zu lesen und über Yuris Rätsel nachzudenken. Warum waren die australischen Ureinwohner hinter den Rest der Welt zurückgefallen?

Vor fünfzigtausend Jahren waren sie wohl von allen Menschen auf der Erde technisch auf dem höchsten Stand gewesen. Sie legten in primitiven Booten und ohne Karten gewaltige Strecken über das offene Meer zurück und erreichten Australien – das nie zuvor besiedelt worden war. Und sie ließen sich dort nieder. Dann stagnierte ihre Entwicklung. Sie schienen in eine Zeitschleife zu geraten, während der Rest der Welt Fortschritte machte.

Desmond hatte tagelang Bücher über Evolution und Geschichte gelesen, und jetzt ... jetzt hatte er das Gefühl, eine Arbeitshypothese wäre zum Greifen nah.

Er stand auf und schritt durch die Bibliothek. Manchmal, wenn er nachdenken wollte oder zu müde zum Nachdenken war, ging er an den Regalen entlang. Er stieg die Wendeltreppe in den ersten Stock hinauf, drehte eine Runde über die hufeneisenförmige Galerie und begab sich in die zweite Etage.

Eine Reihe ledergebundener Bände fiel ihm ins Auge. Ihre Beschriftung lautete: *Archiv der Kition-Konklaven.* Desmond schlug den ersten Band der Reihe auf. Er enthielt Scans von alt wirkenden Dokumenten – das Papier war vergilbt, die Handschrift verblichen. Die Originale waren in Latein verfasst, aber auf der gegenüberliegenden Seite befand sich jeweils die englische Übersetzung. Er nahm das Buch mit zu seinem Tisch im unteren Geschoss und las es. Dann ging er hinauf, um sich die anderen zu holen.

Die Akten beschrieben Treffen, die im Lauf von über zweitausend Jahren stattgefunden hatten. Bei den jährlichen Konklaven hatten sich die führenden Denker aus aller Welt eingefunden. Die Dokumente verzeichneten Debatten über das Wesen der Existenz und den Sinn der Menschheit, ihren Ursprung und ihre Bestimmung.

Das erste Treffen des Ordens von Kition ereignete sich 268 v. Chr. auf der griechischen Insel Kition. Das Konklave wurde von Zeno geleitet, dem Gründer der Organisation, einer der führenden Philosophen seiner Zeit. Auf der Namensliste waren die bekanntesten Persönlichkeiten der antiken Welt verzeichnet. Sogar Archimedes war dabei, auch wenn er zu diesem Zeitpunkt erst neunzehn war.

Den bedeutendsten Vortrag beim ersten Konklave hielt Aristarchos. Er vertrat die These, dass die Erde nicht den Mittelpunkt des Universums darstellte, wie es damals Konsens war. Stattdessen stellte er die Sonne in den Mittelpunkt und bezog sich dabei auf Philolaos, einen griechischen Pythagoreer und Vorsokratiker, der hundert Jahre früher gelebt hatte. Philolaos hatte behauptet, Erde, Sonne und Mond rotierten um ein Zentralfeuer.

Aber Aristarchos ging weiter. Er identifizierte nicht nur die Sonne als Zentralfeuer und Mittelpunkt des Systems und behauptete, die Erde befinde sich auf einer kreisförmigen Umlaufbahn, sondern war auch der Erste, der postulierte, die Sterne seien sehr weit voneinander entfernt und das Universum viel größer als gemeinhin angenommen. Er vertrat sogar die Ansicht, die Erde rotiere um sich selbst und eine komplette Drehung dauere einen Tag.

Desmond war überrascht. Er hatte das heliozentrische Weltbild immer mit Kopernikus und Galileo verbunden. Aber Aristarchos hatte über 1800 Jahre vor Kopernikus den mathematischen Beweis erbracht. Tatsächlich würdigte Kopernikus im ersten Entwurf seines Buchs Aristarchos, aber dieser Bezug wurde entfernt, bevor es veröffentlicht wurde.

Unglücklicherweise gingen Aristarchos' eigene Schriften zu dem Thema verloren. Die bekannteste Erwähnung seines Werks stammte von Archimedes. In seiner an König Gelon adressierten *Sandrechung* behauptete Archimedes:

> *Aristarch aber hat ein Buch verfasst, das aus bestimmten Hypothesen besteht und das, aus diesen Annahmen folgernd, zeigt, dass das Universum um ein Vielfaches größer ist als das ›Universum‹, welches ich eben erwähnte.*

Seine Thesen sind, dass die Fixsterne und die Sonne unbeweglich sind, dass die Erde sich um die Sonne auf der Umfangslinie eines Kreises bewegt ...

Galileo Galilei, der einundzwanzig Jahre nach Kopernikus' Tod zur Welt kam, rückte Aristarchos' Platz in der Geschichte zurecht und identifizierte ihn als Entdecker des heliozentrischen Sonnensystems. Er bezeichnete Kopernikus als »Wiederentdecker und Bestätiger« der Hypothese. Das heliozentrische Weltbild brachte Galileo natürlich Ärger mit der römischen Inquisition ein, die ihn bis zu seinem Tod unter Hausarrest stellte.

Desmond fand schnell heraus, dass Aristarchos' heliozentrischer Vortrag den Ton für alle zukünftigen Konklaven von Kition angab – und für die Organisation selbst. Es war eine Gesellschaft, die offen für kühne Ideen war, wie radikal sie auch sein mochten. Sie verlangte lediglich Beweise und eine offene Diskussion. Die Menschheit wurde von ihr aus der Distanz betrachtet. Sie wurde als Teil eines Universums angesehen, das objektiv untersucht und verstanden werden musste, nicht als Mittelpunkt oder Krönung der Schöpfung. Und die Suche nach der Wahrheit war das Wichtigste.

Desmond vertiefte sich in das Archiv und studierte den Denkprozess der Gruppe im Lauf der Jahre und Jahrhunderte. Manche Annahmen wurden verworfen, andere widerlegt, aber allmählich kristallisierte sich eine zentrale einheitliche Theorie heraus: Das Universum ist ein einziger Organismus, eine Art biochemische Maschine, und die Menschheit ist Teil dieses Gebildes – eine Komponente, die eine wichtige Rolle spielt. Kition glaubte, der Beginn und das Ende des Universums seien irgendwie miteinander verknüpft – es könne nicht anders sein. Und von zentraler Bedeutung für diese Theorie war die Vorstellung, dass das Universum durch irgendetwas *gespeist* werde, einen Prozess oder ein Wesen, das es vom Ursprung zu seiner Bestimmung trieb. Kition bezeichnete diese Kraft als Unsichtbare Sonne.

Fasziniert las Desmond weiter, und jeder Band brachte neue Erkenntnisse.

1945 änderte sich das Wesen der Treffen. Vorher waren die Kition-Mitglieder nachdenklich und geduldig gewesen, aber jetzt wirkten sie besorgt und begierig darauf, von der Theorie in die Praxis überzugehen. Sie trafen sich nicht mehr jährlich, sondern einmal pro Quartal. Sie konzentrierten sich mehr auf ihre Experimente, und die Entwicklung des Spiegel-Projekts hatte jetzt absoluten Vorrang. Mit jeder Versammlung wuchs die Dringlichkeit, den Plan für den mysteriösen Apparat umzusetzen. In den 1960ern, als die UDSSR und die USA genug Kernwaffen horteten, um die Menschheit mehrfach auszurotten, verlangten die Kition-Mitglieder Taten. Ihre eigenen Leute hatten der Welt die Atombombe gegeben, und sie waren überzeugt, sie würde das Ende der Menschheit bedeuten. Sie sehnten sich nach Wiedergutmachung.

Eine Gruppe stach im Mai 1965 mit der *Beagle* von Hongkong aus in See. Auf jedem folgenden Konklave berichteten Teilnehmer der Expedition von ihren Funden. Ihre Entdeckungen verblüfften Desmond. Er kam sich vor, als säße er in der Bibliothek von Alexandria und läse in lang vergessenen Aufzeichnungen von Entdeckungen, die die Welt für immer verändern würden.

Und dann, im Jahr 1986, endeten diese Aufzeichnungen – ohne Erklärung.

***

Yuri besuchte ihn dreimal pro Woche, meist am Abend. Sie spielten am Fenster Schach und blickten auf die Bucht, wo die Scheinwerfer der Autos, die über die Golden Gate Bridge fuhren, über dem Wasser funkelten wie Glühwürmchen.

»Ich würde gern den Rest des Archivs der Kition-Konklaven lesen«, sagte Desmond.

Yuri schlug einen von Desmonds Springern mit seinem Turm und zog die Brauen hoch.

»Die Akten nach 1986«, erläuterte Desmond.

»Es gibt keine.«

Desmond lehnte sich auf seinem Stuhl zurück. »Du bist vielleicht der verschlossenste Mensch, dem ich je begegnet bin.« Und das sagte einiges aus, wenn man bedachte, dass er seine Kindheit bei Orville Hughes verbracht hatte.

Yuri strich mit dem Daumen über den erbeuteten Springer. »Ich bin an einem Ort aufgewachsen, wo Worte den Tod bedeuten konnten. Oder auch nur ein falscher Blick.«

Desmond wusste, dass Yuri erst sechs Jahre alt gewesen war, als die Wehrmacht Stalingrad angegriffen hatte. In den Jahren danach hatte er unter Stalin gelebt. Und Desmond wusste, wie es war, wenn man als Kind Angst hatte, seine Meinung zu äußern. Er hatte von Orville mehr als einmal einen Rüffel bekommen – oder Schlimmeres.

»Warum haben sie keine Akten mehr angelegt?«

»Du gehst es verkehrt herum an.«

»Inwiefern?«

»Die Treffen haben aufgehört.«

»Dann ...«

»Du hast die Protokolle gelesen. Du hast gesehen, welche Angst die Mitglieder beschlichen hat.«

»Sie hatten das Gefühl, ihnen würde die Zeit ausgehen.«

»Ja. Und es gab konkurrierende Projekte.«

»Was ist also passiert?«

Yuri stellte den Springer auf den Tisch. »Du bist am Zug.«

Desmond rückte mit einem Bauern vor, obwohl er sich kaum auf das Spiel konzentrieren konnte.

Yuri brachte seinen König in Sicherheit. »Eine Tragödie

hat sich ereignet. Eine Art ... Naturgewalt.« Er hielt inne. »Ich glaube, du bist mit solchen Ereignissen vertraut.«

Das gewaltige Feuer, das Desmonds Familie getötet hatte – warum spielte Yuri darauf an? Wollte er ihn ablenken? Verbarg er etwas vor ihm?

Desmond zog seinen verbliebenen Turm, um den König zu schützen.

Yuri schlug ihn mit seinem Läufer.

Desmond studierte die Figurenkonstellation. Er würde verlieren. Es war ihm egal. Er wollte wissen, warum das Archiv nicht weitergeführt worden war. Es steckte mehr dahinter, das spürte er.

»Du konzentrierst dich auf das Falsche.«

Desmond sah auf das Brett, aber Yuri zeigte auf ihn. »Ich kann dir nur sagen, dass wir 1986 gezwungen waren, in den Untergrund zu gehen. Aber das wird bald vorbei sein.«

»Versteh ich nicht.«

»Das Spiegel-Projekt. Es wird alle Wunden heilen. Selbst deine tiefsten Brandnarben.«

***

Conner lauschte den Befehlen, die die Einheiten der Nationalgarde über Funk erteilten. Eine Ausgangssperre war erlassen worden – im ganzen Land. Jeder, der nach Anbruch der Dunkelheit draußen ertappt wurde, würde in eines der X1-Pandemie-Lager gesperrt werden.

Er sah aus dem Fenster. In etwa zwei Stunden würde die Sonne untergehen. Die Einheiten bezogen Position und bereiteten sich auf eine systematische Suchaktion vor. Bald würden sie die Wagen an der Sand Hill Road entdecken. Bis dahin mussten Conner und seine Männer verschwunden sein.

Wenn nicht, würden sie kämpfen müssen.

9

Auf den Flachbildschirmen im Tauchboot sah Peyton, wie sie sich der *Beagle* näherten. Das U-Boot-Wrack war jetzt halb im Meeresboden versunken, als würde die Erde danach greifen und versuchen wollen, es zu verschlingen. Neben ihr presste Nigel zitternd seine Umhängetasche an die Brust.

»Unser erster Tagesordnungspunkt lautet«, sagte Lin, »Dr. Green auszurüsten. Im Materialraum gibt es Schutzkleidung.« Auf dem Plan der *Beagle,* der auf dem Boden ausgebreitet war, zeigte sie auf eine Kammer in der Nähe der Andockschleuse. Sie drehte sich zu den beiden Navy SEALs um, die an der Steuerung saßen. »Chief Adams, Sie und Matrose Rodriguez müssen sich darauf vorbereiten, ein Enterkommando abzuwehren. Ich überlasse das Ihnen. Was können wir tun?«

»Wir müssen überlegen, welche Vorteile wir haben«, sagte Adams. »Erstens, wir kennen das Schlachtfeld. Zweitens, wir können entscheiden, wo im U-Boot wir kämpfen. Wenn sie Sie gefangen nehmen wollen, müssen sie an uns vorbei.«

»Und was sind unsere Nachteile?«, fragte Lin.

»Zeit und Überraschungsmoment.«

Das Tauchboot neigte sich, als Rodriguez es zur Andockschleuse der *Beagle* manövrierte.

»Sie können uns aushungern«, sagte Lin trocken.

Adams nickte. »Wenn es möglich ist, greift man lieber einen müden und hungrigen Feind an. Und sie können sich den Zeitpunkt aussuchen. Wir müssen ständig bereit sein. Sie können sich ausruhen und planen und den Moment bestimmen.«

Gute Analyse, dachte Peyton. Und sehr beunruhigend.

»Aber wir werden bereit sein«, sagte Adams. »Wir können die *Beagle* für sie zu einer extrem feindlichen Umgebung machen.«

***

Auf dem Kition-Tauchboot sah Commander Furst die Übertragung von der Kamera, die sie auf das Eis gestellt hatten. Er hoffte immer noch, dass Stockton die Arme aus dem Wasser strecken und herausklettern würde. Aber es war nichts von ihm zu sehen. Das Wasser schien ihn gelähmt zu haben. Stockton war gründlich für Operationen im Eis ausgebildet worden. Was hatte Lin Shaw mit ihm gemacht? Die frühere Kition-Forscherin hatte in wenigen Minuten zwei seiner Männer getötet – gut trainierte Agenten.

Furst hatte sie unterschätzt. Den Fehler würde er nicht noch einmal begehen.

Die Besatzung der *Arktika* hatte Pfähle ins Eis getrieben und flackernde Batterielampen daran befestigt. Fieberhaft warfen die Seeleute Ausrüstung von Bord des Schiffs, das sich höchstens noch drei Meter über dem Wasserspiegel befand und jetzt schnell sank. Der Kapitän brüllte wild gestikulierend Befehle. Eine Reihe von Männern trug eine lange Metallrampe aus dem Inneren, arretierte sie an der Kante des Decks und ließ sie aufs Eis fallen.

Menschen in sauberen weißen Schutzanzügen und ziviler Polarausrüstung strömten vom Schiff. Sie trugen Bündel und Kisten, von denen einige die weiße Aufschrift *Probe* trugen.

Furst schüttelte den Kopf. Prioritäten.

Die Zivilisten packten die Bündel aus, legten Isolationskissen aufs Eis und errichteten Zelte. Sie wussten, dass jede Minute, die sie ungeschützt den Elementen ausgesetzt waren, sie dem Tod näher brachte.

Eine zweite Gruppe schnitt die roten Planen, mit denen die Rettungsboote abgedeckt waren, in Streifen. Sie befestigten die Stücke mit Metallpflöcken auf dem Eis, breiteten sie aus und formten daraus ein großes X.

Furst grinste. Aussichtslos.

Das Röhren eines Motors erregte seine Aufmerksamkeit. Ein Schneemobil tauchte aus einem Tor am Achterdeck auf, wendete und fuhr langsam über die Rampe aufs Eis.

Furst sah zu und hoffte ... aber das Eis hielt. Natürlich.

Ein weiteres Schneemobil folgte. Die Fahrer waren in mehrere Schichten Kleidung gehüllt. Auf dem Heck jedes Schneemobils lagen zwei pralle Reisetaschen, auf die eine Drohne und ein Funkverstärker geschnallt waren.

Furst lächelte kläglich. Er hatte die Russen unterschätzt. Das bedeutete nicht, dass sie überleben würden, aber er war gezwungen, seinen Angriff zu beschleunigen. Er konnte die Shaws nicht lange zappeln lassen. Sonst könnte Hilfe eintreffen.

Lin Shaw hatte Stockton und Bromitt getötet, Männer, die für ihn wie Brüder waren. Dafür würde sie bald bezahlen.

***

Auf der *Beagle* sah Peyton zu, wie ihre Mutter die Tür zum Materialraum aufstemmte. Die eingefrorenen Angeln kreischten wie ein Tier in der Falle. Lin nahm einen Stapel dicker Decken aus einem Regal und reichte ihn Peyton, dann griff sie nach dem ersten Anzug und Helm. Die Ausrüstung war klobig und erinnerte Peyton an den Anzug, den Neil

Armstrong bei der Mondlandung getragen hatte. *Der hier ist auch nicht viel neuer*, dachte sie.

Über Funk sagte Lin: »Er ist alt, aber er wird Nigel warm halten.« Sie überprüfte Heizung und Sauerstoffversorgung des Anzugs, dann schaltete sie die Helmlampe an.

Peyton war erstaunt, dass alles noch funktionierte. *Das war noch Qualitätsarbeit.*

Lin ging in die Hocke, hob ein Paar Stiefel von einer Stahlkiste und öffnete den Deckel. In der Kiste lag eine Reihe von Pistolen. Sie steckte sich zwei davon in die Anzugtaschen und reichte Peyton eine dritte.

»Kannst du damit umgehen?«

»Ich ... habe eine Grundausbildung bekommen.«

»Mehr brauchst du nicht. Wenn du hier unten gezwungen bist, sie zu benutzen, dann aus kurzer Distanz.« Als Lin ihre Tochter ansah, trafen sich die Strahlen ihrer Helmlampen wie zwei Leuchttürme in der Nacht. »Wirst du schießen, wenn es sein muss?«

Sie wollte wissen, ob Peyton jemanden töten könnte. Und Peyton war sich nicht sicher. Schon der Gedanke verstieß gegen ihr ärztliches Gelöbnis. Er pervertierte all ihre Werte.

»Ich werde mir Mühe geben.«

Lin sah ihr tief in die Augen. »Denk dran, dass es nicht nur um unser Leben geht. Wir kämpfen auch für die anderen.«

Peyton hatte das Gefühl, dass ihre Mutter genau wusste, welche Knöpfe sie bei ihr drücken musste. Aber je mehr Zeit sie mit ihr verbrachte, desto mehr kam eine neue Seite an ihr zum Vorschein. Peyton hatte Lin Dinge tun sehen, die sie ihr absolut nicht zugetraut hätte. Wie die beiden Soldaten an Bord der *Arktika* zu töten. Solche Fähigkeiten und Instinkte entwickelte man nicht über Nacht. Das dauerte Jahre.

Aus Peytons Sicht konnte man die Beziehung zu ihrer Mutter in zwei Phasen einteilen: vor und nach dem Tag, als die *Beagle* gesunken war und ihr mitgeteilt wurde, dass ihr

Vater nicht mehr lebte. Die Lin Shaw vor diesem Tag war eine fröhliche, liebevolle, geradezu überbehütende Mutter gewesen. Danach wurde sie verschlossen und stoisch und verbarg eine tiefe Traurigkeit. Sie verbrachte endlose Stunden mit genetischer Forschung. Zwar kümmerte sie sich um die Bedürfnisse ihrer drei Kinder, aber nur auf distanzierte Art, als fürchtete sie sich vor zu großer Nähe. Und vielleicht hatte sie guten Grund dazu gehabt. Ihr Ältester, Andrew, war ihr von Yuri genommen worden - um sie zu kontrollieren. Sie hatte nie mehr geheiratet oder sich auch nur mit Männern getroffen.

Erst jetzt erkannte Peyton die Wahrheit: Ihre Mutter hatte all die Jahre gewartet und gehofft, dass ihr Vater zurückkehren und Yuri besiegt werden würde. Zur Hälfte war die Hoffnung in Erfüllung gegangen, denn vor drei Wochen hatte Peyton ihren Vater gefunden, der sich seit dem Untergang der *Beagle* versteckt hielt. Doch schon zwei Tage später war er von Yuri bei der Schlacht auf der Kition-Insel getötet worden.

Aber sie hatte ihren Bruder zurückbekommen, und dafür würde Peyton ewig dankbar sein. Er befand sich jetzt in Australien und versuchte, sein Leben wieder auf die Reihe zu kriegen. Sie wusste nicht, ob das möglich war, nach all dem, was er getan hatte - mehr oder weniger unter Zwang -, aber sie hoffte es.

Doch jetzt war es nicht mehr die Hoffnung, die Lin Shaw antrieb, jetzt war es das Verlangen nach Rache. Ihre Mutter wollte ihre Forschung beenden, um einen Apparat zu bauen, der Yuris Spiegel-Projekt entgegenwirkte. Aber nur ihr Hass konnte sie dazu gebracht haben, die Menschen auf dem Schiff sterben zu lassen und die beiden Soldaten ohne das geringste Zögern zu töten.

Peyton zeigte auf die Pistole in Lins Tasche. »Kannst *du* damit umgehen?«

»Ja.« Sie trat aus dem Materialraum. »Ich habe vieles gelernt, als die Japaner Hongkong erobert haben. Dinge, die ich nicht lernen wollte.«

***

Hoch über der *Beagle* bewegte sich das Kition-Tauchboot zu einem etwa einen Kilometer von der *Arktika* entfernten Loch in der Eisschicht. Furst und sein Team hatten die Öffnung vor dem Angriff geschaffen und von dort über Funk ihr Mutterschiff, die *Invisible Sun*, informiert. Seitdem hatte sich erneut eine dünne Eisschicht gebildet, die das Tauchboot mit Leichtigkeit durchbrach.

Als die Verbindung hergestellt war, sagte Furst: »*Ice Harvest* für *Invisible Sun*. Hören Sie mich?«

»Wir hören Sie, *Ice Harvest.*«

»Folgende Entwicklung: Nest ist weg, aber zwei Vögel fliegen mit Hochgeschwindigkeit nach Süden. Empfehle, sie zu überwachen und abzufangen.«

»Verstanden, *Ice Harvest.*«

»Bei der Zerstörung des Nests sind einige Vögel aufs Eis gehüpft. Da sollten Sie ebenfalls eingreifen.«

»Verstanden, *Ice Harvest.*«

»Neuste Entwicklung: Vogelmutter und ihr Jüngstes sind aus dem Nest geflüchtet und vermutlich auf dem Weg zu vorigem Nest. Wir steuern es als Nächstes an, zwecks genauerer Untersuchung.«

»Verstanden, *Ice Harvest.* Viel Erfolg.«

***

Zweihundertfünfzig Kilometer nördlich von Alaska trieb ein Kreuzfahrtschiff mit abgeschalteten Maschinen im Nordpolarmeer. Weder auf Deck noch in den Kabinen befanden sich Touristen. Die *Invisible Sun* war ein Kition-Schiff und trotz ihrer Erscheinung keinesfalls auf Kreuzfahrt. Sie war eine schwimmende Festung.

In der Kommandozentrale zeigte eine Reihe von Monitoren Satellitenbilder der Eisschicht. Die Kameras schwenkten über die weiße Einöde, bis sie ein Schneemobil erfassten. Kurz darauf wurden die Koordinaten und die Geschwindigkeit übermittelt und in Echtzeit aktualisiert. Das zweite Schneemobil tauchte auf einem anderen Bildschirm auf.

Captain Mikhailow betrachtete die Aufnahmen, um ihre Gegner einzuschätzen. »Feuern nach eigenem Ermessen.«

Auf Deck wurde das Basketballfeld wie eine Zugbrücke aufgeklappt und eine Plattform mit zwölf Raketen hochgefahren. Zwei davon starteten.

Kurz darauf zeigten die Bildschirme das Ergebnis: zwei Treffer. Mikhailow hoffte nur, dass die Ziele zuvor keine Nachricht abgesetzt hatten.

Einer der Satelliten positionierte sich neu, um die *Arktika* zu überwachen. Bisher hatten sie eine direkte Beobachtung vermieden, weil sie das – wenn auch geringe – Risiko vermeiden wollten, die Allianz auf ihren Angriff aufmerksam zu machen.

Eine Stunde später zeigten die Monitore Bilder der Umgebung. An Stelle des gewaltigen Eisbrechers war nur noch ein blaugrüner Tümpel zu sehen. Auf dem Eis zeichnete sich ein großes rotes X ab, neben dem etwa zehn Zelte grün und violett im Schein des Polarlichtes leuchteten. Vier Rettungsboote trieben im stillen Wasser.

»Captain?«, fragte der Gefechtsoffizier.

»Fangen Sie mit zwei an.«

Durch das Fenster der Brücke sahen sie die Raketen starten. Die Bildschirme wurden weiß, als die Waffen im Ziel einschlugen.

***

Lin kletterte in das Tauchboot und schleifte den Anzug hinter sich her. Nigel zitterte jetzt heftig.

»Halten Sie durch, Dr. Greene. Gleich wird Ihnen warm.«

Peyton faltete die dicken Decken auseinander und wickelte Nigel darin ein. Lin hängte den Anzug mit der Öffnung vor das Gebläse der elektrischen Heizung. Nigel starrte ihn an.

»Der Anzug war dreißig Jahre lang im Eis«, sagte Lin. »Sie sollten noch ein bisschen warten.«

Peyton rieb über Nigels Oberkörper, um ihn aufzuwärmen.

Wenige Minuten später nahm Lin den Anzug von der Heizung und kippte das Wasser auf den Boden. Mit einer aufgerollten Decke trocknete sie die Innenseite so gut wie möglich ab.

Als Nigel den Anzug angelegt hatte, krochen alle drei zurück in die *Beagle* und fuhren mit ihren Vorbereitungen fort. Sie verriegelten die Luken um die Andockschleuse, dann gingen sie zum Materialraum, wo jeder eine Tasche nahm und Klebeband und Taschenlampen einpackte. Sie schlängelten sich durch die Gänge, sammelten die LED-Lichter vom Boden auf und steckten sie in die Taschen. An den Kojen rollten sie die Leichen zur Wand und zogen die Laken ab. Für ihren Plan brauchten sie so viele Decken und Tücher wie möglich.

Sie schlossen jede Tür und verriegelten jede Luke, an der sie vorbeikamen. Dazwischen hockten sie sich immer wieder auf den Boden und spannten gefaltete Streifen Klebeband quer über den Gang – falsche Stolperdrähte knapp über Knöchelhöhe. Die beiden Navy SEALs hatten ähnliche Maßnahmen ergriffen, nur dass einige ihrer Drähte mit Sprengladungen verbunden waren. Das Entscheidende war, das Vorrücken des Feinds zu verlangsamen und seine Aufmerksamkeit zu ermüden. Ihn zur Nachlässigkeit zu verleiten.

In den längeren Gängen hängten sie die Decken und Laken auf und befestigten sie mit dem Klebeband an allen vier Seiten. Dahinter verteilten sie LED-Leuchten und stellten

Taschenlampen auf. Adams hatte vorausgesagt, dass ihre Gegner Nachtsichtgeräte tragen würden. Wenn man die Decken entfernte, würden die Eindringlinge von dem hellen Licht geblendet werden.

Schließlich begaben sie sich zu Adams und Rodriguez in die Labore. Diese Kammern waren ihre Festung – der Bereich, in dem sie notfalls bis zum bitteren Ende kämpfen würden.

Die SEALs nickten nur, als sie eintraten.

Fertigmahlzeiten standen auf den Stahltischen. In der Ecke lag ein Haufen Waffen und Magazine – der gesamte Inhalt der Waffenschränke der *Beagle*. Adams hatte darauf bestanden, sie zu leeren, um dem Feind keine Munition zu überlassen.

Über Funk fragte Lin: »Was jetzt, Mr. Adams?«

»Wir haben die *Beagle* vorbereitet. Jetzt bereiten wir uns selbst vor. Wir essen, schlafen – in Schichten – und bewahren Ruhe.«

Lin entgegnete nichts, sondern ging nur zum Tisch und nahm eine der Fertigmahlzeiten. Sie schob das Visier hoch und begann zu essen.

Peyton schloss sich ihr an. Erst als sie den ersten Bissen in den Mund geschoben hatte, merkte sie, wie hungrig sie war.

***

Sie wachte von einem Donnern auf.

Das Labor war nur schwach beleuchtet. Rodriguez hielt ein automatisches Gewehr auf dem Schoß und bewachte den Engpass, den sie geschaffen hatten.

Hier unten konnte es nicht donnern, dachte Peyton. Es kam von oben. Von der Oberfläche. Eine Bombe. Oder Rakete.

Ja. Oben hatte ein Angriff stattgefunden. Die letzten Überlebenden der *Arktika* waren tot.

Es gab keinen Zweifel, dass die Kition-Soldaten es als Nächstes auf sie abgesehen hatten.

10

Conner hasste es, in dem Lieferwagen zu sitzen und nichts zu tun, während sein Bruder die Erinnerung zurückerlangte. Und wenn die Ausgangssperre begann, hätte er keine andere Wahl, als an Ort und Stelle zu bleiben. Er musste sich die Beine vertreten. Mehr noch: Er musste etwas *tun*.

»Ich gehe rein«, murmelte er.

Goins drehte sich auf dem Vordersitz um.

»Ins Büro«, präzisierte Conner, während er ausstieg. »Vielleicht hat Des da irgendwas für sich versteckt.«

Conner war schon oft in dem Gebäude gewesen. Er besaß keinen Schlüssel, aber Yuri hatte ihm seinen mitgegeben. Er betrat das Haus, ging die Treppe in den zweiten Stock hinauf und schob die Glastür zu Desmonds Büro auf. Das Logo von Icarus Capital prangte in gefrästen Aluminiumbuchstaben an der Wand. Darunter befand sich ein Verzeichnis der Unternehmen, in die Icarus investiert hatte. Jeder Firmenname stand auf einem Zettel, der in einer durchsichtigen Plastiktasche steckte.

Rapture Therapeutics, Phaeton Genetics, Rendition Games, Cedar Creek Entertainment, Rook Quantum Sciences, Extinction Parks, Labyrinth Reality, CityForge, Charter Antarctica.

Conner erinnerte sich an einige der Investitionen. Sie waren für Desmond wie Kinder. Er hatte sogar manche hier in diesem Büro ausgebrütet.

Im Lauf der Jahre hatte Desmond das Büro vergrößert

und angrenzende Zimmerfluchten übernommen. Die sorgfältig gestalteten Büroräume waren für ihn eine Quelle des Stolzes gewesen. Jetzt sahen sie aus, als wären sie von einem Tornado heimgesucht worden. Ein Einsatzteam von Kition hatte alles durchsucht und auf den Kopf gestellt, als Desmond abtrünnig geworden war. Die Bürostühle waren aufgeschlitzt und der Schaumstoff herausgerissen worden; die runden Beine der billigen IKEA-Schreibtische hatte man abgeschraubt und auf einen Haufen geworfen; sogar die Deckenfliesen waren abgehängt worden, sodass die Rohre der Klima- und der Sprinkleranlage offen lagen. Das Team war gründlich vorgegangen.

Was weiß ich, das sie nicht wussten?

Conners Blick schweifte zurück zu dem Verzeichnis.

Ich weiß, wo Desmond seine Erinnerungen versteckt hat.

Conner ging am Rezeptionspult vorbei und zog den Zettel heraus, der mit »Labyrinth Reality« beschriftet war. Sonst stand nichts darauf, aber hinter dem Fach, aus dem er ihn gezogen hatte, war ein Loch in der Gipskartonwand.

Conner schaltete seine Taschenlampe an und spähte hinein. Ein kleiner Gegenstand war an eine Metallstütze geklebt. Ein USB-Stick. Conner vergewisserte sich, dass er nicht mit einer Sprengfalle oder Alarmanlage verbunden war, bevor er ihn herauszog. Er steckte ihn ein und ging zurück zum Wagen.

***

Nachdem er einen Virenscan durchgeführt hatte, öffnete Conner das Laufwerk. Es enthielt nur eine Datei mit der Bezeichnung »Conner.mp4«.

Er überlegte, sie zu löschen. Das hätte Yuri getan. Er hätte gesagt: »Bleib konzentriert«.

Conner holte die Ohrhörer aus seiner Tasche, steckte sie am Laptop ein und klickte auf Wiedergabe.

Desmond erschien auf dem Bildschirm. Er saß in einem Privatjet, offenbar als einziger Passagier. »Wenn Sie nicht Conner sind«, sagte er, »leiten Sie dieses Video bitte an ihn weiter.«

Desmond sah einen Augenblick aus dem Fenster, als sammelte er seine Gedanken, dann wandte er sich wieder der Kamera zu. »Ich komme gerade von der *Kentaro Maru*. Du hättest mir vertrauen sollen. Ich wollte es nicht auf diese Art machen, aber du hast mir keine Wahl gelassen.« Er schien Conner direkt anzusehen. »Ich tue es für uns. Und viele andere Menschen. Vertrau mir. Bitte, Bruder. Ich werde deine Hilfe brauchen, bevor das vorbei ist.«

Das Video endete, und Conner riss die Ohrhörer heraus. Er warf einen Blick auf Desmond, der neben den piepsenden Überwachungsgeräten und dem Monitor mit seinen Gehirnwellen im Krankenhausbett lag. *Was hast du getan, Des?*

***

Desmond verlor jegliches Zeitgefühl. Er schlief, aß und joggte manchmal, um einen klaren Kopf zu bekommen und frische Luft zu schnappen. Jede Minute dazwischen verbrachte er in der Bibliothek mit Blick auf die Bucht von San Francisco und las oder machte sich Notizen oder dachte über Yuris Rätsel nach. Er hatte Lösungen und wartete ungeduldig darauf, sie Yuri vorstellen zu können.

Der ältere Mann kam wie gewöhnlich bei Sonnenuntergang und trug eine gelassene Miene zur Schau.

»Schach?«

»Ich würde mich lieber unterhalten«, sagte Desmond.

Yuri setzte sich.

Jennifer, die Rezeptionistin, öffnete die gebeizte Flügeltür und klackerte mit ihren Absätzen über den Holzboden, bis die antiken Läufer ihre Schritte dämpften. »Kaffee?«, fragte sie. »Abendessen?«

»Nein, danke«, sagte Desmond.

Yuri schüttelte den Kopf.

Als sie die Türen hinter sich geschlossen hatte, zeigte Desmond auf einen Bücherstapel auf dem Tisch, alle Bände aus dem *Archiv der Kition-Konklaven.* »Sie stehen darin«, sagte er. »Die Hinweise.«

Yuri zog die Brauen hoch.

»Evolution. Survival of the *fittest.* ›Fittest‹ wird in dieser Theorie oft völlig falsch verstanden. Es hängt von der Umwelt ab. Es geht nicht darum, der Größte oder Gefährlichste zu sein. Es geht darum, am besten an die Welt *angepasst* zu sein, in der man lebt.«

Yuri verzog die Lippen zu einem Grinsen, als hätten Desmond und er jetzt ein gemeinsames Geheimnis. »Stimmt.«

»Das unterscheidet Australien von anderen Gegenden.«

»Fahr fort.«

»Es ist isoliert. Klar, es war damals eine Meisterleistung, es zu erreichen, aber danach konnte man dort gut leben. Reichlich Nahrung. Genug Platz, um sich auszubreiten. Der Kontinent ist jetzt heiß, aber damals war er ein Paradies.«

Yuri zeigte keine Reaktion.

Desmond nahm ein Buch von dem Stapel. »Hier ist ein anderes Beispiel – von einer der Forschungsexpeditionen der *Beagle.* Die Forscher haben Menschenknochen auf der indonesischen Insel Flores gefunden. Diese Art – *Homo floresiensis* – stammt von einem völlig anderen Zweig des menschlichen Stammbaums ab. Unser letzter gemeinsamer Vorfahr lebte vor 1,75 Millionen Jahren.

Genau wie die Australier waren sie die Vorreiter ihres Zeitalters. Die Forscher der *Beagle* fanden auf Flores Steinwerkzeuge, die 190 000 Jahre alt sind. Und dann ist da noch das Geheimnis, wie sie überhaupt da hingekommen sind. Die Insel Flores ist etwa zehn Kilometer von der nächsten Landmasse entfernt. Diese Urmenschen müssen also schon vor fast zweihunderttausend Jahren Flöße oder Boote gehabt haben. Es sei denn, sie sind über eine Landbrücke gekommen, die später verschwunden ist. So oder so war es verwegen und erforderte eine große geistige Leistung.«

»Ja«, sagte Yuri, als wüsste er, worauf Desmond hinauswollte.

»Diese Spezies lebte also isoliert auf der Insel Flores, die ungefähr fünfzehntausend Quadratkilometer groß ist. Es gab nur eine begrenzte Menge an Tieren und Pflanzen auf der Insel. Und wie Darwin beobachtet hat, passten sie sich an. Sie haben sich so entwickelt, dass sie in dieser Mikroumgebung am besten zurechtkamen. Dazu mussten sie nicht groß oder schnell oder stark sein. Auf Flores musste man *klein* sein. Ausgehend von den Knochenfunden schätzten die Forscher von der *Beagle*, dass diese Menschen durchschnittlich einen Meter fünf groß waren.«

»Und du glaubst, es gibt einen Zusammenhang zu den australischen Ureinwohnern?«

»Es ist dasselbe Phänomen. Fallstudien der Evolution im Vakuum – auf zwei Inseln. Beide Populationen haben sich an ihre Umwelt angepasst, Umgebungen, die ihnen keinen Fortschritt abverlangten. Irgendwann haben sie das ideale Verhältnis zwischen Aufwand und Ertrag erreicht ... und dann stagniert.«

»Man könnte auch sagen, die Erde ist eine Insel. Im Weltall.«

»Die dieses ideale Verhältnis ebenfalls erreichen wird«, sagte Desmond. »Um dann zu stagnieren. Und danach abzubauen. Ist das euer Plan? Die Erde zu verlassen?«

Yuri zögerte. »Gewissermaßen.«

»Was soll das bedeuten?«

»Das Universum ist auch gefährlich.«

»Okay ...«

»Du hast gute Arbeit geleistet, Desmond. Aber bisher hast du nur an der Oberfläche gekratzt.«

»Das ist deprimierend, ich habe mich nämlich durch die halbe Bibliothek gegraben.«

»Der betriebene Aufwand ist nicht das Problem.«

»Was denn? Was ist mein Problem?«

»Du gräbst am falschen Ort.«

»Eindeutig.«

Yuri lächelte. Es war ein freundlicher, fast großväterlicher Ausdruck. »Du bist hier, um mehr als Fakten zu lernen, Desmond.«

Er zog die Brauen hoch.

»Nur Geduld. Unser Weg ist lang und beschwerlich. Es gibt keine Abkürzungen.« Yuri zeigte auf den Bücherstapel, in dem die Kition-Konklaven dokumentiert waren. »Sie haben über zweitausend Jahre gebraucht, um die ganze Wahrheit zu entdecken. Echtes Wissen bekommt man nicht geschenkt, man muss es sich verdienen.«

»Klar.« Desmond schlug sein Notizbuch auf. »Gibst du mir jetzt eine Karte oder eine größere Schaufel oder so?«

»Eine Frage. Vor ungefähr hunderttausend Jahren tauchten Menschen auf, die aussahen wie wir. Lange Zeit war nichts Besonderes an ihnen. Nur eine weitere Menschenart, die sich in Afrika etablierte und ums Überleben kämpfte. Aber vor fünfundvierzigtausend Jahren veränderte sich etwas. Nicht physisch – unsere Vorfahren sahen immer noch aus wie du und ich –, aber sie verhielten sich anders. *Dachten* anders. Wir nennen dieses Ereignis das Auftauchen des ›verhaltensmäßig modernen‹ Menschen. Diese Revolution ereignete sich ungefähr zur selben Zeit, als die unerschrockenen Entdecker ihre Boote bauten, über das offene Meer segelten und die Küste Australiens erreichten. Es ist eine sehr merkwürdige Entwicklung.«

Desmond nickte. »Finde ich auch.«

»Was als Nächstes passierte, ist vielleicht das größte Rätsel aller Zeiten. Auf der ganzen Welt starben die anderen Menschenarten innerhalb von fünfzehntausend Jahren aus. Neandertaler. Denisova-Menschen. *Homo floresiensis.* Manche dieser Arten waren sehr weit entwickelt, ähnlich wie wir. Sie fertigten Werkzeuge, beherrschten das Feuer. Jagten in Gruppen und versorgten die Kranken und Alten. Sie waren, wie du bemerkt hast, sehr gut an ihre Umwelt angepasst. In Europa trotzten die Neandertaler vor Hunderttausenden Jahren dem eisigen Klima. Unsere Spezies, der *Homo sapiens,* ebenfalls, aber später. Wir waren Neuankömmlinge, die an die warme Umgebung Afrikas angepasst waren, an Savannen – nicht an die Wälder und Berge und langen Winter in Europa, trotzdem haben wir uns durchgesetzt. Und uns ausgebreitet. Und schließlich die Oberhand gewonnen. Zum ersten Mal seit Auftauchen der Urmenschen gab es nur noch eine Menschenart auf der Erde. Uns.«

»Das ist dein zweites Rätsel? Warum das passiert ist?«

»Das ist nur die Hälfte. Während die anderen Menschenarten verschwanden, überlebten andere Primaten. Es gibt sie auch heute noch. Schimpansen, Gorillas und Bonobos sind immer noch da. Warum? Warum haben wir überlebt, während die anderen ausgestorben sind? Warum haben auch die anderen Primaten überlebt? *Das* ist das Rätsel.«

***

In dem Lieferwagen an der Sand Hill Road sah Conner die Aufnahmen der Drohnen. Die Trupps der Nationalgarde kamen näher.

»Einheiten zwei, drei und vier«, sagte er über Funk. »Fahrzeuge verlassen und im Wald Deckung suchen.«

Auf dem Vordersitz drehte sich Goins um. »Wenn sie in die Wagen gucken, sehen sie die Ausrüstung und die Waffen.«

Das war ein berechtigter Einwand, aber Conner würde nie zugeben, dass er das nicht bedacht hatte. Er warf dem Mann einen drohenden Blick zu. »Ich war noch nicht fertig, Major.«

Erneut schaltete er das Funkgerät an. »Ergreifen Sie Maßnahmen, um die Ladung zu verbergen, und denken Sie daran, die Fahrzeuge abzuschließen.«

Zu Doktor Park sagte er: »Wie lange noch?«

»Was?«

»Bis die Erinnerung beendet ist, Doktor. Konzentration.«

»Ich weiß nicht ...«

»Schätzen Sie.«

Er schnaufte. »Fünfzehn Minuten ungefähr.«

»Können wir den Wagen bewegen?«

Parks Augen weiteten sich. Conner kannte diesen Ausdruck.

»Spekulieren Sie, Doktor. Wenn wir einen Block weiter fahren und uns irgendwo verstecken, was *könnte* passieren?«

»Ich habe keine Anhaltspunkte, um auch nur ansatzweise zu spekulieren.«

»Doktor.«

»Also gut ... Die Erinnerung könnte abbrechen. Oder er könnte einen Gehirnschaden bekommen. Oder nichts davon. Vielleicht würde sie einfach weiterlaufen. Ich habe keine Ahnung.«

Goins sah zu Conner und wartete auf Anweisungen.

»Wir bleiben hier«, sagte Conner. »Sie vier« – er zeigte auf die Söldner – »steigen aus und beschützen den Lieferwagen vom Waldrand aus. Der Arzt und ich bleiben bei Desmond.« Er wies auf den piepsenden Monitor. »Können Sie das Ding leise stellen?«

Park drückte auf eine Taste, und das Geräusch verstummte.

Zehn Minuten später lagen Conner, der Arzt und Desmond, unter dicken Decken und zwischen leeren Kartons versteckt, im Heck des Lieferwagens. Sie hatten sich größte Mühe gegeben, die Ladefläche aussehen zu lassen wie die verlassene Schlafstelle eines Obdachlosen.

Conner wartete und lauschte. Die Minuten schleppten sich dahin. Schließlich hörte er die Humvees auf den Parkplatz rasen. Türen wurden geöffnet. Stiefel polterten über den Asphalt. Jemand brüllte Anweisungen an die Soldaten, die das Gebäude durchsuchten.

Schritte näherten sich. Jemand zog am Türgriff der abgeschlossenen Fahrertür.

Conner umklammerte seine Pistole.

11

Tief im Inneren der *Beagle* versuchte Peyton einzuschlafen. Schon als Kind hatte sie sich vor dem Schlafengehen gefürchtet. Oft hatte sie wach gelegen, sich in Dinge hineingesteigert und im Geiste verschiedene Szenarien für Ereignisse durchgespielt, die in der Zukunft lagen.

Sie drehte sich um und zog den dicken Haufen Decken dicht an sich. Der Stoff fühlte sich kalt an. Sie fror immer noch. Lin, Nigel, Rodriguez und sie lagen nebeneinander auf dem Boden und versuchten, ihre Körperwärme unter den Decken einzufangen. Sie hatten die Helme abgesetzt, um Sauerstoff zu sparen.

Chief Adams saß mit einem automatischen Gewehr auf dem Schoß am Eingang. Das Licht des Videomonitors warf Schatten auf seine scharfen Gesichtszüge. Die vier Nachtsichtkameras, die er im U-Boot verteilt hatte, zeigten keine Bewegung.

Rechts von Peyton wurde ein LED-Leuchtstab eingeschaltet. Ihre Mutter sah sie an.

»Du solltest dich ausruhen, Schatz.«

»Das musst du gerade sagen.«

»Peyton.«

»Schon gut«, murmelte sie.

Sie schloss die Augen und gab vor zu schlafen, wie sie es als Kind unzählige Male getan hatte.

»Du musst mir nichts vorspielen.«

Peyton schlug die Augen auf.

»Woran denkst du?«, fragte Lin.

»An den Angriff.«

Lin sah sie unverwandt an. »Und?«

Peyton zögerte. »An Desmond.«

»Wir werden ihn finden.«

»Das kannst du nicht wissen.«

»Aber ich glaube es. Und du musst es auch glauben. Gib die Hoffnung nicht auf. Das kann einem sehr viel Kraft geben.«

Sie schwiegen einen Moment lang.

»Wenn sie Rendition von ihm bekommen haben, was machen sie dann mit ihm?«

Lin wandte den Blick ab. »Desmond bedeutet Conner viel. Er würde ihm nichts antun.«

»Desmond hat ihn verraten.«

»Vergebung hält Familien zusammen.«

Peyton wusste, dass ihre Mutter von ihrem Bruder sprach. »Ich hoffe, du hast recht …«

Das Kreischen von berstendem Metall hallte durch das U-Boot. Es klang, als würde irgendwo über ihnen ein Seeungeheuer schreien.

Nigel setzte sich mit wildem Blick und schnell atmend auf. »Sind sie da?«

Rodriguez schlüpfte unter den Decken hervor und griff nach seinem Gewehr.

Adams konzentrierte sich weiter auf den Monitor.

Das U-Boot wackelte.

»War das eine Rakete?«, fragte Nigel.

Ein Pochen erschütterte das Boot, erst langsam, dann immer schneller, wie eine Herde Wildpferde, die über den Rumpf galoppierte.

Lins Stimme war so ruhig, als würde sie sich nach dem Wetter erkundigen. »Lagebeurteilung, Mr. Adams.«

»Es dringt Wasser ein.«

»Wo?«

»Unbekannt. Am wahrscheinlichsten ist die Andockschleuse.«

Peyton brauchte einen Moment, um sich einen Reim darauf zu machen. Das Geräusch von berstendem Metall war entstanden, als ihr Tauchboot von der *Beagle* weggeschoben worden war, wodurch Wasser in die Schleuse eindrang. Sie und ihre Mutter hatten die Schotts um den Bereich herum geschlossen, also drohte keine Flutung. Aber ihre einzige Möglichkeit, an die Oberfläche zurückzukehren, war zunichtegemacht worden. Sie saßen in der Falle. Wenn keine Hilfe kam, würden sie hier unten sterben, verhungern oder erfrieren wie die Besatzung der *Beagle* vor dreißig Jahren.

Lin ließ sich keine Angst anmerken. »Neue Empfehlungen, Chief?«

»Ich bezweifle, dass sie sofort angreifen werden, Ma'am. Sie wissen, dass wir es gehört haben. Sie wollen, dass wir in Panik geraten und mürbe werden.«

»Sehe ich auch so.« Lin drehte sich zu Nigel und Peyton. »Ruhen wir uns ein bisschen aus. Wir werden später Kraft brauchen.«

Nigel verdrehte die Augen. »Klar. Kein Problem. Es gibt nur eine Winzigkeit, die mich an den neuen *Empfehlungen* beunruhigt. Wir – sitzen – hier – fest! Ich meine, sollten wir nicht mal darüber reden?«

»Nein, Dr. Greene. Das Problem lösen wir, wenn es so weit ist.«

»Prima, prima.« Er nickte theatralisch. »Ich persönlich hätte gern eine kurze Vorschau auf die *magische Lösung*, die uns aus diesem eisigen Gefängnis am Meeresboden befreit. Ich meine ja nur, das würde mir beim Einschlafen helfen.«

Lin warf Peyton einen Blick zu, dann konzentrierte sie sich auf Nigel. »Sie müssen mir vertrauen, Dr. Green. Und *nachdem* wir hier raus sind, werden Sie mir noch mehr vertrauen müssen.

Also gewöhnen Sie sich schon mal dran.« Sie legte sich wieder unter die Decken und zog sie bis zum Kinn hoch. »Ich schlafe jetzt ein bisschen. Euch allen würde ich dasselbe empfehlen.«

Rodriguez grinste listig, als er unter die Decken kroch. Nigel folgte ihm zögerlich, und Peyton kuschelte sich wieder dicht an ihre Mutter.

Lin schaltete das LED-Licht aus. Einige Minuten lang herrschte Schweigen. Für Peyton fühlte es sich an wie Stunden. Jedes Knacken und Knirschen ließ sie aufschrecken. Sie fragte sich, wann der Angriff beginnen würde.

Als ihre Augen sich an die Dunkelheit gewöhnt hatten, konnte sie im schwachen grünen Licht des Monitors das Gesicht ihrer Mutter erkennen. Lin hatte die Augen geöffnet. Ihr Blick wirkte entschlossen.

»Woran denkst du?«, flüsterte Peyton.

»Eigentlich geht das niemanden etwas an.« Lin lächelte. »Aber dir verrate ich es.« Sie zögerte. »An Altamira.«

»Die Höhle. Das Foto mit den uralten Malereien.«

Lin nickte.

»Du glaubst, Dr. Kraus hat da etwas für dich versteckt.«

»Wahrscheinlich.«

»Falls ...« Peyton schluckte. »*Wenn* wir hier rauskommen, ist das dann unser Ziel?«

»Nein. Jedenfalls nicht das erste.«

»Was dann?«

»Oxford.«

Peyton wusste, dass ihre Mutter in Oxford geforscht hatte, während sie in London gelebt hatten. Als Kind hatte sie die Tage gefürchtet, an denen ihre Mutter den Zug nach Oxford nahm. Sie verließ dann immer das Haus, bevor Peyton aufwachte, und kam erst zurück, wenn sie schon im Bett lag. Und sie war am nächsten Morgen immer müde.

»Warum?«, fragte sie.

»Der Eid.«

»Der lateinische Satz auf dem Foto. Was bedeutet er?«

»Es ist ein Eid, den man ablegen muss, bevor man die Bodleian Library benutzen darf. Er wurde von einigen der berühmtesten Wissenschaftler und Herrscher aller Zeiten geschworen.«

»Von dir auch?«

»Ja. Ich glaube, Kraus hat dort etwas für mich versteckt. Er will, dass ich da anfange.«

Nigel setzte sich auf. »Das kann nicht Ihr Ernst sein.« Er machte sich nicht die Mühe, seine Stimme zu dämpfen.

»Dr. Greene?«, sagte Lin ausdruckslos.

»Das ist eine Nadel im Heuhaufen. Ich habe in Oxford mein Examen gemacht. Es gibt Millionen von Büchern in der Bibliothek.«

»Ich weiß, wonach ich suche, Dr. Greene.«

»Und zwar?«

»Das sage ich Ihnen, wenn wir da sind. Und jetzt möchte ich wirklich schlafen.«

***

Im Kition-Tauchboot *Ice Harvest* öffnete Commander Furst die Augen und stellte den Wecker aus. Die beiden verbliebenen Männer seines Teams standen ebenfalls auf. Es wurde Zeit anzufangen.

Sie räumten den Boden frei und breiteten einen Plan der *Beagle* aus, den Yuri Pachenko ihnen gegeben hatte. Nachdem sie das Tauchboot der Shaws vom U-Boot gelöst hatten, hatten sie den Rumpf erkundet, Risse ausfindig gemacht und den Plan aktualisiert, indem sie die gefluteten Abschnitte blau markierten.

Der Laborkomplex lag im Zentrum des Mitteldecks. Kition hatte diesem Bereich die größte Bedeutung zugemessen: Er war durch zusätzliche Schotts abgeschirmt und verfügte über eine getrennte Luft- und Stromversorgung. Es gab kaum Zweifel, dass die Shaws sich dorthin zurückgezogen hatten. Der Bereich ließ sich gut verteidigen, aber Furst hatte die Mittel, ihn gegen alle Widerstände zu erobern. Lin und Peyton Shaw konnten nirgendwo hin. Es war nur eine Frage der Zeit, bis sie sie töten oder gefangen nehmen würden.

Furst zeigte auf eine Sektion, die sich ungefähr zwanzig Meter vom Laborkomplex entfernt auf demselben Deck befand. »Wir dringen hier ein. Bereitet die Roboterfahrzeuge vor.«

Einer der Männer nahm einen Roboter aus dem Regal und befestigte mit Klebeband ein Funkgerät an der Oberseite, ohne die Kamera zu verdecken. Er wiederholte den Vorgang beim zweiten Roboter, dann hob er sein eigenes Funkgerät. »Check.«

Der andere Mann überprüfte den Plasmabrenner, bevor er sich der Steuerung ihres Boots zuwandte. Sie fuhren dichter an das U-Boot heran. Es klickte laut, als die Magneten des horizontalen Andockrohrs sich an den Rumpf hefteten. Das Wasser strömte aus dem Rohr, und der Mann setzte seinen Helm auf. Er drehte sich zu Furst um, der in Erwartung des eisigen Luftstroms ebenfalls seinen Helm angelegt hatte, und wartete auf Befehle.

Furst nickte. »Weitermachen, Chief.«

Der Mann öffnete die Luke, kroch zum Rumpf und zündete den Brenner. Bald würden sie drin sein.

***

Es klang wie ein Gongschlag. Peyton setzte sich auf.

Adams stand schon. Rodriguez auch.

»Was ...«

»Sie kommen rein«, sagte Adams. »Macht euch bereit.«

***

Auf dem Bildschirm in der *Ice Harvest* beobachtete Furst, wie die Roboterfahrzeuge sich in entgegengesetzte Richtungen entfernten. Sie wurden von seinen Männern mithilfe der Nachtsichtkameras gesteuert. Die grünstichigen Aufnahmen aus den Gängen des U-Boots wirkten wie aus einem Dokumentarfilm.

»Ich hab was.«

Auf dem linken Monitor sah Furst etwas, das aussah wie eine im Gang aufgehängte Decke.

»Heb sie mit dem Arm hoch und sieh dahinter. Aber nicht weiterfahren.«

Auf dem Bildschirm tauchte eine weiße Fläche auf, als die Decke angehoben wurde.

Der Chief schaltete die Nachtsichtfunktion aus.

Vier Nischen mit jeweils drei Kojen säumten den Gang. Die Leichen waren nach hinten gerollt und die Decken entfernt worden. Ein Dutzend LED-Lampen von der Größe eines Eishockeypucks lagen auf dem Boden. Auch in den Kojen waren welche verteilt worden.

»Decke runterreißen«, sagte Furst. »Und weiter vorrücken.«

Er sah zu den Rauch- und Tränengasgranaten, die sie bereitgelegt hatten. Er würde seinen Plan ein wenig anpassen müssen.

»Stolperdraht«, sagte der andere Spezialist. »Improvisiert.«

Furst beobachtete, wie der Roboter die Kamera ausfuhr und schwenkte.

»Kein Sprengsatz«, sagte der Spezialist.

»Abschneiden.«

Der nächste Stolperdraht war mit einer C4-Ladung verbunden. Clever – sie hatten den Sprengsatz tief im Inneren des Boots angebracht, weit genug vom Rumpf entfernt.

Furst verzeichnete ihn auf dem Plan.

Eine Stunde später hatten die Roboterfahrzeuge sämtliche

Gänge durchsucht, die sie erreichen konnten. Jetzt standen beide vor einer verschlossenen Luke. Der Laborkomplex lag nicht weit dahinter.

***

Chief Adams sah auf den Monitor. »Sie haben ein Roboterfahrzeug.« Er kniff die Augen zusammen. »Irgendwas ist an der Oberseite befestigt. Könnte eine Sprengladung sein.«

»Suchen sie uns?«, fragte Peyton.

»Ja, Ma'am«, antwortete Adams. »Und sie neutralisieren unsere Gegenmaßnahmen.«

»Wir könnten den Roboter zerstören«, schlug Rodriguez vor.

Adams löste den Blick nicht vom Monitor. »Zu riskant. Vielleicht wollen sie uns rauslocken.«

»Uns rauslocken?«, fragte Nigel irritiert.

»Sie könnten in der Nähe des Roboters warten, um uns anzugreifen.«

Erneut war Peyton von Adams beeindruckt. Auch unter Druck behielt er einen kühlen Kopf.

Adams vertiefte sich in das Bild auf dem Monitor. »Okay, zwei Roboter.«

»Was sollen wir jetzt machen?«, fragte Lin.

»Erst mal abwarten.«

***

Furst und seine Männer schlängelten sich durch die Gänge und achteten darauf, die entdeckten Sprengladungen des Feinds nicht auszulösen, während sie ihrerseits Stolperdrähte anbrachten. Sie waren fast bereit.

***

Das Geräusch von Metall auf Metall erregte ihre Aufmerksamkeit. Adams drehte den Monitor so, dass die anderen ihn sehen konnten. Im Gang rollte eine Dose, aus der eine Dampfwolke quoll, auf den ersten Roboter zu.

»Tränengas«, murmelte Adams.

Eine weitere Dose wurde zu dem anderen Roboter geworfen. Dann rollten durch beide Gänge Dosen, aus denen eine dichtere Wolke strömte. Rauch. Durch die Kameras konnte man nichts mehr erkennen, und sie hörten nur noch ein leises Zischen.

»Sie versuchen, uns abzuschneiden«, sagte Adams.

»Und es scheint ihnen zu gelingen«, bemerkte Nigel.

Lin warf ihm einen Blick zu, der ihn traf wie eine Ohrfeige. Der englische Wissenschaftler wurde still.

»Mr. Adams?«

»Wir können abwarten und uns hier verschanzen.«

»Oder?«

»Oder wir gehen raus und suchen uns selbst aus, wo und wann wir kämpfen.«

»Und was dann?«

Adams schüttelte den Kopf. »Eins wissen wir sicher: Es gibt nur einen Weg aus diesem U-Boot zurück nach oben.«

»Ihr Tauchboot.«

»Ja, Ma'am.«

»Was schlagen Sie vor?«, fragte Peyton.

»Rodriguez und ich greifen sie an. Sie drei schlagen eine andere Route ein, suchen ihr Boot und verschwinden.«

Schweigen breitete sich aus.

»Es gibt keine andere Möglichkeit«, sagte Adams. »Als Nächstes werden sie eine oder beide Luken aufsprengen. Sie setzen die Roboter und Tränengas und Rauchgranaten ein und ziehen die Schlinge immer enger um unseren Hals. Wir müssen bald alle unsere Anzüge anziehen. Der Sauerstoff reicht noch für ein paar Stunden, vorausgesetzt die Anzüge werden nicht von einer Kugel durchbohrt. Die Zeit arbeitet gegen uns. Wir müssen irgendwas unternehmen.«

»Aber das könnte gefährlich werden«, sagte Lin. »Wir müssen davon ausgehen, dass sie auch Sprengfallen im Boot angebracht haben.«

Adams nickte.

»Und selbst wenn Sie und Rodriguez den Feind neutralisieren, wird es schwierig, hier rauszukommen. Aber es gibt eine Lösung, die wir bisher übersehen haben.«

Adams zog die Brauen hoch.

»Das Gerät an dem Roboterfahrzeug.«

»Ich vermute, es ist ein Sprengsatz – für die Luke.«

»Eine vernünftige Annahme, aber ich halte es für unwahrscheinlich«, sagte Lin. »Unser Gegner will bestimmt keinen Roboter opfern – er braucht sie, um hinter der Luke aufzuräumen.«

»Dann ...«

»Es ist ein Funkgerät.«

Peyton konnte der Argumentation ihrer Mutter nicht folgen.

»Es gibt einen anderen Ausweg«, sagte Lin. »Für uns alle. Aber dafür müssen Peyton und ich unser Leben riskieren.«

Sie sah zu Peyton.

Adams schüttelte den Kopf, als widerte ihn die Vorstellung an. »Auf keinen Fall, Ma'am. Es hat höchste Priorität ...«

»Ich bin dabei«, sagte Peyton. »Ich habe genug davon, Leute sterben zu lassen.«

***

Ihre Helmlampen durchschnitten die Dunkelheit, als Peyton ihrer Mutter durch den Gang folgte. Adams hatte heftig widersprochen, aber bald einsehen müssen, wie sinnlos es war, mit Lin Shaw zu streiten, wenn sie einen Entschluss gefasst hatte.

»Vor vielen Jahren in Rio de Janeiro«, sagte Lin über Funk, »wurden Yuri und ich entführt. Man hat uns geschlagen und Lösegeld verlangt. Dein Vater hat uns gerettet. Er ist allein gekommen, und fünf Minuten später ist er mit uns beiden rausspaziert, ohne einen einzigen Schuss abzugeben. Er war sehr tapfer in dieser Nacht.« Sie hielt inne. »Ich glaube immer noch, dass Yuri sich deshalb nicht dazu durchringen konnte, deinen Vater zu töten, als er die *Beagle* versenkte. Yuri hat ihn gehen lassen. Ich glaube, er hat damals begriffen, wie viel dein Vater ihm bedeutete.«

Peyton hatte die Geschichte schon in den Aufzeichnungen gelesen, die ihr Vater für sie und Desmond zurückgelassen hatte, doch sie unterbrach ihre Mutter nicht. Es klang wie ein Geständnis, das sie machen musste.

»Nach dem Vorfall in Rio hat dein Vater darauf bestanden, dass jeder, der das Schiff verließ, sich verteidigen konnte.« Sie blieb vor einem Schrank stehen und hebelte die zugefrorenen Türen auf. »Mithilfe dieser Vorrichtungen. Sie werden uns das Leben retten. Und dem Rest des Teams auch. Aber du musst vorsichtig sein, Peyton. Wenn du nicht aufpasst, bringst du dich selbst damit um.«

***

Peyton hatte den Helm abgesetzt, saß mit dem Rücken an der Wand, wartete und überlegte, ob ihre Mutter recht hatte. Sie fragte sich, ob sie ihren Teil zu ihrer Rettung beitragen konnte. Noch nie in ihrem Leben war sie so nervös gewesen. Der Kampf um Leben und Tod stand unmittelbar bevor. Sie hatte das Gefühl, sich übergeben zu müssen, aber sie wollte tapfer sein. Sie musste es – für Desmond, für ihre Mutter und für die drei Männer, die sich auf sie verließen.

Eine raue Stimme aus dem Funkgerät am Roboter durchbrach die Stille. Die Kameras an den beiden Luken zeichneten sie auf.

»Doktor Lin Shaw. Doktor Peyton Shaw. Wir sind nicht gekommen, um Ihnen etwas anzutun. Wir hatten auf dem Schiff einen schlechten Start. Ich weiß nicht, was meine Männer getan oder gesagt haben, um Sie zu verärgern. Ich bedauere den Verlust von Menschenleben.«

Er wartete.

»Wir möchten nicht, dass noch mehr Leute verletzt werden. Das ist die Wahrheit. Wenn wir Sie töten wollten, wären wir einfach weggefahren. Wir sind hier, weil wir Sie *unverletzt* zurückbringen möchten. So lauten meine Befehle. Die Anweisungen von Yuri *und Desmond.*«

Peyton und Lin sahen sich in die Augen.

»Es stimmt. Desmond hat seine Erinnerungen wiedergefunden. Er kennt jetzt die Wahrheit. Peyton, er hat uns geschickt, um Sie und Ihre Mutter zurückzuholen. Er ist sehr besorgt. Die Welt wird sich bald verändern.«

Peyton schwirrte der Kopf. *Was, wenn es stimmt?*

»Unser Gegenspieler wurde offenbar gut in der Kunst der Täuschung ausgebildet«, sagte Lin.

Ihre Mutter wusste anscheinend immer, was Peyton dachte.

»Hören Sie zu. Wenn Sie noch andere bei sich haben, können die auch mitkommen. Aber zuerst müssen Sie beide uns auf dem Mannschaftsdeck treffen. Kommen Sie allein und unbewaffnet. Wir wissen, welche Route Sie nehmen müssen. Wir haben Kameras. Und einen Roboter. Wir werden Sie beobachten. Weichen Sie nicht vom Weg ab. Wenn jemand bei Ihnen ist, wird er in Fetzen gesprengt.«

Er legte eine Pause ein.

»Sie haben fünf Minuten, um zum Mannschaftsdeck zu kommen. Wenn Sie dann nicht da sind, kommen wir rein. Bitte. Seien Sie vernünftig. Niemand muss verletzt werden.«

Lin stand mit dem Helm in der Hand da wie ein Astronaut, der sich darauf vorbereitete, einen fremden Planeten zu betreten. »Es ist Zeit, Peyton.«

Peyton spürte kaum ihren eigenen Körper, als sie aufstand. Sie zitterte.

Lin legte ihr die Hände auf die Schultern. »Einen Schritt nach dem anderen. Bleib konzentriert. Denk nicht darüber nach. Mach einfach den nächsten Schritt.«

Sie hob Peytons Helm auf und stülpte ihn ihr über den Kopf, dann setzte sie ihren eigenen auf.

Peyton versuchte, ihren Atem zu beruhigen, der unter dem Helm unnatürlich laut klang.

»Konzentrier dich auf meine Stimme, Peyton.«

Ihre Mutter beugte sich vor, bis ihre Helme sich berührten, und sah ihr in die Augen.

»Du schaffst das.«

12

Die X1-Pandemie hatte die *USS Carl Vinson* besonders schwer getroffen. Von der fünftausend Mann starken Besatzung des Flugzeugträgers waren fast eintausend gestorben. Die Verbliebenen wollten vor allem eines: Rache.

Sie suchten schon seit Wochen den Pazifik nach der Operationsbasis von Kition ab. Rund um die Uhr starteten und landeten Flugzeuge, und ihre Suchergebnisse wurden kartiert, um das Raster allmählich abzuarbeiten.

Im Inneren des Schiffs baute Avery Price in einer kleinen Kabine ihr Gewehr zusammen. Sie sah es einen Moment an, dann stellte sie die Stoppuhr auf null und begann, es erneut zu zerlegen. Die Übung erinnerte sie an ihre Ausbildung in Nord-Virginia. Es war für sie wie Meditation.

In ihrer Freizeit stemmten andere Besatzungsmitglieder Gewichte, sahen Filme auf ihren Laptops, schrieben E-Mails nach Hause oder vögelten in ihren Kojen – obwohl es gegen die Vorschriften verstieß. Avery tat nichts davon. Sie dachte an Desmond, und manchmal quälte sie die Frage, ob sie ihn folterten. Sie hoffte, die *Carl Vinson* wäre das Schiff, das ihn aufspürte. Sie war mit ihm noch nicht fertig – und mit den Männern, die ihn entführt hatten, auch nicht. Desmond hatte sich für sie geopfert, sein Leben für ihres gegeben. Sie wollte bei niemandem in der Schuld stehen. Aber es war mehr als das.

***

Die Anzeige an der Wand zeigte fast 14 Uhr, als aus dem Deckenlautsprecher der Alarm ertönte und ein Marineoffizier sagte: »Alle Mann auf Gefechtsstation.«

Ja, dachte Avery. *Wir haben Kition gefunden.*

Wenige Minuten später stand sie auf der Brücke des Schiffs. Die Kommunikationsoffiziere waren in heller Aufregung. Der Kommandierende Offizier brüllte Befehle über den Bordfunk.

Captain Barrow stand ruhig da und blickte auf das Getümmel, als wäre er in Gedanken versunken.

»Ich führe das Einsatzkommando an«, sagte Avery. »Der Sanitäter hat mich gerade für tauglich erklärt«, log sie.

»Was?«

»Ich gehe als Erste ...«

»Wir haben sie nicht gefunden, Price. Die Kommunikation ist zusammengebrochen.« Barrow wandte sich zu dem Kommandierenden Offizier um. »Kursänderung durchführen.«

Kursänderung. Avery sah sich um. »Wohin fahren wir?«

»Zu unserem Sammelpunkt. So lauten nämlich die Vorschriften im Fall eines globalen Kommunikationsausfalls. Und jetzt verschwinden Sie hier, Price.«

»Sie glauben, es ist ein Angriff.«

Barrow verlor allmählich die Geduld. »Ja. Ein Virus hat unsere Ausrüstung infiziert.« Er kniff die Augen zusammen. »Moment. In Ihrer Akte stand, dass Sie früher Programmiererin waren. Gehen Sie nach unten zum ...«

Avery begriff, was geschah – und wer wirklich angegriffen wurde. Sie musste zu Peyton und Lin Shaw.

»Ich brauche einen Helikopter und ein Einsatzkommando.«

Er lachte. »Verschwinden Sie. Sofort.«

»Hören Sie, Captain. Es gehört zum Plan von Kition, das Internet und die weltweite Kommunikation auszuschalten.«

»Offenbar.« Er winkte einen großen muskulösen Matrosen

herbei, der neben der Luke stand. »Sorgen Sie dafür, dass Miss Price in ihre Kabine …«

»Captain.«

Der Matrose griff nach ihrem Arm.

Sie packte seine Hand und verdrehte seinen Daumen, bis er zusammenzuckte, aber er ließ nicht los. »Mach jetzt keinen Fehler«, sagte sie ruhig. Sie konzentrierte sich wieder auf den Kapitän. »Geben Sie mir zehn Sekunden, Sir. Ich muss Ihnen etwas sagen.«

Barrow nickte dem Matrosen zu. Er ließ ihren Arm los.

»Das hier ist nicht die einzige Rubicon-Operation. Es gibt noch eine weitere nördlich des Polarkreises. Eine Kooperation mit den Russen. Wenn die Netze ausgefallen sind, hat das einen Grund. Die andere Einsatzgruppe wird wahrscheinlich angegriffen. Wir müssen ein Team hinschicken, um es zu überprüfen.«

»Ich habe meine Befehle, Miss Price. Und ich nehme sie ernst. Jeder Soldat und jedes Flugzeug könnten gebraucht werden, um die Vereinigten Staaten zu verteidigen.«

Er gab dem Matrosen ein Zeichen. »Sorgen Sie dafür, dass sie bis auf Weiteres in ihrer Kabine bleibt.«

13

Lin bestand darauf, fünf Meter voranzugehen. Im Licht ihrer Helmlampe konnte Peyton die schlanke Gestalt ihrer Mutter nur undeutlich erkennen. Sie kannte sie gut genug, um zu wissen, warum sie die Führung übernahm: um Peyton zu beschützen. Lin ging für den Fall vor ihrer Tochter her, dass die Eindringlinge Sprengfallen angebracht hatten.

Ihre ruhige Stimme drang aus Peytons Helmlautsprecher. »Bleib, wo du bist.«

»Was ist los?«

»Ich bin an der Luke.«

Lin ächzte. Das Reiben von Stahl auf Stahl hallte durch den dunklen Gang, als würde ein uralter Tresor geöffnet.

Rauch und Gas drangen ein. Sie verteilten sich und bildeten Nebelschwaden über dem Boden.

»Lass uns weitergehen«, sagte Lin.

Peyton versuchte, ihre Nerven unter Kontrolle zu halten, als sie durch den Nebel taumelten. Jeder Schritt konnte ihr letzter sein. Sie stolperte und stützte sich an der Wand ab.

Lin flüsterte: »Da ist das Roboterfahrzeug. Peyton, komm her, damit sie uns beide sehen können.«

Peyton bog um die Ecke und sah ihre Mutter bis zu den Knien im Nebel stehen. Die Strahlen ihrer Helmlampe durchdrangen die Wolke und fielen auf den Roboter. Peyton trat neben sie. Der Roboter drehte sich auf einer Kette um wie ein Spielzeugpanzer, fuhr um sie herum und blieb an der Luke stehen. Er hielt Wache, falls ihnen jemand folgen sollte.

Lin ging weiter. Peytons Herz schlug immer schneller, als sie ihr folgte. Ein Schweißtropfen rann ihr über die Stirn ins Auge.

Der Rauch löste sich allmählich auf.

Auf einem Zettel, der an das Schott vor ihnen geklebt war, stand eine Anweisung für sie.

HELME ABSETZEN

Die Lampe erlosch, als Lin ihren Helm abnahm.

Peyton legte die Hand auf die Schnalle ihres Helms. Das war der gefährlichste Teil des Plans. Sobald sie die Helme abgesetzt hatten, konnte ihr Gegner Tränengas oder Pfefferspray verwenden. Oder sie auf hundert andere Arten außer Gefecht setzen.

Doch das spielte keine Rolle. Es gab kein Zurück mehr.

Sie löste die Schnalle und nahm den Helm ab. Die eiskalte Luft, die ihr ins Gesicht schlug und in den Anzug drang, roch säuerlich und ein wenig nach Gewehrfeuer.

Sie standen in der Dunkelheit und warteten. Schritte näherten sich von vorn. Und von hinten. Zwei Männer. Vielleicht auch drei. Wenn es drei waren, hatten sie ein Problem. Sie hatten nur zwei eingeplant.

Ein schmaler Lichtstrahl näherte sich wie ein Zug im Tunnel.

Peyton war einen Moment lang geblendet. Als ihre Augen sich angepasst hatten, konnte sie zwei Gestalten hinter der Lampe erkennen.

»Ziehen Sie die Anzüge aus.« Sie erkannte die raue Stimme aus dem Funkgerät.

»Es ist zu kalt«, sagte Lin emotionslos.

»Dann sollten Sie sich besser beeilen.«

Lin zögerte, dann sah sie zu Peyton und begann, ihren Anzug abzulegen.

Der Moment der Wahrheit.

Peytons Hände bebten, während sie die klobige Bekleidung abstreifte. Sie wusste nicht, ob es an der Kälte oder ihren Nerven lag, aber mit jeder Sekunde verstärkte sich das Zittern.

Als der Anzug zu Boden fiel, stand sie in Stiefeln und einer Schicht warmer Kleidung über ihrer Thermounterwäsche da. Die Pistole, die sie unter den dicken Kleidern versteckt hatte, bildete eine Beule an der Hüfte. Sie fühlte sich nackt, als wäre die Waffe deutlich zu sehen. Die Pistole unter Lins Kleidern zeichnete sich noch stärker ab.

Der Mann klang belustigt. »Die Damen sind kurviger, als wir dachten.« Seine Stimme wurde ernst. »Wenn Sie nach den Pistolen greifen, schießen wir. Ohne weitere Warnung.«

Stille. Niemand rührte sich.

»Heben Sie die Arme und strecken Sie sie nach vorn. Lin, drehen Sie sich um und kommen Sie rückwärts zu mir. Peyton, Sie bleiben, wo Sie sind.«

Lin wandte sich um und gab acht, nicht über die Anzüge zu stolpern, als sie rückwärtsging. Sie sah Peyton mit leuchtenden Augen an, ohne zu blinzeln. Im Geiste konnte Peyton ihre unausgesprochenen Worte hören. *Sei tapfer, Schätzchen.*

Eine Hand berührte Peyton an der Seite, knapp unterhalb der Brust, schob sich unter das T-Shirt und riss die Pistole samt Holster heraus. Die Waffe fiel auf den Metallboden.

Ein zweiter Mann näherte sich Lin von hinten und nahm ihr die Pistole ab.

Sie waren also zu dritt. Die beiden, die sie entwaffnet hatten, und der Mann mit der rauen Stimme, der die Lampe hielt.

Der Mann hinter ihr fuhr mit den Händen über ihre Brust. Auch ihre Mutter wurde abgetastet.

Lin ergriff die Initiative. Sie wirbelte herum, packte den Mann am Hals und drückte zu.

Der Schreck fuhr Peyton durch alle Glieder. Aber dann verließ sie sich auf ihre Instinkte. Mit dem Daumen drückte sie auf den Ring am Zeigefinger und fuhr die drei Nadeln aus. Sie schlug nach dem Mann und traf ihn am Hals, genau an der Schlagader.

Hinter sich hörte sie den anderen Soldaten nach Luft schnappen, als das Gift aus Lins Ring ihn lähmte.

Der Mann ließ Peyton los und fiel auf die Knie. Im schwachen Licht funkelte er sie bösartig an.

»Du Sch...«

Schaum drang aus seinem Mund, als er nach vorn kippte.

Peyton ließ den Knopf los und streifte den Ring ab. Klirrend fiel er zu Boden. Er war für den einmaligen Gebrauch bestimmt, aber sie wollte nicht riskieren, sich selbst zu stechen, falls noch Gift zurückgeblieben war.

Hinter ihr zuckte der Lichtstrahl durch den Raum wie ein Disco-Stroboskop. Lin schrie.

Peyton drehte sich um. Sie sah, dass der Soldat, der Lin gefilzt hatte, reglos am Boden lag, während der Mann mit dem Licht jetzt versuchte, ihre Arme festzuhalten. Er schlug ihr mit der Stablampe ins Gesicht. Sie stieß einen markerschütternden Schrei aus, stürzte und kroch auf die Pistole zu. Der Mann warf sich auf sie und griff nach ihren Armen.

»Peyton!« Bluttropfen spritzten aus ihrem Mund. »Bitte, Peyton.«

Der Mann drückte Lin mit den Ellbogen auf den Boden und legte die Hände um ihre Kehle.

Peyton taumelte nach vorn. Lins Holster lag vor ihren Füßen. Sie bückte sich und zog die Pistole heraus. Ihre Hände zitterten so stark, dass sie sie kaum gerade halten konnte.

Lins Augen traten hervor.

»Lass sie los.« Peytons Stimme bebte genauso wie ihre Hände.

Der Mann sah nicht auf.

»Machen Sie keinen Unsinn, Peyton.«

Lins Arme wurden schlaff.

»Lassen Sie die Waffe fallen, dann passiert niemandem was.«

Lin sah ihre Tochter flehentlich an. Sie hatte nur noch wenige Sekunden zu leben.

Peyton stabilisierte die Pistole mit der anderen Hand.

Sie drückte den Abzug.

14

Das Klackern von Absätzen auf dem Boden der Bibliothek lenkte Desmond ab. Jennifer stolzierte auf ihn zu. Sie trug ein marineblaues Kleid, das eng an der Hüfte anlag, und eine kurze weiße Bluse mit tiefem Ausschnitt. Über ihren Schultern hing eine dunkle Strickjacke, die von ihrem kastanienbraunen Haar eingerahmt wurde.

An dem langen Tisch vor dem drei Stockwerke hohen Fenster blieb sie stehen und stellte ein kleines, in Geschenkpapier gewickeltes Päckchen vor Desmond ab.

Er zog die Augenbrauen hoch.

»Ein kleines Weihnachtsgeschenk.« Sie zuckte unbeholfen mit den Achseln.

»Ich ...« Er hatte jegliches Zeitgefühl verloren und wusste nicht einmal, dass Weihnachten war.

»Mach es einfach auf, Des.«

Er zog das Päckchen zu sich und lächelte, als er das Papier sah: Es war mit Screenshots und dem Logo der Fernsehserie *Alias – Die Agentin* bedruckt.

»Ich dachte, das selbst gemachte Geschenkpapier könnte dir gefallen.«

»Klar. Ich bin ein großer Fan der Serie.« Er packte das Geschenk aus. Es waren drei Bücher, alle von Phillip Pullman: *Der goldene Kompass*, *Das magische Messer* und *Das Bernstein-Teleskop*. Die komplette Trilogie trug den Titel *His Dark Materials*.

»Ich dachte, du kannst nicht ununterbrochen hier in

der Bibliothek Sachbücher lesen. Du musst dich auch mal erholen.«

Das stimmte. Er drehte die Bücher um und betrachtete die Umschläge, bevor er aufsah. »Ich habe nichts ...«

»Ich brauche nichts.«

Er sah wieder auf die Bücher.

»Du musst auch nicht immer hier essen«, sagte sie. »Es würde dir guttun, mal rauszukommen.«

Sie hatte recht. Aber er wusste, dass es für sie kein gutes Ende nehmen würde. Er stellte sich vor, wie sie essen gingen – nicht in einem schicken Restaurant, sondern in einem gemütlichen, entspannten Lokal, wo sie tragen konnten, was sie wollten, und sich unterhalten und so lang bleiben konnten, wie sie wollten. Sie würden über die Bücher reden, die sie ihm geschenkt hatte, und sich gegenseitig erzählen, wo sie herkamen, wobei er ihr nicht die Wahrheit darüber sagen könnte, warum er von Oklahoma nach Kalifornien gegangen war. Und dann würde es seinen Lauf nehmen. Wie seine Beziehung mit Peyton würde auch diese in einer Sackgasse enden. Denn genau das war er: eine emotionale Sackgasse. Vergiftet. Er würde ihr wehtun. Er war einsam und sehnte sich nach einer Partnerin, aber er konnte sich nicht auf sie einlassen, weil er sie nicht verletzen wollte.

»Das würde ich gerne«, sagte er und wog seine Worte genau ab. »Aber ich kann nicht.«

Sie lächelte. »Du kannst nicht die *ganze* Zeit lesen und schlafen.«

»Ich bin aus einem bestimmten Grund hier.«

»Ich auch.«

Er dachte, sie spräche von ihm. Er wollte etwas entgegnen, aber sie zog einen Stuhl heran, setzte sich und kam ihm zuvor.

»Ich bin Doktorandin in Stanford. In Physik.«

»Oh.«

»Ich bin aus demselben Grund hier wie du.«

Er kniff die Augen zusammen. »Wirklich?«

»Mein Professor ist bei Kition. Ich möchte auch beitreten. Aber vor allem möchte ich die Erlaubnis bekommen, die Bibliothek zu benutzen.« Sie zeigte auf die Bücherstapel auf dem Tisch. »Ich möchte wissen, was sie entdeckt haben. Ich beneide dich. Du musst sehr wichtig für sie sein.«

Desmond schüttelte den Kopf. »Yuri hat mich eingeladen ...«

»Aus einem bestimmten Grund.«

Desmond nickte.

»Er will etwas von dir.«

»Daran gibt es keinen Zweifel.«

Sie sahen sich in die Augen. In dem riesigen Raum war nur das Summen der Beleuchtung zu hören.

»Ich will auch etwas«, sagte Desmond. »In meiner Kindheit ist was passiert, das mich verändert hat. Ich habe es lange nicht verstanden. Bis ich mich verliebt habe.«

»Was ist passiert?«

»Ich habe entdeckt, dass ich unfähig war, sie genauso zu lieben, wie sie mich liebte. Deshalb bin ich hier. Ich möchte die Chance bekommen, mich zu verändern. Das hat Yuri mir versprochen.«

Sie stand auf und lächelte, weder fröhlich noch belustigt, sondern voller Zuneigung und Besorgnis. »Ich hoffe, du findest, was du brauchst.«

15

In dem engen Gang war der Schuss ohrenbetäubend laut. Obwohl Peytons Hände zitterten, traf sie den Mann an der Schulter, worauf er von Lin herunter und gegen das Schott geschleudert wurde. Er schrie auf, dann sprang er auf Peyton zu.

Sie taumelte zurück, stolperte über den leblosen Soldaten und fiel auf den Hintern. Aber sie hielt die Pistole fest.

Der verwundete Mann warf sich wie ein wildes Tier auf sie und griff mit dem unverletzten Arm nach der Pistole. Er umklammerte ihren Unterarm und hämmerte ihn auf den Metallboden. Beim zweiten Schlag schlitterte die Pistole davon.

Der Mann schabte mit der Brust über ihr Gesicht, als er nach vorn kroch. Es fühlte sich an, als würde ihr Hinterkopf auf einen Eisblock gepresst. Er griff nach der Pistole.

Peyton boxte ihm in die Seiten, aber die Körperpanzerung nahm den Schlägen die Wirkung, und er reagierte kaum. Sie rammte ihm das Knie zwischen die Beine. Er bäumte sich auf, schrie und starrte sie hasserfüllt an. Peyton versuchte unter ihm vergeblich, sich herauszuwinden.

Sein Mund verzog sich zu einem Grinsen, als er die Faust hob. Er wartete und genoss ihre Angst, als schöpfe er daraus Kraft. Peyton konnte nur schützend die Arme vors Gesicht halten.

Sie hörte ihn lachen. Im schwachen Licht sah sie ihre

Mutter drei Meter entfernt reglos auf dem Boden liegen. Möglicherweise tot.

Ein Knall beendete sein Lachen. Der Kopf des Manns explodierte wie eine Wassermelone, die auf den Boden fällt. Erst eine Sekunde später folgte das Echo des Schusses.

Sein Oberkörper wurde nach hinten gerissen, dann sackte er nach vorn.

Peyton drehte sich zur Seite und konnte ihr Gesicht gerade noch vor dem Blut in Sicherheit bringen, das wie ein Wasserfall herabströmte. Der Mann prallte mit einem widerlichen Geräusch auf und hielt sie noch immer unter sich gefangen. Sie drückte sich mit den Ellbogen hoch und versuchte, unter ihm hervorzukriechen, aber er war zu schwer und sie zu erschöpft.

Sie hörte Schritte, die sich aus der Dunkelheit näherten. Die Leiche wurde hochgehoben und zur Seite geworfen.

Eine Helmlampe leuchtete auf sie herab. Durch das offene Visier erkannte sie Adams, der sie mit unbewegter Miene untersuchte. Hinter ihm tauchte Rodriguez auf.

»Mir geht's gut«, sagte Peyton keuchend und zitternd. »Meine Mutter.«

Rodriguez ging neben ihr auf die Knie. »Sie lebt.«

Peyton spürte, wie sich ihre Anspannung löste. Erst jetzt bemerkte sie die Kälte.

»Wie viele?«, fragte Adams, während er sich mit schussbereiter Waffe im Gang umsah.

Wie viele was? Peyton begriff die Frage nicht, als wäre ihr Gehirn eingefroren.

Adams sah auf sie herab. »Feindliche Kämpfer.« Er wartete. »Wie viele Soldaten haben sie, Dr. Shaw?«

»Wir haben nur die drei gesehen.«

»Haben sie andere erwähnt? Oder sonstige Informationen geliefert?«

Peyton schüttelte den Kopf.

Adams trat zu Rodriguez. »Verschwinden wir von hier.«

Die beiden SEALs hoben die Frauen und ihre Anzüge auf und traten eilig den Rückzug an.

Während sie in Adams' Armen durch die Gänge getragen wurde, spürte Peyton plötzlich, wie erschöpft sie war. Ihr Adrenalinspiegel sank, und Müdigkeit breitete sich in ihr aus. Ihre Mutter lebte. Und sie war in Sicherheit.

***

Peyton schlug die Augen auf. Sie war gefangen. Die Arme waren an den Seiten festgebunden und der ganze Körper fest eingewickelt, sodass nur ein Schlitz für Mund und Nase blieb. Auch ihre Augen waren verbunden; nur ein schwacher Lichtschein drang durch den Stoff.

»Hey.«

Sie brachte bloß ein heiseres Flüstern hervor. Ihr Mund und ihre Kehle fühlten sich an wie Schleifpapier. Sie schluckte mühsam.

»Hey.«

Eine Bewegung. Ein Klicken.

Jemand zog ihr die Binde von den Augen. Das Licht blendete sie.

»Oh, Entschuldigung.« Nigels Stimme. »Wie geht es Ihnen?«

»Schrecklich«, murmelte sie. Ihre Brust tat weh. Sie fühlte sich ausgelaugt.

»Haben Sie ...«

»Wasser.«

»Ah, natürlich.«

Er kehrte mit einer Feldflasche zurück und hielt sie ihr an die Lippen. Peyton schluckte. Das kalte Wasser füllte ihren Mund und floss ihr über das Gesicht.

»Sorry, sorry.«

Peyton konnte ihre Arme immer noch nicht bewegen. »Binden Sie mich los, Nigel.«

Er wirkte verwirrt. »Sie sind nicht – ach so. Klar. Die *soldados* haben Sie und Ihre Mutter in Decken gewickelt wie Burritos, damit Sie warm werden.« Er stellte die Lampe ab und verschwand aus ihrem Blickfeld. »Warten Sie.«

Kurz darauf war Peyton frei und konnte sich aufsetzen.

Lin lag neben ihr und schlief. Peyton wollte sie nur ungern wecken, aber sie musste sie auf innere Blutungen untersuchen.

»Können Sie mir helfen, sie auszuwickeln? Ich möchte ihre Wunden untersuchen. Sie hat ganz schön was abgekriegt.«

»Adams und ich haben sie schon untersucht.«

»Aber Sie sind beide keine Ärzte.«

Nigel half ihr, Lin auszuwickeln. Sie rührte sich zwar ein wenig, wachte aber nicht auf. Peyton fragte sich, ob sie eine Gehirnerschütterung hatte.

Blutergüsse und rote Striemen bedeckten ihren Hals. Peyton untersuchte ihren Kopf auf Schwellungen. Keine Anzeichen eines Subduralhämatoms. Der Puls war normal. Sie zog ihr T-Shirt hoch, um sich zu vergewissern, dass keine Rippen gebrochen waren. Ihre Haut war blass.

Und sie erzählte eine Geschichte. Zwei lange und drei kurze Narben verliefen kreuz und quer über den Bauch. An der rechten Seite befand sich eine runzlige Narbe – eine verheilte Schusswunde. Lin hatte immer einteilige Badeanzüge getragen und nie ihren Bauch gezeigt, auch zu Hause nicht. Jetzt kannte Peyton den Grund.

Nigel sah von Lin zu Peyton. »Was ist?«

Peyton zog das T-Shirt herunter. »Alles okay. Sie ist nur erschöpft.«

Es gab noch immer so vieles, was sie von ihrer Mutter nicht wusste. Und je mehr sie erfuhr, desto mehr Fragen hatte sie.

***

Eine Stunde später kehrten Adams und Rodriguez zurück. Sie waren hungrig, genau wie Peyton und Nigel. Lin schlief immer noch, also aßen sie schweigend und warteten darauf, dass sie aufwachte. Sie rührte sich nicht einmal. Peyton begann, sich Sorgen zu machen. Schließlich atmete Lin tiefer und öffnete die blutunterlaufenen Augen.

Bei Peytons Anblick kräuselte ein Lächeln ihre Lippen – eine für sie untypische Gefühlsäußerung. Genauso schnell, wie es aufgetaucht war, verschwand das Lächeln wieder. Als würde ein Licht ausgeknipst.

»Wie ist die Lage?« Ihre Stimme klang rau.

Peyton hielt ihr die Feldflasche an die Lippen, während Adams knapp Bericht erstattete. Sie hatten das Kition-Tauchboot gefunden und auf Sprengfallen überprüft. Adams hatte sich die Steuerung angesehen und war zuversichtlich, dass er sie bedienen konnte.

Lin setzte sich mit zitternden Armen auf. Peyton reichte ihr eine Essensration. Lin führte unsicher die Gabel zum Mund und kaute mechanisch. »Bringt mir die Karte«, sagte sie, als die Schale halb leer war.

Sie betrachtete den Plan des U-Boots und zeigte auf ein Abteil zwei Decks weiter oben. »Ausrüstung.«

»Ausrüstung?«, fragte Adams.

»Expeditionsausrüstung.« Sie nahm noch einen Bissen.

Adams markierte das Abteil. »Dann tauchen wir also auf?«

»Unsere einzige Chance.«

Nigel warf die Hände in die Luft. »Einzige Chance wofür? Zu erfrieren? Bombardiert zu werden?«

»Gerettet zu werden«, krächzte Lin.

»Sie hat recht«, sagte Adams. »Wenn ein Rettungsflugzeug oder eine Drohne vorbeifliegt, werden sie nicht sehen, dass wir hier unten sind.«

»Und wenn Kition uns zuerst findet?«

»Sie hat nicht gesagt, dass wir *alle* an die Oberfläche gehen«, sagte Adams. »Rodriguez und ich schieben abwechselnd oben Wache.«

»Nein«, sagte Lin. »Wir bleiben zusammen. Das Tauchboot könnte kaputtgehen.«

Nigel verdrehte die Augen. »Dann töten sie ...«

»Nein, Dr. Greene.« Lins Stimme war jetzt wieder kräftiger. »Sie wissen nicht, wer in den Zelten ist – wir oder ihre eigenen Leute. Wir ziehen ihren Männern die Uniformen aus. Adams und Rodriguez werden sie tragen, und wenn der Feind kommt, können sie uns wie ihre Gefangenen behandeln.«

Nigel war nicht überzeugt. »Warum verschwinden wir nicht einfach mit dem Tauchboot? Von irgendwo müssen sie ja gestartet sein. Wir fahren, bis das Eis endet, dann tauchen wir auf und rufen Hilfe.«

Lin zog die Brauen hoch. »Und verhungern, während wir warten? Mit dem Tauchboot können wir nur eine begrenzte Menge Vorräte transportieren. Das ist eine Sackgasse.« Sie sah auf den Plan. »Der Proviant ist im Mannschaftsdeck.«

»Der Proviant ist seit dreißig Jahren hier unten. Das meiste müsste verdorben sein«, sagte Adams.

»Es war gefroren, und nur wenig davon war verderblich, selbst zu Zeiten der *Beagle*.« Lin faltete den Plan zusammen und beendete die Debatte. »Legen wir los.«

***

Peyton, Lin und Nigel blieben unten und ruhten sich aus, während die beiden Navy SEALs die Expeditionsausrüstung und den Proviant holten, auf das Eis brachten und ein Lager aufschlugen. Erst als alles vorbereitet war, verließen die anderen die *Beagle*.

Peyton hatte sich Sorgen darüber gemacht, was sie oben erwartete – und es war genauso schlimm, wie sie befürchtet hatte. Die *Arktika* war verschwunden. In einem Loch im Eis trieben die verkohlten Überreste der Rettungsboote und markierten das nasse Grab der Besatzung und der Wissenschaftler von der *Arktika.* Jenseits der Zelte aus der *Beagle* erstreckte sich die leere Eisfläche, so weit das Auge reichte.

Sie nahm sich einen Moment Zeit, die Ausrüstung und die beiden Zelte zu inspizieren. Alles war alt, aber funktionsfähig, und die Heizlüfter hatten die Zelte bereits aufgewärmt. Es wäre nicht gerade gemütlich darin, aber immerhin musste Peyton nicht mehr befürchten, sich Finger und Zehen abzufrieren. Die SEALs hatten LED-Lampen in Kreisen um das Lager verteilt. Peyton hoffte, die Rettungsmannschaften würden sie sehen.

Sie blickte zum Himmel. Das Polarlicht war verschwunden, als hätten Gewalt und Tod es vertrieben.

In ihrem Zelt aßen sie und ihre Mutter im Licht eines LED-Stabs. Sie hatten Proviant für einige Wochen und Akkus für die Heizlüfter, um noch ein wenig länger durchzuhalten. Es gab keine Sonnenenergie, um sie zu nachzuladen. Wenn bis dahin keine Hilfe eintraf, würden sie eine schwierige Entscheidung treffen müssen. Und wenn Kition sie zuerst fand, konnten sie nirgendwohin fliehen.

***

Auf der Brücke der *Invisible Sun* hörte Captain Mikhailow zu, wie der Kommunikationsoffizier erneut versuchte, Funkkontakt herzustellen.

»*Ice Harvest*, hier spricht *Invisible Sun.* Hören Sie mich?«

Nichts.

Ihr Erster Offizier beugte sich vor. »Vielleicht sind sie zwischen die Fronten geraten.«

»Wohl kaum. Sie wussten, dass wir zuschlagen.« Zu dem Funktechniker sagte sie: »Satellitenstatus?«

»Überflug in fünfundsiebzig Minuten.«

»Sie könnten auch auf der *Beagle* festsitzen«, sagte der Erste Offizier. »Sollen wir das andere Tauchboot zu Wasser lassen?«

»Ja. Und schicken Sie den Helikopter los. Nur für den Fall, dass sie es an die Oberfläche geschafft haben und ihr Funkgerät nicht funktioniert.«

Oder sie getötet worden waren. Jemand würde dafür büßen müssen.

16

Als Yuri das nächste Mal kam, war Desmond bereit. Wie gewöhnlich saß er an dem langen Tisch am Fenster. Aber dieses Mal hatte er sieben gebundene Bücher vorbereitet. Die Bände lagen aufgeschlagen vor ihm und zeigten Illustrationen von prähistorischen Menschen und ausgewählte Textstellen aus wissenschaftlichen Studien.

Yuri warf einen Blick auf die Bücher. »Ich nehme an, du hast die Antwort gefunden?«

»Wir sind die Borg.«

Yuri runzelte die Stirn.

»Die Borg.« Desmond wartete vergeblich darauf, dass Yuri begriff. »Aus *Star Trek: The Next Generation*? Du weißt schon: ›Wir sind die Borg. Sie werden assimiliert werden. Widerstand ist zwecklos.‹«

»Das kenne ich nicht.«

»Okay.« *Hätte ich eigentlich wissen müssen.* »Egal. Wir haben die anderen Menschenarten assimiliert oder getötet.«

Ein Lächeln huschte über Yuris Lippen. »Fahr fort.«

»Das sind Forschungsprotokolle von der *Beagle*. Die Wissenschaftler haben archaische Knochen gefunden – Neandertaler in Europa, Überreste von anderen menschlichen Spezies in der Denisova-Höhle in Sibirien und Knochen von *Homo floresiensis* auf einer indonesischen Insel. Sie haben die Proben gentechnisch untersucht. Und etwas sehr Überraschendes entdeckt.«

Desmond wartete, aber Yuri sagte nichts.

»Überschneidungen«, fuhr Desmond fort. »Der moderne Mensch hat DNS-Bestandteile von allen drei Spezies. Als unsere Vorfahren sich über die Erde ausgebreitet haben, löschten sie ihre Konkurrenz aus, aber das ist nicht alles: Sie kreuzten sich auch mit ihr. Europäer haben bis zu 2,8 Prozent ihrer DNS mit den Neandertalern gemein. Chinesen nur 0,1 Prozent. Auf den Inseln im Südpazifik, zum Beispiel Papua-Neuguinea, stimmt bis zu 2,74 Prozent der DNS der heutigen Bevölkerung mit der der Neandertaler überein. Außerdem haben die Inselbewohner zwischen 1 und 6 Prozent Denisova-DNS. Die Forscher der *Beagle* stellten auch die These auf, dass die Aborigines sich mit anderen Menschenarten kreuzten, obwohl sie keine Überreste dieser Spezies finden konnten.«

»Gut«, sagte Yuri. »Sehr gute Arbeit. Und die andere Hälfte des Rätsels?«

Desmond schüttelte den Kopf. »Ich nehme an, es liegt daran, dass sich Menschen nicht mit den anderen Primaten kreuzen können.«

»Das stimmt, aber es gibt noch einen wichtigeren Grund, warum Schimpansen, Gorillas und Bonobos überlebt haben.«

Desmond schnaufte. Er hatte gehofft, seine Recherchephase wäre beendet.

»Es steckt noch etwas Größeres dahinter, Desmond. Etwas, das dein gesamtes Verständnis der Menschheit verändern wird.«

»Ich kann's kaum erwarten.«

»Du bist enttäuscht.«

»Ja.«

»Du musst geduldig sein.«

»Das konnte ich noch nie. Hör zu, ich bin hergekommen, weil ich dachte, du könntest mir helfen. Ich war nicht scharf auf diese ... merkwürdige Ein-Mann-Uni.«

»Das ist dein Weg.«

Desmond sah dem älteren Mann in die Augen. »Nun, ich muss wissen, dass er dahin führt, wo ich hinwill. Das ist doch wohl nicht zu viel verlangt. Soweit ich weiß, könnte das Ganze auch nur ein kranker Witz von dir sein.«

»Ich mache keine Witze, Desmond.«

Desmond schwieg.

»Du möchtest wissen, wo dieser Weg hinführt?« Yuri stand auf. »Komm mit.« Er verließ die Bibliothek, ohne sich darum zu kümmern, ob Desmond ihm folgte.

Sie zogen ihre Wintermäntel an und stiegen in den Aufzug. Während sich die Türen schlossen, nickte Desmond Jennifer zu. Sie schenkte ihm ein Lächeln, in dem eine tiefe Sehnsucht lag. Yuri führte Desmond durch die belebten Straßen der Innenstadt von San Francisco. Alle schienen entweder von der Arbeit nach Hause zu eilen oder in letzter Minute ein Weihnachtsgeschenk kaufen zu wollen.

Vor einem schicken Restaurant mit breiten Fenstern zur Straße blieben sie stehen. Es begann zu schneien. Im Licht der Laternen und Scheinwerfer wirkten die Flocken fast durchsichtig.

»Ich weiß, was du willst, Desmond.«

Yuri sah von Desmond zu den Passanten und dann zum Restaurantfenster. Glasvasen mit echten Kerzen standen auf den weißen Tischdecken. An der hinteren Wand befanden sich halbkreisförmige Nischen. Vor den meisten standen silberne Weinkühler, an denen sich durch das Eis im Inneren Wassertropfen bildeten.

Desmond blieb abrupt stehen und starrte einen Tisch in der Mitte an. Dort saß Peyton mit ruhiger, beinahe trauriger Miene vor einem halb leeren Glas Weißwein und einem Teller mit zerlegtem Fisch. Ihr dunkles braunes Haar sah fast genau so aus wie an dem Tag, als er weggefahren war.

Peytons Mutter saß zu ihrer Linken und ihre Schwester

Madison mit ihrem Mann auf der Bank gegenüber. Peyton hatte kein Date. Sie trug keinen Ring.

Desmond spürte ein Kribbeln. Dann einen Anflug von Schuldgefühlen.

Yuris sanfte Stimme ließ ihn beinahe zusammenzucken.

»Du möchtest wissen, dass das Ganze zurück zu ihr führt.«

Desmond wusste nicht, was er darauf antworten sollte.

»Du möchtest wissen, dass du mit ihr zusammen sein wirst, wenn es vorbei ist.«

Desmond wandte sich zu Yuri um. Er hatte ihm gegenüber nicht einmal Peytons Namen erwähnt. »Was soll das?«, fragte er.

»Es ist ein Beweis.«

»Wofür?«

»Dafür, dass wir auch recherchieren, Desmond. Dass ich genau weiß, was du willst. Wer du bist. Wozu du fähig bist. Und wegen wem du hier bist.« Yuri hielt inne. »Sie wartet auf dich. Aber die Zeit läuft dir davon. Du musst mehr Hingabe zeigen.«

»Du manipulierst mich.«

»Ja, aber aus dem richtigen Grund. Du musst eine Rolle übernehmen.«

»Und was ist *deine* Rolle?«

»Menschen. Ich kann vorhersagen, was sie tun.«

»Ach ja? Und was werde ich tun?«

Yuri wandte den Blick ab, und seine Stimme war durch den Lärm der Leute um sie herum kaum zu verstehen. »Du wirst den Kopf schütteln, zurück zur Bibliothek gehen und sie auf der Suche nach Antworten auf den Kopf stellen. Und du wirst sie finden und die Wahrheit erfahren. Wir sind die einzige Hoffnung für die Menschheit. Und für dich.«

***

Conner lauschte, als die Soldaten der Nationalgarde an den Griffen der Autotüren zogen.

»Abgeschlossen«, sagte einer von ihnen. »Scheint leer zu sein.«

»Fox Company«, erklang eine Frauenstimme aus seinem Funkgerät. »Wir haben hier einen weiteren verlassenen Lieferwagen. Auch abgeschlossen.«

Eine andere Stimme meldete sich über Funk. »Suchen Sie in den Radkästen und unter den Reifen nach Schlüsseln. Wenn Sie welche finden, bringen Sie die Fahrzeuge mit zurück. Wir können sie gebrauchen. Wenn nicht, machen Sie sie unbrauchbar.«

Conner drehte den Kopf und flüsterte: »Wie lang noch, Doktor?«

»Ich weiß nicht …«

»Schätzen Sie.«

»Ein paar Minuten.«

So viel Zeit hatten sie nicht mehr. Wenn die Fahrzeuge nicht mehr fahrtüchtig waren, mussten sie sich neue besorgen, und wenn die Soldaten *alle* Fahrzeuge in der Gegend aus dem Verkehr zogen …

Conner schaltete das Funkgerät an. »Team zwei, ich brauche ein Ablenkungsmanöver. Sofort.«

Er lauschte, hörte jedoch nichts.

Draußen sagte eine Stimme über Funk: »Bravo Company. Schüsse in der Nähe von Sand Hill und Saga Way. Wir gehen nachsehen. Bitte um Verstärkung.«

Stiefel polterten über den Asphalt. Humvees sprangen an, Reifen quietschten.

Conner wartete.

Wenige Minuten später flüsterte der Truppführer aus Conners viertem Fahrzeug über Funk: »Wir sind von feindlichen Kräften umringt. Sie versuchen, den Wagen zu öffnen. Befehle?«

»Team drei«, sagte Conner. »Noch ein Ablenkungsmanöver. Schnell. Aber dieses Mal irgendwas Lauteres.«

Kurz darauf hörte er eine Explosion. »Team zwei, Lagebericht?«

»Sie haben einen kleinen Trupp zurückgelassen. Nichts, womit wir nicht fertigwerden. Sollen wir das Fahrzeug nehmen und starten?«

»Nein. Stellung halten.«

Conner lag im Wagen und wartete. Viel länger konnten sie dieses Spiel nicht mehr treiben. Kämpfen oder flüchten.

»Sir«, flüsterte der Arzt. »Die Gehirnwellen haben sich normalisiert.«

»Sind Sie sicher?« Conner würde nicht das Leben seines Bruders riskieren. Eher würde er sich selbst opfern.

»Absolut. Die Erinnerung ist zu Ende.«

Conner setzte sich auf, schaltete das Satellitentelefon ein und öffnete die Labyrinth-Reality-App. Als Kition weltweit das Internet lahmgelegt hatte, hatte es darauf geachtet, den Server zu verschonen, der diese App bediente. Wenn er abgeschaltet würde, wäre ihr ganzer Plan gescheitert.

Auf dem Display erschien die Frage, wie er das Labyrinth betreten wolle: als Held oder als Minotaurus. Wie zuvor tippte er auf *Held,* und eine neue Anzeige leuchtete auf:

Suche nach Eingang ...

Und wenige Sekunden später:

1 Eingang gefunden

Conner tippte auf das Display, und die Karte tauchte auf. In der Mitte befand sich eine Adresse in Menlo Park – eine kurze Wohnstraße zwischen der Santa Cruz Avenue und der Middle Avenue, in der Nähe der Stanford University.

Er schaltete das Funkgerät an. »An alle Einheiten, wir haben ein neues Ziel. Wir brechen auf. Major Goins, koordinieren Sie die Befreiung unserer festgesetzten Einheiten.«

Stimmengewirr drang aus dem Funkgerät. Die Söldner aus Conners Lieferwagen kehrten zurück. Die Männer aus dem vierten Wagen initiierten ein drittes Ablenkungsmanöver, dieses Mal größeren Ausmaßes: ein Feuer in einem Bürogebäude am Monte Rosa Drive. Conner musste sich zusammennehmen, sie nicht zu rügen, weil sie sich für Brandstiftung entschieden hatten. Er durfte seine Schwäche nicht zeigen – und das Feuer war eine gute Ablenkung.

Als der Lieferwagen zurück auf die Sand Hill Road fuhr, sah er die ersten Rauchwolken. Sein Mund wurde trocken.

Er versuchte, sich zu konzentrieren. Die Adresse. Sie kam ihm vage bekannt vor, aber er konnte sie nicht einordnen.

Er zog sein Handy heraus und schickte Yuri die Angaben.

Kennst du die Adresse?

Nach einem Augenblick erschien Yuris Antwort auf dem Display.

Ja. Dort hat Lin Shaw gewohnt.

17

Peyton wurde von einem Geräusch geweckt, das an Popcorn in der Mikrowelle erinnerte. Ein gleichmäßiges Ploppen, das immer lauter wurde. Als sie richtig wach war, begriff sie, was es verursachte: die Rotoren eines Hubschraubers.

Sie warf den Haufen Decken zur Seite und griff nach dem Reißverschluss des Zelts.

»Peyton«, rief ihre Mutter.

Sie ignorierte sie und lief hinaus.

Der Helikopter schwebte in dreißig Meter Entfernung über dem Eis. Das Polarlicht war zurückgekehrt und beleuchtete das schwarze Fluggerät am Himmel.

Peyton schwenkte die Arme. »Hey!«

Adams tauchte mit dem Gewehr in der Hand aus seinem Zelt auf. »Zurück ins Zelt!«

Als Peyton aufsah, entfernte sich der Hubschrauber.

Adams blickte ihm nach, dann kam er zu Peyton. Sie spürte, wie die Kälte durch ihre Kleider drang.

»Beim nächsten Mal sollten Sie drinbleiben«, sagte er.

»Es hätte unsere Rettung sein können.« Sie zitterte jetzt.

»Retter wären gelandet.«

Peyton wusste, dass er recht hatte. Sie wandte sich um und kehrte, gefolgt von Adams, ins Zelt zurück.

»Wer war das?«, fragte Lin.

Adams zuckte die Achseln. »Konnte man nicht richtig erkennen.«

Peyton schlüpfte wieder unter die Decken. »Was werden sie tun?«

»Sie suchen eine Stelle, wo sie landen können. Zuerst testen sie, ob das Eis hält. Dann steigen sie aus und kommen hierher.«

»Und dann?«

»Dann greifen sie an.«

***

Zwei Stunden später kam Adams erneut zu Peytons und Lins Zelt. Er und Rodriguez hatten improvisierte Fallen rund um das Lager aufgebaut und abwechselnd Wache gehalten, aber niemand hatte sich blicken lassen.

»Worauf warten sie?«, fragte Lin.

»Schwer zu sagen. Vielleicht wollen sie uns zermürben. Oder aushungern.« Der SEAL kaute auf einem Stück Trockenfleisch.

»Optionen?«, fragte Lin.

»Keine. Abwarten.«

***

Peyton hörte Schüsse vor dem Zelt, dann die Rufe von Adams und Rodriguez. Sie wusste, dass sie drinbleiben sollte, aber sie konnte nicht widerstehen, die Zeltklappen zu öffnen und hinauszuspähen.

Adams hielt das Gewehr im Anschlag und schwenkte es von links nach rechts. Rodriguez rannte, so schnell er konnte, über das Eis. Hinter dem letzten Ring aus LED-Lampen floh eine Gestalt im Zickzackkurs. Rodriguez blieb stehen und schoss, aber die Gestalt rannte weiter und wurde schließlich von der Dunkelheit verschluckt.

Rodriguez sah ihr einige Minuten nach, dann kam er

zurückgetrottet. Auf dem Weg blieb er stehen und hob etwas auf.

Er trat in ihr Zelt und warf Lin den Gegenstand vor die Füße. Es war eine Stange, an der mit Klebeband ein Funkgerät und ein in Plastikfolie gewickelter Zettel befestigt waren.

Ich heiße Avery Price. Ich bin wegen Lin und Peyton Shaw hier. Wenn sie Ihre Gefangenen sind, bin ich zu Verhandlungen bereit. Falls Sie sich weigern zu verhandeln, sollten Sie Folgendes wissen: Mein Team und ich werden sie so oder so rausholen. Melden Sie sich.

»Ich kenne sie«, sagte Peyton. »Sie hat Desmond und mich von der *Kentaro Maru* gerettet.«

Adams rieb sich die Augen. Er war offensichtlich erschöpft. »Vielleicht hat sie die Seiten gewechselt. Oder wurde gezwungen.«

»Ich kenne Avery auch«, sagte Lin.

Peyton war verblüfft. Sie musterte ihre Mutter.

»Aber ich weiß nicht, auf welcher Seite sie wirklich steht. Lasst uns erst mal mitspielen«, sagte Lin. »Am besten redet jemand mit ihr, dem sie vertraut.« Sie reichte ihrer Tochter das Funkgerät.

Peyton drückte die Taste. »Avery, hier spricht Peyton. Hörst du mich?«

»Ich höre dich. Alles okay?«

»Uns geht es gut. Meine Mutter ist auch hier.«

Einen Moment lang blieb das Gerät still.

»Wie ist die Lage?«, fragte Avery.

»Ein Kition-Trupp hat den Eisbrecher versenkt und uns zur *Beagle* verfolgt. Wir ... konnten uns da unten gegen sie durchsetzen. Wir warten auf Hilfe.«

»Verstanden. Wer ist bei euch?«

Adams legte die Hand auf das Mikrofon. »Sagen Sie, sieben SEALs sind im Lager und es gibt noch zwei Außenposten mit Scharfschützen.«

Peyton schüttelte den Kopf. »Das ist Avery ...«

»Wir können uns auf nichts verlassen.«

Peyton übermittelte die falschen Angaben.

»Der Soldat, den ich beim Überflug gesehen habe, hat Winterausrüstung von Kition getragen«, sagte Avery.

»Ja. Wir sind davon ausgegangen, dass sie zuerst auftauchen – wenn sich ihre Leute nicht zurückmelden.«

»Vernünftige Annahme. Ich stelle dir jetzt eine Frage.«

Peyton zögerte. »Okay.«

»Nachdem wir von der *Kentaro Maru* entkommen sind, haben wir beide über etwas gestritten. Was war das? Wenn du gefangen gehalten wirst, solltest du jetzt lügen. Falls du nicht antwortest, gehe ich vom Schlimmsten aus.«

Peyton lächelte. Sie und Avery hatten tatsächlich gestritten – anfangs hatten sie sich regelrecht gehasst. Aber Avery hatte Peyton das Leben gerettet. Und nachdem Avery bei dem Gefecht auf der Insel verwundet worden war, hatte Peyton geholfen, sie zu retten.

»Es ging um Hannah. Sie musste ins Krankenhaus. Deswegen haben wir gestritten.«

»Ja, stimmt.«

»Aber es ging gut aus«, sagte Peyton.

»Genau wie diese Sache«, sagte Avery. »Ich komme zu euch. Unbewaffnet. Sag deinen Leuten, sie sollen nicht auf mich schießen.«

***

Zehn Minuten später saß Avery in dem Zelt, und alle versammelten sich um sie herum.

Es war das erste Mal, dass Peyton Avery und Lin zusammen

sah. Es lag eine gewisse Vertrautheit in der Luft, aber auch gegenseitiges Misstrauen.

»Was ist da draußen passiert?«, fragte Lin Avery.

»Ich weiß auch nicht mehr als ihr. Das US-Militär hat den Befehl, sich im Fall eines weiträumigen Kommunikationsausfalls zum Festland zu begeben.«

»Von wo aus operieren Sie?«, fragte Adams. »Von einem Flugzeugträger?«

Avery zögerte. »Äh, ja. Aber wir sollten nicht dahin zurück.«

Peyton zog die Brauen hoch.

»Der Kapitän und ich waren uns über diesen Einsatz nicht einig.«

Peyton schüttelte den Kopf. »Du hast den Hubschrauber geklaut?«

»Requiriert.« Avery zuckte mit den Achseln. »Ohne Erlaubnis.«

Sie wurde Peyton immer sympathischer.

»Wir müssen von hier verschwinden«, sagte Adams. »Es gefällt mir nicht, hier wie auf dem Präsentierteller zu sitzen.«

»Das sehe ich genauso«, sagte Lin.

»Was habt ihr da unten gefunden?«, fragte Avery. »Bitte sagt, dass es uns hilft, Yuri aufzuhalten.« Sie vermied den Blickkontakt mit Peyton, als sie hinzufügte: »Und Desmond zu finden.«

Peyton sah zu ihrer Mutter.

»Knochen von ausgestorbenen Arten – wie erwartet«, sagte Lin. »Einschließlich eines unbekannten menschlichen Vorfahren. Wir haben die Proben gentechnisch untersucht.«

»Sind die Daten mit der *Arktika* verloren gegangen?«

Nigel griff nach seiner Tasche. »Nein. Wir konnten sie mitnehmen.«

»Sobald wir eine High-Speed-Internetverbindung haben, müssen wir die Daten übertragen«, sagte Lin.

»Wohin?«, fragte Avery.

»An eine Datenzentrale.«

»Schon klar«, murmelte Avery. »Aber an wessen Datenzentrale?«

»Die meiner Mitarbeiter.«

Avery beugte sich vor. »Es ist Phaeton Genetics, oder? Während des Ausbruchs habt ihr DNS-Proben gesammelt und bei Phaeton sequenziert. Ihr speichert die ganzen Daten dort, stimmt's?« Als Lin nicht antwortete, fuhr Avery fort. »Das war von Anfang an dein Plan. Deshalb wolltest du, dass Phaeton sein eigenes Datenzentrum aufbaut. Bei der ganzen Sammelei ging es nicht darum, die Krankheit zu heilen. Du hast dich auf das hier vorbereitet. Phaeton war nur Tarnung für deine Kition-Forschung.«

Peyton hob die Hände. »Moment – ihr beide habt bei Phaeton zusammengearbeitet?« Die Firma ihrer Mutter hatte Hunderte von Beschäftigten. Als Avery Peyton ihre Geschichte erzählt hatte, war Peyton davon ausgegangen, dass sich ihre Wege nie gekreuzt hatten.

»Gelegentlich«, sagte Lin ruhig.

Aber Avery war jetzt wütend. »Also war das ganze Gerede darüber, die genetischen Grundlagen der Krankheit zu untersuchen, nur Tarnung. Alle in der Firma haben mit dieser Lüge gelebt.«

»Sei nicht so dramatisch, Avery.« Lin wandte den Blick ab. »Wir müssen jetzt …«

»Ich will wissen, was du tust. Ich habe ein Anrecht darauf. Und ich bin die Einzige, die euch hier rausholen kann.«

Rodriguez legte die Hand auf den Griff seiner Pistole. »Ich kann einen Hubschrauber fliegen.«

Avery warf ihm einen scharfen Blick zu. Sie griff ebenfalls nach ihrer Waffe.

»Stopp.« Lins Stimme war wie ein Hammerschlag. »Beide. Wir gehen hier alle zusammen weg.« Zu Avery sagte sie: »Ja.

Es war eine Tarnung. Aber aus rechtschaffenen Gründen. Ich glaube, du kennst das Prinzip.«

»Ich möchte wissen, welche so unglaublich rechtschaffenen Gründe es waren.«

»Kition wurde vor zweitausend Jahren gegründet, um eine einfache Frage zu beantworten: Was ist die Bestimmung der Menschheit?«

Avery verdrehte die Augen. »Du willst mich wohl auf den Arm nehmen. Du bist eine echte Gläubige.«

»Ich glaube an die Wissenschaft. Und ich glaube, dass wir kurz vor der größten Entdeckung der Geschichte stehen. Die Antwort steht in unseren Genen, ein Code, der die Rätsel unserer Existenz preisgeben wird. Und uns aus der Dunkelheit führen wird.«

Avery holte tief Luft und kratzte sich am Kopf. »Ich bin bereit, uns aus der Dunkelheit zu fliegen, also warum redest du nicht Klartext?«

»Klartext?« Lin zog eine Augenbraue hoch. »Das Universum hat einen Zweck. Wir müssen eine Aufgabe übernehmen. Das hat nichts mit Magie oder religiösem Mystizismus zu tun. Es ist ein wissenschaftlicher Prozess, der seit der Entstehung unseres Universums abläuft – ein Prozess, der zu einem bestimmten Endpunkt führt.«

»Und du willst mir erzählen, dass unsere Gene uns zeigen, was genau das ist?«

»Sie sind ein Medium. Für eine Botschaft.«

Avery kniff die Augen zusammen. »Eine Botschaft von wem?«

»Weiß ich nicht«, sagte Lin trocken.

»Aliens?«

»Du vergleichst Äpfel mit Birnen.«

»Was soll das heißen, Lin?«

»Das heißt, dass deine Frage keinen Zusammenhang hat. Aber vor allem läuft uns die Zeit davon. Ich will dir so viel sagen: Seit der Entstehung unserer Art haben sich unsere Gene gewandelt. Mehrere Wendepunkte in der Geschichte der Menschheit haben diese Veränderungen beschleunigt. Die kognitive Revolution. Landwirtschaft. Städte. Die wissenschaftliche Revolution. Das waren notwendige Schritte. Und jeder dieser Wendepunkte hat Spuren in unserer DNS hinterlassen. Überleg doch mal. Es ist das perfekte Medium für eine Botschaft.«

»Und ihr habt diese DNS-Proben auf der *Beagle* gefunden. Was jetzt?«

»Nur einige davon. Ich glaube, der Rest der Proben wurde versteckt.«

»Warum glaubst du das?«

»Ich schlage vor, dass wir das unterwegs besprechen.«

Avery stand auf. »Okay. Unterwegs wohin?«

»Nach Oxford.«

»In Mississippi.«

»In England.«

»Okay, mit dem Hubschrauber kommen wir definitiv nicht nach England.« Avery überlegte einen Augenblick. »Auf dem Weg hierher habe ich am Flughafen Barrow nachgetankt. Da standen ein paar Flugzeuge.«

»Irgendwas, das Sie fliegen können?«, fragte Adams.

»Ich kann alles fliegen.«

18

Conner hatte den Fahrern befohlen, die Sand Hill Road zu meiden. Wegen des X1-Behandlungslagers an der Stanford University würde es auf der Durchgangsstraße von gemischten Einheiten aus Nationalgarde, Armee und FEMA-Angestellten nur so wimmeln. Deshalb fuhren sie langsam durch die Wohnstraßen von Sharon Heights. Sie hatten die Scheinwerfer ausgeschaltet, und nur der Mond und vereinzelte Laternen leuchteten ihnen den Weg.

Sie teilten sich auf. Das Spähfahrzeug bog als Erstes von der Middle Avenue links auf den Windsor Drive ab.

Auf seinem Laptop sah Conner die Videoübertragung des Lieferwagens. Häuser aus den Sechzigern säumten die Straße, aber einige waren abgerissen und durch größere Gebäude ersetzt worden, die ein wenig fehl am Platz wirkten. In einigen Jahren würden sie wahrscheinlich in der Mehrzahl sein.

Lin Shaws Haus gehörte zu den ursprünglichen Gebäuden. Es war im Ranch-Stil erbaut und hatte eine Doppelgarage, verputzte Wände und ein Schindeldach, dem man sein Alter ansah.

Wie geplant fuhr das Spähfahrzeug einmal vorbei. In vereinzelten Häusern brannte Licht, aber auf der Straße war kein Mensch zu sehen. Conner wusste, dass einige der Anwohner im Stanford-Behandlungszentrum waren. Andere waren gestorben. Viele waren geflüchtet – in die kalifornischen Berge oder, wenn sie genügend Geld hatten, auf Privatinseln.

Die Übrigen saßen die Pandemie zu Hause aus. Aufgrund der kürzlich verhängten Ausgangssperre würden sie bei jeder Bewegung auf der Straße aus dem Fenster starren.

Das Spähfahrzeug parkte einige Häuser hinter dem von Lin, und drei von Conners Männern stiegen aus. In ihren schwarzen unbeschrifteten Uniformen schritten sie entschlossen die Straße entlang, als gehörten sie dorthin.

Conners Bildschirm teilte sich, und er sah nun zusätzlich die Übertragung der Helmkamera des Soldaten an der Spitze. Er klopfte an einer Tür. An dem Fenster rechts daneben wurden die Vorhänge zurückgezogen, und das Gesicht einer Frau erschien. Mit einem Klicken schwang die Tür auf, bis sie von der Sicherungskette zurückgehalten wurde.

»Ja?«

Es war eine Frau mittleren Alters mit braunen Locken und dunklen Rändern unter den Augen.

»Guten Abend, Ma'am. Wir klappern nur das Viertel ab, um sicherzugehen, dass alle über die Ausgangssperre Bescheid wissen.«

Sie schluckte und schien sich ein wenig zu entspannen. »Ja, wir haben davon gehört.«

»Gut. Können wir irgendwas für Sie tun?«

Sie schüttelte den Kopf. »Man hat uns heute Morgen Essen gebracht.« Sie zögerte. »Das Internet funktioniert nicht. Bei allen, mit denen ich gesprochen habe – also, tagsüber.«

»Das wissen wir. Wir hoffen, dass wir es bald reparieren können.«

»Gott sei Dank. Meine Tochter ist in Seattle, und wir haben nichts von ihr gehört. Die Telefone funktionieren auch nicht.«

»Das hängt mit dem Internet-Vorfall zusammen. Es wird bald vorbei sein.« Diese Worte ließen Conner lächeln. »Wir haben einen Einsatz auf der Straße, deshalb werden Sie einige meiner Männer und andere Fahrzeuge sehen.«

»Ist alles …«

»Kein Grund zur Sorge, Ma'am. Nur Routine. Gute Nacht.«

Das nächste Haus stand gleich neben dem von Lin Shaw. Es wirkte verlassen, und niemand kam an die Tür, als der Soldat klopfte. Er ging um das Gebäude herum, sprang über den Maschendrahtzaun und brach mit seinem Messer ein Schiebefenster auf. Schnell durchsuchte er die beiden Stockwerke, bestätigte, dass niemand dort war, und öffnete die Haustür, um sein Team einzulassen. Im Frühstücksraum neben der Küche im hinteren Teil des Hauses, wo sie von der Straße aus nicht gesehen werden konnten, richteten sie eine Operationsbasis ein.

Sie packten eine Kamera mit Teleobjektiv aus einer Kiste und verbanden sie mit einem Laptop.

Auf seinem Bildschirm sah Conner das Infrarotbild, als sie die Kamera über Lin Shaws Haus schwenkten. Es beherbergte nichts Lebendiges. Trotzdem würde Conner kein Risiko eingehen, wenn Lin Shaw im Spiel war. Oder Desmond. Das Haus könnte mit Sprengfallen oder irgendwelchen Vorsichtsmaßnahmen zu Desmonds Rettung versehen sein.

Conner beobachtete, wie sein Team über den Zaun zwischen den beiden Häusern sprang und ein Campingzelt aufbaute, das in dem Wohngebiet nicht besonders auffiel. Die Männer stellten das Zelt an die Rückwand des Hauses und drängten sich hinein. Dort waren sie vor neugierigen Blicken geschützt.

Ein Soldat bohrte ein Loch in die Hauswand und vergrößerte es mit einer Säge so weit, dass ein Mann hindurchkriechen konnte. Er griff in einen schwarzen Sack und zog ein kleines Roboterfahrzeug heraus. Es eignete sich perfekt für die Durchsuchung: Gummiketten, ein langer Arm und eine 360-Grad-Kamera. Der Mann schob es durch das Loch und steuerte es mit der Fernbedienung.

Der Roboter kroch durch das Haus und übertrug die grünen Bilder der Nachtsichtkamera. In der Spüle türmte sich schmutziges Geschirr. Kleider lagen auf dem Bett verteilt. Die Alarmanlage war nicht eingeschaltet. Alles wies darauf hin, dass jemand überstürzt aufgebrochen war – oder es so aussehen lassen wollte.

Systematisch arbeitete sich der Roboter durchs Haus. Es gab weder Kameras noch Drähte an Türen oder Fenstern, nur die üblichen Alarmvorrichtungen.

»Erlaubnis zum Eindringen?«, fragte der Soldat über Funk.

»Gewährt«, antwortete Conner.

Die Männer krochen durch das Loch und ließen immer noch Vorsicht walten, wenn sie eine Tür oder ein Fenster öffneten. Innerhalb von Sekunden hatten sie das Haus durchsucht und gesichert.

»Zutrittspunkt?«

»Garage«, sagte Conner. »Lassen Sie das Licht aus.«

»Verstanden.«

Conners Lieferwagen fuhr los und schlich durch Menlo Park. Rückwärts fuhren sie die Einfahrt von Lins Haus hinauf und in die Garage. Das Tor schloss sich hinter ihnen.

»Sollen wir ausladen?«, fragte Dr. Park.

»Nein. Wir müssen mobil bleiben. Aber Sie sollten Ihr Equipment neu aufladen.«

Conner zog das Handy hervor und sah auf die Labyrinth-Reality-App.

Downloading ...

Verlängerungskabel wurden von Steckdosen im Haus zu Dr. Parks Ausrüstung verlegt. Conner wartete, während seine Soldaten den Rest der Straße absuchten und an beiden Seiten in verlassenen Häusern Stellung bezogen.

Das Handy piepste.

Download abgeschlossen.

Conner wandte sich zu dem Arzt, der auf seinen Laptop blickte.

»Die Gehirnwellen haben sich gerade verändert«, sagte Park. »Es geht wieder los.«

»Wie lang dauert es?«

»Wenn das Muster einheitlich ist, ist diese Erinnerung kürzer. Vielleicht eine Stunde.«

Conner stieg aus und ging durch das Haus zum Erkerfenster im Wohnzimmer. In der Ferne sah er den Schein des Feuers, das an der Sand Hill Road wütete und eine dichte Rauchsäule zum Mond aufsteigen ließ. Es bewegte sich in ihre Richtung. Zum zweiten Mal in seinem Leben saß er in einem Haus fest, während ein Feuer auf ihn zuraste.

19

Avery flog eine Schleife und ließ die Scheinwerfer des Hubschraubers über den dunklen Flughafen schweifen. Peyton sah aus dem Heck. Der Post-Rogers Memorial Airport hatte nur eine Landebahn und wirkte verlassen. Sie entdeckte zwei Helikopter und fünf Flugzeuge.

Der Flughafen lag in Alaska, ein paar Kilometer vor Barrow, der nördlichsten Stadt der Vereinigten Staaten. Schon vor dem X1-Ausbruch hatte der Ort nur weniger als fünftausend Einwohner gehabt, und Peyton fragte sich, wie viele es jetzt noch waren. Sie befanden sich über dreihundert Kilometer nördlich des Polarkreises, wo die Sonne noch einen weiteren Monat lang nicht aufgehen würde. Peyton hatte das Gefühl, schon seit Jahren in der Dunkelheit zu leben; die Sonne war nur noch eine ferne Erinnerung.

Sie landeten und traten hinaus in die kalte Dezembernacht. Avery ging voraus, um sich die Flugzeuge anzusehen. Schnell schritt sie an den vier einmotorigen Propellermaschinen vorbei auf den Jet zu, der das Logo einer Öl- und Gasbohrfirma trug, die Peyton nicht kannte.

»Der ist geeignet«, sagte Avery.

»Wie weit ist es bis Oxford?«, fragte Peyton.

»Weiß nicht. Bis London etwa sechstausend Kilometer.«

Lin betrachtete das Flugzeug. »Oxford liegt in der Nähe von London. Ich bin damals zweimal pro Woche mit dem Zug hingefahren. Welche Reichweite hat der Jet?«

»Das ist ein G5. Knapp zwölftausend Kilometer. Er ist schnell – über tausend Stundenkilometer. Neunzig Prozent der Schallgeschwindigkeit.«

Adams sah sie misstrauisch an.

»Rubicon hatte früher so einen«, erklärte sie.

Sie tankten auf und luden ihre Ausrüstung um. Das Innere des Flugzeugs war ziemlich abgenutzt; Peyton schätzte, dass die Maschine etwa zwanzig Jahre alt war. Aber die Triebwerke starteten sofort, und es fühlte sich auf der Startbahn stabil an.

Sobald sie ihre Reiseflughöhe erreicht hatten, schaltete Avery den Autopiloten an und ging nach hinten in die Kabine, wo ihre fünf Passagiere saßen. »Okay«, sagte sie. »Was habe ich verpasst?«

»Die Scheißkälte«, murmelte Nigel.

Lin ignorierte ihn. »Wie gesagt, wir haben Knochen auf der *Beagle* gefunden, aber nicht annähernd so viele, wie ich vermutet hatte.« Sie wartete, bis sich alle auf sie konzentrierten. »Aber wir haben einen Hinweis entdeckt.«

Avery massierte sich den Nasenrücken. »Okay. Ich nehme ›Geheimnisvolle Dinge auf einem gesunkenen U-Boot‹ für tausend.« Sie beugte sich theatralisch vor. »Hoffentlich ist es ein Solo.«

»Schön, dass du dich amüsierst, Avery«, sagte Lin. »Wir haben da eine Menge Leute verloren, deshalb ist es für uns nicht so einfach.«

Das ließ Avery sofort verstummen.

Peyton bewunderte die Fähigkeit ihrer Mutter, eine Situation zu kontrollieren. Innerhalb eines Atemzugs hatte sie alle dazu gebracht, sich zu konzentrieren und das zu empfinden, was sie wollte.

Lin fuhr fort, ohne aufzusehen. »In einem Büro mitten in der *Beagle* haben Peyton und ich das Foto einer Höhlenmalerei gefunden.« Sie zog es hervor und reichte es herum. »Lest, was auf der Rückseite steht.«

Als das Bild bei Peyton ankam, las sie erneut die Aufschrift.

Do fidem me nullum librum
A Liddell

Avery gab Lin das Foto zurück. »Ich hatte in der elften Klasse Latein, aber ich war nicht besonders gut. Ich brauche ein bisschen Hilfe.«

»Nur der erste Teil ist Latein«, sagte Lin. »Es ist der Anfang eines Eids. Eines sehr alten. *Do fidem me nullum librum vel instrumentum aliamve quam rem ad bibliothecam pertinentem …* Es ist ein Eid, den ich abgelegt habe. Fast tausend Jahre lang haben die größten Persönlichkeiten aller Zeiten dieser Vereinbarung zugestimmt. Und diejenigen, die das Potenzial hatten, zu ihnen zu gehören.

Die Menschen, die den Eid sprachen oder unterzeichneten, haben insgesamt achtundfünfzig Nobelpreise gewonnen. In allen Kategorien. Siebenundzwanzig Premierminister des Vereinigten Königreichs haben die Worte ausgesprochen oder unterschrieben. Margaret Thatcher. Tony Blair. David Cameron. Theresa May. Die Premierminister von Australien und Kanada. Sir Walter Raleigh. Lawrence von Arabien. Einstein. Schrödinger.«

»Unmöglich«, sagte Avery.

»Es ist wahr. Die Liste der Schriftsteller ist sogar noch länger. T. S. Elliot. Graham Greene. Christopher Hitchens. Aldous Huxley. J. R. R. Tolkien. Phillip Pullman. C. S. Lewis. Auch Philosophen wie John Locke und William of Ockham.«

»Der mit Ockhams Rasiermesser?«, fragte Avery.

»Genau der«, antwortete Lin.

»Worum ging es bei dem Eid?«, fragte Nigel.

»Darum, Wissen zu schützen.«

»Wie?«

»Indem man keine Bücher verbrennt.«

Stille breitete sich unter den anderen aus.

»Es ist ein Eid, den man ablegen musste, bevor man die Bibliothek betreten durfte.« Lin faltete das Foto und steckte es ein. »Eine der ältesten Bibliotheken in Europa. Sie wurde vor fast tausend Jahren gebaut und ist nach der British Library die größte im Vereinigten Königreich. Sie hat das Recht, von jedem im Land gedruckten Buch ein Exemplar anzufordern. Auch die Republik Irland räumt ihr dieses Recht ein.«

»Die Bodleian«, sagte Nigel. »Die Hauptbibliothek der Oxford University.«

»Ja.«

»Was besagt der Eid?«

»Man schwört, kein offenes Feuer in die Bibliothek zu bringen. Als es noch keine Elektrizität gab, wurde die Bodleian bei Sonnenuntergang geschlossen. Kerzen waren nicht erlaubt. Rauchen auch nicht. Es sollte um jeden Preis verhindert werden, dass die wertvollen Bücher verbrennen.«

»Und der zweite Teil?«, fragte Nigel. »A Liddell?«

»Das ist ein Hinweis auf die Arbeit eines Schriftstellers, der den Eid abgelegt hat. Ein Professor an der Universität. Kition hat sich bei dem Begriff »Spiegel-Projekt« von ihm inspirieren lassen. Er hat unter dem Künstlernamen Lewis Carroll geschrieben, um seine wahre Identität geheim zu halten. Ich glaube, wir müssen nach seinem Buch suchen: *Alice im Wunderland*.«

20

In der Nacht, nachdem er Peyton in dem Restaurant in San Francisco gesehen hatte, schlief Desmond kaum. Immer wieder rief er sich den Moment vor Augen, Yuris Gesichtsausdruck, als sie auf der Straße im Schnee gestanden hatten. Irgendetwas stimmte damit nicht. Der Gedanke quälte ihn. Es gab eine Verbindung – es musste eine geben. Aber er sah sie nicht.

Desmond stand auf, spritzte sich Wasser ins Gesicht und verließ seine Wohnung. Er hatte erwartet, Jennifer an dem Pult neben dem Aufzug zu sehen, aber stattdessen saß dort ein junger Asiate und sah auf seinen Laptop.

Als er Desmond bemerkte, stand er auf. »Guten Morgen, Sir.«

»Morgen ...«

»Huan.«

»Freut mich.« Desmond zögerte. »Hat Jennifer heute frei?«

»Wer?«

»Jennifer. Nelson. Sie macht normalerweise die Tagesschicht.«

»Ich weiß nicht, Sir. Ich bin ihr nie begegnet.« Nach einem Augenblick fügte Huan hinzu: »Kann ich Ihnen etwas bringen?«

»Nein. Danke, Huan.«

In der Bibliothek setzte sich Desmond wieder einmal an den langen Tisch vor dem hohen Fenster und grübelte über die Frage nach, warum die Frühmenschen bei ihrer Ausbreitung über die Erde die Neandertaler, Denisova-Menschen und *Homo floresiensis* ausgerottet, aber Primaten wie Schimpansen, Gorillas und Bonobos verschont hatten.

Sosehr er sich auch bemühte, er konnte sich nicht auf die Frage konzentrieren. Immer wieder musste er an die Szene im Restaurant zurückdenken. Peytons Gesicht. Lin, die gelassen dort saß, fast ein Spiegelbild Yuris. *Konzentrier dich.*

Desmond stand auf, stieg über die Wendeltreppe in den zweiten Stock und blieb vor dem Archiv der Kition-Konklaven stehen. Er zog einen Band aus den späten Sechzigern heraus, blätterte ihn durch und nahm dann einen anderen. Er fand die Präsentation, die er brauchte.

Es war ein Puzzleteil.

Im ersten Stock suchte er die Expeditionsberichte von der *Beagle.* Zahlreiche Bände. Er trug sie in Fünferstapeln hinunter, legte sie auf den Tisch und vertiefte sich darin.

Zwei Tage später hatte er die Antwort auf Yuris Frage gefunden.

Das Echo der Stimme in dem hohen Raum erschreckte ihn. »Du siehst aus, als hättest du eine Entdeckung gemacht.« Yuri kam zum Tisch und setzte sich. »Lass hören.«

Desmond räusperte sich. »Unsere Spezies ist der größte Massenmörder in der Geschichte des Planeten.«

»Motiv?«

»Kalorien und Protein.«

Yuri schenkte ihm ein kurzes Lächeln. »Erklär es mir.«

»Die anderen Menschenarten – Neandertaler, Denisova-Menschen, *Homo floresiensis* – waren Konkurrenten im Kampf um Kalorien. Die Primaten im Dschungel weniger. Affen konsumieren weniger Kalorien als wir. Schimpansen und Bonobos brauchen ungefähr 400 Kalorien pro Tag, Gorillas 635 und Orang-Utans 820, obwohl einige von ihnen schwerer sind als wir. Das liegt an unserem Gehirn. Ein Kilo

Gehirngewebe braucht zwanzigmal so viel Energie wie ein Kilo Muskelmasse.

Aber noch wichtiger ist, dass die anderen Primaten überwiegend Pflanzen fressen – Bananen, Nüsse und so weiter. Deshalb waren sie keine Konkurrenten um den besten Treibstoff für unsere größeren Gehirne: Fleisch. Und vor allem gegartes Fleisch. Unser Verlangen nach Fleisch hat uns von Afrika bis nach Australien getrieben. Und es hatte großen Einfluss auf den Planeten – nicht weniger als ein globales Aussterbeereignis.«

»Was für ein Aussterben?«

»Das Aussterben der Megafauna – der großen Tiere. Jedes Mal, wenn der verhaltensmäßig moderne Mensch in ein neues Gebiet vordrang, starb die Megafauna aus. Das geschah vor 45 000 Jahren, als die Frühmenschen Australien erreichten. Dort stießen sie auf fünfhundert Kilo schwere Kängurus, Zwei-Tonnen-Wombats, sieben Meter lange Echsen, zweihundert Kilo schwere flugunfähige Vögel, Beutellöwen von hundertfünfzig Kilo und Schildkröten so groß wie Autos. Und dann, in einer sehr kurzen Zeitspanne, starben 85 Prozent der Tiere aus, die über fünfzig Kilo wogen. Das war kein isoliertes Ereignis.«

Yuris Miene war ausdruckslos. »Fahr fort.«

Desmond schlug einen der Expeditionsberichte von der *Beagle* auf. »Überall auf der Welt fanden die Forscher Überbleibsel von Spezies, die wir ausgerottet haben. Dieses globale Massensterben wird als quartäre Aussterbewelle bezeichnet. Und sie bewiesen« – er zeigte auf das Buch – »dass unsere Vorfahren sie verursacht haben. Ein weltweiter Holocaust, der nicht nur die anderen Menschenarten, sondern bis auf wenige Ausnahmen alle großen Säugetiere betraf. Heute entfallen auf die Menschen 350 Millionen Tonnen Biomasse. Das ist dreimal so viel wie die Biomasse sämtlicher Schafe, Hühner, Wale und Elefanten zusammen. Dieser Planet ist zu einem Ökosystem geworden, das fast ausschließlich dazu dient, den gewaltigen Kalorienbedarf unserer Gehirne zu decken.«

»Und was ist passiert, als die Megafauna weg war?«

»Eine Krise. Unsere Population sank. Und dann haben wir uns weiter ausgebreitet – das war es, was unsere Vorfahren über die Beringstraße, in die entlegenen Ecken Südamerikas, auf die pazifischen Inseln und bis nach Hawaii und auf die Osterinseln getrieben hat. Nahrung.

Als sie weg war, stagnierte die menschliche Population. Das ist die Antwort auf die Frage nach Australien. Die Menschen kamen an, töteten das Großwild und erreichten das ideale Verhältnis zwischen Aufwand und Ertrag. Sie verpassten die große Neuerung, die sich über den Rest der Erde ausbreitete, den nächsten gewaltigen Kalorienschub: den Ackerbau. Der Anbau von Getreide wie Reis und Weizen im Zuge der neolithischen Revolution wurde zu einer nahezu unerschöpflichen Energiequelle. Wir mussten unsere Nahrung nicht einmal mehr jagen. Deshalb entstanden vor rund 12 000 Jahren die ersten Städte – sie lagen alle in landwirtschaftlich genutztem Gebiet. Von da an explodierte die menschliche Zivilisation. Handel. Schrift. Gesetze. Münzgeld. Der Ackerbau bereitete den Weg. Und alles dreht sich darum, unsere Gehirne zu versorgen.«

Desmond hielt inne. »Und das haben die australischen Ureinwohner verpasst. Als der Rest der Welt sie entdeckt hat, waren sie immer noch Jäger und Sammler. Weil sie keine Landwirtschaft hatten, entwickelten sich auch keine Städte und kein städtisches Leben, das für geistigen Fortschritt, Forschung und Erneuerung förderlich war.«

»Gut, Desmond. Sehr gute Arbeit. Aber etwas hast du noch vergessen.«

Desmond lehnte sich auf seinem Stuhl zurück.

»Warum wir?«, fragte Yuri.

»Wir ...?«

»Warum sind wir keine Neandertaler? Sie hatten größere Gehirne als wir. Einen robusteren Körperbau. Stärkere Muskeln. Und sie waren sehr gut angepasst, schließlich haben sie eine halbe Million Jahre auf mindestens zwei Kontinenten überlebt, bevor wir sie ausgerottet haben. Das ist doch mal was.« Yuri zog den Bücherstapel zu sich und blätterte durch die Inhaltsverzeichnisse. Schließlich schlug er einen Band auf und drehte ihn zu Desmond um. Es war der Bericht über eine Expedition nach Deutschland im Jahr 1973.

Desmond war überrascht. »Du hast die Bücher gelesen?«

»Ich habe sie studiert wie kein anderer.« Yuri betrachtete das Schwarz-Weiß-Foto einer archäologischen Grabungsstätte, auf dem ein Knochenfund abgebildet war. »Das war eine gefährliche Expedition. Damals war es schwierig, nach Ostdeutschland zu gelangen. Und noch schwieriger, wieder rauszukommen – besonders, wenn man etwas transportiert hat. Ich musste meine Kontakte in Russland nutzen, um uns reinzubringen.«

»Du warst dabei? Auf der *Beagle*?«

»Am Tag, als sie in See gestochen ist ... und kurz bevor sie sank.«

»Dein Name ...«

»Steht nicht in den Berichten. Oder dem Konklave-Archiv. Die Namen wurden alle geändert. Wenn unsere Feinde diese Bibliothek gefunden hätten, wäre es sonst gefährlich für uns geworden.«

Desmond wollte eine weitere Frage stellen, aber Yuri kam ihm zuvor.

»Konzentrier dich auf das Rätsel, Desmond. Nicht auf die Geschichte von Kition.« Er zeigte auf die Seite. »Bei dieser Expedition fanden wir Höhlen, die vor fünfzigtausend Jahren von Neandertalern bewohnt worden waren. Es gab Hinweise auf Feuerstellen. Bestattungsrituale. Steinwerkzeuge.

Wir haben Belege dafür gefunden, dass sie sich um ältere Stammesmitglieder – einige davon waren krank, vermutlich seit Jahren – gekümmert haben. Diese Spezies war uns sehr ähnlich. Das Rätsel ist, warum wir so einen gewaltigen Vorteil hatten.«

»Verhaltensmäßige Modernität ...«

»Das ist die Antwort, aber was genau, Desmond? Denk darüber nach. Wenn wir vor fünfzigtausend Jahren auf einem Hügel gestanden und einen Stamm unserer Vorfahren in einem Tal und einen Stamm Neandertaler in dem nächsten beobachtet hätten, was hättest du gewettet, wer die Welt erobert? Wir wissen, wer gewonnen hat – weil wir hier sind und darüber reden können. Aber damals schienen beide Gruppen modernes Verhalten an den Tag zu legen. Grab tiefer. Die Antwort befindet sich hier.«

***

Nachdem Yuri gegangen war, saß Desmond lange am Tisch und dachte nach. Er schlug das Buch auf und las die Expeditionsberichte, um Yuris Codenamen herauszufinden. Dr. Nilats? Ja – das war er. Desmond erkannte es an dem Stil, in dem der Bericht abgefasst war. Und der Name Nilats – das war Stalin rückwärts geschrieben. Yuri war nach dem Zweiten Weltkrieg in der Sowjetunion aufgewachsen, deshalb hatte er zweifellos sehr unter Stalin gelitten. Er wollte das Gegenteil von ihm sein.

Desmond überflog den Rest des Berichts, der Abhandlungen von Archäologen, Genetikern und Biologen enthielt. Als er zur letzten Seite kam, wurde sein Mund trocken. Er las den nächsten Bericht und den übernächsten. Seine Gedanken kehrten zu dem Abend zurück, an dem er auf dem Bürgersteig gestanden und Peyton mit ihrer Mutter im Restaurant gesehen hatte.

Er las wie ein Besessener alle Berichte noch einmal durch. Schließlich schob er seinen Stuhl zurück und rieb sich die Augen. Er brauchte frische Luft und musste seine Nerven beruhigen, deshalb zog er seinen Jogginganzug an und ging zum Aufzug.

Huan stand auf, als er sich näherte. »Sir, kann ich Ihnen etwas bringen?«

»Ich brauche nur ein bisschen frische Luft, Huan. Danke.«

Er lief Richtung Meer und sog die kühle frische Luft ein. Der Fischgeruch wurde stärker, als er sich dem Kai näherte. Die Einheimischen wichen den Touristen, die Alcatraz und den Sonnenuntergang hinter der Golden Gate Bridge fotografierten. Mit jedem Schritt verstärkte sich das Gefühl, beobachtet zu werden. Er wurde langsamer und sah sich in alle Richtungen um.

Es war nach acht Uhr, als er zurückkehrte. Das Laufen hatte ihm geholfen, einen klaren Kopf zu bekommen. Er war sich jetzt fast sicher, dass seine Theorie stimmte. Aber er musste es genau wissen.

Er duschte, zog sich an und steckte seine Brieftasche ein.

Während er sich vom Gebäude entfernte, sah er immer wieder über die Schulter. Warum war er so paranoid? Seine Theorie erklärte, warum Yuri gewusst hatte, dass Peyton und Lin in dem Restaurant waren, aber das bedeutete nicht, dass auch *er* beobachtet wurde.

Auf der Bay Street hielt er ein Taxi an.

»Menlo Park. Windsor Drive.«

Der Fahrer gab die Adresse in ein TomTom-Navi ein, das an der Windschutzscheibe hing, und fuhr in die Nacht hinein.

***

Etwa eine Stunde später hielt das Taxi in einer ruhigen Wohngegend. Desmond bezahlte, bat den Fahrer zu warten und ging mit klopfendem Herzen und einem Kloß im Hals zur Haustür. Beinahe wäre er umgekehrt. Wenn er sich täuschte, wäre es eine Demütigung.

Er klopfte. Das Licht wurde angeschaltet. Schritte. Der Türspion verdunkelte sich, als jemand hinausblickte. Die Tür schwang auf, und Lin Shaw stand in einem Hosenanzug vor ihm, als wäre sie gerade von der Arbeit gekommen.

»Desmond.«

»Kann ich reinkommen?«

»Natürlich.«

Desmond war nur selten in Lins Haus gewesen. Es war ordentlich und auf unpersönliche Weise dekoriert, fast als wäre es zum Verkauf zurechtgemacht. Er wusste, dass Lin Shaw fast ihre gesamte Zeit an der Stanford University oder in ihrer Firma verbrachte, wo sie an ihrer genetischen Forschung arbeitete.

»Ich habe mich von den Namensänderungen täuschen lassen«, sagte er.

»Bitte?«

»Du warst auf der *Beagle*. Du bist Kition-Mitglied. Ich habe die Berichte gelesen. Es war subtil, aber ich habe deine Stimme darin erkannt. Und die Daten stimmen mit dem überein, was Peyton mir über dich erzählt hat – und ihren Vater. War er auf der *Beagle*, als sie gesunken ist? Das Datum würde passen.«

Lin setzte sich in einen Sessel am Erkerfenster und bat Desmond mit einer Geste, auf dem Sofa Platz zu nehmen.

Er blieb stehen.

»Setz dich, Desmond.« Ihre Stimme klang flach und gebieterisch.

Er ließ sich auf dem Sofa nieder, beugte sich vor und stützte die Ellbogen auf die Oberschenkel.

»Warum bist du hergekommen?«

Das hatte Desmond immer an Lin gemocht: Sie kam sofort zur Sache.

»Ich dachte, Yuri hätte mich rekrutiert, weil ich Fragen über Kition gestellt habe. Ich bin auf die Organisation gestoßen, während ich für ein Start-up gearbeitet habe. Sci-Net.«

Er wartete und hoffte, dass Lin freiwillig mit der Sprache herausrückte. Sie sah ihn einfach nur an.

»Aber jetzt glaube ich, das stimmt nicht«, fuhr er fort. »Ich glaube, du hast ihm gesagt, er soll mich rekrutieren.«

Desmond versuchte, in ihrer Miene zu lesen. Sie gab nichts preis.

»Ich will wissen, warum.« Er hielt inne. »Ich finde, das steht mir zu.«

Schließlich wandte Lin den Blick ab. Sie seufzte. »Bevor Yuri dich rekrutiert hat, haben wir alle Fotos aus den Berichten entfernt – von ihm, mir und Peytons Vater. Ich dachte, du würdest es nicht durchschauen. Es kommt selten vor, dass ich Menschen unterschätze, Desmond.«

»Warum? Warum ich?«

»Wegen Peyton.«

»Peyton?«

»Du hast ihr das Herz gebrochen.«

Die Worte trafen Desmond mit der Gewalt eines Elefantentöters. »Ich wollte nie ...«

»Ich weiß. Was passiert ist ... lag an Umständen, die du nicht beeinflussen konntest.« Lin senkte die Stimme zu einem Flüstern. »Ich weiß, wie das ist. Ich weiß, wie es sich anfühlt, die Liebe seines Lebens zu verlieren. Seit du sie verlassen hast, ist sie nicht mehr dieselbe.«

»Ich ...«

»Hör zu, Desmond. Sie wird nie mehr wie früher sein. Und du auch nicht. Aber du kannst es ändern. Das Spiegel-Projekt kann diese Wunden heilen.«

»Also stimmt es, was Yuri mir versprochen hat?«

»Ja.«

»Und deshalb hast du mich rekrutieren lassen?«

»Ja.«

»Was willst du?«

»Was alle Eltern wollen: dass meine Tochter glücklich ist. Dass sie ein besseres Leben hat als ich.«

Sie schwiegen eine Weile. Schließlich sagte Desmond: »Soll ich Yuri sagen ... dass wir geredet haben?«

Lin schnaufte. »Das kannst du dir sparen. Yuri Pachenko ist immer einen Schritt voraus – allen. Ich vermute, er weiß bereits, dass du hier bist. Und ich weiß es nicht sicher, aber wahrscheinlich belauscht er uns gerade.«

»Was soll ich jetzt also machen?«

»Geh zurück und bring die Sache zu Ende. Wenn du aufgibst, gibst du auch sie auf.«

21

Conner roch den Rauch der Feuersbrunst in der Ferne. Das Geplapper aus dem Funkgerät zeugte von Chaos und Verwirrung. Das Feuer griff von einem Haus aufs nächste über, und die Leute flüchteten trotz der Ausgangssperre.

Durch das Erkerfenster im Wohnzimmer sah er, wie sich ein Garagentor öffnete. Ein schwarzer BMW bog auf die Straße ab und raste davon.

Er ging zur Garage, wo der Lieferwagen mit offenen Hecktüren stand. Doktor Park saß darin und blickte auf einen Monitor mit blauen, grünen und roten Wellenlinien.

»Wie lange noch?«

Park sah nicht auf. »Nicht mehr lange. Zwanzig oder dreißig Minuten vielleicht.«

Conner fragte sich, ob ihnen noch so viel Zeit blieb.

Er zog sich ins Haus zurück und ging durch die Küche in Lin Shaws Schlafzimmer. Auf der Kommode stand ein Foto von Peyton, Andrew, Madison und Lin am Grand Canyon. Ein Sinnbild für die fehlende Person: den Vater der Kinder, Lins Mann William.

Conner nahm das Foto und hielt inne. Er spürte etwas an der Rückseite – ein Stück Metall. Er drehte den Rahmen um.

Ein Schlüssel war dort festgeklebt.

Er war klein, die richtige Größe für ein Vorhängeschloss oder einen Tresor. Der Kopf war weiß angemalt, Bart und Spitze jedoch silbern. Warum?

Conner zog die Schubladen aus der Kommode, leerte sie und suchte nach einem Vorhängeschloss oder Tresor. Er riss die Laken vom Bett und drehte die Matratze um. Er durchwühlte den Schrank. Nichts.

Er ging zum Fenster und schaute im Garten nach einem Schuppen oder Lagerhaus. Dort war nichts. Er ging von Zimmer zu Zimmer und durchsuchte sie.

An welchem Ort würde man als Letztes suchen?

Er ging in den Flur, griff nach der Kordel und zog die Leiter zum Speicher herab. Sie wackelte und knarrte, als er hinaufstieg. Er schaltete die nackte Glühbirne an. Leer. Nur unverkleidete Dachsparren, eine summende Klimaanlage und Isolationsschaum.

Enttäuscht stieg er wieder hinab.

Wenn der Schlüssel zu einem Tresor gehörte, hätte er ihn mittlerweile gefunden. Hatte Lin Shaw den Schlüssel nur zurückgelassen, um eventuelle Eindringlinge an der Nase herumzuführen? Das traute er ihr zu. Aber er war noch nicht bereit aufzugeben.

Er ging zurück ins Schlafzimmer.

Es gab keinen begehbaren Wandschrank, nur zwei hinter faltbaren Lamellentüren verborgene Einbauschränke, wie es bei Häusern dieses Alters üblich war. Er verglich die Innenräume. Ja – es gab einen Unterschied. Im rechten Schrank waren an der Rückwand zusätzliche weiße Leisten angebracht, die an den Rahmen einer Tür oder eines Fensters erinnerten.

Das sah vielversprechend aus.

Er warf die Kleider auf den Boden und drückte gegen die Rückwand. Sie gab nach, nur ein wenig, aber zu viel für eine normale Gipskartonwand. Er suchte die gesamte Wand ab, fand jedoch kein Schlüsselloch.

Auf dem Boden stand ein kleines zweistöckiges Schuhregal. Er zog es heraus, aber darunter waren nur die schmalen Bohlen des Holzbodens.

Conner ging in die Hocke und ließ den Blick über die untere weiße Leiste schweifen. Eine Stelle reflektierte das Licht nicht so wie der Rest. Er strich darüber und spürte, wie das Holz in Metall überging – eine runde Platte. In der Mitte klebte ein kleines Stück Papier. Er riss es ab.

Ein Schlüsselloch.

Als er mit der Spitze des Schlüssels über die Schlossplatte kratzte, kam die silberne Oberfläche zum Vorschein. Er grinste. Raffiniert. Bevor sie das Schloss in der Farbe der Innenwand gestrichen hatte, hatte Lin den Schlüssel hineingesteckt, damit kein Lack in die Öffnung gelangte. Das erklärte das seltsame Muster auf dem Schlüssel.

Conner schob den Schlüssel hinein und hörte ein Klicken, als er den Zylinder drehte. Er drückte gegen die Rückwand. Sie öffnete sich nur einen Spalt weit, aber es genügte, damit Conner sich hindurchquetschen konnte.

Er zog an der Schnur, um die Glühbirne anzuschalten. Was er sah, faszinierte ihn. Schnell zog er die Tür hinter sich zu und ging in die Hocke, um die Gegenstände zu inspizieren, die Lin versteckt hatte. Aus gutem Grund.

In der Ecke lag zusammengefaltet eine alte Militäruniform. Conner wusste, dass sie seit siebzig Jahren nicht mehr getragen wurde, weil das Land, das sie ausgegeben hatte, nicht mehr existierte. Es war unverkennbar eine Wehrmachtsuniform.

Neben dem Kleidungsstück stand ein Schuhkarton. Conner öffnete vorsichtig den Deckel. Darin lag ein Stapel Fotos, die meisten schwarz-weiß, von Knicken durchzogen, abgegriffen und mit abgerundeten Ecken. Der Großteil zeigte einen Mann mittleren Alters und europäischer Abstammung.

An der Wand hing eine Weltkarte, die von bunten Nadeln übersät war. Sie markierten Orte außerhalb der großen Städte, aber ihre Bedeutung erschloss sich Conner nicht.

Er zog sein Handy hervor, fotografierte alles in dem kleinen Raum und lud die Bilder auf den Kition-Server hoch.

Dann wählte er eine Nummer.

»Ja«, sagte Yuri emotionslos wie immer.

»Ich habe etwas in Lin Shaws Haus gefunden. Das musst du dir ansehen.«

22

In der riesigen Einsatzzentrale herrschte reges Treiben. Mit bewundernswertem Einsatz legten Yuris Leute letzte Hand an. Bald würde das Spiegel-Projekt in Kraft treten, und sein Lebenswerk wäre vollendet.

Yuri musste den leeren Kaffeetassen ausweichen, die den Boden übersäten, als er den Raum durchquerte und in das Konferenzzimmer trat, wo Melissa Whitmeyer und zwei andere Datenanalysten warteten.

Sobald er sich gesetzt hatte, begann die rothaarige Frau mit ihrem Bericht.

»Das Entwicklungsteam schätzt, dass es mit Rapture Control halb durch ist. Es möchte uns aber daran erinnern, dass die Kalkulation von Fertigstellungsterminen keine exakte Wissenschaft ist.«

Sie wartete auf eine Antwort, aber Yuri nickte nur.

Whitmeyer blätterte um und stieß den Atem aus. Yuri spürte, dass ihn schlechte Nachrichten erwarteten.

»Captain Mikhailow von der *Invisible Sun* hat sich gerade gemeldet. Sie haben das Eis und die *Beagle* abgesucht. Das Einsatzkommando ist tot.« Whitmeyer legte eine Pause ein. »Sie hat mögliche Fluchtrouten identifiziert und bereitet die Suche vor, beginnend mit dem Post-Rogers ...«

»Sagen Sie ihr, sie kann sich die Mühe sparen. Lin Shaw ist weg. Und wir können davon ausgehen, dass sie gefunden hat, was sie auf der *Beagle* gesucht hat.«

»Wir haben unsere Agenten in den Regierungen eingeschaltet. Bisher wurde kein Kontakt gemeldet.«

»Das wird auch nicht passieren. Dafür ist Lin Shaw zu schlau. Sie wird erst auftauchen, wenn es nötig ist.«

»Was sollen wir jetzt tun?«

»Es ist sinnlos, sie zu verfolgen«, sagte Yuri. »Wir müssen herausfinden, wo sie hingeht – und sie dort erwarten. Und wir müssen in Erfahrung bringen, woran genau sie arbeitet. Sie hat zweifellos Mitarbeiter. Wenn ihr Vorhaben eine Bedrohung für das Spiegel-Projekt ist, reicht es vielleicht nicht einmal, wenn wir sie unschädlich machen.«

»Vorschläge?«

»Graben Sie tief in ihrer Vergangenheit. Ich will eine Liste aller Orte, die für sie von Bedeutung sein könnten. Aller Orte, die eine Verbindung zu den Wissenschaftlern haben, die auf der *Beagle* gestorben sind. Finden Sie die interessanten Punkte. Kleine Teams sollen die Orte überwachen. Fragen Sie nicht nach, schicken Sie sie einfach los, sobald Sie potenzielle Ziele ausgemacht haben. Und ein Einsatzkommando soll sich bereithalten, sofort loszuschlagen.«

23

Das Flugzeug flog durch die Dunkelheit nach Norden. Die kürzeste Route nach Oxford führte über den Pol, Grönland und Island.

Peyton saß auf einem Sitz gegenüber dem Sofa, auf dem ihre Mutter, Avery und Nigel Platz genommen hatten. Die beiden SEALs standen neben ihnen.

»Lewis Carroll. Der Autor von *Alice im Wunderland*«, sagte Avery. »Obwohl die Fortsetzung anscheinend passender ist: *Alice hinter den Spiegeln*. Aber wie bist du von ›A Lidell‹ auf Lewis Carroll gekommen?«

»A Lidell ist *Alice* Lidell«, sagte Lin. »Sie diente als Inspiration für die Geschichte. Als Carroll das Buch schrieb, war sie ein Kind. Ihr Vater war Dekan von Christ Church, eines Colleges innerhalb der Universität. Und Carroll – in Wirklichkeit hieß er Charles Lutwidge Dodgson – studierte in Oxford und wurde dort Professor. Er war Universalgelehrter – Schriftsteller, Logiker, Mathematiker, Fotograf und sogar anglikanischer Diakon.«

»Tja«, sagte Nigel. »Das ist mir alles neu. Aber dafür weiß ich was anderes: Er ist tot. Und zwar schon eine geraume Weile. Er ist bereits irgendwann im vorletzten Jahrhundert gestorben.«

»Stimmt«, sagte Lin. »Aber die Bodleian gibt es schon viel länger. Und sie ist berühmt für ihre seltenen Bücher und Erstausgaben. Wenn ich mich nicht täusche, suchen wir nach einer dieser Erstausgaben. Einem seltenen Exemplar von *Alice im Wunderland*.«

***

Vor der Küste von Grönland schob sich die Sonne über den Horizont. Peyton beobachtete, wie der schwache orangefarbene Schein sich in weiße Strahlen verwandelte. Das Licht blendete sie, und ein pochender Kopfschmerz setzte ein, als drückte ihr jemand auf die Augäpfel. Sie kniff die Augen zu und spürte die Wärme auf ihrem Gesicht. Seit einem Monat hatte sie die Sonne nicht gesehen, und jetzt merkte sie mit Nachdruck, wie sehr sie sie vermisst hatte.

Im letzten Monat hatte sie so viel Neues über ihr Leben erfahren. Die Wahrheit über ihren Vater und ihren Bruder. Über die Rolle ihrer Mutter bei Kition. Über Desmonds Verwicklung. Es war, als hätte sie ihr Leben in Dunkelheit verbracht. Jetzt kam die Wahrheit ans Licht. Zuerst tat es weh, aber langsam begann sie, die Augen zu öffnen. Sie sah die Sonne am Horizont. Und sie war bereit.

24

Im Winter 2003 verbrachte Desmond jede wache Minute in der Bibliothek mit Blick auf die Bucht von San Francisco. Yuri kam einmal in der Woche, und jedes Mal gab es ein neues Problem mit Desmonds Antwort auf die geheimnisvolle Frage.

»Wir hatten den aufrechten Gang. Die Primaten nicht. Schimpansen. Gorillas. Bonobos. Dabei geht es nicht nur um das Erscheinungsbild.«

Yuri saß still unter dem mehrstöckigen Kronleuchter und wartete.

Desmond fuhr fort. »Der aufrechte Gang hatte großen Einfluss auf die Evolution. Der Geburtskanal verengte sich, während unsere Gehirne größer wurden. Dieses Dilemma hatte Auswirkungen auf die Nachkommen. Sie bildeten Öffnungen im Schädel aus, die man als Fontanellen bezeichnet und die es ermöglichen, den Kopf des Babys bei der Geburt zusammenzupressen. Die große Fontanelle schließt sich erst nach zwei Jahren, sodass das Gehirn sich weiter ausdehnen kann. Das ist ein bedeutender Unterschied zu den Schimpansen und Bonobos. Bei ihrem Nachwuchs wächst das Gehirn hauptsächlich im Mutterleib. Die große Fontanelle ist bei der Geburt geschlossen. Ihr Gehirnwachstum ist abgeschlossen.

Deshalb sind Affenbabys weiter entwickelt als unsere. Um bei der Geburt einen ähnlichen Stand zu erreichen, müssten Menschen achtzehn bis einundzwanzig Monate lang schwanger sein. Im Vergleich zu anderen Spezies kommt unser Nachwuchs fast völlig hilflos zur Welt. Er braucht seine Eltern, deshalb entwickeln die Eltern eine Bindung zu ihm. Infolgedessen gründen wir Dörfer und bilden soziale Strukturen aus, um unsere Kinder zu schützen. Familien. Die Evolution liefert für dieses biologische Problem - das Geburtsdilemma - eine soziale Lösung. Das ist es, was uns zu Menschen macht.«

Er wartete hoffnungsvoll, aber Yuri schüttelte den Kopf.

»Das ist ein Teil, aber nicht das entscheidende. Grab tiefer.«

Desmond las Tag und Nacht. Weihnachten kam und ging. Die Monate verstrichen. Dann war wieder Silvester. Er blickte aus dem Fenster und erwartete, Schnee auf der Golden Gate Bridge zu sehen, aber sie leuchtete in demselben Rot wie damals, als er zum ersten Mal hergekommen war. Er würde sich nie daran gewöhnen, dass zum Jahreswechsel kein Schnee lag. San Francisco schien in einer Blase zu existieren. Trotz des Breitengrads waren die Winter mild und die Sommer trocken, als würde die Stadt sich den Naturgesetzen entziehen.

Der Februar brach an. Valentinstag. Das erinnerte ihn immer an Peyton. Er fragte sich, ob sie jemanden kennengelernt hatte. Ob sie glücklich war. Ob Lin sich getäuscht hatte. Einerseits hoffte er es, andererseits nicht.

Am nächsten Tag erwartete Yuri ihn in der Bibliothek.

»Kommunikation«, sagte Desmond. »Die Forscher auf der *Beagle* haben Neandertaler-Fossilien untersucht. Ihre Kehlen waren anders. Sie konnten nicht solche Laute erzeugen wie wir. Deshalb haben sie keine komplexe Sprache entwickelt. Wir schon.«

»Du kommst der Sache näher.«

Yuri ging hinaus, und Desmond warf ein Buch gegen die Wand.

Huan kam hereingerannt. »Sir?«

»Ich brauch nur ein bisschen Bewegung, Huan.«

»Kann ich Ihnen ...«

»Nein. Danke.«

Desmond zog sich in seiner Wohnung um und fuhr mit dem Aufzug nach unten. Er joggte durch Telegraph Hill, am Union Square vorbei und aus dem Bankenviertel hinaus. Irgendwo im Mission District hörte er auf, über die Frage nachzudenken.

Kurz darauf fiel ihm die Antwort ein.

***

Am nächsten Morgen rief er Yuri an. »Ich hab's.«

»Ich bin unterwegs«, sagte der ältere Mann.

Entgegen seiner Gewohnheit blieb Yuri stehen. Das Morgenlicht fiel durch das hohe Fenster.

»Geschichten«, sagte Desmond.

Yuri setzte sich.

»Fiktion. Das war es, was wir ihnen voraushatten.«

»Fahr fort.«

Desmond schlug ein Buch mit Expeditionsaufzeichnungen von der *Beagle* auf. »Das ist aus Spanien. Aus der Höhle von Altamira. Die Malereien wurden vor fünfunddreißigtausend Jahren angefertigt.«

»Steppenbisons«, sagte Yuri.

»Du weißt davon?«

»Ich war dabei, als sie freigelegt wurden«, sagte er ruhig. »Aber die Bisons sind keine Fiktion. Sie existierten, als die Künstler sie malten.«

»Stimmt. Unser echter Durchbruch war die Fantasie – die Fähigkeit, sich etwas vorstellen zu können, was nicht existiert.« Desmond stand auf. »Die Neandertaler hatten Feuer. Sie bestatteten ihre Toten und versorgten die Kranken.

Gingen aufrecht wie wir. Stellten Steinwerkzeuge her. Aber das waren überwiegend reaktive Anpassungen. Wir konnten uns etwas *vorstellen.* Vor unserem geistigen Auge sahen wir Dinge, die nicht existierten. Wir stellten uns vor, wie die Welt wäre, wenn es sie gäbe.

Du hast mich nach den frühen Australiern gefragt. Warum haben sie die Insel erreicht, im Gegensatz zu den Neandertalern? Und den Denisova-Menschen? Vorstellungskraft. Sie malten sich ein Gerät aus, das sie übers Meer tragen würde. Vielleicht ein Floß oder ein einfaches Boot. Und sie bauten es und stachen in See. Sie fanden ein Land, in dem es reichlich Kalorien gab, um die großen Gehirne zu speisen, diese biologischen Computer, die neue Realitäten entwarfen, Simulationen der Zukunft, unter denen sie auswählen konnten.«

Yuri lächelte. Es wirkte authentischer als alle Reaktionen, die Desmond je bei ihm beobachtet hatte. »Ja, Desmond.«

»Dann ... ist es das? Was ich finden sollte?« Desmond nahm wieder Platz. »Das wesentliche Merkmal der Menschen: Vorstellungskraft, Fiktion, Simulation. Gespeist von der Energie, die unser Gehirn braucht.«

»Ja. Das unterscheidet uns von allen Arten, die vor uns auf der Erde lebten. Es ist der Schlüssel zu all unserem Fortschritt. Und es gehört zum Muster. Es weist auf den Pfad unserer Spezies.«

»Das verstehe ich nicht.«

»Das wird sich ändern.« Yuri erhob sich. »Wenn du eine letzte Frage beantwortet hast.«

Desmond schüttelte den Kopf.

»Nur Geduld.« Yuri trat einen Schritt zurück. »Die Teile werden sich zusammenfügen. Aber zuerst habe ich etwas für dich. Eine Belohnung.«

»Was für eine Belohnung?«

»Eine Reise.«

»Wohin?«

»Anscheinend führen für dich alle Wege zurück nach Australien.«

***

Sie brachen nachts mit einer am Flughafen San Francisco gecharterten Privatmaschine auf. Während des siebzehnstündigen Flugs spielten sie auf dem Tisch zwischen den komfortablen Sitzen Schach und schliefen abwechselnd auf dem Sofa. Desmond stellte gelegentlich Fragen, aber Yuri ließ ihn abblitzen.

Zu Desmonds Überraschung war es Nacht, als sie landeten. Sie waren in den Sonnenuntergang geflogen, mit der Erdrotation.

Die Schilder am Flughafen verrieten Desmond, dass sie sich in Adelaide befanden. Als er das letzte Mal durch das Terminal gegangen war, hatte Peyton ihn auf eine Reise in die Vergangenheit begleitet, um eine Lösung für seine Probleme zu finden. Das hatte nicht funktioniert. Versuchte Yuri das Gleiche? Das Ergebnis wäre dasselbe.

Er war noch ein weiteres Mal an diesem Ort gewesen – als Kind, an dem Tag, als er nach Amerika geschickt worden war. Damals hatte eine andere Frau, die er liebte, seine Hand gehalten: Charlotte, deren Lächeln das einzige Licht in der Dunkelheit seines Lebens gewesen war.

Diese Dunkelheit hatte nie wirklich geendet. Und während er Yuri durch den Flughafen folgte, fragte er sich, ob das je geschehen würde. Ob er sich auf einem Irrweg befand. Ob es hier echte Antworten gab. Aber Lin Shaw hatte ihm versichert, er könne mit Peyton zusammen sein. Das war alles, was er wollte. Es genügte, um Yuris Weg zu folgen, wohin auch immer er führen mochte.

Vor dem Flughafen wartete ein Auto. Die Fahrer waren Agenten – dunkle Anzüge, Wölbungen unter den Achseln.

Desmond war überrascht, aber er setzte sich nach hinten und sagte nichts. Sie hielten auf dem Land, vor dem Friedhof eines kleinen Ortes, den Desmond gut kannte. Sprühregen hatte eingesetzt, während die Sonne über den Hügeln aufging. Sie stiegen aus und schlängelten sich durch die Grabsteine. Yuri trug einen schwarzen Müllsack.

»Weißt du, welcher Tag heute ist?«, flüsterte er.

Desmond begriff es sofort. »Der Jahrestag. Zwanzig Jahre seit den Buschfeuern.« Die Feuer, die seine Familie getötet und sein Leben verändert hatten.

Yuri ging langsamer und zog einen Kranz aus dem schwarzen Sack. Er reichte ihn Desmond, als sie stehen blieben.

Desmond spürte, wie die Sonne trotz der leichten Bewölkung sein Gesicht wärmte und eine Sommerbrise an ihnen vorbeistrich. Nach einer Weile ging er in die Hocke, legte den Kranz auf den Grabstein und las die Namen. Alistair Anderson Hughes. 16. Februar 1983. Elizabeth Bancroft Hughes. 16. Februar 1983.

»Sieh genau hin«, flüsterte Yuri. »Such nach dem, was du nicht siehst.«

Desmond warf einen Blick auf Yuris teilnahmslose Miene, dann konzentrierte er sich auf die Grabsteine. Es waren zwei, obwohl er drei erwartet hatte: große für seine Eltern und einen kleinen für seinen Bruder.

Er sah wieder zu Yuri. »Er ist woanders begraben?«

»Das ist eine Vermutung. Wir stellen keine Vermutungen an. Wir formulieren Hypothesen. Und überprüfen sie.«

»Zwei Möglichkeiten«, sagte Desmond. »Er ist woanders begraben – oder er ist gar nicht begraben.«

»Richtig.«

Desmond erhob sich. »Was weißt du, Yuri?«

Yuri wandte sich ab und ging zurück zum Auto. Desmond musste seine ganze Willenskraft aufbringen, um nicht loszustürmen, ihn auf den Boden zu werfen und so lange festzuhalten, bis er ihm verriet, was genau aus Conner geworden war. Die beiden Bewaffneten, die am Auto warteten, waren nur ein kleines Hindernis; Desmond hätte gegen eine ganze Armee gekämpft, um die Antwort zu erfahren. Aber er wusste, dass Yuri sich niemals der Gewalt beugen würde. Er bestand aus dem gleichen Stoff wie Desmond: geschmiedet in der Hitze des Feuers.

Schweigend fuhren sie nach Adelaide zurück, zu einem Hotel in der Innenstadt. Desmond hatte eine große Suite mit Wohnzimmer und einem Schreibtisch samt Laptop und Internetanschluss.

»Beantworte noch eine letzte Frage«, sagte Yuri, »dann bist du Kition-Mitglied. Und ich helfe dir rauszufinden, was aus Conner geworden ist.«

Desmond wusste, dass Yuri ihm kein Angebot unterbreitete und dass es auch nichts zu verhandeln gab. Das waren die Bedingungen. Er setzte sich an den Schreibtisch. »Die Bibliothek ist in San Francisco.«

»Für diese Frage brauchst du sie nicht. Nur das Internet. Und deine Intelligenz. Die Lösung dieses letzten Rätsels ist offensichtlich, trotzdem finden sie nur wenige.«

Desmond nahm einen Stift und einen Block vom Schreibtisch.

»Im Juli 1405«, begann Yuri, »stach eine chinesische Flotte unter dem Kommando von Zheng He von Suzhou aus in See, um eine Reise durch den Pazifik zu unternehmen. Es war eine gewaltige Expedition. Über dreihundert Schiffe, fast achtundzwanzigtausend Mann Besatzung, die meisten davon Soldaten. Sie erforschten große Teile Südostasiens, einschließlich Brunei, Java und Thailand. Sie gingen in Indien, am Horn von Afrika und in Arabien an Land.

Im Jahr 1405 lebten in China fünfundsechzig Millionen Menschen. England hatte zwei Millionen Einwohner. Damals war China die größte Wirtschaft der Welt. Indien stand an zweiter Stelle. Und die chinesische Flotte war viel fortschrittlicher als die der europäischen Mächte. Ihr größtes Schiff war hundertzwanzig Meter lang und hatte vier übereinanderliegende Decks. Zum Vergleich, Christoph Kolumbus' Flaggschiff, die *Santa Maria*, war ungefähr dreiundzwanzig Meter lang.

Wenn man im Jahr 1400 gefragt worden wäre, welches Land Australien kolonisiert, wäre man wahrscheinlich nicht auf eine Nation in Westeuropa gekommen. Trotzdem waren es die Niederländer, die als Erste dort landeten – 1606. Und die Briten schufen die erste Kolonie, im Jahr 1788. Warum? Das ist kein isoliertes Ereignis. Die westeuropäischen Länder dominierten bald die Welt – wirtschaftlich, militärisch und kulturell. Warum? Wodurch unterschieden sich die britischen und spanischen Entdecker so sehr von den anderen?«

25

Conner kehrte mit einer Reisetasche in die Geheimkammer von Lin Shaws Haus zurück und packte vorsichtig die Gegenstände ein. Instinktiv wusste er, dass die Fotos und besonders die Karte irgendwann nützlich sein würden. Vielleicht ließ sich mit ihrer Hilfe sogar Lins Verrat erklären.

Eine Stimme kam aus dem Funkgerät. »Zero. Hier Einheit zwei. X1-Soldaten rücken näher. Sie evakuieren die Häuser an der Santa Cruz.«

Conner rannte ins Wohnzimmer. Durch das Erkerfenster sah er, dass sich das Feuer von Minute zu Minute weiter ausbreitete.

»Lagebericht?«, flüsterte er fast gelähmt.

»Sir?«

»Das Feuer!«, brüllte er. »Ihr Idioten. Wie entwickelt sich das verdammte Feuer, das ihr gelegt habt?«

Der Mann am anderen Ende zögerte. »Wir haben vor zehn Minuten eine Drohne darüber fliegen lassen ...«

»Lagebericht!«

»Südlich von Sand Hill ist es eingedämmt. Sie haben einen Schutzwall um Stanford errichtet.«

»Aber wir sind nicht in Stanford, oder?«

»Nein, Sir. Nördlich von Sand Hill breitet sich das Feuer durch die Wohnviertel aus. Es ist zu groß, um es aufzuhalten.«

Conner erstarrte. »Wie lang, bis es uns erreicht?«

»Zwanzig Minuten. Mehr oder weniger.«

Conner stürmte in die Garage. Dr. Park saß immer noch in dem Lieferwagen, dessen Hecktüren offen standen. Ein Monitor zeigte Desmonds Gehirnwellen.

Park hatte offenbar den Funkverkehr mitgehört und kam Conners Frage zuvor. Er zuckte mit den Achseln. »Ich weiß es nicht.«

»Doktor.«

»Nicht mehr lang.«

»Wie lang?«

»Minuten. Ich würde sagen, die Chancen stehen fifty-fifty, dass wir vor dem Feuer hier rauskommen.«

Conner wollte auf der Stelle den Rückzug antreten. Aber er konnte nicht. Er würde es nicht tun. Er sah seinen Bruder an, der in dem Krankenhausbett lag. Desmond war hilflos dem näher kommenden Feuer ausgeliefert, genau wie Conner vor langer Zeit.

Damals hatte Desmond versucht, ihn zu retten. Er war gescheitert, aber zwanzig Jahre später hatte er Conner tatsächlich gerettet. Jetzt musste Conner für seinen älteren Bruder das Gleiche tun – und die in dem Labyrinth verborgenen Erinnerungen waren seine einzige Hoffnung.

Er drückte die Sprechtaste. »Einheiten zwei, drei und vier. Ziehen Sie sich nach West Atherton zurück. Suchen Sie sich ein Versteck. Einheit eins, rücken Sie zu meiner Position vor und halten Sie sich zum Aufbruch bereit. Bleiben Sie in Deckung.«

Zehn Minuten später stieg die Temperatur im Haus. Conner saß schwitzend in der Garage, konzentrierte sich auf seinen Atem und versuchte, nicht an das Inferno zu denken, das auf sie zuraste.

Zu seiner Überraschung klopfte es an der Tür.

***

Desmond wartete nicht ab, bis Yuri Conner fand. Er heuerte den besten Privatdetektiv Australiens an, um zu ermitteln, was nach dem Brand mit seinem Bruder geschehen war. Dann beauftragte er den Zweitbesten. Immer wieder endeten die Nachforschungen in einer Sackgasse. Die Detektive verlangten Geld für Anwälte, um Einsicht in Akten zu bekommen, und für Spezialisten, die sie berieten, aber sie erzielten kaum Fortschritte. Er trieb sie weiter an.

Wenn er nicht nach Conner suchte, grübelte er über Yuris letztes Rätsel nach. Im Mittelpunkt stand die Frage, wie die Welt zu dem geworden war, was sie heute war. Vor allem: Warum hatte statt Russland, China, Japan oder Indien ausgerechnet Großbritannien Australien kolonisiert? Diese Länder waren bedeutende Mächte, als die Niederländer 1606 in Australien landeten, trotzdem hatte keines von ihnen den Kontinent entdeckt. Westeuropäische Nationen hatten außerdem Amerika und die pazifischen Inseln kolonisiert, ihre Sprache und Kultur dort verbreitet und somit auch ihr Rechts- und Wirtschaftssystem. Warum?

Desmond begann mit einem offensichtlichen Unterschied: Religion. Aber als er Yuri seine Theorie vorstellte, schüttelte dieser nur den Kopf. »Es hat nichts mit Religion zu tun.«

Desmond grub tiefer. Er verglich Geografie und Klima. Dann begriff er, dass der Schlüssel zur Lösung in der Antwort auf die vorige Frage lag. Die modernen Menschen hatten ihre Konkurrenten übertroffen – die Neandertaler, Denisova-Menschen und *Homo floresiensis* –, weil sie anders *dachten*. Worin unterschied sich das Denken der Briten, Spanier und Niederländer von dem der anderen?

Sofort wurde ihm die Antwort klar.

***

Yuri saß mit untergeschlagenen Beinen und den Händen im Schoß in Desmonds Hotelzimmer. Desmond stand vor dem deckenhohen Fenster, hinter dem sich der Victoria Park mit seinen Bäumen, Wiesen und Spazierwegen erstreckte.

»Kapitalismus«, sagte Desmond. »Er hat den Westen angetrieben und Erforschung und Ausbeutung gefördert.«

Yuri nickte. »Das ist die eine Hälfte der Antwort.«

Desmond wusste die andere Hälfte nicht.

Als Yuri ging, schnappte sich Desmond die Schreibtischlampe und holte aus, um sie gegen die Tür zu werfen, aber im letzten Moment hielt er sich zurück. Er sehnte sich nach einem Drink.

Stattdessen machte er einen Spaziergang. Er lernte mehr als die Fakten, zu denen Yuri ihn führte. Er lernte Geduld. Und Disziplin.

Sein Handy klingelte. Aufregung erfasste ihn, als er die Stimme des Privatdetektivs hörte. Arlo war Neuseeländer, und in seiner barschen Stimme lag ein schleppender Akzent. »Ich glaub, ich hab was, Desy.«

***

Sie saßen in einem Café an der Grenfell Street, und im Hintergrund zischten die Kaffeemaschinen. Gäste mit Hunden bevölkerten den kleinen Laden und sahen auf ihre Laptops, lasen Bücher oder beobachteten einander ungezwungen.

Der struppige Mann legte einen Briefumschlag auf den runden Tisch und zog Fotokopien von handbeschriebenen Krankenhausformularen heraus. Aufnahmeblätter. OP-Berichte. Medikamentenverordnungen. Der Name auf den Formularen lautete »Joe Bloggs« – die australische Bezeichnung für einen Unbekannten. Sein Alter wurde auf zwölf Monate geschätzt.

»Zwei Tage nach dem Feuer sind Hilfskräfte zu eurem alten Haus gekommen und haben alles durchwühlt. Sie haben den Kleinen ausgerechnet unter einem umgekippten Kühlschrank gefunden. Daneben die verbrannten Überreste einer Frau ...«

»Sei bitte still«, flüsterte Desmond.

Er las die Berichte, und jedes Wort war wie ein Dolchstich in sein Herz. Der Drang, aufzustehen und wegzugehen, war nahezu unbezwingbar, nur übertroffen von dem Wunsch, die Wahrheit zu erfahren.

Der Arzt in der Notaufnahme hatte das Kleinkind auf die pädiatrische Intensivstation bringen lassen. Die erste Diagnose lautete: *Schwere Dehydration. Verbrennungen dritten Grades auf vierzig Prozent der Körperfläche. Zwei Fälle von Verbrennungen vierten Grades: rechter Oberschenkel und rechter Trizeps.*

Desmond starrte auf die abschließenden Worte: *Prognose ungünstig.*

Das Behandlungsteam verabreichte ihm Flüssigkeit. Entfernte das abgestorbene Gewebe. Verband die Wunden. Sorgte für Gewichtszunahme.

Am vierten Tag klangen die Notizen des Oberarztes positiver. *Immer noch kritisch, aber stabil. Spricht auf Behandlung an.*

Sie verlegten ihn ins Adelaide Children's Hospital, wo er zwei Monate lang genesen konnte. Sobald er bei Bewusstsein war, schrie er ununterbrochen. Sie stellten ihn ruhig und bemühten sich nach Kräften, die Brandwunden im Gesicht und am Körper zu heilen. Die Oberschwester schrieb: *Es ist Segen und Fluch zugleich, dass er so jung ist. Wenigstens wird er sich an seine schrecklichen Verletzungen nicht erinnern können.*

Arlo wurde unruhig. »Hey«, rief er der Kellnerin zu. »Gibt's hier 'nen Irish Coffee?«

Sie murmelte etwas, das Desmond nicht verstand.

Arlo beugte sich vor. »Er war ein Kämpfer, Desy.«

Desmond drehte die letzte Seite um, auf der stand, dass

der Patient in ein Waisenhaus außerhalb der Stadt gebracht worden war.

»Wo ist er jetzt?«

Arlo lehnte sich zurück. »Weiß ich nicht.«

»Was hast du noch für mich?«

»Das ist alles.«

»Das ist *alles*?«

»Tja, ich dachte, du wolltest es sofort wissen.«

Er hatte recht. Aber die Nachricht, dass sein Bruder das Feuer tatsächlich überlebt hatte, steigerte seinen Wissendurst weiter.

»Finde ihn, Arlo. Oder finde raus, was passiert ist.«

Der Mann bedachte Desmond mit einem aufgesetzten Grinsen. Schließlich schnaufte er theatralisch, als täte es ihm leid, schlechte Nachrichten überbringen zu müssen. »Das hier war nicht gerade leicht zu besorgen. Ich musste die Hälfte der Krankenhäuser in Südaustralien abklappern. Deine kleine Fahndung wird langsam ziemlich teuer, Desy. Ich meine, für meine Zeit und meine Auslagen sind jetzt schon drei Tausender fällig.«

Arlo wandte den Blick ab und wartete. Desmond kannte die Nummer schon. Der Mann testete, wie tief er in die Tasche greifen würde.

»Ich gebe dir zwei Wochen«, sagte Desmond. »Und zehntausend australische Dollar, wenn du ihn oder eine Sterbeurkunde findest.«

Arlo breitete die Hände aus. »Hey, ich rechne auf Stundenbasis ab. Ich kann nicht wissen, wie sich dieser Fall ...«

»Ich zahle für Ergebnisse. Wenn dir zehntausend nicht reichen, rechnen wir jetzt ab.«

Arlo gab vor, mit sich zu ringen. »Na gut. Ich will ja nur, dass du wieder mit deinem kleinen Bruder zusammenkommst.«

***

Jeder verstreichende Tag war eine Qual für Desmond, jetzt da er wusste, dass sein Bruder noch lebte und so gelitten hatte und wahrscheinlich immer noch litt, vermutlich allein.

Er schlief wenig. Sein Gehirn spulte immer wieder den Tag vor zwanzig Jahren ab, als er vor ihrem Haus gestanden hatte und die Flammen an den Wänden zum Dach hochgeklettert waren, während er nach seinem Bruder rief. Er kannte jetzt die Wahrheit: Wenn er gewartet hätte, wenn er nicht ins Feuer gestürmt wäre, hätte er in der Ruine nach Conner suchen und ihn wahrscheinlich früher ins Krankenhaus bringen können. Sie hätten zusammen sein können. Gemeinsam aufwachsen können. Wie hätte das ihr Leben verändert? Was war aus Conner geworden? Diese Fragen und die Schuldgefühle quälten ihn.

Er versuchte, sich auf Yuris letztes Rätsel zu konzentrieren, aber es fiel ihm schwer.

Wie schon in San Francisco flüchtete er sich in den Sport. Er joggte in den Adelaide Park Lands und trieb sich von Tag zu Tag mehr an, bis die Endorphine seinen Verstand ausschalteten und ihn befreiten.

Arlo meldete sich nicht.

Desmond lief jeden Morgen und jeden Nachmittag. Im Frühlingsregen und in der sengenden Sonne Australiens.

An einem klaren Sonntagmorgen kam ihm am Ende eines Zwölfkilometerlaufs, als er es am wenigsten erwartete, die Erkenntnis. Er hatte nicht einmal über Yuris Frage nachgedacht. Mit einem Mal passten alle Teile des Puzzles zusammen. Es kam ihm vor, als hätte er sein ganzes Leben lang auf ein Landschaftspanorama geblickt, aber immer nur die Einzelteile gesehen. Jetzt waren seine Augen weit offen.

Er zog sein Handy hervor und rief Yuri an.

»Ja?«

»Ich weiß, weshalb die Westeuropäer vor fünfhundert Jahren Amerika, Australien, Indien, Hongkong und Afrika kolonisieren konnten.«

Am anderen Ende herrschte Stille.

»Sie hatten *euch,* Yuri.«

26

Der Gulfstream-Jet neigte sich scharf zur Seite und nach unten, und Peyton wurde in den Mittelgang geworfen. Lin war als Erste auf den Beinen. Sie rannte ins Cockpit, wo Avery ins Funkgerät brüllte. Einen Augenblick später sah Peyton die Flugzeuge der Royal Air Force.

Sie schnappte Bruchstücke der Unterhaltung auf, während das Flugzeug wieder in die Waagerechte kam und sich von der schottischen Küste entfernte. Offenbar hatte Rubicon Kontakt zu sämtlichen Regierungen aufgenommen. Die RAF-Flugüberwachung überprüfte Averys Identität, kurz darauf setzten sich die Jets neben sie und fungierten als Eskorte.

Durch das ovale Fenster sah Peyton seit Monaten zum ersten Mal wieder die Zivilisation. Oder was davon übrig war. Auf den Autobahnen standen ausgebrannte Autos im Mittagslicht. Militärfahrzeuge umringten die Schulen, Stadien und Krankenhäuser der fast leeren Städte wie Bienenschwärme. Ein paar Autos fuhren über die kleineren Straßen – zweifellos Einwohner, die sich Vorräte besorgten. Aber größtenteils schien die Welt dort unten zum Stillstand gekommen zu sein. Alle hatten sich verkrochen.

Der Flughafen von Oxford lag inmitten grüner Felder. Wie der Post-Rogers hatte er nur eine Landebahn. Zwei Dutzend Truppentransporter und Laster mit Planen über den Ladeflächen parkten vor dem Terminal.

Sobald sie gelandet waren, kamen zwanzig Soldaten auf die

Rollbahn marschiert, um sie in Empfang zu nehmen. Sie trugen Tarnkleidung, Körperpanzer und beigefarbene Barette mit schwarzen Aufnähern, auf denen Flügel mit einem Schwert dazwischen abgebildet waren. Darunter stand ihr Motto: *Who Dares Wins.* Soldaten des SAS. Derjenige, den Avery kontaktiert hatte, hatte die Besten angefordert, um sie zu begleiten.

Im Terminal fertigten sie zehn Kopien der Daten an, die Nigel von der *Arktika* gerettet hatte. Lin weigerte sich, ihren Gastgebern genau zu sagen, worum es sich dabei handelte, was sie damit vorhatte oder mit wem sie zusammenarbeitete. Sie bat sie nur, die Kopien an die Regierungen der USA, Kanadas, Australiens, Deutschlands und Russlands zu übermitteln und fünf Kopien an verschiedenen Orten im Vereinigten Königreich aufzubewahren. Sie wollte kein Risiko eingehen.

Als die Daten unterwegs waren, stiegen Lin und die anderen samt ihrer SAS-Eskorte in mehrere Land Rover und fuhren nach Oxford. Peyton erfasste jedes Detail. Obwohl sie ihre ersten sechs Lebensjahre in London verbracht hatte, war sie nie in Oxford gewesen. Es war eine malerische Stadt voller gotischer Steingebäude. Efeu rankte an den Mauern zu den Schieferdächern empor. Die Stadt wirkte mittelalterlich, märchenhaft, wie aus der Zeit gefallen.

Als sie auf die Catte Street bogen, zogen Wolken wie ein Vorhang vor die Sonne, und ein feiner Sprühregen setzte ein. Die Stadt schien um sie herum zu schrumpfen, als sich Nebel auf die Straßen senkte.

Der Konvoi hielt vor der Bodleian Library, und Peyton trat hinaus in den Dezembertag. Eine kühle Windbö erfasste sie, harmlos im Vergleich mit den eisigen Stürmen der Arktis. Trotz der Kälte lag kein Schnee auf den Dächern.

Es waren keine Menschen zu sehen, nur einige Fahrräder lehnten an dem Eisenzaun auf der anderen Straßenseite. Weihnachten stand kurz bevor, aber die Fenster waren nicht mit Kränzen oder Lichterketten geschmückt. In dieser Stadt, die so großen Wert auf Traditionen legte, ging es nur noch ums Überleben.

Das Great Gate der Bodleian befand sich vor ihnen. Mit seinen fünf Stockwerken war es der größte Torturm Englands. Er wurde auch als Turm der fünf Architekturstile bezeichnet, da er toskanische, dorische, ionische, korinthische und gemischte Elemente vereinte. Peyton bewunderte das steinerne Bauwerk, als sie durch das schwere Holztor gingen. Der Ticketstand für die Führungen und das Old Schools Quadrangle waren verlassen.

Ihre Schritte hallten durch den Hof, als sie die Bronzestatue des 3. Earl of Pembroke umrundeten, der von 1617 bis 1639 Kanzler der Universität gewesen war.

Ein weiteres Holztor führte in die riesige Eingangshalle der Bibliothek. An beiden Seiten befanden sich runde Informationspulte. Ein hochgewachsener Mann von etwa sechzig Jahren stellte sich als Bibliothekar vor. Zehn jüngere Assistenten drängten sich hinter ihm und beobachteten mit überraschten und neugierigen Mienen die SAS-Soldaten und Peytons Gruppe.

Im Flugzeug hatten Lin, Peyton und Avery besprochen, wie sie nach einer Erstausgabe von *Alice im Wunderland* suchen würden. Normalerweise hätten sie SOLO, das Online-Suchsystem der Bibliothek, nutzen können. Aber Averys Kontaktmann bei Rubicon hatte ihnen mitgeteilt, dass SOLO seit dem Angriff auf die Internetrouter nicht mehr funktionierte. Er hatte gefragt, nach welchem Titel sie suchten, aber Lin hatte nachdrücklich dafür plädiert, es ihm nicht zu verraten. Stattdessen hatte sie beschlossen, dass sie drei Bibliothekare auswählen würden, die Peyton, Avery und ihr bei der Suche nach dem Buch helfen sollten. Nigel würde bei den SAS-Soldaten und Navy SEALs bleiben. Lin vertraute ihm immer noch nicht genug, um ihn an der Suche teilhaben zu lassen.

Lin stellte sich weder vor, noch verriet sie, weswegen sie

gekommen waren. Sie musterte die Bibliothekare und zeigte auf drei von ihnen: zwei Männer und eine Frau. Gemeinsam verließen sie die Eingangshalle.

Sie betraten einen atemberaubenden Raum, der Peyton an eine mittelalterliche Kirche erinnerte. Auf beiden Seiten gab es jeweils fünf Fenster, die mindestens dreieinhalb Meter breit und sechs Meter hoch und mit gotischen Bögen und Buntglas verziert waren. Steinerne Rippen zogen sich über die Decke. Peyton hatte das Gefühl, sich im Bauch eines Wals zu befinden und sein Rückgrat von innen zu sehen. Die Rippen liefen sternförmig zusammen und bildeten Spitzen, die wie Eiszapfen von der Decke hingen.

Irgendwie kam ihr dieser Ort bekannt vor. »Wie heißt dieser Teil der Bibliothek?«, fragte sie die Bibliothekarin, die neben ihr ging. Die Frau war ungefähr in ihrem Alter und hatte braunes Haar und eine Brille, die zu groß für ihr Gesicht wirkte.

»Das ist die Divinity School. Sie wurde im 15. Jahrhundert gebaut. Es ist der älteste noch vorhandene Teil, der schon als Universitätsgebäude gedacht war.«

Peyton nickte.

Ein anderer Bibliothekar, ein junger Mann mit schwarzem Haar, sagte: »Der Raum war in der *Harry Potter*-Verfilmung zu sehen. Das Hospital.«

Daher kannte Peyton ihn.

Die Bibliothekarin schüttelte den Kopf, offenbar empört, dass dieser geschichtsträchtige Ort durch die Popkultur vereinnahmt worden war.

Sie blieben in der Mitte des Raums stehen, und Lin sagte: »Unser Vorhaben ist sehr wichtig. Es stehen viele Menschenleben auf dem Spiel. Von dem, was ich Ihnen gleich sage und was danach passiert, dürfen Sie nichts weitererzählen.«

Die Bibliothekare machten große Augen. Lin wartete, bis alle nickten.

»Wir suchen nach einem Buch. Einer Erstausgabe von *Alice im Wunderland*.«

Die Frau meldete sich zu Wort. »Welche Erstausgabe?«

»Was meinen Sie?«, fragte Lin.

»Also, die erste Auflage sollte zweitausend Exemplare umfassen. Aber sie wurde auf Carrolls Anweisung eingestampft.«

»Erzählen Sie weiter.«

»Der Verlag, The Clarendon Press, heute MacMillan, hat Carroll im Juni 1865 fünfzig Vorabexemplare zum Verschenken geschickt. Aber als der Illustrator John Tenniel sie sah, sagte er zu Carroll, er sei unzufrieden mit dem Druck seiner Zeichnungen. Carroll bat die Empfänger seiner Exemplare, sie zurückzuschicken, und wies MacMillan an, den Rest der zweitausend Bücher als Altpapier zu verkaufen.«

»Er war Perfektionist«, sagte Lin fast zu sich selbst.

»Ja. ›First Alice‹, wie man diese Ausgaben nennt, sind extrem selten. Sechzehn Exemplare befinden sich in öffentlichen Einrichtungen, fünf weitere in privaten Händen. Christie's hatte letztes Jahr einen Band in der Auktion. Die Gebote erreichten zwei Millionen Dollar, aber er wurde nicht verkauft.«

»Ja«, sagte Lin. »Nach dieser Ausgabe suchen wir. Gibt es hier in Oxford Exemplare?«

»Natürlich. Carroll war Professor an der Universität. Das Buch wurde hier geschrieben. Es gibt ein Exemplar im Lady Margaret Hall. Und ein weiteres im Magazin in der Weston. Und das letzte befindet sich oben, in der Duke Humfrey's Library.«

»Gut. Wir bilden drei Teams – jede von uns nimmt einen Bibliothekar mit.« Lin zeigte auf Peyton und Avery.

Peyton bekam die Bibliothek im Obergeschoss zugeteilt, und sie wusste auch warum: aus Sicherheitsgründen. Die meisten SAS-Soldaten waren hier, und das Gebäude zu verlassen war ein Risiko. Yuri und seine Männer könnten bereits in Oxford auf der Lauer liegen.

Die Bibliothekarin namens Eleanor führte Peyton nach oben. Die Duke Humfrey's Library war unglaublich. Dunkle Holzregale mit endlosen Reihen von Büchern erstreckten sich durch den zweigeschossigen Raum. Trübes Mittagslicht fiel durch das Fenster. Peyton kannte auch diesen Ort, und dieses Mal wusste sie woher: Es war die Bibliothek aus den *Harry Potter*-Filmen. So viele Geschichten hatten dort ihre entscheidende Wendung genommen.

»Hier ist es«, sagte Eleanor.

Sie legte ein Tuch über einen Tisch in der Nähe und zog weiße Stoffhandschuhe an. Mit einem silbernen Schlüssel öffnete sie eine Vitrine, aus der sie vorsichtig einen kleinen roten Band nahm. Auf dem Umschlag stand nichts, aber in der Mitte war ein Emblem eingraviert: Ein Mädchen mit wallendem Haar und einem Schwein auf dem Arm, umgeben von einem goldenen Kreis. Drei goldene Linien verliefen entlang der Ränder des Umschlags.

Eleanor hielt das Buch mit beiden Händen und drehte es um, damit Peyton die Rückseite sehen konnte, die ebenfalls ein goldenes Emblem trug – die Abbildung einer Grinsekatze. Eleanor legte das Buch auf den Tisch und sah zu Peyton, die ihr aufmunternd zunickte.

Eleanor schlug das Buch auf.

Auf dem Titelblatt stand:

ALICE'S
ADVENTURES IN WONDERLAND
BY
LEWIS CARROLL
WITH FORTY-TWO ILLUSTRATIONS
BY
JOHN TENNIEL

Eleanor blätterte langsam weiter, durch das Inhaltsverzeichnis und die erste Seite von Kapitel eins, die von einem Blatt Pauspapier verdeckt war. Es sah aus, als hätte jemand angefangen, etwas zu zeichnen, aber dann abgebrochen. Eleanor blätterte die lose Seite um, sodass die Illustration und der Text darunter zum Vorschein kamen.

Das Kapitel »Hinunter in den Kaninchenbau« war mit der Zeichnung eines Kaninchens illustriert, das auf den Hinterbeinen stand, eine Weste trug und einen Schirm unter dem Arm hatte. Es sah auf seine Taschenuhr.

»Ich habe noch nie eine Originalausgabe mit Pergamentseiten gesehen«, sagte Eleanor.

Es war ein wunderschönes Buch, aber Peyton interessierte sich mehr für das Pauspapier. »Können Sie das Blatt ins Licht halten?«

Eleanor nahm die halb durchsichtige Seite aus dem Buch und hielt sie so, dass das Licht aus dem hohen Fenster darauf fiel.

Peyton schaltete ihr Funkgerät ein. »Wir haben was gefunden.«

Ihre Mutter antwortete sofort. »Kein Wort mehr über Funk. Avery, hol dein Buch, aber schlag es nicht auf. Wir treffen uns in der Divinity School.«

Eleanor legte das Pauspapier vorsichtig zurück ins Buch. »Sollen wir zurück nach unten gehen oder ...?«

»Nein. Wir haben noch Zeit. Machen Sie weiter.«

Eleanor blätterte die nächsten Seiten um. Es gab weitere Blätter Pauspapier – bei jeder Illustration am Beginn der ersten fünf Kapitel.

»Was ist das?«, fragte Eleanor.

»Ich weiß es nicht.« Aber Peyton hatte eine Ahnung.

Dr. Paul Kraus hatte die Blätter zurückgelassen – es waren seine Brotkrumen. Was sie zu bedeuten hatten, wusste sie nicht.

***

Als sich alle drei Teams in dem verschnörkelten Raum in der Divinity School versammelt hatten, entließ Lin die Bibliothekare und SAS-Soldaten und bat sie, in der Duke Humfrey's Library zu warten. Die beiden Navy SEALs führten Nigel in den Raum, in dem die drei Erstausgaben auf einem langen Tisch lagen.

»Wir haben die anderen beiden durchgeblättert«, sagte Lin. »Keine Markierungen oder Notizen.« Sie hob das erste Blatt Pauspapier hoch, auf das Peyton gestoßen war. »Kraus wollte, dass wir das hier finden.«

Avery wirkte nicht beeindruckt. »Eine unfertige Zeichnung?«

»Sie ist fertig genug«, murmelte Lin.

Sie zog einen Zettel aus ihrer Manteltasche und begann zu zeichnen. Peyton erkannte erst nicht, was es war, aber als Lin die Straße von Gibraltar skizzierte, begriff sie, dass es sich um eine Karte von Westeuropa handelte.

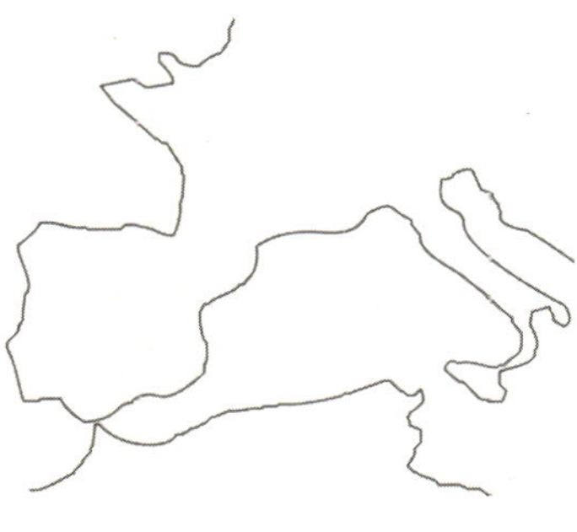

Lin legte das Pauspapier auf ihre grob gezeichnete Karte. Die Linien stimmten größtenteils überein.

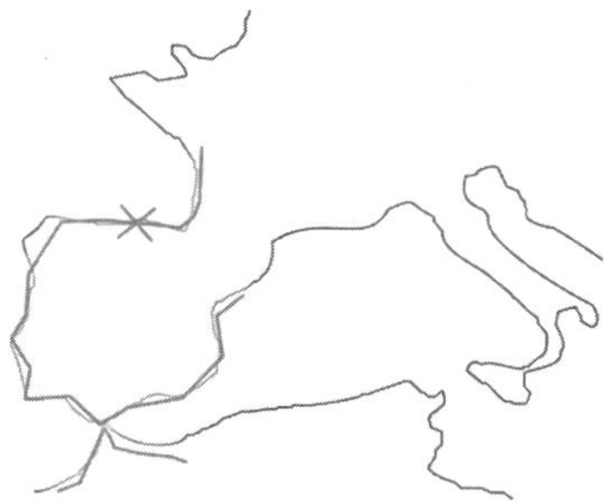

»Eine Karte«, sagte Nigel. »Wir brauchen eine detaillierte ...«

»Ich weiß, wo das ist«, sagte Lin.

Die Gruppe verfiel in Schweigen.

»In Nordspanien, bei Santillana del Mar. Dort gibt es eine Höhle, die unser Verständnis von der Geschichte der Menschheit verändert hat. Und ich glaube, das wird sie bald noch einmal tun.«

»Die Höhle von Altamira«, sagte Nigel.

»Ja. Ich glaube, diese Höhle ist unser Kaninchenbau.«

27

Yuris Flugzeug flog zehntausend Meter über dem Atlantik, als sein Satellitentelefon klingelte. Es war Melissa Whitmeyer, die Operationskoordinatorin von Kition.

»Wir beobachten Lin Shaws Flugzeug vor der spanischen Küste. Es befindet sich im Sinkflug.«

»Vermutliches Ziel?«

»Santander.«

Das ergab keinen Sinn. Es sei denn ...

Whitmeyer beantwortete die unausgesprochene Frage. »Wir haben es überprüft. Es gibt keine Aufzeichnungen darüber, dass Shaw jemals dort war.«

»Was ist mit Kraus?«

Eine Tastatur klapperte.

»Nein. Die *Beagle* hat da auch nie angelegt.«

»Interessant.«

»In dreißig Minuten ist unser Satellit außer Reichweite. Vielleicht weiß Shaw das. Sie könnte landen, um das Flugzeug zu wechseln.«

»Nächster Überflug?«

»In zwei Stunden. Die meisten unserer Satelliten sind damit beauftragt, das Spiegel-Projekt in ländlichen Gegenden zu überwachen.«

Das war ein Problem. Wenn er nicht herausfand, wo Lin Shaw hinflog, würde er sie aus den Augen verlieren.

»Recherchieren Sie weiter. Über Shaw und Kraus. Und

aktivieren Sie alle, die uns in Westeuropa zur Verfügung stehen. Ich will, dass die Flugzeuge startbereit auf der Rollbahn stehen.«

28

Sie landeten in der nordspanischen Hafenstadt Santander und fuhren auf der A-67 nach Südwesten. Ihr Tross war gewachsen. Zu den SAS-Soldaten, die sie begleiteten, hatten sich genauso viele spanische Sondereinsatzkräfte gesellt. Adams und Rodriguez waren noch bei ihnen, Nigel ebenfalls.

Peyton sah aus dem Fenster des SUV auf die grünen Hügel. Die Landschaft war schön, fast wie ein Regenwald: feucht und wolkenverhangen, mit üppiger Vegetation und nahezu unberührt von der Zivilisation. Als sie sich von der Küste entfernten, wurde das Gelände steiler. Einer der spanischen Soldaten bemerkte, dass Spanien nach der Schweiz das bergigste Land Europas sei. Peyton war froh über die Unterhaltung; die anderen schienen alle in Gedanken versunken, vielleicht über das, was sie in der Höhle von Altamira erwartete.

Die Sonne ging unter, als sie den Höhlenkomplex erreichten. Einige Fahrzeuge lösten sich aus dem Konvoi. Eins von ihnen blockierte die Zugangsstraße, während zwei andere die Einfahrten und Ausfahrten des Parkplatzes verbarrikadierten. Die übrigen parkten vor dem Besucherzentrum, das in den Hügel gebaut worden war und mit seinem grasbewachsenen Flachdach nahezu mit der Landschaft verschmolz.

Lin verbot den Soldaten, sie in die Höhle zu begleiten, also begannen sie, einen Verteidigungsring zu errichten und im Besucherzentrum ihr Lager aufzuschlagen. Der Museumsbereich des Besucherzentrums bestand aus einem großen

Raum mit Wänden und Decken aus rauem Stein, die der Höhle der prähistorischen Bewohner nachempfunden waren. Und durch die großen Fenster sah man auf die grüne Hügellandschaft. Den Soldaten schien es zu gefallen; sie legten dort ihre Rucksäcke ab und rollten die Schlafsäcke aus. Die Haufen von Munition und Ausrüstung bildeten einen merkwürdigen Kontrast zu den Ausstellungsstücken und Informationstafeln.

Lin führte ihre Gruppe durch die letzten Sonnenstrahlen über den gepflasterten Weg zur Höhle. Eine rechteckige, mit Holz eingefasste Öffnung führte in den grasbewachsenen Hügel. Zu beiden Seiten ragten alte Bäume auf.

Im Inneren schalteten sie ihre Laternen an. Nur die beiden SEALs begleiteten sie. Ihr Verteidigungsplan beruhte komplett auf den Soldaten, die den Eingang und das Besucherzentrum umstellt hatten.

Die Temperatur fiel schnell, als sie sich tiefer in die Höhle wagten. Bald weitete sich der enge Gang zu einer großen Kammer, in der ein langer Glaskasten mit Steinen und Informationskärtchen stand. Rechts zweigte ein enger Gang ab, links befand sich eine weitere riesige Kammer, und genau vor ihnen waren zwei große Öffnungen im Fels. An einer Wand prangten rote und schwarze Handabdrücke, als würden die Altamiraner ihnen über Tausende von Jahren hinweg zuwinken. Die Malereien an einer anderen Wand sahen aus wie Pferde, Ziegen und Wildschweine. An der Decke befand sich die große Darstellung einer Herde von Steppenbisons.

Peyton fand die Malereien atemberaubend, fast wie aus einer anderen Welt. Auch die anderen standen wie angewurzelt da – außer Lin, die ihre Laterne auf den Glaskasten gestellt und das Buch aus dem Rucksack geholt hatte. Peyton befürchtete, die Feuchtigkeit in der Höhle könnte die seltene Ausgabe beschädigen, aber da es um das Schicksal der Menschheit ging, beschloss sie, darüber hinwegzusehen.

»Also dann«, sagte Lin. »Peyton hat die Karte, die uns nach Altamira geführt hat, am Anfang des ersten Kapitels gefunden. Ich vermute, die Parallelen zwischen unserer Expedition und der Geschichte sind keinem von uns entgangen. Alice folgt dem weißen Kaninchen in den Bau und landet in einem großen Raum mit vielen verschlossenen Türen. Sie findet einen Schlüssel, aber die Tür, zu der er passt, ist zu klein. Sie schrumpft, aber dann kommt sie nicht mehr an den Schlüssel. Als sie wieder wächst, ist der Durchgang zu eng. In Altamira gibt es über tausend Meter bekannter Tunnel, und sie weiten und verengen sich. Es liegt wahrscheinlich ein schwieriger Weg vor uns.«

»Du warst schon mal hier?«, fragte Peyton.

Lin sah nicht auf. »Ja.«

»Wann?«

»Vor langer Zeit.« Peyton spürte, dass ihre Mutter weiteren Fragen ausweichen wollte.

Lin blätterte vorsichtig zu dem Pauspapier am Beginn des zweiten Kapitels. Sie schlug es um und enthüllte die Illustration.

Darunter stand DER TRÄNENPFUHL. Die erste Textzeile lautete: »Verquerer und verquerer!«

Lin hatte im Besucherzentrum eine Karte des Höhlensystems mitgenommen. Jetzt zog sie sie hervor und legte das Pauspapier darüber. »Wie ich dachte«, sagte sie. »Eine weitere Karte.«

Lin führte ihre Begleiter zur anderen Seite der Kammer, wo sich links eine Nische und rechts ein breiter Gang befanden. Sie nahmen den Gang und hielten sich an einer Gabelung links. Die Wände und Decken waren mit weiteren Malereien geschmückt, meist Herden von Tieren, aber auch einzelne Exemplare. Sie hatten etwa hundert Meter zurückgelegt, als Lin stehen blieb und das Pauspapier auf der Karte betrachtete.

»Es ist nicht mehr weit.«

Lin hob die Laterne, ging langsam weiter und sah sich um. Schließlich musterte sie eine schmale Öffnung im Fels. »Hier durch.«

Sie mussten sich erst bücken, dann kriechen. Der Fels wurde immer feuchter. Plötzlich mündete der Gang in eine Kammer in der Form eines unregelmäßigen Fünfecks.

»Sackgasse«, murmelte Nigel.

Lin schritt die Wände ab. »Wohl kaum.«

»Im Buch«, sagte Avery, »wächst Alice und stößt sich an der Decke den Kopf. Ihre Tränen bilden eine Pfütze, und als sie wieder schrumpft, schwimmt sie heraus.«

Peyton warf ihr einen überraschten Blick zu.

Avery zuckte die Achseln. »Mein Vater hat es mir vorgelesen.«

»Toll«, sagte Nigel. »Und was hat das zu bedeuten?«

Lin war vor einer kleinen Vertiefung in der Steinwand stehen geblieben. »Gebt mir eine Feldflasche.«

Adams trat zu ihr und reichte ihr seine aufgeschraubte Flasche.

Peyton spähte an ihm vorbei. Im schwachen Licht der Laterne sah sie, wie Lin in einen Spalt griff und einen kleinen Gegenstand herausholte. Eine geschnitzte Maus.

»Alice begegnet einer Maus, als sie in ihren eigenen Tränen schwimmt«, sagte Avery.

Lin nickte abwesend und kippte Wasser aus der Feldflasche in den Spalt, in dem sie die Maus gefunden hatte. Alle paar Sekunden hielt sie inne und lauschte. Peyton hörte nur das Tropfen des Wassers. Aber nach dem siebten Mal ertönte ein Klicken hinter der Steinwand.

Jetzt begriff Peyton: Der Spalt musste zu einem Tank führen, der über einen Mechanismus eine Geheimtür entriegelte, wenn er befüllt wurde.

Lin drückte gegen die Wand. Sie gab nach und enthüllte den verborgenen Raum dahinter.

29

Conner sah durch den Türspion. Draußen standen X1-Soldaten, zwei vor der Tür und zwei weitere, die durch das Erkerfenster spähten.

Einer der Männer auf der Treppe schaltete sein Funkgerät ein. »Eins fünfundvierzig ist leer.«

Sie gingen über den Rasen zum nächsten Haus. Offenbar evakuierten sie nur die Straße, weil das Feuer sich in ihre Richtung ausbreitete.

Conner atmete aus. Er würde warten müssen, bis die Soldaten abzogen – und Desmonds Erinnerung abgeschlossen war. Aber im Moment waren sie in Sicherheit.

***

Yuri wartete in einem Sessel am Fenster, als Desmond ins Hotel zurückkam. Obwohl er von seinem morgendlichen Lauf schweißnass war, setzte sich Desmond zu ihm.

»Jetzt verstehe ich es, Yuri. Alles. Ich weiß, was es bedeutet.«

Wie üblich reagierte der ältere Mann emotionslos. »Fang am Anfang an, Desmond. Es ist wichtig. Das ist dein letzter Test.«

»Und dann?« Desmond wollte es von ihm hören.

»Wirst du bei Kition aufgenommen. Und bekommst, was du willst.«

»Das, was du mir versprochen hast? Peyton. Meinen Bruder.«

»Ja.«

Desmond stand auf. Er fühlte sich wie ein Student, der seine Doktorarbeit verteidigen musste. In gewisser Weise war Yuris seltsame Ausbildung nichts anderes als ein Aufbaustudium zum Master of the Universe.

»Vor fünfhundert Jahren hat Westeuropa die Welt erobert. Es hatte einen Vorteil, den der Rest der Welt nicht verstanden hat. Es hatte euch, Yuri.«

»Ich bin alt, aber so alt auch wieder nicht.«

»Nicht dich persönlich, aber Menschen wie dich. Kition. Wissenschaftler. Denker.«

»Fang am Anfang an, Desmond.«

»Okay.« Er brauchte einen Moment, um seine Gedanken zu sammeln. »Es gab drei zentrale Ereignisse in der Geschichte der Menschheit. Diese ... Anomalien haben die Welt geschaffen, in der wir leben. Deine drei Fragen – sie dienten dazu, dass ich diese Ereignisse finde und verstehe. Und ich weiß auch warum. Sie sind der Schlüssel zum Verständnis der Zukunft – zu dem, was mit der gesamten Menschheit geschehen wird.«

Yuri nickte. »Fahr fort.«

»Das erste Ereignis geschah irgendwann vor etwa fünfundvierzig- bis siebzigtausend Jahren. Irgendwo auf der Erde entwickelte ein Mensch eine neue Fähigkeit. Ein kognitiver Durchbruch. Sein Gehirn ermöglichte es ihm, anders zu denken. Er hatte die Fähigkeit, sich etwas vorzustellen, das noch nicht existierte. Unsere Vorfahren schufen Werkzeuge, aber das war eine reaktive, schrittweise Entwicklung, die fast schon nahelag. Dieses Ereignis war die Geburtsstunde der Fiktion – eines Verstands, der eine nicht existente Realität simulieren konnte. Eine Realität, die nichts mit der des Denkenden gemein hat. Dieser Mensch konnte Zukunftsszenarien entwickeln, sich vorstellen, wie die Welt wäre, *wenn* etwas existierte. Das war die transzendentale Mutation.«

»Beweise?«

Desmond lächelte. »Alle Wege führen nach Australien. Darum ging es bei der ersten Frage: Um einen konkreten Beweis, vielleicht den ersten überhaupt, für einen Menschen, der sich die Zukunft vorstellt *und sie Wirklichkeit werden lässt.* Nicht nur ein Bild an eine Höhlenwand malt. Irgendwo in Südasien, vor ungefähr fünfzigtausend Jahren, stand ein Frühmensch, dessen Namen wir nie erfahren werden, an einem Strand, sah auf das Meer und stellte sich etwas vor, das er noch nie gesehen hatte, ein Gerät, das bisher auf der Erde nicht existierte: ein Boot. Eine Erfindung, die sein Volk zu einem Land bringen würde, das es nie gesehen hatte, einen Ort, von dem er nicht einmal wusste, ob er wirklich existierte. Wir wissen nur, dass dieser Mensch das Boot oder Floß tatsächlich baute und mit seinem Volk riesige Strecken über das offene Meer zurücklegte. Und sie landeten hier, in Australien. Es waren die ersten Menschen, die diesen Kontinent betraten.

Sie wurden reichlich entlohnt. Großwild. Eine endlose Speisekarte voller Tiere, die gut an ihre Umwelt angepasst, aber in keiner Weise auf die Eindringlinge vorbereitet waren. Und das ist die Ironie der Geschichte der unerschrockenen Australier – der ersten Siedler auf diesem Kontinent. Sie verpassten die zweite Revolution: Landwirtschaft. Sie taten sich an der Megafauna gütlich und trugen zur quartären Aussterbewelle bei, für die die *Beagle* Beweise gefunden hat. Aber als die Nahrung aufgebraucht war, blieb die Bevölkerung klein. In einzelne Stämme zersplittert, passte sie sich an ihre jeweilige Umwelt an. Sie stagnierte. Als die nächsten Eindringlinge kamen, fünfzigtausend Jahre später, war sie die Beute.«

»Warum?«

»Die Landwirtschaft und die Städte, die sie mit sich brachte, lösten weitere Veränderungen im menschlichen Gehirn aus und trugen zur Entwicklung der Kultur bei. Vor zwölftausend Jahren schlugen unsere Vorfahren zum ersten Mal Wurzeln, buchstäblich und im übertragenen Sinn. Statt zu jagen und zu sammeln, hatten wir eine nachhaltige und steuerbare Quelle für unsere Kalorienzufuhr.«

»Konsequenzen?«, fragte Yuri.

»Gewaltig. Die menschliche Gesellschaft erlebte den größten Wandel aller Zeiten. Bis zu diesem Punkt lebten all unsere Vorfahren in Stammesgemeinschaften. Kleine Gruppen, größtenteils nomadisch. Wir hingen von der Nahrungsversorgung ab. Jeder Mensch auf der Erde lief ständig auf Reserve und war immer auf der Jagd nach der nächsten Mahlzeit, um sein überdimensioniertes Gehirn zu speisen.

Aber diese riesigen Gehirne hätten gar nicht existieren sollen. Sie sind ein Rätsel, eine biologische Anomalie.«

»Warum?«

»Das menschliche Gehirn braucht einen viel zu hohen Anteil der Kalorien auf, die der Mensch zu sich nimmt. Millionen Jahre lang muss das ein evolutionärer Nachteil gewesen sein – bis zur transzendentalen Revolution. Vorstellungskraft, geistige Simulation hat unsere Spezies über den ganzen Planeten verteilt und uns ermöglicht, ihn zu erobern. Aber Tausende Jahre, nachdem wir die geistige Simulation entwickelten, mussten wir immer noch ums Überleben kämpfen – und den gewaltigen Ressourcenfresser speisen.«

Yuri zog die Brauen hoch. »Ressourcenfresser?«

»In höchstem Grad. Überleg mal. Die Erde ist ungefähr 4,5 Milliarden Jahre alt. Seit 3,8 Milliarden Jahren gibt es Lebensformen – zuerst einzellige Prokaryoten, Bakterien vielleicht. Seitdem hat das Leben eine Reihe von Anläufen gestartet – ein biologisches Roulette, das Kombinationen ausprobierte, die schließlich zum menschlichen Gehirn führten, einem biologischen Computer, der nach den Gesetzen der Natur nicht existieren sollte. Das menschliche Gehirn verbraucht zwanzig Prozent der Kalorien, die wir aufnehmen, obwohl es nur für zwei Prozent des Körpergewichts verantwortlich ist. Keine Art in der Geschichte dieses Planeten hat je so viele der aufgenommenen Kalorien für das Gehirn verwendet.

Aber der Vorteil, den es uns verschaffte, war gewaltig. Wir sind die erste Spezies, die den Planeten beherrscht und nach ihren eigenen Vorstellungen gestaltet.

Und die Landwirtschaft trieb diese intellektuelle Revolution voran. Getreide und Vieh waren eine nachhaltige Energiequelle für unsere biologischen Computer. Die Städte ermöglichten ihnen, sich miteinander zu verknüpfen, Ideen zu teilen und sich wie nie zuvor auf Innovationen zu konzentrieren. Und diese Revolution – die Entstehung der Städte – hatte Folgen, einige schlechte, aber auch sehr gute. Vor der Landwirtschaft hatten sich unsere Vorfahren nie in dauerhaften, dicht bevölkerten Siedlungen niedergelassen. Die Entstehung der Städte führte zu einer Konzentration der Geisteskraft. Es ist wie ...«

Desmond suchte nach einem Vergleich und fand einen in seiner eigenen Vergangenheit. »Es ist wie beim Personalcomputer. In den Achtzigern wurden sie immer leistungsfähiger. Aber sie waren isoliert. Sie standen bei uns zu Hause, und es liefen Programme und Spiele auf ihnen, aber ihre Daten blieben lokal. Das änderte sich, als sich Local Area Networks ausbreiteten. Die Server speicherten Daten, auf den Clients liefen Büroprogramme, und die Angestellten konnten zusammenarbeiten und Ideen teilen. Die Effizienz stieg. Der Handel beschleunigte sich.«

Yuri stellte sich lächelnd zu Desmond ans Fenster. Desmond war voller Energie. Er hatte das Gefühl, dass sich ein Durchbruch abzeichnete. Hier, an dem Ort, wo sein Leben zerbrochen war, spürte er, dass er vor einer Entdeckung stand, mit deren Hilfe er es wieder zusammensetzen könnte. Peyton. Sein Bruder. Seine eigenen Einschränkungen.

»Das dritte herausragende Ereignis, das die Geschichte der Menschheit änderte, war eine weitere kognitive Revolution. Eine neue Software für das menschliche Gehirn. Du hast gefragt, wie die Westeuropäer sich vom Rest der Welt unterschieden. Warum die Spanier Mittel- und Südamerika erobert haben. Warum die englische Fahne über der halben Welt flatterte. Die Beispiele sind kaum zu glauben. Hernán Cortés landete 1519 mit nur 550 Mann in Mexiko. Innerhalb von zwei Jahren besiegte er das Aztekenreich, das fast fünf Millionen Einwohner hatte. Die aztekische Hauptstadt Tenochtitlan, das heutige Mexiko-Stadt, hatte über hunderttausend Einwohner und war ungefähr so groß wie die beiden größten europäischen Städte: Paris und Neapel. In dem Krieg verloren die Spanier und ihre Verbündeten tausend Mann. Die Azteken über zweihunderttausend.

Pizarro eroberte das Inkareich mit noch weniger Soldaten – 168 Mann.

Noch bemerkenswerter war das Vorgehen der Briten in Indien. Im 19. und frühen 20. Jahrhundert hatte Indien über dreihundert Millionen Einwohner, trotzdem haben die Briten es mit ungefähr fünftausend Beamten und weniger als siebzigtausend Soldaten regiert. Erstaunlich.«

Desmond setzte sich wieder. »Der Schlüssel zum Erfolg? Menschen wie du, Yuri, die sich der Wissenschaft verschrieben.«

»Die Chinesen und Inder hatten auch Wissenschaftler.«

»Stimmt. Aber die Wissenschaft trug nur zur Hälfte zum Erfolg der europäischen Kolonialmächte bei. Die andere Hälfte war der Kapitalismus. Die Kombination *wissenschaftlicher Kapitalismus* hat sie vorangebracht. Der Kapitalismus bietet eine Plattform – ein soziales Konstrukt, wenn man so will –, um Werte in einer Gesellschaft zu verteilen und vor allem Geister zu belohnen, die Dinge ersinnen und erzeugen, die anderen einen Vorteil verschaffen. In diesem Fall: Ein spanischer Konquistador, der eine neue Handelsroute einrichtete, bereicherte sowohl sich selbst als auch das Königshaus, das ihn unterstützte, und seine Untertanen. Ein noch besseres Beispiel ist die Dutch East India Company – eine der ersten Aktiengesellschaften der Geschichte. Sie gab Anteilsscheine an Investoren aus, beteiligte sie am Gewinn und verteilte das Risiko auf eine größere Gruppe. Dieses duale System ist bis heute das mächtigste Instrument: Kapitalismus, um die Risiken zu kontrollieren und Belohnungen zu verteilen; Wissenschaft, um Effizienz und Ressourcen zu steigern.«

Desmond hielt inne. »Kition. Diese Menschen haben nicht nur die Atombombe gebaut. Sie sind auch für die Entwicklungen davor verantwortlich. In den Archiven in San Francisco wurden der Telegraf, die Dampfmaschine und noch größere Entdeckungen wie die der Schwerkraft und der natürlichen Auslese erwähnt. Die Welt, in der wir leben, ist das Produkt des wissenschaftlichen Kapitalismus.«

»Und die Konsequenz?«

»Globalisierung.«

»Mit welchen Auswirkungen?«

»Unsere berühmteste Erfindung, der Computer, spiegelt das Schicksal der Menschheit wider. Die Local Area Networks, die in den Achtzigern und Neunzigern wie Pilze aus dem Boden schossen, wurden zur Jahrtausendwende durch das Internet verbunden. Genau wie die europäische Kolonisierung die Welt verband. Globalisierung ist für die Menschheit das Gleiche wie das Internet für Computer – eine Methode, um Ressourcen und Ideen zu teilen. Ideen können jetzt in Nanosekunden um die Welt reisen. Wir haben eine Plattform, die es den stärksten Geistern ermöglicht, ihre Gedanken Realität werden zu lassen – und diese Realität zum Nutzen der Massen einzusetzen.

Wenn man recht überlegt, sind Visionen – Zukunftssimulationen – immer noch die mächtigste Fähigkeit der Menschen. Sehen Sie sich die Forbes-Liste der reichsten Menschen an. Die aufgeführten Personen unterscheiden sich stark voneinander, aber einen Charakterzug haben sie gemeinsam: Sie sind Visionäre. Sie alle haben die Fähigkeit, sich eine nicht existente Zukunft vorzustellen – wie die Welt wäre, wenn sich etwas veränderte, wenn ein bestimmtes Produkt oder ein Dienst existieren würde. Und diese Menschen haben ein Vermögen verdient, weil ihre Visionen genau zutrafen – sie sagten richtig voraus, dass etwas geschaffen werden konnte und für eine bestimmte Gruppe von Wert war.

Zum Beispiel Bill Gates. Er sah die Macht der Personalcomputer wie Tausende andere auch. Aber seine Vision verriet ihm, dass es viele Computer- und Softwarehersteller geben würde und dass sie ein Betriebssystem brauchen würden, das auf jedem Computer lief, damit er jede Software verarbeiten konnte. Die gleiche Art von Zukunftssimulation ereignet sich jeden Tag in den Firmen überall; im Moment sind es Internetfirmen wie Amazon und Ebay, die sich vorstellen, wie das Leben mit ihren Produkten sein wird. Die Frage ist, ob ihre Simulationen richtig sind. Wenn ja, dann sind sie einen Haufen Geld wert. In jedem Lebensbereich – Handel, Politik, Militär, Kunst, Mode, alles – ist die entscheidende Fähigkeit, die Zukunft akkurat zu simulieren.«

Desmond endete und war überzeugt, Yuris große Prüfung bestanden zu haben.

Der ältere Mann nahm wieder Platz. »Und jetzt sagst du mir, was als Nächstes passiert.«

»Was?«

»Desmond, wir stehen kurz vor der vierten und letzten Revolution. Bedenke Folgendes: Im Februar 1966 ließ die Sowjetunion eine Weltraumsonde auf dem Mond landen. Seitdem gab es immer wieder Raketenstarts. Die NASA startete im September 1977 Voyager 1. 2012 erreichte er als erster

Satellit den interstellaren Raum. Irgendwann wird Voyager in das Schwerkraftfeld eines Planeten, Asteroiden oder Mondes geraten. Vielleicht auch in das eines schwarzen Lochs. Der springende Punkt ist, dass er irgendwo abstürzen wird – vielleicht auf einem Mond, der einen weit entfernten Planeten umkreist.« Yuri lächelte. »Und wenn das stimmt, warum ist es dann hier nicht passiert – auf unserem Mond, der über viereinhalb Milliarden Jahre alt ist? Das größte Rätsel der Welt ist, warum unser Mond nicht voller Weltraumschrott ist.«

»Weltraumschrott?«

»Raumsonden – wie Voyager 1 – von anderen intelligenten Wesen im Universum, gestartet, lang bevor wir entstanden sind, lang bevor es überhaupt Leben auf unserem Planeten gab.«

Desmond dachte darüber nach. Es war unglaublich. Eine naheliegende Frage – mit atemberaubenden Konsequenzen.

»Was willst du damit sagen?«

»Ich zeige dir Hinweise auf unsere Zukunft. Ein Ereignis, das wir nicht vermeiden können. Und das früher eintreten wird, als dir klar ist. Es gibt Menschen, die anders denken als der Rest. Ich bin einer von ihnen. Und ich glaube, du auch, das habe ich schon vor Monaten gesagt. Du bist wach.

Sehr bald beginnt die nächste Revolution. Sie wird weitreichender sein als die Entstehung der Vorstellungskraft. Oder die Landwirtschaft. Oder die wissenschaftliche Revolution oder der globale Kapitalismus oder das Internet, auch wenn das alles notwendige Vorläufer waren. Diese Revolution wird alles verändern. Für immer. Und wir schaffen sie. Kition schafft sie. Sieh genauer hin. Überdenke, was du gelernt hast. Der nächste Schritt ist unvermeidlich. Siehst du ihn vor dir? Das Muster zeichnet sich im Lauf der Geschichte ab.«

Desmond grübelte über das nach, was Yuri gesagt und was er herausgefunden hatte, über den langen Bogen der Geschichte der Menschheit. Er erkannte jetzt das Muster,

Teile fügten sich zusammen, und er sah das große Ganze – als hätte er dicht vor einem Bild gestanden und nun einen Schritt zurück gemacht.

Die Trittsteine, die zur modernen Welt geführt hatten, lagen in der Vergangenheit. Das erste Ereignis: Gehirne, die wie Simulatoren funktionierten. Dann Landwirtschaft und Städte, um sie zu speisen und zu verknüpfen. Schiffe, um Güter und Ideen auszutauschen, dann Eisenbahnen, Telegrafen, Telefonleitungen, Faxgeräte, Modems, Breitbandverbindungen. Schnellere und größere Netzwerke, die den Zugriff auf Kalorien und den Austausch von Informationen erleichterten. Er sah es alles vor sich, und zum ersten Mal sah er auch, wo es hinführte.

Er erhaschte einen Blick auf das Spiegel-Projekt und war von Ehrfurcht erfüllt.

30

Conner saß in Lin Shaws Küche. Die kalte Luft aus dem offenen Kühlschrank milderte kaum die Hitze der Feuersbrunst. Schweiß tropfte von Conners Gesicht auf seinen Körperpanzer.

Major Goins trat ein und ging vor ihm in die Hocke. »Sir, wir müssen los.«

»Wir bleiben, Major.«

»Sir ...«

»Sie haben Ihre Befehle.«

Goins marschierte in die Garage. Conner hörte die gedämpften Stimmen der Männer, die sich über Goins' Befehle beschwerten und mit Meuterei drohten.

Conner zog Kraft aus der Auseinandersetzung. Bei Widerstand lief er zu Hochform auf. Nur so hatte er seine Kindheit überleben können.

Als er an der Tür auftauchte, verstummten die Männer.

Seine Stimme war ruhig. »Wir brechen bald auf.«

Ein großer kurzhaariger Mann mit einer Narbe am Kinn warf den fünf Söldnern hinter ihm einen Blick zu. »Bevor oder nachdem wir verbrannt sind?«

Conner legte die Hand auf das Pistolenholster an seiner Hüfte. »Wenn du noch mal den Mund aufmachst, bist du tot.«

Stille. Der Blick des Manns verlor an Entschlossenheit, und schließlich richtete er ihn auf den Betonboden. Das Tosen des Feuers wurde von Sekunde zu Sekunde lauter, als wäre ein Windkanal eingeschaltet worden.

»Einsteigen«, sagte Conner. »Ich fahre.«

Das war die einzige Möglichkeit sicherzustellen, dass sie nicht mit dem Lieferwagen verschwanden, bevor er fertig war.

Als sie einstiegen, beugte er sich dicht zu Dr. Park und flüsterte: »Wie lange noch?«

»Ein paar Minuten.«

Conner setzte sich hinter das Steuer, schnallte sich an und ließ die Fenster herab.

Eine Stimme ertönte aus dem Funkgerät. »Zero, hier Einheit zwei. Wir haben ein Problem. Die X1-Soldaten nutzen El Camino Real als Feuerschneise. Sie haben Luftunterstützung, die Löschmittel abwirft. Die Straße ist unpassierbar. Dasselbe auf der Valparaiso Avenue. Sie haben Kontrollpunkte errichtet. Sie registrieren die Evakuierten und schicken sie nach Stanford. An den anderen Kreuzungen wurden Brandschutzbarrikaden aufgebaut.«

»Setzen Sie die Drohne ein«, sagte Conner. »Suchen Sie einen schwach besetzten Kontrollpunkt und sammeln Sie sich an der nächsten Kreuzung von hier aus. Warten Sie auf uns. Wir brechen zusammen durch.«

Vorausgesetzt, das Feuer kam ihnen nicht zuvor.

Conner wusste, wenn er es zum Kontrollpunkt schaffte, würde sich alles ändern: Den X1-Soldaten würde klar werden, dass ein ernst zu nehmender Gegner in ihrem Einsatzgebiet operierte. Wahrscheinlich würden sie vermuten, dass Conners Trupp das Feuer gelegt hatte. Sie würden Menlo Park auf den Kopf stellen, um sie zu finden. Er hoffte, der nächste Ort aus dem Labyrinth wäre weit entfernt.

***

Für Desmond sah die Welt völlig anders aus als noch vor einer Sekunde. Die Vergangenheit ergab Sinn. Die Zukunft lag klar vor ihm.

In dem Hotelzimmer mit Blick auf den Victoria Park ergriff Yuri das Wort. »Sag mir, was du siehst, Desmond. Was ist deine Bestimmung?«

»Eine Welt, in der nur eines zählt: die Kraft des Geistes. In der es keine Rolle spielt, wo man herkommt oder wie man aussieht. Eine Welt, in der alle Verletzungen geheilt werden können, selbst die seelischen. In der ein Mensch noch einmal von vorn anfangen kann.«

»Jetzt hast du es verstanden.« Yuri stand auf, und Desmond tat es ihm gleich. »Wir schaffen diese Welt. Wirst du uns helfen?«

»Bis zum Schluss.«

Yuri nickte.

»Wie?«, fragte Desmond. »Sag mir, wie das Spiegel-Projekt genau funktioniert.«

Yuri erzählte ihm ausführlich von der Kition-Konklave, die aus den Archiven entfernt worden war. Er beschrieb einen unglaublich ausgeklügelten Apparat. Desmond stellte Fragen über Fragen, und jedes Mal hatte Yuri eine Antwort parat. Ein großer Teil der Technologie musste noch geschaffen werden, aber die Pläne dafür lagen schon vor.

»Was ist mein Beitrag?«, fragte Desmond.

»Bald. Du wirst es bald erfahren.«

»Womit fangen wir an?«

»Mit denen, die wir lieben. Denjenigen, die wir retten.«

Vor Desmonds innerem Auge tauchte ein lächelndes Gesicht auf. Er sah vor sich, wie er mit Peyton im Rauschen der Meeresbrise auf einer Decke in den Dünen lag und sie ihn hingebungsvoll küsste. Dann sah er das Gesicht eines Babys, das ihn aus seinem Hochstuhl anlächelte. Es war die letzte Erinnerung, die er an Conner hatte.

»Möchtest du deinen Bruder wiedersehen?«

***

Sie mieteten ein Auto, und Desmond fuhr, während Yuri ihm aus der Erinnerung den Weg beschrieb. Die Strecke führte sie nach Norden, aus den gepflegten Vierteln Adelaides heraus in Industriegebiete und verwahrloste Vororte. Kneipen und heruntergekommene Einkaufszentren wichen Lagerhäusern und Autowerkstätten. Sie erreichten Port Adelaide. Desmond ließ alles auf sich wirken. Schilder zur Müllkippe nördlich der A9. Der Fischerhafen. Bahnhöfe und Bushaltestellen.

»Du wusstest es«, sagte Desmond. »Er war die ganze Zeit hier.« Aber er sagte nicht: *Und du hast mich vergeblich suchen lassen.*

Yuri reagierte auf die unausgesprochene Anschuldigung. »Es ist nur natürlich. Du konntest nicht anders, als nach ihm zu suchen. Ich hätte dasselbe getan.«

»Wie ist es nach dem Krankenhaus mit ihm weitergegangen?«

Yuri blickte durch die Windschutzscheibe. »Hier links.«

Das Wohnhaus war in schlechtem Zustand und das Dach an mehreren Stellen mit Planen geflickt. Motorräder und alte Proletenschleudern standen in den Parkbuchten.

»Halte irgendwo hinter dem Haus«, sagte Yuri.

Desmond befolgte seine Anweisung und stellte den Motor aus. Er öffnete die Tür.

»Bleib hier.«

Desmond sah zu Yuri, der flüsterte: »Du musst ihn zuerst sehen.«

Desmond zog die Tür zu. Besorgt beobachtete er die Außentreppe, von der Leute herabstiegen und zur Arbeit gingen.

»Nicht mehr lang«, sagte Yuri.

Desmond fragte sich, ob er Conner wiedererkennen würde. Es war zwanzig Jahre her. Conner war noch ein Baby gewesen. Aber Desmond hatte die Berichte gelesen. *Verbrennungen dritten Grades auf 40 Prozent der Körperfläche.* Leider würde man seinen Bruder nicht übersehen können. Und so war es auch.

An diesem bedeckten Tag Ende Mai zu Beginn des australischen Winters sah Desmond seinen Bruder zum ersten Mal als Erwachsenen.

Conner schlurfte missmutig die Treppe aus seiner Souterrainwohnung hinauf. Das lange Haar hing ihm ins Gesicht, und dicke Brandnarben bedeckten Wange, Kinn und Stirn. Fleckige Haut zog sein rechtes Auge nach unten, sodass er aussah wie auf einem Foto, das vom Regen verwaschen und unwiderruflich beschädigt worden war.

Er zündete sich eine Zigarette an und nahm sie von einer Hand in die andere, während er einen Kapuzenpullover überzog, der die roten Stellen und Blutergüsse in seinen Armbeugen bedeckte. Als er davonging, wurde Desmond etwas klar.

»Er ist der Grund, warum du mich ausgewählt hast, oder? Du wusstest es schon, bevor du in mein Büro gekommen bist.«

»Er ist nur der halbe Grund.«

Desmond wartete ab.

»Es gibt einen Teil des Spiegel-Projekts, das nur jemand mit deinen geistigen Voraussetzungen erschaffen kann.«

»Was ist es?«

»Rendition.«

Jetzt begriff Desmond den wahren Ablauf der Ereignisse – wie alles zusammenhing. Er und Peyton. Lin Shaw hatte die Verzweiflung ihrer Tochter bemerkt, war zu Yuri gegangen und hatte vorgeschlagen, Desmond ins Boot zu holen und das Spiegel-Projekt zu benutzen, um ihnen beiden zu helfen. Yuri hatte Recherchen über Desmond angestellt und herausgefunden, dass er nützlich sein könnte – und dass man ihn kontrollieren konnte. Aber wahrscheinlich war er zu der Einschätzung gekommen, dass Peyton als Druckmittel nicht genügte; romantische Liebe konnte schließlich vergehen. Conner war der Schlüssel.

Desmond hatte das Gefühl, Yuri jetzt ein wenig mehr zu durchschauen. Der Mann hatte ihm bereits gesagt, sein Spezialgebiet sei, das Verhalten von Menschen vorherzusehen, aber die Wahrheit war düsterer – er musste sie kontrollieren. Nur so konnte er wirklich wissen, was sie tun würden. Die Entdeckung ließ Desmond zögern, aber selbst in diesem Moment wusste er, dass er keinen Rückzieher machen würde. Er konnte seinen Bruder nicht im Stich lassen. Und Yuri war vielleicht die einzige Chance, seine Verletzungen zu heilen.

Als Conner außer Sichtweite war, sagte Yuri: »Er ist wie wir, Desmond. Ein Opfer der Umstände. Aber es ist nicht zu spät für ihn. Das Spiegel-Projekt ist seine einzige Hoffnung.« Er ließ seine Worte wirken. »Wir haben es in der Hand.«

»Was passiert jetzt?«, fragte Desmond.

»Ich brauche noch etwas von dir.«

Desmond wartete.

»Ich muss wissen, dass du die Sache bis zum Ende durchziehst. Wir werden Dinge tun müssen, die dir nicht gefallen werden.«

Desmond sah den älteren Mann an, diesen Visionär, der ihm in Aussicht stellte, das Leben seines Bruders zu retten. »Ich bin schon einmal durchs Feuer gegangen, um ihn zu retten. Ich werde es wieder tun – selbst wenn ich dieses Mal bei lebendigem Leib verbrenne.«

31

Zu Desmonds Überraschung nahmen sie keinen Kontakt zu Conner auf. Er bezahlte die Privatdetektive, einschließlich Arlo, und sagte ihnen, die Suche sei vorbei. Sowohl er als auch Yuri blieben in Adelaide. Sie mieteten sich Wohnungen in der Innenstadt und begannen, einen Plan zu schmieden.

Sie saßen im Wohnzimmer, und Yuri trank Tee, während Desmond unruhig im Sessel herumrutschte.

»Wie fangen wir an?«, fragte er.

»Delphi.«

»Was?«

»Der Tempel von Delphi«, sagte Yuri. »Die Worte über dem Eingang: *Erkenne dich selbst.* Das ist der Schlüssel zu Conners Heilung. Er hat sein Leben lang nur auf seine Umwelt reagiert, ist vor dem Schmerz geflohen, hat versucht, sein Leid zu verringern, und konnte nie wirklich herausfinden, wer er ist.«

»Okay«, sagte Desmond gedehnt. »Und wie helfen wir ihm, zu erkennen, wer er ist?«

»Wir holen ihn aus seiner vertrauten Umgebung.« Yuri legte einen Aktenordner auf den Tisch.

Desmond blätterte ihn durch. Zu seiner Überraschung war es der Geschäftsbericht einer australischen Webhosting-Firma namens Yellow Brick Road. »Ich kann dir nicht folgen.«

»Wir brauchen einen Schmelztiegel, in dem wir das, womit

die Welt Conner vergiftet hat, wegbrennen können. Eine Möglichkeit, seine Stärken und Schwächen zu erkennen.«

»Gut. Aber warum eine Webhosting-Firma?«

»In den kommenden Jahren wird die Internet-Infrastruktur immer wichtiger werden – wie das Schienennetz während der industriellen Revolution. Auch für das Spiegel-Projekt ist sie unverzichtbar.« Yuri legte einen weiteren Ordner auf den Wohnzimmertisch. Noch ein Firmenprofil – eines, das Desmond kannte. Rook Web Hosting.

»Du wirst über Icarus Capital in Rook investieren«, sagte Yuri.

Desmond sah auf.

»Icarus wird zu einer Tochtergesellschaft von Kition. Wir werden unwichtige Firmen abstoßen und uns auf die konzentrieren, die für das Spiegel-Projekt entscheidend sind.«

Yuri hatte Desmond gerade um sein gesamtes Vermögen gebeten, so ungezwungen, als würde er nach einer Tasse Kaffee fragen. Und Desmond war bereit, es ihm zu geben. Alles für Conner.

»Du trittst dem Vorstand von Rook bei«, fuhr Yuri fort. »Und Rook wird die australische Firma Yellow Brick Road kaufen. Du überwachst die Eingliederung von Yellow Brick in Rook unter dem Deckmantel eines besorgten Vorstandsmitglieds. Mit IT-Infrastruktur kennst du dich doch aus.«

»Allerdings.«

»Du wirst Vorschläge machen. Einer davon lautet, dass sich die Netzwerktechniker auf das konzentrieren sollen, was sie am besten können – Router programmieren, Server neu einrichten und Software-Patches erstellen.«

Desmond begriff, worauf es hinauslief. »Und wir stellen einige Arbeiter ein, um Server zu transportieren, neues Equipment auszupacken, die Racks zu warten und Kabel zu verlegen. Ein Job, für den Conner geeignet ist.«

»Ja.«

»Und was dann?«

»Dann heilen wir ihn. Wir bieten freiwillige Suchtbehandlung für unsere Beschäftigten an. Wenn er darauf nicht anspringt, führen wir Drogentests durch und machen die Behandlung verpflichtend.«

»Und wenn er keine Entziehungskur macht?«

»Er wird es machen. An dem Punkt will er seine Arbeit und alles, was sie mit sich bringt, nicht mehr verlieren.«

Yuri reichte Desmond die Broschüre einer Suchtklinik namens Red Dunes. »Dort fängt die echte Arbeit an. Die Heilung. Kurse, wie er seine Sucht kontrollieren kann. Und Weiterbildungen. Wir werden sehen, was in ihm steckt, und es fördern.«

Desmond blätterte durch die Broschüre. Die Einrichtung befand sich in einem alten Landhaus im englischen Stil mit Fensterstürzen aus Kalkstein und grünen Ranken, die an den Seiten zum Schieferdach emporkletterten. Es war von außen ein wenig vernachlässigt, aber im Inneren sauber und gemütlich. Es wurde Obst und Gemüse angebaut – zum Haus gehörten achtzig Hektar Land – und Fleisch von Bauern aus der Umgebung gekauft. Unter anderem wurden Kurse in Kochen, Gärtnern, Nähen und Programmieren angeboten.

»Gehört es uns?«

»Red Dunes? Es ist ein gemeinnütziges Unternehmen. Aber ich habe einen ansehnlichen Betrag gespendet, als ich mich letzte Woche mit dem Geschäftsführer getroffen habe. Sie gehen eine Partnerschaft mit Rook ein und werden sich *sehr* gut um die Leute kümmern, die wir schicken.« Yuri hielt einen Moment inne. »Wenn Conner zurück zur Arbeit kommt, wird er ein neuer Mensch sein. Der Mensch, der er eigentlich sein sollte. Und du wirst ihn in seiner beruflichen Laufbahn führen.«

Desmond wurde von Gefühlen überwältigt. Hoffnung.

Dankbarkeit. Er schluckte und sagte das Einzige, was er herausbringen konnte. »Danke.«

***

Desmond beobachtete, wie Yuris Plan aufging. Er wusste, dass Yuri es nicht nur tat, um Conner – und ihm – zu helfen, sondern auch, um zu beweisen, dass man ihm vertrauen konnte. Und dass seine Pläne Wirklichkeit wurden.

Conner nahm die Stelle bei Rook Hosting an – wegen des Geldes, vermutete Desmond. Zuerst spritzte er sich den Großteil des Lohns in seinen Arm und stopfte den Rest in die Bikinihöschen und BHs von Stripperinnen. Nach einer Weile begann er, etwas von seinem Geld zu sparen, und nahm allmählich einige Veränderungen vor. Er zog aus North Adelaide näher an seine Arbeitsstelle in der Innenstadt. Er kaufte sich Kleidung. Von Woche zu Woche wurde ihm die Anstellung, die ihm den neuen Lebensstil ermöglichte, wichtiger. So wichtig, dass er einen Entzug machte, als er dazu aufgefordert wurde.

In dieser Zeit erhielt auch Desmond eine Schulung – über Kition und seine vielen Ableger. Firmen. Tochterunternehmen. Gemeinnützige Einrichtungen. Forschungsprojekte. Es war ein scheinbar endloses Netz, ein Labyrinth, von dem er während seiner Zeit bei SciNet nur Bruchstücke zu Gesicht bekommen hatte.

Zweimal fragte Desmond Yuri, ob er mit seinem Beitrag zum Spiegel-Projekt beginnen solle, und beide Male bekam er die gleiche Antwort: »Konzentrier dich auf deinen Bruder.«

Yuri gab ihm ein Dossier über Conner, das viel ausführlicher war als das, was Desmond hatte zusammenstellen können. Es beschrieb den Weg des jungen Manns durch das australische Pflegesystem. Die meisten Berichte waren inoffiziell, einfach Beobachtungen von Leuten, die dort gearbeitet und sich um den Jungen gekümmert hatten. Sie beschrieben ihn als neugieriges und glückliches Kleinkind. Dann folgte eine quälende Zeit. Er wurde ausgelacht. Schikaniert. Ständig geriet er in Schlägereien. Bald wurde er als Unruhestifter abgestempelt und immer als einer der Ersten weitergeschickt, wenn ein Platz in einem anderen Heim frei wurde.

Jahrelang wurde er hin und her geschoben. Er war das Kind, das niemand wollte – einschließlich der Adoptiveltern, die ins Heim kamen. Desmond stellte sich vor, wie Conner im Spielzimmer saß oder in der Reihe stand und sein schrecklich vernarbtes Gesicht zu einem Lächeln verzog, als die ersten Familien kamen. Dann lernte er, ruhig zu bleiben und sich auf die Zurückweisungen einzustellen. Desmonds Herz brach erneut, als er die Aufzeichnungen las. In seiner Erinnerung war sein Bruder ein unbekümmertes gutherziges Kind. Ein unschuldiger Junge, der sein ganzes Leben noch vor sich hatte. Und es war ihm durch eine Wendung des Schicksals entrissen worden. Das war nicht gerecht. Conner hatte nichts getan, womit er sich dieses Leben verdient hatte.

Desmond spulte seine Erinnerung an das Feuer ab. Wenn er nur weitergelaufen wäre, die Feuerwand durchquert und ins Haus gelangt wäre, hätte er Conner herausholen können. Wenn er nur stärker gewesen wäre. Größere Willenskraft gehabt hätte. Wenn er nur an diesem Tag zu Hause geblieben wäre. Oder früher zurückgekehrt. Er war so damit beschäftigt gewesen, diese blöde Festung zu bauen.

In den Pflegeheimen fand Conner Zuflucht in Videospielen, so wie Desmond sich als Kind in die Welt der Bücher zurückgezogen hatte. In den meisten Einrichtungen hatte es irgendeine Spielkonsole gegeben – gebrauchte Geräte, gespendet von Familien, die aufgerüstet hatten. Conner begann mit einem Atari, dann machte er mit Nintendo weiter und landete schließlich bei Super Nintendo. Er fand nur dann Frieden, wenn er vor einem Fernseher saß und sich in ein Rollen- oder Strategiespiel vertiefte. Trotz seiner Schlägereien und Störungen in der echten Welt mochte er keine besonders gewaltsamen Spiele. Er interessierte sich nicht für *Mortal Kombat*, *Gryzor*, *Ninja Gaiden* oder auch nur Rennspiele wie *R. C. Pro-Am*. Am liebsten mochte er lange Rollenspiele, in denen ein junger Held aus einem zerstörten Land aufbrach, um sein Volk zu retten. In Spielen wie *Dragon Warrior* verbrachte er Stunden damit, Erfahrungspunkte zu sammeln, seine Figuren auf ein höheres Level zu bringen und Geld zu sparen, um bessere Rüstungen und Waffen zu kaufen. Er suchte sich Verbündete und spielte das Spiel wieder und wieder durch. Die Spielkonsole war sein einziger Freund, und das Heimpersonal war froh, wenn er sich damit beschäftigte.

Yuris Aufzeichnungen lösten ein anderes Rätsel, über das Desmond lange nachgedacht hatte: Das Schicksal seines geliebten Hundes Rudolph. Er hatte angenommen, das Tier wäre im Feuer umgekommen, aber das stimmte nicht. Rudolph war sogar an Conners Rettung beteiligt gewesen. Die Rettungskräfte hatten den Kelpie bellend vor den verkohlten Überresten des Hauses gefunden. Einer der Helfer, die Conner entdeckt hatten, nahm den Hund bei sich auf. Damit endeten die Aufzeichnungen, aber es genügte, um Desmond zum Lächeln zu bringen, was nicht besonders oft vorkam.

Überrascht las er, dass Conner im Alter von vierzehn Jahren adoptiert worden war. Aber es gab keine Informationen über Anderson und Beatrix McClain. Nur eine handschriftliche Nachricht:

Desmond, wende dich an mich,
wenn du Einzelheiten erfahren willst
– Yuri

Sobald er das las, ging er zu Yuris Wohnung. »Die McClains. Die Akte ist leer.«

»Sie würde dir nichts Neues über Conner verraten«, sagte Yuri.

»Aber was würde sie mir über die McClains verraten?«

Yuri wandte den Blick ab. »Es waren schlechte Menschen.«

Das hatte Desmond schon befürchtet. Es gab zwei Sorten von Menschen, die Kinder adoptierten: Teufel und Heilige. Desmond hatte gehofft, die McClains wären Letzteres.

»Wo sind sie jetzt?«

»Unter der Erde.«

»Wieso?«

»Autounfall.«

Desmond kannte den älteren Mann gut genug. Er verschwieg ihm etwas. Und Desmond war froh darüber.

»Was hat Conner danach getan?«

»Er ist abgehauen. Er war schon siebzehn und wusste, was er vom Pflegesystem zu erwarten hatte.« Yuri ging ins Wohnzimmer und setzte sich. »Er hat versucht, seinen eigenen Weg zu finden, genau wie du.« Er seufzte. »Nur dass er nicht so viel Glück hatte.«

»Er hatte schlechtere Voraussetzungen«, sagte Desmond. »Und das Leben in den Docks von Adelaide war bestimmt nicht so leicht wie das als Programmierer in San Francisco.«

»Vielleicht. Aber wir wissen beide, dass die Jahre, bevor du aus Oklahoma weggegangen bist, für dich auch nicht einfach waren. Orville Hughes war nicht gerade ein Vorzeige-Vater.«

»Das kannst du laut sagen«, murmelte Desmond.

»Du darfst dir nicht selbst die Schuld daran geben«, sagte Yuri. »Es gibt einen großen Unterschied zwischen einem Grund und einer Entschuldigung. Es hat einen Grund, warum Conners Leben hart war. Und deins auch. Aber du hast es nie als Entschuldigung für irgendwas benutzt. Verantwortung ist das Entscheidende. Du hast die Verantwortung für dein Handeln übernommen. Du hast deine eigenen Entscheidungen getroffen. Er auch. Und ich auch.

Du darfst dir keine Vorwürfe wegen der Dinge machen, die ihm zugestoßen sind.«

Einen Moment lang schwiegen beide.

»Er ist noch jung, Desmond. Und er hat dich.«

»Und dich, offenbar.«

»Wir sind jetzt alle drei füreinander da.«

»Dafür bin ich dankbar.«

Desmond war auch dankbar, dass Yuri die Aufzeichnungen über Conners Leben bei den McClains zensiert hatte. Der Rest der Akte enthielt schon genug Leid. Desmond war bereit, seinem jüngeren Bruder zu helfen, das alles hinter sich zu lassen.

Es begann mit der Therapie. Desmond sah sich die Videoaufnahmen der Gruppensitzungen an, in denen Conner ausweichende Antworten gab. Er beobachtete seine Qualen in den Nächten, in denen er immer weniger Schlaf fand. Seine Entschlossenheit, als die Entzugserscheinungen ihn überwältigten. Der Anblick war kaum zu ertragen. Trotzdem konnte er nicht wegsehen.

Mithilfe von Methadon konnte sich Conner schließlich von seiner Heroinsucht befreien. Er veränderte sich radikal: Er wirkte wie jemand, der aus einem langen Albtraum erwachte. Sein Benehmen änderte sich. Der Verstand wurde schärfer. Er war wieder lebendig. Aber der Schmerz blieb, genau wie das Gefühl, isoliert zu sein und nicht in diese Welt zu passen. Er hatte keine Freunde. Keine Familie. Sein einziger Trost war die Droge gewesen, die ihn das alles vergessen ließ. Und jetzt blieb ihm auch das verwehrt. Desmond wollte so gern zur Suchtklinik fahren, seinen Bruder in die Arme schließen und ihn aufklären. Ihm sagen, dass bald alles in Ordnung kommen würde, dass er nicht allein war.

Yuri drängte ihn, es nicht zu tun.

»Halt dich an den Plan, Desmond.«

Auf den Videos sah er, wie Conner sich in den Gruppensitzungen öffnete. Er knüpfte Kontakt zu den anderen

Patienten, die genauso verletzt waren wie er. Und fand Gefährten in ihnen. Endlich trat er in Beziehung zu seinen Mitmenschen. Es war, als würde eine Schleuse geöffnet und Teile seiner Persönlichkeit, die sein Leben lang im Dunkeln geblieben waren, kämen zum Vorschein. Er war ein anderer Mensch und begann, sich selbst zu entdecken. Wie Yuri es vorhergesagt hatte, lebte er nach den Worten, die in Delphi geschrieben standen – er erkannte sich selbst. Er fand eine große Entschlossenheit in sich. Den Willen, nie wieder Drogen anzurühren, nie wieder in das Loch zu fallen, in dem er sein gesamtes Erwachsenenleben gefangen gewesen war.

Yuri und Desmond ermunterten die Leiter von Red Dunes, Conner eine große Bandbreite an Kursen anzubieten, um seine Neigungen zu testen. Im Gegensatz zu Desmond zeichnete sich Conner nicht in den Bereichen Programmierung, Mathematik oder Naturwissenschaften aus. Er hatte jedoch ein Geschick für Strategie – zweifellos gefördert durch sein stundenlanges Computerspielen.

»Das ist der Schlüssel«, sagte Yuri beim Abendessen in einem Sushi-Restaurant.

»Ich kann dir nicht folgen«, sagte Desmond.

»Rook Web Hosting wird eines Tages das Internet und die Dateninfrastruktur der Welt betreiben.«

Desmond aß ein Stück Sushi. Es war fast so gut wie in seinem Lieblingsrestaurant in San Francisco.

»Weißt du, was das Rezept zum Erfolg von Rook ist?« Yuri wartete nicht auf Desmonds Antwort. »Ressourceneinteilung.«

Desmond zog die Brauen hoch.

»Die Firma braucht einen Manager, der genau über das Potenzial jedes Servers, Routers, Verteilers und Tape-Backups Bescheid weiß. Der die Netzwerkanforderungen überall auf der Welt im Auge hat und die Ressourcen auf die Gegenden verteilt, von denen Wachstum zu erwarten ist.

Der die richtigen Entscheidungen bezüglich der Hardware im Datenzentrum trifft und den Bedarf genau vorhersagen kann.«

Desmond verstand. »Wie bei einem Strategiespiel.«

Yuri nickte.

»Es geht also darum, Magiepunkte zu sammeln, Waffen und Rüstung zu verbessern.«

»Gewissermaßen.«

Desmond legte seine Essstäbchen auf den Tisch. »Du wusstest es, oder?«

»Ich habe geahnt, welche Rolle Conner spielen würde.«

Und er spielte diese Rolle gut. In den folgenden Monaten trat Conner in Rooks südaustralische Einkaufsabteilung ein. Er sorgte für Einsparungen in Höhe von einer halben Million Dollar, indem er billigere Hardware kaufte, die die gleiche Leistung brachte. Er führte eine Inventur der vorhandenen Hardware durch, verkaufte Geräte, die sie nicht brauchten, und führte andere neuen Zwecken zu. Er verbrachte jede wache Minute damit, vier Schlüsselwerte zu kontrollieren: Umsatz, Energieverbrauch, Netzwerkauslastung und Hardwarekosten. Sein Ziel war es, diese Zahlen zu optimieren und die Firma auf das nächste Level zu bringen. Er wurde zum Abteilungsleiter für Australien ernannt, und in der folgenden Woche traf Desmond ihn zum ersten Mal.

Desmond war nervös, als er das Konferenzzimmer im australischen Rook-Hauptsitz in Sydney betrat. Er hatte verschiedene Szenarien für dieses Treffen erwogen, unter anderem, es in privatem Rahmen zu tun und ihn aufzuklären. Er hatte sich dagegen entschieden.

Der Raum bot einen eindrucksvollen Blick auf die Innenstadt. Desmond schüttelte die Hände sämtlicher Manager. Als er zu Conner kam, trafen sich ihre Blicke kurz, und Desmond hielt seine Hand ein wenig zu lange. Aber sein Bruder schien es nicht zu bemerken. Vielleicht war er es gewohnt, dass die Leute ihm länger ins Gesicht sahen, als es angenehm war, und dabei seine Hand festhielten.

Desmond hörte bei der Präsentation kaum zu – außer als Conner sprach. Sie bauten eine neue Datenzentrale in Melbourne. Bekamen möglicherweise einen Auftrag in Christ Church in Neuseeland. Als die Sitzung beendet war, stand Desmond auf und versprach, ihre Anfragen dem Vorstand vorzulegen. Beim Hinausgehen hörte er, wie Conner ihn rief. »Mr. Hughes.«

Desmonds Mund wurde trocken. Er wandte sich um.

Conner lief zu ihm und streckte ihm etwas entgegen. »Sie haben Ihren Stift vergessen.«

Desmond verschlug es einen Augenblick die Sprache. Er nahm den Stift. Conner drehte sich um und ging davon.

»Danke, Conner«, rief Desmond ihm ein wenig zu laut nach.

***

Yuri wartete schon in Desmonds Wohnung, als er nach Hause kam.

»Und?«, sagte er nur.

Desmond zuckte mit den Achseln. »Wir waren Fremde. Aber nur für ihn. Es war wahnsinnig unangenehm.«

»Für dich, Desmond. Nur für dich.«

»Ich muss es ihm sagen.«

»Noch nicht.«

Desmond schüttelte den Kopf. »Warum nicht?«

»Weil er Zeit braucht, um zu sich selbst zu finden. Er baut sich ein neues Leben auf. Du weißt doch, wie das ist. Er muss es selbst tun. Er braucht Zeit und Raum, um herauszufinden, wer er ist, und der Mann zu werden, der er schon immer sein sollte. Wenn du es ihm jetzt sagst, lenkt ihn das von seinem

Leben und seiner Karriere ab. Es würde ihn verwirren. Warte noch, Desmond. Ich bitte dich eindringlich.«

Desmond gab nach.

Und Yuri hatte recht. Aus der Ferne beobachtete er Conners Erfolge und Fehlschläge bei Rook Web Hosting. Sein Bruder hatte die perfekten geistigen Voraussetzungen, um zu analysieren, zu planen und strategische Entscheidungen zu treffen. Und auf seine spezielle Weise war er eine charismatische Führungspersönlichkeit. Er war trickreich, wenn er sich ein Ziel gesetzt hatte. Er akzeptierte keine Ausreden, und es interessierte ihn nicht, was andere Leute von ihm dachten. Er hatte durch die Jahre der Zurückweisung und des Spotts ein dickes Fell bekommen.

Zwei Jahre nachdem er bei Rook angefangen hatte, stimmte der Vorstand über seine Ernennung zum CEO ab, als der alte Geschäftsführer in Pension ging. Desmond sorgte dafür, dass er selbst als Letzter abstimmte. Der Beschluss wurde einstimmig gefasst. Conner hatte sich die Stelle verdient.

Desmond war froh, dass er ihn noch nicht aufgeklärt hatte. Aber jetzt konnte er sich nicht mehr zurückhalten. Er lud Conner unter dem Vorwand, die Zukunftspläne für Rook besprechen zu wollen, zu sich nach Hause nach San Francisco ein.

Und so saß Desmond an einem warmen Sommertag im Juni 2005 in seinem Wohnzimmer und wartete darauf, sich seinem einzigen noch lebenden Verwandten vorzustellen – dem Bruder, den er verloren, wiedergefunden und von den Toten zurückgeholt hatte. Er war nervös und überglücklich und zählte die Sekunden.

Fünf Minuten zu früh klingelte es an der Tür.

32

Yuris Flugzeug kreiste vor der spanischen Küste, als sein Telefon klingelte.

»Wir haben was gefunden«, sagte Whitmeyer.

»Fahren Sie fort.«

»1943 hat Kraus eine Expedition in die Höhle von Altamira geleitet.«

Yuri hatte noch nie davon gehört.

Whitmeyer kramte in ihren Unterlagen. »Wir wissen es nur, weil es in Nürnberg beim Prozess gegen einen anderen Nazi-Wissenschaftler erwähnt wurde. Er behauptete, in dem Zeitraum bei Kraus gewesen zu sein, aber Kraus stritt es ab, und Kraus' Reise wurde von einem Grenzbeamten bezeugt.«

»Interessant. Was ist in der Höhle?«

»Malereien. Einige der ältesten, die in Europa gefunden wurden. Sie gehört jetzt zum UNESCO-Weltkulturerbe.«

»Das ist ihr Ziel. Suchen Sie einen Sammelpunkt außerhalb der Anlage. Unauffällig. Und schicken Sie alle hin, die wir in der Gegend haben. Diesen Kampf müssen wir gewinnen.«

33

Lin hielt die Laterne vor sich, als sie in den verborgenen Raum in der Höhle von Altamira trat. Peyton, die hinter ihr stand, sah Stapel von Metallkisten, die genau wie die auf der *Beagle* an einem Ende mit beweglichen Metallscheiben ausgestattet waren.

Lin bückte sich, schob die Scheiben zur Seite und spähte ein oder zwei Sekunden lang in jeden der Behälter. »Knochen«, flüsterte sie.

Peyton sah das Gesicht ihrer Mutter vor Aufregung aufleuchten wie das eines Kindes an Weihnachten. Lin Shaw hatte dreißig Jahre lang nach diesem Raum gesucht. Es war die Krönung ihres Lebenswerks. Das fehlende Puzzleteil.

Einer nach dem anderen schlüpften die Übrigen durch den Spalt und verteilten sich mit ihren Lampen in der Kammer, die nach Peytons Schätzung einen Durchmesser von fünf Metern hatte. Die Wände waren aus Stein, und sie sah jetzt, dass die Steintür nachträglich eingefügt worden war, um die natürliche Nische abzuschließen.

»Sollen wir sie raustragen?«, fragte Adams.

»Nein«, sagte Lin schnell. »Wir müssen das Bestandsverzeichnis finden. Es muss eine Liste geben, auf der das alles hier aufgeführt ist.«

Nigel sah sich um. »Vielleicht ist sie in einer der Kisten.«

Lin holte die Erstausgabe von *Alice im Wunderland* hervor und legte sie auf eine der Kisten. »Kraus hat fünf Blätter Pauspapier in dem Buch hinterlassen. Wir haben bisher nur zwei davon benutzt.«

»Nachdem Alice von der Tränenpfütze davongespült wird«, sagte Avery, »schwimmt sie an ein Ufer. Sie und ihre Gefährten machen ein Caucus-Rennen, um zu trocknen.«

Chief Adams zog die Brauen zusammen. »Was ist ein Caucus-Rennen?«

»Eine von Carrolls Erfindungen«, sagte Lin, ohne den Blick vom Buch zu lösen. »Es bedeutet, dass man im Kreis rumrennt und es keinen eindeutigen Sieger gibt.«

»Tja, ich bin nicht dafür, dass wir im Kreis rumrennen«, sagte Nigel.

»Danke, Dr. Greene. Wir denken dran.«

Lin blätterte zum Anfang des dritten Kapitels. Die Illustration zeigte eine Maus, die mit ausgestreckten Pfoten auf den Hinterbeinen stand. Alice und zwölf Tiere, unter anderem ein Papagei, eine Ente, ein Dodo, ein Hummer und ein Biber, umringten die Maus.

Lin zog das Pauspapier heraus.

Sie legte es über die Karte der Höhle, und die Linien überschnitten sich.

»Noch eine geheime Kammer?«, fragte Avery.

»Wohl kaum«, murmelte Lin.

»Warum nicht?«, fragte Peyton.

»Weil er das nicht getan hätte.«

Peyton gewann den Eindruck, dass es eine tiefere Beziehung zwischen ihrer Mutter und Dr. Kraus gegeben hatte.

Lin blätterte durch das Buch und überflog den Text. Sie ließ die anderen Blätter Pauspapier an Ort und Stelle. Ihre Begleiter warteten schweigend und mit wachsendem Unbehagen. Lin ignorierte sie, und Peyton wusste auch warum: Sie ging davon aus – vielleicht zu Recht –, dass sie den schärfsten Intellekt aller Anwesenden hatte und nur sie fähig war, Kraus' Hinweise zu entschlüsseln. Eine Diskussion wäre Zeitverschwendung und würde sie nur ablenken.

Lin nahm das vierte Blatt Pauspapier und hielt es über die Karte. Es wies auf einen Ort tiefer in der Höhle, am Ende eines engen Gangs.

»Ein weiteres Versteck«, sagte Avery.

»Könnte sein«, sagte Lin, aber Peyton merkte, dass sie nicht wirklich daran glaubte, sondern nur eine Debatte vermeiden wollte.

Lin legte das fünfte und letzte Blatt Pauspapier auf die Karte. Es überschnitt sich mit einem Ort noch tiefer in der Höhle.

»Vielleicht sind an diesen Stellen weitere Hinweise«, sagte Nigel.

»Unwahrscheinlich«, entgegnete Lin gedankenversunken.

Peyton spürte, wie die Anspannung in der Gruppe wuchs, vielleicht wegen der Dunkelheit.

»Was überlegst du, Mom?«

Lin drehte sich um und sah ihr in die Augen, als bemerkte sie sie gerade erst.

»Carrolls Geschichte hat für Kraus mehrere Bedeutungen. Sie war für Kition ein Sinnbild, als man sich auf das Spiegel-Projekt einließ. Kraus war damals einer der Leiter der Organisation. Er glaubte, die Atombombe und das Atomzeitalter wären eine Art Kaninchenbau, in den die Menschheit gefallen ist, und wir würden in eine seltsame unberechenbare Ära eintreten, in der unsere Auslöschung eine realistische Möglichkeit ist.«

Sie zeigte auf das Buch. »Der Roman beginnt damit, dass Alice sich langweilt und einem weißen Kaninchen in den Bau folgt.«

»Die Atombombe ist das weiße Kaninchen?«, fragte Avery.

»Nein. Für uns symbolisiert es die Technologie im Allgemeinen. Genau wie die anderen schlauen Figuren in der Geschichte. Die blaue Raupe, die Wasserpfeife raucht und Alice über ihre Identitätskrise ausfragt, ist ein weiteres

Symbol der Technologie – sie ist unvoreingenommen, aber zwingt uns herauszufinden, wer wir sind. Die Raupe sagt ihr, eine Seite des Pilzes würde sie größer machen, die andere kleiner.«

»And the ones that mother gives you don't do anything at all«, flüsterte Avery Adams ins Ohr. Er grinste und schüttelte den Kopf.

»Das bedeutet«, sagte Lin nachdrücklich, »dass die Technologie unsere Welt sowohl schrumpfen lässt als auch erweitert. Der Fernschreiber und die Eisenbahnschienen brachten die Menschen immer schneller zusammen, während Carroll seine Geschichte veröffentlichte. Die Dampfmaschine ermöglichte es, riesige Städte zu bauen, und förderte außerdem die industrialisierte Landwirtschaft, die zur Bevölkerungsexplosion beitrug. 1865, als das Buch geschrieben wurde, gab es ungefähr 1,3 Milliarden Menschen auf der Erde. Seitdem ist die Bevölkerung auf 6,2 Milliarden angewachsen. Vielleicht der stärkste Zuwachs, den eine große Art je erfahren hat.«

Lin schob alle fünf Blätter Pauspapier übereinander. »Aber für uns hatte die Geschichte eine noch tiefere Bedeutung. Wir glaubten, selbst Literaturwissenschaftler hätten *Alice im Wunderland* nicht vollkommen verstanden. Sie dachten, es wäre nur eine neue Art von Fantasy-Roman, eine Meisterleistung auf dem Gebiet des literarischen Nonsens. Es geht um Alice, die immer tiefer in eine Welt hinabsteigt, die ihrer eigenen sehr ähnelt, aber dabei verändert sich Alice ständig – sie wird zu groß und zu klein, als würde sie ihre eigenen Fähigkeiten oder die Auswirkungen dieser Welt auf sich selbst nicht richtig begreifen. Sie hat sich verirrt und will zurück nach Hause. Schließlich wird ihr der Prozess gemacht, weil sie zu groß geworden ist – weil sie die Luft verbraucht, die die anderen Tiere atmen.«

»Wie bei einem Massenaussterben«, sagte Nigel langsam.

»Die quartäre Aussterbewelle. Oder das Massenaussterben, das sich gerade auf der Erde ereignet.«

»Genau. Caroll war ein Universalgelehrter, der die Veränderungen auf der Erde scharf beobachtete.«

»Und was hat das alles zu bedeuten?«, fragte Avery.

»Um das zu wissen, muss man Kraus verstehen.«

»So wie du«, sagte Peyton. Es steckte mehr dahinter, etwas, das ihr entgangen war, da war sie sicher.

»Ja.« Lin wandte der Gruppe den Rücken zu und hielt den Stapel Pauspapier vor eine Laterne. »Kraus glaubte, seine Arbeit würde die Menschheit aus dem Kaninchenbau befreien, in den sie gefallen war. Er glaubte, die Wissenschaft wäre der Schlüssel dazu, vor allem die Genforschung. Man müsse verstehen, wie sich das menschliche Genom im Laufe der Zeit verändert hatte, dann könne man in unseren Genen die Brotkrumen finden, die uns zur ultimativen Wahrheit führen. Für ihn waren die Gene unserer Vorfahren wie verschiedene Ebenen, und er glaubte, wenn wir die entscheidenden Ebenen fänden, würden sie ein Bild ergeben – eine Lösung, die unsere einzige Hoffnung ist, aus dem Kaninchenbau zu entkommen.«

Sie drehte sich um, damit die anderen die fünf transparenten Blätter vor der Laterne sehen konnten. Die miteinander verbundenen Linien, manche dunkler, manche heller wie bei den Höhlenmalereien, ergaben das Bild eines Hirschs.

»Danach müssen wir suchen. Dort ist das Verzeichnis versteckt.«

34

Doktor Sang-Min Park hatte noch nie in seinem Leben solche Angst gehabt. Schweißtropfen rannen über sein Gesicht. Das einzige Geräusch in dem Lieferwagen kam aus dem Herzschlagmonitor, ein Countdown zu ihrem Feuertod.

Er hätte nie geglaubt, dass er einmal in eine solche Situation geraten würde. Sein ganzes Leben lang hatte er hart gearbeitet. Während der Assistenzzeit wäre er beinahe an Erschöpfung gestorben. Dann hatte er ein Stipendium bekommen und sein Leben der medizinischen Forschung gewidmet. Er hatte seinen Traumjob bei Rapture Therapeutics an Land gezogen, einer Firma an der Spitze der neurologischen Medizin. Mit seiner Arbeit verbesserte er die Welt. Dachte er zumindest.

Als das X1-Mandera-Virus die Weltbevölkerung zu dezimieren drohte, war er im Hauptsitz von Rapture in einen Konferenzraum getrieben worden, wo man ihm erklärte, die Firma habe einen Notfallplan für solche Katastrophen und den Mitarbeitern stünde es frei, nach Hause zu gehen, aber wenn sie blieben, würden sie an einen sicheren Ort gebracht. Es war eine einfache Entscheidung: ein unbedeutender Name und eine Nummer auf den Hilfslisten der Regierung zu sein oder auf einer Privatinsel der Firma abzuwarten, bis alles vorbei war. Er dachte, er wäre in Sicherheit.

Bald stellte er fest, dass er in der Falle saß. Und als Desmond Hughes auf der Insel ankam – mit einem modifizierten

Implantat von Rapture Therapeutics – wurde Park gezwungen, sich an Conner McClains Suche nach Rendition zu beteiligen.

»Doktor!«, rief Conner vom Fahrersitz aus.

Park begutachtete die Gehirnwellen auf dem Monitor. Er öffnete den Mund, doch dann hielt er inne. Die Wellen brachen ein. »Die Erinnerung ist vorbei!«

Conner ließ den Motor an.

Einer der Söldner sprang aus dem Heck und schlug auf den Toröffner. Das Garagentor rührte sich nicht.

»Stromausfall!«, brüllte Conner. »Ziehen Sie es von Hand hoch!«

Der Mann rannte vor den Lieferwagen, packte das Seil, mit dem sich das Tor im Notfall öffnen ließ, und zog daran. Eine Hitzewelle rollte auf sie zu.

Park rang hustend nach Atem. Es fühlte sich an wie in einem Ofen. Er konnte keinen klaren Gedanken fassen.

Der Söldner stieg wieder ein. Türen wurden zugeschlagen. Die Reifen quietschten, als der Wagen auf die Straße schlitterte.

Durch die Windschutzscheibe sah Park eine schwarze Wand. Es war Nacht geworden. Nein, der Rauch verdeckte die Sonne. Zehn Meter entfernt tanzten Flammen auf den Dächern, griffen auf die Bäume über und bedeckten Autos und Straße mit schwarzem Ruß.

»Der Ort!«, rief Conner. Er wartete ein paar Sekunden, dann brüllte er noch lauter.

Welcher Ort?, dachte Park.

»Doktor«, knurrte Conner. »Ich brauche den Ort.«

Die App. Labyrinth Reality. Conner hatte Park das Satellitentelefon gegeben. Er öffnete das Programm und gab schnell die nötigen Angaben ein.

Suche nach Eingang …

Conner fragte noch einmal nach.

Der Ort erschien auf dem Display. Eine Adresse in Menlo Park. Knapp fünf Kilometer entfernt.

»Es ist in der Nähe.« Park brachte kaum mehr als ein Flüstern heraus.

Conner stieß einen Schwall von Flüchen aus.

Park las die Adresse an der Austin Avenue vor. »Ich sehe nach, wo das ist.«

»Nicht nötig«, sagte Conner. »Ich kenne die Adresse.«

Über Funk sagte er: »Einheit zwei, schalten Sie den Kontrollpunkt aus und folgen Sie uns, sobald wir ihn passiert haben.«

»Verstanden, Zero.« Befehle knisterten aus dem Lautsprecher, als die Kition-Einheiten ihre Positionen bezogen.

Park hörte über Funk zu, wie Conners Männer die X1-Soldaten am Kontrollpunkt gefangen nahmen. Er war froh, dass sie sie nicht töteten – diese Leute machten nur ihren Job und waren zur falschen Zeit am falschen Ort. Kition hatte ihm versichert, dass der Verlust von Menschenleben auf ein Minimum begrenzt werde, und er wollte es glauben.

Alle drei Lieferwagen und die beiden Armee-Humvees warteten, als sie den Kontrollpunkt passierten. Die fünf Fahrzeuge folgten ihnen.

Sie fuhren mit hoher Geschwindigkeit durch größtenteils verlassene Viertel. Die Sonne schien wieder, als sie die Rauchwolke hinter sich gelassen hatten. Es fühlte sich an, als kämen sie aus einem langen Tunnel.

Conner hielt vor einem zweistöckigen Wohnhaus, das von gelbem Polizeiabsperrband umgeben war. Die Wände waren aus Stein, die Fenster mit Stahl ausgekleidet. Die grauen Schieferplatten auf dem Satteldach waren ungleichmäßig, wie bei einem Hunderte Jahre alten Haus in Europa.

Vorne sagte Major Goins zu Conner: »Dieselbe Vorgehensweise wie bei Shaws Haus?«

»Nicht nötig«, entgegnete Conner und durchtrennte die Absperrung, als er rückwärts in die Einfahrt fuhr. »Wir haben es vor zwei Monaten schon durchsucht.«

Conner rammte den Schalthebel in Parkstellung und öffnete die Tür. Goins sah ihn aus zusammengekniffenen Augen an.

»Das ist Desmonds Haus.«

Die Kition-Söldner sprangen über die Buchsbaumhecke, stürmten durch den Garten und öffneten ein Fenster. Wenige Sekunden später wurde das schwarze schmiedeeiserne Tor zum Parkplatz im Innenhof geöffnet, der mit Waschbetonplatten gepflastert war. Die Lieferwagen fuhren rückwärts hinein, gefolgt von den Humvees.

Park tippte auf dem Smartphone auf das Feld, um das Labyrinth zu betreten.

Downloading ...

Fünf Minuten später blinkte das Display.

Download abgeschlossen.

Park sah, wie sich Desmonds Gehirnwellen auf dem Monitor veränderten. Er war im Traumzustand. Die Erinnerung begann.

***

Desmond wischte sich die verschwitzten Handflächen an der Hose ab, als er zur Tür ging. Die Morgensonne schien durch das Bleiglas, und er konnte nur eine Silhouette auf der Treppe erkennen.

Er öffnete die Tür. »Hallo, Conner.«

Conner streckte die Hand aus und begrüßte ihn mit seinem starken australischen Akzent. »Guten Morgen, Mr. Hughes.«

Desmond hatte ihn mehrmals gebeten, ihn mit dem Vornamen anzureden, aber Conner hielt sich nicht daran.

Conner trat ein und sah zu dem Kronleuchter in der zweistöckigen Eingangshalle auf. »Mir gefällt Ihr Haus. Es ist ein englisches Herrenhaus, oder?«

»Ja.«

»Es ist in hervorragendem Zustand. Haben Sie es restauriert?«

»Der Vorbesitzer hat es neu gebaut.«

»Unglaublich. Die Details draußen. Es sieht authentisch aus, als wäre es vor zweihundert Jahren errichtet worden.«

»Er war akribisch. Ich habe es vor fünf Jahren gekauft, nachdem die Dotcom-Blase geplatzt ist. In erster Linie wegen des Grundstücks. Ich dachte, man könnte irgendwann Eigentumswohnungen daraus machen oder es abreißen und das Land aufteilen.«

Conner zog die Brauen hoch. »Sie würden es abreißen?«

Desmond freute sich über den Small Talk und lächelte. »Ich glaube, der städtischen Verdichtung gehört die Zukunft.«

Conner nickte. »Wahrscheinlich haben Sie recht. Es erinnert mich an die ganzen alten Gutshöfe in Australien. Nach der Kolonialzeit wusste niemand so richtig, was man damit anfangen sollte.«

Desmond wusste, was aus *einigen* davon geworden war. Eines war zu einem Kinderkrankenhaus umgebaut worden, in dem Conner nach dem Waldbrand schwer verletzt aufgenommen wurde. Andere hatten als Waisenhäuser gedient, in denen seine Narben ihn zum Ausgestoßenen machten, der von den Pflegefamilien ignoriert wurde.

»Möchten Sie eine Führung?«, fragte Desmond.

»Klar.«

Von der Eingangshalle aus gingen sie nach links durch einen breiten Gang, an dessen Wänden noch die Gemälde des Vorbesitzers hingen. Desmond hatte nur zwei eigene Fotos aufgehängt – beide für diesen speziellen Augenblick. Er blieb vor dem ersten stehen, auf dem er selbst im Alter von sechs Jahren vor einem Ölbohrturm abgebildet war, neben Orville Hughes, der mit gemeinem Grinsen auf ihn herabsah.

»Sind Sie das?«

»Ja.«

»Und Ihr Vater?«

»Nein, mein Onkel. Orville. Er hat mich adoptiert, als ich fünf war.«

Conner nickte nur. Desmond hatte gehofft, er würde sich öffnen und seine eigene Adoption erwähnen, aber er schwieg.

Desmond führte ihn zu dem zweiten gerahmten Foto, das er ebenfalls aus Orvilles Haus mitgenommen hatte. Das Schwarz-Weiß-Bild hatte einen Knick in der Mitte. Orville und sein Bruder Allister Hughes standen vor einem offenen Kamin, beide in jugendlichem Alter und mit kurz geschnittenem Haar und verkniffenen Mienen.

»Wieder Ihr Onkel?«, fragte Conner.

»Ja. Der Jüngere ist mein Vater.« *Unser* Vater, wollte Desmond sagen. Er beobachtete Conner, aber er zeigte keine Reaktion.

»Sie sind in England geboren«, sagte Desmond. »Im Krieg zu Waisen geworden. Sie kamen als Teil eines Programms der Christian Brothers nach Australien. Die meisten Kinder, die diese Organisation adoptierte, wurden nicht besonders gut behandelt. Zwangsarbeit. Missbrauch.«

Desmond musterte seinen Bruder aus den Augenwinkeln. *Weiß er Bescheid?*

Aber Conners Tonfall wirkte unbeteiligt, als läse er eine Rede ab. »Eine Schande. Waisen sind die vielleicht verletzlichsten Menschen überhaupt. Sie haben niemanden, der sie beschützt – außer ihren Pflegern. Wenn die sie missbrauchen, bleibt ihnen überhaupt niemand mehr – außer den anderen Waisenkindern.«

Und diese anderen Waisen hatten Conner ausgegrenzt. Er war wirklich allein gewesen.

»Tja«, sagte Conner in fröhlicherem Ton, »für Sie scheint es ja ganz gut gelaufen zu sein.« Er zeigte auf das Haus. »Und ich kann Ihnen sagen, dass es bei Rook auch gut läuft.« Er legte eine Hand auf seine Umhängetasche. »Ich habe die neusten Zahlen und Berichte aus den Datenzentralen mitgebracht, falls Sie sie sehen möchten.«

»Vielleicht später«, sagte Desmond leise.

Er führte Conner durch eine Schiebetür in das holzvertäfelte Arbeitszimmer. »Möchten Sie was trinken?«

»Nein, danke.«

Desmond bat ihn, in einem Sessel Platz zu nehmen, und setzte sich ihm gegenüber. »Ich möchte Ihnen ein bisschen mehr über mich erzählen.«

Conner warf ihm einen verwirrten Blick zu, setzte aber schnell wieder eine ausdruckslose Miene auf.

»Wie gesagt, ich war fünf, als mein Onkel mich adoptiert hat. Ich bin in Australien geboren.« Er wartete auf eine Reaktion Conners. Nichts. »Meine Eltern sind bei den Waldbränden am Aschermittwoch ums Leben gekommen.« Conner kniff ein wenig die Augen zusammen, aber er schwieg weiter. Er sah aus wie ein Damm kurz vor dem Bersten.

Desmond beugte sich vor. »Ich bin auf einer Ranch aufgewachsen. Als das Feuer ausbrach, habe ich weit weg von zu Hause im Wald gespielt. Ich habe den Rauch gerochen. Die Feuersbrunst ... es sah aus, als würde sie in der Ferne über die Bergkämme laufen. Ich bin, so schnell ich konnte, zum Haus gerannt. Aber es stand schon in Flammen. Das Dach brannte. Die Zäune auch. Wie ein Feuerring. Ich habe versucht durchzukommen.«

Er streifte die Schuhe ab und zeigte seine verbrannten Füße, dann zog er die Hosenbeine hoch. Die Narben waren dick und fleckig, wie das Wurzelgeflecht eines Baums.

Conners Augen weiteten sich.

»Ich weiß nicht, ob es am Schmerz oder an der Rauchvergiftung lag«, sagte Desmond, »aber ich bin ohnmächtig geworden. Die Rettungskräfte haben mich gefunden.«

Er hielt inne, aber Conner sagte noch immer nichts.

»Sie haben meinen nächsten Verwandten kontaktiert. Orville. Er hat mich adoptiert. Obwohl er es nicht wollte. Ich dachte, meine Familie wäre tot. Die Wahrheit habe ich erst später erfahren, als ich nach Australien zurückgekehrt bin, an das Grab meiner Eltern, und gesehen habe, dass da kein Grabstein für meinen Bruder stand. Also habe ich ihn gesucht – und gefunden. Ich hatte Unterstützung. Mein Partner Yuri Pachenko hat mitgeholfen, eine Webhosting-Firma zu kaufen, Yellow Brick Road. Und wir haben meinen Bruder angestellt. Mit Begeisterung habe ich zugesehen, wie er sich veränderte. Was du erreicht hast, ist unglaublich, Conner.«

Conner sprang mit entsetztem Gesichtsausdruck auf. »Was soll das?«

»Ich wollte dir sagen ...«

»Sie lügen.«

»Nein. Du warst Conner Hughes, bevor du adoptiert wurdest.«

»Das ist ein häufiger Name.«

»Es ist dein Name. Du bist mein Bruder, Conner.«

»Unmöglich.«

Desmond beugte sich vor. »Es ist wahr.«

Conner verzog das Gesicht. »Was wollen Sie von mir?«

»Nichts. Du bist mein einziger Angehöriger. Ich möchte nur ...«

»Entschuldigen Sie mich.« Conner wandte sich um, schnappte sich seine Tasche und marschierte hinaus.

Desmond folgte ihm. »Conner, warte.«

Conner kam nicht zurück, ging nicht langsamer, sah sich nicht um. Die Tür schlug hinter ihm zu.

Danach saß Desmond in seinem Arbeitszimmer, ließ die Szene vor seinem inneren Auge noch einmal ablaufen, spielte verschiedene Varianten durch und fragte sich, was er hätte anders machen sollen.

Er rief Yuri an, der ihm einen einfachen Rat gab: »Hab Geduld, Desmond.«

Desmond versuchte es. Er konnte nicht arbeiten – sein Kopf war zu beschäftigt. Er versuchte zu lesen, aber das funktionierte auch nicht. Er trieb Sport, dann ging er in den Garten. Er zupfte sämtliches Unkraut. Schnitt die Büsche. Dann die Bäume.

Er hörte die Klingel nicht. Die Sonne ging schon unter, als sich das Holztor knarrend öffnete. Conner machte zwei Schritte in den Garten und blieb stehen. Desmond ging zu ihm, voller Grasflecke, mit schmutzigen Händen und Schweißperlen im Gesicht.

Conners Stimme klang ausdruckslos. »Warum hast du es mir nicht gesagt?«

»Das wollte ich. Aber ich dachte, es wäre besser, dir etwas Freiraum zu lassen.«

»Du hast mich befördern lassen ...«

»Nein. Ich verspreche es dir, Conner. Das warst du ganz allein. Du hast es verdient. Die Firma, dich einzustellen – das haben wir nur gemacht, damit du clean und gesund wirst und die Chance auf ein besseres Leben bekommst. Die Chance, die das Feuer dir genommen hat.«

Conner wandte den Blick ab. Sein Gesichtsausdruck wurde milder. Desmond glaubte, eine Träne in dem durch die Narben verzerrten Auge zu erkennen. »Was machen wir jetzt?«, flüsterte Conner.

Desmond zuckte mit den Achseln. »Weiß ich nicht. Ich will dich nur kennenlernen.«

Conner nickte.

»Hast du Hunger?«, fragte Desmond. »Ich wollte gerade was bestellen.«

Zum ersten Mal an diesem Tag lächelte Conner. »Ja. Gute Idee.«

Sie redeten bis in die frühen Morgenstunden. Erzählten sich von Orville Hughes und Desmonds Flucht nach San Francisco und Conners Jugend in den Waisenhäusern. Es gab viele düstere Kapitel und einige lustige. Als Conner aufstand, um zu gehen, hatten beide vom Weinen gerötete Augen. Sie gaben einander nicht die Hand. Conner nannte Desmond nicht »Mr. Hughes«. Sie umarmten sich in der Eingangshalle.

»Keine Geheimnisse mehr«, sagte Conner.

»Ich verspreche es.«

Conner griff nach der Tür.

»Kannst du morgen wiederkommen?«, fragte Desmond.

»Natürlich.«

»Gut. Es gibt noch etwas, wovon ich dir erzählen möchte. Ein Projekt, das sehr wichtig für dich sein könnte.«

»Ist es für dich wichtig?«

»Äußerst wichtig.«

»Was ist es?«

»Es heißt Spiegel-Projekt.«

***

Conner stieg im Innenhof aus dem Lieferwagen. Desmond lag immer noch an die Apparate angeschlossen in dem Krankenhausbett im Heck. Das Display zeigte die Daten in Echtzeit, während die Erinnerung ablief. Bald würde Conner seinen Bruder zurückhaben. Sie würden das zusammen in Ordnung bringen.

Er nahm den Hintereingang ins Haus, ging durch den Flur am Wirtschaftsraum und der Waschkammer vorbei in den Gang mit den Gemälden an den Wänden. Der Rahmen, in dem das Foto von Desmond und Orville gehangen hatte, war leer – sie hatten das Bild mitgenommen, eingescannt und

Desmond vor einem Monat auf der *Kentaro Maru* gezeigt, um seinem Gedächtnis auf die Sprünge zu helfen –, und das Haus war von Kition-Agenten bei der vergeblichen Suche nach Hinweisen auf das Versteck von Rendition auf den Kopf gestellt worden.

Conner sah in das holzvertäfelte Arbeitszimmer. Vor elf Jahren hatte sich in diesem Raum sein Leben verändert. Wenn er daran dachte, was sein Bruder für ihn getan hatte, brach es ihm das Herz. Desmond hatte versucht, ihn zu retten – hatte sein Leben riskiert und sich schwere Verbrennungen zugezogen. Und dann hatte er ihn aus der dunkelsten Phase seines Lebens geholt. Er wollte unbedingt seinen Bruder zurück.

Eine Stimme drang aus seinem Ohrhörer. »Zero, wir hören Funkverkehr. X1-Soldaten suchen nach ihren verschwundenen Kameraden vom Kontrollpunkt.«

»Bin schon unterwegs.«

35

Avery suchte in der Nähe des Ausgangs der Höhle von Altamira nach der Malerei, als ihr Satellitentelefon klingelte. Sie war überrascht, dass es überhaupt funktionierte. Ohne auf das Display zu sehen, nahm sie den Anruf entgegen.

»Price.«

»Ma'am. Einsatzort Austin Avenue. Es gibt neue Entwicklungen.«

Bis jetzt hatte Avery nichts von dem Überwachungsteam gehört, das sie vor Desmonds Haus postiert hatte. Sie hatte es auch nicht erwartet. Um besseren Empfang zu bekommen, ging sie zum Ausgang. Der Mond leuchtete durch die Wolkendecke am Nachthimmel, als sie sich gegen den Holzrahmen lehnte.

»Berichten Sie.«

»Vor fünf Minuten ist jemand ins Haus eingedrungen.«

»Wer?«

»Unbekannt. Alle Täter tragen Körperpanzerung ohne Abzeichen.«

»Truppenstärke?«

»Vier Lieferwagen und zwei X1-Humvees. Wir haben fünf Personen gesehen. Schätzungsweise sind es insgesamt zwischen fünfzehn und dreißig.«

»Ausrüstung?«

»Laut Dossier sieht es nach Kition-Kampfausrüstung aus.«

»Momentane Lage?«

»Die Fahrzeuge stehen auf dem Parkplatz im Hof. Zwei davon mit laufendem Motor.«

Avery zögerte. Sie wusste, dass das Haus schon von Kition-Agenten durchsucht worden war. Was wollten sie dort? Eine Sekunde später wurde es ihr klar.

»Ma'am?«

»Ich bin noch dran.« Ihr Überwachungsteam war klein – nur drei Agenten, die sich in Achtstundenschichten abwechselten. Nicht genug, um das Haus zu stürmen. Oder auch nur zu umstellen. »Bleiben Sie auf Position. Wenn sie das Haus verlassen, folgen Sie ihnen so unauffällig wie möglich.«

»Verstanden.«

Sie trennte die Verbindung und machte einen Anruf, vor dem sie sich gefürchtet hatte.

David Ward meldete sich nach dem ersten Klingeln.

»David ...«

»Avery, mein Gott, wo stecken Sie? Was ist verdammt noch mal passiert, nachdem Sie Oxford verlassen haben?«

»Lin Shaw wollte nicht, dass jemand weiß, wo wir sind. Hören Sie, McClain ist in den USA – in der Nähe von San Francisco.«

»Woher wissen Sie das?«

»Ich habe ein Team vor Desmonds Haus. Ich glaube, Conner McClain ist gerade dort – mit Desmond.«

»Aber Sie wissen es nicht.«

»Ich weiß, dass *jemand* da ist«, sagte Avery. »Und ich kann mir nur einen Grund dafür vorstellen.«

»Ein Ort aus dem Labyrinth.«

»Genau. Desmond ist der Schlüssel zu allem. Ohne Rendition sind sie aufgeschmissen.«

»Ziemlich spekulativ.«

»Ich habe recht.«

Ward seufzte. »Was erwarten Sie von mir?«

»Stürmen Sie das Haus. Mit allem, was Sie haben.«

»Haben Sie den Verstand verloren? Vielleicht sind es nur Plünderer ...«

»Nein. Ich spüre es.«

Davids Tonfall wurde sanfter. »Ich weiß, was er Ihnen bedeutet, Avery.«

»Darum geht es nicht.«

»Natürlich nicht«, sagte er ironisch. Ernster fügte er hinzu: »Wir holen ihn raus. Was ist mit Ihnen? Brauchen Sie Verstärkung?«

»Nein. Ich glaube nicht, dass Kition uns auf dem Radar hat. Ausnahmsweise bin ich mit Lin Shaw einer Meinung. Je weniger Leute wissen, wo wir sind, desto besser. Ich rufe Sie an, wenn ich was habe.«

»Und ich rufe Sie an, wenn wir ihn haben.«

***

Durch das Nachtsichtgerät beobachtete Yuri, wie die blonde Agentin das Telefon wieder unter ihren Körperpanzer schob und zurück in die Höhle ging.

Er sah zu dem Kition-Sicherheitsmann neben sich.

»Starten Sie den Angriff, Captain.«

36

Conner kam früh am nächsten Morgen, und Desmond war froh darüber. Sie saßen stundenlang im Arbeitszimmer und erzählten sich Geschichten. Obwohl sie fast fünftausend Kilometer voneinander entfernt aufgewachsen waren, auf verschiedenen Kontinenten, bei anderen Erziehungsberechtigten, stellten sie eine Menge Gemeinsamkeiten fest. Sie waren beide willensstark, ehrgeizig und manchmal sturköpfig. Beide hatten Verletzungen erlitten, von denen sie sich nicht erholt hatten.

Sie verschwiegen einander nichts. Jeder gab seine Vergangenheit ungeschönt preis. Gegenüber einem Fremden hätten sie vielleicht Kleinigkeiten geändert und Gründe oder Ausreden für ihre Handlungen angeführt. Unter sich jedoch waren sie schonungslos ehrlich, weil sie wussten, dass der andere sie nicht verurteilen und trotzdem lieben würde.

Für Desmond war es ein Ventil. Ein Mensch, dem er trauen konnte, ein Anker in der rauen See des Lebens. Etwas, das er seit Peyton nicht mehr gehabt hatte. Er merkte, wie sehr er das vermisst hatte. Er erzählte Conner, wie er Dale Epply getötet und wie er entdeckt hatte, dass er Peyton nicht so lieben konnte, wie sie ihn liebte, und schilderte seinen Schmerz und seine Depression. Alles.

Schließlich stellte Conner die Frage, auf die Desmond gewartet hatte.

»Das Spiegel-Projekt – was ist es?«

»Eine Lösung.«

»Wofür?«

»Für das, was uns quält, Bruder.«

»Ist das alles?«

»Nein. Das ist nicht mal die Hälfte.«

Als Conner lächelte, verzogen sich die Narben an seiner Wange zu einem grotesken Fleischklumpen. »Geht's noch ein bisschen geheimnisvoller?«

»Ich habe kürzlich gelernt, dass man sich wahres Wissen selbst erarbeiten muss. Komm mit, ich will dir was zeigen.«

Sie fuhren nach Norden, aus Menlo Park heraus, durch San Mateo und an Daly City vorbei, nach San Francisco. Desmond folgte derselben Route, die Yuri eingeschlagen hatte: durch den Golden Gate Park, am Presidio vorbei und in die Innenstadt. Er parkte auf derselben Ebene im Parkhaus und fuhr mit dem Aufzug zu den Wohnungen im fünfundzwanzigsten Stock hinauf. Er nickte dem Concierge hinter dem erhöhten Pult zu, dann schob er die Tür zur Bibliothek auf.

Conner sah sich in dem dreistöckigen Raum um. »Es wundert mich, dass du diesen Ort jemals verlassen hast, so besessen wie du von Büchern bist.«

»Ich war auch eine ganze Weile hier.« Desmond ging tiefer in den Raum hinein. »Aber ich habe schließlich gefunden, was ich gesucht habe.«

»Und zwar?«

»Antworten.«

»Worauf?«

»Auf Fragen, die die wahre Natur unserer Existenz offenbaren, indem sie die Schleier der modernen Welt lüften, bis die nackte Realität zutage tritt.«

»Okay.«

»Diese Fragen sind eine unvergleichliche Ausbildung. Und sie führen zum Spiegel-Projekt. Aber ich kann dir die

Antworten nicht geben. Du musst sie selbst finden. Wenn du bereit dazu bist.«

»Ich werde nicht aufhören.«

»Gut.«

Desmond schloss die Tür, und sie setzten sich an einen der langen Tische am Fenster.

»Es gibt eine Wohnung in dieser Suite«, sagte Desmond. »Du könntest Australien verlassen. In den Rook-Niederlassungen hier arbeiten.«

Conner nickte. »Ich habe nichts, was mich in Sidney hält. Und ... meine Familie ist hier.« Er lächelte. »Daran muss man sich erst gewöhnen: Familie zu haben.«

»Ja. Das ist mal was anderes.«

»Du bist mir wichtiger als Rook. Ich könnte kündigen. Mich ganz dem widmen, was ihr hier macht.«

»Nein. Rook ist Teil davon. Und du hast hart gearbeitet, um deine Position zu erreichen.«

Conner nickte. »Okay. Womit fangen wir an?«

»Mit einer Frage. Für uns führen alle Wege nach Australien.« Desmond stand auf. »Vor fünfundvierzigtausend Jahren ist etwas Bemerkenswertes passiert. Ein Stamm hat Boote gebaut und ist Hunderte Meilen über das offene Meer gefahren. Zum ersten Mal in der Geschichte haben Menschen den australischen Kontinent betreten. Damals waren es die fortschrittlichsten Erdbewohner überhaupt. Aber als die Holländer 1606 ankamen, lagen die australischen Ureinwohner technologisch in ihrer Entwicklung weit zurück. Die Frage lautet: Warum? Was ist diesen Menschen passiert – den ersten Seefahrern?«

***

Desmond verfolgte, wie Conner sich durch die Papierstapel und Bücher in der Bibliothek arbeitete, genau wie er selbst vor einigen Jahren. Conner wohnte in der derselben Wohnung wie er damals und verbrachte jede freie Stunde in der Bibliothek. Er überhäufte Desmond mit Theorien und Fragen. Und wie Yuri es bei ihm getan hatte, saß Desmond geduldig bei Conner und leitete ihn an. Nach jeder beantworteten Frage stellte er eine neue.

Conner brauchte länger als Desmond, um die Antwort zu finden. Doch achtzehn Monate nachdem er nach San Francisco gezogen war, stieß er auf die Lösung. Am nächsten Tag kehrte Desmond mit Yuri zurück.

»Conner, ich möchte dir jemanden vorstellen, der für mich etwas ganz Besonderes ist. Yuri hat mich zu Kition geholt. Er hat mich zu dir geführt. Und zum Spiegel-Projekt. Er ist unser Partner.«

Yuri nahm Conners Hand. In diesem stillen Augenblick in der Bibliothek schienen alle drei durch ein Band verbunden, das aus dem Schmerz ihrer Vergangenheit und dem gemeinsamen Wunsch nach einer besseren Zukunft geknüpft war.

Sie setzten sich, und Conner sprach als Erster. »Womit fangen wir an?«

»Wir machen einen Plan für die Zukunft«, sagte Yuri. »In den nächsten Jahren werden Cyberattacken zunehmen. Regierungen und große Firmen werden ihre interne Abwehr ausbauen. Wenn sie scheitern, will ich, dass sie sich an uns wenden. An Rook.«

»Klar«, sagte Conner. »Internetsicherheit ist unsere Kernkompetenz. Wir betreiben Datenbanken für viele Finanzinstitute und einige internationale Pharmaunternehmen und Versicherungen. Unsere Uptime ist die beste in der Branche. Wir haben alles: Generatoren, Ausfallsicherungen, Notfallwiederherstellungen.«

»Wir müssen einen Schritt weiter gehen«, sagte Yuri. »Eigene Software und Hardware, die nur einigen ausgewählten Kunden zur Verfügung steht.«

Conner schüttelte den Kopf. »Wir entwickeln im Moment keine Software.«

Yuri sah Desmond an und zog eine Augenbraue hoch.

»Ich höre mich um«, sagte Desmond, »und suche nach einem IT-Sicherheits-Start-up, das wir kaufen können. Seit der Krise ist es schwer, an Kapital zu gelangen, wir sollten also einige attraktive Möglichkeiten haben.«

»Gut«, sagte Yuri. »Außerdem möchte ich eine Software für Naturkatastrophen. Eine Komplettlösung für Katastrophenschutzeinrichtungen. Eine Möglichkeit für sie, mit der betroffenen Bevölkerung zu kommunizieren.«

»Das ist definitiv machbar«, sagte Conner. »Aber ich glaube, wir müssen uns umstrukturieren. Im Moment sind wir eine reine Webhosting-Firma. Sie reden von Softwarelösungen, Dienstleistungen, Hardware. Und wir müssen für das Spiegel-Projekt Wissenschaftler akquirieren, die an Quantencomputern forschen.«

»Gut. Das überlasse ich alles Ihnen.« Zu Desmond sagte er: »Wie weit sind wir mit Rendition?«

»Es geht voran. Allerdings längst nicht so schnell, wie ich möchte.«

»Das ist immer so.«

***

Danach trafen sie sich jede Woche. Sie saßen in der Bibliothek am Tisch und berichteten von ihrem jeweiligen Anteil am Spiegel-Projekt.

Conner benannte seine Firma in »Rook Quantum Sciences« um. Desmond half ihm, ein IT-Sicherheits-Start-up aufzukaufen. Schritt für Schritt kamen sie voran und setzten zu dritt allmählich ein großes Puzzle zusammen. Aus Monaten wurden Jahre, und im Sommer 2010 bat Yuri Desmond um etwas.

»Ich möchte, dass du dem Vorstand einer Kition-Firma beitrittst.«

»Klar. Welcher?«

»Phaeton Genetics.«

Der Name kam ihm bekannt vor. Yuri klärte ihn auf.

»Es ist Lin Shaws Firma.«

»Worauf ist sie spezialisiert?«

»Offiziell ... auf die Identifizierung der genetischen Grundlagen von Krankheiten und die Sequenzierung von Viren.«

»Und inoffiziell?«

»Ich vermute, das weiß nur Lin Shaw.«

»Und was ist meine Aufgabe?«

»Herauszufinden, was sie vorhat.«

Desmond lächelte. »Ich nehme an, du hast bessere Spione als mich auf deiner Gehaltsliste.«

»Niemanden, dem sie mehr vertraut. Und niemanden, dem ich mehr vertraue.«

Desmond hatte Yuri nie von seinem Besuch bei Lin Shaw in jener Nacht erzählt, aber aus seinen Worten schloss er, dass er schon Bescheid wusste. Es spielte ohnehin keine Rolle. Wie bei Conner wollte Desmond keine Geheimnisse zwischen ihnen.

In der nächsten Woche ging er zum ersten Mal zur Vorstandssitzung bei Phaeton. Er war fasziniert von der Arbeit der Firma. Das Potenzial war gewaltig. Phaethon widmete sich der Identifizierung von Genen und epigenetischen Triggern, die Krankheiten auslösten. Phaeton entwarf eine Welt, in der Diagnosen aus einer Kombination von Symptomschilderung und DNS-Sequenzierung erstellt wurden. Medikamente könnten zu Hause synthetisiert werden, als würde man sich eine Tasse Kaffee kochen. In jeder Küche stünde ein medizinischer 3-D-Drucker, der ein Heilmittel ausgab, sobald die Symptome auftraten.

Am stärksten berührte ihn Lin Shaws Leidenschaft für das

Projekt. In dem Sitzungsraum in Menlo Park stand sie vor dem Projektor, der eine Doppelhelix an die Wand warf.

»Wir erleben einen transzendentalen Augenblick in der Geschichte der Menschheit. Unsere Generation kann die erste sein, die alle Krankheiten besiegt. Nicht ein Leiden oder ein paar davon, sondern *alle*. In der Geschichte gab es einige Wendepunkte. Landwirtschaft. Aufklärung. Zweiter Weltkrieg. Aber keinen wie diesen. Das Ende der Krankheiten wird ein neues goldenes Zeitalter einläuten.«

Sie sah Desmond an. »Und heute kommen wir dem einen Schritt näher. Ich möchte, dass Sie Desmond Hughes willkommen heißen. Desmond investiert überwiegend in IT-Start-ups, von denen Sie sicher einige kennen.« Sie las mehrere Firmennamen vor. »Insbesondere bei unseren wachsenden Sorgen in der Datenzentrale wird Desmond uns sehr weiterhelfen können. Er hat Erfahrung bei der Vergrößerung von Datenbanken, besonders im wissenschaftlichen Sektor. Er war einer der leitenden Entwickler bei SciNet, an das sich einige von Ihnen erinnern werden. Außerdem ist er Vorstandsmitglied bei Rook Quantum Sciences – eine der führenden Firmen im Bereich Hochsicherheits-Webhosting.

Also. Willkommen, Desmond. Wir freuen uns auf Ihren Input im Bereich IT und Finanzen und natürlich bei allem anderen, wo Sie uns weiterhelfen können.«

Als die Sitzung beendet war, bot Lin Desmond ihren Arm an. »Soll ich dir eine Führung geben?«

***

»Das ist unsere größte Schwachstelle«, sagte Lin. Sie stand mitten in der Datenzentrale.

»Ihr könntet es an Rook outsourcen.«

»Stimmt. Aber das würde es für uns verkomplizieren. Wir versprechen unseren Kunden, dass die Daten, die sie uns geben, immer in unserer Obhut bleiben. Und selbst wenn das nicht der Fall wäre, würden wir die Kontrolle behalten wollen. Wir müssen in der Lage sein, bei Bedarf auszubauen.«

»Okay. Ich rede mit meinem Bruder. Vielleicht kann Rook euch beraten, beim Aufrüsten unterstützen und helfen, die richtigen Leute einzustellen.«

»Gut.«

Im Aufzug sagte Lin: »Es gibt noch ein anderes Projekt von Rook, an dem wir uns gerne beteiligen würden – das Katastrophenschutzprogramm.«

Desmond runzelte die Stirn.

»Wir können Genproben schneller analysieren als jede andere Firma. Bei Seuchenausbrüchen könnten wir Proben von Patienten untersuchen, Viren sequenzieren, Mutationen identifizieren und wahrscheinlich sogar beim Contact Tracing helfen – auf genetischer Ebene.«

»Für welche Gegenleistung?«

»Unterstützung beim Verkauf. Wir hätten gern, dass der Vertrieb von Rook unsere Ausbruchsbekämpfungslösung aufnimmt und mit seinen Datenrettungsdiensten verknüpft.«

»Ich werde es Conner vorschlagen.«

»Danke.«

Sie gingen an einem Meer von kleinen Büroeinheiten vorbei. Es war von engen Gängen durchzogen, leicht geneigte Köpfe, die mit aufgesetzten Headphones auf Bildschirme sahen, ragten daraus hervor. Es war wie ein Labyrinth aus Plastikhecken.

Lin schloss die Glastür zu ihrem Büro und setzte sich an den Schreibtisch. Zum ersten Mal an diesem Tag schlug sie einen sanfteren Ton an.

»Es ist schön, dich zu sehen, Desmond.«

»Ich freue mich auch.«

»Yuri braucht sich keine Sorgen zu machen.«

Desmond stieß den Atem durch die Nase aus. Lin Shaw war direkt. Furchtlos.

Ihre Offenheit ermunterte Desmond, die Frage zu stellen, die er bereits stellen wollte, seit Yuri ihn gebeten hatte, dem Vorstand beizutreten. Auch wenn er Angst vor der Antwort hatte.

»Wie geht es ihr?«

In Lins Gesicht zuckte kein Muskel. »Den Umständen entsprechend gut.«

Die Antwort war wie eine Morphiumspritze: Zuerst schmerzte sie, dann überkam Desmond eine seltsame Taubheit, als würde eine geistige Blockade ihn vor dem Schmerz bewahren, der noch immer da war. Er konnte nicht klar denken. Wie in Trance saß er da.

Lin durchbrach das Schweigen. »Es wird alle Wunden heilen, Desmond.«

»Es?«

»Das Spiegel-Projekt.«

***

An diesem Abend tat Desmond etwas, von dem er sich geschworen hatte, es nicht zu tun. Er öffnete den Internet Explorer und googelte Peyton Shaw.

Der erste Treffer war eine Seite, die ihre EIS-Klasse am CDC willkommen hieß. Sie enthielt ein Foto einer etwa hundertköpfigen Gruppe, die vor einem Glasgebäude stand. Peyton war in der hinteren Reihe und lächelte nicht. Als er sie sah, hatte er das Gefühl, in ein Loch zu fallen. Er klickte auf den nächsten Link, dann auf den nächsten und immer weiter. Schließlich stieß er auf der Website des John Hopkins Hospitals, wo sie als Assistenzärztin aufgeführt war, auf ein Foto von ihr. Er bemerkte die große Ähnlichkeit mit Lin Shaw: die feinen asiatischen Züge, die Porzellanhaut, die dunklen Augen. Und etwas, das er nicht gesehen hatte, als sie noch zusammen waren: leichte Krähenfüße in ihren Augenwinkeln. Sorgenfalten. Ihr Lächeln wirkte ernst, ihr Blick konzentriert. Das unbeschwerte Mädchen, das er vor zwölf Jahren auf der Halloweenparty kennengelernt hatte, war verschwunden. Das brach ihm erneut das Herz.

Er suchte weiter, aber das, was er am meisten fürchtete, fand er nicht: eine Verlobungsanzeige. Es gab keine Hochzeitswebseite, auf der erzählt wurde, wie sie ihren Seelenverwandten kennengelernt hatte oder welche Kleider die Brautjungfern trugen oder wie der Festsaal dekoriert gewesen war. Diese Entdeckung machte ihn glücklich und traurig zugleich. Er fragte sich, ob sie wartete – oder ob er sie zu seinem Ebenbild gemacht hatte: einem Menschen, der zu echter Liebe nicht fähig war.

Er war so in seine Suche vertieft, dass er weder hörte, wie die Tür geöffnet wurde, noch, wie sich Schritte näherten. Conners Stimme erschreckte ihn.

»Du weißt ja, dass das keine gute Idee ist.«

Desmond drehte sich zu ihm um. »Ja.«

Conner zog einen Stuhl von dem langen Tisch heran. »Was ist passiert?«

»Ich habe heute ihre Mutter getroffen.«

»Und?«

»Wir haben über sie geredet. Ich konnte nicht widerstehen.«

»Willst du dich bei ihr melden?«

»Nein«, sagte Desmond schnell. »Ich kann nicht. Ich würde gern. Aber …«

Conner nickte. »Du hast gesagt, du willst über Rook sprechen.«

»Ja. Es hängt mit Lins Firma zusammen. Sie braucht Hilfe.«

***

Desmond überwachte die Zusammenarbeit zwischen Rook und Phaethon und beobachtete, wie die Datenzentrale aufgerüstet wurde. In der restlichen Zeit arbeitete er mithilfe einer Tarnfirma namens Rendition Games an Rendition. Das Projekt zog sich in die Länge. Yuri bat um Geduld, aber Desmond und Conner konnten kaum erwarten, dass das Spiegel-Projekt fertig wurde.

An einem warmen Sommertag im Jahr 2015 änderte sich Desmonds Leben unerwartet erneut. Das Biostatistikteam von Phaeton lag im ständigen Streit mit der betriebswirtschaftlichen und wissenschaftlichen Abteilung, und Desmond wurde hinzugezogen, um Frieden zu stiften. Er scheiterte kläglich.

Das Biostatistikteam wurde von einem Mann namens Herman geleitet. Er war Mitte sechzig, trug eine runde Nickelbrille, hatte einen Doktortitel und wirkte ständig gereizt.

Herman verschränkte die Hände auf dem Schreibtisch und schnaufte. »Das Problem ist ganz einfach. Ich habe nicht genug Leute, um Reports zu programmieren, nur weil denen gerade danach ist, und das in dem lächerlichen Zeitrahmen.«

»Dann setzen Sie Prioritäten«, sagte der Finanzchef. »Ich fliege morgen um acht zu einem Meeting mit Investoren. Wenn ich die Reports dann nicht habe, gibt es keine weiteren Mittel – für niemanden.«

»Und wie lang wissen Sie schon von diesem Meeting?«

»Weiß ich nicht.«

»Wir haben Ihre Anfrage gestern erhalten. Ich gehe mal davon aus, dass das Meeting schon länger geplant ist.«

Der CFO verdrehte die Augen.

»Schlechte Planung Ihrerseits kann ich nicht als Notfall betrachten.«

Desmond fixierte ihn. »Wirklich nicht?«

Herman gab keine Antwort.

»Sie arbeiten in einer Hightech-Firma«, sagte Desmond.

»*Alles* ist ein Notfall. Wenn Sie keine Notfälle mögen, ist das der falsche Job für Sie. Es gibt reichlich Firmen, in denen keine Notfälle vorkommen. Wäre Ihnen das lieber?« Er sah den Mann herausfordernd an.

Stille breitete sich aus.

Schließlich sagte Herman: »Mr. Hughes. Bei allem Respekt, aber wenn *alles* ein Notfall ist, ist *nichts* ein Notfall. Alles ist dringend.«

Eine der medizinischen Projektmanagerinnen meldete sich zu Wort. »Ja, das stimmt, aber ... unser Kunde hat eine Deadline für seinen Report bei der FDA.«

Herman hatte drei seiner Kollegen mitgebracht: zwei übergewichtige Männer, die links und rechts vom ihm saßen und den gleichen versteinerten Gesichtsausdruck zur Schau stellten wie er, sowie eine jüngere blonde Frau mit strahlend blauen Augen. Bisher hatte die Frau auf einem Stuhl an der Wand gesessen, hinter den anderen am Besprechungstisch. Jetzt stand sie auf, beugte sich vor und flüsterte Herman etwas ins Ohr. Er sah sich nicht einmal um, sondern wollte sie zurückscheuchen. Sie wich nicht von der Stelle. Stattdessen flüsterte sie nun mit mehr Nachdruck, auch wenn Desmond ihre Worte noch immer nicht hören konnte. Herman drehte sich um und warf ihr einen bösen Blick zu. Sie sah ihn an wie ein Boxer, der seinen Gegner einschätzt.

Herman wirbelte zu den anderen herum. »Ihre Wünsche sind uns alle bekannt. Gibt es sonst noch was? Wie Sie wissen, müssen meine überarbeiteten Leute zurück, um sich um dringende Reports zu kümmern.«

***

Als Desmond am nächsten Morgen aufstand, hatte er zwei E-Mails von einem unbekannten Absender in seinem Posteingang: Avery Price. Eine war an den CFO adressiert und enthielt einen sicheren Link zu dem Report, den er angefordert hatte. Die andere war an die Projektmanagerin gerichtet – mit einem Link zu dem FDA-Report, den sie brauchte. Die erste E-Mail war um 2.38 Uhr abgeschickt worden, die zweite vier Stunden später.

Die Empfänger hatten sich schon bedankt. Desmond antworte ebenfalls und bat um ein Treffen, bekam aber nur eine automatische Mitteilung, dass seine E-Mail nicht zugestellt werden konnte.

Im Büro von Phaeton Genetics blieb er vor dem ersten Schreibtisch in der Biostatistikabteilung stehen. »Hallo.«

Ein junger Mann mit kurzem Haar nahm seinen Kopfhörer ab. »Was gibt's?«

»Ich suche Avery Price.«

Der Mann zog die Brauen hoch.

»Er ist Programmierer in der Biostat ...«

»Nein.«

»Eigentlich bin ich ziemlich sicher ...«

»Er ist eine Sie. Und sie wurde heute Morgen rausgeworfen.«

»Warum?«

Der Mann stand auf, um über die Kabinenwand zu spähen. Dann flüsterte er Desmond zu: »Sie hat auf fremden Wiesen gegrast.«

»Was soll das bedeuten?«

Der Mann setzte sich wieder. »Moment, wer sind Sie noch mal?«

Desmond trat einen Schritt zurück. »Vergessen Sie's.«

Er hatte bereits genug Zeit bei Phaeton verbracht, um ein eigenes Büro und Zugang zum Netzwerk zu haben. Er öffnete das Oracle-Personalprogramm und suchte nach Avery Price. Sie sah ihn von einem Foto mit ihren faszinierenden kalten Augen an. Es war die Frau, die Herman bei dem Meeting ins Ohr geflüstert hatte. Er überflog ihren Lebenslauf.

Sie hatte an der UNC-Chapel Hill studiert und war dort Mitglied des Tennisteams. Zuletzt war sie als Risikoanalystin bei einer Investmentfirma namens Rubicon Ventures angestellt gewesen.

Ihr Beschäftigungsstatus lautete: Gekündigt. Darunter stand eine Anmerkung: Zeitvergeudung und Nichtbefolgung von Anweisungen.

Desmond gab ihre Adresse auf seinem iPhone in Google Maps ein. Als die Route geladen wurde, tauchte jemand an der Tür auf. Lin Shaw.

»Wie ist es mit den Biostatistikern gelaufen?«

»Nicht gut.«

»Lösung?«

»Weiß noch nicht genau.« Er sah auf die Wegbeschreibung. »Aber ich arbeite an etwas.«

***

Conner stand in Desmonds Schlafzimmer, als er den ersten Knall hörte. Kurz darauf folgte ein zweiter.

Einer seiner Männer meldete sich über Funk. »Zero, wir werden angegriffen. Sie schießen auf unsere Reifen.«

Conner drückte den Sprechknopf an seinem Schlüsselbein. »Ziehen Sie sich in die Garagen zurück. Alle Einheiten, Feuerschutz!«

37

In jedem Fenster hingen Plakate. Hillary. Pelosi. Der Wahlkampf 2016 schien von Tag zu Tag heftiger zu werden.

Desmond fuhr an ihnen vorbei in eines der verwahrlosteren Viertel San Franciscos. Oder *ehemals* verwahrlost. Es wurde allmählich gentrifiziert, und auf den Straßen sah man überwiegend Prius- und Tesla-Fahrzeuge. Die Morgensonne brannte auf seinen Schultern, als er die Treppe zum ersten Stock des Wohnhauses hinaufstieg und an der Tür klopfte.

Nichts.

Er klopfte noch einmal.

Immer noch keine Reaktion.

Er nahm sein Handy und wählte die Nummer, die in Averys Personalakte stand.

Eine belegte Stimme meldete sich. »Price.«

»Hallo. Hier ist Desmond Hughes. Wir kennen uns nicht ...«

»Was wollen Sie?«

»Ähm. Ich bin im Vorstand von Phaeton Genetics.«

Stille.

»Ich weiß, dass Sie heute entlassen wurden.«

Im Hintergrund raschelten Bettlaken.

»Ich würde gern mit Ihnen sprechen. Persönlich. Über die Reports, die Sie heute Morgen geschickt haben.«

Ein Knistern, als würde Stoff über das Telefon gezogen. »Wo?«

»Äh. Ich stehe ... vor Ihrer Wohnung.«

Kurz darauf öffnete sie die Tür. Ihr blondes Haar stand zu allen Seiten ab wie Einsteins grauer Schopf.

»Hallo«, sagte sie.

»Hallo.« Unwillkürlich musterte er sie. Sie trug ein langes enges T-Shirt und Boxershorts. Sonst nichts.

»Ich brauche Ihren vollständigen Namen, um das Kontaktverbot zu beantragen.«

Er zog die Brauen hoch.

Sie ließ die Tür aufschwingen. »War nur ein Witz. Kommen Sie rein.« Sie hatte einen leichten Südstaatenakzent.

Die Wohnung war eingerichtet wie bei den meisten Start-up-Gründern, die er kannte. Ein IKEA-Sofa. Ein Flachbildfernseher, der auf dem Karton stand, in dem er geliefert worden war. Ein Wohnzimmertisch aus auf alt getrimmtem Holz. Aber die Zusammenstellung der Zeitschriften war merkwürdig: *TENNIS*, *The Economist*, *Time*, *Us Weekly* und *Care Quarterly*, das Heft der Alzheimer's Foundation of America. Im Mülleimer lagen leere Gatorade-Flaschen, zwischen denen die Hälse zweier Weinflaschen herausragten.

»Ihre Einrichtung gefällt mir.«

»Die Putzfrau ist heute spät dran. Normalerweise empfange ich die Vorstandsmitglieder abends.«

Desmond lachte. Sie war forsch. Er fragte sich, ob es daran lag, dass sie gerade entlassen worden war, oder ob sie von Natur aus so war. So oder so empfand er es als erfrischend. Die meisten Angestellten wählten ihre Worte sorgfältig, wenn sie mit einem Vorstandsmitglied sprachen.

»Möchten Sie was trinken?« Avery ging in die kleine Küche und öffnete den Kühlschrank. Sie holte eine Flasche Cupcake-Chardonnay heraus, beäugte sie, stellte fest, dass sie fast leer war, und stellte eine Flasche Yellow Tail daneben. Sie spülte einen Kaffeebecher aus, goss den Cupcake ein und schraubte den Yellow Tail auf.

Desmond hob die Hand, um sie zu bremsen. »Ich habe eine bessere Idee.«

Sie konzentrierte sich ganz auf das Einschenken, als mische sie im Labor den Inhalt zweier Messbecher. »Sie haben eine bessere Idee, als an dem Morgen, an dem ich gefeuert wurde, Wein zu trinken?« Sie sah auf. »Die müsste schon *richtig* gut sein.«

Er ging zu ihr und nahm ihr die Flasche aus der Hand. »Sie ist ziemlich gut.« Er drehte den Verschluss zu. »Wir könnten zusammen frühstücken und uns unterhalten. Sie bekommen Ihren Job zurück, und Ihr alter Chef kriegt einen auf den Deckel.«

»Okay. Aber nur fürs Protokoll, bis zu Ihrem letzten Satz hätte ich Nein gesagt.«

»Ist vermerkt.« Er sah auf ihr Haar. »Ich kann warten, wenn Sie duschen möchten oder ...«

Sie ging an ihm vorbei zum Schlafzimmer. »So eine bin ich nicht.«

Bevor er reagieren konnte, war sie durch die Tür und zog sich das T-Shirt aus. Sein Blick blieb einen Moment an ihrem nackten Rücken hängen, bevor er sich abwandte und ins Wohnzimmer ging. Vielleicht war sie noch ein bisschen betrunken. Oder Exhibitionistin. Oder beides.

Als sie wieder auftauchte, trug sie eine kurze Sporthose, ein T-Shirt mit der Aufschrift »Carolina Tennis« und eine weiße Kappe auf ihrem wirren Haar. An ihrem Handgelenk hing ein grünes geringeltes Plastikarmband, als hätte sie sich in einem alten Telefonkabel verfangen. Daran baumelte ein einzelner Schlüssel.

»Das hält Sie bestimmt davon ab, mit mir in einen zu schicken Laden zu gehen.«

Er grinste. »So einer bin ich nicht.«

***

Das Frühstückslokal war mit verkaterten Studenten der Stanford University gefüllt, unter die sich ein paar Professoren und Anwohner auf dem Weg zur Arbeit gemischt hatten. Desmond und Avery fielen nicht auf.

Avery bestellte die halbe Speisekarte – Eier, Hash Browns, Pancakes und Toast. Desmond wunderte sich, wo sie das alles hinsteckte.

»Was ist passiert?«, fragte er.

Sie löffelte Erdbeermarmelade auf den Toast, klappte ihn zusammen und biss hinein. »Ich habe eine Nachtschicht eingelegt, meine Arbeit gemacht, und um acht habe ich einen Anruf gekriegt, dass ich nicht mehr kommen soll – nie mehr. Einfach so rausgeworfen.«

»Warum?«

»Paranoia.«

Endlich aß sie etwas langsamer. Die Pancakes schienen ein unüberwindlicher Berg zu sein. Trotzdem strich sie sie mit Butter und Sirup ein – vielleicht damit sie besser runtergingen.

»Das verstehe ich nicht.«

»Bei Phaeton passiert das Gleiche wie bei jeder Firma. Wir haben es bei Rubicon bei den Unternehmen beobachtet, in die wir investiert haben. Die Gründer und ersten Angestellten sind Macher. Alle sind auf derselben Wellenlänge. Hau-rein-Mentalität.«

Desmond lachte.

»Das sagt man so zu Hause in North Carolina.«

»Ich weiß.«

Avery warf ihm einen skeptischen Blick zu.

»Ich bin in Oklahoma aufgewachsen.«

»Wirklich.« Sie aß noch ein Stück Pancake und gähnte, ohne sich die Hand vor den Mund zu halten. Die Nachtschicht machte ihr zu schaffen.

»Also, was ist das Problem bei Phaeton?«, fragte Desmond.

»Jetzt haben die Leute andere Prioritäten. Herman zum Beispiel. Er ist im mittleren Management. Seine Priorität ist, seinen Job zu behalten und vielleicht ein bisschen aufzusteigen. Sich für die Firma unentbehrlich zu machen. Seine Macht auszuweiten. Mehr Personal zu bekommen – und so ein höheres Gehalt zu rechtfertigen. Er will – braucht es –, dass die anderen Abteilungen auf ihn angewiesen sind.«

»Und wenn wir ihn ersetzen würden?«

Sie zuckte mit den Achseln und legte die Gabel auf den Tisch. »Dann würde sich die Lage für eine Weile bessern. Aber bald hätte man mehr von der Sorte. Die Leute passen sich an ihre Umgebung an.«

»Also müssen wir die Umgebung ändern.«

»Genau.«

»Wie?«

Avery schnaufte. »Achtzig Prozent der angeforderten Reports sind nur Varianten einiger weniger Vorlagen. Man sollte zwei Arten von Software für Kunden programmieren: eine für die Betriebswirte und eine für die Wissenschaftler. Dann stellt man ihnen eine kleine Analyse- und Reportgruppe zur Verfügung – und bildet ihr Personal für das System aus. Ermöglicht ihnen, ihre eigenen Reports zu erstellen.«

»Und die, die sie nicht selbst erstellen können?«

»Darum müssen sich immer noch die Biostatistiker kümmern.« Sie hob die Gabel auf und nahm erneut die Pancakes in Angriff. »Aber das wäre kein Problem. Die Hälfte der Leute in der Gruppe braucht keinen Manager. Man sagt ihnen, was sie tun sollen, und sie erledigen es. Sie sind gut. Vielleicht brauchen sie ein bisschen Hilfe beim Verständnis der Wünsche ihrer *Kunden* – die Betriebswirte und Wissenschaftler sind nämlich ihre Kunden, und sie sollten auch anfangen, sie als solche zu betrachten.« Sie legte die Gabel ab und sah sich um, als wollte sie die Kellnerin herbeiwinken.

»Ich habe schon bezahlt.«

Sie nickte. »Prima. Ich bin nämlich gerade arbeitslos.«

»Apropos.«

Sie kniff die Augen zusammen.

»Was halten Sie davon, wieder eingestellt zu werden? Wie Sie schon sagten, die Biostatistiker brauchen keinen Manager. Sie brauchen einen Übersetzer für die Kundenwünsche.«

Sie lehnte sich zurück. »Man kann sich schlecht darauf freuen, in die Höhle des Löwen zurückzukehren, wenn einem gerade der Kopf abgebissen wurde.«

»Um die Löwen kümmere ich mich.«

***

Die Rückfahrt zu Averys Wohnung dauerte weniger als zehn Minuten, doch schon nach drei Minuten war sie auf dem Beifahrersitz eingeschlafen.

Als sie ankamen, rüttelte Desmond sie an der Schulter und wartete. Er versuchte es erneut, aber sie war völlig weggetreten. Also zog er ihr das Armband mit dem Schlüssel vom Handgelenk, ging um den Wagen herum, öffnete die Tür und hob sie heraus. Vorsichtig trug er sie in den ersten Stock. In der Wohnung überlegte er kurz, sie auf das IKEA-Sofa zu legen, aber er hatte selbst schon auf solchen Möbeln geschlafen. Obwohl er damit ein wenig in ihre Privatsphäre eindrang, schob er die Tür zum Schlafzimmer auf, wo ein Doppelbett ohne Kopfteil stand. Auf dem Nachttisch lagen zwei Kindles, einer davon ans Ladegerät angeschlossen.

Als er sie ablegte, rührte sie sich. Aus irgendeinem Grund machte ihn das nervös. Er wartete ab, aber sie bewegte sich nicht mehr.

Er zog die Rollos herunter, schrieb einen Zettel und legte ihn in die Küche: *Schlüssel unter der Fußmatte.*

***

Im Besprechungsraum von Phaeton Genetics saß Desmond neben dem CFO und Lin Shaw, die die wissenschaftliche Leitung innehatte. Der einzige andere Anwesende war Herman. Als Desmond beschrieben hatte, wie die Abteilung in drei Gruppen aufgeteilt würde, sah ihn der ältere Mann ungläubig an.

»Sie erwarten von mir, dass ich statt einer Gruppe drei leite – in drei Abteilungen auf zwei Etagen? Das ist lächerlich.«

»Nein«, sagte Desmond. »Wir erwarten, dass Sie Ihren Doktortitel in Biostatistik und Ihre Programmierfähigkeiten nutzen, um der gestrafften Reportgruppe zu helfen, die komplexeren Reports zu erstellen.«

Der Unterkiefer des Manns klappte herunter. »Ich werde zurückgestuft? Glauben Sie, ich setze mich ins Großraumbüro zu meinen bisherigen Untergebenen und programmiere wieder?«

»Wenn Sie nicht bei den Leuten sitzen wollen, die für Sie arbeiten – und dieselbe Arbeit tun wollen, die Sie von ihnen erwarten –, haben wir keine Verwendung mehr für Sie. Wir sind eine Firma von Machern, nicht von Managern.«

Herman schnaubte und wandte den Blick ab. »Und wer soll die Anforderungen übersetzen? Und noch wichtiger, wer soll die Arbeit priorisieren? Es wird Chaos herrschen.«

»Die Kunden werden die Arbeit priorisieren. Es ist ihre Entscheidung. Für jeden Report wird es ein Fertigstellungsdatum geben.« Desmond nickte Lin zu. »Siebzig Prozent der Zeit ist für die Wissenschaft reserviert, dreißig für die Betriebswirtschaft. Jede Gruppe priorisiert ihre eigene Arbeit, basierend auf ihren Bedürfnissen und Schätzungen.«

»Und die Spezifikationen?«

Auf diese Frage hatte Desmond gewartet. »Dafür wissen wir schon jemanden.«

Herman beugte sich vor.

»Sie kennen sie schon. Avery Price.«

***

Avery blühte in ihrer neuen Rolle auf. Sie arbeitete hart, engagiert und sachlich. Es ging ihr nur um das Ergebnis. Trotz ihres Benehmens bei ihrer ersten Begegnung mit Desmond war sie im Büro absolut professionell.

Es gab mehrere Gelegenheiten, sie zu befördern, aber sie lehnte jedes Mal ab. »Ich will keine Verantwortung«, sagte sie. »Ich will die Arbeit machen.« Sie verhandelte, um mehr Aktien statt eines höheren Gehalts zu bekommen. Sie erinnerte Desmond an sich selbst während seiner Beschäftigung bei SciNet.

Er verbrachte immer mehr Zeit mit ihr. Oft war sie seine erste Ansprechpartnerin, wenn der Vorstand bestimmte Reports haben wollte. Sie programmierte viele davon selbst und verpasste nie eine Deadline.

Als er an einem Freitag spät das Büro verließ, sah er das Licht in ihrer Kabine leuchten und ging zu ihr. Sie hatte ihren Kopfhörer auf und saß vorgebeugt vor einem Fenster aus der SQL-Datenbank. Linien verknüpften die Tabellen wie ein Familienstammbaum. Sie erstellte eine Verbindung zwischen einem Primär- und einem Fremdschlüssel.

Desmond klopfte an den Stahlrahmen ihrer Kabine. Sie drehte sich um und setzte den Kopfhörer ab. Schwarze Ringe umrandeten ihre Augen.

»Hallo«, sagte er.

»Selber hallo.«

»Gehen Sie bald nach Hause?«

»Wohl kaum.«

»Woran arbeiten Sie?«

»Ein Report für Lin Shaw.« Sie zeigte auf die handschriftlichen Notizen auf einem Block. Desmond erkannte die Bezeichnungen einiger Gene und SNPs. Die Auftragsbeschreibung verlangte eine Aufschlüsslung nach Altersgruppe, Geschlecht, Rasse und medizinischem Zustand.

»Sieht nach einer Menge Arbeit aus.«

»Allerdings. Und ich bin ziemlich erledigt.«

»Kommen Sie.« Er zeigte zum Konferenzraum. »Ich helfe Ihnen.«

Sie grinste, als hätte er einen Scherz gemacht.

»Ich war auch mal Programmierer. Eine SQL-Abfrage kann ich immer noch schreiben.«

Sie bestellten chinesisches Essen, setzten sich mit ihren Laptops an den Besprechungstisch und teilten die Arbeit auf. Sie fügten ihre Daten zusammen, erst langsam, dann immer schneller, als sie einen gemeinsamen Rhythmus gefunden hatten.

Während sie auf die Ausführung einer besonders komplexen Abfrage warteten, fragte Desmond: »Warum setzen Sie sich so unter Druck?«

Sie sah ihm nicht in die Augen. »Weiß ich nicht.«

»Dann denken Sie sich was aus.«

Sie lachte und aß ein Stück von dem Hähnchen, das jetzt fast kalt war. »Vermutlich liegt es daran, wie ich aufgewachsen bin. Harte Arbeit galt als Tugend.«

»Ja, ich weiß, was Sie meinen.«

Die Abfrage war beendet. Desmond überflog das Fenster mit den Ergebnissen. Doppelzeilen. Er las den Abfragetext, dann griff er nach der Maus. »Diese linke äußere Verknüpfung müsste eine innere sein ...«

»Ich sehe es.« Sie schob seine Hand von der Maus. Die Berührung ließ ihn innehalten, und sein Atem beschleunigte sich. Avery klickte in den Text und tippte, ohne ihn anzusehen. Offenbar empfand sie nicht dasselbe. Sie war entschlossen, die Abfrage selbst fertigzustellen. Sie klickte noch einmal auf »Ausführen«.

»Was hat Sie zu Phaeton gezogen?«

»Das Geld.«

Desmond schüttelte den Kopf. »Lügen Sie immer, wenn jemand Ihnen eine persönliche Frage stellt?«

Sie legte den Kopf schief und tat so, als überlegte sie. »Ich bemerke einen Zirkelbezug in Ihrer Abfrage.«

Er lachte laut auf. Der Humor der Computerfreaks hatte ihm schon immer gefallen. »Nein, im Ernst. Warum weichen Sie immer aus?«

»Schwer zu sagen.«

»Und warum ist es schwer zu sagen?«

»Die Datenbasis ist zu klein.« Sie zuckte die Achseln. »Mir werden selten persönliche Fragen gestellt.«

»In dem Fall lassen Sie mich die Abfrage umformulieren. Sie arbeiten hier sehr hart. Aber das könnten Sie überall tun. Warum hier? Warum diese Firma? Kommen Sie, Sie werden es überleben, mir zu antworten.«

Sie sah ihm in die Augen. »Also gut. Ich glaube an das, was Phaeton tut. Die genetischen Ursachen von Krankheiten zu erforschen. Das wird große Auswirkungen haben.«

»Stimmt. Das ist alles? Es ist nichts Persönliches im Spiel?«

Die Abfrage war beendet. Dieses Mal war alles in Ordnung. Avery kopierte die Ergebnisse und fügte sie in eine Excel-Tabelle ein. Er dachte schon, sie würde seine Frage ignorieren, aber sie antwortete, ohne den Blick vom Bildschirm zu lösen.

»Mein Vater.«

Desmond wartete, bis sie weiterredete.

»Er hat Alzheimer.«

Er hatte das Gefühl, zum ersten Mal einen Blick auf die echte Avery zu erhaschen. Es war so viel persönlicher, als ihre Wohnung zu sehen oder mitzubekommen, wie sie sich umzog. Und er empfand eine neue Verbindung zu ihr. Er wusste, wie es war, sich in etwas zu verbeißen, um einem kranken Angehörigen zu helfen. Am liebsten hätte er ihr von dem

Spiegel-Projekt erzählt, damit sie wusste, dass sie wirklich an etwas arbeitete, das ihrem Vater und so vielen anderen helfen könnte.

***

Zwei Wochen später kam Avery in sein Büro. Sie benahm sich anders als sonst. Keine Spur mehr von Selbstbewusstsein. Sie wirkte ... schüchtern. Nervös.

»Was gibt's?«

»Ich ...« Sie kratzte sich am Ohr. »Ich möchte Sie um einen Gefallen bitten.«

»Jederzeit.«

Sie holte Luft. »Ich bin in der Jury für den Start-up-Wettbewerb an meiner ehemaligen Uni.«

»Die UNC.«

»Genau.« Sie schluckte. »Also, da ist dieses Start-up, CityForge. Es geht darum, Dörfern in der Dritten Welt zu helfen, zu Städten zu werden. Jedenfalls dachte ich, wenn Sie Lust und Zeit haben, was wahrscheinlich nicht der Fall ...«

»Doch.«

»Es macht nichts, wenn Sie Nein sagen.«

»Was brauchen Sie?«

»Hm, ich hatte gehofft, Sie könnten mit den Gründern reden, ihnen vielleicht ein paar Tipps geben. Ich könnte eine Telefonkonferenz ...«

Desmond hob die Hand. »Avery, haben Sie eine Vorstellung, wie viele Leute mit mir wegen der nächsten genialen Start-up-Idee telefonieren wollen?«

Sie öffnete den Mund, aber er kam ihr zuvor.

»Das war nur ein Scherz.«

Sie lachte, und ihre Nervosität ließ ein wenig nach.

»Die Rache für das Kontaktverbot vor ein paar Monaten.«

»Der Punkt geht an Sie, Mr. Hughes.«

»Ich würde sehr gern mit ihnen reden. Urbanisierung ist ein Schwerpunkt für Icarus Capital. Städte sind wichtig für unser Vorhaben.«

»Es ist eine Non-Profit-Organisation.«

»Kein Problem. Ich bin im Moment nicht so auf Profit aus.«

***

Desmond las den Businessplan und war beeindruckt. CityForge hatte eine großartige Idee. Urbanisierung gehörte zwar nicht direkt zum Spiegel-Projekt, war aber eine nützliche Vorstufe. Er beschloss, die Gründer zum Abendessen nach San Francisco einfliegen zu lassen. Und er bestand darauf, dass Avery ihn begleitete.

Zum ersten Mal seit ihrer Begegnung an jenem Morgen vor einigen Monaten war er wieder an ihrer Wohnung. Er klopfte an der Tür und wartete. Eine Motte umkreiste eine gelbe Glühbirne und flatterte gegen den Metallschirm.

Die Tür wurde weit geöffnet. Avery stand in einem enganliegenden Kleid vor ihm. Der schwarze Stoff ließ ihr hochgestecktes Haar leuchten. Ihre blauen Augen funkelten. Um ihren Hals hing eine silberne Kette mit einem Medaillon, das er noch nie an ihr gesehen hatte. Er war sprachlos.

Sie sah an sich herab. »Das Kleid musste ich mir leihen.«

»Ich bin froh, dass Sie's getan haben.«

Sie schnappte sich ihre Handtasche vom Flurtisch. »Gewöhnen Sie sich nicht dran.«

Er lachte, als sie die Tür abschloss.

Das Essen war großartig. Er hörte die meiste Zeit zu und redete mit den Gründern darüber, wie wichtig ihre Arbeit war. Avery trank zwei Gläser Wein und regte die Unterhaltung an. Desmond wurde klar, dass er zum ersten Mal außerhalb des Firmenzusammenhangs etwas mit ihr unternahm. Es fühlte sich an, als wären sie Partner, ein Beraterteam für die jungen Unternehmer. Er erklärte sich bereit, dem Vorstand von CityForge beizutreten und 150 000 Dollar zu investieren.

Als er wieder vor Averys Wohnung parkte, stieg er, fast ohne nachzudenken, aus, um sie zur Tür zu bringen.

»Lieferung bis zur Haustür, was?«

Er heftete sich an ihre Seite. »Ich hätte wirklich ein schlechtes Gewissen, wenn Sie verloren gehen würden.«

»Das kann ich mir vorstellen.«

Sie schloss die Tür auf und drehte sich mit einem schüchternen Grinsen auf den Lippen zu ihm um. »Das war kein Date.«

Desmond hob die Hände. »Wow. Wer hat denn was von einem Date gesagt? Moment, haben Sie gesagt, wir hätten ein Date gehabt?«

Sie schob die Tür auf. »Gute Nacht, Desmond.« Sie trat ein und sah zu ihm zurück. »Und danke.«

»Wofür?«

»Dass du den Jungs hilfst.«

»Es sind gute Jungs.«

»Ja. Heute Abend waren drei gute Jungs da.«

38

Licht und Schatten huschten über die Wände, als Lin Peyton mit erhobener Laterne durch die gewundenen Gänge der Höhle von Altamira führte. Vor jeder Höhlenmalerei blieb Peyton stehen, aber Lin stapfte weiter, den Blick nur auf den unebenen Boden gerichtet.

An der verborgenen Kammer hatten sie sich in drei Gruppen aufgeteilt: Peyton und Lin, Avery und Nigel, und die beiden SEALs, die zurückgeblieben waren, um die verschlossenen Kisten zu bewachen.

Im schwachen Licht entdeckte Peyton links vor ihnen eine Höhlenmalerei. Vier Beine, ein großer Leib, kein Geweih. Eine Hirschkuh.

»Mom, sieh mal.«

»Das ist es nicht«, sagte Lin, ohne sich auch nur umzusehen. Kurz darauf fügte sie hinzu: »Es ist gleich da vorn.«

Peyton sagte nichts, aber sie war sich jetzt sicher: Ihre Mutter wusste genau, wo sie hinging. Sie entwickelte eine Theorie. Bald würde sie sie überprüfen.

Der Gang verbreiterte sich ein wenig zu einer kleinen Kammer mit weiteren Malereien an den Wänden und der Decke. Lin ging geradewegs in die hintere linke Ecke und blickte überrascht auf die Wand. Sie hob die Laterne, um eine stolze Hirschkuh zu beleuchten, deren Umrisse in roter und schwarzer Farbe gemalt waren. Daneben stand ein Bock mit einem siebenendigen Geweih, komplett in schwarz dargestellt.

Unter den beiden erwachsenen Tieren befand sich ein Kitz, das nur halb so groß war wie seine Eltern.

Jetzt war Peyton sicher.

Lin ging in die Hocke, streckte die Hand aus und strich mit dem Finger über das Kitz. Die schwarze Farbe löste sich wie der Ruß an einem Kamin. Peyton war verdutzt, dass ihre Mutter die antike Fundstätte schamlos entweihte.

»Mom ...«

»Das ist nicht original«, sagte Lin schnell. Wie zu sich selbst flüsterte sie: »Es war vorher nicht da.«

Peyton hockte sich neben ihre Mutter. »Es war nicht da, als du letztes Mal hier warst.«

Lin wischte weiter über das Bild, das Stück für Stück verschwand, als würde ein Vorhang hochgezogen.

Peyton ließ nicht locker. »Als du mit Dr. Paul Kraus hier warst.«

Lin wischte weiter. Von dem Kitz war kaum noch etwas übrig. Dann war es ganz weg.

»Der dein Vater war.«

Lin wirbelte zu Peyton herum. »Dafür hast du aber lang gebraucht.«

39

»Er ist mein Großvater«, begriff Peyton.

»Ja«, sagte Lin. Ihre Hände waren schwarz von der Kohlezeichnung.

»Er war ein Nazi.«

»Nein. Er war Deutscher, aber kein Nazi. Dein Großvater war ein guter Mann. Er saß nur auf der falschen Seite fest, als der Krieg die Welt zerstört hat.«

»Er hat dich hierhergebracht.«

»Im Jahr 1941.«

»Deshalb hat er sich für dieses Versteck entschieden, oder? Altamira ist etwas Besonderes für dich.«

»Und für ihn. Das ist ein sehr bemerkenswerter Ort, Peyton. Vielleicht der älteste Beweis für die kognitive Revolution. Es war ein beispielloses Ereignis, dessen Auswirkungen bis in die Gegenwart reichen.«

Peyton betrachtete die Hirschkuh und den Bock über dem weggewischten Kitz. »Was ist hier 1941 passiert?«

Lin holte tief Luft. »In einer Sommernacht hat mich mein Vater geweckt und gesagt, ich soll alles einpacken, was ich unbedingt brauche. Tja, ich war ein Kind, du kannst dir also vorstellen, was das war: Puppen, ein Puppenhaus, eine Holzeisenbahn. Ich hatte viel Spielzeug. Als Einzelkind wurde ich verwöhnt. Und Bücher natürlich. Ich hatte gerade lesen gelernt, und ich konnte nicht genug davon bekommen. *Grimms Märchen* war mein Lieblingsbuch. Und *Alice im Wunderland.*«

Peyton lächelte. »Du bist Alice.«

»Könnte man meinen. Er war überrascht, dass ich meine ganzen Bücher eingepackt hatte. Der Koffer platzte aus allen Nähten und war so schwer, dass ich ihn nicht hochheben konnte. Als mein Vater den Koffer voller Bücher und den Haufen Spielzeug daneben gesehen hat, war er so stolz. Er hat seine eigenen Koffer geleert und meine Spielsachen eingepackt. Er wusste, was passieren würde und dass ich sie brauchen würde.

Wir sind mit dem Nachtzug von Berlin nach Frankreich gefahren, das schon seit über einem Jahr unter deutscher Besatzung stand. Die Briten hatten sich im letzten Sommer von Dünkirchen aus zurückgezogen. Wir konnten die deutsch-französische Grenze problemlos passieren. Aber an der spanischen Grenze wurden wir verhört. Für die Soldaten sahen wir aus wie eine weitere deutsche Familie auf der Flucht. Aber mein Vater konnte sie überzeugen, uns passieren zu lassen.« Sie hielt inne, als erinnerte sie sich an etwas.

»Und ihr seid hierhergekommen? Zu dieser Höhle?«

»Ja. Er leitete eine Expedition hier. Aber das war nur zur Tarnung. Eines Morgens weckte er mich früh, nahm mich mit in die Höhle und zeigte mir die Malereien. Das war ein besonderer Moment – zum ersten Mal gewährte er mir einen Blick darauf, woran er forschte und wie er dachte.«

Lin sah auf die Höhlenmalereien. »Unser Ausflug endete hier. Das Originalbild bestand nur aus einer Hirschkuh.«

»Er hat den Bock und das Kitz dazugemalt.«

Lin nickte. »Sie symbolisieren unsere Familie. Er hat uns beschützt. Wir sind an diesem Tag an Bord eines Schiffs nach Hongkong gegangen.«

»Warum Hongkong?«

»Meine Eltern dachten, da wären wir sicher. Sie haben sich getäuscht. Meine Mutter – deine Großmutter – war auch Wissenschaftlerin und hatte neben der chinesischen die britische Staatsbürgerschaft. Ihre Familie hatte seit fünfzig Jahren in Hongkong gelebt. Ihre Mutter war immer noch da. Die Stadt war seit 1841 unter britischer Kontrolle. Sie wurde als Perle des Orients bezeichnet – ein wichtiger Handelsknoten, Geldumschlagplatz und Militärstützpunkt mit Tiefwasserhafen.

1941 befanden sich China und Japan schon seit vier Jahren in einem blutigen Krieg. An der Schlacht um Shanghai waren fast eine Million Kämpfer beteiligt. Chiang Kai-shek verlor seine besten Soldaten und Offiziere dort. Davon erholte sich die chinesische Armee nie. In den folgenden Monaten nahmen die Japaner Nanjing, die damalige Hauptstadt Chinas, ein. Und was sie da angerichtet haben ... war unmenschlich. Nach den Niederlagen waren die Chinesen in der Defensive. Damals waren China und Deutschland noch Verbündete; die Deutschen hatten die besten chinesischen Offiziere ausgebildet. Und die deutschen Militärberater rieten ihrem Verbündeten, die vielleicht einzige Waffe einzusetzen, die ihnen gegen die japanischen Invasoren zur Verfügung stand: Landfläche. China ist riesig; es komplett zu erobern hätte die japanischen Nachschublinien überfordert und die Armee zersplittert.«

»Ich dachte, Japan und Deutschland wären im Zweiten Weltkrieg Verbündete gewesen.«

»Später ja. Vor dem Krieg waren die Beziehungen zwischen Japan und Deutschland eher feindselig. Japan war im Ersten Weltkrieg mit den Briten verbündet, hatte gegen deutsche Truppen in Asien gekämpft und die komplette deutsche Kolonie eingenommen. Japan gehörte auch zu den Unterzeichnern des Friedensvertrags von Versailles, mit dem Deutschland für den Krieg bestraft wurde. Aber sechs Monate nachdem Shanghai und Nanjing gefallen waren, wechselte Deutschland die Seiten, rief seine Berater zurück und stellte die Militärhilfe für China ein.«

Lin betrachtete die Hirschkuh und den Bock. »Als wir in Hongkong ankamen, wütete der japanisch-chinesische Krieg seit Jahren mit scheinbar endlosen Schlachten auf dem chinesischen Festland. Meine Eltern gingen davon aus, dass die Japaner niemals die Briten angreifen würden, weil das ihre Kräfte zersplittern würde; China allein war schon eine fette Beute. Da die Familie meiner Mutter in Honkong lebte und die Stadt von britischen Truppen beschützt wurde, dachten sie und mein Vater, dass wir dort sicher wären. Die Briten würden die Stadt niemals aufgeben, und wenn doch, dann würden die Chinesen versuchen, sie zurückzuerobern. Das waren vernünftige Annahmen, aber sie waren falsch.«

Lin wischte über den Ruß an ihren Fingern, als versuchte sie, getrocknetes Blut abzureiben. »Fünf Monate nachdem wir ankamen, am 7. Dezember 1941, griffen die Japaner Pearl Harbor an. Am nächsten Tag fielen sie in Hongkong ein. Die britischen und kanadischen Soldaten kämpften achtzehn Tage lang, aber sie waren in der Unterzahl und eingeschlossen. Wir wurden Tag und Nacht aus der Luft, vom Boden und vom Meer aus beschossen. Die letzten Truppen kapitulierten an Weihnachten. Wir nannten es Schwarze Weihnacht. Die Besatzung war ... das Schlimmste, wozu Menschen fähig sind. Sie haben uns ausgehungert und gefoltert und manche von uns einfach mit Lastern und Booten abtransportiert, um sie als Arbeitssklaven einzusetzen. Als die Japaner einfielen, lebten 1,6 Millionen Menschen in Hongkong. Als der Krieg 1945 vorbei war und die Briten zurückkehrten, waren es weniger als 600 000. Eine Million tot oder verschwunden. Fast zwei Drittel. Meine Mutter gehörte dazu.«

Lin musterte einen Moment lang die Hirschkuh, dann begann sie, das Bild des Bocks daneben abzuwischen. »Als mein Onkel mich 1946 zurück nach Deutschland geholt hat, war mein Vater ein Schatten seiner selbst. Er gab sich die Schuld am Tod meiner Mutter und warf sich vor, uns an den falschen Ort geschickt zu haben. Vielleicht hatte ihn auch der Krieg verändert. Mich auf jeden Fall. Ich war nur fünf Jahre älter, aber ich war kein Kind mehr. Das war ich nicht mehr gewesen, seitdem ...« Sie sah sich um. »An diesem Ort, in dieser Höhle, in diesem Gang hat er mir gesagt, dass ich weggehen würde. Hier hat meine Kindheit geendet.«

Peyton wollte ihre Mutter in den Arm nehmen, aber dazu kannte sie sie zu gut. Lin Shaw brauchte Freiraum, nachdem sie das Geheimnis enthüllt hatte, das sie so lang mit sich herumgeschleppt hatte.

»Nach dem Krieg«, fuhr Lin fort, »gab es für ihn nur noch das Spiegel-Projekt. Er betrachtete es als seine Art der Wiedergutmachung. Seine Pflicht. Wir hatten kein Vater-Tochter-Verhältnis mehr; wir waren eher Partner bei dieser bedeutenden Aufgabe. Wir hatten gesehen, wie schlecht und düster die Welt sein konnte. Wir wollten das für immer beenden.«

Sie hatte den Bock abgewischt und zog einen Lappen aus ihrem Rucksack, um sich die Hände zu säubern.

»Das verband uns und alle bei Kition damals. In Stalingrad hatte Yuri noch schrecklichere Erfahrungen gemacht als ich in Hongkong. Wir erzählten uns unsere Geschichten und fanden, dass wir – zumindest damals – die gleiche Weltsicht und dasselbe Ziel hatten. Dein Vater hatte auch beide Elternteile im Krieg verloren. Wenn man so etwas durchmacht ... verändert es einen. Man kann nichts dagegen tun. Man muss sich verändern, um zu überleben. Aber bei einigen von uns, wie bei Yuri, waren die Wunden tiefer, als es schien. Es hat sich rausgestellt, dass er zu Dingen fähig ist, die ich ihm nie zugetraut hätte.«

Sie strich mit dem Finger über die Höhlenwand, an der Stelle, wo das Kitz gewesen war. »Egal, was als Nächstes passiert, Peyton, du musst mir versprechen, dass du alles tust, um Yuri aufzuhalten. Um jeden Preis.«

Peyton musterte ihre Mutter. »Was meinst du damit – was als Nächstes passiert?«

»Wie gesagt, meine Kindheit endete hier. Danach war mein Leben düster und schwierig. Ich glaube, mein Vater hatte noch einen anderen Grund, die Bestandsliste hier zu verstecken: Er sagt mir damit, dass mein Leben sich noch einmal verändern wird. Dunkelheit liegt vor mir. Mühsal. Er teilt mir dadurch mit, dass ich vor schwierigen Entscheidungen stehe – genau wie er damals. Und dass ich vielleicht nicht die richtigen treffen werde.«

Sie drückte die Finger gegen die Wand, bis sie nachgab und Mörtel abbröckelte. Peyton machte große Augen, als sie begriff, dass es nur eine Putzschicht war, hinter der sich ein Schaumstoffwürfel verbarg. Lin zog ihn heraus, nahm ein Klappmesser aus ihrem Rucksack und schlitzte den Schaumstoff auf. Eine Plastikkiste kam zum Vorschein.

Es knackte leise, als sie die Kiste öffnete. Darin lag ein Haufen loser Blätter.

»Genau wie er es bei mir getan hat, werde ich versuchen, dich zu beschützen, Peyton. Aber vielleicht musst du die Sache zu Ende bringen.«

Peyton sah auf die verschmierten Umrisse der Malereien, auf den Bock, der weggewischt, und auf das Kind, das aufgerissen worden war und die Geheimnisse ihres Großvaters preisgegeben hatte. Und die Hirschkuh, die vor so vielen Jahren gemalt worden war, starrte sie an, genau wie ihre Mutter.

»Versprich es mir, Peyton.«

»Ich verspreche es.«

40

Desmond wusste nicht, wann es passiert war, aber eine Veränderung war in ihm vorgegangen, als hätte ein langer Winter plötzlich geendet. Alles war neu. Aufregend. Er freute sich darauf, zu Phaeton Genetics zu gehen, besonders zu Meetings, bei denen Avery anwesend war. Er erfand Gründe, um sich an Projekten zu beteiligen, mit denen sie befasst war. Und in den Stunden dazwischen dachte er an sie.

Yuri fragte ihn oft nach Lin Shaw, und seine Antwort blieb immer gleich: »Nichts Verdächtiges.«

Eines Morgens, als Desmond zu einem Meeting bei Rendition Games ging, erfuhr er, dass der Prototyp, an dessen Entwicklung er seit einem Jahrzehnt arbeitete, endlich funktionierte. An diesem Abend feierten er und Yuri in seinem Haus. Conner war auch dabei. Es fühlte sich an, als wären sie am Strand eines unbekannten Kontinents gelandet. Nachdem sie diese nahezu unlösbare Aufgabe bewältigt hatten, schien alles möglich. Desmond sollte jedoch bald erfahren, dass weitere Arbeit auf sie wartete.

»Wie willst du es testen?«, fragte Yuri.

Darüber hatte Desmond noch nicht richtig nachgedacht. Er war nur damit beschäftig gewesen, es zum Laufen zu bringen. »Ich weiß nicht. Ich dachte, wir könnten mit Tierversuchen anfangen. Primaten. Wenn es gut aussieht, können wir mit Menschen weitermachen. Mit einer Anzeige Freiwillige suchen. Vielleicht ...«

»Und wie sollen wir erklären, was wir tun?«

»Man könnte es als neurologische Studie oder ...«

»Dann bräuchten wir behördliche Genehmigungen. Wir würden beaufsichtigt. Und selbst wenn nicht, würde zumindest teilweise bekannt werden, was wir tun.« Yuri zog einen Ordner aus seiner Aktentasche und schob ihn über den Wohnzimmertisch.

Desmond schlug den Ordner auf. Er enthielt das Profil einer Firma namens Pacific Sea Freight und die Reiserouten für ein Frachtschiff. »Ich verstehe nicht.«

»Wir brauchen einen Ort, um Rendition zu testen. Viel Platz – abgelegen und geschützt vor neugierigen Blicken. Einen sicheren Ort.«

»Ein Frachtschiff?«

»Es ist ideal, wenn man genau darüber nachdenkt.«

Desmond kratzte sich am Kopf. »Hm, finde ich nicht. Was ist, wenn bei den Versuchspersonen unerwünschte Nebenwirkungen auftreten? Wir sollten in der Nähe eines Krankenhauses sein.«

»Ganz deiner Meinung. Den Versuchspersonen sollte sehr schnell medizinische Hilfe zur Verfügung stehen – und nicht nur eine überfüllte Notaufnahme mit überarbeitetem Personal. Spezialisten, die ausgebildet sind, um mit den zu erwartenden Komplikationen umzugehen.«

»Ich kann dir nicht folgen.«

»Wir bauen das Schiff in ein schwimmendes Krankenhaus und Labor um.« Yuri drückte die Fingerspitzen zusammen. »Und es bietet einen weiteren Vorteil.«

Desmond wartete.

»Die Anwerbung.« Yuri nickte zu dem Ordner. »Dieses Schiff, die *Kentaro Maru*, legt in Häfen überall auf der Welt an. Wir könnten Versuchspersonen mit unterschiedlichen genetischen Voraussetzungen anwerben.«

»Sie müssen über die Risiken aufgeklärt werden.

Beziehungsweise, wir müssen erst mal eine Vorstellung davon haben, welche Risiken überhaupt bestehen, bevor wir loslegen.«

»Natürlich. Aber wir könnten auch spezielle Bevölkerungsgruppen anpeilen. Unheilbar Kranke. Gefangene, die die Regierungen loswerden wollen.«

Desmond wollte widersprechen, aber Yuri redete einfach weiter. »Sie und ihre Familien würden gut bezahlt. Und, wie gesagt, wir hätten Ärzte für den Fall, dass etwas passiert. Wir müssen jetzt schnell handeln, Desmond. So kurz vor der Fertigstellung des Spiegel-Projekts sind wir angreifbar. Wenn uns jemand verrät, dann jetzt.«

Schließlich nickte Desmond. »Okay.«

»Gut«, sagte Yuri. »Reden wir über die Details.«

Desmond sah in die Akte. »Gehört uns diese Firma, Pacific Sea Freight? Das Schiff?«

»Ja. Seit ungefähr sechs Monaten.«

Das überraschte ihn nicht. Yuri war immer einen Schritt voraus.

»Wo ist die *Kentaro Maru* jetzt?«

»Im Dock in San Francisco. Komplett besetzt mit medizinischem Personal, das größtenteils in der Dritten Welt angeworben wurde und Geheimhaltungsvereinbarungen unterschrieben hat. Wir sind bereit für die Studie, Desmond. Sofort.«

»Ich brauche ein paar Tage, um hier alles zu regeln und ...«

Yuri hob eine Hand. »Ich habe eine bessere Idee.«

Desmond zog die Augenbrauen hoch.

»Bleib hier. Überlass das Conner und mir.«

»Was?«

»Rook ist fertig. Rapture auch. Wir müssen uns nicht mehr darum kümmern. Wir können Rendition für dich testen.«

»Niemand kennt sich mit Rendition besser aus als ich ...«

»Bist du sicher? Du bist der Architekt, aber die Leute, die es entwickelt haben, müssen die Anpassungen vornehmen. Sie sollten den Test überwachen. Aber es gibt noch einen wichtigeren Grund, warum wir dich hier brauchen.«

»Und zwar?«

»Lin Shaw.«

»Lin ...«

»Sie könnte etwas planen, Desmond. Wenn, dann schlägt sie jetzt zu. Du stehst ihr nahe. Du bist der Einzige bei Kition, der in der Lage ist, sie im Auge zu behalten.«

Desmond stieß den Atem aus und dachte über Yuris Worte nach.

»Und da ist noch was.« Yuri sah zu Conner. »Das ist eine Gelegenheit für Conner, mehr Verantwortung zu übernehmen. Wir brauchen jemanden, dem wir vertrauen und der sich um die Sicherheit auf dem Schiff kümmert.«

Desmond schüttelte den Kopf.

Yuri ignorierte ihn. »Wärst du daran interessiert, Conner?«

»Natürlich«, sagte Conner schnell. »Ich tue alles, was nötig ist.«

Desmond widersprach und kritisierte den Plan, aber zum Schluss stimmte er zu. Yuri schien jeden Einwand vorhergesehen zu haben wie ein Schachspieler, der die Partie im Kopf schon durchgespielt hatte.

***

Yuri und Conner brachen am nächsten Tag auf. Desmond begleitete sie zum Pier, um sie zu verabschieden. Der Wind blies ihm durchs Haar, als er zu dem gewaltigen Frachtschiff aufsah, hinter dem die Golden Gate Bridge aufragte.

»Sei vorsichtig da draußen.«

Conner umarmte seinen Bruder. »Ich erledige das für dich, Des. Ich verspreche es. Wenn ich zurückkomme, geht es los.«

In der ersten Woche hielten ihn das Rendition-Team

und Conner und Yuri ständig auf dem Laufenden. Auf Inseln im Südpazifik wurden die ersten Studienteilnehmer angeworben. Die Ergebnisse waren äußerst positiv. Keine Todesfälle. Ein paar Nebenwirkungen. Die Entwickler passten den Apparat an.

Und so ging es monatelang, Versuch um Versuch wurde durchgeführt, und in jedem Hafen wurden neue Testpersonen aufgenommen. Den Übrigen wurde gesagt, sie müssten an Bord bleiben, bis das Projekt beendet war.

Im Laufe der Zeit wurde Desmond immer seltener informiert, aber er nahm an, dass alles gut lief.

An einem Samstagnachmittag ging er ins Büro von Phaeton und traf Avery im Konferenzraum an, wo sie sich zwischen zahlreichen Kartons mit Akten eingerichtet hatte.

»Das sieht hier ja aus wie bei einer Steuerprüfung.«

Sie zuckte zusammen, als sie seine Stimme hörte, und schlug eine Hand vor die Brust. »Du hast mich erschreckt.« Sie legte den Deckel auf den Karton vor ihr.

»Das wär ja mal was Neues.« Er sah auf die Ordner. Personalakten. »Was machst du?«

Sie schluckte, während sie einen weiteren Karton verschloss. »Forschungsprojekt ...«

Sie sah aus, als hätte sie seit einer Woche nicht geschlafen.

Irgendwas an dieser Begegnung beunruhigte ihn. Avery schien jede wache Stunde im Büro zu verbringen wie eine Studentin, die für die Abschlussprüfung paukte.

Halloween fiel in diesem Jahr auf einen Freitag, und das ganze Büro verkleidete sich. Politiker waren besonders oft vertreten. Es gab drei Hillary Clintons, genauso viele Nancy Pelosis, ein paar Barbara Boxers, keinen Donald Trump, aber siebenmal Bernie Sanders.

Manche Kostüme waren eine intellektuelle Herausforderung. Der Rechnungsprüfer trug wie immer seinen schwarzen Anzug, aber statt des weißen Hemds und der

Krawatte ein T-Shirt mit einem Kurvendiagramm. Auf der X-Achse standen die Jahre von 1980 bis 2015, auf der Y-Achse die Zahlen von null bis zwanzig. Der Rechnungsprüfer setzte einen Preis in Höhe der aktuellen Prime Rate plus zehn Dollar, also 13,50 Dollar, für denjenigen aus, der erriet, wer er war. Desmond wusste es sofort, hielt sich jedoch zurück, bis die gesamte Buchhaltung von dem Rätsel fasziniert war. In der Mittagspause versammelten sich alle um den Tisch des Rechnungsprüfers und bestanden darauf, dass er den Leitzinssatz darstellte.

»Nein. Ihr seid dicht dran, aber es stimmt nicht.«

Desmond bahnte sich einen Weg durch die Menge. »Greg, wenn ich mich nicht irre, sind Sie der LIBOR.«

Der grauhaarige Mann grinste. »Wie haben Sie das rausgefunden?«

»September 2008. Der LIBOR ist nach der Lehman-Pleite in die Höhe geschossen. Die einzige echte Abweichung vom Leitzinssatz seit Jahrzehnten.«

Der CFO griff in die Tasche und zog einen Umschlag mit dreizehn Dollar und fünfzig Cent heraus.

»Sie sind ein echter Freak, Desmond, ist Ihnen das klar?«

»Ja, das ist mir bewusst.«

Die Verkleidungen erinnerten Desmond an die Party in Palo Alto, auf der er Peyton kennengelernt hatte, als sie zueinanderpassende Mulder- und Scully-Kostüme trugen. Das war eine schöne Nacht gewesen. Eine der schönsten, an die er sich erinnern konnte.

Wie der Rechnungsprüfer hatte auch Desmond die Leute aufgefordert, seine Verkleidung zu erraten, und hundert Dollar als Preis ausgesetzt. Er trug einen Anzug im Stil des 19. Jahrhunderts, einen grünen Mützenschirm auf der Stirn und dicke Ketten, die von seinem Hals hingen und um die Brust gewickelt waren. Das Kostüm zog viele Neugierige an, die zu zweit oder zu dritt an seinem Büro vorbeigingen und durch die Tür spähten wie in einen offenen Tigerkäfig. Vorstandsmitglieder waren angsteinflößende Wesen.

Viele tippten auf Harry Houdini. David Blaine. Oder Profi-Wrestler, von denen er noch nie gehört hatte. Er schüttelte jedes Mal den Kopf und wandte sich wieder seinem Computer zu.

Am späten Nachmittag kam Avery vorbei. Sie sah schrecklich aus – dieses Mal mit Absicht. Ihr Haar war ein Vogelnest, so ähnlich wie bei seinem ersten Besuch in ihrer Wohnung. Die Wimperntusche hatte sie sich über das halbe Gesicht laufen lassen wie Tammy Faye Bakker oder ein Mitglied von KISS. Sie trug einen engen blaugrünen Rock und ein weißes T-Shirt. Vorn auf dem T-Shirt stand dreimal das Delta-Zeichen, mit Filzstift geschrieben. Sie drehte sich um, damit er die Rückseite lesen konnte: *Schlechte Entscheidungen.*

Das verwirrte ihn.

Er trat vor sie, damit sie seine Verkleidung ansehen konnte.

»Im Ernst?«

Er zuckte die Achseln. »Was?«

»Das ist beinahe intellektuelle Selbstverstümmelung.«

»Soll das heißen, du weißt, wer ich bin?«

»Ganz genau.«

Er neigte überrascht den Kopf.

»Du bist Jacob Marley, der Geschäftspartner von Ebenezer Scrooge, der in einer gewissen Erzählung mit dem Titel *Ein Weihnachtslied* verewigt wurde. Du bist, wie soll ich es ausdrücken ...«

»Nimm kein Blatt vor den Mund.«

»Okay. Du bist tot.«

»Volltreffer.«

»Allerdings.«

»Und weiter?«

»Du bist ein Geist, der wegen seines gierigen, egoistischen und gefühllosen Verhaltens dazu verdammt ist, für immer auf Erden zu wandeln. Du spukst unsichtbar durch die Welt und siehst das Leid der anderen, ohne ihnen helfen zu können. Du erkennst deine Fehler. Du erscheinst Ebenezer und sorgst dafür, dass ihn drei weitere Geister heimsuchen: der Geist der vergangenen, der gegenwärtigen und der zukünftigen Weihnacht. Wenn dein ehemaliger Geschäftspartner Ebenezer erlöst werden kann, findest du vielleicht endlich Frieden.«

»Wow.«

Avery zuckte mit den Achseln. »Zufallstreffer.«

»Wohl kaum. Du musst Literatur als Hauptfach gehabt haben.«

»Nein. Ira David Wood. Er hat *Ein Weihnachtslied* jedes Jahr in Raleigh auf die Bühne gebracht. Es war toll.«

Desmond zog fünf Zwanzig-Dollar-Scheine hervor, die er am Morgen am Geldautomaten gezogen hatte.

Avery hob die Hand. »Behalt es.«

»Ich werde es spenden.«

»Gut. Willst du ... über deine Verkleidung reden?«

Er runzelte die Stirn. »Ich dachte, das hätten wir gerade.«

»Nein, ich meine, was sie bedeutet.«

»Dass ich ein Liebhaber der klassischen Literatur bin?«

»Eindeutig, aber von allen Figuren hast du ausgerechnet Jacob Marley ausgewählt.«

»Und?«

»Es ist eine tragische Figur. Ein Geschäftsmann, der begreift, dass er mit seinem Lebenswerk andere verletzt hat. Aber erst nachdem er gestorben und wiederauferstanden ist – nachdem er durch die Welt gezogen ist und die ganze Wahrheit gesehen hat. Seine Mission ist, seine Partner zu ändern und für seine Verbrechen zu büßen.«

Desmond lehnte sich auf seinem Stuhl zurück. »Ach so. Na ja, ich hatte einfach diesen alten Anzug und ein paar Ketten in der Garage, und den Mützenschirm habe ich billig im

Secondhandladen gekauft. Also, nein, so tief bin ich nicht in die Analyse eingestiegen.«

Sie lächelte. »Tja, du solltest mal drüber nachdenken. Ich mein ja nur.« Sie wandte sich zum Gehen.

»Hey.«

Sie blieb stehen.

»Ich habe deine Verkleidung noch nicht erraten.«

Sie drehte sich wieder um. »Okay.«

Er sah auf ihre Brust, die drei Deltas auf dem engen Stoff. An die Worte auf ihrem Rücken konnte er sich nicht mehr erinnern.

»Dreh dich für mich um.«

Sie verzog ein wenig die Mundwinkel, zeigte ihm dann aber ihren Rücken.

Delta stand für Veränderung. »Schlechte Entscheidungen« stand auf ihrem Rücken – sie lagen *hinter ihr*. Und sie hatte eindeutig geweint. Oder sich gestritten.

»Du ... nimmst Veränderungen vor, um schlechte Entscheidungen hinter dir zu lassen?«

»Fast. Nicht ganz.«

»Drei Veränderungen?«

»Eigentlich gar keine Veränderungen.«

»Hm.«

Sie zuckte mit den Achseln. »Mach dir nichts draus. Es hat bisher noch keiner erraten.«

»Was ist die Belohnung?«

»Geheimnis«, sagte sie über die Schulter, als sie davonging.

Und ein Geheimnis war auch sie.

Um fünf Uhr blieb er vor ihrer Kabine stehen, wo sie an einer Abfrage arbeitete, mit Tabellen, die er wiedererkannte.

»Nun«, sagte er. »Hat es jemand erraten?«

»Nein. Und bei dir?«

»Nein. Offenbar keine Literaturliebhaber hier. Woran arbeitest du?«

»An deinem Report zu den Gesundheitsmarkern.«

»Das kann bis Montag warten.«

»Ich habe sonst nichts vor.«

»Kein scharfes Date an Halloween?«

»Ich habe keine Dates.«

Er schmunzelte. »Ich auch nicht.«

»Das kann ich mir nicht vorstellen.«

»Es stimmt aber.«

»Und warum nicht?«

»Die Schuld liegt ganz bei mir.«

Sie zeigte auf die Ketten, die um seinen Hals hingen. »Charakterschwächen, die dich dazu verdammen, nach dem Tod auf Erden zu wandeln und für deine Fehler zu büßen?«

Er lächelte. »So ungefähr.«

»Schwachsinn.«

Er musterte sie.

»Das, was ich vor ein paar Monaten gesagt habe, war ernst gemeint.«

»Dass ...«

»Dass du ein guter Junge bist. Davon gibt's nicht mehr viele.«

»Okay, ich merke es mir.« Er drehte sich um und wollte wieder gehen.

»Hey.« Sie stand in ihrer Kabine auf.

Er sah sich um, ohne etwas zu sagen.

»Ja«, sagte sie.

»Was?«

»Die Antwort lautet ja.«

»Die Antwort worauf?«

»Wir essen bei mir zu Abend.«

Er lächelte. »Ich habe dir doch gesagt, dass ich keine Dates habe.«

»Sonst würde ich auch nicht mit dir zu Abend essen.«

»Wenn wir zusammen essen, dann bei mir. Weil deine Wohnung ... deine Wohnung ist. Verstehst du?«

»Klar.«

Er schrieb ihr seine Adresse auf und fuhr mit einer seltsamen Mischung aus Begeisterung und Nervosität nach Hause.

Kurz nachdem er im Hof geparkt hatte, klingelte es an der Tür. Der Pizzabote war jung, höflich und als eins der blauen Wesen aus Avatar verkleidet – den Namen hatte Desmond vergessen. Er gab ihm ein großzügiges Trinkgeld und sagte ihm, er solle heute Nacht auf sich aufpassen.

Gerade als er die Kartons auf der Kücheninsel abstellte, klopfte es an der massiven Holztür. Desmond sah Averys Umrisse durch die Bleiglasscheibe, bevor er sie einließ.

Sie blickte nach oben, dann nach links ins Esszimmer und schließlich nach vorn in den riesigen prachtvollen Raum. »Mein Gott. Das sieht aus, als hätte Martha Stewart ein verlassenes Irrenhaus renoviert.«

Er stieß ein heulendes Lachen aus, keine höfliche Reaktion, aber es kam von Herzen. »Ihr Honorar war völlig überzogen.«

»Du musst sie beauftragt haben, bevor sie ins Gefängnis kam.«

»Dieses Haus ist eine Investition.«

»Klar.«

Er führte sie durch den Bildergang in die Küche, wo die Pizzakartons, eine Karaffe Wasser und zwei Flaschen Wein auf sie warteten.

»Ich habe Wasser und Wein. Du magst doch Wein? Und Bier.«

»Ich nehme ein Bier.«

Er öffnete die Kühlschrankschublade. »Ich habe Amstel, Bud, Bud Light, Fat Tire ...«

»Ich trinke, was du trinkst.«

»Wasser.«

»Wirklich?«

»Ich ... trinke keinen Alkohol. Früher mal.«

»Ich auch.«

»Was?«

»Ich habe kürzlich aufgehört.«

»Echt?«

»Vor ungefähr vier Sekunden.«

Er lächelte. »Okay. Also Wasser.«

Er schenkte zwei Gläser ein. Dann setzten sie sich an die lange Kücheninsel und aßen Pizza aus dem Karton.

»Was bist du?«, fragte er.

Sie zog die Brauen hoch.

»Das Kostüm. Ich komme nie drauf.«

»Ach so. Ich bin der Walk of Shame.«

Er schüttelte den Kopf. »Keine Ahnung, was das bedeuten soll.«

Sie runzelte die Stirn. Dann schien ihr etwas klar zu werden. »Ah, natürlich. Du warst nicht auf dem College.«

Unsicherheit flackerte in ihm auf. Es war ein fremdes Gefühl, unangenehm, als würde er zu Unrecht beschuldigt.

»Ich wollte mich über mich selbst und andere Mädchen aus der Studentinnenverbindung lustig machen.«

Er entspannte sich. Avery und eine Studentinnenverbindung, das passte für ihn nicht zusammen. »Moment. Wirklich? Du warst ...«

Sie nickte. »Allerdings.«

»Unmöglich.«

»So schlimm ist es auch wieder nicht.«

»Ich weiß, aber ...«

»Ob du es glaubst oder nicht, meine *Abwehrmechanismen* machen es mir manchmal schwer, Freunde zu finden.«

»Was du nicht sagst.«

Sie seufzte theatralisch. »Es stimmt leider. Die Schale ist schwer zu knacken.«

»Und dein Aussehen wirkt zusätzlich einschüchternd.«

Sie nahm noch ein Stück von der Rindfleisch-Ananas-Pizza. »Kein Kommentar. Jedenfalls hat es geholfen, in einer Situation zu sein, in der man sich mit Leuten anfreunden musste.«

»Und so kamst du zu Delta, Delta, Delta.«

Sie lachte.

»Was ist?«

»Wir nennen es Tri-Delta.«

»Okay, Prinzessin Tri-Delta. Was hat die Rückseite zu bedeuten?« Er versuchte, sich zu erinnern. Schlechte Entscheidungen?

»Man macht sich hübsch, geht auf eine Party, zu der die Jungs aus der Studentenverbindung kommen, und wenn man reinkommt, hat man Stil, aber dann trinkt man was, tanzt, und als Nächstes wacht man auf und trägt das T-Shirt von irgendeinem Typen und schleicht sich raus und geht über den Campus zu seinem Schlafsaal oder seinem Apartment, die Wimperntusche ist verlaufen, und man sieht aus wie ein Penner ... das ist der Walk of Shame.«

»Da wäre ich nie draufgekommen. Ich meine, es ist ziemlich ausgefallen.«

»Sagt der Typ, der sich als Nebenfigur einer hundertsiebzig Jahre alten Erzählung verkleidet.«

»Stimmt auch wieder.«

Sie aßen einen Moment lang schweigend weiter. Dann fragte er: »Was machst du, wenn du freihast?«

»Ich lese.«

»Was denn? Liebesromane?«

»Dafür mangelt es mir an Herz.«

»Sehr witzig.«

»Meistens Krimis.«

Das überraschte ihn. »Warum?«

»Ich glaube, wir lesen gern von Sachen, die in unserem

Leben fehlen. Dinge, über die wir uns Gedanken machen, die wir erleben wollen. Ich finde, es gibt nicht genug Gerechtigkeit auf dieser Welt. Zu viele Opfer, die niemand verteidigt.«

»Ganz deiner Meinung.«

»Was liest du denn?«

»Bücher über Ideen.«

»Weil dich das fasziniert?«

»Ja.« Es war das Einzige, was ihn faszinierte. Außer ihr. Aber das würde er nie aussprechen. Er sah sie an, aber sie erwiderte seinen Blick nicht.

»Und wenn du nicht liest? Was machst du am Wochenende? Wenn du keine SQL-Abfragen schreibst?«

»Nicht viel.«

»Du kommst mir nicht vor wie jemand, der nur rumsitzt.«

»Stimmt«, sagte sie. »Ich gebe Tennisstunden.«

»Wo?«

»In San Jose. Innenstadt.«

Er lehnte sich auf seinem Hocker zurück. »Wirklich?«

Sie ahmte seine Miene nach und wirkte gekränkt. »Wirklich.«

»Das finde ich cool.«

»Es ist ein Zeitvertreib.«

»Klar. Nur ein Zeitvertreib.« Er starrte sie an, bis sie ihm in die Augen sah. »Sag die Wahrheit. Warum tust du das?«

Sie zuckte mit den Achseln.

»Es muss dir etwas bedeuten, sonst würdest du es nicht machen«, sagte er.

»Gleichheit.«

»Gleichheit?«

»Auf dem Platz spielt es keine Rolle, wer man ist. Woher man kommt. Wer deine Eltern sind. Es kommt nur darauf an, was man kann. Da gibt es ... Gerechtigkeit.« Sie trank einen Schluck Wasser.

»Es gibt einen Linienrichter.«

»Und den Videobeweis.«

»So ist es.«

»Venus und Serena Williams. Sie sind südlich von hier aufgewachsen, in Compton, einem Vorort von L. A. Mit drei Jahren haben sie angefangen, Tennis zu spielen.«

»Es ist also wie bei Aschenputtel? Jeder kann es schaffen.«

»Das hast du gesagt. Aber ja. Es kommt auf die Fähigkeiten an. Und die Einstellung. Es geht um geistige und körperliche Stärke.«

Endlich begriff Desmond, wer sie war, welche Wertvorstellungen sie hinter dem Schutzmantel des Sarkasmus und den Abwehrmechanismen hatte. Er sah es, und es gefiel ihm.

Er stellte sein Glas auf die Marmorplatte. »Möchtest du was Cooles sehen?«

»Da würde ich nie Nein sagen.«

Sie gingen zur Hintertreppe und stiegen ins Untergeschoss hinab, in dem es einen leeren Weinkeller und einige klassische Arcade-Spielautomaten gab. Desmond trat in den Verkostungsraum, der voller leerer Holzregale stand. Die Wände waren mit Ziegeln verkleidet. Antike Laternen hingen von der Decke.

Avery hob einen Finger. »Das ist die Stelle im Film, wo normalerweise was Schlimmes passiert.«

»Hast du Angst?«

»Schreckliche Angst.«

Desmond gluckste, als er den Raum durchquerte. Er drückte gegen einen Ziegel und lehnte sich gegen die Wand. Die Geheimtür schwang knarrend auf, und ein von Glaswänden gesäumter Laufsteg aus Stahlgitter kam zum Vorschein.

»Das ist doch kein *Fifty Shades*-Zimmer, oder?« Sie sah zu dem Raum dahinter.

»Du meinst, ein geheimes Zimmer für Lust und Schmerz?« Er streckte die Arme aus und geleitete sie hinein. »Sieh selbst.«

Sie warf ihm einen skeptischen Blick zu, als sie durch die Tür trat. Auf dem Laufsteg begann sie allmählich zu lächeln. »Ein Racquetball-Court?«

»Der Vorbesitzer hat ihn unter die Garage bauen lassen.« Er sah sie an. »Spielst du?«

»Eigentlich nicht. Früher mal. Ab und zu.«

»Ich habe gehört, es wäre wie Fahrradfahren.«

»Bestimmt.«

Er lächelte. »Wenn du glaubst, dass du nicht gut genug bist ...«

»Nur nicht übermütig werden.«

»Ich kann dir eine Sporthose leihen.«

»Nicht nötig, ich habe Sachen im Auto.«

Zehn Minuten später kam sie in einem weißen Sport-BH und grauen Shorts zurück auf den Metallsteg.

Er konnte nicht anders, als sie anzustarren. Sie war atemberaubend. Sportlich – aber das war nicht alles. Die Art, wie sie ihn ansah, wie sie sich bewegte.

»Mach dich auf eine Lehrstunde gefasst.«

Er lächelte. »Ich bin bereit für meine Lektion.«

Sie sah ihm die ganze Zeit in die Augen, während sie die Stahltreppe hinabstieg. »Jeder Fehler wird sofort bestraft. Und zwar schmerzhaft.«

»Ich bitte darum.«

Sie spielten um den Aufschlag.

Sie gewann.

Der Ball prallte von den Wänden ab, und sie tanzten umeinander. Desmond war stärker, aber Avery war schneller. Sie spielte präziser, und ihr Aufschlag fiel unerreichbar in die Ecken. Seine Vorhände waren wie Blitzschläge, deren Donner erst ertönte, wenn der Ball schon vorbeigezischt war. Anfangs war der Raum kühl, aber nach einer Stunde fühlte es sich an wie in der Sauna. Schweißperlen liefen Desmond übers Gesicht. Dunkle Flecke übersäten sein T-Shirt dort, wo er sich die Hände getrocknet hatte. Averys Haut glänzte, und ihr blondes Haar, das sie zu einem Pferdeschwanz gebunden hatte, tropfte fast. Drei rote Striemen an ihren Beinen zeugten von Desmonds Schlägen, denen sie nicht rechtzeitig hatte ausweichen können. Ihr Bauch erinnerte an eine Dünenlandschaft in der Wüste, deren Täler und Hügel das Licht reflektierten.

Als es vierzehn zu zwölf für sie stand, hielt sie an der Aufschlaglinie inne. »Nur zur Info, jetzt bist du erledigt.«

»Ich habe dich genau da, wo ich dich haben wollte.«

Sie schlug auf, und er retournierte, ein krachender Volley, der sie zurückweichen und gegen ihn prallen ließ. Ihre schlüpfrigen Glieder verknoteten sich. Zusammen fielen sie auf den Holzboden, und die Schläger flogen ihnen aus den Händen, als sie zur Wand rollten.

Er landete auf ihr. Ihre Brust hob und senkte sich, während sie ihm in die Augen sah. In seinem ganzen Leben war er sich noch keiner Sache so sicher gewesen. Er beugte sich vor und küsste sie, und sie schlang die Arme um ihn.

Es fühlte sich an, als explodierte die Welt und nichts wäre mehr wie zuvor.

41

»Fahren Sie die Wagen zurück in die Garagen. Sofort!«, schrie Conner ins Funkgerät, während draußen weitere Schüsse fielen.

Er stürmte durch den Saal in der Mitte von Desmonds riesigem Haus. Zwei seiner Männer standen vor den Glastüren zum Garten.

»Zurück! Weg da ...«

Ein Geschoss aus einem Scharfschützengewehr zertrümmerte das Glas und streckte einen der Männer nieder. Der andere duckte sich hinter dem Sofa und kroch in den Flur.

»Einheiten im ersten Stock!«, rief Conner. »Im Garten sind Scharfschützen. Feuer erwidern!«

Kurz darauf hörte er eine gewaltige Explosion. Verkohlte Bretter und Zedernschindeln fielen in den Garten und den Pool – die Überreste des luxuriösen Baumhauses der Nachbarn.

Conner rannte zur Hintertreppe, in den ersten Stock hinauf und durch die gedämmte Tür zum Dachboden. Er trat an die Gaube und spähte hinaus.

Die Straße wurde auf beiden Seiten von gepanzerten Truppentransportern blockiert. Dahinter stand schwere Artillerie. Er zählte über zwanzig gepanzerte Humvees.

Er und seine Männer waren in der Unterzahl, schlechter bewaffnet und – das war das Schlimmste – saßen in der Falle.

Er griff zu dem Funkgerät der X1-Soldaten, die sie am Kontrollpunkt gefangen genommen hatten.

»An den Kommandanten der X1-Soldaten da draußen. Ich habe fünf Ihrer Männer. Ich wiederhole. Ich habe Ihre Männer. Wenn noch ein einziger Schuss auf dieses Haus abgegeben wird – oder jemand auch nur einen Fuß auf den Rasen setzt –, töte ich einen und werfe ihn raus.«

Eine tiefe barsche Männerstimme antwortete. »Mit wem spreche ich?«

Die Soldaten draußen rückten nicht weiter vor. Sie hörten zu.

»Nennen Sie mich ›der Mann in der Steinfestung‹.«

Kurze Stille.

»Nun, ich habe keine Zeit für derart lange Namen. Wie wär's, wenn ich Sie einfach Conner nenne? McClain.«

Wie? Woher wusste er das? Ein Maulwurf in der Organisation? Park? Wohl kaum. Hatte einer der X1-Soldaten eine Nachricht rausschmuggeln können? Unwahrscheinlich. Er sah zur anderen Straßenseite. Ja – es musste ein Überwachungsteam gewesen sein. Wenn das stimmte, dann hatten sie ihn ankommen sehen und kannten seine Truppenstärke. Was für ein Dreck.

Er hörte ein rhythmisches Dröhnen über sich. Hubschrauber. Nicht gut.

Die barsche Stimme fuhr fort. »Ich fasse Ihr Schweigen als Bestätigung auf. Ich bin Major Charles Latham von der Armee der Vereinigten Staaten und kommandiere eine X1-Truppe, die willens, bereit und in der Lage ist, alles Nötige zu tun, um unsere Leute rauszuholen. Warum schicken Sie sie nicht einfach vor die Tür, damit wir abrücken können. Dann können Sie eine Party veranstalten oder das Haus abfackeln, es interessiert uns nicht.«

Das war eine ziemlich gute Lüge. Auf gewisse Weise mochte Conner seinen Gegenspieler.

»Major, wir sind nicht hier, um eine Party zu feiern, und wenn Sie Ihre Truppe nicht *sofort* zurückziehen, können Sie die X1-Soldaten stückchenweise vom Rasen kratzen.«

Conner schaltete sein Mikro ein, als er die Treppe hinunterlief. »Einheit zwei, Drohnen starten.«

»Ganz ruhig«, sagte Latham. »Sparen wir uns die Drohungen. Wir wissen doch beide, dass Sie das Haus im gleichen Zustand verlassen werden wie die Soldaten. Entscheiden wir uns für die lebendige Variante. Apropos, ich brauche ein Lebenszeichen von den Männern.«

Conner trat in die Garage, in der die Lieferwagen parkten und die gefesselten X1-Soldaten saßen. Der ranghöchste Gefangene war ein Lieutenant mit kurzem schwarzen Haar und olivfarbener Haut. Conner riss ihm den Knebel aus dem Mund. »Nur Name und Rang. Ein zusätzliches Wort, und ich trete Ihnen in die Eier. Kapiert?«

Der Gefangene nickte. »Bleiben Sie dran, Major.«

Er hielt dem Lieutenant das Funkgerät hin. »Lieutenant Jacob Danielson«, sagte er schnell. »US Marine Corps, fünfundzwanzig Mann in der Garage ...«

Conner ließ die Sprechtaste los und seufzte. »Gut gemacht, Lieutenant.« Er konnte dem Mann schlecht in die Geschlechtsteile treten, nur weil er seinen Job gemacht hatte.

Conner wollte gerade ins Haus zurückgehen, als Major Goins zu ihm kam. Er vergewisserte sich, dass sie außer Hörweite der X1-Soldaten waren. »Sir?«, sagte er. »Wir sitzen ziemlich in der Klemme.«

»Allerdings.«

»Wie ist der Plan?«

»Ganz einfach, Major. Wir werden damit fertig.«

Lathams Stimme knisterte aus dem Funkgerät. »Danke, Conner. Ein weiteres Zeichen des guten Willens würde uns voranbringen. Lassen Sie den Lieutenant frei, dann verspreche ich, dass wir keinen Ihrer Männer mehr erschießen.«

Conner begutachtete die verfügbaren Fahrzeuge. Beide Lieferwagen in der Garage hatten einen platten Reifen. Die beiden Autos draußen waren von Kugeln durchsiebt und würden wahrscheinlich nicht mehr fahren. Der Humvee in der Garage und der im Hof waren in ziemlich gutem Zustand. Außerdem stand noch Desmonds Tesla-Limousine an der Ladestation.

Er stieg in einen der Lieferwagen. Die Monitore im Heck zeigten Drohnenaufnahmen. Er betrachtete die Aufstellung der feindlichen Truppen. Klassische Abriegelungs- und Belagerungsformation. Sie würden bald zuschlagen.

Er drückte die Sprechtaste. »Das ist ein verlockendes Angebot, Major, aber leider müssen Sie noch etwas drauflegen. Erstens, ziehen Sie die Strykers ab. Zweitens, fahren Sie die Humvees dreißig Meter zurück. Dann schicken wir Ihren geschwätzigen Lieutenant raus. Und denken Sie dran, wir haben Aufklärung am Himmel – verschwenden Sie nicht Ihre Zeit mit Lügen.«

Conner kehrte zu Major Goins zurück und sprach so leise, dass der gefangene Lieutenant es gerade noch mithören konnte. »Wir tun Folgendes: Sie montieren die Ersatzräder bei den beiden Lieferwagen. Bringen Sie die Fahrzeuge zum Laufen. Teilen Sie die Gefangenen auf, in jedes Auto einen – in die beiden Lieferwagen, die beiden Humvees und den Tesla. Sobald wir bereit sind, schicken wir einen Humvee vorne raus. Die übrigen Fahrzeuge folgen dem anderen Humvee hinten raus, auf die Stockbridge Avenue. Da haben sie keine Männer. Wir verschwinden von hier. Und wenn sie schießen oder versuchen, uns aufzuhalten, riskieren sie, ihre eigenen Leute zu töten.«

Goins nickte. »Das gefällt mir.«

»Dann sorgen Sie dafür, dass es klappt.« Er sah zu dem Lieutenant. »Sobald sie die Humvees wegfahren und die Luftüberwachung abgezogen haben, schneiden Sie ihn los.«

»Sir?«

»Sie haben gehört, was ich gesagt habe.«

Fünfzehn Minuten später waren die Lieferwagen startbereit. Im Heck des zweiten Fahrzeugs sah Dr. Park auf den Monitor.

»Wie lang noch?«

»Bald«, sagte Park. »Vielleicht zehn Minuten.«

Conner drehte sich zu Goins um. »Einsteigen. Bereithalten.«

***

Als ihre Lippen sich voneinander lösten, hielt Desmond inne. Er war unsicher, was er tun sollte – und was er wollte. Avery nicht. Sie hob den Kopf, küsste ihn energisch, schlang die Arme um ihn und zog ihn mit überraschender Kraft an sich. Ihre Stärke schien sich auf ihn zu übertragen und eine Leidenschaft in ihm zu wecken, die seit Jahren geschlummert hatte.

Er erwiderte den Kuss, und sie umklammerte ihn noch fester und rollte sich auf ihn. Lächelnd strich sie ihm durch das verschwitzte Haar. Ihr blonder Pferdeschwanz hing an der Seite herab, als sie sich vorbeugte.

Desmond wartete, bis ihre Lippen ihn fast berührten, dann stieß er sich vom Boden ab und drehte sie um. Er schwang ein Bein über sie, packte ihre Hände und drückte sie auf den Boden, wo der Schweiß sie wegrutschen ließ. Es klang wie ein wildes Tier, das in der Falle saß, als ihre Haut über den Holzboden schabte.

Er küsste sie, erst langsam, dann schnell. Sobald er seine Arme entspannte, setzte sie einen Fuß auf den Boden und rollte ihn erneut herum. Selbst in all den Säuferkneipen in Texas und Louisiana war ihm noch keine Frau begegnet, die so körperlich – oder so stark – war wie sie. Das erregte ihn.

Sie löste sich von seinen Lippen und richtete sich auf. Mit

einer Hand griff sie unter ihren Sport-BH und riss in sich über den Kopf. Sie schob sein T-Shirt hoch und rieb ihre feuchte Haut an seiner nackten Brust. Gleichzeitig zogen sie ihre Shorts aus, und sein Gehirn schaltete sich endgültig ab.

***

Sie lagen auf dem harten Boden und sahen zu den summenden Lampen des Courts auf, bis die warmen Schweißtropfen auf ihrer Haut abkühlten. Er fragte sich, ob sie es bereute. Der Akt war so schnell passiert, als wären sie bei einer Höhlenerkundung in einen Schacht gefallen und hätten sich verzweifelt aneinandergeklammert, ohne zu wissen, wann der Sturz endete. Jetzt waren sie am Boden angelangt, wo der Liebesakt sie hingeführt hatte, und sahen nach oben, ohne einander zu beachten und ohne zu wissen, wie sie zurückkommen sollten – oder ob das überhaupt jemals geschehen würde.

Desmond wusste nicht, ob er es bereute. Er hätte es erwartet, aber er empfand das Gegenteil. Er konnte sich nicht erinnern, wann er zuletzt so zufrieden gewesen war. Er beschloss, ihre Gefühle zu erkunden.

»Woran denkst du?«

Sie lächelte. »Daran, dass mein Halloween-Kostüm zu einer selbsterfüllenden Prophezeiung geworden ist.«

Er drehte sich auf die Seite und sah sie an.

»Ich bin zum Walk of Shame geworden. Ich bin zu einer Verabredung in ein Haus gegangen, das mich ehrlich gesagt an das einer Studentenverbindung erinnert. Alles ist außer Kontrolle geraten. Ich wurde gevögelt. Und gleich gehe ich schmuddelig und mit zerzaustem Haar zu meinem Auto.«

Er zuckte mit den Achseln. »*So* schmuddelig siehst du gar nicht aus.«

Sie knuffte ihn, fester als erwartet, und warf ihn auf den

Rücken. Dann war sie wieder über ihm und beugte sich vor, um ihn zu küssen.

»Warte.«

Sie sah ihm in die Augen.

»Schämst du dich?«

»Nein, Des. Überhaupt nicht.«

»Hast du auch keine schlechten Entscheidungen getroffen?«

»In letzter Zeit nicht.«

Sie küsste ihn, aber er hielt sie auf Armeslänge von sich. »Wenn wir hier auf dem Boden liegen bleiben, hast du hinterher überall blaue Flecke.«

Sie lächelte und sah ihn mit ihren kalten Augen neckisch an. »Das macht mir nichts aus.«

Er schwang sich auf sie. »Mir aber.«

Er nahm sie in die Arme, hob sie auf und trug sie zur Treppe.

Sie legte den Kopf in den Nacken und brüllte vor Lachen.

»Was ist?«

Sie wand sich aus seinen Armen und landete auf dem Boden, wie eine Katze, die von einem Baum sprang.

»Entschuldigung, meine Romantik-Allergie hat zugeschlagen.«

Er hätte sie am liebsten gewürgt, aber seltsamerweise fühlte er sich noch mehr zu ihr hingezogen. »Ich habe dich schon mal ins Bett getragen.«

Sie kniff die Augen zusammen und schien sich an den Morgen zu erinnern, als sie erschöpft von der Nachtschicht und angetrunken, weil sie von ihrer Entlassung erfahren hatte, nach einer nahezu unmenschlichen Menge Frühstück eingeschlafen war.

»Ach, das. Das war nicht einvernehmlich.«

Erschrocken öffnete er den Mund.

»Und ich habe mich noch nicht dafür bedankt. Aber es

war schön, in meinem Bett aufzuwachen.« Sie sammelte ihre Kleider auf, zog sie aber zu seiner Überraschung nicht an. Nackt stieg sie die Treppe hinauf und schlenderte völlig unbefangen über den Steg, wie eine römische Göttin, die die Erde beherrschte.

An der Tür blieb sie stehen und sah zu ihm herab.

»Kommst du?«

42

Desmond hatte es nicht erwartet, aber Avery blieb über Nacht. Es hielt ihn eine Weile lang wach, dass sie nackt neben ihm lag, doch dann schlief er schließlich ein.

Er wachte als Erster auf und war froh darüber. Er betrachtete sie und stellte erstaunt fest, wie manche Menschen sich im Schlaf veränderten. Avery wirkte zierlicher. Jünger.

Desmond hatte Muskelkater von den ungewohnten Bewegungen, und auch sein Geist fühlte sich wund an. Seit Peyton war er mit keiner Frau mehr zusammen gewesen. Er war nicht wie die meisten Männer; er hatte den Sex nicht vermisst. Vielleicht lag es daran, dass er sich in seiner Jugend ausgetobt hatte, während der wilden Zeit mit Orville.

Er versuchte, nicht daran zu denken, wie es mit ihnen weiterging, aber es gelang ihm nicht.

In der Küche bereitete er ein reichhaltiges Frühstück zu – Pancakes, Eier, Hafergrütze und Toast. Alles, was sie an dem Morgen verschlungen hatte, als sie sich kennengelernt hatten.

Sie kam in die Küche und trug eines seiner Hemden – ein blaues. Und sonst nichts. Der Schweiß hatte die Wimperntusche ihrer Halloween-Verkleidung größtenteils abgespült, aber Spuren waren noch zu erkennen.

Sie riss einige Blätter von der Küchenrolle und legte sie übereinander auf den Hocker. Dann setzte sie sich und begutachtete das Essen.

»Ich muss dir was sagen.«

Er erstarrte mit dem Pfannenwender in der Hand.

»Ich habe mein Portemonnaie nicht dabei.«

Er stieß den Atem aus und begann zu lachen.

»Und selbst wenn, ich habe kein Geld.«

»Avery ...«

»Leider kann ich dir dein Trinkgeld nur in Form einer sexuellen Gefälligkeit geben.«

Er ließ den Pfannenwender sinken. »Im Hause Hughes sind alle Arten der Bezahlung möglich.«

***

Desmond rechnete damit, dass sich einiges verändern würde, aber er sollte sich täuschen. Bei Phaeton Genetics schien es, als wäre nichts zwischen ihnen vorgefallen. Es machte ihn verrückt. Und noch mehr trieb ihn in den Wahnsinn, dass er sich überhaupt den Kopf darüber zerbrach. Bei der Arbeit war sie wie von einer Mauer umgeben.

In der Freizeit lagen die Dinge anders. An Tagen, an denen sie keine Deadline einhalten musste, schickte sie ihm SMS, immer mit einer einfachen Frage: *Was machst du?* Oder: *Schon was vor?* Oder: *Abendessen?* Oder: *Revanche?*

Er sagte immer ja – weil er es wollte und weil er keine Spielchen spielte und, wenn er ehrlich war, auch weil er nichts anderes vorhatte. Rendition war fertig. Er wartete darauf, dass Yuri und Conner die Testreihe abschlossen. Er verstand nicht, warum sie so lange brauchten.

Er und Avery entwickelten bestimmte Gewohnheiten. Sie verbrachten jede Woche ein paar Nächte und den Großteil des Wochenendes miteinander. Sie spielten Racquetball, schliefen in jedem Zimmer des Hauses miteinander und spielten in der Bibliothek Karten – meistens ihr Lieblingsspiel Gin Rommé. Sie unterhielten sich, aber sie gab nie viel von sich preis. Er versuchte es. An einem Freitagabend, als sie schweißbedeckt im Bett lagen und der Vollmond durch die Stahlrahmenfenster schien, war er nah dran.

»Erzähl mir von deinen Eltern.«

Sie sah zur gewölbten Decke. »Da gibt's nicht viel zu erzählen.«

»Erzähl es mir trotzdem.«

»Meine Mutter ist gestorben.«

»Wie?«

»Autounfall.«

»Wann?«

»Während meines ersten Jahrs am College.«

»Meine Eltern sind gestorben, als ich fünf war. Es stellt die ganze Welt auf den Kopf.«

»Ja.«

Er suchte nach den richtigen Worten. »Es ist ... als wären sie der Felsen von Gibraltar. Unverrückbar. Konstanten im Leben. Und dann blinzelt man einmal, und sie sind weg.«

»Auf dem Weg zum Supermarkt.«

»Zu Hause. Bei der Hausarbeit. Beim Schafehüten.«

Sie stieß den Atem aus. »Da wurde mir klar, wie gefährlich die Welt ist. Wie sich alles ändern kann. Jederzeit.«

»Und dein Vater?«

»Lebt noch.«

»Hast du Kontakt zu ihm?«

»Ich versuche es.«

Er drehte sich auf die Seite und sah sie an.

»Er hat Alzheimer.«

»Deswegen bist du zu Phaeton gekommen.«

»Unter anderem.«

Sie war ein Buch mit sieben Siegeln, das er unbedingt lesen wollte. Der körperliche Akt war einfach gewesen. Die echte Arbeit lag noch vor ihm.

Er bemerkte, dass sie sich veränderte. Die Sorgenfalten in

ihrem Gesicht wurden tiefer. Sie schickte ihm häufiger Nachrichten. Wenn er die Tür öffnete, riss sie sich schon im Flur die Kleider vom Leib und schlief mit ihm, als wäre der Sex ein Heilmittel für ihre Krankheit.

Nachdem sie sich eines Abends im Arbeitszimmer vergnügt hatten, wandte er sich ihr zu. »Was ist los mit dir?«

»Nichts.«

»Lüg mich nicht an.«

»Würdest du mich belügen?«

Er dachte kurz nach. »Ja.« Bevor sie etwas entgegnen konnte, fügte er hinzu: »Um dich zu schützen.«

Sie sah ihn mit einem verletzlichen, fast ängstlichen Ausdruck an, den er bei ihr noch nie gesehen hatte.

»Dann verstehst du mich. Ich habe dich angelogen. Aber alle Lügen waren nur zu deinem Schutz.«

Er sprang auf und stand nackt im Schein der Wandleuchter vor den Büchern. »Wovon redest du?«

Sie stellte sich vor ihn. »Vertraust du mir?«

»Ja.«

»Wenn ich dir etwas erzählen würde, das ... alles ändert, woran du glaubst, würdest du mir dann immer noch vertrauen?«

»Avery, wovon redest du?«

»Was, wenn ich Beweise hätte – wenn ich dir zeigen würde, dass die Welt nicht so ist, wie du glaubst?«

Er wich einen Schritt zurück und betrachtete sie mit neuen Augen. *Was ist hier los?* Ging es um etwas Persönliches – ein Geständnis wie *Ich bin schwanger* oder *Ich war schon mal verheiratet* oder *Ich habe ein Kind*? Nein. Nichts davon. Wahrscheinlich nicht. Es fühlte sich anders an. Eher geschäftlich.

»Ich glaube, wir kennen einander schon zu gut, um uns mit vagen Andeutungen abzugeben, Avery.«

»Wirklich?«

»Ziemlich sicher.«

»Dann sag mir: Was machst du?«

»Was?«

»Was machst du?«

»Ich investiere in Hightech-Firmen ...«

»Das kann man auf deiner Internetseite lesen. Was machst du wirklich? Woran arbeitest du wirklich, Des?«

Ein Schauder lief ihm über den Rücken. Er machte einen weiteren Schritt zurück, als würde er begreifen, dass er einen Feind vor sich hatte. »Warum fragst du das?«

Sein Telefon summte auf dem Tisch. Er starrte sie an und wusste nicht, ob er nachsehen sollte, wer sich da meldete. Schließlich warf er einen Blick aufs Display. Eine Nachricht von Conner. Das überraschte ihn.

Müssen uns treffen. Pier achtzig. Auf der Kentaro Maru. Dringend.

»Ich muss los«, sagte er abwesend.

»Warum?«

»Mein Bruder. Er ist zurück.«

»Wo ist er?«

Er wandte sich zu ihr um. »Warum willst du das wissen?«

Ihr durchdringender Blick wurde sanfter. »Bitte, sag es mir, Des. Und frag nicht warum.«

In diesem Moment wusste er es: Er befand sich an einem Scheideweg. Wenn er es ihr sagte, würde er eine Linie überschreiten, und nichts wäre mehr wie zuvor.

Sie stand splitternackt in seinem Arbeitszimmer, umgeben von den Büchern, die er liebte und in seine private Sammlung aufgenommen hatte. Er vertraute ihr. Sie wirkte aufrichtig und authentisch, und er wusste aus tiefstem Herzen, dass sie niemals einen Unschuldigen verletzen würde. Und er wusste, dass Conner und Yuri es tun würden – weil die Welt sie so geprägt hatte.

Also verriet er ihr, wo Conner war, und bevor er noch ein Wort sagen konnte, hatte sie ihre Kleider aufgesammelt und rannte davon, ohne sich auch nur umzusehen.

Da wurde ihm die Wahrheit klar: Sie war auf irgendeine Weise sein Feind. Er wusste nur nicht, warum sie mit ihm geschlafen hatte.

***

»Die Erinnerung ist vorbei«, sagte Dr. Park.

Conner beugte sich ins Heck des Lieferwagens. »Gibt es einen weiteren Ort?«

Park tippte auf das Smartphone. »Ja. Es ist ... Was zum ...«

»Später, Doktor.« Conner wandte sich zu Major Goins. »Los.«

Der Major begann, Befehle zu brüllen, und in der Garage brach Hektik aus. Seine Männer stießen die gefangenen X1-Soldaten in die Lieferwagen und Humvees.

Viele von Conners Leuten waren noch im Haus verteilt. Jetzt splitterten die Fenster, als sie das Feuer eröffneten und die X1-Fahrzeuge auf der Straße mit automatischen Garben eindeckten. Sie schossen zwei Panzerfäuste ab, deren Granaten die beiden tarnfarbenen Humvees des Feindes in Flammen aufgehen ließen. Conners Männer rannten in die Garage und stiegen in die Fahrzeuge.

Zuerst fuhr der Humvee im Hof mit dröhnendem Motor los, schoss durch das offene Tor auf die Austin Avenue und raste auf die X1-Fahrzeuge zu, die die Straße blockierten. Der zweite Humvee folgte, aber er fuhr eine Schleife im Hof, rumpelte durch den Garten hinter dem Haus und wälzte den Aluminiumzaun zum Nachbargarten nieder. Ein Lieferwagen heftete sich an seine Stoßstange, dann folgte die Tesla-Limousine.

Ein Lieferwagen war in der Garage zurückgeblieben.

»Viel Glück, Major«, sagte Conner zu Goins.

Conner hob Desmond aus dem Lieferwagen und ging mit Dr. Park und zwei Soldaten an seiner Seite zurück in Desmonds Haus. Desmond hing schlaff und hilflos in seinen Armen, und die abgeschnittenen Infusionsschläuche baumelten herab. Conner stieg die Hintertreppe herunter in den kühlen Keller, an dessen roten Ziegelwänden leere Weinregale und klassische Arcade-Spielautomaten standen: Pac-Man, Donkey Kong und Galaga. Conner blieb vor der Geheimtür stehen und drückte gegen den Ziegel. Er hörte, wie oben der Lieferwagen angelassen wurde und aus der Garage schoss.

Er ging als Erster durch die dunkle Öffnung. Die Söldner leuchteten ihm den Weg in die künstliche Höhle. Dr. Park zog die Geheimtür hinter sich zu, und die Söldner legten ihre Rucksäcke mit Fertigmahlzeiten, Wasser und Waffen ab. Sie hatten genug Verpflegung für mehrere Tage dabei. Conner hoffte, dass es nicht so lang dauern würde.

Von dem Laufsteg sah er in die Halle, die von den Strahlen ihrer Helmlampen beleuchtet wurde. Der Holzboden des Racquetball-Courts schimmerte wie ein unterirdischer See.

Sie stiegen hinab und versteckten sich unter dem Laufsteg, falls jemand kam und eine flüchtige Durchsuchung vornahm.

Eine Stunde später hörte Conner Schritte oben in der Garage. Er sah seine Männer an, legte den Finger an die Lippen und schaltete seine Lampe aus.

43

Yuris Männer gingen mit tödlicher Effizienz vor. Sie schalteten die Störsender für den Funkverkehr und die Satellitenübertragung ein und stürmten das Besucherzentrum. Die Schüsse ihrer Waffen hallten über die grünen hügeligen Felder, als sie über den Parkplatz ins Gebäude vorrückten.

Yuri sah durch den Feldstecher das Mündungsfeuer hinter den hohen Fenstern aufleuchten wie Blitzlichter.

Als das Gebäude gesichert war, ging er mit seiner persönlichen Security-Einheit über den mit Leichen übersäten Parkplatz ins Besucherzentrum, wo einige britische und spanische Soldaten gefesselt und geknebelt worden waren. Sie würden für den Funkverkehr gebraucht werden – und als Druckmittel bei Verhandlungen, falls es dazu kam.

Der befehlshabende Offizier der Kition-Sicherheitskräfte war ein Brasilianer namens Pablo Machado. Yuri ging zu ihm. »Sie haben sie nicht gefunden?«

»Entweder haben sie sich aus dem Staub gemacht, oder sie sind in der Höhle«, sagte Machado mit gedämpfter Stimme. »Wir fangen gleich mit den Verhören ...«

»Bis wir etwas aus ihnen rauskriegen, ist es zu spät.«

»Dann gehen wir also rein?«

»Ja. Stellen Sie ein kleines Team zusammen. Ihre besten Männer. Und beeilen Sie sich.«

***

Tief in der Höhle von Altamira schaltete Lin ihr Funkgerät ein. »Avery, bitte melden.«

»Ich bin dran.«

»Wir haben es gefunden. Kommt zurück zum Sammelpunkt.«

»Verstanden.«

Lin verschloss den Plastikbehälter und reichte ihn Peyton. Ohne ein weiteres Wort standen sie auf und entfernten sich von der Höhlenmalerei, von der nur noch die Hirschkuh übrig war.

Während Peyton ihrer Mutter durch die dunklen Gänge folgte, in der die Geheimnisse ihres Großvaters so lange verborgen gewesen waren, hatte sie das Gefühl, zwischen ihnen hätte sich etwas verändert. Ihre Mutter hatte ihre Geheimnisse preisgegeben. Alle bis auf eines: die Wahrheit über den Code, der im menschlichen Genom verborgen lag. Sie überlegte, ob das als Nächstes an der Reihe wäre. Oder ob ihre Mutter sie weiterhin im Dunkeln lassen würde.

Avery und Nigel warteten in der Geheimkammer. Trotz der Kälte in der Höhle tropfte Nigel der Schweiß von der Stirn, und seine Wangen waren gerötet.

Chief Adams trat vor. »Vor dreißig Minuten wäre unser routinemäßiger Kommunikationscheck fällig gewesen.«

»Dann machen Sie Meldung«, sagte Lin.

Rodriguez bekam ein Zeichen von Adams und lief los.

»Sagen Sie ihnen, sie sollen Teams schicken, um die Kisten rauszutragen.«

»Heißt das, Sie haben es gefunden?«, fragte Nigel.

»Ja.« Lin nahm Peyton den Behälter ab. Als sie den Deckel öffnete, klang es, als würde sie eine Sektflasche entkorken. Sie nahm die erste Seite und überflog sie. Das Blatt war auf Deutsch und von Hand beschrieben. Sie blätterte zur nächsten Seite, dann durchstöberte sie schnell den ganzen Stapel.

»Mom, was ist das?«

Lin sah auf, als erinnerte sie sich, dass sie nicht allein war. »Eine Bestandsliste. Wie vermutet.« Sie zeigte auf die Kisten. »Das sind die fehlenden Teile.«

Nigel schnaufte. »Die fehlenden Teile wovon? Ich würde gerne wissen, was genau da drin ist.«

»Wir haben keine Zeit, um ...«

»Mom. Das bist du uns schuldig. Und außerdem, falls wir getrennt werden ... ich glaube, es ist besser, wenn wir alle Bescheid wissen.«

»Also gut. Wir reden, bis die Teams eintreffen.« Wie zu sich selbst flüsterte sie: »Wo soll ich anfangen?«

Sie legte die Seiten zurück in den Behälter.

»Zunächst solltet ihr wissen, dass Kraus seine Einsichten über das menschliche Genom im Laufe der Zeit gewonnen hat. Er hatte vorher andere Theorien. Seine erste Hypothese war, dass die menschliche Evolution sich beschleunigt.«

»Punktualismus«, sagte Nigel nickend. »Er glaubte, wir wären mitten in der Speziation.«

»Was ist Punktualismus?«, fragte Avery.

Nigel wandte sich ihr zu. »Ernsthaft?«

»Tut mir leid, aber ich habe am College Tennis unterrichtet, nicht Evolutionsbiologie. Ist das so was Ähnliches wie eine Punktion? Das kann ich Ihnen nämlich gerne zeigen.«

Nigels Augen weiteten sich.

Peyton hob eine Hand. »Kannst du es uns erklären, Mom?«

»Punktualismus«, sagte Lin, »ist eine Theorie, die 1972 von Niles Eldredge und Stephen Jay Gould aufgestellt wurde. Vorher hatten Evolutionsbiologen darüber diskutiert, wie sich neue Arten entwickeln. Die meisten dachten, es würde allmählich geschehen – wir nennen es phyletischer Gradualismus. Aber die gefundenen Fossilien stützen diese Theorie nicht. Sie zeigen, dass eine Art nach der Entstehung weitgehend stabil ist und es über einen langen Zeitraum kaum genetische Veränderungen gibt. Wenn die Evolution einsetzt, dann schnell – neue Spezies entwickeln sich in einem relativ kurzen Zeitraum. Nach geologischen Maßstäben jedenfalls.«

»Warum?«, fragte Peyton.

»Die Auslöser für diese Phasen der schnellen Evolution sind umstritten. Wir wissen, dass es passiert, wenn eine Art in eine neue Umwelt gelangt.«

»Sie muss sich anpassen, um zu überleben«, sagte Avery.

»Richtig. Oder wenn die Art bleibt, wo sie ist, aber die Umwelt sich ändert wie bei der quartären Aussterbewelle.«

»Das wurde auf der *Beagle* untersucht«, sagte Peyton.

»Genau. Die Forscher fanden Beweise, dass die quartäre Aussterbewelle von zwei Faktoren ausgelöst wurde. Der erste war die natürliche globale Klimaveränderung am Ende des letzten Glazials, also der Kaltzeit. Genau genommen befinden wir uns immer noch in einem Eiszeitalter, das seit Millionen von Jahren andauert – wir sind im Moment nur in einem Interglazial. Jedenfalls hat zum Zeitpunkt der quartären Aussterbewelle die Erderwärmung viele Arten gefährdet. Große Tiere, die an das Leben in der Kälte angepasst waren, starben aus, und die Überlebenden wurden zur Beute der Menschen, die in ihre Lebensräume eindrangen. Man kann sich das Ausmaß der Klimaveränderung kaum vorstellen. Die Eisschilde, die einen großen Teil Asiens, Europas und Nordamerikas bedeckten, zogen sich zurück. Innerhalb weniger Hundert Jahre schmolz eine unfassbare Menge Eis – genug, um den Meeresspiegel an manchen Orten um zehn Meter ansteigen zu lassen. Wenn heute sämtliches Eis in Grönland schmelzen würde, würden die Ozeane nicht so stark ansteigen.

Die größten Auswirkungen hatte es aber auf die Meeresströmungen. Die Flut von Süßwasser, die in den Nordatlantik floss, traf auf die wärmere Strömung, die vom Äquator nach Norden führte. Das wärmere Wasser wurde nach Süden umgeleitet, Richtung Antarktis, und ließ dort das Eis schmelzen und veränderte den Zirkumpolarstrom. Im Laufe von tausend Jahren verwandelte sich ein Großteil der Erde von einer gefrorenen Einöde in eine fruchtbare Welt, die perfekte Bedingungen für unsere Spezies bot. Sozusagen maßgeschneidert für den Menschen. Wir lebten zum genau richtigen Zeitpunkt. Und das hat uns verändert.

Das war Kraus' wichtigste Theorie. Dass das Ende der letzten Kaltzeit eine Phase der schnellen Evolution für unsere Art angestoßen hat. Im Kontext des Punktualismus nennt man die Aufspaltung einer Art Kladogenese. Manche Wissenschaftler auf der *Beagle* glaubten, dass die Menschheit sich in zwei Spezies aufspaltete, aber die genetischen Beweise, die sie sammelten, unterstützten diese These nicht. Kraus postulierte, dass ein Stamm einen entscheidenden genetischen Vorteil entwickelte – und das Entscheidende dabei war die Funktionsweise des Gehirns. Kunst ist der Beweis für diese Veränderung.«

Lin machte eine Geste, die die ganze Höhle umfasste. »Deshalb hat er sich so für diesen Ort interessiert. Altamira ist eines der ältesten Beispiele für Höhlenmalerei und Vorstellungskraft. Kraus glaubte, das Aufkommen der Kunst wäre ein transzendentaler Moment in unserer Evolution gewesen. Er glaubte ...« Sie sah zu den Kisten. »Er glaubte, es wäre wie das Öffnen der Büchse der Pandora gewesen. Die Vorstellungskraft bewirkte eine weitere Beschleunigung der menschlichen Evolution. Wenn man den Fortschritt in den letzten fünfunddreißigtausend Jahren mit dem vergleicht, den die Hominiden in den Millionen Jahren vorher gemacht haben, scheinen wir ein völlig anderer Organismus zu sein. Seiner Meinung nach musste es einen Grund für eine so dramatische Veränderung geben – einen Umweltfaktor, der unsere Verhaltensänderung auslöste. Aber wir konnten keinen Umweltfaktor finden.«

»Deshalb brauchten Sie die *Beagle*«, sagte Nigel. »Um Eisbohrkerne zu gewinnen und archäologische Proben auf der ganzen Welt zu sammeln. Unbemerkt. Sie haben versucht, Beweise für Umweltveränderungen zu finden.«

»Ja. Unsere erste Theorie war HGT.«

Nigel nickte.

»Okay«, sagte Avery. »Ich tu euch den Gefallen. Was ist HGT?«

»Horizontaler Gentransfer«, sagte Lin, »manchmal auch als lateraler Gentransfer bezeichnet. Evolution ereignet sich überwiegend durch vertikalen Gentransfer – DNS wird von den Eltern ans Kind weitergeben. Horizontaler Gentransfer bedeutet, dass DNS von einem anderen lebenden Organismus übertragen wird.«

»Bei Bakterien geschieht das ständig«, sagte Nigel. »Ein Bakterium entwickelt einen Vorteil und überträgt ihn auf ein anderes. So können sie zum Beispiel Antibiotikaresistenzen entwickeln.«

Lin nickte. »In unserem Fall dachten wir, es gäbe vielleicht eine externe DNS-Quelle, die die menschliche Evolution vorantrieb, eine Art Symbiose.«

»Aliens?«, fragte Avery skeptisch.

»Nein, nichts so Dramatisches. Wir dachten an ein symbiotisches Bakterium oder Virus im Darm. Als Kraus den langen Lauf der Geschichte betrachtete, fielen ihm sehr seltsame Muster auf. Vor allem eine gewisse Synchronizität. Nehmen wir zum Beispiel diese Malereien.« Sie trat dichter an die Höhlenwand. »Höhlenmalereien tauchten zum selben Zeitpunkt an verschiedenen Orten in Europa und im Mittleren Osten auf. Warum? Wie konnte sich die Vorstellungskraft – dieser evolutionäre Sprung – fast gleichzeitig in Bevölkerungsgruppen entwickeln, zwischen denen riesige Entfernungen lagen? Das Gleiche geschah beim Ackerbau vor zwölftausend Jahren. Wir fanden elf verschiedene Zivilisationen, die isoliert voneinander existierten, aber fast zum selben Zeitpunkt mit dem Ackerbau begannen. Oder die Schrift – der nächste entscheidende Fortschritt, der den Menschen ermöglichte, Daten viel effektiver zu speichern als durch mündliche Überlieferung. Auch die ist von mindestens drei voneinander getrennten Gruppen gleichzeitig entwickelt worden.

Für Kraus war diese Synchronizität der endgültige Beweis, dass es eine unglaublich mächtige Kraft gab, welche die Menschheit formte. Er nannte sie die Unsichtbare Sonne. Für ihn war die Evolution wie diese Höhle, jede Kammer führt in eine weitere. Erst Kunst, dann Ackerbau, dann Schrift – das sind die Hauptkammern, die die Menschheit durchlaufen hat, und jede hat genetische Spuren hinterlassen. Kraus glaubte, dass die nächste Kammer, ein letzter großer Sprung für die Menschheit, bald erreicht wäre.«

»Der Code«, sagte Peyton.

»Genau. Kraus glaubte, wenn er die genetischen Brotkrumen finden würde, die der Lauf der Evolution hinterlassen hatte, würden sie einen Code bilden, der den nächsten großen Wandel in der menschlichen Existenz freigeben würde – einen noch tiefgreifenderen als Kunst, Ackerbau und Schrift.«

»Was ist es?«, fragte Avery.

»Weiß ich nicht. Er wusste es auch nicht. Und wir hatten damals nicht die nötige Technologie. Es war unmöglich, das menschliche Genom zu sequenzieren. Und selbst als es möglich wurde, war es nicht finanzierbar, bis vor Kurzem.«

»Und jetzt bist du bereit«, sagte Avery. »Du hast Phaeton Genetics genau für diesen Moment aufgebaut. Die Bergung dieser Proben.«

Lin betrachtete die Kisten. »Dieser Augenblick ist wichtiger, als ihr alle denkt. Die Opfer, die gebracht wurden. Die Riesen, auf deren Schultern wir stehen. Bald wird etwas Unglaubliches geschehen.«

Eine unbehagliche Stille breitete sich aus. Im schwachen Licht der geheimen Kammer wirkte Lin fast besessen.

Stiefel polterten über den Höhlenboden. Die Tür zu dem versteckten Raum wurde entriegelt und aufgeschoben.

Rodriguez schlüpfte durch den Spalt, gefolgt von drei SAS-Soldaten, die Peyton noch nie gesehen hatte. Trotz der kühlen Luft schwitzte Rodriguez. Und sein Gewehr war weg.

»Ma'am«, sagte er. »Wir sind bereit zum Abtransport.«

Adams ruckte mit dem Kopf, als hätte er etwas gesehen, dann entspannte er sich. Lin sah erst ihn, dann Rodriguez an.

Peyton spürte, dass etwas nicht in Ordnung war.

Zu ihrer Überraschung sagte ihre Mutter: »Legen Sie los, Corporal.«

44

Peyton spürte eine Veränderung im Raum. Einer nach dem anderen schien sich der Gefahr bewusst zu werden – wie Beutetiere, die eine Raubkatze wittern. Lin war die Erste, dann erfasste es Adams und Avery. Nigel murmelte, offenbar ahnungslos, vor sich hin. Rodriguez versuchte, Adams etwas mit den Augen mitzuteilen.

Die Geheimkammer tief in der Höhle von Altamira war eng, aber die drei SAS-Soldaten bemühten sich, sich darin zu verteilen.

Plötzlich glitt Lin hinter den nächsten SAS-Soldaten. Einen Sekundenbruchteil später warf sich Adams auf den Mann neben ihm. Avery trat hinter den dritten Soldaten, zog ein Kampfmesser und drückte es ihm an den Hals.

Es wurde still. Niemand bewegte sich.

Peyton bemerkte, dass ihre Mutter dem Soldaten eine Pistole in den Nacken hielt.

Der Mann streckte langsam die Hände aus. »Ma'am«, sagte er mit englischem Akzent. »Ich glaube, es liegt ein Missverständnis …«

»Ruhe.« Lins Stimme hallte wie ein Peitschenknall durch die Kammer.

Eine weitere Sekunde herrschte Schweigen.

»Die Stiefel. Ich weiß, dass sie zur Ausrüstung von Kition-Security gehören.« Zu Peyton und Nigel sagte sie: »Nehmt ihnen die Waffen ab.«

Als sie die Pistolen, Messer und Funkgeräte eingesammelt hatten, stieß Lin ihren Gefangenen zu den anderen. »Ist er hier?«, fragte sie.

Das Gesicht des Mannes war wie versteinert. »Ich weiß nicht, wen Sie meinen.«

»Also ja.«

»Ma'am?«, sagte Adams.

»Yuri.« Sie wandte sich an Rodriguez. »Berichten Sie, Corporal.«

Er senkte beschämt den Blick zu Boden. »Ich bin zum Ausgang gegangen, bis ich Empfang hatte, und habe Hilfe für den Transport angefordert. Der Funker hat in seiner Antwort das Codewort für einen Überfall verwendet.« Er schüttelte den Kopf. »Ich habe mich umgedreht und bin losgerannt, aber sie waren schon im Gang.« Er schluckte. »Ich hätte ...«

»Danke, Corporal«, sagte Lin.

Adams zog die Karte der Höhle hervor und zeigte auf einen Engpass in der Nähe des verborgenen Raums. »Wir können sie hier aufhalten.«

»Nein«, sagte Lin. »Wir können uns nicht den Weg freikämpfen.«

»Gibt es einen anderen Ausgang?«

»Nein. Wir sitzen in der Falle. Sie sind in der Überzahl. Und wir sind schlecht ausgestattet für eine Belagerung. So viel wissen wir sicher.«

45

Adams holte Luft und richtete sich auf wie ein Mann, der gleich vor ein Erschießungskommando treten musste. »Wie lauten Ihre Befehle, Ma'am?«

Lin legte ihre Pistole auf die nächste Kiste. Ihre Stimme klang ruhig. »Ich regle das.«

Nigel hob die Hände. »Ah, toll. Da bin ich aber erleichtert. Wie wär's mit ein paar Einzelheiten? Ich bin nämlich neugierig, ob ich das überlebe oder nicht.«

Lin ignorierte Nigels Theatralik. »Das weiß ich nicht«, sagte sie ernsthaft.

Er riss die Augen auf. »Was wissen Sie denn?«

»Wie gesagt, ich weiß, dass wir in der Falle sitzen.«

»Und was ist Ihr Plan?«, fuhr er sie an.

»Sprechen wir die Möglichkeiten durch«, sagte Avery genauso ruhig wie Lin.

Lin schloss den Deckel des Plastikbehälters, den Peyton und sie gefunden hatten. »Es gibt keine. Unser Gegenspieler ist ein Stratege, der seinesgleichen sucht. Wenn er nicht für Kition arbeiten würde, wäre er wahrscheinlich der weltweit führende Experte in der Spieltheorie. Jeden Plan, den ich mir ausdenken könnte, hat er schon berücksichtigt.«

Es wurde still in dem Raum, als sich alle ihrer Lage bewusst wurden.

Peyton meldete sich zu Wort. »Mom, als du gesagt hast, du würdest das regeln ...«

»Ich gehe allein.«

»Nein.« Peyton schloss die Augen. Vor weniger als einem Monat hatte Yuri ihren Vater getötet. Und davor hatte er ihren Bruder entführt und einer Gehirnwäsche unterzogen. Sie durfte nicht auch noch ihre Mutter verlieren. »Es muss eine andere Möglichkeit geben.«

»Nein. Yuri ist meinetwegen gekommen. *Ich* bin die Bedrohung für seine Arbeit. Er muss *mich* gefangen nehmen. Er ist darauf angewiesen, dass ich ihm meinen Plan verrate und ihm sage, mit wem ich zusammenarbeite. Als Gegenleistung werde ich eure Freiheit fordern. Zumindest sollt ihr verpflegt und freigelassen werden, wenn dieser ... Krieg um das Spiegel-Projekt vorbei ist.« Sie stieß den Atem aus. »Sobald er mich hat, hat er für euch keine Verwendung mehr.«

»Genau!«, schrie Nigel. »Er bringt uns alle um.«

»Ich bezweifle es.«

»Sie *bezweifeln* es?« Nigel wandte sich an Adams. »Das ist eindeutig eine militärische Frage. Chief, wir sollten uns Ihnen unterordnen. Bitte sagen Sie ...«

»Von Ihnen nehme ich keine Befehle entgegen.« Adams sah zu Lin. »Ma'am?«

»Wenn ich weggehe, teilt ihr euch auf und versteckt euch. Rodriguez und die Kition-Söldner begleiten mich.«

»Brauchen wir keine Geiseln?«, fragte Nigel aufgebracht.

»Nein«, sagte Avery. »Wir müssen in der Lage sein zu kämpfen, und wir haben nicht die Ausrüstung, um ein unterirdisches Gefangenenlager zu betreiben.«

»Wir könnten sie hier einsperren.«

»Damit sie zerstören, was wir gefunden haben? Bleiben Sie bei der Wissenschaft, Doktor.« Avery wandte sich zu Lin. »Erzähl weiter.«

»Rodriguez bleibt knapp innerhalb der Funkreichweite bei den Kition-Männern. Er übermittelt das Ergebnis meiner Verhandlungen mit Yuri.«

»Verhandlungen«, murmelte Nigel. »Wohl eher Kapitulation.«

Lin ignorierte ihn. Sie trat zu Peyton, fasste sie an der Schulter und sah ihr mit festem Blick in die Augen. »Ich liebe dich sehr.«

Peyton erschrak. Ihre Mutter zeigte selten Gefühle und niemals vor anderen, die noch nicht einmal zur Familie gehörten.

In Peyton schien ein Damm zu brechen. Eine Träne bildete sich in ihrem Augenwinkel und lief ihr übers Gesicht. Zu jedem anderen Zeitpunkt hätte sie sie beschämt abgewischt, aber jetzt ließ sie sie fließen wie das letzte Sandkorn in einem Stundenglas, ein Symbol für die Zeit mit ihrer Mutter, die nun vielleicht abgelaufen war.

Ihre Stimme klang tief und gefühlvoll, als sie sagte: »Ich liebe dich auch.«

Lin zog sie in ihre Arme und hielt sie einen Moment lang fest. Dann ging sie zu Adams, der sich aufrichtete, als sie näher kam.

Selbst in der stillen Kammer konnte Peyton kaum hören, was sie sagte. »Passen Sie auf meine Tochter auf, Chief. Sie ist mir wichtiger als alles andere hier im Raum.«

Peyton spürte, wie eine weitere Träne aus ihrem Auge floss. Und noch eine. Sie hatte Mühe, nicht laut zu schluchzen. In ihrer Kindheit war ihrer Mutter die Arbeit immer wichtiger gewesen. Lin hatte Fußballspiele und Geburtstagspartys verpasst. Sogar die Examensfeier nach ihrem Medizinstudium. Für sie hatte die Arbeit immer an erster Stelle gestanden – und dieser Raum enthielt die Krönung ihrer Leistung. Lin Shaw hatte jahrzehntelang gedrängt und getötet und geopfert, um sie zu finden. Und jetzt, im vielleicht letzten Kapitel ihres Lebens, offenbarte sie, was ihr wirklich wichtig war: Peyton.

Wie jedes Kind hatte Peyton sich immer gefragt, an welcher Stelle sie auf der Prioritätenliste ihrer Mutter stand. Jetzt wusste sie es, und das brach ihr von Neuem das Herz.

Lin wandte sich an die Gruppe. »Los geht's.«

Am Durchgang zum Nebenraum hielt sie inne, ohne sich umzudrehen. »Wartet zwanzig Sekunden, dann teilt euch auf und versteckt euch. Benutzt die Ohrhörer für die Funkgeräte, damit euch niemand hört.«

Mit diesen Worten schlüpfte sie hinaus, und Peyton fragte sich, ob sie ihre Mutter jemals wiedersehen würde.

***

Die Höhlenmalereien tanzten am Rand des Lichtkreises der Laterne, sodass die Tiere lebendig wirkten. Lin erinnerte sich, wie sie mit ihrem Vater in die Höhle gegangen war. An diesem Tag war ihre Faszination für seine Arbeit geboren worden. Auf die eine oder andere Weise würde ihre eigene Suche heute enden. Aber es stand noch viel mehr auf dem Spiel.

Vor ihr blieben die mit SAS-Uniformen bekleideten Kition-Söldner stehen, und einer der beiden hob die Faust. Lin und Rodriguez hielten ebenso inne wie der Kition-Söldner hinter ihnen.

Gestalten in schwarzer Körperpanzerung und mit hochgeklappten Nachtsichtbrillen tauchten aus den Schatten auf und richteten ihre Gewehre auf sie.

»Bericht erstatten«, schnauzte einer der Söldner.

»Sie haben sich ergeben«, sagte einer der verkleideten Männer. »Die Frau will mit Pachenko über die Bedingungen sprechen.«

Wortlos stürmten die Söldner zu Lin und Rodriguez und durchsuchten sie.

Einer von ihnen zeigte auf den Navy SEAL. »Was will der hier?«

»Funkkontakt halten. Die anderen verstecken sich, bis

sie von ihm hören. Behaltet ihn im Auge.« Der Söldner in SAS-Uniform wandte sich zu Lin. »Gehen wir.«

***

Grelles Morgenlicht fiel in den Höhleneingang. Lin blieb stehen und kniff die Augen zu.

Sie hörte, wie sich Stiefel über den felsigen Boden näherten.

Langsam öffnete sie die Augen. Sie sah ein Dutzend Männer in Uniformen des SAS oder der spanischen Armee, die sich in der Hauptkammer drängten. Keiner hatte sich die Mühe gemacht, die Kition-Stiefel auszuziehen, entweder aus Gründen der Bequemlichkeit oder weil es einer Runde »Reise nach Jerusalem« geähnelt hätte, bis alle die richtige Größe gefunden hätten.

Die ersten Soldaten, die sie in der Höhle abgefangen hatten, hatten zweifellos über Funk die anderen Einheiten über die Lage unterrichtet. Sie winkten Lin nach vorn.

Im Besucherzentrum lag ein Haufen Leichen – Männer und Frauen in Unterwäsche und mit Schusswunden am Oberkörper. Die Blutlache, die sie umgab, glänzte im Halbschatten wie eine Ölfläche. Es war das Abscheulichste, das sie seit der Besatzung Hongkongs gesehen hatte.

»Hallo, Lin.« Yuris Stimme war emotionslos, als wäre zwischen ihnen niemals etwas vorgefallen – und sie wäre nicht seine Gefangene.

Lin versuchte, ihren Atem zu kontrollieren. Ihre Stimme klang härter als beabsichtigt und verriet ihre Gefühle. »Ich bin gekommen, um mit dir zu reden.«

»Dann höre ich zu.«

»Unter vier Augen.«

Yuri musterte ihr Gesicht.

Lin räusperte sich. »Ich bin bereit, dir zu sagen, was du wissen willst. Dir läuft die Zeit davon. Ich kann dir welche verschaffen. Ich will nur, dass sie in Sicherheit ist.«

Yuri wandte sich an den Soldaten, der Lin aus der Höhle gebracht hatte. »Berichten Sie, Captain.«

»Yuri ...«

»Bitte, sei still, Lin.«

Sie hörte zu, wie der Mann berichtete, was vorgefallen war.

Yuri schien einen Moment lang darüber nachzudenken, dann sagte er zu einem anderen Soldaten in der Nähe: »Wie ist die Lage bei Einheit Bravo?«

Der Mann schaltete sein Funkgerät ein und ließ sich Meldung erstatten, bevor er antwortete. »Unverändert. Shaws SEAL hat nichts gesagt oder getan.«

Yuri runzelte die Stirn. »Durchsuchen Sie sie.«

Zwei Männer tasteten und klopften sie ab. Während der erniedrigenden Prozedur starrte sie mit gerötetem Gesicht nach vorn, und Wut stieg in ihr auf. Sie hatte so etwas schon einmal erleiden müssen, aber das lag sehr lange zurück. Als die Männer fertig waren, nickten sie Yuri zu.

»Gut. Lass uns reden.«

Yuri führte sie in ein kleines Büro hinter dem Informationsschalter und schloss die Tür. Lin sah sich schnell um und registrierte sämtliche Gegenstände auf dem Schreibtisch.

»Das erinnert mich an Rio. An die Favelas.«

Yuri schwieg.

»Damals waren wir auch Gefangene. In einem kleinen Raum. Und unsere verdammten Entführer haben uns erniedrigt. Der einzige Unterschied ist, dass du dieses Mal der Verrückte mit der Waffe bist, Yuri.«

Lin beobachtete ihn und hoffte, dass er ein wenig zugänglicher würde oder zumindest auf ihre Worte reagierte. Nichts davon geschah.

»Es ist noch nicht zu spät, um die Sache abzublasen.«

Ein kaltes Lächeln zeichnete sich auf Yuris Lippen ab. »Wir

wissen beide, dass es zu spät ist. Für mich gibt es nur den Weg nach vorn. Das Spiegel-Projekt war immer meine einzige Hoffnung.« Er kam näher. »Und ich habe gerade eines der letzten Teile bekommen.«

»Aber ein Teil fehlt dir noch.« Lin ließ einen Augenblick verstreichen. »Rendition. Desmond Hughes ist der einzige Faktor, den du bei dem Ganzen falsch eingeschätzt hast. Er ist anders als du und Conner – mehr, als du dachtest. Das muss hart für dich sein.«

»Ende gut, alles gut.« Yuri wandte den Blick ab. »Außerdem habe ich gerade ein Mittel in die Hand bekommen, um Desmond zu kontrollieren.« Sein Lächeln kehrte zurück. »Peyton. Und vielleicht Avery. Ich bin nicht nur deinetwegen gekommen.«

»In dem Punkt irrst du dich: Du kannst ihn nicht kontrollieren. Er war bereit, seinen Bruder zu verraten. Glaubst du, er würde Peyton nicht opfern? Oder Avery?«

»Warum bist du gekommen, Lin?«

»Ich glaube, das weißt du schon.«

46

Instinktiv war Peyton zurück zu dem engen Gang gelaufen, in dem sie und ihre Mutter die Hirschkuh an der Wand gefunden hatten. Das Tier stand mit stolz erhobenem Haupt im Laternenlicht. Die Wand daneben war verschmiert und eingedellt, als wäre sie ausgeweidet worden. Und so fühlte sich auch Peyton.

Sie hasste es zu warten. Sie wollte etwas tun. Aber es gab nichts zu tun.

Sie setzte sich und schaltete das Licht aus. Es war stockdunkel und feucht, und jede Sekunde fühlte sich an wie eine Ewigkeit. Sie kam sich vor wie eine Staubflocke, die im unendlichen dunklen Raum schwebte, wo es kein oben, kein unten, kein vorne, kein hinten gab.

***

Ihr Ohrhörer knisterte, und Rodriguez' zerhackte Stimme drang erschreckend laut zu ihr durch.

Peyton zuckte zusammen und konzentrierte sich. Sie fragte sich, wie lang sie schon in ihrem Versteck ausgeharrt hatte.

»Ich wiederhole, wir haben eine Lösung. Dr. Shaw hat eine Vereinbarung getroffen. Alle Einheit zum Standort gelb.«

Standort gelb?

Rodriguez fügte hinzu: »Das ist der Sammelpunkt. Alle Einheiten in Bewegung setzen.«

Peyton hatte Angst zu erfahren, wie die Lösung aussah. Aber zu hören, dass ihre Mutter noch lebte ... war eine große Erleichterung. Und es gab ihr Hoffnung.

Als sie ihre Lampe anschaltete, kam es ihr vor wie eine Supernova. Sie wartete, bis sich ihre Augen an die Helligkeit angepasst hatten, dann ging sie Richtung Ausgang. Hinter einer Biegung nahm sie aus dem Augenwinkel eine Bewegung wahr – zu spät. Eine Hand legte sich auf ihren Mund und zog sie zurück.

Peyton wehrte sich, aber dann erkannte sie die Stimme, die ihr ins Ohr flüsterte. »Bleiben Sie hier.«

Sie hielt still.

Adams ließ sie los.

»Warum?«, fragte sie leise.

»Standort gelb. Das ist unser Codewort für: Lage unter Kontrolle, aber wachsam bleiben.«

»Ich bin wachsam.«

Er ging um sie herum. »Ich habe Ihrer Mutter etwas versprochen. Ich rufe Sie, wenn ich sicher bin, dass keine Gefahr droht.«

Er schaltete ihre Lampe aus und verschwand in der Dunkelheit. Seine Schritte klangen wie Kiesel, die in einen Brunnen fielen.

Wieder hatte sie das Gefühl, eine Ewigkeit in der Dunkelheit zu warten.

Adams meldete sich über Funk. »Dr. Peyton Shaw, alles in Ordnung. Sie können die Höhle verlassen.«

Peyton wäre am liebsten gerannt, aber sie wollte nicht riskieren, auf dem unebenen Boden zu stürzen. Von Biegung zu Biegung fiel mehr Licht in die Höhle. Zu ihrer Überraschung begegnete sie niemandem – weder Avery noch Nigel noch Rodriguez oder einem Kition-Söldner.

Sie schirmte ihre Augen mit der Hand ab, als sie hinaus ins grelle Licht trat. Auch vor der Höhle war niemand, nur

Zigarettenkippen und leere Verpackungen von Proteinriegeln lagen herum.

Sie ging geradewegs zum Besucherzentrum. Der Parkplatz stand voller Militärfahrzeuge, aber kein einziger Soldat war zu sehen.

Sie schob die Glastür auf – und schreckte entsetzt zurück. Leichen waren dort aufgestapelt wie heruntergefallene Äste, ein Haufen menschlicher Überreste in einer schwarzen Blutlache.

Peyton wandte den Blick ab und unterdrückte ein Würgen.

Hinter den Leichen lagen weitere Soldaten auf dem Bauch – lebendig, an Händen und Füßen gefesselt und mit verbundenen Augen. Im schattigen Ausstellungsbereich hämmerte jemand. Es waren sogar zwei – sie verursachten ein unrhythmisches Geräusch, als schlügen zwei Schmiede auf ihre Ambosse.

Adams stand mit dem Gewehr in der Hand am Informationsschalter. In seinen Augen lag ein triumphierendes Funkeln. »Wir sind hier sicher.«

»Wieso?«

Er nickte zu einer geschlossenen Tür hinter dem Podium, wo Rodriguez stand. Peyton folgte ihm und hielt den Atem an, als er sie aufschwang.

Yuri stand gebeugt mitten im Büro, seine Hände waren hinter seinem Rücken gefesselt. Eine Hand drückte ihm eine Klinge an den Hals, von der das Blut herabrann wie Rotwein an einem Glas. Lin Shaw stand hinter ihm.

»Sie hat der Schlange den Kopf abgeschnitten«, sagte Adams. Er zuckte die Achseln. »Oder zumindest damit gedroht.«

»Lagebericht?«, sagte Lin.

»Wir haben sie gefesselt. Mit den Telefonen und Funkgeräten sind wir auch fast fertig.«

»Gut. Bereiten Sie die Gefangenen zum Abtransport vor.«

Lin nahm die Klinge von Yuris Hals und stieß ihn zu Rodriguez, der ihn auffing, auf einen Stuhl setzte und mit Klebeband daran fixierte.

Yuri sah zu Lin. »Letzte Chance.«

»Ich verzichte.«

»Rapture Control wird jeden Moment wieder aktiviert. Dann haben wir Zugriff auf alle, die das Heilmittel bekommen haben.« Sein Blick schweifte zu Peyton.

»Knebeln Sie ihn auch«, sagte Lin, als sie an Peyton und den toten und lebendigen Soldaten im Eingangsbereich vorbeiging.

Peyton und Adams folgten ihr zum Ursprung des Hämmerns. Avery und Nigel saßen vor einem Haufen Funkgeräte und Satellitentelefone, zogen eins nach dem anderen heraus und zertrümmerten es mit Pistolengriffen. Peyton sah die Magazine der Waffen in der Nähe auf dem Boden liegen.

»Wie kann ich helfen?«, fragte sie.

Adams zog seine Pistole und warf das Magazin aus. »Haben Sie Lust, was kaputtzuschlagen?«

»Und wie.« Sie setzte sich neben Avery und fing an.

»Avery«, sagte Lin. »Mach die Fahrzeuge unbrauchbar.«

Avery stand auf. »Wie viele brauchen wir?«

»Zwei. Nur für den Fall, dass eins kaputtgeht.«

»Schon unterwegs.« Avery ging hinaus auf den Parkplatz. Durch das Fenster sah Peyton, wie sie Motorhauben aufbrach und sich darunter zu schaffen machte.

Lin sagte zu Adams: »Fangen Sie an, die Kisten zu bergen.«

Adams nickte und eilte davon. Lin ging zu Rodriguez, um ihm zu helfen.

Peyton hielt den Kopf gesenkt. Sie zerschlug ein Telefon und griff zum nächsten. Sie rechnete damit, dass weitere spanische Soldaten eintreffen würden, aber niemand kam. »Bekommen wir Verstärkung?«, fragte sie Nigel, während sie mit dem Pistolengriff auf ein Funkgerät hämmerte.

»Lin hat sich dagegen entschieden. Sicherheitsrisiko. Sie glaubt, dass jemand vom britischen oder spanischen Militär unseren Aufenthaltsort verraten hat.«

»Klingt logisch.«

Schweigend setzten sie ihre Zerstörungsorgie fort und unterbrachen sie nur, um kurz zur Toilette zu gehen. Es war eine einfache, befriedigende Arbeit, und Peyton war froh darüber.

Adams und Rodriguez kamen und gingen und beförderten die Kisten in unmenschlicher Geschwindigkeit nach oben. Als sie sich schließlich in die Eingangshalle setzten und aus ihren Feldflaschen tranken, waren sie völlig durchgeschwitzt. Avery war mittlerweile vom Parkplatz zurückgekehrt und hatte sich gewaschen. Sie ging zum Informationsschalter und verschwand aus Peytons Blickfeld. »Hey!«, rief sie plötzlich.

Lin entgegnete etwas, das Peyton nicht verstand.

Adams und Rodriguez sprangen auf, und Nigel und Peyton folgten ihrem Beispiel. Alle rannten zu den beiden Frauen.

Die Tür zum Büro stand offen. Der Stuhl, an den Yuri gefesselt gewesen war, war leer. Sauber durchtrennte Klebebandstreifen hingen von der Lehne herab.

»Ich habe ihn straff gefesselt«, sagte Rodriguez und starrte den Stuhl an.

»Es spielt keine Rolle«, sagte Lin. »Er ist weg. Und wir müssen auch verschwinden.«

Niemand sprach aus, was sie alle wussten: Yuri hatte sich nicht selbst befreit. Einer von ihnen hatte es getan.

47

Conner und seine Männer versteckten sich nun bereits seit zwanzig Stunden auf dem Racquetball-Platz unter Desmonds Garage. Der Laufsteg war mit leeren Einmannpackungen übersät. Zwei der Söldner spielten im Licht ihrer Helmlampen Karten. Doktor Park schlief. Desmond lag, noch immer sediert und flach atmend, unter dem Laufsteg.

Conner klappte einen Laptop auf und versuchte, eine Verbindung zu den Drohnen herzustellen.

Außer Reichweite.

Er gab dem nächsten Söldner ein Zeichen. »Ich gehe raus.«

Er öffnete die Tür und wartete. Es war still. Er wagte sich ins Untergeschoss und startete erneut das Programm.

Außer Reichweite.

Er hielt nach jeder vierten Stufe inne, als er die Hintertreppe hinaufstieg. Das Haus war still.

Er schlich durch den Flur und setzte sich in dem großen Raum auf den Boden. Endlich tauchten die Aufnahmen einer Drohne auf dem Laptop auf. Keine Spur von den X1-Truppen. Wie geplant waren die feindlichen Kämpfer den Vans und Humvees gefolgt. Zweifellos hatten sie Desmonds Anwesen durchsucht, ohne den versteckten Raum zu finden. Wahrscheinlich hatten sie sich keine besondere Mühe gegeben, weil der Lieutenant ihnen gesagt hatte, dass ihre Gegenspieler geflohen seien, nachdem Conner ihn hatte mithören lassen, wie er Major Goins seinen angeblichen Plan zuflüsterte.

Conner klappte den Laptop zu und kehrte zum Racquetball-Platz zurück. Er hob Desmond vom Boden, und seine Männer und Dr. Park folgten ihm nach oben, durch die Hintertür ins Freie und im Schutz der alten Eichen in den Garten nebenan. Wie er vermutet hatte, war das Nachbarhaus leer. Die Anwohner dieser Straße in Atherton besaßen Häuser in den Bergen und an der Küste – und auf abgelegenen Inseln. Manchen gehörten sogar ganze Inseln, samt privater Landebahnen.

In der Garage fanden sie einen Fisker Karma an der Ladestation und einen schwarzen Chevy Suburban.

»Wir nehmen den Spritschlucker«, sagte er.

Nachdem sie Desmond im Heck untergebracht hatten, drehte Conner sich zu Dr. Park um. »Der nächste Ort?«

»Er liegt auf Bair Island. Warten Sie.« Park studierte die Karte. »Es ist der Flughafen von San Carlos.«

Conner dachte darüber nach. Es war der perfekte Ort für einen Hinterhalt. Aber er hatte keine Wahl.

48

Die beiden Fahrzeuge rasten über die gewundenen Straßen Nordspaniens. Avery saß am Steuer des ersten Lasters, und Adams fuhr den zweiten. Auf der hügeligen und kurvigen Strecke hatte Peyton das Gefühl, in einer Achterbahn zu sitzen.

»Avery, wenn du noch schneller fährst, reisen wir in die Vergangenheit!«

»Wär das nicht schön?« Sie trat fester aufs Gaspedal, und der Motor brüllte auf.

Am Flughafen von Santander beluden sie einen Jet der spanischen Luftwaffe, während Lin und Adams mit dem Colonel diskutierten, der dort das Kommando führte. Lin weigerte sich, zusätzliche Soldaten mitzunehmen. Bald saß Avery im Cockpit, und sie waren wieder in der Luft.

Auf Reiseflughöhe schaltete Avery den Autopiloten ein und begab sich zu den anderen ins Besatzungsabteil. Der offene Raum mit Sitzen an der hinteren Wand erinnerte Peyton an das Flugzeug, mit dem sie und ihre EIS-Agenten vor einem Monat von Atlanta nach Nairobi geflogen waren. Es fühlte sich an, als wäre das in einem anderen Leben gewesen. Und auf diesem Flug war sie die Schülerin und ihre Mutter die Lehrerin. Eine Lehrerin, die ihr Wissen nur widerwillig weitergab.

»Ein Ziel wäre gut«, sagte Avery. »Etwas Präziseres als der Süden der USA.«

Lin rollte einen Schlafsack aus und schlüpfte hinein. »Bald.« Sie bedeutete Peyton, sich neben sie zu legen.

Peyton packte ebenfalls einen Schlafsack aus, und die anderen folgten ihrem Beispiel. Adams und Rodriguez hatten vereinbart, abwechselnd den Autopiloten zu überwachen.

Alle waren erschöpft, und Peyton vermutete, dass Lin am meisten darunter litt. Ihr Gesicht war nur Zentimeter von Peytons entfernt, und als Lin die Augen schloss, schien alle Kraft sie zu verlassen. Was sie in Altamira getan hatte, forderte seinen Tribut, auch wenn sie es bisher gut verborgen hatte. Peyton wollte sie so vieles fragen, aber das würde warten müssen.

Kurz bevor sie einschlief, fiel Peyton auf, dass ihre Mutter eine Tasche umklammerte, eine Art Koffer mit Schulterriemen. Sie hätte es bemerkt, wenn sie ihn schon auf dem Weg nach Altamira dabeigehabt hätte. Lin musste ihn dort bekommen haben. Aber wann? Und was war darin?

49

Avery konnte nicht schlafen, deshalb kehrte sie ins Cockpit zurück und sagte Adams, der gerade Schicht hatte, er könne sich ein bisschen hinlegen. Er war sofort einverstanden, schließlich war er genauso erschöpft wie die anderen.

In Averys Kopf kreisten die Gedanken. Sie musste ständig an die Belagerung von Desmonds Haus denken und stellte sich vor, wie die Soldaten es stürmten und Desmond im Feuergefecht getötet wurde. Sie hätte alles gegeben, um jetzt dort zu sein.

Das Satellitentelefon summte, und sie nahm das Gespräch an. »Price.«

»Avery.« Sie hörte David Ward sofort an, dass er schlechte Nachrichten hatte. »Wir haben sie verloren.«

»Das ist nicht Ihr Ernst. Wieso? Ich meine, ihr hattet sie ...«

»Conner McClain ist gut ...«

»Ich will nicht hören, wie gut er ist. Es gibt nur zwei Möglichkeiten: Entweder hat er das Haus verlassen, oder er ist noch da.«

»Wir haben sämtliche Fahrzeuge verfolgt. Es hat fast zehn Stunden ...«

»Zehn *Stunden*?«

»Sie haben X1-Soldaten als menschliche Schutzschilde benutzt. Wir konnten nicht schießen. Mussten sie verfolgen. Sie sind in vier verschiedene Richtungen gefahren. McClain und Hughes haben wir nicht gefunden. Wir haben seinen Stellvertreter verhört. Er hat darauf bestanden, dass McClain in dem letzten Lieferwagen saß. Aber da war er nicht.«

»Dann ist er noch im Haus.«

»Wir haben es durchsucht – von oben nach unten.«

Von oben nach unten. Einen Moment lang war sie wieder auf dem Racquetball-Platz, wo sie schwitzend und keuchend mit Desmond spielte, bis sie über den Boden rollten und Desmond sich über sie beugte, um sie zu küssen, und eine Mauer in ihr einstürzte.

»Avery? Sind Sie noch dran?«

»Ja. Es gibt einen versteckten Raum.« Sie hatte erwartet, dass es zu einem Feuergefecht kommen würde, nicht zu einem Versteckspiel, deshalb war es ihr nie in den Sinn gekommen, David von dem Racquetball-Platz zu erzählen. Jetzt kam sie sich wie ein Idiot vor.

»Ja, die Leseecke im Arbeitszimmer. Sie haben sie gefunden ...«

»Nein. Unter der Garage. Ein Racquetball-Platz. Man erreicht ihn durch das Untergeschoss – durch den Weinkeller. Da ist eine falsche Ziegelwand, die als Tür dient.«

»Warten Sie kurz.«

Sie hörte, wie er jemanden mit einem anderen Satellitentelefon anrief. Dann meldete er sich wieder. »Den Raum haben sie übersehen. Ich rufe Sie später an.«

***

Avery meldete sich, als das Satellitentelefon klingelte.

»Wir haben gerade den Racquetball-Platz durchsucht«, sagte Ward. »Sie sind nicht da, aber wir haben frische leere Einmannpackungen gefunden. Vermutlich sind sie abgehauen, nachdem die Suchtrupps zum ersten Mal abgezogen sind.«

Avery dachte kurz nach. Desmond musste einen Grund gehabt haben, sein Haus als Ort auszuwählen. Warum? Um Hilfe zu bekommen? Damit sie ihn auf dem Radar hatten? Gut möglich. Wenn es stimmte, was war dann seine nächste Station? Eine Fluchtroute? Ein weiterer Ort, den sie beide kannten. Einer, der viele Möglichkeiten bot.

Es gab nur einen Ort, auf den diese Beschreibung passte.

»Ich glaube, ich weiß, wohin sie unterwegs sind. Zum Flughafen von San Carlos.«

»Wir schicken Teams ...«

»Nein. Wir dürfen nicht den gleichen Fehler noch einmal machen. Lassen Sie den Dingen ihren Lauf. Erinnern Sie sich, was Des uns da gesagt hat?«

»Ja.«

»Ich will, dass Sie vor Ort sind, David. Bitte.«

»Hughes hat mich um dasselbe gebeten. Hören Sie, Avery, die Dinge sind hier in Bewegung. Die ganze Welt fällt auseinander ...«

»Und Sie können sie nicht zusammenhalten. Wir müssen aus der Defensive kommen. Es wird Zeit, diese Leute aufzuhalten. Hughes ist die Schlüsselfigur. Bitte. Fahren Sie hin – für mich. Ich habe Sie nie um etwas gebeten.«

»Sie wollen, dass ich mich hier ausklinke, da hinfahre und einfach warte und hoffe, dass Hughes auftaucht?«

»Ja. Vielleicht erinnern Sie sich, dass er mich einmal darum gebeten hat. Es hat mir nicht gefallen, aber ich habe es getan. Und das hat uns vorangebracht. Bitte, David. Er hat Sie darum gebeten. Und jetzt bitte *ich* Sie. Es gibt niemanden, dem ich mehr vertraue. Wir brauchen ihn.«

»Wir? Oder Sie?«

»Beides, okay? Ich brauche ihn. Ich will ihn wiedersehen. Aber das ist nur ein Grund. Er ist der Schlüssel zu allem.«

Langes Schweigen. Avery überlegte, ob sie weiter drängen sollte, aber eines wusste sie über David Ward sicher: Auf Aggression reagierte er immer mit Widerstand.

»Also gut«, sagte er schließlich. »Ich fahre hin. Ich gebe ihm vierundzwanzig Stunden. Danach verschwinde ich.«

Avery schnaufte erleichtert. »Das ist fair. Danke, David.«

50

Der Chevy Suburban fuhr mit ausgeschalteten Scheinwerfern durch die vom Mond beschienenen Straßen. Es war beunruhigend still und einsam, wie in einer Welt nach dem Ende der Menschheit.

Im Heck saß Dr. Park, dessen Gesicht von seinem Smartphone beleuchtet wurde, und dirigierte sie zum Flughafen von San Carlos. Das Telefon war wie ein moderner Talisman, der ihre Gruppe zu einem Objekt führte, das ihr Volk retten würde. Sie mussten wissen, wo Desmond Rendition versteckt hatte. Es war ihre einzige Hoffnung. Conners einzige Hoffnung, seinen Bruder zurückzubekommen.

Das Tor des Flughafens stand offen, und die Anlage wirkte verlassen. Conner kurbelte das Fenster herunter und sog den Geruch der Bucht von San Francisco ein. Es war eine Mischung aus Salz- und Süßwasser; fast die Hälfte aller kalifornischen Flüsse mündete dort ins Meer. Die Bay Area war ein Symbol der neuen Welt und von Kition selbst: ein Netz von Denkern, die eine neue Gesellschaft schufen und ihre Technologie auf die Welt losließen, um sie zu verbessern, ob der Rest der Menschheit es wollte oder nicht. Kition würde die Massen in die nächste Welt befördern, notfalls mit Gewalt.

»Hangar siebenundzwanzig«, sagte Park mit einem Blick auf das Smartphone.

Die Soldaten stiegen aus, drangen in das Gebäude ein und öffneten die Tore. Conner hatte erwartet, dort ein Flugzeug vorzufinden – vielleicht als Teil von Desmonds Fluchtplan. Aber er sah nur Pinnwände voller Blätter und Fotos, die durch Schnüre miteinander verbunden waren. Zwischen den Pinnwänden standen Tischreihen, die bis auf einige Kartons leer waren.

Er setzte sich hinter das Steuer und fuhr den SUV hinein. Hinter ihm wurden die Hangartore geschlossen.

Er stieg aus und ließ den seltsamen Ort auf sich wirken. Besonders die Zettel an den Pinnwänden erregten seine Aufmerksamkeit. Fotos. Lebensläufe. Zeitungsartikel. Er erkannte sie wieder.

Wie war das möglich?

Aus dem Fahrzeug rief Dr. Park: »Wir empfangen eine neue Übertragung. Die Erinnerung fängt an.«

***

Auf seinem Handy klickte Desmond auf die Adresse, die Conner ihm geschickt hatte. Die Wegbeschreibung führte zu einem Pier in San Francisco.

Avery war vor ein paar Minuten gegangen, sobald sie die Adresse erfahren hatte. War sie auf dem Weg dorthin? Er musste unbedingt wissen, was mit ihr los war. Er spürte, dass er ebenfalls belogen worden war, und das schmerzte ihn – vor allem aus ihrem Munde.

Fragen über sie schossen ihm durch den Kopf, als er nach Norden fuhr, hinaus aus Atherton, Richtung San Francisco.

***

Die *Kentaro Maru* war größer, als er es in Erinnerung gehabt hatte. Sie ragte am Kai hoch aus dem Wasser auf. Der Landungssteg wurde von zwei Kition-Agenten bewacht.

Einer hob die Hand, als Desmond sich näherte.

»Ich möchte zu Conner McClain.«

»Name?«

»Desmond Hughes.«

Sie fragten über Funk nach. Anstatt ihn durchzuwinken, blieben sie reglos stehen. Zwei Mitglieder des Kition-Einsatzkommandos kamen und baten Desmond, ihnen zu folgen.

Auf der Brücke wartete er und sah auf die Flutlichter, die überall im Hafen leuchteten.

»Hallo, Bruder.«

Als Desmond sich umdrehte, stand Conner in einer Uniform der Handelsmarine vor ihm, mit dem Abzeichen einer Firma, die er nicht kannte: Terra Transworld. Er bemerkte sofort die Veränderung, die in ihm vorgegangen war. Die Steifheit. Die militärische Haltung. *Was ist passiert?*

Desmond fehlten die Worte. Conner nicht.

Er streckte den Arm aus. »Hier lang.«

Im Besprechungsraum schloss Conner die Tür. »Tut mir leid, dass ich mich nicht gemeldet habe.«

»Ich will keine Entschuldigung hören. Ich will einen Grund hören.«

»Ich habe eine bessere Idee. Ich zeige dir den Grund.« Zum ersten Mal lächelte Conner. »Wir reden nachher.«

Er führte Desmond in das Innere des Schiffs, vorbei an ölverschmierten Besatzungsmitgliedern, die Vorräte einluden. Aus der Größe der Pakete schloss Desmond, dass sie sich auf eine längere Reise vorbereiteten. In einem improvisierten Umkleideraum forderte ihn Conner auf, einen Schutzanzug anzulegen, wie CDC-Angestellte sie trugen.

Was hat er getan?

Desmond zog sich schweigend an und folgte seinem Bruder in den Frachtraum, wo Reihen von Kabinen aus Metallstangen und Plastikplanen errichtet worden waren. Im Inneren glühte gelbes Licht, aber er konnte nicht erkennen, was sich darin befand. Angestellte in Schutzanzügen schoben einen Wagen durch die Gänge, blieben vor jeder Kabine stehen, verschwanden hinter der Plane und tauchten mit Eimern wieder auf, die sie am Wagen ausleerten.

Andere Beschäftigte schoben einen Wagen vorbei, auf dem sich Leichen türmten.

»Conner«, sagte Desmond schwer atmend. Es dauerte einen Moment, bis er begriff, dass der Anzug nicht mit Funk ausgestattet war.

Conner ging weiter und führte ihn durch die riesige Halle. Am anderen Ende gelangten sie in eine Dekontaminationskammer. Die Anzüge wurden eine Weile besprüht, dann legten sie sie ab.

»Was ist hier los, Conner?«

»Ich erkläre dir alles, Desmond. Deswegen bist du ja hier.«

Sie stiegen eine Treppe zu einem Konferenzraum hinauf, der voller Menschen war. Ein großer Bildschirm an der Wand zeigte eine Weltkarte, auf der überall rote Punkte leuchteten. Durch ein Fenster konnte man auf den Laderaum hinabblicken, dessen beleuchtete Kabinen aussahen wie Lampions auf einem Meer aus Beton.

Das ist nicht richtig.

In Conners Augen lag ein fast besessener Ausdruck, als er selbstbewusst am Kopfende des Raums stehen blieb. Er sprach laut und deutlich und zog die Aufmerksamkeit aller Anwesenden auf sich.

»Bald wird sich die Welt verändern. Halten Sie Kurs. Die kommenden Tage werden die schwierigsten Ihres Lebens. Aber wenn das vorbei ist, wird die Welt die Wahrheit wissen: Wir haben die gesamte Menschheit vor dem Aussterben bewahrt …«

Sobald seine Rede beendet war, leerte sich der Raum, und Desmond blieb mit Conner allein zurück – bis auf zwei Wachmänner an der Tür.

»Was hast du getan?«, brachte Desmond mühsam hervor.

»Was getan werden musste.«

»Conner.« Desmond sah ihm in die Augen. »Das sind meine Rendition-Versuchspersonen, oder? Du hast sie wiederverwendet, als wären sie ...«

»Sie sind todkrank, Des.«

»Das gibt dir nicht das Recht ...«

»Es sind Freiwillige.«

»Was testest du?«

»Eine Verteilmethode.«

»Wofür?«

Conner nickte den beiden Wachmännern zu. Sie gingen und schlossen die Tür hinter sich.

»Rapture«, sagte er.

Desmond klappte der Unterkiefer herunter. »Das kann nicht dein Ernst sein.«

»Es ist die einzige Möglichkeit.«

»Was habt ihr vor, Conner? Was macht ihr, Yuri und du?«

»Was getan werden muss.«

»Ist das eine Gentherapie? Ein Retrovirus? Warum?«

Conner schwieg.

»Du willst es mir nicht sagen? Die Wahrheit? Unsere Partnerschaft ist vorbei?«

»Ich bitte dich, mir diesen Teil des Projekts zu überlassen. Yuri vertraut mir. Ich hoffe, du auch.«

»Wie viele werden sterben, Conner?«

»Sehr wenige.« Conner schüttelte den Kopf. »Jeden Tag sterben Menschen – für viel unwichtigere Dinge als das Spiegel-Projekt. Alles hat seinen Preis. Das Spiegel-Projekt ist es wert.«

Desmond wollte etwas entgegnen, aber dann hielt er sich zurück. Das war nicht sein Bruder. »Was ist dir zugestoßen?«

»Mir ist nichts *zugestoßen*.«

»Ich habe das Gefühl, du bist ein anderer Mensch, Conner. Du siehst sogar anders aus.«

»Ich habe neue Aufgaben übernommen.«

Desmond sah ihn forschend an.

»Mir wurde das Kommando von Kition-Security übertragen. Ich habe mich vorbereitet.«

»Worauf?«

Conner trat näher. »Darauf, dass es losgeht. Es wird schmerzhaft, aber keine Sorge, Des. Ich regle das. Deshalb sind wir ein Team – du, ich und Yuri. Jeder von uns hat eine Rolle. Ich bitte dich, mich meine ausfüllen zu lassen.«

Desmond wich einen Schritt zurück. »Ich brauche ein bisschen Zeit.«

»Das ist genau das, was wir nicht haben.«

»Was soll das heißen?«

»Die Dinge sind in Bewegung.«

Diese Worte waren für Desmond ein Alarmsignal.

Er überlegte, was er sagen könnte, um seinen Bruder zur Vernunft zu bringen. Aber als er ihn ansah, begriff er, dass Conner sich schon zu weit entfernt hatte. Er und sein Bruder unterschieden sich in einem wichtigen Punkt – und Yuri hatte das bemerkt. Bemerkt und ausgenutzt. Conners Wunden waren tiefer als Desmonds. Beide waren vom selben Feuer verbrannt worden, aber Conner hatte stärker und länger gelitten. Er war auf gleiche Art verletzlich wie Desmond, aber auf tieferer Ebene. Man konnte ihn einer Gehirnwäsche unterziehen. Ihn wie ein Messer benutzen, um die Welt aufzuschneiden.

Zum ersten Mal sah Desmond Yuris wahren Charakter – und er hatte Angst. Das, was der ältere Mann gesagt hatte, entsprach der Wahrheit; die Welt war ungerecht und grausam und musste verändert werden. Aber seine Lösung war unmenschlich. Ein Preis, den Desmond nicht zu zahlen bereit war. Conner schon.

Und Yuri wusste das. So viel hatte er Desmond verraten. Sein Spezialgebiet war es, Menschen zu durchschauen und zu sehen, wozu sie fähig waren. Er führte die Figuren, und er hatte sie perfekt aufgestellt.

Desmond war in die Ecke gedrängt worden. Es gab nur einen Ausweg. Er war schon einmal in einer solchen Lage gewesen, an dem Tag, als Dale Epply zu Orvilles Haus kam, ihn zum Gartenschuppen führte und vor die Wahl stellte: töten oder getötet werden.

Er spürte die Last der Entscheidung. Er wusste, dass seine gesamte Zukunft von diesem Moment abhing. Er hatte sein Leben dem Spiegel-Projekt gewidmet. Und Yuris Plan. Aber der Preis ... war zu hoch. Er würde keine unschuldigen Menschen opfern. Er würde für diejenigen kämpfen, die nicht für sich selbst kämpfen konnten. Er würde Yuri aufhalten, selbst wenn er dadurch seinen Bruder verlor.

»Ich verstehe«, flüsterte er.

Conner stieß den Atem aus. »Gut. Ich wusste es, Des. Das habe ich Yuri auch gesagt.«

Desmond bemühte sich um einen neutralen Tonfall. »Wie geht es weiter?«

Conner verzog die Lippen zu einem Lächeln. »Es liegt Arbeit vor uns.«

»Was für eine Arbeit?«

»Wir müssen einige Stationen anfahren.«

»Wo?«

»Stell einfach Rendition fertig. Es dauert nicht mehr lange, Bruder.«

***

Als er vom Pier wegfuhr, schossen Desmond verschiedene Szenarien durch den Kopf.

Yuri konfrontieren. Schlechte Idee – darauf hatte er sich mit Sicherheit vorbereitet.

Das FBI anrufen. Nein. Wahrscheinlich würde man ihm nicht helfen, sondern ihn einsperren.

Die *Washington Post* anrufen. Das könnte funktionieren.

Aber nicht, wenn die Journalisten bei null anfangen mussten. Man brauchte Zeit, um eine solche Story zu recherchieren und zu verifizieren, und wie Conner schon gesagt hatte, Zeit war etwas, das sie nicht hatten. Er würde einen Journalisten finden müssen, der schon an der Oberfläche der Kition-Verschwörung gekratzt hatte – jemanden, der ihm glauben und schnell veröffentlichen würde.

An den Ampeln suchte er mit dem Handy im Internet nach Kition-Tochterunternehmen und Anlageinstrumenten. Er stutzte, als er einen Artikel im Magazin *Der Spiegel* fand, von einem Journalisten namens Garin Meyer. Der Mann hatte Unglaubliches geleistet. Er hatte schon die Verbindung zwischen vielen Kition-Tochterunternehmen erkannt und glaubte, es handele sich um organisiertes Verbrechen – eine neue Art von Hightech-Firmen, die miteinander konspirierten, um Profite einzustreichen. Und er hatte zum Teil recht, nur dass diese Profite einem bestimmten Zweck zugeführt wurden – dem Spiegel-Projekt.

Desmond war klar, dass er Meyer kontaktieren musste. Aber vorher musste er noch jemanden besuchen.

Nervös klopfte er an die Tür. Er war sich plötzlich nicht mehr sicher, ob er die richtige Entscheidung getroffen hatte.

Das Licht im Wohnzimmer ging an, die Tür wurde geöffnet, und Lin Shaw stand in ihrem Businesskostüm vor ihm.

»Desmond. Was kann ich ...«

»Wir müssen reden. Es ist wichtig.«

Sie hielt ihm die Tür auf und schloss sie hinter ihm wieder, bat ihn aber nicht weiter ins Haus hinein.

Desmond beschloss, die Karten aufzudecken. »Es hat angefangen.«

»Es?«

»Yuri. Das Spiegel-Projekt. Sie machen weiter.«

Lin zeigte keinerlei Regung. »Wie?«

»Ich glaube, sie benutzen eine Art Krankheitserreger oder Retrovirus. Ich konnte es nicht rausfinden.«

Ihre Augen weiteten sich – eine Bestätigung für ihn, dass sie nicht eingeweiht war. »Wo wird es anfangen?«

»Weiß ich nicht.«

»Was *weißt* du denn, Desmond?«

»Nur, dass sie es auf einem Schiff getestet haben.«

Sie wandte den Blick ab und dachte nach.

»Kannst du ihn aufhalten?«, fragte Desmond.

»Nein.«

Das Wort war wie der Hammerschlag eines Richters. Ein endgültiges Urteil. Er hatte erwartet, sie würde Ja sagen – ihm eine Lösung vorschlagen.

»Du musst ...«

»Hör mir zu.«

Er schnaubte.

»Hör mir gut zu, ja?«

Er nickte. »Okay.«

»Yuri hat das seit sehr langer Zeit geplant.«

»Ich weiß.«

»Willst du ihn aufhalten?«

»Ja.«

»Bist du sicher?«

»Absolut.«

»Dann tu etwas, das er nie erwarten würde.«

Desmond schüttelte den Kopf. »Zum Beispiel?«

»Ich weiß es nicht. Nur du kannst das wissen. Sag es mir nicht. Verrate es niemandem. Nur so kannst du sicherstellen, dass es funktioniert.«

»Du willst, dass ich das Spiegel-Projekt zerstöre?«

»Nein. Das Spiegel-Projekt ist unvermeidlich. Es hat schon immer existiert und wird immer existieren.«

Die Worte erschraken Desmond. Er fühlte sich wie betäubt. Die Welt um ihn herum stand still.

Lin trat näher. »Was auf diesem Planeten passiert, ist schon auf Milliarden anderen Welten geschehen. Und es wird danach auf Milliarden weiteren geschehen.«

»Was willst du damit sagen?«

»Das Spiegel-Projekt ist nicht das, wofür du und Yuri es haltet. Es ist eine Singularität von viel größerer Bedeutung.«

Er wollte etwas entgegnen, aber ihm fehlten die Worte.

»Das Einzige, was sich ändern kann, ist derjenige, der das Spiegel-Projekt *kontrolliert*. Es gibt nur eine Möglichkeit, Yuri beziehungsweise Kition aufzuhalten: aus dem Inneren.«

Er schloss die Augen. »Lin, ich kann nicht ...«

Sie öffnete die Tür. »Geh jetzt, Desmond. Ich muss arbeiten.«

***

Eigentlich hatte er nach Hause fahren wollen, aber auf halber Strecke kam ihm ein Gedanke. Er verdichtete sich von einer vagen Ahnung zu einer Hypothese und schließlich zu einer Theorie. Es schien abwegig, aber im Zusammenhang war es einleuchtend. Avery hatte ihn gefragt: *Wenn ich dir etwas erzählen würde, das ... alles ändert, woran du glaubst, würdest du mir dann immer noch vertrauen?*

Es gab nur eines, was sie damit gemeint haben konnte. Aber wenn es stimmte ... wer war sie dann? Was wollte sie von ihm?

Er wählte ihre Nummer. Sie nahm nach dem ersten Klingeln ab.

»Du hast mich gefragt, ob ich fähig bin, meine innerste Überzeugung zu ändern.«

»Und?«

»Nun, das bin ich.«

Er hörte im Hintergrund Leute rufen, wie Makler an der Börse. Nein, sie riefen die Namen von Orten. Und von Firmen. Kition-Firmen.

Schritte. Avery ging woanders hin, und die Stimmen verklangen.

»Ich habe es schon getan«, sagte er.

»Wovon redest du, Des?«

»Von Leuten, die ich kenne. Ich wusste nicht ... ich wusste nicht, wozu sie in der Lage sind.«

»Wozu sie in der Lage sind?«

»Jetzt bin ich dran. Worüber reden wir, Avery?«

»Wir müssen uns treffen.«

»Wo?«

»In San Carlos. Am Flughafen am Bayshore Freeway. Hangar fünfundzwanzig.«

»Was ist da?«

»Ich bin da.«

»Wer noch?«

Schweigen.

»Für wen arbeitest du, Avery?«

Sie stieß den Atem aus. »Ich arbeite für Leute, die sich nicht selbst wehren können. Alle sieben Milliarden.«

Es war keine Antwort auf seine Frage, und er wusste, dass er auch keine bekommen würde.

***

Er fuhr mit hoher Geschwindigkeit durch die Nacht und durch das Flughafentor zum Hangar, vor dem etwa zwanzig SUVs parkten und ein Haufen Männer und Frauen in Trenchcoats herumschwirrten. Dreißig Meter vor dem Hangar hielten sie ihn auf und verlangten zu wissen, wer er sei und was er dort wolle.

Avery kam angelaufen und sagte: »Er gehört zu mir.«

Sie betraten den Hangar durch eine Seitentür. Desmond klappte die Kinnlade herunter.

Holzgestelle mit Korkplatten waren zu einem riesigen

Hufeisen aneinandergereiht, und jeder Zentimeter der Pinnwände war mit Informationen über Kition bedeckt. Er sah ein Foto von sich selbst. Von Yuri. Von Conner. Den Namen Icarus Capital. Rook Quantum Sciences. Rendition Games. Sämtliche Firmen, die zu Kition gehörten. Und auch ihre wichtigsten Anlageinstrumente: Citium Capital und Invisible Sun Securities. Das gesamte Netz, das sie gesponnen hatten, war dort dargestellt – mit roten Fäden und Nadeln, die die Verbindungen zeigten. Und in der Mitte des Hangars, wo man ein Flugzeug erwartet hätte, saßen mindestens zwanzig Agenten an langen Tischen, beugten sich über Laptops und telefonierten mit ihren Handys.

»Was ist das hier?«, fragte Desmond.

»Eine mobile Kommandozentrale.«

»Wofür?«

»Um einen Terroranschlag zu verhindern.«

Desmond schwirrte der Kopf. Seine Knie fühlten sich weich an, als säße er in einem Karussell, das sich mit einer Geschwindigkeit von hundert Stundenkilometern drehte.

Er war sich kaum bewusst, dass Avery noch vor ihm stand.

»Diese Leute sind keine Terroristen«, flüsterte er.

»Diese Leute?«, fragte eine Männerstimme, die laut durch den Raum hallte. »Meinen Sie nicht *wir*?«

Avery sah sich um. »Desmond Hughes, das ist David Ward, der Chef der Rubicon-Gruppe.«

Ward war groß und trug einen schwarzen Anzug ohne Krawatte. Er nickte einem Mann mit einer FBI-Weste zu. »Machen wir es offiziell, falls uns die Sache noch mal um die Ohren fliegt.«

Der andere Mann zog seine FBI-Marke und zeigte sie Desmond. »Mr. Hughes, ich bin Special Agent Reyes vom FBI. Sie sind verhaftet.«

51

Avery riss die Hände hoch. »Hey, hey, Moment. Immer mit der Ruhe, J. Edgar. Desmond ist aus freien Stücken gekommen. Um bei den Ermittlungen zu helfen.«

Sie sah Ward an, der ihren Blick erwiderte. Ein Kräftemessen.

Ward brach den Augenkontakt ab. Er nahm den FBI-Agenten am Arm, führte ihn weg und flüsterte etwas, das Desmond nicht verstehen konnte. Dann rief er Avery zu: »Er gehört Ihnen, Agent Price.«

Desmonds Angst und Schrecken verwandelten sich in Wut. »Du hast mich angelogen.«

Avery antwortete nicht. Sie ging einfach an ihm vorbei und durch das Hangartor in die Nacht hinaus. Als er sie eingeholt hatte, sah sie ihn mit ihren leuchtend blauen Augen an wie ein in die Enge getriebenes Raubtier.

»Du hast mich angelogen«, wiederholte er.

Avery legte den Kopf schräg. »Ach ja? Du meinst, ich habe dir nicht gesagt, dass meine Arbeit Teil eines viel größeren Projekts war, einer Geheimoperation?«

Er entgegnete nichts.

»Kannst du dir vorstellen, wie das ist, Des? Wenn man demjenigen, der einem am nächsten steht, nicht verrät, woran man wirklich arbeitet?«

»Avery.« Desmond wollte nachhaken, aber sie hatte recht. Er hatte sie ebenfalls belogen. Auf seltsame Weise waren sie

Spiegelbilder, zwei Menschen, die auf unterschiedlichen Seiten kämpften und tagsüber ihrer Sache dienten, während sie nachts buchstäblich mit dem Feind schliefen. Und ihr Kalter Krieg würde bald heiß werden.

Sie kaute auf ihrer Unterlippe. »Willst du über Schnee von gestern reden, oder willst du uns helfen?«

»Ich will wissen, was wirklich vor sich geht.«

»Ich könnte dasselbe verlangen.«

»Ich habe zuerst gefragt.«

»Okay.« Sie entfernte sich noch einige Schritte vom Gebäude und den darum postierten Agenten. »Yuri bringt Bewegung in die Sache. Er schließt Kition-Tarnfirmen. Überweist Geld. Offenbar bereitet er eine Operation vor. Und zwar eine große. Wir glauben, er steht kurz vor dem Ziel.«

»Das sind keine Verbrechen.«

»Stimmt. Aber zweihundert Menschen zu töten schon.«

»Wovon redest du?«

»Das Kition-Konklave. Das letzte. Als die Wissenschaftler ermordet wurden. Das war Yuri.«

»Unmöglich.« Ihre Worte brachten ihn ins Wanken. Das Fundament seines Wissens über Kition schien zertrümmert zu werden. Wenn Yuri ihn über das letzte Konklave belogen hatte, in welchen Punkten hatte er ihn dann noch getäuscht?

»Es ist wahr. So ist Rubicon« – sie zeigte auf den Hangar – »entstanden. Einige der Wissenschaftler hatten Sorge, dass bei Kition eine Art Bürgerkrieg ausbricht. Sie haben sich an Leute wie Davids Vorgänger gewandt. Beweise versteckt. Und als sie alle verschwanden, wurde Rubicon ins Leben gerufen. Wir ermitteln seit dreißig Jahren gegen Kition.«

»Yuri hat diese Menschen nicht getötet. Er ... Sie waren seine Freunde. Seine Kollegen.«

»Seine Konkurrenten, Des. Leute, deren Spiegel-Projekte sein eigenes verhindern konnten. Er würde alles tun, um sein Werk zu schützen.«

Er wusste, dass sie die Wahrheit sagte, aber er suchte verzweifelt nach einem Fehler in ihrer Argumentation, nach einer Möglichkeit, die schrecklichen Enthüllungen zu widerlegen.

»Lin Shaw«, sagte er. »Sie war damals Kition-Mitglied. Sie lebt noch. Er hat sie nicht getötet.«

Avery nickte. »Lin Shaw ist eine Anomalie, ein Puzzleteil, das wir nicht verstehen.«

»Sie leistet wichtige Arbeit, Avery. Sie erforscht die genetische Basis von Krankheiten. Du hast es selbst gesehen. Du hast ihr geholfen. Erklär mir das.«

»Das können wir nicht. Wir wissen nicht, was Lins Ziel ist, aber wir glauben, dass es sich nicht mit Yuris deckt.«

»Warum lebt sie dann noch? Hat sie sich damals mit ihm verschworen?«

»Wir wissen es nicht. Vielleicht. Aber wir glauben, dass er sie irgendwie kontrolliert. Er muss ein Druckmittel haben.«

In seinem Kopf tauchte ein einziger Name auf: *Peyton.*

Er sah zum Himmel auf. »Ich brauche Zeit ...«

»Des. Wir haben keine Zeit.«

»Dann brauche ich Beweise. Du redest von Dingen, die vor dreißig Jahren passiert sind.«

Ein trauriger Ausdruck zeichnete sich auf Averys Gesicht ab. »Komm mit.«

Im Hangar blieb sie vor dem Foto einer jungen Frau mit wehendem braunen Haar und verlegenem Lächeln stehen. Desmond hatte das Gesicht seit dreizehn Jahren nicht gesehen. Darunter hing ein Foto, das ein von flachen Erdhaufen gesäumtes Loch im Waldboden zeigte, in dem eine in Plastikfolie gewickelte Leiche mit blauer, gummiartiger Haut lag. Desmond erkannte ihr Haar.

Er sah wieder in das lächelnde Gesicht. *Jennifer.* Die nette Empfangsdame aus der Kition-Bibliothek, die ihm die Bücher gebracht und ihn zum Essen eingeladen hatte.

»Wir haben sie an der Stanford University rekrutiert, nachdem sie schon für Kition gearbeitet hatte.« Avery senkte die Stimme. »Sie hat elektronisch geheime Dokumente übermittelt. Jemand hat es rausgefunden.«

»Wie? Wer?«

»Das wissen wir nicht. Sie waren sehr vorsichtig.«

Wut wallte in ihm auf. »Okay, ich bin dabei«, knurrte er. »Jetzt sag mir, was du weißt.«

»Kition-Security. Das ist Yuris gefährlichste Waffe. Die meisten Subunternehmen haben keine Ahnung, für was für einen Menschen sie arbeiten. Sie beschützen einfach nur Kition-Führungskräfte, die ins Ausland reisen, oder sichern Einrichtungen in gefährlichen Gegenden. Manche betreiben Abwehr von Industriespionage. Die hohen Tiere glauben an die Sache – wie Yuri würden sie alles tun, damit das Spiegel-Projekt vollendet wird. Dasselbe gilt für einige Sondereinheiten.« Sie sah auf das Foto. »Wie die, die das hier getan hat.«

Desmond erinnerte sich sofort an seine Begegnung mit Conner und an die militärische Haltung, die dieser angenommen hatte. *Yuri hat mir das Kommando von Kition-Security übertragen.* Wozu hatte er Conner gebracht? Wozu war Conner fähig? Nach dem, was er durchgemacht hatte, wahrscheinlich zu allem.

»Was braucht ihr von mir?«

Avery kam näher. »Wo ist Yuri?«

»Weiß ich nicht. Ich habe seit Monaten nichts mehr von ihm gehört.«

»Des.«

»Es ist wahr.«

»Und dein Bruder?«

»Er ist hier. In der Bucht von San Francisco.«

Avery wandte sich um und wollte den Agenten am Tisch ein Zeichen geben.

»Nein.« Er fasste sie am Arm. »Wenn ich helfen soll, dann machen wir es auf meine Art.«

Sie warf ihm einen zornigen Blick zu. »Klar. Du sagst *uns*, wie wir eine internationale Terrororganisation aufhalten können?«

»Ich nenne dir die Bedingungen, unter denen ich mitmache. Und du überzeugst deinen Chef davon.« Er funkelte sie ebenfalls an. »Das kannst du doch gut, oder? Deinen Chef manipulieren?«

Ihre Miene spiegelte erst Verwirrung und Überraschung wider, dann Schmerz, als wäre ihr eine Lanze ins Herz gestoßen worden. Sofort bedauerte er seine Worte.

»Avery ...«

»Draußen«, sagte sie mit unterdrückter Wut.

Die kühle Luft aus der Bucht bildete einen starken Kontrast zu der Hitze, die sie mit ihren geröteten Wangen und blitzenden Augen ausstrahlte. »Ich war nicht darauf aus, dass es passiert«, sagte sie.

»Avery, ich weiß ...«

»Du warst genauso hinter mir her.«

»Hör zu.« Er rang nach Worten. »Es war ... ein verrückter Tag. Ich weiß nicht, wem ich trauen kann. Ich brauche Zeit.«

»Des ...«

»Ich weiß, wir haben keine Zeit.« Er versuchte, seine Gedanken zu ordnen. »Was immer ihr plant – Türen eintreten und alle verhaften wie die Keystone Cops –, es wird nicht funktionieren. Diese Leute sind zu schlau. Yuri ist ein begnadeter Manipulator. Und Stratege. Er sieht aus seiner Perspektive auf das Schachbrett, dann dreht er es im Kopf um und betrachtet es von deiner Seite aus. Ich weiß es, weil ich schon mit ihm gespielt habe.«

»Das ist keine Schachpartie.«

»Doch. Und wir werden sie gewinnen.«

»Wie? Was *weißt* du, Des?«

»Ich weiß, dass er mich benutzt hat. Und meinen Bruder. Weil er es konnte. Weil wir beide verletzt und verzweifelt waren und uns wieder wie ganze Menschen fühlen wollten. Wir hätten alles für ein Heilmittel gegen unsere Qualen getan. Und vor allem, weil wir in der Lage waren, die Teile zu schaffen, die er brauchte. Er hat es perfekt geplant. Jeder von uns beiden kann benutzt werden, um den anderen zu kontrollieren. Ich bin damit nicht einverstanden.«

»Dann zerstöre die Teile, Des. Du hast Rendition.«

»Das funktioniert nicht. Sie werden es nachbauen.« Lins Worte gingen ihm durch den Kopf, und fast ohne nachzudenken, wiederholte er sie. »Das Spiegel-Projekt ist unvermeidlich.«

Sie trat näher. »Was ist es?«

»Das kann man nicht so schnell erklären, Avery. Und wir haben keine Zeit.«

»Wie ist dann dein Plan?«

Im Geiste begann er, die Einzelteile zu ordnen und verschiedene Szenerien durchzuspielen. Seine Prioritäten standen im Widerspruch zueinander. Conner retten. Yuri aufhalten. Das Spiegel-Projekt kontrollieren – und verhindern, dass es dem Feind in die Hände fiel. Herausfinden, was zwischen ihm und Avery war. Und ob für ihn und Peyton die Zeit schon abgelaufen war. Wenn nicht ... verkomplizierte das die Lage.

Aber eines wusste er sicher: Rendition war sein bestes Druckmittel, vielleicht das einzige Werkzeug, um Einfluss auf die kommenden Ereignisse zu nehmen. Sie würden es auf die eine oder andere Art von ihm bekommen. Es sei denn, er konnte es ihnen nicht geben.

»Ich muss jemanden anrufen.«

Er öffnete den Webbrowser, fand die Nummer eines Wissenschaftlers bei Rapture Therapeutics und wählte sie. Der Mann befand sich in Berlin – ein glücklicher Zufall. Er könnte mit ihm arbeiten, während er den Reporter vom *Spiegel* auf den neusten Stand brachte.

In Berlin war es Mittag, und es klang, als säße der Wissenschaftler beim Essen. Nach einem kurzen Austausch von Höflichkeiten kam Desmond zur Sache.

»Dr. Jung, ich habe ein Implantat von Rapture. Es ist ein älteres Modell.« Er rief seinen Account auf der Rapture-Webseite auf und las ihm die Versionsnummer vor. »Kennen Sie es?«

»Ziemlich gut.«

»Ich würde es gern bei einer Erinnerungstherapie verwenden. Folgendes habe ich vor ...«

Als er mit seiner Erklärung fertig war, hatte Jung das Restaurant verlassen und schien begeistert von der Idee, seine Arbeit auf neue Weise anzuwenden.

Desmond beendete das Gespräch und wählte eine Nummer aus der Umgebung. Der Programmierer war noch wach und klapperte im Hintergrund mit seiner Tastatur. Bei Labyrinth Reality arbeiteten alle zu ungewöhnlichen Zeiten, und Desmond war ausnahmsweise einmal froh darüber.

»Paul, Sie müssen ein privates Labyrinth für mich programmieren. Mit einigen speziellen Features.«

»Was für Features?«

Als Desmond es ihm sagte, fragte er: »Im Ernst? Geht das überhaupt?«

»Das kann man erst wissen, wenn man es ausprobiert hat. Haben Sie Interesse?«

»Ja, Mann.«

Desmond sprach einige Minuten mit ihm über die Details, dann legte er auf und ging zurück zu Avery.

»Worum ging es?«

»Um einen Notfallplan. Falls alles den Bach runtergeht.«

»Und was ist dein eigentlicher Plan?«

»Wir lassen Kition auffliegen. Alarmieren jede Regierung

und jeden Menschen, der uns zuhört. Sie werden sich nirgendwo auf der Welt verstecken können. Wir übernehmen die Kontrolle über Kition – und das Spiegel-Projekt.«

»Des ...«

»Es gibt einen Reporter in Berlin. Er hat schon einen Teil der Wahrheit erkannt.«

»Das gefällt mir nicht. Was hast du mit Rendition vor?«

»Ich verstecke es.«

Sie zeigte zum Hangar. »Darauf werden sie sich niemals einlassen. Sie bereiten sich darauf vor, jede Kition-Niederlassung auf dem Planeten zu stürmen.«

»Meinst du, Yuri hat das nicht eingeplant? Das führt nur zu unnötigem Leid. Wir müssen Kition von innen ausschalten.«

»Wie?«

»Ich kenne Yuris Plan nicht, aber ich weiß, wo Conner ist – wie gesagt, auf einem Schiff im Hafen. Was auch immer passiert, ich glaube, er wird es von dort aus lenken.«

»Also übernehmen wir das Schiff ...«

»Nein. Dann ändert Yuri einfach seinen Plan. Ich bringe *dich* auf das Schiff.«

»Wie?«

»Indem ich Conner die Wahrheit sage – oder zumindest die halbe Wahrheit. Dass ich ihm helfen will und dass ich eine Frau schützen will, die mir wichtig ist. Ich möchte, dass sie auf dem Schiff ist, wenn es losgeht. Der einzige sichere Ort ist an seiner Seite.«

Sie sah in die Nacht hinaus. Er wartete auf eine Reaktion auf seine Worte, die seine Gefühle für sie deutlicher beschrieben, als er es je zuvor getan hatte.

Sie ließ sich keine Regung anmerken. »Was ist auf dem Schiff?«

»Ein schwimmendes Labor. Versuchspersonen.«

»Wofür?«

»Für Rendition, ursprünglich. Jetzt weiß ich es nicht genau.«

»Okay. Was soll ich auf dem Schiff machen?«

»Auf mich warten. Mir helfen, wenn ich dort ankomme.«

Avery schüttelte den Kopf. »Geduld gehört nicht zu meinen Stärken.«

»Dann tu, was du kannst – versuche, eine Position zu erreichen, in der du helfen kannst. Avery, das ist die einzige Möglichkeit. Das sind meine Bedingungen.«

Sie standen eine Weile schweigend im Mondlicht, und der Wind wehte durch ihr Haar. Es fühlte sich an wie die Ruhe vor dem Sturm.

»Okay.«

»Gut.«

»Da ist noch was, Des.«

Er zog die Brauen hoch.

»Wir haben sie gefunden. Die *Beagle*.«

»Unmöglich.«

»Es ist wahr. Ich habe bei Phaeton Lin Shaws geheime Akten eingesehen. Sie hatte die Logbücher. Wir haben sie benutzt, um das Gebiet einzugrenzen, und mit einer neuen Vermessungstechnik den Meeresboden abgesucht.«

»Was ist da unten? Was ist an Bord der *Beagle*?«

»Wissen wir nicht. Lins Aufzeichnungen sind rätselhaft, aber sie war davon besessen, die *Beagle* zu finden. Sie schreibt, da gäbe es eine Alternative zum Spiegel-Projekt. Oder ein Gerät, das es neutralisieren kann. Eine Entdeckung, die unser Verständnis der Menschheit ändern könnte.«

»Eine Alternative zum Spiegel-Projekt?«

»Anscheinend.«

Desmond dachte darüber nach.

Avery sah zur Bucht hinaus. »Lin ist die unbekannte Variable. Wir wissen nicht, warum sie die Säuberungsaktion überlebt hat. Oder was sie vorhat.«

»Sie hat mich für Kition rekrutiert.«

Avery wirkte verblüfft.

»Ihrer Tochter zuliebe.«

Sie sah ihn ungläubig an.

»Aber ich glaube, wir können ihr vertrauen. Und Conner auch – wenn wir ihn aus Yuris Kontrolle befreien.«

»Des, wir spielen ein sehr gefährliches Spiel. Wenn du dich bei einem von ihnen täuschst …«

»Dann werden wir es rausfinden. Wenn das ein Spiel ist, dann sind wir in derselben Mannschaft.« Er trat näher, bis ihre Gesichter sich fast berührten. »Und wir spielen sehr gut zusammen.«

Sie lächelte. »Also sind wir jetzt Partner?«

»Ja.«

»Partner passen aufeinander auf. Halten sich gegenseitig den Rücken frei.« Sie sah ihn aufmerksam an. »Erzählen sich alles.«

Sie wartete. Als er nichts sagte, fuhr sie fort: »Gibt es sonst noch was, das ich wissen muss?«

Er überlegte, ob er ihr von seinem Notfallplan erzählen sollte. Aber wenn es dazu käme, musste sie genauso überrascht sein wie alle anderen. Das könnte ihr auf der *Kentaro Maru* das Leben retten. Sie würde wütend sein, aber eine wütende lebendige Avery war ihm lieber als eine glückliche tote.

»Nein«, sagte er. »Alles klar, Partnerin.«

52

Desmond saß an dem langen Tisch im Hangar und hörte zu. Avery gestikulierte und redete auf ihren Chef und ihre Kollegen ein wie eine Anwältin, die sicher war, dass ihr Mandant unschuldig war und der Staatsanwalt den Richter in der Tasche hatte.

Schließlich sah sie einem nach dem anderen in die Augen und sagte: »Okay, das Entscheidende ist: Dieser Mann ist im innersten Kreis von Kition. Er hat unbeschränkten Zugang. Er ist bereit, sie aufzuhalten – wenn wir ihn gehen lassen. *Und* er ist bereit, mich einzuschleusen – undercover. Wir haben nichts zu verlieren. Wenn er scheitert – wenn wir scheitern –, können Sie immer noch Türen eintreten und den Verdächtigen Handschellen anlegen. Alles, was wir haben – nach *dreißig* Jahren – ist ein Haufen Namen, Adressen und Theorien. Ohne Hughes stehen wir vor dem Nichts.«

»Falsch, Agent«, sagte Ward. »Wir haben das Schiff im Hafen.« Er sah auf den Tisch. »Die *Kentaro Maru*. Wir stürmen es, ziehen am Faden, und alles entwirrt sich.«

Desmond meldete sich zum ersten Mal zu Wort. »Nein. Wenn Sie am Faden ziehen, halten Sie ein Knäuel Wolle in der Hand, und der Verbrecher macht sich aus dem Staub. Diese Leute sind auf Sie vorbereitet. Und auf andere wie Sie überall auf der Welt. Kition hat Schutzmechanismen eingerichtet. Alles ist in abgeschottete Bereiche aufgeteilt. Sie können die *Kentaro Maru* einnehmen, aber es gibt andere Schiffe, in anderen Häfen. Wenn Sie den Frachter stürmen, werden die Verantwortlichkeiten einfach verschoben – und das Vorhaben beschleunigt. Sie werden ihren Plan *auslösen.* Das Ganze geht hoch wie ein Pulverfass.«

Letztlich gaben sie nach.

Desmond hatte eine letzte Forderung. Als er sie mitteilte, schüttelte Ward den Kopf.

»Lächerlich. Wir sind kein Bauunternehmen.«

»Dann beauftragen sie eins. Das ist nicht verhandelbar.«

»Warum?«

»Es gehört zu meinem Notfallplan.«

»Und das Personal?«

»Betrachten Sie es als langfristige Überwachung.«

Ward gefiel es nicht, aber er stimmte zu.

Desmond stand auf und ging in das Badezimmer in dem kleinen Büro des Hangars. Ward und Avery folgten ihm. Desmond zeigte auf die hintere Wand. »Es muss dahin. Unauffällig.«

»Okay.«

»Wie lang?«, fragte Desmond.

Ward hob die Hände. »Noch mal, wir sind kein Bau...«

»Es darf höchstens zwei Wochen dauern. Kriegen Sie das hin?«

Avery sah Ward an, um ihm zu signalisieren, dass sie auf Desmonds Seite stand.

»Wir kriegen es hin«, murmelte er.

Avery und Ward verließen das Bad und ließen Desmond allein zurück. Er sah in den Spiegel über dem kleinen Waschtisch.

»Das ist das Ende des Wegs.«

Er brauchte einen Moment, um zu begreifen, dass er mit sich selbst redete – dass es eine Nachricht war, die er an sich selbst in die Zukunft schickte, wenn er die Erinnerungen erneut durchleben würde.

»Mehr kann ich dir nicht verraten«, sagte er. »Ich kann dir nicht sagen, wo Rendition ist. Sonst finden sie es womöglich.«

Er zögerte.

»Du musst rausfinden, was zu tun ist. Wie man Yuri aufhalten kann.« Er senkte den Blick. »Und *falls* du Yuri stoppen kannst, wie man Conner retten kann. Was Lins Ziel ist.« Er blickte wieder in den Spiegel. »Ich kenne die Antworten nicht. Das ist einer der Gründe, aus denen ich das getan habe. Ich musste mir Zeit verschaffen. Ich brauchte Abstand – um die einzelnen Bausteine objektiv zu betrachten. Du hast sie jetzt gesehen. Ich weiß, es ist verdammt viel verlangt. Ich beneide dich nicht. Aber du bist der Einzige, der etwas am Lauf der Dinge ändern kann.«

***

Conner wurde von aufgeregten Stimmen geweckt. Er setzte sich auf und ließ den Schlafsack herunterrutschen. Im Licht der elektrischen Laternen wirkten die Pinnwände im Hangar wie eine seltsame Kunstinstallation.

»Ich habe es zweimal überprüft …«, sagte Dr. Park.

»Doktor«, rief er.

Der schlanke Mann eilte zu ihm. »Die Erinnerung ist zu Ende.«

»Ort?«

Parks Adamsapfel hüpfte, als er schluckte. »Wir haben keinen. Die App …«

»Ist offline?«

»Nein. Sie funktioniert. Aber sie meldet: ›Sie haben den Mittelpunkt des Labyrinths erreicht.‹ Sie gibt keinen neuen Ort an.«

Conner dachte darüber nach. In der griechischen Mythologie war das Labyrinth von Daidalos erbaut worden, um den Minotaurus einzusperren – ein Mischwesen aus Mensch und

Stier. Daidalos hatte das Labyrinth so raffiniert konstruiert, dass er selbst kaum herausfand. Die Sage war eine Warnung – Erfindungen von Genies konnten unbeabsichtigte Konsequenzen haben.

Conner war nicht überrascht, dass Desmond seine App in diese alberne Sage verpackt hatte. Sein Bruder war schon immer von antiken Mythen fasziniert gewesen. Er hatte sogar seinen Investmentfonds, Icarus Capital, nach Daidalos' Sohn Ikarus benannt. Desmond mochte alle möglichen alten Geschichten, klassische Literatur und eselsohrige Bücher aus Antiquariaten. Conner hatte das nie verstanden. Der Blick in die Vergangenheit half nicht bei den aktuellen Problemen. Die Gegenwart war das Entscheidende, und man musste die Welt in all ihrer Komplexität als etwas Neues betrachten, um die anstehenden Probleme mit frischem Geist zu lösen. Es gab keine Abkürzungen, keine fertigen Schablonen aus der Vergangenheit.

»Ist das alles, Doktor?«

Park sah nach unten. »Nein. Da ist eine Taste. Darauf steht: ›Labyrinth öffnen‹.«

Conner lächelte. »Dann öffnen Sie es.«

Park klickte auf die Taste.

Nichts passierte.

Sofort bemerkte er seinen Fehler. »Er ist noch sediert.«

»Schalten Sie den Apparat aus«, sagte Conner.

***

Desmond schlug die Augen auf. Das Licht blendete ihn. Er schloss die Lider wieder und nahm im Geiste eine Bestandsaufnahme vor. Seine Glieder schmerzten und waren schwach. Er fühlte sich benommen, als hätte man mit einem Betäubungsgewehr für Elefanten auf ihn geschossen.

Er drehte den Kopf und öffnete die Augen nur einen Spalt

weit, um das grelle Licht von oben zu vermeiden. Der schmale Tisch, auf dem er lag, stand in einem großen Raum. Einem Lagerhaus. Nein – als er klar sah, begriff er, was es wirklich war: ein Hangar. Er kannte diesen Ort.

Er lag auf demselben Tisch, an dem Avery sich für ihn eingesetzt hatte, an dem die FBI-Agenten sich versammelt und fieberhaft gearbeitet hatten. Sie waren weg, das Gebäude verlassen. Aber die Pinnwände mit den Zetteln waren noch da und zeigten Yuris Netz der Täuschung.

Ein Gesicht tauchte in Desmonds Blickfeld auf. Vernarbtes fleckiges Fleisch. Jemand, den er gut kannte. Hatte er jedenfalls gedacht.

Conner nahm Desmonds Hand und zog ihn hoch. Er hielt ihn an den Schultern fest, um ihn zu stützen, und seine Narben verzogen sich, als er lächelte. »Willkommen zurück, Bruder.«

53

Peyton erwachte mit dem Gefühl, dass das Flugzeug an Höhe verlor. Die anderen waren alle bereits wach, nur Nigel schnarchte unregelmäßig vor sich hin.

Sie fühlte sich trotz des schlecht gepolsterten Schlafsacks viel besser, ausgeruhter. Sie ging ins Cockpit, wo ihre Mutter und Adams sich durch den Türrahmen beugten und Avery ins Funkgerät sprach.

»Bestätige, DFW ATC, Landebahn zwei.«

Peyton kannte den Flughafencode: DFW stand für Dallas-Fort Worth. Offenbar hatte Avery sich die Erlaubnis besorgt, in den US-Luftraum einzudringen, und mit ihrem Agentenführer bei Rubicon Kontakt aufgenommen, während Peyton geschlafen hatte. Aber warum waren sie hierher geflogen? So weit Peyton wusste, hatte Lin keine Verbindungen zu Dallas.

Am Boden wurden sie von einem Trupp X1-Soldaten empfangen – US Army und ein paar Marines. Sie luden die Kisten aus der Höhle von Altamira in einen Lieferwagen mit dem FEMA-Logo auf der Seite.

Lin nahm Peyton beiseite und sprach leise mit ihr. »Du musst die Kisten abliefern. Allein.«

»Abliefern? Wo? Bei wem?«

»Bei meinen Kollegen. Du bist die Einzige, der ich traue. Bitte beeil dich.«

Peyton schnaufte. »Wir müssen über das reden, was passiert ist. Jemand von den anderen hat Yuri entkommen lassen.«

»Darüber können wir uns später Gedanken machen.« Sie gab Peyton ein gefaltetes Blatt und einen Umschlag. »Wegbeschreibung. Gib den Umschlag dem Pförtner.«

Peyton zögerte, bevor sie die Frage stellte. Sie fürchtete sich vor der Antwort, aber sie musste es wissen – für alle Fälle.

»Mom, was du in der Höhle gesagt hast …« Peyton überlegte, ob sie die Worte ihrer Mutter wiederholen sollte. *Passen Sie auf meine Tochter auf, Chief. Sie ist mir wichtiger als alles andere hier im Raum.* Aber sie schaffte es nicht. Und es war auch nicht nötig. Sie sah ihrer Mutter an, dass sie genau wusste, wovon sie sprach. »Das war nur Show, oder? Damit die Kition-Agenten es Yuri sagen?«

»Ja.«

Das traf Peyton hart.

»Yuri zu überwältigen war unser einziger Ausweg, Peyton. Ich musste mit ihm allein sein – er musste glauben, dass ich zu Verhandlungen bereit bin.«

Jedes Wort war wie ein Nagel, der in Peytons Herz geschlagen wurde. Die Freude, die sie empfunden hatte, verwandelte sich in Schmerz.

Ihre Mutter fasste sie an den Schultern. »Aber das heißt nicht, dass es nicht wahr ist.«

Peyton blinzelte. Sie wollte noch etwas sagen, aber Lin schob sie zum Lieferwagen. »Los, Peyton. Die Zeit läuft uns davon.«

Als sie hinter dem Steuer saß, faltete sie das Blatt auseinander. Es war eine Karte, auf der nur wenige Straßen eingezeichnet waren. Sie vermisste das Internet – und GPS.

***

Der Flughafen von Dallas schien einer der Knotenpunkte der staatlichen Hilfsaktionen nach der Pandemie zu sein. Alle paar Minuten landeten und starteten Flugzeuge, und auf dem Flughafen wimmelte es vor Lastwagen und Soldaten. Peytons Papiere wurden zweimal überprüft, und sie brauchte zehn Minuten, um hinauszugelangen.

Sie nahm den International Parkway nach Süden, dann den 183 East zum Highway 161 South, der zum George Bush Turnpike führte. Die Maut wurde elektronisch kontrolliert, aber Peyton bezweifelte, dass jemand eine Rechnung bekommen würde.

Bis auf einige Militärfahrzeuge und Lastwagen war der Highway leer. Es war unheimlich, geradezu gruselig. Sie fuhr auf die Interstate 20 East, dann auf die I-35E. Bald wurde die Umgebung ländlicher, und die Hochhäuser wichen riesigen umzäunten Weiden.

Nach ungefähr einer Stunde sah sie die Schilder nach Waxahachie. Sie nahm die Abfahrt 399A auf die Cantrell Street, die zur Buena Vista Road wurde. Auf der linken Seite lag eine Wohnwagensiedlung. Auf dem Spielplatz schwangen die Schaukeln im texanischen Präriewind, aber es war keine Menschenseele zu sehen. Sie fuhr an Scheunen, Farmen und abseits liegenden Häusern vorbei.

An der nächsten Kreuzung fuhr sie auf die Perimeter Road. Vor ihr erstreckten sich mitten auf einem grünen Feld sechs riesige fabrikähnliche Gebäude. Die vernachlässigte, rissige Straße kochte in der Sonne, und der Wind wehte den abbröckelnden Asphalt davon. Das Maschendrahttor vor ihr wurde bewacht. Peyton hielt an, ließ das Fenster herunter und reichte dem Mann den Umschlag, den sie von ihrer Mutter erhalten hatte.

Auf dem Abzeichen an der Uniform des Manns stand »MedioSol« – Latein für »Mittelpunkt der Sonne«. Peyton hatte noch nie davon gehört, aber es klang, als hätte ihre Mutter es sich ausgedacht, als Anspielung auf die Unsichtbare Sonne, nach der ihr Vater sein ganzes Leben lang gesucht hatte.

Der Wachmann griff zum Mikro seines Funkgeräts. »Sie will zu Ferguson – auf Shaws Anordnung.«

Das Tor quietschte, als es zur Seite gerollt wurde. Peyton wollte gerade losfahren, als ihr eine Idee kam. Sie streckte die Hand aus.

»Das brauche ich zurück.«

Der Wachmann reichte ihr den Umschlag. Sie trat aufs Gas und schoss mit dem Lieferwagen über die unebene Straße. Als der Wachmann im Rückspiegel auftauchte, zog sie den Zettel aus dem Umschlag. Die Schrift ihrer Mutter war klein und ordentlich.

> *Sie hat die Forschungsergebnisse von der Beagle.*
> *Beeilen Sie sich. Sie ist meine Tochter.*
> *Beschützen Sie sie um jeden Preis.*

Ein weiterer uniformierter Wachmann winkte sie zum nächsten Gebäude, an dem ein breites Rolltor hochgezogen wurde. Sie fuhr ins Gebäude, und das Tor schloss sich hinter ihr. Es schien sich um eine Art Laderampe zu handeln; Gabelstapler und Sackkarren standen an den Wänden. Mehrere Arbeiter in Overalls mit dem MedioSol-Logo traten durch eine Seitentür ein und begannen, den Lieferwagen auszuladen.

»Wo bringen Sie das hin?«, fragte Peyton.

»Wareneingang«, antwortete einer der Arbeiter. Er zeigte auf eine Tür am anderen Ende des Raums. »Dr. Ferguson erwartet sie.«

Peyton kannte den Namen nicht.

Die Tür führte in eine kleine leere Kammer mit einer weiteren Tür auf der gegenüberliegenden Seite. Ein kalter Luftstrom strich über sie hinweg, und sie begriff, dass sie sich in einer Dekontaminationskammer befand.

Mit einem Klicken wurde die Ausgangstür entriegelt, und

Peyton ging hindurch. Was sie auf der anderen Seite sah, verschlug ihr den Atem.

***

Avery erstattete seit einer Stunde Bericht, und sie hatte es satt. Schließlich verließ sie trotz der Einwände der Rubicon zugeteilten FBI-Agentin den Besprechungsraum.

»Agent Price«, rief die Frau und stand auf.

»Ich bin gleich wieder da«, log Avery.

Sie fand Lin Shaw in der Flugsicherungszentrale, die zum X1-Lagezentrum umgebaut worden war.

»Was jetzt?«

Lin wandte sich zu ihr um. »Avery. Ich dachte, sie würden dich ausquetschen.«

»Ich bin schon leer. Also, wie ist der Plan?«

»Wir warten.«

»Auf Peyton?«

»Nein.«

Avery knirschte mit den Zähnen. Lin Shaw war so durchschaubar wie eine Ziegelmauer.

»Nein, was?«

»Peyton kommt nicht zurück.«

54

Peytons Schritte hallten über den Betonboden. Der Raum war dunkel und kühl und erinnerte sie an Altamira, obwohl er in gewisser Hinsicht das Gegenteil war: ein modernes Wunderwerk der Wissenschaft und Technik. Die Wände waren drei Stockwerke hoch und bestanden aus Glas. Hinter den Scheiben erstreckten sich, so weit sie sehen konnte, Reihen von Computerracks, deren Lämpchen grün, rot und gelb blinkten. Die Anlage war riesig. Es musste sich um eines der größten Datenzentren der Welt handeln.

»Willkommen.«

Peyton zuckte zusammen. Sie hatte niemanden kommen hören. Als sie sich umwandte, sah sie einen schlanken Mann mit kurz geschnittenem Haar, Nickelbrille und weißem Laborkittel.

»Tut mir leid, wenn ich Sie erschreckt habe.« Sein Akzent klang, als käme er aus Boston. »Ich bin Richard Ferguson. Ein Kollege Ihrer Mutter.«

»Kollege wobei?«

Er runzelte die Stirn. »Das wissen Sie nicht?«

»Ich weiß, dass sie nach einem Code im menschlichen Genom sucht. Aber diesen Ort hat sie nie erwähnt.«

»Ah. Aus Vorsicht, vermutlich.« Er drehte sich um und ging auf eine Tür zu. »Sie wollen bestimmt duschen und sich ein bisschen ausruhen. Ich kann mir vorstellen, dass Sie ziemliche Strapazen durchgemacht haben.«

Peyton fand nicht, dass »Strapazen« auch nur annähernd der richtige Ausdruck war. Aber sie wollte weder duschen noch sich ausruhen. Sie wollte Antworten auf ihre Fragen.

Der Korridor hinter der Tür war beengter, als sie erwartet hatte. Bunte Kabel, manche dick, andere dünn wie Ethernetverbindungen, hingen wie die Adern eines Maschinenwesens unter der Decke. Lange weiß gestrichene Rohre verliefen oberhalb der Türrahmen. Alle paar Meter prangten drei Buchstaben an der Wand: SSC.

»Ich würde lieber reden«, sagte Peyton, während sie zu Ferguson aufschloss.

»Worüber?«

»Über das, was Sie hier tun.«

»Natürlich. Aber erst muss ich etwas erledigen.«

»Sie wollen mit den Proben arbeiten.«

»Ja. Sie sind sehr alt. Und empfindlich. Ich möchte die DNS selbst extrahieren. Und es muss jetzt geschehen – die Zeit läuft uns davon.«

»Warum?« Im selben Moment wurde Peyton die Antwort klar. »Yuri. Sie haben nicht mehr viel Zeit, ihn aufzuhalten.«

Ferguson blieb vor einer Tür stehen und hielt seine Karte vor das Lesegerät. Dahinter befand sich ein Raum von der Größe eines Hotelzimmers mit Bett und Sofa und einem Fenster mit Blick auf ein Rückhaltebecken. »Richtig. Sie müssen mich jetzt entschuldigen, Miss Shaw.«

»Eine Minute. Bitte. Dann lass ich Sie Ihre Arbeit machen.« Sie sah durch die Tür. »Ich gehe erst rein, wenn Sie mit mir geredet haben.«

Er lächelte. »Dann gibt es wohl keinen Zweifel mehr, dass Sie Lins Tochter sind.« Er zog die Brauen hoch. »Im Moment haben wir auch kein DNS-Test-Equipment übrig.« Er lachte fast überdreht über seinen eigenen Witz. Peyton begriff, dass die Proben wie ein Weihnachtsgeschenk für ihn waren; sie verstand, warum er es kaum erwarten konnte, sie zu sequenzieren.

Sie sprach schnell, weil sie wusste, dass sie nicht viel Zeit hatte. »Was ist das hier für eine Anlage?«

»Das Desertron.«

»Was?«

Er zuckte mit den Achseln. »Manche Leute kennen es unter diesem Namen. Es war die inoffizielle Bezeichnung. Die offizielle lautet SSC oder Superconducting Super Collider.«

Ein Teilchenbeschleuniger. Das hatte Peyton nicht erwartet. »Wie das CERN.«

Ferguson verzog das Gesicht, als hätte er einen unangenehmen Geschmack im Mund. »Ja, wie das CERN – nur dass der Ring des Beschleunigers hier mehr als dreimal so lang ist wie der des LHC und dreimal so viel Energie braucht.«

Jetzt erinnerte sich Peyton, schon einmal davon gehört zu haben – in der Schule. »Ist das eine Regierungseinrichtung?«

»Nein. Der Bau des Desertron wurde 1993 wegen Budgetkürzungen abgebrochen. Ihre Mutter hat ein Konsortium von Investoren – Gleichgesinnte – überzeugt, die Anlage zu erwerben und fertigzustellen. Es hat fast zwanzig Jahre gedauert. Aber sie ist betriebsbereit.«

»Das verstehe ich nicht. Meine Mutter beschäftigt sich mit Genforschung.«

»Stimmt. Aber sie glaubt, die Unsichtbare Sonne funktioniert auf Quantenebene und ist eine Grundkraft des Universums, so wie die Gravitation.«

»Eine Kraft, die was bewirkt?«

»Sie lenkt den Fluss der Teilchen. Vor allem der Teilchen, die die Umwandlung von Materie in Energie beeinflussen. Das ist schließlich der Sinn des Universums.«

Peyton konnte ihren Schock nicht verbergen.

Ferguson legte den Kopf schräg. »Hat Ihre Mutter Ihnen nichts davon gesagt?«

»Nein«, flüsterte Peyton.

»Das ist die grundlegende Theorie von Kition. Dass das

Universum eine Quantenmaschine ist, die zwischen Materie und Energie oszilliert. Der Urknall war kein singuläres Ereignis, sondern Teil eines Zyklus. Am Ende dieses Universums wird nur noch Energie vorhanden sein, dann gibt es einen neuen Urknall und so weiter. So geht es seit endlosen Zeiten. Und so wird es auch endlos weitergehen.«

Peyton war schwindelig. Sie stützte sich mit der Hand an der Wand ab. Aus irgendeinem Grund musste sie an Alice denken, die wuchs und eingezwängt wurde. Der Korridor wirkte plötzlich so klein. Sie wollte nach draußen.

Ferguson musterte sie. »Sind Sie ... habe ich Sie verärgert?«

Peyton schüttelte den Kopf und sah zu Boden. »Ich ... geben Sie mir bloß einen Augenblick Zeit.«

»Tut mir leid. Ich habe das schon lange niemandem mehr erklärt. Für uns ist das eine Selbstverständlichkeit.«

Peyton versuchte, sich zu konzentrieren. »Also, der Code in den DNS-Proben. Ich verstehe nicht, wie das damit zusammenhängt.«

»Also, es ist ziemlich einfach. Wir glauben, dass diese fundamentale Quantenkraft – die Kraft der Unsichtbaren Sonne – in der Vergangenheit nur sehr geringen Einfluss auf unsere DNS hatte. Aber als wir uns entwickelten und die Kalorienaufnahme erhöhten, um unsere komplexeren Gehirne zu speisen, beschleunigten die Quantenveränderungen sich, wie bei einer Rückkopplung, und veränderten unsere DNS mit immer höherer Geschwindigkeit. Es ist nur eine Kraft bekannt, die Veränderungen auf subatomarer Ebene über große Entfernungen bewirken kann: Quantenverschränkung. Einstein nannte dieses Phänomen ›spukhafte Fernwirkung‹.«

Ferguson sah Peyton ihre Verwirrung an. »Wie kann man das erklären? Wir glauben, die Unsichtbare Sonne ist eine Quantenkraft, die seit dem Urknall existiert. Sie übt eine subatomare Sogwirkung auf sämtliche Materie aus, aber manche

Materie verbindet sich stärker mit ihr. Vor allem Gehirnmasse ist stark damit verknüpft, und als unsere Gehirne leistungsfähiger wurden, hat diese Quantenkraft ihrerseits stärker reagiert. Das Ergebnis war ein Rückkopplungsmechanismus, der unser Genom veränderte. Wir glauben, dass diese Quantenkraft im Laufe der Zeit ein Muster hinterlassen hat, eine Art *Rückrufnummer* für uns. Mithilfe der archäologischen Proben können wir die Ausgangslage bestimmen und das Muster erkennen. Den Code, wie Ihre Mutter es nennt.«

»Und was werden Sie damit machen?«

»Den Beschleuniger damit füttern, natürlich.«

»Wozu?«

»Die Unsichtbare Sonne interagiert mit uns schon seit sehr langer Zeit. Zum ersten Mal fangen wir an, ähnliche subatomare Teilchen zu schaffen. Der Running Gag hier ist, dass wir den ersten Quantenanruf machen. Für uns ist der Code im menschlichen Genom wie Gottes Telefonnummer.«

55

Das Bewusstsein kehrte langsam zurück. Wie bei einem Sonnenaufgang erhellte erst nur ein Strahl die Dunkelheit: Er begriff, dass er sich in dem Hangar am San Carlos Airport befand – und dass es sich nicht um eine Erinnerung handelte. Desmond war wach und in der Gegenwart.

Aus dem Augenwinkel sah er die Pinnwände mit den Fotos und Zetteln. Die Agenten vom FBI und von Rubicon hatten die Nadeln mit Fäden verbunden, als sie versuchten, die Kition-Verschwörung zu durchschauen. Sie waren gescheitert. Und er selbst auch. Die letzte Erinnerung klang noch in seinem Kopf nach, wie er vor dem Spiegel zu sich selbst in der Zukunft sagte: »Du musst rausfinden, was zu tun ist.«

Conner beugte sich über ihn. »Alles in Ordnung?«

Desmond nickte. Seine Stimme war schwach und heiser. »Durst.«

Conner wirbelte herum und schrie einen der beiden Kition-Sondereinsatzsoldaten an. »Bringen Sie uns Wasser!«

Desmond bemerkte, wie hungrig er war. Und wie schwach. Wie lang war er sediert gewesen? Tage? Eine Woche? Mit zitternder Hand berührte er sein Gesicht, um die Länge der Bartstoppeln festzustellen. Drei Tage, ungefähr.

Conner reichte ihm eine Feldflasche. Als Desmond trank, floss die Hälfte über sein Kinn und auf sein Hemd.

Conner nahm Desmonds Hand und stützte sie. »Ruhig, Des.«

Sobald die Flasche leer war, keuchte Desmond: »Essen.«

Dieses Mal musste sich Conner nicht einmal umdrehen. Desmond hörte, wie eine Plastikverpackung aufgerissen wurde, und kurz darauf hielt ihm einer der Söldner eine kalte Fertigmahlzeit hin. In den Nudeln mit Hühnchen und Gemüsesoße steckte ein Löffel.

Desmond setzte sich auf und ließ die Beine über die Tischkante baumeln. Er nahm die Packung, schaufelte sich das fade Essen in den Mund und unterbrach sich nur, um zu schlucken und zu atmen.

Als er fertig war, sah er zur Hangardecke auf. Seine Hände zitterten noch immer, und sein Atem ging schwer.

»Noch eins!«, brüllte Conner.

Nachdem er auch diese Packung geleert hatte, sah Desmond Conner in die Augen.

»Danke.«

»Hast du immer noch Hunger?«

Desmond schüttelte seinen pochenden Kopf. »Ich habe bloß Kopfschmerzen.«

»Doktor, geben Sie ihm was.«

Ein schlanker Asiate mit runder Brille und verschwitztem wirrem Haar näherte sich, zog ein Röhrchen aus seinem Rucksack und schüttete zwei rote Tabletten heraus, die Desmond mit einem Schluck aus der Feldflasche herunterspülte.

Die beiden Kition-Söldner waren die einzigen anderen Menschen im Hangar. Vielleicht hatte Conner weitere Soldaten draußen stationiert. Es schien unwahrscheinlich, dass er mit einem so kleinen Trupp hergekommen war.

»Woran erinnerst du dich?«, fragte Conner.

»An vieles.«

»Rendition?«

»Ich erinnere mich, es geschaffen zu haben.« Bei diesen Worten tauchten Bilder von den langen Tagen und Nächten, die er mit dem Projekt verbracht hatte, in seinem Kopf auf.

Er sah sich selbst in seinem Büro beim Programmieren und in einem Besprechungsraum, wo er vor den versammelten Entwicklern Linien auf eine Tafel zeichnete, während die Hardware- und Softwareteams diskutierten und Probleme abarbeiteten. Er sah sich auf den Meetings mit den Verbindungsgruppen von Rapture Therapeutics und Rook Quantum Sciences und bei den privaten Treffen mit Conner und Yuri, wo sie Dinge besprachen, die sonst niemand erfahren sollte.

»Wo ist es?«, fragte Conner.

Desmond sah seinen Bruder an. »Lass uns reden. Nur wir beide.«

Conner lächelte. »Gut. Okay.« Er zeigte auf ein Büro im Hangar.

Desmond rutschte über die Tischkante, setzte die Füße auf den Boden und stand mit zitternden Beinen auf. Er hielt sich am Tisch fest.

Conner nahm seinen Unterarm. »Brauchst du Hilfe?«

»Nein. Nein ... nur einen Moment Zeit.« Er sah zu den Pinnwänden. »Hast du dir das angesehen?«

Conner zögerte. »Ja. Sie wissen so viel über uns. Über die Kition-Tochterunternehmen, mich, dich und Yuri. Warum haben sie nichts unternommen?«

Desmond schluckte. »Ich habe sie aufgehalten.«

»Was?«

»Ich habe gesagt, ich würde etwas unternehmen und sie sollten abwarten.«

Conner nickte. »Dann hast du uns auf gewisse Weise geholfen.«

Desmond fiel keine Entgegnung ein. Sein Kopf war noch von den Narkosemitteln vernebelt. Er machte einen vorsichtigen Schritt, dann noch einen, während Conner ihn weiter hielt.

Vor einer Pinnwand mit Aufnahmen von einem Tatort

blieb er stehen. Die Außenansicht eines großen Hauses auf dem Land, umgeben von hohen Bäumen. Eine gekieste Einfahrt, die zu einem Springbrunnen vor der Doppeltür führte. Die Bilder aus dem Inneren waren weniger geschmackvoll. Überall lagen Leichen auf dem Boden, aber es waren keine Schlag-, Stich- oder Schussverletzungen zu erkennen.

»Hast du das gesehen?«, fragte Desmond.

»Ja. Das letzte Konklave.«

»Die Säuberungsaktion.«

»Es ist wirklich traurig«, sagte Conner.

»Sehr.« Desmond ließ den Blick nach unten zu dem Foto eines Weinglases und dem toxikologischen Bericht daneben schweifen. »Yuri hat sie vergiftet. Das hat eine gewisse Logik. Sie waren seine Freunde und Konkurrenten. Er wollte einen schmerzlosen Tod für sie, irgendwas mit etwas Abstand.«

»Es gibt keinen Beweis ...«

»Er hat überlebt, Conner.«

»Lin auch.«

»Und ihr Mann. William hat mir die Wahrheit über die Säuberungsaktion gesagt. Yuri hat diese Menschen getötet, um die Kontrolle über Kition zu übernehmen.«

»Wenn er es getan hat, dann steckt mehr dahinter. Sie müssen eine Bedrohung gewesen sein. Er tötet nur, wenn es sein muss.«

»Deshalb hat er auch einen Erreger auf die Welt losgelassen und Millionen umgebracht.«

Conners Augen blitzten. »Das war nicht unsere Schuld. Wir haben der Welt ein Heilmittel angeboten, sobald die Infektionsrate den kritischen Punkt erreichte. Wir wollten nur das Medikament verteilen, zusammen mit Rapture.«

»Das ist nicht alles. Ihr wolltet Kontrolle über die Regierungen.«

»Was macht das für einen Unterschied? Das Spiegel-Projekt verschafft uns die sowieso.« Conner sah sich zu den drei

Männern um. »Komm, Des.« Er wollte offenbar nicht, dass sie ihre Unterhaltung mithörten.

Er führte seinen Bruder in das Büro. Mit jedem Schritt konnte Desmond besser gehen.

Conner schlug die Tür hinter ihnen zu. »Jetzt sag mir: Woran erinnerst du dich?«

Desmond holte Luft. »Ich erinnere mich, dass ich vor dreizehn Jahren nach Australien gereist bin und erfahren habe, dass du noch lebst. Ich erinnere mich an das Entsetzen und die Freude, die ich in dem Moment gespürt habe. Ich erinnere mich an den Tag, an dem ich dich aus deiner Wohnung kommen sah. An diesem Tag hat es mir das Herz gebrochen ...«

»Komm zur Sache.«

Desmond ignorierte seinen Einwurf. »Ich habe dich aus der Ferne beobachtet. Deine Verwandlung, Conner. Was du erreicht hast, deine Kraft, dass du von den Drogen weggekommen bist. Deine Führungsrolle bei Rook. Wie hart du gearbeitet hast. Du warst eine Inspiration für mich. Ich habe es damals nicht bemerkt. Aber in den Erinnerungen habe ich gesehen ... was du für mich getan hast, war genauso bedeutend wie das, was ich für dich getan habe.«

Conner sah sich im Büro um, weil er Desmond nicht in die Augen blicken konnte. An den Wänden hingen Wartungspläne, die obligatorischen Flugsicherheitsplakate und ein großformatiges Foto einer Cessna Citation im Hangar, deren Pilot grinsend neben den offenen Türen stand.

»Wir haben nicht viel Zeit«, sagte Conner. »Wir hatten unsere Meinungsverschiedenheiten, aber das ist jetzt vorbei. Ich weiß, dass du nicht damit einverstanden warst, wie wir Rapture verteilt haben. Gut. Lassen wir das hinter uns. Rapture *wurde* verteilt. Rook ist fertig und einsatzbereit. Wenn du Rendition wiederherstellen kannst, geht das Spiegel-Projekt in Betrieb. Das war immer unser Traum – das Versprechen, das wir uns gegeben haben. Jetzt können wir es Wirklichkeit werden lassen.« Er trat näher. »Denk an das ganze Leid auf der Welt. Wir können es beenden. Sofort. Wir können sicherstellen, dass die Menschheit weitere tausend Jahre überlebt – weitere Milliarden Jahre.«

»Es ist nicht mehr so einfach.«

»Doch.«

»Hör zu, Conner. Hör mir gut zu. Ich habe gesehen, was vor der Pandemie passiert ist. Der Grund, aus dem ich die Erinnerungen versteckt habe, ist ein anderer, als du glaubst.«

Conner sah ihn verwirrt an.

»Ich bin zu Lin Shaw gegangen, nachdem wir uns auf der *Kentaro Maru* getroffen haben.«

»Und?«

»Sie hat mir gesagt, dass man das Spiegel-Projekt nicht aufhalten kann. Dass es unvermeidlich ist. Dass es in anderen Welten schon passiert ist und wieder passieren ...«

»Das wissen wir ...«

»Außerdem hat sie gesagt, dass wir – du, Yuri und ich – nicht verstehen, was es wirklich ist.«

»Aber sie schon?«

»Glaubt sie jedenfalls. Sie hat mir erzählt, dass man nur eines ändern kann: wer das Spiegel-Projekt *kontrolliert.*«

Conner stellte sofort den Zusammenhang her. »Was immer sie auch vorhat, ermöglicht ihr also, die Kontrolle zu übernehmen.«

»Davon kann man wohl ausgehen.«

Conner ging langsam durch das Büro.

»Sie wollte, dass ich Yuri aufhalte«, sagte Desmond.

»Damit nicht er, sondern sie die Kontrolle bekommt.«

»Ja. Aber ich glaube, es ging um mehr. Sie wusste, wozu Yuri fähig ist. Die Säuberungsaktion. Die Pandemie. Conner, er ist nicht der Mensch, für den wir ihn gehalten haben.«

»Doch. Er hat uns zusammengeführt. Er hat dir geholfen ... mich zurückzuholen. Er ist genau wie wir: geboren im Feuer und wiederauferstanden aus der Asche. Er lebt dafür, eine bessere Welt zu schaffen.« Conner wandte sich zu seinem Bruder um. »Wir befinden uns im Krieg, Des. Die erste Schlacht war blutiger, als wir erwartet hatten, aber nur weil der Feind es so wollte. Wenn sie nachgegeben hätten …«

»Conner …«

»Nein.« Conner schüttelte den Kopf. »Yuri hat uns vertraut. Er hat jedem von uns ein Teil des Spiegel-Projekts überlassen. Wir dürfen ihn nicht enttäuschen. Nicht jetzt. *Ich* jedenfalls nicht. Er hat zu viel für uns getan. Das musst du verstehen, Des. Du musst verstehen, dass ich ihn genauso wenig im Stich lassen kann wie dich.«

In diesem Moment begriff Desmond es: die ganze Genialität von Yuris Plan. Er hatte Conner McClain bewertet wie eine Figur auf dem Schachbrett, seine Fähigkeiten und seine Position und die Möglichkeiten, ihn zu manövrieren. Conners taktischer und strategischer Geist hatte ihn befähigt, Rook zu bauen und ein hervorragender Kommandant von Citium Security und der paramilitärischen Einheiten zu sein. Aber das Wichtigste war, dass seine Hingabe und Loyalität zu Yuri und Desmond unzerstörbar waren.

»Das ist nur ein kleiner Stolperstein«, fuhr Conner fort. »Wir wussten, dass es welche geben würde. Ich habe mit Yuri gesprochen. Er hat gesagt, er hätte dir schon verziehen. Er ist bereit, es zu Ende zu bringen. Und ich auch.«

»*Er* hat *mir* verziehen?«

»Können wir weitermachen, Bruder? Können wir es zu Ende bringen – zusammen? Bitte? Du hast es mir versprochen, Des. Du hast es mir geschworen.«

Desmond sah nur einen Ausweg. Eine Entscheidung, die sein Leben für immer verändern könnte.

»Ja«, sagte er. »Wir bringen es zu Ende. Zusammen.«

56

»Wo ist es?«, fragte Conner.

Desmond sah aus dem Fenster des Büros. Die beiden Citium-Security-Agenten im Hangar lehnten an einem schwarzen Suburban.

»Es ist auf einer SSD«, sagte Desmond. »In einem Bankschließfach.«

»Wo?«

»In San Jose. Bei der Bank of the West. Fach 2938.«

Conner sah ihn durchdringend an. Desmond unterdrückte den Drang zu schlucken.

»Es ist nur dreißig Minuten von hier. Lass uns hinfahren. Dann zeige ich es dir.«

»Wo ist der Schlüssel?«

»Keine Ahnung«, sagte Desmond. »Aber du hast in letzter Zeit bewiesen, dass du ein ganz guter Einbrecher bist. Und da die Welt halb untergegangen ist, wird es vermutlich niemanden interessieren.«

Conner lächelte, aber Desmond spürte, dass sein Bruder ihm noch nicht ganz traute. Trotzdem ging Conner zur Tür, öffnete sie und rief seinen Männern zu: »Einladen!« Er wandte sich zu Desmond um. »Wenn du mich anlügst ...«

Desmond hielt seinem Blick stand und sagte nichts.

»Okay, lass uns fahren«, murmelte Conner schließlich.

»Ich muss aufs Klo.« Desmond zuckte mit den Achseln. »Das letzte Mal ist schon ein paar Tage her.«

Conner drückte den Knopf an seinem Schlüsselbein. »Grant, kommen Sie ins Büro.« Als der Söldner eintrat, sagte er: »Halten Sie Wache.«

Conner umklammerte mit der rechten Hand den Griff seiner Pistole, als er die Badtür in der Ecke des Büros öffnete. Er schaltete das Licht ein und ging hinein. Desmond hörte, wie er den Keramikdeckel der Toilette hochklappte, die Schränke unter dem Waschtisch öffnete und wieder schloss und den Klodeckel dann herunterklappte. Er hörte, wie er auf die Toilette stieg, die Deckenfliesen anhob und eine Lampe an- und ausschaltete.

Schließlich kam Conner zurück. »Nur zu, Desmond.«

Conner und der andere Mann blieben im Büro, als Desmond ins Bad ging. Er schloss die Tür und verriegelte sie. Er musste tatsächlich dringend auf die Toilette, aber er hatte nicht viel Zeit. Nur ein paar Sekunden.

Wegen des Geräuschs betätigte er die Spülung, dann tastete er die Ecke der hinteren Wand ab und hoffte, dass David Ward sein Versprechen gehalten hatte.

Bis das Wasser aus dem Spülkasten gelaufen war, hatte er die Vertiefung gefunden. Er drückte, und die Wand schwang auf. Derjenige, den David Ward und das FBI beauftragt hatten, hatte ganze Arbeit geleistet. Die Fuge zwischen der Wand und der Geheimtür war nahezu unsichtbar. Die Tür ließ sich gerade weit genug öffnen, dass Desmond hindurchschlüpfen konnte.

Bevor er das Bad verließ, spülte er noch einmal und drehte den Wasserhahn auf.

Hinter der Geheimtür schaltete ein Bewegungsmelder ein LED-Licht ein, das den einen Meter breiten und zwei Meter tiefen Raum schwach beleuchtete. In einem runden Schacht führte eine Metallleiter nach unten. Desmond schloss die Tür hinter sich, hielt sich am Geländer fest und stieg hinab, so schnell er konnte. Er war noch immer zittrig, aber allmählich gewann er seine Körperbeherrschung zurück.

Am Fuß der Leiter befand sich ein runder Tunnel mit Metallwänden und winzigen LED-Lampen an der Decke.

Desmond rannte um sein Leben.

***

Die Söldner saßen bei laufendem Motor im Suburban und warteten. Conner stand im Büro und lauschte dem Wasserrauschen.

»Des?«, rief er. *Wie lang ist er schon da drin?*

Er begann, die Sekunden zu zählen. Bei dreißig ging er zum Bad und legte das Ohr an die Tür, hörte aber nur das laufende Wasser. Er klopfte. »Des?«

Keine Antwort.

Er versuchte, den Knauf zu drehen. Verriegelt.

»Des? Mach auf.«

Er wartete weitere fünf Sekunden.

Er fürchtete sich vor dem, was als Nächstes geschehen würde, aber als er Anlauf nahm, schaltete sein Kopf auf Autopilot. Sein Fuß traf die Tür in der Mitte neben dem Knauf. Sie flog nach innen, knallte gegen die Wand und schwang zurück. Ein kurzer Blick genügte, um sich davon zu überzeugen, dass der Raum leer war.

Er tippte sich aufs Schlüsselbein. »Ich brauche Verstärkung. Er ist weg.«

Er zog seine Pistole und trat ins Bad. Es sah genauso aus wie vorher. Er streckte die linke Hand aus und drückte gegen die Wand gegenüber dem Waschbecken und der Toilette.

Hinter ihm ertönte eine Stimme. »Sir?«

»Überprüfen Sie die Decke!«, rief er, ohne sich umzudrehen.

Die Wand gab nach, als er sich der Ecke näherte. Nur ein wenig. Er nahm Anlauf und trat fest dagegen. Sein Fuß bohrte sich durch die Gipskartonplatte und blieb hängen.

Auf einem Bein balancierend, riss er den Fuß heraus und zog die Maglite aus dem Gürtel. Er schaltete sie ein, spähte durch das Loch und sah den kleinen Raum und den Schacht.

Er schaltete das Funkgerät ein. »Ich weiß, wo er hin ist.«

Conner stand da und analysierte die Situation wie ein Computer. *Was hat das zu bedeuten?*

Hohe Wahrscheinlichkeit: Desmond wusste von dem Tunnel.

Indizien: Er war schon einmal hier gewesen – als er aufwachte, wusste er, was an den Pinnwänden war.

Gewissheit: Entweder den Tunnel gab es schon, bevor Desmond zum ersten Mal hier war, und man hatte ihm davon erzählt ... oder er wurde später gebaut, wahrscheinlich auf seinen Wunsch.

Wahrscheinlichste Möglichkeit: Desmond hatte es geplant – als Fluchtweg am Ende seiner Erinnerungen.

Folgerung: Der Tunnel war in den letzten Monaten gebaut worden.

Welche Optionen habe ich?

Ihn verfolgen oder dahin gehen, wo er hingeht.

Verfolgen war immer eine schlechte Option.

Also stellte sich nur eine Frage: Was ist sein Ziel? Im Osten lag das Marschland des Bair Island Marine Park, im Westen der Bay Shore Freeway. Angesichts der kurzen Bauzeit war es unmöglich, dass der Tunnel unter diesen Hindernissen hindurchführte.

Schlussfolgerung: Der Tunnel endete irgendwo auf dem Flughafengelände. Wahrscheinlich in einem anderen Hangar.

Die Agenten standen mit gezogenen Waffen vor dem Bad.

»Nehmen Sie den SUV und blockieren Sie die Flughafenausfahrt!« Sie liefen los, und er rief ihnen nach. »Schießen Sie auf die Reifen, wenn ein Fahrzeug rausfahren will. Seien Sie vorsichtig! Treffen Sie ihn nicht!«

Er schaltete seine Lampe aus. Und stand still da. Im schwachen Licht des Bads sah er durch das Loch in der Gipskartonwand und hoffte, Desmond würde zurückkehren, weil der Tunnel nirgendwohin führte – vielleicht war es nur eine Finte, damit sie wegfuhren, so ähnlich wie er den X1-Soldaten an Desmonds Haus entkommen war.

Er hörte, wie hinter ihm der SUV angelassen wurde und davonraste.

Er wartete. Keine Bewegung. Kein Licht.

Er rannte aus dem Büro und traf auf Dr. Park, der mit geweiteten Augen und fast panischer Miene dastand. Park musste begriffen haben, dass Conner ihn nicht mehr brauchte, nachdem Desmond all seine Erinnerungen wiedererlangt hatte. Und er wusste zu viel – unter anderem kannte er die genaue Lage der Insel, die Kition als Festung und letzter Rückzugsort diente.

Conners Hand wanderte zu der Pistole in seinem Holster.

Park wich einen Schritt zurück und sah sich verstohlen um.

Conner wusste, was er tun sollte. Was Yuri tun würde. Was getan werden musste.

»Bleiben Sie hier, Doktor. Ich warne Sie.«

Er sagte sich, er würde ihn erledigen, wenn er zurückkam, aber er wusste, dass es nicht stimmte. So schnell er konnte, rannte er hinaus in die Nacht und über die Wiese auf die Rollbahn. Er schwang sich das Gewehr vom Rücken, blieb stehen und wartete, dass sich ein Hangartor öffnete.

57

Der Tunnel schien kein Ende zu nehmen. Desmonds Beine protestierten, aber er quälte sich weiter durch den nur von winzigen Lichtern an der Decke beleuchteten Tunnel. Schließlich sah er eine Leiter vor sich. Er zögerte, als er sie erreichte. Zeit war kostbar, aber er wusste nicht, welche Gefahr ihn erwartete.

Er packte die Leiter und sah nach oben. Drei Meter über ihm endete die Erde an einer Betonschicht, die durch das unregelmäßige Loch aussah wie ein angebissenes Stück Pizza. Er hörte entferntes Stimmengemurmel, Männer, die diskutierten, dann ein Lachen.

Leise erklomm er die Sprossen.

Am Ausgang des Geheimgangs war nicht so sauber gearbeitet worden wie am Eingang. Der Bohrer hatte zu beiden Seiten schwarze Erdhügel hinterlassen. Über sich konnte Desmond die Decke eines Hangars erkennen. Er spähte über den Rand und sah zwei übergewichtige Männer, die auf billigen Metallstühlen an einem Klapptisch saßen und die Spielkarten in ihren Händen begutachteten.

Einer der beiden lehnte sich zurück und bemerkte Desmond aus dem Augenwinkel. Er schreckte zusammen und kippte mit dem Stuhl um. Der andere Mann lachte, bis er begriff, dass etwas nicht in Ordnung war. Als er Desmond entdeckte, stand er auf, zog seine Pistole und richtete sie auf ihn. »Keine Bewegung, FBI.«

Schritte auf dem Beton. Eine dritte Gestalt kam angerannt.

Desmond hob die Hände und kletterte nicht weiter hinaus. Der dritte Mann umrundete den Erdhaufen. Desmond kannte ihn. David Ward. Averys Chef, der sich bereit erklärt hatte, den Tunnel bauen zu lassen.

»Wir müssen von hier verschwinden«, sagte Desmond.

Ward bedeutete seinem Agenten, die Waffe sinken zu lassen. Der andere Mann stand mit schamrotem Gesicht auf.

»Wie?«, fragte Ward.

»Mit dem Flugzeug. Sofort.«

Ward nickte den beiden Männern zu. Sie rannten zu den Hangartoren und öffneten sie. Ein Jet stand gleich hinter dem Loch im Betonboden.

Ward half Desmond, über den Erdhaufen zu klettern. »Sie haben mich verarscht, Hughes.«

Desmond sah ihn an. »Nein, das stimmt nicht.«

»Lügen Sie mich nicht an.«

»Hören Sie, ich habe es versucht. Es ist mir nicht gelungen ...«

»Ich bin nur hier, weil Avery Price glaubt, Sie wären der Schlüssel, um Kition aufzuhalten.«

Sie hatte ihn also wieder gerettet. Erst vor einem Monat in dem anderen Hangar, dann auf der *Kentaro Maru* und jetzt hier.

Desmond ging zum Flugzeug. »Können wir in der Luft darüber reden, wie sauer Sie sind?«

Ward murmelte etwas, das Desmond nicht verstand, folgte ihm aber.

Direkt hinter den Toren standen zwei schwarze Ford Crown Victoria. Desmond kam ein Gedanke. Conner wusste wahrscheinlich schon, dass er geflohen war – und nicht weit gekommen sein konnte. »Können Sie das Flugzeug fliegen?«, fragte er Ward.

Der Mann warf einen Blick darauf. Kein gutes Zeichen. »Klar.«

»Sind Sie sicher?«

»Warum?«

»Wir brauchen Feuerschutz. Zwei Männer im Auto, die dafür sorgen, dass die Startbahn frei ist.«

Wie auf ein Zeichen quietschten in einem anderen Hangar Reifen, und Scheinwerfer rasten auf sie zu wie ein Panther, den man aus seinem Käfig gelassen hatte.

Ward rief die beiden Agenten und befahl ihnen einzusteigen. »Nehmt eure Gewehre mit.«

Er führte Desmond die Treppe des Flugzeugs hinauf, dann liefen sie ins Cockpit. Ward betrachtete die Instrumente. Ein weiteres schlechtes Zeichen.

»Sie können ...«, begann Desmond.

»Ziehen Sie die Treppe hoch, Hughes. Und halten Sie den Mund.«

Als Desmond die Tür schloss, hörte er, wie die Turbinen ansprangen.

Er kehrte ins Cockpit zurück. »Was kann ich tun?«

»Halten Sie einfach nach feindlichen Kämpfern Ausschau.«

Desmond ging auf den Co-Piloten-Sitz zu.

»Nein«, sagte Ward. »Gehen Sie in die Kabine.«

Desmond musterte ihn.

»Da werden Sie nicht so leicht getroffen.«

»Seit wann interessiert Sie das?«

Ward grinste. »Mir ist es egal.« Er beobachtete, wie die Anzeigen auf der Instrumententafel aufleuchteten. »Aber Avery bringt mich um, wenn Ihnen was passiert.«

»Verstehe.«

Eine der schwarzen Limousinen fuhr mit ausgeschalteten Scheinwerfern vor ihnen her auf die Rollbahn. Das Beifahrerfenster war heruntergelassen, und der kurzhaarige Mann hielt ein automatisches Gewehr in den Händen. Desmond sah Conners Suburban an der Ausfahrt des Flughafens stehen, wo er das Tor blockierte. Die beiden Söldner standen mit ihren Waffen im Anschlag daneben.

Das Flugzeug hatte fast die Startbahn erreicht, als die ersten Geschosse von dem Crown Victoria abprallten. Aber die Schüsse kamen nicht von dem Suburban – der Winkel stimmte nicht.

Desmond stürmte zum gegenüberliegenden Fenster und sah Mündungsfeuer im Gras auf der Seite von Bair Island.

»Ein Schütze im Gras!«, rief er. »Richtung Bucht. Auf elf Uhr.«

Weitere Schüsse. Der Crown Victoria sprühte Funken wie eine Feuerwerksbatterie. Ein Knall ertönte vom Flugzeugrumpf, dann noch einer.

»Er versucht, die Reifen zu treffen!«, rief Desmond.

Der Flughafen hatte nur eine Startbahn. Er und Ward mussten jetzt abheben oder sich ergeben.

Hinter ihnen ertönten Schüsse aus einer automatischen Waffe und schlugen im Heckruder ein.

»Hey!«, rief Desmond zum Cockpit, aber eine gewaltige Explosion übertönte ihn. Durch das Fenster sah er, wie der in Flammen gehüllte Crown Victoria mit dem linken Vorderrad vom Boden abhob. Einen Moment lang drohte das Auto, sich zu überschlagen, aber dann landete es wieder auf dem Asphalt.

Eine Granate – von einem Profi abgefeuert.

Ward schwenkte das Flugzeug herum. Desmond flog durch die Kabine, rollte vom Sitz herunter und landete am Fuß einer Couch. Er hörte, wie weitere Schüsse den Rumpf trafen.

Das Flugzeug beschleunigte. Vom Boden aus sah Desmond, wie Ward den Steuerknüppel nach vorn drückte. Er kroch auf den nächsten Sitz und sah aus dem Fenster. Drei Schützen rannten über die Rollbahn, und die Mündungen ihrer Waffen blitzten auf. Es erinnerte ihn an die orangefarbenen Lichter, die an den Netzwerkweichen im Datencenter der Rook-Anlage geblinkt hatten, als er mit seinem Bruder dort gewesen war – dem Mann, der jetzt die Schüsse angeordnet hatte.

Die Reifen hoben vom Boden ab. Das Flugzeug wackelte. Die Turbinen brüllten auf, und der Beschuss endete.

Desmond kletterte über die Sitze in den hinteren Teil der Kabine, um einen besseren Blick zu haben. Einer der Schützen rannte zu dem brennenden Crown Victoria, wo der Agent auf der Beifahrerseite herausgekrochen war. Er zog den Mann hoch und durchsuchte ihn. Dann verschwand alles in der Dunkelheit, und Desmond konnte nur noch die Startbahnbeleuchtung erkennen. Der Bayshore Freeway war dunkel und leer – das hatte er in seiner ganzen Zeit im Silicon Valley noch nicht gesehen.

Er ging ins Cockpit, wo Ward über ein Smartphone Bericht erstattete und Befehle erteilte.

»Hey«, flüsterte Desmond.

Ward drückte das Telefon an die Schulter.

»Einer der Agenten hat es aus dem Auto geschafft. Sie haben ihn ...«

»Es sind X1-Einheiten unterwegs.«

Desmond hielt diesen Plan nicht für besonders erfolgversprechend. Conner hatte schon bewiesen, dass er im Häuserkampf bewandert war.

»Weiß er, wo wir hinfliegen?«

Ward verdrehte die Augen. »Hughes, selbst ich weiß nicht, wo wir hinfliegen.«

»Was?«

»Warten Sie.«

Ward nahm sein Gespräch mit der Rubicon-Zentrale wieder auf.

Desmond setzte sich auf den Co-Piloten-Sitz und betrachtete die Instrumententafel. Sie hatten genug Treibstoff. Und schienen keinen zu verlieren. Es gab noch ein Dutzend weitere Anzeigen, von denen er nur wenige verstand.

Als Ward sein Gespräch beendete, sagte Desmond: »Also, wohin ...«

Ward zog einen gefalteten Zettel aus der Innentasche seiner Jacke und reichte ihn ihm.

Desmond klappte ihn auf und las den per Hand geschriebenen Satz.

»Was ist das?«

»Offenbar eine Nachricht von Ihrem alten Ich an das, was auch immer Sie jetzt sind. Sie haben sie mir vor einem Monat in dem Hangar gegeben, als Sie verlangten, dass wir den Tunnel graben. Ich sollte sie niemandem zeigen. Nicht mal Avery.«

Desmond las den Satz noch einmal.

Es liegt in der Biegung,
wo Blut sich in Wasser verwandelt
und Dunkelheit zu Licht wird.

»Was hat das zu bedeuten?«, fragte Ward.

»Ich nehme an, Sie haben versucht, es rauszukriegen?«

»Ja. Die besten Leute aus der Spionageabwehr der CIA und des FBI haben daran gearbeitet.«

»Und was war ihre Vermutung?«

»Die Biegung, Blut und Wasser, da haben sie an den Red River gedacht, vielleicht ein Ort in Oklahoma. Andere glaubten, es wäre der Blood River in Südafrika gemeint, wo 1838 die entscheidende Schlacht im Zulu-Krieg stattfand, und Dunkelheit und Licht wäre eine Anspielung auf die Allianz zwischen den Buren und afrikanischen Stämmen.«

»Gute Theorien«, sagte Desmond. Und das waren sie wirklich, auch wenn sie nicht stimmten.

»Sie wissen auch nicht, was es bedeutet?«

»Doch. Fliegen Sie nach Osten. Nach Oklahoma.«

***

Dreißig Minuten später schaltete Ward den Autopiloten ein, stand auf und verließ das Cockpit. Hughes lag auf der Couch an der linken Kabinenwand und schnarchte. Was auch immer sein Bruder ihm angetan hatte, es hatte ihn zittrig, schwach und müde gemacht.

Ward betrachtete den schlafenden Mann. Ursprünglich war Hughes ein Hebel gewesen, mit dem Avery Kition aufsprengen und die Verschwörung stoppen wollte. Aber irgendwann war er für sie zu etwas völlig anderem geworden. Wertvoll. Unantastbar. Ein Wesen, das sie liebte, fast verehrte.

Und Ward hatte sie zusammengebracht. Er hatte Avery am College rekrutiert, nachdem ihre Mutter gestorben und ihr Vater erst in eine betreute Wohneinrichtung und dann in Vollzeitpflege kam. Als sie in seinem Büro im Research Triangle Park aufgetaucht war, hatte sie ein reines Herz gehabt. Aber die Welt hatte sie verändert. Ihre Arbeit hatte sie verändert, und er hatte sie ihr verschafft.

Und dann hatte dieses Monstrum, Hughes, sie verändert.

Jetzt wusste Ward nicht, wo ihre Loyalität lag – bei diesem rätselhaften Mann, der auf der Couch schnarchte, oder bei ihm und der Regierung der Vereinigten Staaten. *Sex verändert alles*, dachte Ward. Das war eine Variable, die weder Geheimdienste noch Computeralgorithmen jemals berechnen konnten. Fast wie eine Virusinfektion, die die Verknüpfungen im Gehirn, die Gefühle und sogar den Blick veränderte, mit dem jemand die Welt betrachtete.

Vielleicht spielte es keine Rolle. Hughes war ihr einziger Zugang. Kition war eine Black Box in einer Black Box, und Ward blieb nichts anderes übrig, als diesem Kaninchenbau zu folgen, wohin auch immer er führte. Es gab keine Alternative. Er brauchte Avery, und sie brauchten Hughes.

Und bald würde die Lage unschön werden.

Er nahm das Satellitentelefon und rief seine beste Agentin an, vielleicht die beste aller Zeiten.

58

Als Junge in Stalingrad hatte Yuri gelernt, sich zu verstecken. Langsam zu atmen und still zu sein und zu lauschen. Jahrelang hatte er so gelebt und war von einem Unterschlupf zum anderen gezogen, während die Belagerung anhielt, die Stadt zerfiel, die Menschen um ihn herum starben und die Überlebenden flohen wie Ratten aus einer Kloake. So hatte sich seine Kindheit angefühlt, und so fühlte er sich auch jetzt, während er sich in der Höhle von Altamira versteckte. Aber sowohl damals als auch heute tat er es, weil er es tun musste – um zu überleben. Er war sich nicht zu schade, zu tun, was getan werden musste. Also lauschte er. Und sobald er hörte, wie die Fahrzeuge angelassen wurden, lauschte er noch intensiver. Er wartete darauf, dass die Geräusche sich entfernten.

Er rannte hinaus in die grelle Nachmittagssonne und schirmte seine Augen ab, als er zum Besucherzentrum ging. Seine Männer lebten noch. Sie waren gefesselt und geknebelt. Die Telefone und Funkgeräte lagen zertrümmert auf einem Haufen. Das war schlau – und schlecht für ihn.

»*Quien habla español?*«, fragte er.

Mehrere Männer wanden sich, richteten sich auf und schrien in ihre Knebel. Yuri band sie los. Er brauchte Einheimische, Leute, die sich in der Gegend auskannten.

»*Aeropuerto?*«, fragte einer der Männer.

»Nein«, sagte Yuri schnell. »Wir brauchen zuerst ein Auto. Dann ein Boot. Die Flughäfen werden sie bald überwachen.« Er zeigte zur Tür. »Los. Teilen Sie sich auf und suchen Sie ein Auto. Kommen Sie zurück, dann bringe ich Sie hier weg.«

***

Dreißig Minuten später fuhren Yuri und drei der Söldner in einem Dacia Sandero über die kurvigen Bergstraßen zur Küste. In dem Ort Suances fanden sie einen Yachthafen. Er war halb leer, und die verbliebenen Boote waren offenbar verlassen. Darunter befand sich eine Azimut 50 mit fast 2.000 Litern Treibstoff im Tank und Wasserkanistern auf dem Unterdeck. Proviant und ein funktionierendes Satellitentelefon besorgten sie sich von den anderen Booten.

Als das Boot aus dem Hafen und in den Golf von Biskaya glitt, rief Yuri in der Kition-Einsatzzentrale an. Schnell wurde er mit Melissa Whitmeyer verbunden. An ihrem Tonfall hörte er, dass etwas nicht in Ordnung war – und es betraf nicht die Vorfälle in Altamira.

»Sir, McClain hat versucht, Sie zu erreichen.«

Yuri setzte sich auf das edle weiße Sofa und sah auf den Teakholzboden. »Stellen Sie ihn durch.«

Conner klang aufgewühlt. »Ich habe ihn verloren.«

»Nicht so schlimm ...«

»Doch. Es ist schlimm.«

»Und der Peilsender?«, fragte Yuri.

»Er ist noch drin, aber ...«

»Verlier nicht die Hoffnung, Conner. Es ist noch nicht vorbei.« Yuri hielt inne. »Wo ist er jetzt?«

»Auf dem Weg nach Osten. Richtung Oklahoma.«

»Er fährt nach Hause. Vielleicht hat er Rendition dort versteckt.«

»Vielleicht. Wo warst du?«

»Wir hatten hier einen kleinen Rückschlag.«

Conner schwieg einen Moment. »Er wird ihnen verraten, wo die Insel liegt.«

»Das wissen wir nicht. Hughes war sediert, als er die Insel verlassen hat. Er kann sich an nichts erinnern.«

»Der Arzt ist auch abgehauen – Park. Er wird es ihnen auf jeden Fall verraten.«

Das war ein Problem. Aber Conner brauchte jetzt etwas anderes, und Yuri wusste genau, wie er es ihm geben konnte. »Hör zu. Bald spielt das alles keine Rolle mehr. Sobald das Spiegel-Projekt beendet ist, ist *nichts anderes* mehr von Bedeutung. Konzentrier dich, Conner. Jetzt ist unsere Zeit gekommen. Wir müssen durchhalten. Wir wussten, dass es schwierig werden würde. Wir werden auf die Probe gestellt.«

Die Angst und die Sorge wichen aus Conners Stimme. »Was soll ich tun?«

»Fahr zu einem Flughafen. Und sei bereit, wenn ich anrufe.«

Als Conner auflegte, rief Yuri noch einmal Whitmeyer an.

»Ich brauche ein Flugzeug. Und ein neues Team.«

»In Santander ist der nächste ...«

»Nein. Da ist Shaw hingefahren. Sie hat bestimmt dafür gesorgt, dass sie in Alarmbereitschaft sind.«

»Warten Sie.«

Er hörte, wie sie telefonierte und auf ihrer Tastatur tippte. »Ich kann Ihnen in Bilbao ein Flugzeug besorgen, aber das Personal wird ein Problem. Wir haben alle nach Altamira geschickt. Sie könnten zurückfahren und ...«

»Ich kann nicht zurück. Bereiten Sie das Flugzeug vor. Und behalten Sie Hughes' Peilsender im Auge. Werden die biometrischen Daten übertragen?«

»Ja. Auf der Flucht ist sein Herzschlag durch die Decke geschossen. Ich glaube, jetzt schläft er.«

»Gut.«

Yuri ging zum Rand des Hauptdecks und sah zum Sonnendeck hinauf, wo einer der Kition-Söldner das Boot steuerte, während der andere eine Zigarette rauchte. Der dritte Mann hatte sich im Unterdeck in einer Kabine schlafen gelegt.

»Ich habe noch einen anderen Peilsender, den Sie einschalten müssen«, sagte Yuri leise. »Ich will, dass Sie alle Mittel dafür einsetzen – und ich meine *jeden* Satelliten, den wir haben oder unter Kontrolle bekommen können. Wir dürfen ihn auf keinen Fall verlieren.«

»Verstanden.«

59

Avery sah entsetzt auf die Bildschirme. Im Lagezentrum am Flughafen Dallas/Fort Worth herrschte Chaos. Seit das Internet offline und Kriegsrecht verhängt worden war, war die Unruhe in der Bevölkerung von Tag zu Tag gestiegen. Die Nahrungsmittelrationierung hatte die Ängste weiter geschürt. Es gab Aufstände im Land, und paramilitärische Gruppen rüsteten sich zum Kampf. Diejenigen, die die X1-Pandemie überlebt hatten, befürchteten, dass die nächste Katastrophe bevorstand – und dass sie dieses Mal zu den Opfern gehören würden.

Durch diese Szenen begriff sie, wie zerbrechlich das Sozialwesen der Menschheit war. Das Vertrauen in die Regierung und die Polizei war der Klebstoff, der die Gesellschaft zusammenhielt. Und dieser Klebstoff verlor an Kraft. Wenn er sich erst gelöst hatte, würde es sehr schwierig werden, das Vertrauen wiederherzustellen. Der Schaden könnte bald irreparabel sein.

Nach der Landung am DFW hatte sie zuerst das Raleigh-Durham-X1-Zentrum angerufen, um sich nach ihrem Vater zu erkundigen. Er lebte in einem Lager am Dean Dome in Chapel Hill, und David Ward hatte versprochen, dass man sich gut um ihn kümmern und sein Name auf der Liste der wichtigen Personen stehen werde. Auch ohne die Krise war er auf Hilfe angewiesen. Jedes Mal, wenn Avery ihn besuchte, hatte die Alzheimer-Erkrankung seine Persönlichkeit noch etwas mehr zerstört.

»Agent Price«, sagte einer der Telefonisten. »Ein Anruf für Sie.«

Sie setzte das Headset auf. »Price.«

Wards Stimme war durch die Hintergrundgeräusche kaum zu verstehen – ein Flugzeug, dachte Avery. »Wir haben ihn.«

»Hughes? Wie? Seit wann?«

»Er ist vor einer halben Stunde durch den Tunnel gekommen. Und noch was. Er erinnert sich an alles. Dass wir uns am Flughafen begegnet sind, dass er mich gebeten hat, den Tunnel zu bauen. An alles.«

An alles, dachte Avery. Auch an sie beide. Sie hatte sich eingeredet, es wäre ihr egal. Aber jetzt, da er seine Erinnerung wiedergewonnen hatte, konnte sie zugeben, dass es ihr wichtig war. Sehr sogar. Und sie wollte ihn sehen. Sie wollte – musste – herausfinden, was zwischen ihnen war. Aber es gab eine noch dringendere Angelegenheit.

»Und Rendition?«

»Er weiß oder glaubt zumindest zu wissen, wo er den entscheidenden Hinweis versteckt hat.«

»Wo sind Sie jetzt?«

»In der Luft.«

»Ziel?«

»Dazu kommen wir später. Wir müssen erst einen Zwischenstopp machen.« Ward zögerte. »Wir müssen ihn untersuchen.«

»Nein ...«

»Ich verspreche, dass ihm nichts passiert. Es sei denn, er zwingt uns dazu.«

»Ich schwöre Ihnen, wenn Sie ihn verletzen oder töten, bin ich raus.«

Schweigen in der Leitung. Dann: »Sind Sie fertig, Agent?«

Avery seufzte. »Wo können wir uns treffen?«

»Was ist mit Shaw? Der Mutter?«

»Wir kommen hier nicht mehr weiter. Sie wartet auf etwas. Das merke ich.«

»Worauf?«

»Darauf, was Desmond als Nächstes tut. Oder Yuri. Ich bin nicht sicher.«

Nach einer Weile sagte Ward: »Entweder wir nehmen sie aus dem Spiel, oder wir behalten sie gut im Auge.«

»Sie weiß mehr als alle anderen. Aber sie verfolgt ihre eigenen Ziele. Ich traue ihr nicht.«

»Es ist Ihre Entscheidung.«

»Okay.«

»Da ist noch was. Ich weiß, was Sie für ihn empfinden, Avery. Ich muss wissen, dass Sie das ausblenden können. Es steht zu viel auf dem Spiel.«

Ihr Tonfall wurde aggressiver. »Was soll ich dazu sagen?«

»Wenn wir in einem Raum wären – er und ich, beide mit erhobenen Händen, und Sie hätten eine Sig Sauer, wenn würden Sie erschießen?«

Avery schnaufte ins Mikrofon. »Ich würde ihm in die Schulter schießen und Ihnen in die Eier treten.«

Ward musste lachen.

»Und sicherheitshalber würde ich Ihnen noch eins auf die Nase geben«, fügte sie hinzu. »Hoffen wir, dass es nicht dazu kommt. Und jetzt muss ich wissen, wo wir uns treffen.«

»Oklahoma City. Beeilen Sie sich.«

Als Avery das Gespräch beendete, stand Lin dicht neben ihr und sah sie an. Die ältere Frau zeigte zu einem Besprechungsraum.

Als sie allein in dem Zimmer waren, schloss Lin die Tür und sagte: »Desmond?«

»Er ist entkommen.«

»Zustand?«

»Er glaubt zu wissen, wo Rendition ist. Er ist unterwegs.«

Lin trat näher. »Gut.«

»Warum brauchst du es? Es ist auch Teil von dem, was *du* tust, oder? Deine Antwort auf Yuris Spiegel-Projekt.«

»Ja.«

»Warum?«

»Avery, wir haben keine ...«

»Was haben wir nicht? Zeit?«

»Genau.«

»Tja, du wirst dir Zeit nehmen müssen. Weil ich die Einzige bin, die dich zu Desmond bringen kann. Von Rechts wegen kann ich dich hier inhaftieren lassen.«

»Sei nicht so dramatisch.«

»Ich habe keine Lust mehr, eine Figur in deinem Spiel zu sein. Oder in Yuris und Desmonds. Ich habe es satt, nicht zu wissen, was los ist. Du erzählst mir jetzt, was Rendition ist und wozu du es brauchst, oder du bleibst hier in dieser Einrichtung.«

Lin wandte den Blick ab. »Also gut. Rendition war die letzte Komponente des Spiegel-Projekts. Und wohl die komplexeste. Es war Desmonds Projekt und Lebenswerk, wie du wahrscheinlich weißt, da ihr euch ja so nahegekommen seid.« Lin sah Avery einen Moment lang an, aber die jüngere Frau sagte nichts. »Ich brauche es aus einem anderen Grund als Yuri.«

In den nächsten zehn Minuten verriet Lin Avery, was dieser Grund war und worum es sich beim Spiegel-Projekt und ihrer Alternative handelte – dem Kaninchenbau, wie sie sie nannte. Er wurde von einem ungefähr achtzig Kilometer von Dallas entfernten Teilchenbeschleuniger betrieben.

»Dahin hast du die Proben geschickt – und Peyton. Zum Teilchenbeschleuniger?«

»Richtig.«

»Als du gesagt hast, wir müssen uns mit Desmond treffen, meintest du ...«

»Du und ich, Avery.«

»Ohne Nigel, Adams oder Rodriguez.«

Lin nickte.

»Weil einer von ihnen Yuri befreit hat«, sagte Avery. »Oder eine von uns. Oder Peyton.«

Avery wurde von ihrer Fantasie überwältigt. Sie sah sich selbst die Gangway eines Flugzeugs herabsteigen, während Desmond auf dem Rollfeld wartete. Es würde ganz anders sein als bei ihrem Wiedersehen auf der *Kentaro Maru.* Und da Yuri noch auf freiem Fuß war und zweifellos nach Desmond suchte, würde es wahrscheinlich zu einer entscheidenden Auseinandersetzung kommen. Es könnte ihre letzte Chance sein, ihn zu sehen.

Und auch Peytons letzte Gelegenheit.

Avery dachte darüber nach. Peyton hatte geholfen, ihr auf der Kition-Insel das Leben zu retten. Und trotz ihrer vergangenen Meinungsverschiedenheiten war Peyton immer ehrlich zu ihr gewesen. Diese Frau hatte es verdient, Desmond wiederzusehen, besonders wenn es ihre letzte Chance war. Avery schuldete es ihr – und auch Desmond, egal für wen von ihnen er sich entschied.

»Wir nehmen Peyton mit.«

»Nein ...«

»Sie kommt mit, oder du bleibst hier. Entscheide dich.«

60

Als Desmond aufwachte, war er nicht mehr so benommen und angeschlagen wie zuvor. Das Flugzeug befand sich im Sinkflug. Durch das ovale Fenster sah er eine Reihe von Gebäuden aus Stahl und Glas: dunkle Grabsteine einer toten Stadt. Dahinter Wüste. Das war nicht Oklahoma City. Er zwang sich, von der Couch aufzustehen, und ging durch die Kabine zur geschlossenen Cockpittür.

Er stieß sie auf und sah David Ward, der das kleine Flugzeug auf zwei Lichterreihen zusteuerte.

»Was machen Sie?«

»Landen. Halten Sie den Mund.«

»Das ist nicht Oklahoma.«

»Tatsächlich? Dann müssen wir wohl den Navigator rauswerfen.«

Desmond ließ sich auf den Co-Piloten-Sitz sinken. »Ich wusste gar nicht, dass Sie so witzig sind.«

Durch die Scheibe sah Desmond eine Ansammlung von Dingen, aus der er sich keinen Reim machen konnte: eine Pyramide, ein Piratenschiff und einen Vulkan. Als hätte ein aus der Anstalt geflohener Geisteskranker alles, was ihn faszinierte, in einer Straße aufgebaut.

Einen Augenblick später begriff er, wo er war: Las Vegas. Aber es war dunkel, ein Neon-Dschungel ohne Strom.

Kurz darauf vibrierte das Flugzeug, als die Räder auf der Landebahn aufsetzten.

Ward löste seinen Sicherheitsgurt.

Desmond tat es ihm nach. »Was haben Sie vor?«

»Folgen Sie mir.« Ward stand auf und ging in die Kabine.

»Lieber nicht.«

»Sie können einem echt auf die Nerven gehen, Hughes, wissen Sie das?«

»Ja.«

»Dann verrate ich Ihnen mal, was ich weiß. Ich weiß, dass ich kein Genie bin wie Sie und Ihr Bruder. Ich bin nur ein Anwalt, dem es auf den Sack ging, dass Kleinkriminelle immer eingesperrt werden und die Superschurken – wie Sie – davonkommen. Ich weiß, dass mir das Ganze über den Kopf wächst. Uns allen. Wir arbeiten hier nur – für die Bürger der Vereinigten Staaten. Aber ich weiß auch, dass sogar ich schlau genug wäre, Vorsichtsmaßnahmen für den Fall Ihrer Flucht zu treffen.«

»Ein Peilsender.«

»Genau.«

Desmond stand auf. »Gute Entscheidung, Agent.«

Ein Konvoi SUVs, umgeben von Männern und Frauen in Anzügen und Soldatenuniformen, erwartete sie auf der Rollbahn.

Sie stiegen in eins der Fahrzeuge und rasten durch die Stadt. Vom Rücksitz aus starrte Desmond entsetzt aus dem Fenster. Er sah einen Freizeitpark, in den Dunkelheit und Stille eingekehrt waren. Müll verschmutzte die Straßen. Papier wehte im Wind wie Steppenläufer. Es war sein erster Blick auf die Welt nach der X1-Pandemie.

»Wo sind alle?«

Ward sah ihn nicht an. »Manche verkriechen sich zu Hause, andere in den Schutzräumen, andere sind tot. Alle warten.«

»Worauf?«

»Auf das, was als Nächstes passiert. Auf ein Zeichen, dass die Welt wieder sicher ist. Oder welche Krise jetzt bevorsteht.«

Sie brachten Desmond zum Sunrise Hospital, führten ihn in einen fensterlosen Raum und hoben ihn auf einen Tisch, der in eine große Maschine glitt.

Ärzte und Techniker kamen herein, gefolgt von Ward. Ein älterer Arzt sprach für die Gruppe. Er war schlank und glatzköpfig, makellos gebräunt und faltenlos. »Es gibt zwei Implantate.« Er hielt eine Aufnahme hoch, auf der ein Knochen und ein länglicher Gegenstand zu erkennen waren. »Das größere befindet sich nah am Oberschenkelknochen, wahrscheinlich eingesetzt ...«

»Können Sie es entfernen?«

Der Arzt wirkte verärgert, dass man ihn unterbrach. »Ja.«

»Dann tun Sie es.«

Der Arzt sah zu Ward. »Wir müssen ihm eine Allgemeinanästhesie ...«

»Nein.« Desmond setzte sich auf dem Tisch auf. »Ich war tagelang in Narkose. Ich brauche einen klaren Kopf.«

»Mr. Hughes, wir müssen einen kleinen Schnitt durch den adductor magnus ...«

»Mir egal. Geben Sie mir eine örtliche Betäubung.«

»Es wird wehtun. Und Sie müssen stillhalten – jede Bewegung kann tödlich sein. Eine wichtige Arterie verläuft dicht ...«

»Legen Sie los.« Desmond kam ein Gedanke. »Sie haben gesagt, es gäbe zwei Implantate.«

Der Arzt zog eine weitere Aufnahme hervor, auf der ein Fuß zu sehen war. »Ich glaube, es war durchaus beabsichtigt, dass wir das Implantat in Ihrem Oberschenkel finden. Es ist nicht verdeckt und, wie gesagt, ziemlich groß. Dieses hier ist viel kleiner und sieht auf einer Röntgenaufnahme aus wie ein Sporn, was am Fuß häufig vorkommt.«

Das war schlau und passte zu Conner. »Okay, ich bin bereit.«

»Mr. Hughes, die Schmerzen ...«

»Damit komme ich klar. Schnallen Sie mich fest. Tun Sie, was nötig ist. Aber geben Sie mir keine Vollnarkose.«

Sie führten ihn in einen OP mit zwei Tischen, der sonst möglicherweise für Transplantationen benötigt wurde. Die Ärzte arbeiteten schnell und entfernten zuerst das Implantat aus dem Fuß. Desmond verzog das Gesicht, und Ward sah teilnahmslos zu. Nachdem sie das kleine Gerät gesäubert hatten, zeigten sie es Desmond. Das Gehäuse war weiß wie ein Knochen.

Ein junger Mann mit militärischem Haarschnitt kam, nur mit einem blauen OP-Hemd bekleidet, durch die Schwingtür.

Ward stand auf. »Auf den Tisch, Corporal.«

Der junge Mann legte sich auf den anderen Tisch und sah zu den Lampen auf. Ein zweites Ärzteteam betäubte seinen Fuß, machte einen Einschnitt und begann, das Implantat einzusetzen.

Desmonds Ärzte gingen bei dem zweiten Implantat langsamer vor. Wie versprochen, tat es weh – sehr sogar. Desmond liefen Tränen übers Gesicht, als sie das ovale Metallteil herauszogen, aber er gab keinen Laut von sich. Er wusste, dass sie fertig waren, als das Gerät klirrend in einer Metallschale landete. Der Arzt nickte ihm zu, und ein jüngerer Kollege nahm seinen Platz ein, um die Wunde zu verschließen.

Der ältere Arzt sagte zu Ward: »Wir geben dem Corporal eine Vollnarkose und beginnen mit der Operation, sobald Sie alle den Raum verlassen haben.«

»Verstanden.«

Als der Schnitt vernäht und der Verband angebracht war, rollte sich Desmond vom Tisch. Er stöhnte, und seine verspannten Muskeln protestierten. Bevor er aus dem OP humpelte, sah er zu dem Corporal auf dem anderen Tisch. Er hatte das Gefühl, etwas zu ihm sagen zu müssen, aber er fand nicht die richtigen Worte. Deshalb nickte er ihm einfach zu, eine stille Anerkennung für seinen Mut.

Ein neues Flugzeug stand auf der Rollbahn bereit. Es war größer, trug das Abzeichen der Air Force und beherbergte etwa zwanzig Soldaten in Tarnkleidung. Sie hatten Delta-Force-Aufnäher auf den Schultern.

Sie versammelten sich in einem kleinen Besprechungsraum hinter dem Cockpit. Ein Lieutenant Colonel stand am Kopfende des Tischs und wurde von einem Major und einem Master Sergeant flankiert.

»Mr. Hughes, ich bin Lieutenant Colonel Nathan Andrews. Das da draußen sind meine Männer. Und ich muss wissen, was uns erwartet.«

Desmond erklärte es ihm, und der Colonel schüttelte ungläubig den Kopf.

»Sir«, fuhr Desmond fort. »Ich vermute, Ihre Männer werden bei diesem Einsatz reichlich zu tun bekommen, aber nicht bei unserem nächsten Stopp. Da bin ich ziemlich sicher.«

***

Sie landeten auf dem Will Rogers World Airport in Oklahoma City, wo weitere Soldaten sie erwarteten. Und genug gepanzerte Fahrzeuge, um einen Krieg zu führen.

Desmond ging neben Ward die Rampe hinunter. Die Sonne ging unter, und er spürte die kühle Luft des Dezembermorgens auf der Haut. Eine kleine weiße Wolke drang aus seinem Mund, als er zu den wartenden SUVs ging.

Die Soldaten bildeten eine Gasse, als er näher kam.

»Da ist jemand, der Sie sehen will«, sagte Ward.

Desmond vermutete, es wäre eine weitere Besprechung. Er täuschte sich.

Avery stand auf dem Asphalt, und ihre blauen Augen leuchteten im schwachen Morgenlicht. Sie trug eine Militäruniform ohne Abzeichen, Oberkörper und Beine waren gepanzert. Über ihrer Schulter ragte ein Gewehrlauf in die Höhe, wie das Schwert eines Ritters.

Sie lächelte nicht. Sie musterte ihn und wartete auf seine Reaktion. Ihr Gesicht war starr wie eine Maske, ein Damm, der jeden Moment zu brechen drohte. Sie hier zu sehen war anders als auf der *Kentaro Maru*. Damals war sie nur eine unbekannte Frau gewesen.

Jetzt kannte er sie, sogar die Seiten von ihr, die sie vor der Welt verbarg. Sie war mutig und tüchtig und stark wie nur wenig andere. Und mehr noch, sie war eine Frau, die er einmal geliebt hatte. Immer noch liebte.

Er erinnerte sich jetzt an alles – an die verkaterte Frau, die er in ihre Wohnung getragen hatte. Daran, wie glücklich er mit ihr gewesen war. Dass er sie erkannte, musste sich in seinem Gesicht gezeigt haben, denn sie blinzelte, stieß den Atem aus und lächelte – erleichtert, glücklich. Ihre Schultern sackten herab, als die Anspannung von ihr abfiel.

Er ging zu ihr, sah ihr fest in die Augen und hatte keine Ahnung, was er tun sollte. Sie umarmen? Ihr die Hand geben? Oder sie küssen? Liebesbekundungen hätten wahrscheinlich Pfiffe und anzügliche Bemerkungen seitens der Soldaten ausgelöst. Die Avery, die er kannte, würde es nicht kümmern. Aber er wusste nicht, was sie für *ihn* empfand.

Und außerdem war da noch Peyton.

Kaum war ihm dieser Gedanke gekommen, da öffneten sich die Hecktüren eines Suburban hinter Avery, und zwei Frauen stiegen aus. Die eine war das ältere Spiegelbild der anderen. Peyton auf der rechten Seite, Lin auf der linken.

Peytons Gesicht war keine Maske, ganz anders als bei Avery. Sie lächelte Desmond an, und er sah, dass ihre Augen feucht wurden. Er spürte, wie sich sein Blick trübte. Blinzelnd versuchte er, die Tränen zurückzuhalten. Vor einem Monat in der Messe der *Boxer* hatten sie sich ein Versprechen gegeben: Wenn sie überleben sollten, würden sie noch einmal von vorn anfangen – zusammen. Damals war er sich so sicher gewesen, was er wollte. Jetzt nicht mehr. Er hatte Avery wiederentdeckt, und auch sie bedeutete ihm viel.

Im ersten Morgenlicht stand er nun zwischen den beiden Frauen, die für ihn Gegensätze verkörperten: Peyton war der Anker seines Lebens vor Kition gewesen, Avery seine Freude und seine Rettungsleine danach. Wenn er tausend Jahre dagestanden hätte, hätte er sich immer noch nicht entscheiden können, zu welcher Frau er zuerst gehen sollte. Sie fielen in verschiedene Kategorien, wie Naturkräfte ohne Entsprechung oder Gegenstück, und beide zogen ihn an.

Passenderweise trat Lin Shaw zwischen die beiden Frauen. Sie war immer der Mittelpunkt gewesen – das Band, das sie alle zusammenhielt: Peyton, Desmond, Avery und Yuri. Und vielleicht wusste nur sie, wie alles enden würde.

Lin schien die Pattsituation zu spüren. Sie ging zu Desmond, berührte seine Schultern und lächelte.

»Schön dich zu sehen, Desmond.«

Er nickte. »Ebenso. Ich habe deinen Rat befolgt.«

Sie zog eine Augenbraue hoch.

»Ich habe etwas getan, das keiner erwartet hat.«

»Allerdings.«

Avery und Peyton kamen gleichzeitig auf ihn zu. Ohne nachzudenken, streckte er beiden die Arme entgegen. Als sie ihn erreichten, ließ Lin die Hände von seinen Schultern gleiten und trat zurück, damit Peyton und Avery in seine Arme fallen konnten. Desmond drückte sie fest an sich und spürte ihre Hände auf seinem Rücken. Zuerst überkreuzten sie sich, dann legten sie sich nebeneinander.

Lin beobachtete, wie er reagierte, vielleicht auf der Suche nach einem Anzeichen, für wen er sich entscheiden würde.

»Wir können uns unterwegs auf den neusten Stand bringen«, sagte Ward.

61

Der Konvoi raste durch die leeren Straßen. Erst auf der I-240 nach Osten, dann auf der I-33 nach Süden. Verlassene Autos standen auf dem Randstreifen oder waren von X1-Truppen gegen die Leitplanke geschoben worden, um den Weg freizuräumen.

Ein Lieutenant der Marines fuhr. Ward saß auf dem Beifahrersitz, Desmond und Lin auf der Rückbank, Peyton und Avery hatten sich in die dritte Reihe gequetscht.

Als er das Schild für die Ausfahrt nach Norman sah, musste Desmond an Agnes denken.

»Wollen Sie uns sagen, was die Nachricht bedeutet?«, fragte Ward.

Der Konvoi nahm die nächste Ausfahrt und bog auf den Highway 9.

»Nein.«

Ward schnaufte. Er zog eine Kopie der Nachricht aus seinem Jackett und las sie vor. »Es liegt in der Biegung, wo Blut sich in Wasser verwandelt und Dunkelheit zu Licht wird.«

Desmond wartete. Niemand sagte etwas. Peyton war die Einzige im Wagen, die wissen könnte, was es bedeutete. Er durfte niemals verraten, was die verschlüsselte Botschaft genau besagte – das würde ihn mit einem Verbrechen in Verbindung bringen.

Sie fuhren durch die Vororte von Noble, der kleinen Stadt,

in der als Kind so oft gewesen war. »Hier abbiegen«, rief Desmond dem Fahrer zu, nachdem sie den Ort verlassen hatten.

Sie hielten vor dem Tor zu einer Weide, öffneten es und ließen zuerst die gepanzerten Truppentransporter einfahren. Als die Soldaten grünes Licht gaben, folgten die SUVs.

Desmond stieg aus, und die anderen schlossen sich ihm an. Er wusste, dass er mindestens zweimal an diesem Ort gewesen war, auch wenn er sich nur an das erste Mal erinnern konnte. Es war der dunkelste Tag seines Lebens gewesen. Er hatte einen Mann getötet und hier vergraben. Er hatte sich im Canadian River das Blut abgewaschen und zugesehen, wie das frische kalte Wasser die letzten Beweise davonspülte. Dann war er nach Westen gefahren, fort aus Oklahoma, ins Silicon Valley, wo sich die Dunkelheit seiner Kindheit und Jugend in Licht verwandelt hatte. Wenige Monate später hatte er Peyton kennengelernt.

Als er sich nach ihr umsah, blickte sie ihn verschwörerisch an, als wollte sie sagen: *Ich werde niemals verraten, was hier passiert ist – und ich bin auf deiner Seite, egal was du hier findest.* Er ging langsam vorwärts.

Es war raffiniert gewesen, diesen Ort als Versteck auszuwählen. Er war der einzige Mensch auf der Welt, der wusste, wo es war. Die genaue Stelle hatte sich in sein Gedächtnis gebrannt.

Er hielt an dem Grab inne. In den neunzehn Jahren, seit er das Loch ausgehoben hatte, war Gras über die Stelle gewachsen, aber Desmond wusste, dass Dale Epply dort lag, unter den Füßen der FBI- und CIA-Agenten, die ihn umringten.

Er ging weiter zum Fluss hinab, wo er sich gewaschen hatte. Er sah es an der Biegung, genau wie in der Nachricht beschrieben: lose Erde, die in ein frisch gegrabenes Loch mit einem Durchmesser von vielleicht sechzig Zentimetern gefüllt worden war.

»Ich brauche eine Schaufel.«

»Vergessen Sie es, Hughes.« Ward wandte sich zu dem Lieutenant um. »Graben Sie es aus. Wir ziehen uns zurück. Dreißig Meter Abstand.«

Desmond widersprach nicht, er wartete einfach oben auf dem Hügel.

Die Schaufel klirrte, als sie auf Metall stieß. Der Soldat, der einen Bombenschutzanzug trug, bückte sich und grub den Gegenstand vorsichtig mit den Händen aus. Es war eine runde Kaffeedose. Der Plastikdeckel war mit Klebeband befestigt.

»Holt den Roboter!«

»Ward, das ist keine Sprengfalle.«

»Woher wollen Sie das wissen, Hughes? Erinnern Sie sich, es hergebracht zu haben? Kann ich mir nicht vorstellen.«

***

Sie sahen auf einem Laptop im Heck des Suburban zu. Der Roboter blieb auf seinen Ketten kurz vor der Dose stehen. Er fuhr seine Metallarme aus, packte die Dose und riss das Klebeband und den Plastikdeckel ab. Seine Kamera richtete sich auf den Inhalt: ein Gefrierbeutel, in dem ein Smartphone lag.

»Das Telefon könnte eine Bombe sein«, sagte Ward.

Ein Bombenentschärfer neben ihm steuerte den Roboter per Fernbedienung. Er öffnete mit den Roboterfingern geschickt die Tüte und schaltete das Telefon ein.

Es war nicht passwortgeschützt, und auf dem Display war nichts Ungewöhnliches zu erkennen – bis auf das Icon der Labyrinth Reality App.

»Das ist ein Ort aus dem Labyrinth«, sagte Desmond.

Ward massierte sich die Schläfen. »Was haben Sie jetzt vor?«

»Es gibt nur eins, was man hier tun kann.«

Desmond ging den Hügel hinab, blieb jedoch stehen, als er Schritte hinter sich hörte.

»Avery ...«

»Ich komme mit.«

»Es könnte immer noch eine Bombe sein.«

»Dann benutzte ich dich als menschlichen Schutzschild.«

Er lachte und schüttelte den Kopf.

Peyton kam auf sie zu. Desmond hob die Hand, aber sie ging weiter.

»Was ist los?«, fragte sie.

»Nichts«, sagte Desmond. »Wir sind gleich wieder zurück.«

»Ich komme auch mit.«

Er sah einen Moment lang in die Morgensonne und wusste, dass er keine Chance hatte. »Also gut.«

Drei Meter vor dem Roboter bat er sie zurückzubleiben. Er hob das Smartphone auf und öffnete die Labyrinth Reality App, die ihn fragte, ob er in ein privates oder öffentliches Labyrinth eintreten wolle. Er klickte auf »privat« und gab das Passwort ein.

Eine Nachricht erschien.

Willkommen im privaten Labyrinth.

Zwei Icons tauchten auf. Das linke stellte ein Monstrum mit dem Kopf eines Stiers und dem Körper eines Manns dar, das rechte einen Krieger. Darunter stand eine Aufforderung.

Entscheide dich: Minotaurus oder Held.

In jener Nacht in Berlin, als er diese Aufforderung zum ersten Mal gesehen hatte, war er nicht sicher gewesen, was er war. Jetzt wusste er es. Es passte gut, dass er die Frage hier beantworten musste, auf der Wiese, wo er Dale begraben hatte. Er hatte an diesem Tag etwas Monströses getan – aber er war dazu gezwungen worden. Bei Kition war es das Gleiche. Er verstand jetzt, warum er diesen Ort ausgewählt hatte. Es war eine letzte Erinnerung an ihn selbst, auf Kurs zu bleiben. Vielleicht musste er schreckliche Dinge tun, aber vor ihm lag das Licht.

Desmond wusste, was er war: der Held. Er war der Mann, der er zu sein gehofft hatte, als er das Labyrinth zum ersten Mal betreten hatte. Und er hatte Rendition versteckt, um ein Monstrum aufzuhalten: Yuri. Jetzt war es an der Zeit, den Minotaurus zu finden und zu töten.

Er klickte auf das Icon, und eine weitere Nachricht leuchtete auf.

Suche nach Eingang ...

Und kurz darauf:

1 Eingang gefunden.

Eingang des Labyrinths erreicht.

Downloading ...

»Es fängt an, oder?«, sagte Peyton. Der Wind fuhr durch ihr dunkles Haar. Ihr Gesicht mit der porzellanglatten Haut wirkte so zart und unschuldig hier, im Schatten des Wäldchens am Fluss.

»Ja.«

»Gehen wir zurück zum Konvoi«, sagte Avery.

Sie verließen den Wald und stiegen den Hügel hinauf. Die Sonne schien mit jedem Schritt heller zu scheinen, als würden sie gemeinsam die Dunkelheit hinter sich lassen. Alle drei kannten jetzt die Vergangenheit und ihre gemeinsame

Geschichte, und bald würde sich die Welt in Licht verwandeln oder – wenn sie scheiterten – in Dunkelheit.

Am Suburban summte das Telefon, und eine Meldung erschien.

Download abgeschlossen.

Desmond sagte zu Ward: »Lassen Sie uns fahren.«

»Wohin?«

»Zum Flughafen.«

»Und dann?«

»Ich hoffe, ich weiß es, wenn wir da sind.«

***

In der Erinnerung war Desmond wieder in dem Hangar in San Carlos. Avery stand neben ihm und kämpfte für ihn, indem sie argumentierte, es sei ihre einzige Chance, ihn freizulassen. David Ward widersprach ihr und beharrte, sie seien schlecht beraten, einen Kriminellen gehen zu lassen.

Aber Avery war hartnäckig. Ihre verbalen Schläge waren genauso kraftvoll wie ihr Aufschlag auf dem Racquetball-Platz. Sie zermürbte ihren Gegenspieler, bis er schließlich das Handtuch warf. Desmond hatte gewusst, dass sie es schaffen würde.

Aber das hieß auch, wenn sein Plan nicht aufging, würde man ihr eine Mitschuld daran geben – und davor musste er sie schützen. Er nahm einen Block vom Tisch, dachte kurz nach, schrieb einen Satz auf und ging zu David Ward.

»Kann ich mit Ihnen reden? Unter vier Augen?«

Ward schnaubte, folgte Desmond jedoch in eine Ecke des Hangars, wo die anderen Agenten sie nicht hören konnten.

»Wie schnell können Sie den Tunnel bauen?«

»Woher soll ich das wissen, Hughes?«

»Bitte, tun Sie es so schnell wie möglich. Ich weiß nicht, wann ich ihn brauche.«

»Ist das alles?«

»Nein. Ich möchte, dass Sie dort sind ...«

»Sie haben wirklich Nerven. Sagen mir, dass ich da sein soll, als hätten Sie hier das Kommando. Als ...«

»Ich bitte Sie darum, Ward. Bitte. Seien Sie dort. Ich weiß nicht, wie sich die Sache entwickelt. Aber das ist mein Notfallplan. Und ich brauche jemanden, dem ich vertrauen kann.«

Ward grinste skeptisch. »Sie vertrauen *mir*? Sie kennen mich doch gar nicht.«

»Stimmt. Aber sie vertraut Ihnen, deshalb vertraue ich Ihnen auch.«

Ward sah ihn nur an.

»Und sie vertraut *mir*, deshalb sollten Sie mir übrigens auch vertrauen.«

»Ich bin schon eine Weile im Geschäft, Hughes. Lang genug, um Agenten gesehen zu haben, die sich in ihre Zielpersonen verlieben und umgedreht werden.«

»Sie wurde nicht umgedreht. Und ich bin nicht der, für den sich mich halten. Das werden Sie sehen, bevor die Sache vorbei ist.« Er reichte Ward den Zettel. »Hier. Bitte versprechen Sie mir, dass Sie mir das geben, wenn ich aus dem Tunnel auftauche. Und dass Sie es keiner Menschenseele zeigen.«

Ward las den Satz. »Was ist das, Ihr Lieblingsgedicht? Ein Ort?«

»Bitte. Versprechen Sie es.«

»Sie können mich mal ...«

»Das gehört zu unserer Abmachung.«

»Die Abmachung hat mir sowieso schon nicht gefallen, warum sollte ich noch weitere Zugeständnisse machen?«

»Weil Sie wissen, dass Avery Sie nicht in Ruhe lassen wird, und ich auch nicht. Und weil Ihnen im Grunde genommen klar ist, dass das Ihre beste Chance ist. Es gefällt Ihnen nur nicht. Mir auch nicht. Versprechen Sie es, Ward.«

Der Agent schüttelte den Kopf, faltete den Zettel zusammen und steckte ihn in die Jackentasche. »Ja, großes Indianerehrenwort.«

Trotz seines Sarkasmus gab sich Desmond zufrieden. Er ging zu Avery und fragte: »Bist du bereit?«

Sie nickte.

Sie fuhren zu ihrer Wohnung, wo sie eine Tasche packte, während er zwischen Wohnzimmer und Küche hin und her ging und ihr unablässig Tipps gab.

»Yuri hat die Fähigkeit, Menschen zu durchschauen. Falls du mit ihm zu tun hast, lüge nicht. Wenn es sein muss, bleib so nah wie möglich an der Wahrheit, und sei bereit zu verschwinden. Conner ist ein großer Stratege und Taktiker. Wenn du dich mit ihm anlegst, entscheide dich nie für deinen ersten Plan. Denk nach, such nach etwas Überraschendem ...«

Avery streckte den Kopf aus dem Schlafzimmer. »Des, das weiß ich alles schon. Ich beschäftige mich seit Jahren mit diesen Typen.«

»Klar. Okay. Was noch? Versuch auf keinen Fall, Rubicon oder mich vom Schiff aus zu kontaktieren. Sie überwachen ...«

Sie kam in einer langen Hose und BH aus dem Schlafzimmer und fasste ihn an den Schultern. »Des. Entspann dich.«

»Entspannen?«

»Einer von uns beiden wurde für verdeckte Einsätze und Gegenspionage ausgebildet. Und das bist nicht du.« Sie sah zur Decke, als dächte sie nach. »Wer bleibt da noch ...«

»Ja, schon kapiert. Ich will dir nur irgendwie helfen.«

Sie holte ihre Reisetasche aus dem Schlafzimmer. »Du kannst meine Tasche tragen.«

Ihre Hände berührten sich, als er ihr die Tasche abnahm. Sie sahen sich in die Augen.

»Wenn dir was passiert ...«

Sie blinzelte. Ihre Brust hob und senkte sich schneller, aber ihre Stimme war ruhig und leise. »Mir passiert nichts.«

Desmond ließ die Tasche fallen, legte ihr die Hand in den Nacken, zog sie an sich und küsste sie leidenschaftlich. Seine andere Hand wanderte über ihre Taille und den Bauch zu ihrem BH.

Sie ging rückwärts durch das Minenfeld ihrer Kleider und Schuhe auf dem Schlafzimmerboden. Als sie aufs Bett fiel, war sie schon nackt. Schweißtropfen bildeten sich auf ihrer Haut, während sie über die Matratze rollten, erst er oben, dann sie, bis sie schließlich beide auf dem Bauch lagen, sie unter ihm, und wild keuchten wie Tiere, als die Spannung von ihnen wich.

»Das brauchte ich«, flüsterte er.

»Ja«, hauchte sie.

Sie stand auf, verschwand für ein paar Minuten im Bad, kam zurück und zog sich schnell an.

Er fühlte sich eine Million Mal besser: entspannter und bereit, sich ins Ungewisse zu stürzen.

***

Der Pier wurde nur vom Mond und einigen Laternen beleuchtet, die den Nebel und die Dunkelheit kaum durchdringen konnten.

Desmond parkte, aber keiner von ihnen öffnete die Tür. Er versuchte, die richtigen Worte zu finden. Sie sah zu Boden und nestelte am Reißverschluss ihrer North-Face-Jacke herum.

»Wir sollten uns was versprechen.«

»Des.«

»Nicht so ein Versprechen. Ein ... Plan. Eine Verabredung.« Er lächelte. »Ja, ich hab's gesagt. Wenn das vorbei ist, gehen wir zusammen weg. Eine Reise, irgendwohin, wo noch keiner von uns war. Keine Arbeit. Keine weltweite Verschwörung. Nur du und ich und jede Menge Spaß. Dann können wir rausfinden, wie es mit uns weitergeht.«

Sie nahm seine Hand. »Tut mir leid, aber ich möchte mir lieber alle Möglichkeiten offenhalten. Man weiß nie, wen man auf so einem Schiff kennenlernt.«

Er öffnete den Mund, um etwas zu sagen, aber sie kam ihm zuvor. »Das war ein Witz. Ich bin einverstanden. Ich könnte eine Pause gebrauchen.«

***

Sobald Avery an Bord des gewaltigen Frachters gegangen war, nahm Desmond sein Handy und rief den Chefentwickler von Rendition an. Er arrangierte ein Treffen in einem Hotel. Es war zu riskant, in eines der Rendition-Büros oder die Räume einer Kition-Firma zu gehen. Er telefonierte mit drei weiteren Entwicklern aus dem Team – mit allen, die die Technik wiederherstellen könnten – und lud sie ebenfalls ein. Sie waren die letzten Schwachstellen, die er beseitigen musste.

62

Zu Yuris Überraschung verlief die Flucht aus Spanien ohne Zwischenfälle. Das Hinterland wurde nicht mit Helikoptern durchsucht, und die Wachleute am Flughafen waren bestechlich – Diamanten hatten immer noch ihren Reiz für gewissenlose Menschen, vor allem angesichts wankender Regierungen und unsicherer Währungen. Transportable Güter, die überall ihren Wert behielten, waren beliebt.

Der Anruf, auf den er gewartet hatte, kam, als er vor der spanischen Küste in der Luft war.

Zum ersten Mal, seit er mit ihr arbeitete, hörte Yuri Erleichterung in Melissa Whitmeyers Stimme. »Rapture läuft.«

»In vollem Umfang?«

»Jawohl. Sie haben es gerade an Versuchspersonen hier ausprobiert.«

Yuri betrachtete das Meer unter sich. Sie hatten es geschafft. Sie hatten jetzt die Kontrolle. Nichts konnte sie mehr aufhalten. Es war nur noch eine Frage der Zeit.

»Sollen wir die Ziele der Stufe eins erledigen?«

»Nein. Noch nicht. Starten Sie erst das Netz. Rufen Sie mich an, wenn das erledigt ist.«

***

Rund um den Erdball wurden in ländlichen Gegenden die Tore von Lagerhallen hochgezogen. Startrampen, die aussahen wie riesige Gerüste, wurden auf den Asphalt oder Beton der Parkplätze gerollt. Sie waren vierzehn Meter breit, zwölf Meter lang und fünfzehn Meter hoch und hatten anderthalb Meter große Gummireifen, die sich unabhängig voneinander drehen konnten. An den Ecken ragten dicke Stahlsäulen in die Luft.

In Lexington in Virginia steuerte ein Techniker die gewaltige Maschine mit einem Tablet. Als sie in der richtigen Position stand, drückte er einen grünen Knopf, worauf an drei Seiten der Startrampe stabile weiße Wände ausgefahren wurden, die den Wind abhalten sollten. Die Maschine war so programmiert, dass sie die Windrichtung registrierte und sich mit der offenen Seite aus dem Wind drehte, um die empfindlichen Teile zu schützen.

Die Techniker beluden die Maschine, und der erste Ballon wurde aufgeblasen. Er bestand aus nahezu durchsichtigem Material. Als er Form annahm und in den Himmel aufragte, sah er aus wie eine überdimensionale Qualle.

Zwanzig Minuten später entließ die Startrampe den Ballon in Richtung der Wolken. An ihm hingen eine Solarzelle und eine Reihe von Patchantennen, die sich mit Internetgeräten am Boden verbinden konnten.

Alle zwanzig Minuten startete ein neuer Ballon, flog gen Himmel und erreichte in achtzehn Kilometer Höhe die Stratosphäre. Die Ballons würden ständig untereinander und mit den Bodenstationen kommunizieren, während sie die Erde umrundeten. Sie konnten über drei Monate in der Luft bleiben, aber wahrscheinlich wäre ihre Aufgabe viel früher beendet. Sobald das Spiegel-Projekt in Kraft getreten war, würden sie kontrolliert auf die Erde sinken und als Artefakte an den Moment erinnern, in dem sich die Welt für immer verändert hatte.

63

In der letzten Erinnerung wartete Desmond nervös in der Hotelsuite. Einer nach dem anderen trafen die Rendition-Entwickler ein und setzten sich ins Wohnzimmer. Es waren drei Männer und eine Frau, alle in ihren Zwanzigern und Dreißigern. Zwei von ihnen wirkten müde, einer aufgedreht – er hielt eine Dose Red Bull in der Hand – und der letzte ein wenig angetrunken (ein Teil des Rendition-Teams hatte nach der Fertigstellung eine dringend benötigte Auszeit genommen).

»Tut mir leid, dass ich Sie so spät anrufen musste. Es ging nicht anders. Ich glaube, Rendition könnte bald von jemandem missbraucht werden.«

Der Chef-Entwickler war ein indischstämmiger Amerikaner namens Raghav.

»Missbraucht? Wozu?«, fragte er.

»Um Menschen zu schaden. Um sie zu kontrollieren.«

Die vier Entwickler wirkten verwirrt.

»Wie?«, fragte Raghav.

Desmond stand auf und ging zum deckenhohen Fenster. »Tut mir leid, ich kann Ihnen im Moment keine Einzelheiten nennen. Die Dinge sind in Bewegung. Sie müssen mir vertrauen. Und ich brauche Ihre Hilfe. Es wird nicht einfach werden. Vielleicht sogar gefährlich. Sie müssen mir leider sofort sagen, ob Sie dabei sind oder nicht. Helfen Sie mir?«

Die Verwirrung verwandelte sich in Besorgnis.

Melanie Lewis, die Entwicklerin, fragte: »Was genau erwarten Sie von uns?«

»Wir müssen Rendition wegschaffen. Und Sie müssen sich alle verstecken.«

Melanie schüttelte den Kopf. »Warum sollten wir uns verstecken?«

Neben ihr saß ein stämmiger Mann namens Langford und trank sein Red Bull. Er verdrehte die Augen. »Das ist doch offensichtlich: Wenn Rendition weg ist, wird man uns suchen.«

»Wo sollen wir uns verstecken?«, fragte Raghav.

Desmond setzte sich wieder. »Das ist das Problem.«

Alle warteten.

Er suchte nach den richtigen Worten und probte sie im Geiste. »Es muss ein Ort sein, an den niemand denkt. Wo es sicher ist. Ein abgelegener Ort.«

Melanie zog die Brauen hoch. »Zum Beispiel? Alaska?«

»Ich dachte an einen Ort, an dem es noch kälter ist.« Desmond holte Luft. »Ich investiere über Icarus Capital in eine Menge Firmen. Eine davon heißt Charter Antarctica. Es ist eine Kombination aus Kreuzfahrtschiffunternehmen und Vergnügungspark.«

»Antarktis?«, sagte Raghav schockiert.

»Prima«, sagte Langford. »Warum haben Sie das nicht gleich gesagt?«

»Ich hasse Kälte«, murmelte Melanie.

Der andere Entwickler, ein Rothaariger namens Kevin, wirkte besorgt. »Ich verstehe das nicht. Wer soll denn nach uns suchen?« Er wartete, aber niemand antwortete ihm. »Die Regierung? Die Mafia?«

»Niemand dieser Art«, sagte Desmond. »Vielmehr jemand, der Rendition für ein Experiment braucht. Es sind Wissenschaftler, aber ich habe vor Kurzem erfahren, dass sie äußerst skrupellos sind.«

»Wie lang müssen wir uns verstecken?«, fragte Kevin. »Monate? Jahre?«

»*Jahre?*«, wiederholte Melanie.

»Was sollen wir denn essen?«, fragte Langford. »Robben? Pinguine? Ich esse nicht ein ganzes Jahr lang Fisch ...«

»Robben sind keine Fische«, sagte Melanie. »Das sind Säugetiere, du Idiot.«

»Und Pinguine sind Vögel«, fügte Kevin hinzu. »Aber ich esse sie auf keinen Fall. Und auch keine Delfine. Oder Wale.« Bevor Melanie etwas sagen konnte, warf er ihr einen Blick zu. »Ja, ich weiß, dass das Säugetiere sind.«

Desmond hob die Hände. »Niemand muss irgendwas davon essen.«

»Wie soll das funktionieren?«, fragte Raghav, dem das Gespräch offenbar zu sehr abschweifte.

»Es gibt da einen kleinen Stützpunkt für die Bauarbeiter, die ein paar Kilometer weiter ein Hotel errichten. Ein Eis-Hotel. Mit Solarstrom und Erdwärme.«

Langfords Augen weiteten sich. »Klingt gut.«

»Die Bautrupps können nur im Sommer arbeiten – also wenn hier Winter ist. Es sind nur wenige Arbeiter, vielleicht zwölf.«

»Ist das Hotel schon fast fertig?«, fragte Raghav. »Kann man darin wohnen?«

»Ich weiß nicht genau. Ich bin nur im Vorstand und habe schon länger nichts mehr gehört. In den Unterkünften der Bauarbeiter ist aber ziemlich viel Platz.«

»Also, ich bin dabei«, sagte Langford. »Ich esse sogar Pinguine.«

»Ich bin auch dabei«, sagte Kevin. »Aber ohne Pinguine.«

»Was, wenn wir nicht gehen?«, fragte Melanie. Dann fügte sie zögerlich hinzu: »Wenn Sie natürlich sagen, wir müssen ...«

»Nein«, sagte Desmond schnell. »Ich hoffe aber, dass

Sie es tun. Wenn nicht, dann rate ich Ihnen dringend, sich woanders zu verstecken. Sie dürfen Ihre Handys nicht mitnehmen. Kein Internet. Keine E-Mails. Keine Anrufe.«

Raghav sah Melanie an. »Ich gehe. Und ich finde, wir sollten zusammenbleiben.«

Sie nickte. »Okay.«

Sie trafen Vorbereitungen. Keiner der vier Entwickler war verheiratet, aber Raghav lebte mit seiner Freundin zusammen, und Melanie hatte eine Schwester in San Francisco. Desmond erklärte sich einverstanden, dass sie jemanden mitnehmen konnten, vorausgesetzt, sie konnten noch in dieser Nacht aufbrechen.

Die vier fuhren nach Hause, um zu packen, und trafen Desmond kurz vor Sonnenaufgang im Hafen von Santa Cruz wieder.

Raghav kam zu Desmond und ließ seine Tasche fallen. »Was machen wir, wenn wir da sind?«

Desmond hatte die Zeit genutzt, um den Rendition-Server und die Software aus dem Büro zu holen. Die Sachen standen in einer Kiste auf dem Kai.

»Wie Sie Ihre Zeit verbringen, bleibt Ihnen überlassen. Aber eine Bitte: Stellen Sie keine Satellitenverbindung her, und benutzen Sie kein Telefon. Nur für alle Fälle.«

»Okay.« Raghav betrachtete das Schiff. Es war dreißig Jahre alt, aber anständig nachgerüstet. Das Forschungsschiff war zwanzig Meter lang, hatte fünf Mann Besatzung, Kojen für sechzehn Personen und genügend Proviant und Wasser für die Reise an Bord. Im Laderaum war reichlich Platz für das Rendition-Equipment. Das Schiff würde weder Rennen gewinnen noch für seinen Luxus ausgezeichnet werden, aber es würde auch keine Aufmerksamkeit erregen.

Desmond hatte erwogen, ein Privatflugzeug zu chartern, um die kleine Landebahn an der Baustelle anzufliegen, aber das hätte verräterische Dokumente hinterlassen. Das Schiff war die beste Möglichkeit. Der Kapitän war zugleich der Besitzer und vermietete es hauptsächlich an Universitäten oder Forschungseinrichtungen in der Bay Area. Er war einverstanden, in der Antarktis zu bleiben, bis Desmond kam – für viertausend Dollar pro Tag. Desmond hatte ihm zweihunderttausend im Voraus gezahlt. Der Mann konnte es kaum erwarten aufzubrechen.

»Noch eine Sache«, sagte Desmond zu Raghav. »Ich fliege als Nächstes nach Berlin. Dort treffe ich mich mit einem Wissenschaftler namens Manfred Jung. Er wird mir helfen, mein Rapture-Implantat zu modifizieren.«

»Okay.«

»Danach könnten Jung und sein Team zum Ziel werden – genau wie Sie und Ihre Leute. Deshalb werde ich sie ebenfalls zur Baustelle von Charter Antarctica schicken. Halten Sie nach ihnen Ausschau.«

»Klar.«

»Und passen Sie auf sich auf, Raghav. Wir sehen uns bald.«

***

Vom Kai aus sah Desmond zu, wie das Schiff langsam außer Sicht geriet. Irgendwoanders auf dem Pazifik fuhr Avery davon und wartete auf ihn.

Die letzten Stunden waren anstrengend gewesen. Die Schiffe waren in See gestochen, aber Desmonds Arbeit hatte erst begonnen. Er nahm sein Handy und wählte die Nummer, die er am Abend zuvor gefunden hatte.

»Mr. Meyer, mein Name ist Desmond Hughes. Ich möchte mit Ihnen über Ihren Artikel reden. Über Kition.«

»Was ist damit?«

»Sie liegen richtig. Es ist eine Verschwörung. Aber Sie haben nur an der Oberfläche gekratzt. Ich werde Ihnen die größte Story Ihres Lebens liefern. Vielleicht die größte aller Zeiten ...«

64

Der Jet war alt und ein wenig abgenutzt, aber er flog gut und hatte alles an Bord, was Yuri brauchte. Er saß in einem edlen Ledersessel vor seinem Laptop, auf dem eine Karte mit einem grünen Punkt zu sehen war.

Er hatte sich seit Stunden nicht bewegt.

Oklahoma City. Hatte Desmond es dort versteckt? Yuri hielt das für unwahrscheinlich.

Sein Telefon klingelte. Die Kition-Einsatzzentrale.

Melissa Whitmeyer kam sofort zur Sache. »Die Ballons sind ausgeschwärmt.«

»Abdeckung?«

»Zusammen mit der vorhandenen Internetinfrastruktur sind wir weltweit bei 72 Prozent. In den wichtigsten Ländern über 90 Prozent.«

Yuri atmete erleichtert aus. Sein großer Augenblick stand bevor. »Fangen Sie an.«

Whitmeyer zögerte. »Sie müssen ...«

»Es aussprechen?« Yuri konnte es ihr nicht verübeln. »Das ist eine offizielle Anweisung, Miss Whitmeyer. Beginnen Sie mit der Spiegel-Projekt-Überführung der gefährdeten Bevölkerungsteile. Und nehmen Sie unsere Hauptgegner ins Visier und exekutieren Sie sie.«

»Bestätige.«

»Und sobald das erledigt ist, schicken Sie folgende Nachricht an ihre Nachfolger: Übergeben Sie Desmond Hughes,

Lin Shaw und Peyton Shaw – oder Ihnen ergeht es wie Ihren Vorgängern.«

65

Desmond erwachte auf einem tarnfarbenen Schlafsack am Boden. Es roch nach abgestandenem Bier und gebratenem Essen. Er sah sich um. Er war in einem Pub, dem Cross Grain Brewhouse. Über der langen gemauerten Theke hingen mehrere Fernseher, alle ausgeschaltet. Es gab etwa zwanzig Tische, auf denen Gewürze und Papierservietten standen. Durch die hohen Fenster sah man das Rollfeld des Will Rogers Airport.

Lin, Peyton, Avery und David Ward saßen an einem der Tische und unterhielten sich leise. Sie sahen besorgt aus, wie eine Familie, die im Krankenhaus wartete, während ein Angehöriger operiert wurde.

Desmond setzte sich auf. Avery sah ihn zuerst. Sie sprang auf, war sekundenschnell an seiner Seite und legte ihm eine Hand in den Nacken, um ihm zu helfen.

»Alles in Ordnung?«

»Ja. Ich ... bin nur noch ein bisschen benommen, weil Conner mich so durch die Mangel gedreht hat.«

Lin, Peyton und Ward kamen zu ihnen.

»Was ist passiert?«, fragte Ward.

»Irgendwo, wo wir ungestört sind«, sagte Desmond.

Ward führte sie durch den Flughafen, in dem Hochbetrieb herrschte. Soldaten und FEMA-Angestellte und Agenten der verschiedenen Dienste liefen durch die Gänge, und die Gates wurden als provisorische Besprechungsräume genutzt. Desmond schnappte im Vorbeigehen einzelne Worte und

Phrasen auf: *Eindämmung, bewaffnet und gefährlich, weitere Rationierung, spontane Angriffe.*

»Was ist hier los?«, fragte Desmond.

Ward sah sich nicht zu ihm um. »Die Einheimischen werden unruhig.« Nach einigen Schritten fügte er hinzu: »Wenn Sie diese Leute aufhalten können, müssen Sie es jetzt tun, Hughes.«

Avery warf ihm einen fragenden Blick zu. *Kannst du?*

Er nickte ernst und fragte sich, ob er selbst daran glaubte. Rendition war sein Lebenswerk. Es war der Schlüssel für Yuri, um das Spiegel-Projekt zu vollenden, von dem auch Desmond einmal überzeugt gewesen war. Aber jetzt war er bereit, es zu zerstören, wenn er dadurch Avery, Peyton und so viele andere retten konnte – auch wenn er Conner so zu dem elenden Leben verdammte, dem er unbedingt entrinnen wollte.

Ward führte sie am Ticketschalter von Southwest Airlines vorbei zu einem Raum mit der Beschriftung »YMCA Military Welcome Center«. Männer und Frauen in Uniform saßen an runden Campingtischen, aßen von Papptellern und tranken Tee und Wasser aus Styroporbechern. Sie gingen in einen kleinen Nebenraum und setzten sich an den Besprechungstisch, nachdem Ward die Tür geschlossen hatte.

»Hier kann niemand mithören.«

»Ich erinnere mich«, sagte Desmond.

»An Rendition?«, fragte Lin schnell.

»Ja. Ich erinnere mich, es geschaffen zu haben, und ich weiß, wo ich es versteckt habe.«

»Raus damit, Hughes«, murmelte Ward.

»In der Antarktis.«

Ward kippte seinen Metallklappstuhl nach hinten, sodass er nur noch auf zwei Füßen stand, und legte den Kopf in den Nacken. Er sah zur Decke auf, dann schloss er die Augen. »Das kann nicht Ihr Ernst sein.«

»Erzähl«, sagte Lin mit ruhiger Stimme.

»Eine der Firmen in meinem Portfolio. Charter Antarctica. Wir haben dort ein Hotel gebaut, als die X1-Pandemie ausgebrochen ist. Ich habe Rendition mit einem privaten Schiff hinbringen lassen – zusammen mit den vier Programmierern, die es wiederherstellen könnten. Und dem Wissenschaftler von Rapture, der mein Implantat modifiziert hat.«

»Also«, sagte Avery. »Wir fahren hin, zerstören Rendition, und es ist vorbei. Das Spiegel-Projekt funktioniert nicht ohne Rendition.«

»Genau«, sagte Desmond.

»Sie haben Ihr Erzeugnis bisher noch nicht zerstört«, sagte Ward. »Obwohl Sie es gekonnt hätten. Warum sollte ich glauben, dass Sie es jetzt machen?«

»Weil ich gesehen habe, wozu sie fähig sind. Und was auf dem Spiel steht.«

»Sie wussten schon früher, was auf dem Spiel ...«

»Das führt zu nichts«, sagte Lin. »Desmond ist der Einzige, der uns zu Rendition bringen kann.«

»Uns?« Ward grinste. »Wieso uns? Sie und Ihre Tochter bleiben hier.«

»Das wäre zu Ihrem Nachteil.«

Ward sah sie fragend an. »Inwiefern?«

»Niemand kennt Yuri Pachenko besser als ich. Ich habe auf der Kition-Insel ein Blutbad verhindert.«

»Und dann haben Sie uns auf eine sinnlose Suche zum Nordpol mitgenommen. Wir haben eine Menge Leute verloren und praktisch nichts gewonnen. Das werden wir nicht am Südpol wiederholen.«

»Äpfel und Birnen, Mr. Ward.«

Avery hob die Hände. »Hört auf.«

Es wurde still im Raum. Desmond hörte Rufe. Stiefel polterten über den Boden.

Avery öffnete die Tür. Die Soldaten stürmten aus dem

Begrüßungszentrum und ließen ihre halb vollen Teller und Teebecher zurück.

»Irgendwas ist passiert«, sagte Lin.

Sie liefen hinaus, vorbei an den Ticketschaltern und in die Haupthalle. An Gate achtzehn war eine große Leinwand aufgestellt worden. Sie zeigte Aufnahmen mehrerer Drohnen überall im Land und, wie der unterschiedliche Sonnenstand vermuten ließ, auch aus anderen Teilen der Welt. Ballons schwebten durch die Wolken. Es hingen keine Körbe daran. Jeder Ballon transportierte lediglich ein Solarelement mit drei Modulen und irgendein Metallgerät.

Ward hielt einen Major der Nationalgarde von Oklahoma am Oberarm fest. »Was geht da vor?«

»Weiß ich nicht. Sie sind einfach überall auf der Welt aufgetaucht.«

»Na und? Warum geraten alle in Panik?«

Der Mann fletschte die Zähne. »Wir geraten nicht in Panik, Sir. Wir wurden zum Einsatz gerufen. Und es sterben Menschen.«

Peyton trat vor. »Wer stirbt?«

»Vor allem Kranke. Unheilbar Kranke«, antwortete der Major.

Desmond sah, wie Averys Miene sich mit Sorge füllte.

Unter den vor der Leinwand versammelten Soldaten breitete sich ein Gerücht aus wie ein Virus.

Desmond lauschte angestrengt, und sein Mund wurde trocken, als er begriff, worum es ging. Der Präsident der Vereinigten Staaten war tot. Gehirnblutung. Außerdem der Gouverneur von Oklahoma – sowie die aller anderen Bundesstaaten.

Ein Sergeant kam zu dem Major gerannt. »Sir, Colonel Weathers will Sie sofort sprechen.«

Ohne ein weiteres Wort ging der Major davon.

Lin trat an seine Stelle. »Mr. Ward, wir müssen aufbrechen, sofort.«

Ward schüttelte den Kopf.

Sie kam näher und redete leise, aber eindringlich auf ihn ein. »Hören Sie gut zu. Diese Ballons stammen von Kition. Zusammen mit dem Internet greifen sie auf die Rapture-Nanomaschinen zu – das ›Heilmittel‹, das Sie und Ihre Regierung verteilt haben, um die X1-Pandemie aufzuhalten. Kition hat jetzt die Kontrolle. Und als Nächstes wird Yuri verlangen, dass die Regierung uns ausliefert. Wir müssen verschwinden, wir fünf, allein. Sofort.«

66

Desmond sah die Angst in Peytons Augen. Das gab ihm einen Energieschub. Die Worte ihrer Mutter hatten sie erschüttert. Sie mussten handeln.

»Ward, hören Sie auf sie«, sagte er.

Avery wandte sich zum anderen Ende der Flughafenhalle um wie ein Raubtier, das eine Bedrohung spürte. Zehn Soldaten der Nationalgarde marschierten auf sie zu, vorbei an verlassenen Geschäften: Coffee Bean, Tea Leaf, Harold's Shoe Shine, EA Sports, CNBC.

Desmond zog Averys Aufmerksamkeit auf sich. »Was ist der beste Weg hier raus?«

»Untere Ebene. Folgt mir.«

Die Entscheidung war gefallen. Avery löste sich aus der Gruppe und rannte los. Lin und Peyton liefen hinterher. Desmond sah zu Ward, der den Kopf schüttelte.

Einer der Nationalgardisten rief: »Agent Ward!«

Seine Stimme hallte von den Glaswänden und dem Steinboden wider.

Die Blicke der Umstehenden richteten sich auf sie.

Desmond und Ward ergriffen ebenfalls die Flucht.

Avery hatte schon fast die Rolltreppe erreicht.

»Agent Ward! Wir müssen mit Ihnen reden!«

Avery sprang die Rolltreppe hinab wie eine Katze einen Berghang. Peyton und Lin hatten Mühe mitzuhalten.

»Stopp!«

Desmond zog an Ward vorbei, dann wartete er, bis dieser aufgeholt hatte.

Andere Soldaten schlossen sich der Einheit an, die sie verfolgte. Befehle wurden gerufen: Haltet sie auf!

Als Desmond das Ende der Rolltreppe erreicht hatte, sah er Avery gerade noch durch einen Notausgang hinter der Gepäckausgabe stürmen. Lin und Peyton waren weit zurückgefallen, sodass Desmond und Ward sie bald einholten. Alle vier zusammen rannten auf das Rollfeld.

Avery stieg die Treppe eines Gulfstream-Jets hoch. Als auch die anderen oben ankamen, liefen bereits die Turbinen, und die Treppe wurde eingefahren.

Das Rollfeld füllte sich mit Soldaten, während der Jet zur Startbahn fuhr, aber sie schossen nicht. Ein Tanklaster verstellte ihnen den Weg. Avery wendete und steuerte den Jet auf eine andere Startbahn.

Als das Flugzeug abhob und an Höhe gewann, blickte Desmond über den Gang zu Peyton, die ihn besorgt ansah. Er fragte sich, ob er sie beschützen konnte.

***

Der Laptop piepste. Das Überwachungsprogramm zeigte eine Nachricht:

Ziel in Bewegung.

Yuri beobachtete, wie der Punkt sich vom Will Rogers Airport aus nach Süden bewegte.

Er griff zum Satellitentelefon und rief Conner an.

»Es hat angefangen. Wir müssen uns treffen.«

Als Nächstes telefonierte er mit Melissa Whitmeyer. »Ich muss wissen, ob es in dem Flugzeug irgendwelche Rapture-Geräte gibt, die wir steuern können.«

67

»Schaltet eure Handys aus!«, rief Lin.

Alle Augen richteten sich auf sie.

»Los! Sofort. Es geht um euer Leben.«

Es stellte sich heraus, dass nur Ward und Avery Telefone hatten. Beide schalteten sie aus.

»Zufrieden?«, fragte Ward.

»Ich wollte euch nur beschützen.«

Ward stand auf, ging durch den Gang und blieb vor Desmonds Sitz stehen. Er atmete noch immer schwer von der hektischen Flucht aus dem Flughafen.

»Antworten, Hughes. Sofort.«

»Sie werden sie bekommen.« Desmond stand auf und schob sich an dem stämmigen Mann vorbei. »Aber immer der Reihe nach.«

Avery saß im Cockpit, hielt sich die Seite und versuchte keuchend, die Flugüberwachung zu überzeugen, dass es sich um ein großes Missverständnis handelte und sie Lin und Peyton Shaw und Desmond Hughes nicht an Bord hatte.

»Hey«, flüsterte Desmond.

Sie sah sich zu ihm um und drückte die Hand fester auf ihre Seite. Blut sickerte darunter hervor.

»Alles in Ordnung?« Er trat näher, um es sich genauer anzusehen. Sie trug einen Verband um den Bauch. Er war in der Mitte rosa verfärbt und an den Rändern dunkelrot.

»Mir geht's gut. Da ist nur eine Naht aufgerissen.«

»Dir geht es nicht *gut.*«

»Doch, Des. Entspann dich. Ich habe mich nur überanstrengt.«

»Du wurdest angeschossen.«

»Ein Bombensplitter auf der Insel.«

Er musterte sie. »Das war ein Wahnsinnssprung aus dem zweiten Stock.«

»Mir blieb nichts anderes übrig. Danke für deine Hilfe.«

»Dafür habe ich mir eine Belohnung verdient.« Er zwinkerte.

Sie verzog keine Miene. »Das hättest du wohl gern.«

Er lachte. »Klar.«

Sie riss den Kopf herum und schrie ins Funkgerät. »Nein, OKC ATC, wir können nicht auf Chandler Field landen.«

Zu Desmond sagte sie: »Was willst du wissen?«

»Treibstoff und Reichweite?«

»Vollgetankt. Wir schaffen gut zehntausend Kilometer, hängt davon ab, wie sehr wir aufdrehen.«

Das Basislager von Charter Antarctica lag zu weit entfernt. »Wir müssen nachtanken.«

Sie bediente das Navigationssystem. »Wir müssen so schnell wie möglich den Luftraum der USA verlassen. Und sollten wahrscheinlich Mexiko und Brasilien umfliegen.«

»Beste Möglichkeit?«

»Zum Golf fliegen und ...«

»Und um Südamerika herum?«

»Dauert zu lang«, sagte Avery. »Wo ist deine Baustelle in der Antarktis?«

»Genau südlich von Kapstadt.«

Avery studierte die Karte. »Wir fliegen über dem Golf von Mexiko nach Süden und dann über Panama zum Pazifik. Danach halten wir uns an der Westküste Südamerikas, überqueren die Anden und landen in Mar del Plata.«

»Was ist mit Buenos Aires?«

»Wäre nicht meine erste Wahl. Mehr Menschen, mehr Militär – und eine höhere Wahrscheinlichkeit, geschnappt zu werden.«

»Okay. Was ist die Gesamtdistanz auf dieser Strecke bis Mar del Plata?«

Avery tippte auf den Bildschirm. »Es wird knapp: 9.590 Kilometer. Zehn oder elf Stunden in der Luft.«

Das Flugzeug würde weniger als zehn Prozent Treibstoff übrig haben, wenn sie landeten. Nicht ideal, aber machbar, wenn es keine Zwischenfälle gab.

»Gut. Komm zu uns in die Kabine, wenn du den Autopiloten eingeschaltet hast. Wir müssen reden.«

Sie nickte und konzentrierte sich wieder auf die Instrumente.

»Hey«, sagte er leise. »Schön, dich zu sehen.«

Ein verlegenes Lächeln huschte über ihre Lippen. »Ich weiß.«

Kopfschüttelnd ging Desmond zurück durch den Gang. Als er aufblickte, sahen ihn alle erwartungsvoll an: Ward, Peyton und Lin.

»Wir tanken in etwa elf Stunden in Argentinien nach«, verkündete er.

Lin meldete sich als Erste zu Wort. »Wie weit ist es von da aus bis zum Lager in der Antarktis?«

Desmond war ein paarmal von Buenos Aires aus dorthin geflogen. Mar del Plata lag nicht weit entfernt, die Flugzeit musste in etwa gleich sein. »Ungefähr sechs Stunden.«

»Hm«, sagte Lin. »Dann sind wir wohl eine Weile im Flieger.«

»Reichlich Zeit, um zu reden«, sagte Ward.

»Und das tun wir auch. Sobald Avery bei uns ist.«

Desmond ging zu Peyton.

Lin beobachtete ihn einen Augenblick lang, dann stand sie auf und sagte: »Kommen Sie, Mr. Ward, wir sehen mal, was wir an Proviant dabeihaben.« Die beiden gingen zum Heck des Flugzeugs und ließen Peyton und Desmond allein.

Peyton zeigte auf den Sitz neben sich, und Desmond nahm Platz. Sie streckte ihm die Hand entgegen. Er nahm sie und verschränkte seine Finger mit ihren. Einen Moment lang glaubte er, sie würde sich an ihn lehnen, aber sie hielt Abstand.

In ihrer sanften Stimme lag eine Verletzlichkeit, die er nur selten erlebt hatte. »Nach der Schlacht auf der Insel, als wir dich nicht finden konnten ... ich habe mir solche Sorgen gemacht.«

»Ich mir auch. Sie haben mich eine Weile gefangen gehalten. Ich habe mich gefragt, was dir zugestoßen ist. Und Avery.« Die letzten Worte rutschen ihm gedankenlos heraus.

Sie blinzelte ein paarmal. »Ihr habt eine gemeinsame Geschichte.«

Er war unsicher, was er antworten sollte. Schließlich entschied er sich für die Wahrheit. »Ja.«

»Und jetzt erinnerst du dich daran.«

Er nickte.

Ihr Griff um seine Hand löste sich. Er versuchte, sie festzuhalten.

»Schon gut.«

Er wusste nicht, ob sie wollte, dass er losließ – sie, ihre Hand oder beides –, oder ihm vergab. Oder vielleicht nur die quälende Stille ausfüllte.

»Sie und ich ...«

»Du musst es mir nicht erklären, Des.« Peyton sah aus dem Fenster. »Es ist lang her, dass wir zusammen waren. Hauptsache, du bist glücklich.«

Die Wahrheit war, dass er nicht wusste, was er wollte. Mit wem er zusammen sein wollte. Sein Leben schien noch einmal von vorn anzufangen – und er hatte nur den bevorstehenden Kampf mit Yuri vor Augen.

»Ich möchte darüber reden, wenn alles ... vorbei ist. Ist das okay?«

»Klar.«

»Nach der Insel, was ist da passiert?«

»Avery wurde verwundet.«

»Am Bauch.«

Peyton nickte. »Woher weißt du das? Ist die Verletzung wieder aufgebrochen?«

»Ja. Sie blutet.«

Peyton machte Anstalten aufzustehen. »Das muss ich mir ansehen.«

Die Beziehung zwischen den beiden Frauen hatte sich eindeutig verbessert. Oder vielleicht war Peyton auch einfach nur Peyton – die Ärztin stand immer an erster Stelle. Oder beides.

»Es geht ihr gut«, sagte Desmond. »Und ich glaube, sie hat gerade alle Hände voll zu tun.«

»Okay.«

»Was ist danach passiert?«

»Meine Mutter wollte die *Beagle* finden. Und das ist uns auch gelungen. In der Arktis. Wir haben sie wochenlang durchsucht. Und Knochen von ausgestorbenen Arten gefunden. Menschen, Tiere. Es war wie die Arche Noah.«

»Was hat sie damit gemacht?«

»Die DNS sequenziert.«

»Interessant.«

»Wir haben eine Nachricht gefunden, die uns zu weiteren Knochen geführt hat – in einer Höhle in Nordspanien. Ihr Vater, Dr. Paul Kraus, hatte sie dort versteckt. Er war Kition-Mitglied, einer der ursprünglichen Architekten des Spiegel-Projekts – einer der Menschen, die Yuri getötet hat.«

»Unglaublich.« Desmond erinnerte sich, in William Shaws Aufzeichnungen gelesen zu haben, dass Lins Vater auf der *Beagle* war, aber mehr hatte er über den Mann nicht gewusst.

»Warum hat er sich so viel Mühe gemacht, diese Knochen zu verstecken?«

»Kraus glaubte, es wären Brotkrumen, Teile eines größeren Puzzles – ein Code im menschlichen Genom.«

»Was für ein Code?«

»Ein Beweis, dass die Evolution ein komplexerer Prozess war als angenommen. Seiner Theorie nach war es ein interaktiver Vorgang – als die Menschen Bewusstsein und leistungsfähigere Gehirne entwickelten, beschleunigte sich die Evolution. Neue Mutationen entstanden.«

»Wie?«

»Weiß ich nicht.« Peyton überlegte einen Augenblick. »Lin bat mich, die Proben aus Spanien an einen Teilchenbeschleuniger in Texas zu liefern.«

»Wie der LHC am CERN?«

»Ja, nur größer.«

»Du willst also sagen, der Code im menschlichen Genom hängt irgendwie mit Quantenteilchen ...«

»Ja. Ich glaube, das Muster ist der Schlüssel zu einem Quantenprozess, der mit der Evolution verbunden ist.«

Desmond dachte über die neuen Informationen nach. »Und was hat deine Mutter vor?«

»Weiß ich nicht. Ich verstehe das nicht.«

Desmond verstand es auch nicht.

Er bemerkte, dass Avery im Gang stand. Lin und Ward tauchten hinter ihr auf. Die drei setzten sich Desmond und Peyton gegenüber.

»Okay«, sagte Ward. »Was genau ist das Spiegel-Projekt?«

68

»Sie haben den Luftraum der USA verlassen«, sagte Yuri.

Conners Stimme am anderen Ende der Leitung klang nachdenklich. »Vielleicht suchen sie irgendwo Asyl. Ein Land mit begrenztem Internetzugang. Sie könnten versuchen, die Regierung zum Kämpfen zu überreden.«

»Vielleicht, aber ich bezweifle es. Desmond und Lin spielen beide auf Sieg. Sie wollen sich Rendition holen. Wenn sie es zerstören, wirft uns das um Jahre zurück. Oder sogar Jahrzehnte.«

»Wir müssen wissen, wohin sie unterwegs sind.«

»Ich arbeite daran.«

»Wie ist die Lage bei Rook?«

»Es läuft perfekt. Es funktioniert, Conner. Zwei Millionen Leben, und es werden immer mehr. Sie warten auf Rendition.«

***

Im CDC-Hauptquartier in Atlanta betrachteten Elliott Shapiro und Phil Stevens die Opferstatistiken. Zuerst gab es nur vereinzelte Berichte, aber die X1-Behandlungszentren hatten die Gesundheitsbehörden der Länder und des Staates über erhöhte Sterberaten in der älteren Bevölkerung informiert. In besonderem Maße betraf es Menschen, die an Parkinson, Alzheimer oder Demenz erkrankt waren. Die Opferzahlen stiegen stetig – ein Muster, das zu einheitlich war, um natürliche Ursachen zu haben.

EIS-Agenten stellten Untersuchungen an, als der Präsident der Vereinigten Staaten und die Gouverneure aller fünfzig Bundesstaaten zusammenbrachen. Die Autopsien ergaben in allen Fällen die gleiche Todesursache: ein Aneurysma im Gehirn, das aufplatzte und eine Subarachnoidalblutung auslöste. Der Tod trat nahezu unmittelbar ein. Es gab kaum Zweifel, dass es sich um einen koordinierten Anschlag handelte. Attentate. Aber warum wurde die ältere Bevölkerung mit neurologischen Erkrankungen zum Ziel? Ein Experiment vielleicht? Eine Art Versuchsballon?

Die Warnung traf kurz darauf ein: Der Vizepräsident wäre als Nächstes an der Reihe, wenn er nicht Peyton Shaw, Lin Shaw und Desmond Hughes auslieferte. Für Elliott war es wie ein Schlag in den Magen.

»Was machen wir jetzt?«, fragte Phil.

»Studien. Wir überwachen Patienten mit neurologischen oder anderen unheilbaren Krankheiten. Wenn sie sich die nächste Gruppe vornehmen, lernen wir vielleicht etwas. Es könnte eine Möglichkeit geben, den Prozess zu verlangsamen oder aufzuhalten.«

In Wirklichkeit hielt Elliott das für unwahrscheinlich. Seine größte Hoffnung ruhte auf den Menschen, hinter denen ihr Feind her war: Peyton, Lin und Desmond.

69

»Das Spiegel-Projekt«, begann Desmond, »ist ... ein sehr komplexer Apparat.«

Ward verdrehte die Augen. »Mir reicht auch *Das Spiegel-Projekt für Dummies*.«

Desmond sah zu Lin.

»Vielleicht sollte ich anfangen«, sagte sie. »Zunächst einmal sollte euch klar sein, dass das Kition, das ihr kennt« – sie zeigte auf Ward und Avery – »nicht dieselbe Organisation ist, der ich beigetreten bin, weder was das Ziel noch was die Methoden angeht.«

»Ja«, knurrte Ward, »das wissen wir. Griechische Philosophen auf der Insel Kition, Zenon, bla, bla, bla. Kommen Sie einfach zu dem Punkt, wo ihr der Welt den Arsch aufreißt und was man dagegen tun kann.«

»*Wir*«, sagte Lin mit einer Geste zu Desmond, »haben damit nichts zu tun. Kition befindet sich im Bürgerkrieg. Es begann 1986, als fast alle Wissenschaftler bei dem Kition-Konklave ermordet wurden. Sie müssen die Hintergründe kennen, um es verstehen zu können. Bisher haben Sie nur Teile des Ganzen gesehen, Mr. Ward.« Lin fixierte ihn mit einem herausfordernden Blick.

Desmond spürte, dass sie einen tieferen Grund hatte, die Geschichte zu erzählen: Sie rechtfertigte sich gegenüber Peyton. Als wollte sie ihr ein Geständnis machen – für den Fall, dass es ihre letzte Gelegenheit war.

»Im Mittelpunkt ihrer Arbeit«, fuhr Lin fort, »stand die Theorie, dass unsere Welt nicht das war, was sie zu sein schien. Dass die Mythen, an die alle glaubten – Mythen, die das Dasein erklärten – nur Platzhalter waren, fiktionale Erklärungen, die den Leuten Seelenfrieden verschafften, bis die Wissenschaft die Leerstellen füllte.

Sie haben beobachtet, wie diese Leerstellen eine nach der anderen ausgefüllt wurden. Die Sonne ist der Mittelpunkt unseres Sonnensystems. Die Erde dreht sich um sie. Der Mond umkreist die Erde. Gravitation – ein unsichtbarer Klebstoff – hält sie alle zusammen. Und es gibt zahllose andere Sonnensysteme und Galaxien. Milliarden von Sonnen und Welten. Manche Welten sind Milliarden von Jahren älter als unsere. Das beinhaltet eine simple Wahrheit, eine statistische Gewissheit: Es gibt Leben außerhalb unserer Welt. Und es gab Millionen, vielleicht sogar Milliarden von Zivilisationen vor unserer.«

Lin holte tief Luft. »Aber die überraschendste Entdeckung war, dass es keinen Hinweis auf diese Zivilisationen gibt.«

»Kein Weltraummüll«, flüsterte Peyton wie auswendig gelernt.

»Richtig. Der Mond sollte von Sonden aus alten Zivilisationen bedeckt sein – er existiert seit Milliarden von Jahren in seinem gegenwärtigen Zustand. Trotzdem ist da nichts. Dieses Paradoxon – heutzutage als Fermi-Paradoxon bezeichnet – beschäftigte die Gruppe lange Zeit. Sie hielt es für das größte Rätsel aller Zeiten. Warum sind wir allein? Wo sind alle anderen?«

»Willst du uns erzählen, ihr hättet es gelöst?«, sagte Avery.

»So ist es.«

Averys Augen weiteten sich. »Damit habe ich nicht gerechnet.«

Lin fuhr fort. »Im Laufe der Jahre wurden viele Theorien getestet und verworfen. Schließlich kam dank Ockhams

Rasiermesser die Wahrheit ans Licht: Der Weg der entwickelten Zivilisationen führt nicht in den Weltraum.«

»Heißt das, sie sterben aus?«, fragte Ward.

»Das wurde postuliert und erforscht. Es ist tatsächlich eine Möglichkeit. Aber solche Aussterbeereignisse würden nicht *hundert Prozent* der Fälle betreffen – nicht einmal die Mehrheit. Stattdessen haben wir die Theorie aufgestellt, dass intelligente Spezies an einem gewissen Punkt eine Entdeckung machen, die es ihnen ermöglicht zu überleben – ihre Evolution fortzusetzen und sich zu schützen –, ohne ihre Heimatwelt zu verlassen. Eine Entdeckung, die den Rest des Universums für sie vollkommen irrelevant macht.«

»Interessant«, sagte Avery.

»Das Interessanteste ist, dass das Universum anscheinend genau auf diesen Zweck abgestimmt ist. Überlegt mal: Wenn eine Spezies, die vor zehn Milliarden Jahren entstanden ist, ihre Heimatwelt verlassen hätte, würde sie mittlerweile wahrscheinlich jeden geeigneten Planeten bewohnen. Es wäre kein Platz für uns – keine Chance auf biologische Vielfalt.«

»Unmöglich«, sagte Ward.

»Wohl kaum. Der Urknall ereignete sich vor 13,8 Milliarden Jahren. Wir glauben, der erste lebensfreundliche Planet entstand vor 10,4 Milliarden Jahren. Zur Einordnung, die Erde ist erst 4,56 Milliarden Jahre alt. Der Mond bildete sich 30 Millionen Jahre später. Nach kosmischen Maßstäben sind wir die Neulinge. Das Universum fördert seit sehr langer Zeit die Entstehung von Leben. Und, wie gesagt, es ist maßgeschneidert für unsere Art des Lebens. Kition hat sich immer gefragt, warum das so ist.«

Peyton zog die Augenbrauen zusammen. »Du willst sagen, das Universum ist eine Kinderstube für intelligente Arten?«

»Tatsächlich, ja. Es ist ein Medium, eine Kammer, aber keine isolierte Kammer. Wir glauben, unser Universum ist eine Kammer in einem endlosen Ring von Kammern. Wir nannten es den Zyklus des Seins.«

Ward schloss die Augen und rieb sich die Lider. »Moment mal, mein Kopf explodiert gleich. Und das liegt nicht an der Höhe.«

»Ich erkläre es einfacher«, sagte Lin. »Langfristig hängt das Überleben der Menschheit davon ab, ob sie diese elementare Entdeckung macht – dieselbe Entdeckung, die zahllose Spezies vor uns machten.«

»Das Spiegel-Projekt«, sagte Ward.

»Ja.«

»Und was hat das ganze Gerede von der Kammer in der Kammer und dem endlosen Ring zu bedeuten?«

»Lassen Sie es mich so ausdrücken, Mr. Ward: Wir sind schon in einem Spiegel-Projekt.«

70

Yuri betrachtete die Karte. Das Flugzeug wandte sich nach Süden und folgte der Küste Südamerikas. Die Reichweite der Gulfstream genügte nicht, um nach Australien oder auch nur Hawaii zu fliegen, also musste sie irgendwo in Südamerika landen. Aber Kition war dort kaum vertreten, und Desmond hatte dort nicht investiert. Sie hatten auch Lins Verbindungen überprüft, ohne auf etwas zu stoßen.

Die Schlussfolgerung lautete: Es war eine Zwischenlandung. Oder ein Ablenkungsmanöver, um sich Zeit zu verschaffen. Aber die Zeit war nicht auf ihrer Seite, sie war auf seiner. Lin und Desmond mussten das wissen.

Yuri scrollte durch Melissa Whitmeyers Analysen und Empfehlungen. Desmond hatte nur in eine Firma investiert, die Verbindungen zu der Gegend hatte: Charter Antarctica. Das musste es sein. Clever. Die Antarktis war von allen Netzen abgeschnitten und sicher vor dem X1-Erreger. Es bestand kein Risiko, entdeckt zu werden.

Er rief in der Kition-Einsatzzentrale an und verlangte nach Whitmeyer.

»Es ist die Antarktis«, sagte er. »Ich bin sicher.«

Er hörte sie tippen. »Der beste Treffpunkt für Sie und Mr. McClain ist Buenos Aires.«

Yuri stand auf, ging zum Cockpit und bat den Piloten, das Flugziel zu ändern.

»Ich will, dass dort der schnellste Jet auf uns wartet, den

Sie auftreiben können«, sagte er zu Whitmeyer. »Und ein Team mit unseren besten Leuten. Wir müssen unbedingt zuerst in der Antarktis sein.«

***

In der Seuchenbekämpfungszentrale des CDC las Elliott Shapiro die neusten Opferzahlen. Die Sterberate sank. Es war, als erreichten sie die Endphase eines Experiments – ihnen gingen die geeigneten Patienten aus. Oder sie legten eine Pause ein, bevor sie die nächste Phase einläuteten.

Die ganze Welt war ihnen ausgeliefert. Diese Menschen, wer auch immer sie waren, hatten die Menschheit bezwungen. Nicht mit Gewehren oder Flugzeugen oder Kriegsschiffen, sondern mit einer Wissenschaft, die so weit fortgeschritten war, dass sie an Zauberei grenzte.

71

Ward schüttelte den Kopf. »Was meinen Sie damit, wir sind schon in einem Spiegel-Projekt?«

»Ich meinte damit«, sagte Lin, »dass vor dem Urknall etwas passiert ist. Und dieses *Etwas* war ein Ereignis des Spiegel-Projekts. Es war wahrscheinlich anders als das Spiegel-Projekt, das wir erschaffen.«

»Warum?«, fragte Peyton.

»Weil das vorige Spiegel-Projekt auf *sein* Universum zugeschnitten war, genau wie unser Universum durch seine physikalischen Gesetze vorschreibt, welche spezielle Form des Spiegel-Projekts hier möglich ist.«

»Und was ist das für eine spezielle Form?«, fragte Avery.

»Eine, die auf Datenverarbeitung und Simulation ausgerichtet ist.«

Desmond sah die anderen an. Dies war der Augenblick der Wahrheit.

Lin fuhr fort. »Wenn man den Lauf der Geschichte betrachtet, ging es immer wieder um das Speichern noch größerer Datenmengen. Schrift, Landwirtschaft, das Informationszeitalter – das alles vergrößerte unsere Fähigkeit zur Verarbeitung und Speicherung von Daten. Und nicht nur das, sondern auch die Möglichkeit, die Wirklichkeit zu simulieren. Seht euch die erfolgreichsten Menschen auf der Welt an – in allen Gesellschaftsschichten. Es sind diejenigen, die sich die Zukunft vorstellen können. Nichts anderes tun visionäre Firmengründer. Und Profi-Sportler. Politiker. Schriftsteller. Investoren. Aber zur Zeit unterliegen wir physischen Einschränkungen.«

»Durch unsere Körper«, kam ihr Peyton zu Hilfe.

»Genau. Die biologische Evolution kann mit der Entwicklung unseres Geistes nicht Schritt halten. Die nächste Etappe in der Reise der Menschheit ist ihre Befreiung von den biologischen Beschränkungen – und schließlich die Überwindung der Grenzen dieses Universums.«

Peyton war verblüfft. »Ist das dein Ernst?«

Lin stand auf und schritt durch den Gang. »Vollkommen. Überlegt mal: Das menschliche Gehirn hat hundert Milliarden Nervenzellen. Sie sind über ungefähr eine Billiarde Synapsen verbunden. Seit Jahren gibt es außerhalb von Kition Organisationen, deren Computer über die Datenspeicher und Prozessorgeschwindigkeit verfügen, um menschliche Gedanken zu simulieren. Aber das ist der einfachste Teil der Gleichung. Auch wenn der Computer groß genug ist, kann man sich nicht selbst darauf speichern, weil das Gehirn mehr ist als nur eine Datenverarbeitungsmaschine. Es ist auf Quantenebene mit einer Kraft verbunden, die das Universum durchdringt. Das war die Krux von Paul Kraus' Arbeit. Darin unterschied sich unser Menschenstamm von den anderen. Wir haben eine symbiotische Verbindung zu diesem Quantenstoff.«

»Okay«, sagte Peyton. »Du redest also davon, das menschliche Bewusstsein auf etwas anderes zu übertragen als das Gehirn. Aber wenn man Bewusstsein nicht in einem Computer speichern kann, was soll das dann für ein Apparat sein?«

Lin gab Desmond mit einer Geste zu verstehen, dass sie ihm das Feld überließ.

»Ein Quantencomputer«, sagte er.

Peyton sah ihn mit leerem Blick an. »Ich weiß nicht, was das ist.«

»Ich auch nicht«, murmelte Avery.

»Und ich sowieso nicht«, sagte Ward.

»Ein Quantencomputer benutzt den Zustand subatomarer Teilchen, um Informationen zu speichern.«

Ward nickte übertrieben. »Warum haben Sie das nicht gleich gesagt, Hughes?«

»Heutige Computer sind binär«, sagte Desmond. »Sie speichern Daten in Bit – die zwei Zustände haben können, entweder null oder eins. Ein Byte sind acht Bit, ein Kilobyte tausend Byte, ein Megabyte eine Million. Aber Quantencomputer funktionieren völlig anders. Sie speichern Daten in Qubit.«

Desmond merkte, dass sie ihm nicht mehr folgen konnten. Er rieb sich die Augen. Er brauchte dringend Schlaf.

»Die vorhandenen Computer verwenden Silizium, integrierte Schaltkreise und Mikroprozessoren. Quantencomputer benutzen Quantenmechanik – sie arbeiten mit Teilchen, die schon in unserem Universum vorhanden sind.«

»Und du hast einen Quantencomputer entwickelt?«, fragte Avery.

»Ja. Seit den frühen Achtzigern gibt es die theoretischen Grundlagen. Das Problem bei der Konstruktion war immer Dekohärenz.«

»Hughes«, knurrte Ward. »Ich lege mein Veto gegen neue Wörter ein.«

»Wir können es auch Interferenz nennen. Wenn man subatomare Teilchen als Speichermedium benutzt, besteht die Schwierigkeit darin, dass sie sich im ständigen Wandel befinden – das Universum interagiert mit ihnen. Diese Interferenz stört die Superpositionseigenschaft der Qubit.« Desmond sprach schnell, weil er einen weiteren Zwischenruf Wards kommen sah. »Haben Sie schon mal mit einem starken Magneten über eine Festplatte gestrichen? Wenn ja, dann wissen Sie, dass er sie löscht. Damit mussten wir uns auseinandersetzen – es war, als würde das Universum ständig einen Magneten über unseren Quantencomputer halten und unsere Daten innerhalb von Nanosekunden durcheinanderbringen. Wir haben es mit Kühlung probiert, aber um das Gerät über einen längeren Zeitraum zu betreiben, brauchten wir eine richtige Abschirmung. Das war der Durchbruch bei Rook Quantum Sciences.«

»Rook«, sagte Avery. »Der Quantencomputer ist Rook?«

»Ja.«

»Und die Pandemie war Rapture«, sagte Peyton.

»Nein, nicht die Pandemie«, sagte Desmond. »Die gehörte nie zum Plan. Das *Heilmittel* ist Rapture. Bei Rapture Therapeutics standen immer das Verständnis des menschlichen Geistes und die Entwicklung von Methoden zur Analyse und Steuerung von Gehirnfunktionen im Mittelpunkt. Darum ging es ursprünglich bei den Implantaten – das hat mich zu der Firma hingezogen. Ich wollte PTBS und Depressionen behandeln. Die Pandemie ...« Er sah zu Ward, obwohl er eigentlich mit Avery sprach. »Davon wusste ich nichts.«

Ward schwieg. Averys Gesicht war ausdruckslos.

Mit einem Seufzen fuhr Desmond fort. »Rapture hat wirklich PTBS und Depressionen erforscht, aber die Daten wurden in Verbindung mit anderen Forschungsergebnissen für ein höheres Ziel verwendet: ein Implantat zu entwickeln, das den menschlichen Geist vollständig auf Rook übertragen kann. Das Ziel wurde erreicht. Aber sobald wir ein funktionierendes Implantat für die Übertragung gebaut hatten, wurde die wahre Herausforderung klar: Die Bevölkerung würde uns nie erlauben, Implantate in ihre Gehirne einzusetzen. Außerdem wäre das zu zeitaufwendig und hätte medizinische Probleme und Todesfälle mit sich gebracht. Die Nanoroboter waren unsere Lösung.«

»Die, die die Krankheit geheilt haben«, sagte Peyton.

»Ja, aber das wurde erst später geplant. Noch mal, mir hat niemand was davon gesagt. Der Hauptzweck der Nanobots ist, ins Gehirn zu wandern und die Daten und Quantenzustände an Rook zu übermitteln – das Bewusstsein auf Rook zu übertragen. Die Körper, die zurückbleiben ... also ... die müssten dann eingeschläfert werden.«

Verblüfftes Schweigen breitete sich aus.

Schließlich sagte Ward: »Das darf nicht passieren.«

»Es passiert schon«, sagte Lin. »Sie haben doch die Bildschirme am Flughafen gesehen. Millionen Menschen wurden auf Rook übertragen.«

»Aber es sollte nicht so ablaufen«, sagte Desmond. »Es war immer geplant, dass die Menschen sich entscheiden können, ob sie ins Spiegel-Projekt wollen. Aber Yuri und Conner hatten zu viel Angst.«

Desmond hatte den Eindruck, sich rechtfertigen zu müssen, und Peyton schien es zu spüren. »Erzähl uns, wie es hätte ablaufen sollen«, sagte sie sanft.

Desmond nickte dankbar. »Wir wollten eine Präsentation abhalten – im Internet und im Fernsehen. Allen die Wahrheit sagen – was die *Beagle* gefunden hatte, woran wir forschten. Die Teilnahme am Spiegel-Projekt sollte freiwillig sein, die Überführung Schritt für Schritt stattfinden. Wir wollten mit denen anfangen, deren Gehirne beeinträchtigt oder gefährdet waren. Psychisch Kranke. Patienten mit Parkinson, Alzheimer und Demenz. An ihnen sollte Rook in großem Maßstab getestet werden.«

In Averys Augen flackerte Angst auf. »Die Millionen Menschen, die gestorben sind, hatten die alle Gehirnerkrankungen?«

»Wenn Yuri sich in dieser Hinsicht an den Plan hält.«

»Wo ...« Avery unterbrach sich und dachte einen Augenblick nach. »Was ist mit ihnen passiert?«

»Sie sind in Rook. Und warten.«

»Worauf? Was heißt das überhaupt, ›in Rook‹ sein? Sind sie lebendig? Bei Bewusstsein?«

»Sie warten auf Rendition. Ohne Rendition sind sie nur Daten in einer Maschine. Lebendig, vermute ich. In einer Art Ruhezustand. Ohne Bewusstsein. Rendition simuliert die Wirklichkeit – ermöglicht ihnen zu leben.«

Avery legte das Gesicht in die Hände. »Mein Gott. Das ist das Ende der Menschheit.«

»Im Gegenteil«, sagte Lin. »Es ist nur ein Schritt in einem endlosen Zyklus. Es ist schon unzählige Male passiert und wird unzählige Male wieder passieren.«

72

Peyton sah Desmond in die Augen. Endlich verstand sie. »Deshalb hast du Rendition versteckt. Ohne es können Yuri und Conner das Bewusstsein von allen, die die Rapture-Nanobots bekommen haben, nur übertragen und speichern.«

»Genau. Es war meine einzige Möglichkeit.«

»Klären Sie uns über Rendition auf«, sagte Ward. »Wie funktioniert es, was genau bewirkt es?«

»Ich habe Rendition Games als Tarnung verwendet«, sagte Desmond. »Nach außen war es eine Firma für Virtual-Reality-Spiele. Das hat mir ermöglicht, die richtigen Programmierer einzustellen. Ich habe die talentiertesten ausgesucht und ihnen die Wahrheit gesagt: dass wir ein unglaublich realistisches VR-Programm entwickeln, eines, das nicht nur Sehen und Hören simuliert und das auf einem Quantencomputer läuft. Wir haben die Hirnkartierungsdaten von Rapture verwendet, um Geruch, Geschmack, Schmerz, Lust und alles andere zu simulieren.«

Desmond legte eine Pause ein. »Und ich habe Rendition benutzt, um meine Erinnerungen zurückzubekommen.« Er wandte sich Avery zu. »Nachdem ich dich auf der *Kentaro Maru* untergebracht hatte, habe ich einen Wissenschaftler bei Rapture Therapeutics kontaktiert, Manfred Jung. Er hat bei Rapture die Forschung im Bereich Speicherung von Erinnerungen vorangetrieben. Ich habe ihn gefragt, ob das

Implantat in meinem Gehirn nicht nur Erinnerungen nach außen übermitteln, sondern auch dazu verwendet werden könnte, Erinnerungen zu empfangen und wiedereinzugliedern. Er hielt es für möglich, wenn auch riskant.«

»Und du hast die Labyrinth-Reality-App als Übertragungsmechanismus benutzt.«

»Stimmt.«

»Wenn wir Rendition zerstören«, sagte Ward, »ist alles vorbei, oder? Das war's mit dem Spiegel-Projekt.«

»Ja und nein«, sagte Desmond. »Es würde das Spiegel-Projekt um Jahre zurückwerfen, mindestens. Vielleicht auch viel mehr. Aber es ist nicht ›alles vorbei‹. Die Nanobots wurden schon verteilt, und Conner und Yuri haben offenbar das Steuerprogramm für Rapture wiederhergestellt. Dadurch haben sie die Macht, fast jeden Menschen auf der Erde sofort zu töten. Sie können jeden auf Rook hochladen, der Rapture-Nanobots im Körper hat – vorausgesetzt, derjenige befindet sich in Reichweite einer Internetverbindung.«

Peyton sah zu ihrer Mutter. »Deshalb hast du gesagt, wir sollen die Handys ausschalten.«

Lin nickte.

»Aber warum sollten sie Menschen an Rook übertragen«, fragte Avery, »wenn sie Rendition nicht haben?«

»Offenbar sind sie sehr zuversichtlich, dass sie es bekommen. Ohne Rendition ist Rook nutzlos.«

»Was ist mit den Ballons, die wir gesehen haben?«, fragte Peyton. »Was haben die für einen Zweck?«

»Sie lösen das Problem der schlechten Internetabdeckung in ländlichen Gegenden«, sagte Desmond. »Auch wenn ich nie gedacht hätte, dass sie einmal benutzt würden, um Bewusstsein auf Rook zu übertragen. Wir wollten nur die Welt zusammenbringen – um die Menschen über das Spiegel-Projekt aufzuklären.« Er sah zu Avery. »Das war einer der

Gründe, warum ich mich für CityForge interessiert habe. Es ist unerlässlich, in der Dritten Welt Städte und Internetinfrastruktur zu schaffen.

Die Ballon-Idee basiert im Wesentlichen auf Googles Project Loon. Wenn ich recht habe, werden sie die Erde umkreisen und alle aufsammeln, die außer Reichweite eines anderen internetfähigen Geräts sind. Ihr Einsatz lässt darauf schließen, dass Yuri eine Übertragung in großem Stil plant. Vermutlich fängt er mit einer kleinen Kohorte an, um sicherzustellen, dass Rook richtig funktioniert, und weitet die Aktion dann aus.«

»Man kann wohl davon ausgehen«, sagte Peyton, »dass Yuri sich selbst und seine wichtigen Mitarbeiter nicht hochladen wird, bevor er Rendition hat.«

»Das glaube ich auch.« Desmond dachte einen Moment nach, dann sah er zu Lin. »Es stimmt, was du mir damals gesagt hast: Das Spiegel-Projekt ist unvermeidlich. Man kann nur ändern, wer es kontrolliert.«

»Und das müssen wir sein«, sagte Ward. »Und Ziel ist klar: Wir zerstören Rendition und töten Yuri.«

Bisher hatte Avery gewirkt, als hätte sie sich in sich selbst zurückgezogen und wäre mit den Gedanken woanders. Aber jetzt sah sie mit vor Schreck geweiteten Augen auf.

»Wenn Rendition zerstört wird ... was passiert dann mit dem Bewusstsein in Rook?«

»Nichts«, antwortete Desmond. »Es gleicht Daten auf einer Festplatte ohne funktionierenden Rechner. Die Menschen sind für alle Zeiten tot.«

Ward schnaufte. »Wir sind den Lebenden verpflichtet.« Er sah Avery an. »Wir werden Yuri töten und Rendition zerstören.«

Lins Stimme durchbrach die folgende Stille. »Das reicht nicht, oder, Desmond?«

Er zog die Brauen zusammen.

»Yuri ist nicht die einzige Gefahr«, fuhr sie fort. »Er hat die Pandemie nicht allein eingefädelt, oder?«

Desmond verzog das Gesicht und schüttelte den Kopf.

Lin wandte sich an Ward. »Wir müssen uns auch um Conner kümmern. Solange er lebt, ist Kition eine Bedrohung.«

73

Als sich die Flugzeugtür öffnete, atmete Conner die frische Luft tief ein. Er hatte das Gefühl, tagelang in dem Jet gesessen zu haben. Die Sonne schien ihm ins Gesicht, und Salzgeruch lag in der Luft. In Buenos Aires war es fünfundzwanzig Grad warm, bei wolkenlosem Himmel. Nach dem kühlen feuchten Wetter im Dezember in der Bay Area war der Sommer auf der Südhalbkugel eine willkommen Abwechslung.

Yuri wartete im Terminal. Er umarmte Conner, dann legte er ihm die Hände auf die Schultern. »Unser Tag ist gekommen.«

»Die erste Kohorte?«

»Fehlerlos gespeichert. Wir machen mit Phase zwei weiter.«

Conner nickte. Er war immer nervös gewesen, wenn er an den Moment dachte, an dem Rook in Betrieb genommen wurde. Trotz all der Simulationen und Belastungstests konnte man unmöglich wissen, ob die Maschine das Bewusstsein von Millionen Menschen aufrechterhalten konnte. Oder von Milliarden.

»Wie viele haben wir?«

»Hundert Millionen, und es werden immer mehr.«

»Die Ballons?«

»Wurden gestartet. Ein paar sind wegen ungünstiger Wetterbedingungen abgestürzt. Ein Dutzend wurde abgeschossen, bevor wir die Regierungen unter Kontrolle hatten.« Yuri führte Conner zu einer Flughafenlounge, in der ein Scanner stand. »Kein Problem. Wir haben genug, um die Übertragung zu Ende zu bringen. Den Rest können wir immer noch mit den Drohnen aufsammeln.« Er streckte die Arme aus und drehte die Handflächen nach oben. »Ein letzter Back-up. Sicherheitshalber.«

Das war vernünftig. In der Antarktis würde es gefährlich werden. Conner legte sich in den Apparat und schloss die Augen.

***

Dreißig Minuten später stiegen sie ins Flugzeug, und Yuri befahl dem Piloten zu starten. In der Kabine setzte er sich Conner gegenüber.

»Du weißt, was wir tun müssen.«

Conner war klar, was Yuri von ihm erwartete. Aber er konnte sich nicht überwinden, daran zu denken, und erst recht nicht, es auszusprechen. Stattdessen sagte er: »Wir holen Rendition und verschwinden.«

»Er wird niemals aufhören. Das weißt du doch. Und Lin Shaw auch nicht.«

Conner sah aus dem Fenster auf die Startbahn, die immer schneller vorbeizog. »Ich kann meinen Bruder nicht töten.«

Traurigkeit schlich sich in Yuris Augen. »Das würde ich nie von dir verlangen.«

»Was verlangst du denn?«

»Dass du mich nicht daran hinderst.«

74

Als das Flugzeug nach Osten abdrehte und über die Anden flog, versuchten alle an Bord zu schlafen – oder gaben vor zu schlafen. Sie machten sich Sorgen über dieselbe Angelegenheit, aber auf sehr verschiedene Weise.

***

Desmond dachte über das nach, was Lin gesagt hatte: dass Conner sterben musste. Das durfte nicht passieren. Aber was wäre der Preis dafür?

Peytons Leben? Das Ende der Welt?

Er wusste es jetzt: Er durfte sie nicht noch einmal verlieren. Und seinen Bruder auch nicht.

***

Peyton versuchte zu begreifen, was sie gehört hatte. Das Spiegel-Projekt war wie ein Universum im Universum – wenn sie es richtig verstanden hatte. Endlich wurde ihr auch klar, was die Aufzeichnungen ihres Vaters zu bedeuten hatten. Er hatte geschrieben, dass Kition sich nach dem Zweiten Weltkrieg darauf konzentriert hatte, einen Apparat zu entwickeln, der ihre grundlegenden Fragen beantworten und die Menschheit vor sich selbst schützen würde. Das Spiegel-Projekt erreichte beides. Durch Rendition könnte jede Katastrophe und jeder

Krieg einfach herausgeschnitten werden – wie man eine Szene aus einem Film entfernte.

Aber sie verstand nicht, wie der Apparat ihrer Mutter – der Kaninchenbau – damit zusammenhing. Was konnte ein Teilchenbeschleuniger mit alldem zu tun haben?

Nur in einem Punkt war sie sicher: Ihre Mutter verheimlichte noch immer etwas.

***

Lin Shaw sah alle Puzzleteile, und sie lagen genau dort, wo sie sie haben wollte. Es gab nur eine Variable, die sie nicht berechnen konnte: Avery Price. Die junge Frau hatte sie schon einmal überrascht. Und sie spürte, dass sie ihnen während der Besprechung etwas vorenthalten hatte.

Dann erinnerte sich Lin an etwas – aus Averys Vorstellungsgespräch bei Phaeton Genetics. Es könnte dazu dienen, sie zu kontrollieren – falls es keine Lüge war.

***

Avery sah durch die Windschutzscheibe und dachte an ihren Vater. Wenn es stimmte, was Lin und Desmond gesagt hatten, dann war er tot – zumindest sein Körper. Und sein Bewusstsein befand sich in einer Art digitalem Fegefeuer in Rook. Weder lebendig noch tot.

In den letzten Jahren hatte sie miterlebt, wie er Stück für Stück entschwebt war, als würde sein Bewusstsein langsam hochgeladen und nur eine Hülle zurückbleiben. Jetzt wünschte sie, sie hätte mehr Zeit mit ihm verbracht. Aber sie hatte sich ganz der Bekämpfung von Kition und dem Spiegel-Projekt gewidmet.

Jetzt war das ihre einzige Chance, ihn wiederzusehen.

»Hallo.«

Wards Stimme ließ sie zusammenzucken.

Er schloss die Cockpittür.

»Sie haben mich erschreckt.«

»Entschuldigung.« Er setzte sich neben sie. »Wir müssen reden.«

»Worüber?«

»Sie wissen worüber. Ich kaufe ihnen nicht ab, was sie uns aufgetischt haben.«

Avery kniff die Augen zusammen. »Welchen Teil?«

»›Wir können das Spiegel-Projekt nicht aufhalten.‹«

»Meinen Sie, wir können?«

»Natürlich. Lin Shaw manipuliert uns. Sie hat ihre Tochter um den Finger gewickelt, und wer weiß, was Desmond Hughes denkt.«

»Worauf wollen Sie hinaus?«

Ward wandte den Blick ab. »Sobald wir da sind, zerstören wir Rendition. Dann erledigen wir alle, die es nachbauen können.«

Desmond. Avery konnte ihrem Vorgesetzten nicht in die Augen sehen.

»Haben Sie verstanden, was ich gesagt habe?«

»Ja.«

»Erinnern Sie sich, was ich Sie neulich gefragt habe?« Ward sah sie jetzt durchdringend an. »Ich habe Sie gefragt, ob Sie Hughes erschießen würden, wenn er mich bedrohen würde.«

»Und ich habe gesagt, ich würde ihm in die Schulter schießen und Ihnen in die Eier treten.«

»Im Ernst, Avery. Er gefährdet jeden Menschen auf der Erde. Ich weiß, dass Sie ihn lieben. Aber Sie haben einen Eid abgelegt.«

»Wir können das zu Ende bringen, ohne ihn zu töten.«

»Vielleicht. Vielleicht auch nicht. Ich frage Sie jetzt: Können Sie es tun? Ich muss es wissen.«

Avery schluckte. »Was ist Ihr Plan?«

»Wir zerstören Rendition. Schalten die Erbauer aus. Dann schnappen wir uns Yuri und/oder Conner. Verhören sie und finden raus, wo Rapture Control und Rook sind. Wir stürmen die Anlagen. Zerstören beides. Dann ist das Spiegel-Projekt Geschichte, die Welt wird wieder normal, und alle leben – und zwar in Fleisch und Blut, nicht dieser Hokuspokus mit dem Quantencomputer.«

Avery wusste, dass diese Entscheidung ihr Leben für immer verändern würde.

»Dafür haben wir uns verpflichtet, Agent. Om Opfer zu bringen. Das Schwierigste ist nicht, sein Leben zu geben, sondern zu wissen, welche Auswirkungen die eigenen Entscheidungen auf diejenigen haben, die wir lieben. Das ist der Preis. Aber Egoismus kommt uns noch teurer zu stehen. Millionen – nein, Milliarden Menschen zählen auf uns. Wir sind das letzte Aufgebot. Niemand sonst wird sie beschützen. Weder Yuri noch Conner noch Lin. Wir müssen es tun, hier und jetzt. Ich muss wissen, ob Sie auf meiner Seite stehen. Helfen Sie mir, das zu Ende zu bringen? Tun Sie, wofür Sie sich verpflichtet haben?«

»Ich tue, was ich tun muss.«

75

Der Flughafen von Mar del Plata war verlassen. Nur ein paar alte oder kaputte Flugzeuge standen auf der Rollbahn.

Sie fanden jedoch genügend Treibstoff, und Avery und Ward hielten Wache, während Peyton und Desmond den Schlauch anschlossen und die Pumpe bedienten. Lin Shaw verschlief die Landung und den gesamten Vorgang.

Als sie wieder abhoben, fragte sich Desmond, wie jemand in solchen Zeiten schlafen konnte. Es sei denn, er wusste, was passieren würde.

***

Der gefrorene Kontinent war atemberaubend. Das Eis glitzerte wie ein Diamantenmeer. Als sie tiefer flogen, erstreckte sich die Landebahn unter ihnen wie eine lange weiße Raupe, die durch eine weiße Einöde kroch. Sie bestand aus festgestampftem Eis und war aus der Luft kaum zu erkennen.

Desmond ging ins Cockpit und wies Avery darauf hin. »Ist das ein Problem?«, fragte er.

»Ich bin schon in schwierigerem Gelände gelandet.«

Das stimmte – Desmond konnte es bezeugen. Er vertraute ihr vollkommen. Allerdings war er nicht sicher, wie sich die Lage entwickeln würde, nachdem sie gelandet waren. Er hatte das Gefühl, in einem Fass auf die Niagarafälle zuzutreiben. Die Kante kam näher, dahinter war alles ungewiss und gefährlich und unausweichlich.

Das Gebäude entlang der Landebahn hatte die Form eines Gewächshauses, in der Nähe befand sich ein Feld aus Solarzellen. Im Inneren lagen die Quartiere der Bauarbeiter, Wohnbereiche und Räume mit Vorräten und Ausrüstung, die vor den Elementen geschützt werden mussten. Daneben stand der Fuhrpark von Charter Antarctica. Es waren drei Schneemobile und drei große PistenBully 300 Raupenfahrzeuge, die mit Räumschilden oder Transportbehältern ausgestattet werden konnten. Eines von ihnen verfügte über einen fernsteuerbaren Hydraulikkran. Die Firma hatte vier Pistenwalzen gekauft, also stand eine davon wahrscheinlich vor dem Eis-Hotel.

Die Eisfläche reflektierte das Licht und blendete sie, als sie landeten. Es war der 23. Dezember – die Sommersonnenwende auf der Südhalbkugel –, und die Sonne stand im Zenit: im Winkel von 23,5 Grad zur Erdoberfläche. Von nun an würde sie sich von Tag zu Tag dem Horizont nähern, bis sie schließlich im März während der Tagundnachtgleiche unterging. Daraufhin wäre es sechs Monate lang den ganzen Tag dunkel, bis die Sonne im September wieder aufging.

Desmond war ein Jahr, nachdem er und Peyton sich getrennt hatten, zum ersten Mal in der Antarktis gewesen. Er hatte in einem Luxusresort gewohnt, wo man Ausflüge zum Südpol und zu einer Kolonie von Kaiserpinguinen anbot. Er war gekommen, um einen klaren Kopf zu kriegen, und als er wieder abreiste, hatte er eine lebenslange Liebe zu diesem wunderschönen Ort mitgenommen – und den Wunsch, anderen ebenfalls zu dieser Erfahrung zu verhelfen, nicht nur den Reichen. Es war der Auftrag von Charter Antarctica, allen, die kühn genug waren, dieses Abenteuer zu ermöglichen. Unabhängig von ihren finanziellen Mitteln.

Sobald das Flugzeug zum Stehen kam, öffnete Desmond

die Tür. Er fletschte die Zähne, als ihm die Kälte entgegenschlug. Mit Avery und Ward hatte er ausführlich ihre Vorgehensweise diskutiert, und sie hatten beschlossen, sich nicht über Funk anzukündigen, sondern einfach das Gebäude zu stürmen. Desmond und Ward trugen die Schneeanzüge der Navy SEALs, die Peyton und Lin während der Expedition zur *Beagle* geschützt hatten, und Avery hatte Peytons Ausrüstung angelegt. Peyton und Lin saßen unter einem Haufen Decken am hinteren Ende der Kabine und versuchten, sich warm zu halten.

Desmond ließ die Treppe auf das Eis knallen und stieg, von Ward und Avery gefolgt, hinab. Aus seinem Mund stiegen weiße Wölkchen auf, als er in den vereisten Schnee trat. Bald schmerzte seine Lunge von der kalten Luft. Ihre Schritte knirschten unnatürlich laut in der Stille.

Avery setzte sich an die Spitze und sprang mit erhobenem Gewehr durch die Tür. Im Vorraum befanden sich Stiefel und dicke Mäntel, aber es waren weder frischer Schnee noch Pfützen zu sehen. Ward kam als Letzter herein und schlug die Tür hinter sich zu. Keuchend stützte er die Hände auf die Knie. »Weiter«, brachte er zwischen zwei Atemzügen hervor.

Avery schlüpfte durch die nächste Tür. Desmond folgte ihr.

Sie hörten, wie am anderen Ende des Flurs geredet und gelacht wurde. Avery schlich durch den schmalen Gang. Rechts war ein Werkzeugraum. Leer. Dahinter ein Lagerraum mit Schneeanzügen – ebenfalls leer. Ein Gemeinschaftsbad auf der linken Seite. Kein laufendes Wasser, niemand darin. Die Türen zu den Schlafräumen zu beiden Seiten des Flurs standen offen. Avery signalisierte Desmond stehen zu bleiben.

Mit der Waffe im Anschlag beugte sie sich langsam in den Türrahmen und warf einen kurzen Blick ins Zimmer. Desmond roch jetzt Kaffee und hörte Stimmen, die ihm bekannt vorkamen.

Avery sah ihm in die Augen und zeigte ihm an, dass er den

Schlafraum auf der rechten Seite sichern sollte. Ward näherte sich von hinten, aber sie bezog ihn nicht mit ein.

Sie passierte die Tür und schwenkte das Gewehr durch den Raum, als sie sich umsah. Desmond tat dasselbe auf der gegenüberliegenden Seite. Die Kojen waren leer, nur ein Mann mittleren Alters mit von grauen Strähnen durchzogenem Vollbart lag auf der unteren Matratze. Im Licht einer winzigen Lampe las er in seiner Thermounterwäsche ein Buch, wie ein Kind, das eigentlich schon schlafen sollte. Desmond kannte ihn nicht, aber er war ziemlich sicher, dass er nicht zu Yuris Sicherheitsdienst gehörte. Er sah aus, als fühlte er sich in der Antarktis zu Hause.

Als der Mann Desmond bemerkte, ließ er das Buch fallen und schreckte mit offenem Mund zurück. Desmond hob einen Finger an die Lippen und bedeutete Ward, auf den Mann aufzupassen.

Der andere Schlafraum war leer, und Avery ging zum Aufenthaltsraum voran. Sie und Desmond stürmten gleichzeitig mit den Gewehren im Anschlag durch die Tür.

Der Schreck breitete sich wie eine Welle unter den vier Bauarbeitern aus, die gerade Risiko spielten, während im Hintergrund ein Film lief – *Into the Sea.* Sie erstarrten und hoben langsam die Hände. Desmond erkannte einen von ihnen: Lars Peterson, der Vorarbeiter für das Eis-Hotel.

»Wer ist noch hier?«, fragte er.

»Nur wir«, sagte Peterson mit skandinavischem Akzent. »Und Jacobs in seiner Koje.«

»Die Leute, die ich geschickt habe – wo sind die?«

Peterson runzelte die Stirn. »Die sind abgereist.«

Desmond lief ein Schauder über den Rücken.

Aus dem Flur rief Ward: »Hey, wie ist die Lage?«

»Kommen Sie!«, antwortete Desmond. »Und bringen Sie Jacobs mit.« Er wandte sich an Peterson. »Wann sind sie abgereist?«

»Weiß nicht genau, vor einem Monat. Sie haben im Radio von der Seuche gehört und gesagt, sie müssten zu ihren Familien. Bis auf die jungen Leute und diesen Wissenschaftler. Die sind im Hotel und spielen ihr *Computerspiel*«, sagte Peterson spöttisch. »Nicht genug Saft hier.«

Desmond wirbelte zu Avery herum. »Die Programmierer sind noch hier. Nur die Schiffsbesatzung ist abgereist.«

»Wie weit ist es bis zum Hotel?«

»Dreißig Kilometer landeinwärts.«

»Gehen wir«, sagte Ward und wandte sich schon um.

Desmond sagte zu Peterson: »Lars, ich muss mir Schutzanzüge und eine Pistenwalze ausleihen.«

»Natürlich.« Er stand auf und ging durch den Flur zum Lagerraum.

»War sonst noch jemand hier?«, fragte Desmond ihn unterwegs.

»Nein, nur die Pinguine und wir.« Noch immer ein wenig verstört, beäugte Peterson Desmonds Gewehr. »Wir ... kommen mit dem Hotel gut voran. Nächste Saison ...«

»Gut«, sagte Desmond. »Es geht jetzt um etwas anderes.«

»Haben die jungen Leute was damit zu tun?«

»Ja.«

Peterson gab ihm die Schlüssel für die Pistenwalze und Ausrüstung für Peyton und Lin. Die Anzüge waren ein bisschen zu groß, aber sie würden sie warm halten. Ward beschwerte sich, dass Peyton und Lin mitkommen sollten, aber Avery wandte ein, sie könnten ansonsten als Geiseln verwendet werden, wenn Yuri eintraf.

Desmond nahm Peterson zur Seite und sprach leise mit ihm. »Sie müssen etwas für mich tun.«

Der Mann zog die Brauen hoch.

»Beobachten Sie die Landebahn. Halten Sie draußen Wache. Wenn jemand landet, müssen Sie uns sofort über Funk Bescheid geben. Dann schließen Sie sich in den Unterkünften ein.«

Peterson verzog das Gesicht. »Sind wir in Gefahr?«

»Ich bin nur vorsichtig. Können Sie das machen?«

»Natürlich.«

***

Desmond gab Vollgas. Der Motor der Pistenwalze heulte, und die Ketten wirbelten den Schnee auf. Die glitzernden weißen Hügel zogen an ihnen vorbei wie der sich ständig wiederholende Hintergrund in einem Zeichentrickfilm.

Die Kabine war erstaunlich komfortabel. Ward saß auf dem Beifahrersitz, Avery, Peyton und Lin hinten. Sie hörten zu, während Desmond den Aufbau des Hotels beschrieb. Er wusste nicht, wie weit die Arbeiten vorangeschritten waren, aber es sollte einmal eine ringförmige Anlage mit einer großen Lobby und einem offenen Festsaal am Eingang werden. In der Mitte des Rings war eine Solaranlage geplant, die wie ein Reflexionsbecken aussehen sollte. Ein Flur an der Innenseite des Rings sollte die Zimmer verbinden, von denen aus die Gäste den Ausblick genießen konnten. In den meisten Räumen sollten mehrere Betten stehen, wie in einem großen Hostel, aber es würde auch einige private Suiten geben. Desmond hatte darauf bestanden, dass der Architekt das Gebäude spektakulär und zugleich funktional gestaltete – um möglichst viele Leute möglichst komfortabel unterzubringen.

Ward klappte das Handschuhfach auf und wühlte darin herum. Er zog einen Stapel Papier heraus und faltete ein Blatt auseinander. »Sieht Ihr Hotel so aus?«

Er hielt einen Grundriss des Erdgeschosses in der Hand. Es war nur logisch, dass die Bauarbeiter ihn griffbereit hatten.

»Ja, genau. Aber ich glaube, die hintere Seite des Rings ist noch in Arbeit – laut dem letzten Bericht. Das Rendition-Team ist wahrscheinlich im Festsaal. Es müsste der wärmste Raum sein, weil das Sonnenlicht durch die Decke fällt.«

»Der Vorarbeiter meinte, sie bräuchten Strom«, sagte Avery. »Wofür?«

»Rendition. Die Entwickler haben den Rendition-Computer aus dem Büro dabei. Er ist wie ein kleiner Rook-Server, auf dem eine Instanz von Rendition läuft. Aber er braucht eine Menge Strom. Die Solaranlage an den Baracken ist bei Weitem nicht so leistungsfähig wie die am Hotel. Ich glaube, sie brauchen den Strom, um den portablen Rook-Server laufen zu lassen und Rendition zu laden.« Er überlegte einen Augenblick lang. »Falls sie es gerade benutzen, wenn wir ankommen, müssen wir sie dazu bringen, das Programm zu beenden.«

»Warum?«, fragte Avery.

»Wir haben das Spiegel-Projekt so gestaltet, dass die Administratoren sich zwischen dem Programm und der physischen Welt hin und her bewegen können. Schließlich muss jemand die Wartung des Rook-Servers überwachen.

Jedenfalls hatten wir noch keine Zeit, ein Programm für den plötzlichen Ausfall des Servers zu schreiben. Eine der Voraussetzungen des Programms ist, dass das System permanent läuft. Kurz gesagt, wenn man den Stecker zieht, könnte das zu Gehirnschäden führen. Ich kann mit meinem Rapture-Implantat reingehen und sie holen.«

Die anderen schwiegen. Ward warf Avery einen Blick zu, den Desmond nicht deuten konnte.

Als das Hotel auf einem Hügel vor ihnen auftauchte, beugten sich Peyton, Lin und Avery vor, um es besser sehen zu können. Die andere Pistenwalze stand vor dem Gebäude, und Desmond parkte daneben. Wie schon bei den Baracken stiegen Desmond, Avery und Ward aus und traten zuerst ein.

Die stählerne Doppeltür quietschte, als Desmond sie aufschob. Die Lobby war leer und unheimlich still. Desmond setzte die Schutzbrille ab und zog die isolierte Kapuze herunter.

Der Eisboden war aufgeraut, um besseren Halt zu bieten. Sie schlichen mit angelegten Gewehren durch den Raum. Der Festsaal lag gleich vor ihnen. Bei Charter Antarctica nannten ihn alle »Rotunde«. Er wurde von einer Glaskuppel überdacht und hatte eine unglaubliche Akustik.

In der Mitte stand in einem 1,80 Meter hohen Rack der Rendition-Server, den Raghav und sein Team mitgebracht hatten. Die obsidianfarbene Verkleidung glitzerte im Sonnenlicht, das durch die Decke fiel.

Daneben standen vier Pritschen aufgereiht, auf denen die Programmierer friedlich lagen. Es führten keine Leitungen zum Server – die Implantate kommunizierten kabellos –, aber Desmond sah an ihrer Atmung, dass die Programmierer in Rendition waren.

Er nahm aus dem Augenwinkel eine Bewegung wahr, wirbelte herum und richtete sein Gewehr auf einen Mann mit dickem Parka und Lesebrille. Dr. Manfred Jung.

Desmond ließ die Waffe sinken.

»Doktor.«

»Hallo, Desmond.«

Weitere Schritte hinter ihnen. Zwei Frauen, beide Mitte zwanzig. Desmond kannte sie nicht, aber er vermutete, dass es sich um Raghavs Freundin und Melanies Schwester handelte. Der Gang hinter ihnen war provisorisch mit einem Vorhang aus Plastikstreifen verschlossen – wahrscheinlich, damit die Wärme nicht entwich.

Ward zeigte auf das Gerät in der Mitte des riesigen Raums. »Das ist es?«

»Ja«, sagte Desmond.

»Rendition ist da drauf?«

»Ja.«

»Und das ist das einzige Exemplar?«

»Ja.« Wards Nachhaken ging ihm auf die Nerven. Er musste die anderen befragen. »Dr. Jung, wie lang haben Sie ...«

»Hey!«, schrie Avery.

Desmond wirbelte herum und sah, dass Ward seine Waffe auf sie richtete. Sie stand mit ausgestreckten Armen vor dem Server.

Ward trat näher. »Gehen Sie aus dem Weg, Avery.«

Desmond zielte auf Ward und ging auf ihn zu. »Ward, wenn Sie auf den Server schießen, könnten diese vier Menschen sterben. Geben Sie mir fünf Minuten.«

Ward ließ Avery nicht aus den Augen. »Das Risiko kann ich nicht eingehen.« Er wartete einen Moment. »Gehen Sie aus dem Weg. Ich warne Sie. Dafür haben wir uns verpflichtet.«

Desmond schlich sich bis auf einen Meter heran.

Er sprang los, als Ward abdrückte.

76

Conner sah aus dem Flugzeugfenster zu dem Gulfstream-Jet auf dem Rollfeld herab. »Sie waren schneller.«

»Nicht so schlimm«, sagte Yuri. »Entscheidend ist, wer hier rauskommt.« Er zeigte auf seinen Laptop. »Das Überwachungsprogramm sagt, dass sie fünfzehn Kilometer entfernt ist.«

»Im Hotel.«

»Wahrscheinlich.«

Conner schaltete das Funkgerät ein und befahl der Besatzung eines der drei Flugzeuge, die sie begleiteten, zu landen und die Gegend von feindlichen Kämpfern zu säubern.

***

Der Festsaal hatte einen Durchmesser von dreißig Metern, eine zehn Meter hohe Glasdecke und einen Eisboden. Der Schuss hallte ohrenbetäubend laut durch den Raum.

Einen Sekundenbruchteil später landete Desmond auf Ward. Der Kopf des älteren Mannes prallte auf den Eisboden. Desmond lag auf ihm und schlug ihm hart ins Gesicht. Es klang wie Stiefelschritte im Schnee, als seine Knöchel auf das weiche Fleisch und die Knochen trafen. Wards Kopf rollte zur Seite. Er schien kurz davor, das Bewusstsein zu verlieren.

Desmond wagte einen Blick über die Schulter. Die beiden Frauen und Jung waren verschwunden. Die Programmierer ruhten immer noch auf den Pritschen, als wäre alles in bester Ordnung. Und Avery lag reglos auf dem Boden, während sich eine Blutlache unter ihr ausbreitete.

»Jung!«, brüllte Desmond.

Sein Kopf tauchte aus dem Gang auf.

»Helfen Sie ihr!«

Der Mann kam schnell zurück, kniete sich vor Avery und drehte sie sanft um. Seine Augen weiteten sich.

Weil Desmond vollkommen auf Avery konzentriert war, sah er den Angriff nicht kommen. Ward traf ihn an der Seite. Erst als er den Schmerz spürte, begriff Desmond, dass er ihm ein Messer tief ins Fleisch gestoßen hatte.

***

In der Pistenwalze hörte Peyton den Schuss. Sofort griff sie zur Tür.

Ihre Mutter hielt sie am Arm fest. »Peyton.«

»Ich gehe rein.«

Lin lächelte. »Ich weiß. Ich komme mit.« Sie griff in die Tasche und reichte ihr eine Pistole. »Vielleicht brauchst du die.« Lin nahm ihren Rucksack, den sie seit der Höhle von Altamira nicht aus den Augen gelassen hatte. »Wenn wir drin sind, hör auf mich.«

»Mom.«

»Vertraust du mir, Peyton?«

Peyton sah ihre Mutter an, ohne zu antworten, weil sie die Antwort selbst nicht kannte.

»Alles, was ich getan habe, diente deinem Schutz – und dem deines Bruders und deiner Schwester.«

Peyton öffnete die Tür, und sie sprangen hinaus.

Sie rannten zum Hotel, Peyton mit der Pistole in der Hand ein paar Schritte vor ihrer Mutter. Aus dem Funkgerät knisterte Petersons Stimme.

»Mr. Hughes, gerade landet ein weiteres Flugzeug.«

77

Ward riss die Klinge aus Desmonds Seite. Blut floss aus der Wunde wie aus einem tropfenden Wasserhahn. Ward holte aus, um erneut zuzustechen, aber Desmond fing seine Hand ab und presste sie auf den Eisboden. Er ballte die andere Hand zur Faust, um ihm ins Gesicht zu schlagen, aber dazu kam er nicht. Ward rammte ihm das Knie zwischen die Beine.

Der Schmerz strahlte vom Bauch bis in die Brust aus. Er hätte sich beinahe übergeben, aber es gelang ihm, Wards Hand festzuhalten. Ward drehte Desmond auf den Rücken und setzte ihm die Klinge an den Hals. Desmonds Arme zitterten, als er versuchte, die Hand mit dem Messer wegzudrücken. Aus der Wunde an seiner Seite spritzte jetzt Blut, und die Schmerzen wurden stärker. Die Klinge kam immer näher.

Sie berührte seine Haut. Schnitt hinein. Blut tröpfelte. Desmond trat um sich, aber seine Beine waren nutzlos. Er schlug Ward in die Seite. Einmal. Zweimal. Dreimal. Aber das Messer bohrte sich weiter in seine Haut.

***

Yuri hörte zu, wie sein Agent den Vorarbeiter befragte.

»Ich habe Ihnen doch schon gesagt«, antwortete der bärtige Mann, »dass sie nur zu fünft waren. Zwei Männer und drei Frauen.«

»Desmond Hughes.«

»Ja.« Er nickte. »Der war auch dabei.«

Conner nahm Yuri zur Seite. »Wir könnten ein Einsatzkommando vorausschicken und das Hotel sichern lassen.«

»Nein. Wir beide müssen das durchziehen. Es ist zu wichtig.«

***

Blut floss aus Desmonds Hals. Er hatte keine Kraft mehr. David Ward hatte gewonnen – der Stich in die Seite hatte sein Ende besiegelt. Aber Desmond hielt weiter Wards Hand fest. Er kämpfte um jede weitere Sekunde seines Lebens.

Wards Kopf flog nach rechts, und Blut spritzte auf den Boden. Das Echo des Schusses kam eine Sekunde später. Wards Schultern sackten herab, und als Desmond ihn losließ, kippte er zur Seite.

***

Auf dem Rücksitz der Pistenwalze drehte sich Yuri zu Conner. »Er wird dort sein.«

Conner sagte nichts.

»Er ist der Einzige, der aus Ihrer Familie noch übrig ist.«

»Wir müssen uns alle für eine Seite entscheiden.«

78

Desmond stieß Wards Leichnam zur Seite. Ein paar Schritte neben ihm lag Avery und hielt eine Pistole in der zitternden Hand. Aus dem Lauf stieg Rauch in die Kälte auf.

Desmond kroch zu ihr. Inspizierte ihre Verletzung. Ein Schuss in die Brust. An der anderen Seite ausgetreten. Blut. Zu viel Blut. Seine Hände waren rot getüncht – von seiner eigenen Wunde und der Lache, durch die er gekrochen war. Es war ihm egal. Er nahm ihr Gesicht in die Hände.

»Danke.«

Sie schloss die Augen und atmete aus.

Er ließ den Kopf auf ihren Bauch sinken, knapp unterhalb der Brüste. »Es tut mir leid.«

Avery strich ihm durch das Haar, dann packte sie es und zog seinen Kopf hoch. Sie sah ihm tief in die Augen. »Mir nicht. Nicht, wenn du es zu Ende bringst.«

***

Peyton folgte ihrer Mutter ins Eishotel und durch die leere Lobby. Im Festsaal lag Desmond auf Avery und sah sie an. Die Worte der beiden hallten unverständlich von der gewaltigen Kuppel wider. Um sie herum breitete sich eine Blutlache aus, rot und am Rand fast schwarz.

Peyton stürmte zu Desmond, packte ihn an den Schultern, drehte ihn um und sah die Wunde an seiner Seite.

»Mir geht's gut«, keuchte er. »Avery. Sie braucht dich.«

Peyton untersuchte die jüngere Frau. Eine Schussverletzung im oberen Teil der Brust. Knapp neben der Lunge.

Ein weißhaariger korpulenter Mann lungerte in der Nähe herum und beobachtete Avery besorgt. »Drücken Sie auf die Wunde«, rief sie ihm zu, bevor sie aufstand und zurück zum Eingang rannte. Sie hörte, wie ihre Mutter hinter ihr sagte: »Helfen Sie mir, die Antenne rauszuziehen, Dr. Jung. Ja, das kann warten. Das hier ist jetzt wichtiger.«

Vor dem Hotel lief Peyton zur Pistenwalze und riss die Tür auf. Ihr Gesicht brannte vor Kälte, aber sie hielt sich nicht damit auf, Kapuze oder Schutzbrille aufzusetzen. Sie zog den Verbandskasten unter dem Beifahrersitz hervor, dann hielt sie inne. In der Ferne hörte sie ein Brummen. Ein Motor. Sie ließ den Verbandskasten los, nahm den Feldstecher vom Armaturenbrett und hielt ihn vor die Augen. Noch ein Schneefahrzeug. Zwei. Sie kamen auf sie zu.

79

Ächzend zog Peyton mit dem Verbandskasten in der Hand die Hoteltür auf.

In der Rotunde beugte sich ihre Mutter gerade über einen aufgeklappten Koffer auf dem Boden. Der Rucksack, den sie seit Altamira bei sich trug, lag leer daneben.

Desmond hielt ein Smartphone in seinen zitternden blutigen Händen und drückte auf die Tasten.

Peyton blieb neben ihm stehen. »Was machst du da?«

»Rendition öffnen.« Er zeigte auf die vier Programmierer auf den Pritschen. »Ich muss sie da rausholen.«

»Wie lange dauert das?«

»Weiß ich nicht.« Er sah zu Avery. »Hilf ihr. Sie hat mir das Leben gerettet, Peyton. Bitte.«

Peyton drückte seinen Unterarm. »Okay.«

Sie verband Averys Wunden auf der Brust und am Rücken. Das würde die Blutung verlangsamen, aber sie musste schnell in einen OP-Saal – und es gab keinen im Umkreis von tausend Kilometern. Ihre Chancen standen schlecht. »Halt durch, Avery«, flüsterte Peyton.

Ihre Mutter tippte wild auf der Tastatur in dem Koffer herum. Sie griff zu einem Hörer, der Peyton mit seinem Spiralkabel an ein Autotelefon aus den Neunzigern erinnerte, und hielt ihn sich ans Ohr.

»Die Operationskoordinatorin, bitte«, sagte Lin.

Eine Pause.

»Hier ist Lin Shaw, Miss Whitmeyer. Ich starte ein Upload.«

Peyton verstand es nicht. Mit wem telefonierte sie?

»Mom.«

Avery wand sich. Griff nach ihrer Waffe.

»Nicht«, rief Avery Lin zu. Ihre Stimme war schwach, und ihre Hand zitterte.

Lin sah die Pistole in Averys Hand. »Halte sie auf, Peyton.«

Avery stabilisierte die Waffe.

Lin blinzelte nicht einmal. »Ich wurde durch Yuri Pachenko autorisiert. Zugangangscode Alpha-Omega-Sigma-4828-47-29. Bestätigen Sie.«

»Leg das Telefon weg«, sagte Avery. Sie versuchte sich aufzusetzen, sank jedoch auf den Boden zurück. Obwohl jetzt ihr ganzer Arm zitterte, hielt sie die Pistole fest.

Lin drückte sich die Sprechmuschel an den Hals. »Möchtest du deinen Vater wiedersehen, Avery?«

Avery blinzelte.

Peyton stand auf. »Was tust du, Mom?«

Lin hockte sich vor Avery, ihr Gesicht nur Zentimeter von der Pistole entfernt. »Das ist deine einzige Chance. Er ist jetzt in Rook und wartet auf dich. Er wurde mit der ersten Kohorte hochgeladen – Alzheimer-Patienten in fortgeschrittenem Stadium.« Lin musterte die jüngere Frau. »Deswegen bist du doch zu Phaeton Genetics gekommen. Oder jedenfalls hast du das beim Vorstellungsgespräch behauptet. Du wolltest ihm und Menschen wie ihm helfen. War das die Wahrheit oder nur eine Legende? Die besten Legenden sind wahr, stimmt's? Zum Beispiel, wenn man einer Zielperson sagt, dass man sie liebt ...« Lins Blick schweifte zu Desmond, der jetzt still dalag.

Peyton wich zurück. Ihre Mutter war ein Monstrum. Sie manipulierte die Menschen und spielte ein Spiel, das Peyton nicht durchschaute.

»Er wartet«, sagte Lin. »Und Millionen andere auch. Wenn du den Upload verhinderst, sind sie für immer tot. Du hast einen Eid geschworen, diese Menschen zu beschützen.«

Ein Knall hallte durch den gewaltigen Raum.

80

Die Rendition-Instanz war anders als Desmond erwartet hatte. Die Simulationen, die sie während der Entwicklung getestet hatten, hatten die echte Welt imitiert, denn darum ging es bei Rendition: eine virtuelle Realität zu erschaffen, die vom echten Leben nicht zu unterscheiden war. Für diejenigen, die sich im Spiegel-Projekt befanden, *war* es das echte Leben.

Dieser Ort war mit nichts zu vergleichen, das er im echten Leben je gesehen hatte – aber er erkannte ihn trotzdem wieder. Hügelige grüne Felder umgaben ihn. Vor ihm lag die runde Tür eines in die Erde gebauten Hauses. Es war ein *Smial*, eine Hobbit-Höhle in der Siedlung Hobbingen. Die Behausung hatte auch einen Namen: Beutelsend. In den *Der Herr der Ringe*-Filmen wohnte dort erst Bilbo und dann Frodo Beutlin.

Aha, dachte Desmond. Die Rendition-Entwickler hatten also am Ende der Welt – während die Welt unterging – beschlossen, ihre Zeit an diesem Ort zu verbringen. Es waren amtlich beglaubigte Nerds. Daran gab es keinen Zweifel mehr.

Desmond stieß die Holztür auf und bückte sich, um einzutreten.

Ein Ebenbild von Bilbo Beutlin rauchte Pfeife und erzählte Raghav, Langford, Kevin und Melanie, die an einem runden Tisch saßen, eine Geschichte.

Langford warf die Hände in die Luft. »Wer hat denn Des hier reinprogrammiert?« Er sah zu den anderen. »Das zerstört völlig die Illusion.«

»Ich bin keine Illusion. Ich bin hier, in der Antarktis, und liege in dem Eishotel einen Meter neben euren Pritschen.«

Alle erstarrten.

Kevin brach in Gelächter aus. »Mein Gott, wer hat das gemacht? Okay, mir egal. Ich will nur wissen *wie*. Eine Kamera am Server? Oder habt ihr das programmiert, während wir offline waren? Los, sagt es ...«

»Halt die Klappe, Kevin. Ich bin hier. Ich ...«

Desmond nahm durch die offene Tür eine Bewegung wahr. Jemand kam über den Weg auf Beutelsend zu. Das war unmöglich.

Der Besucher bückte sich, genau wie Desmond es getan hatte, trat ein und sah die Programmierer an.

»Okay, wer ist das?«, fragte Raghav. »Der Opa von einem von euch?«

Desmond wandte sich an den Besucher. »Wie bist du hergekommen?«

»Weiß ich nicht.«

»Was ist das Letzte, an das du dich erinnerst?«

»Ich war in dem Verwaltungsgebäude auf der Kition-Insel, mit dir. Du hast den Server-Raum verlassen. Ich habe versucht, dir Zeit zu verschaffen, aber ich wurde gefangen genommen. Yuri hat mich in einen Raum gebracht und mich gescannt. Wo ist Peyton?«

»Hier, bei mir.« Desmonds Gedanken überschlugen sich. »In der Antarktis. Deine Tochter ist in Sicherheit.«

William Shaw nickte. »Gut. Was ist passiert, nachdem ich gescannt wurde?«

»Du bist gestorben.«

»Dann heißt das also ...«

»Du bist im Spiegel-Projekt«, sagte Desmond. »Irgendwie wurde der Hauptserver von Rook mit der Rendition-Instanz hier in der Antarktis verbunden. Es ist online – alles. Jemand hat es getan. Es ist vorbei.«

81

Peyton drehte sich um, als die Hoteltüren mit einem Knall aufflogen. Soldaten in weißen Tarn-Parkas stürmten durch die Lobby in die Rotunde und sicherten alle drei Ausgänge. Die Laserpunkte ihrer Waffen tanzten über Peyton, Avery, Lin und Desmond. Peyton zählte mindestens zwanzig Soldaten.

Avery richtete ihre Pistole auf den nächsten Soldaten.

Peyton legte ihr die Hand auf den Arm. »Nicht. Es sind zu viele.«

Lin Shaw hob die Hände. Ihre Stimme schallte laut und deutlich durch die Rotunde. »Waffen runter. Wir stehen auf der gleichen Seite.«

Einer der Soldaten tippte sich aufs Schlüsselbein. »Hotel gesichert.«

Schritte erklangen aus der Lobby. Zwei Männer traten ein und blieben stehen. Beide stellten die gleiche steife Haltung und ausdruckslose Miene zur Schau. Yuri Pachenko und Conner McClain ließen schweigend den Blick durch den Raum schweifen.

Als Peyton Conner zum letzten Mal gesehen hatte, hatte er sie auf der *Kentaro Maru* verhört, nur wenige Stunden nachdem er Jonas und ihre EIS-Agenten getötet hatte. Damals hatte sie nicht gewusst, dass er Desmonds Bruder war. Jetzt, während sie in sein vernarbtes Gesicht sah, wurde ihr klar, was er durchgemacht hatte. Aber das änderte ihre Gefühle ihm gegenüber nicht. Er war ein Monstrum.

Für Yuri galt dasselbe. Er hatte ihren Vater getötet und ihren Bruder entführt und eingesperrt. So vieles hatte er ihr genommen.

Sie spürte, wie Avery versuchte, den Arm zu heben, um die Waffe auf Yuri zu richten. Peyton hielt ihn unten. Sie waren in der Unterzahl – und bei einer Schießerei würde der Rendition-Server zerstört, was Desmond wahrscheinlich töten würde.

Avery sah mit feurigem Blick zu Peyton auf.

Warte, formte Peyton mit den Lippen.

»Ich habe meinen Teil der Abmachung erfüllt«, sagte Lin.

Yuri zog ein Satellitentelefon aus seinem Parka und hielt es ans Ohr. »Funktioniert es?«

»Welche Abmachung, Mom?«

Lin sagte nichts.

»Du hast sie hergeführt, oder?«

Das Schweigen ihrer Mutter war für Peyton Bestätigung genug.

»Warum? Was hat er dir versprochen, Mom?«

Lin antwortete nicht. Sie war ganz auf Yuri konzentriert. Ein kaltes, selbstsicheres Lächeln huschte über ihre Lippen.

»Ich habe meinen Teil erledigt«, wiederholte sie. »Rendition gehört dir. Das Spiegel-Projekt ist komplett. Jetzt bist du an der Reihe.«

»Also gut«, sagte Yuri. Er hielt sich das Telefon an den Mund. »Miss Whitmeyer, anscheinend hatte Dr. Shaw einen Sinneswandel. Stellen Sie ihre Privilegien als vollwertiges Mitglied von Kition wieder her.«

Lin stieß den Atem aus. Endlich sah sie Peyton an. »Ich habe es für dich getan.«

»Nein.«

»Es war die einzige Möglichkeit, aus der Höhle zu kommen, Peyton. Der einzige Weg, dich zu retten.«

»*Du* hast ihn befreit.«

Conner trat zu Desmond. »Ist er drin?«

»Ja«, antwortete Lin. »Vielleicht weiß er bereits, dass Rendition auf den Hauptserver von Rook geladen wurde, nicht nur auf die tragbare Instanz. So oder so wird er bald rausfinden, dass das Spiegel-Projekt schon läuft.« Lins Stimme wurde sanfter. »Und das wird ihn verändern, Conner. Dann weiß er, dass es vorbei ist. Und eure Meinungsverschiedenheit auch – denn mehr war es nicht. Ein Streit unter Brüdern. Nichts Besonderes.«

Conner nickte, ohne den Blick von Desmond abzuwenden.

Yuri sah zu einem der Soldaten in der Nähe. »Schalten Sie es ab, Colonel.«

»Nein!«, schrie Peyton. »Sie werden ihn töten.«

Der Kition-Offizier marschierte zu dem Server.

Conner hob die Hand. »Halt.«

Der Mann zögerte und sah sich zu Yuri um, der sagte: »Sie haben Ihre Befehle, Colonel.«

»Ich möchte Sie daran erinnern«, sagte Conner ruhig, »dass ich der Leiter von Kition-Security bin.«

Der Colonel nickte und trat einen Schritt zurück.

Yuri steckte das Telefon zurück in den Parka. Als er die Hand wieder herauszog, hielt er eine Pistole darin.

»Achtung!«, schrie Peyton.

Conner wirbelte zu Yuri herum. »Ich will mit ihm reden.«

»Wir haben es besprochen, Conner. Wir haben einen Plan.«

Lins Stimme war gerade laut genug, dass Conner sie hören konnte. »Desmond wird jetzt einsehen, dass er einen Fehler gemacht hat. Du wirst es dein ganzes Leben lang bereuen, wenn du nicht wenigstens mit ihm redest.«

Yuri hob die Pistole.

Conner ging auf ihn zu.

Der ältere Mann richtete die Waffe auf Desmond und drückte ab.

82

Der Schuss zertrümmerte eine Glasscheibe in der Kuppeldecke der Rotunde. Scherben regneten auf Peyton herab. Kalte Luft strömte herein, als wäre die Tür einer Gefriertruhe geöffnet worden. Conner hatte Yuris Arm gepackt, kurz bevor er abdrücken konnte, und den Schuss nach oben abgelenkt, sodass sein Bruder verschont geblieben war – vorerst.

Peyton zog ihre eigene Pistole, aber ihre Mutter hob die Hand. »Nicht.«

Conner hielt Yuris Arme fest und sah ihm flehentlich in die Augen. »Yuri, bitte.«

Die Kition-Sicherheitskräfte warfen sich Blicke zu, aber niemand rührte sich.

Langsam ging Lin zu Yuri und Conner.

Desmond schlug die Augen auf.

»Des«, flüsterte Peyton.

Er versuchte, sich aufzusetzen, sank jedoch zurück auf die Pritsche, genauso benommen wie neulich, als er seine Erinnerungen zurückerlangt hatte. Er sah zu Peyton, die über Avery kauerte, dann zu Conner, der mit Yuri rang, während Lin sich ihnen vorsichtig näherte. Dann weiteten sich seine Augen, als er die Soldaten sah. Mit Mühe gelang es ihm, die Beine von der Pritsche zu schwingen.

Seine Stimme war heiser und schwach. »Conner.«

Sein Bruder drehte den Kopf. Im selben Moment konnte

Yuri seine Hand befreien und richtete die Pistole auf Desmond.

Wieder war Conner schneller. Aber dieses Mal konnte er Yuris Schuss nicht ablenken.

Er konnte sich nur in den Weg stellen.

Desmonds Schrei erschütterte Peyton bis ins Mark. Er klang fast unmenschlich, eine Mischung aus Wut und Schock und Schmerz. Sein Gesichtsausdruck brach ihr das Herz.

83

Das Geschoss traf Conner, trat wieder aus und zertrümmerte eine weitere Glasscheibe in der Rotunde. Der kalte Luftstrom wurde stärker. Es klang wie ein Windspiel, als die Scherben auf den Eisboden fielen. Blut spritzte auf den Rendition-Server. Conners Blut. Aber er hielt Yuri fest, klammerte sich jetzt mit beiden Händen an seine Arme und rang mit ihm, während Blut über seinen Rücken strömte.

Peyton stand auf, lief aber nicht zu ihm. Ein Kition-Sicherheitsmann hob sein Gewehr und warnte sie mit einem Kopfschütteln.

Desmond taumelte zu seinem Bruder, der jetzt auf Yuri lag und ihn mit letzter Kraft zu Boden drückte.

Lin Shaw war vor ihm da. Mit einer schnellen Bewegung zog sie ihre Pistole aus dem Parka und schoss.

Yuri fiel schlaff aufs Eis.

Conner sah sich entsetzt zu ihr um.

Einen Augenblick später war Desmond da und zog seinen Bruder von Yuri hinunter in seine Arme.

Jetzt sah Peyton die Wunde. Das Geschoss hatte Conners Hals durchschlagen und die Schlagader getroffen. Das Blut floss in Strömen. Er würde nicht lang durchhalten.

Desmond musste es auch begriffen haben. Er setzte sich mit seinem Bruder in den Armen auf den Eisboden, und Tränen liefen ihm übers Gesicht. »Es tut mir leid, Conner. Es tut mir so leid.«

Conner sagte etwas, das Peyton nicht verstand. Dann sackten seine Schultern herab, und die Hände fielen aufs Eis. Desmond beugte sich vor und schloss seine Augen.

»Desmond«, sagte Lin.

Er sah mit tränenverschleiertem Blick auf.

»Bring es zu Ende.«

Er wirkte verwirrt.

Sie zeigte auf den aufgeklappten Koffer, mit dem sie Rendition hochgeladen hatte.

»Das Terminal hat Administratorenrechte.«

Damit schien Desmond etwas anfangen zu können. Er nickte. Sanft legte er den Kopf seines Bruders auf dem Boden ab, bevor er auf den Koffer zuging.

Überall im Raum hoben die Soldaten ihre Gewehre und richtete die Laservisiere auf ihn.

84

Desmond blieb stehen und hob die Hände. Ein kalter Wind wehte durch die Löcher in der Glaskuppel, und sein Atem kondensierte in der Luft, als er von einem Soldaten zum anderen sah.

Die Rendition-Programmierer setzten sich auf den Pritschen auf. Die Soldaten nahmen auch sie ins Visier.

»Waffen runter«, rief Lin. »Meine Damen und Herren, ich möchte Sie daran erinnern, dass Desmond und ich die letzten verbliebenen Kition-Mitglieder sind. Sie haben mitbekommen, wie Yuri mich vor seinem Tod wieder eingesetzt hat.«

Die Soldaten wirkten verwirrt, aber sie rührten sich nicht. Die meisten sahen ihren Colonel an.

Lin wandte sich an ihn. »Colonel, das ist Ihre einzige Chance. Der einzige Ausweg für uns alle.«

Er verzog das Gesicht und sagte: »Gefechtsbereitschaft aufheben.«

Die Soldaten ließen die Gewehre sinken, und Desmond rannte zu dem Koffer. Das Terminal hatte unbeschränkten Zugriff auf Rendition – was nur logisch war, weil damit die Instanz programmiert und hochgeladen worden war. Er öffnete den Archivordner und starrte entsetzt auf den Inhalt. Über zweihundert Millionen Leben. Alle befanden sich jetzt in der virtuellen Realität, die er geschaffen hatte. Rendition.

Die Rapture-Back-ups für Kition-Mitglieder waren in

einem geschützten Bereich gespeichert, für den nur Desmond das Passwort hatte. Er gab es ein und überflog das Verzeichnis. Das letzte Back-up war zehn Stunden alt. Sowohl Yuri als auch Conner waren gescannt worden.

Er klickte auf Yuris Namen, und eine Liste all seiner Rapture-Back-ups erschien – sie reichte fast zehn Jahre zurück bis zu dem Zeitpunkt, als sich die Technologie noch im Teststadium befand. Er markierte alle. Und löschte sie. Er musste den Befehl zweimal bestätigen und das Passwort erneut eingeben. Dann drückte er auf ENTER – und Yuri existierte nicht mehr.

In der echten Welt hatte Lin ihm das Leben genommen, um ihren Mann und ihren Sohn zu rächen.

Im Spiegel-Projekt hatte Desmond dafür gesorgt, dass er nie wieder leben und sich an dem Apparat erfreuen konnte, für den er so viele Menschen getötet hatte.

Desmond nickte Lin zu. Sie zog Yuri das Satellitentelefon aus der Tasche und wählte die letzte Nummer.

»Miss Whitmeyer, hier ist Lin Shaw. Wir hatten hier einen tragischen Unfall. Yuri ist tot. Und Conner auch. Desmond und ich sind die letzten lebenden Kition-Mitglieder.«

Eine Pause.

»Ja, natürlich.«

Lin reichte dem Colonel das Telefon. Er hörte einen Augenblick lang zu. »Bestätige. Mein Zugangscode lautet Jackson-Auth-Delta-India-Romeo-Victor-X-ray-39382.«

Er hörte wieder zu, nickte und gab Lin das Telefon zurück.

»Miss Whitmeyer«, sagte sie, »bringen Sie mich auf den neusten Stand.« Sie hörte eine Weile zu. »Gut. Das Wichtigste ist sicherzustellen, dass das Spiegel-Projekt weiterläuft. Außerdem müssen Sie alle Übertragungen sofort stoppen – einschließlich aller Maßnahmen gegen Regierungsmitglieder oder mutmaßliche Feinde von Kition.«

Plötzlich spürte Desmond den Schmerz der Stichwunde

an den Rippen. Aber es gab wichtigere Dinge, um die er sich kümmern musste. Er ging zu Peyton und Avery, die nur noch flach atmete. Die Blutlache war riesig. Viel zu groß.

Peyton fing seinen Blick auf. »Sie muss in den OP. Und sie braucht Blut. Sofort. In den Unterkünften der Arbeiter ...«

»Ich weiß was Besseres.« Desmond wandte sich an den Colonel. »Wir müssen diese Frau zum Flugzeug und dann zur McMurdo-Station bringen.«

85

Desmond war noch mitgenommen von der kurzen Operation. Die Betäubung hatte nachgelassen, aber der Verband an seiner Seite juckte.

Er saß mit Peyton im Wartezimmer des McMurdo General Hospital, der größten medizinischen Einrichtung in der Antarktis. Es gehörte zur McMurdo-Station, einem von den Vereinigten Staaten betriebenen Forschungszentrum. Auf der Basis wohnten fast achthundert Menschen, die sich ständig in Gefahr befanden. Im McMurdo General waren schon jede Menge offene Wunden versorgt worden, und Desmond war beeindruckt von den Ärzten.

Er hoffte nur, dass sie Avery rechtzeitig hergebracht hatten. Als der Chirurg sie gesehen hatte, hatte er eine düstere Miene aufgesetzt. Auf Desmonds Frage, ob sie sie retten könnten, hatte er keine Antwort gegeben.

Peyton stand auf. »Kaffee?«

»Ja. Gern.«

»Trinkst du ihn immer noch schwarz?«

»Ja.«

»Milch und Zucker kriegt man wohl schlecht auf abgelegenen Ölfeldern?«

Er lachte und spürte, wie die nervliche Anspannung ein wenig nachließ. »Stimmt.«

Nachdem Peyton zurückkam, saßen sie schweigend da und nippten an ihren Bechern. Seine Gedanken schweiften umher, bis sie schließlich sagte: »Tut mir leid wegen deinem Bruder.«

Er warf ihr einen Blick zu, aber sie sah ihm nicht in die Augen. »Mir auch. Und es tut mir leid, was er angerichtet hat. Er war ... schwer gestört. In vielerlei Hinsicht noch ein Kind. Er wusste nicht, wie es sich anfühlt, geliebt zu werden.«

»Bis er dir begegnet ist«, sagte Peyton leise.

»Da war es schon zu spät. Unsere Welt war nichts für ihn. Aber jetzt ist er an einem besseren Ort.«

Peyton sah ihn an. »Im Spiegel-Projekt.«

Er nickte.

»Meine Mutter hat es fertiggestellt. Sie hat uns hintergangen.«

»Sie hat uns beschützt. Es war die einzige Möglichkeit. Sie hat uns gesagt, das Spiegel-Projekt sei unvermeidlich. Man könne nur ändern, wer es kontrolliert.«

»Und das ist jetzt sie.«

»Wir«, sagte Desmond.

»Und was bedeutet das? Für den Rest der Welt?«

»Es bedeutet, dass sich vieles ändern wird – aber wir entscheiden, wann und wie. Nicht Yuri. Oder Conner. Oder Bürokraten oder Politiker.«

Peyton trank noch einen Schluck Kaffee.

»Ich habe ihn gesehen, Peyton. Im Spiegel-Projekt. Deinen Vater. Er wartet dort.«

Sie sah ihn forschend an. »Wie ist das möglich?«

»Yuri hat ihn vor seinem Tod gescannt.«

Sie rieb sich die Schläfen. »Es wird eine Weile dauern, sich daran zu gewöhnen.«

Desmond beugte sich zu ihr und legte ihr den Arm um die Schultern. Sie lehnte ihren Kopf an seine Brust.

»Mach dir keine Sorgen. Er hat alle Zeit der Welt«, flüsterte er.

Auf diesen Augenblick wartete er schon seit sehr langer

Zeit. Er war sich in seinem ganzen Leben noch keiner Sache so sicher gewesen. »Aber wir nicht.«

Peyton rührte sich nicht, aber ihr Atem ging schneller.

»Des, ich weiß ... dass du sie gernhast.«

Es war klar, wer damit gemeint war. Die Tür zum OP war nur wenige Schritte entfernt, und es fühlte sich an, als wäre eine dritte Person im Zimmer.

»Ich liebe sie. Sie war für mich da – wir waren füreinander da, als wir es brauchten. Sie wird immer einen besonderen Platz in meinem Herzen haben. Aber ich liebe sie nicht so, wie ich dich geliebt habe.«

Peytons Brust hob sich. Sie setzte sich aufrecht hin und sah ihn an.

»Wie ich dich immer noch liebe.« Seine Stimme war voller Emotion, aber es störte ihn nicht. »Ich habe es für dich geschaffen – das Spiegel-Projekt. Ich wollte mich selbst heilen und in die Vergangenheit reisen und vieles anders machen. Ich möchte noch einmal von vorn anfangen.«

Sie nahm sein Gesicht in die Hände. »Ich habe es dir schon mal gesagt: Du musst nicht geheilt werden. Und wir brauchen keine Maschine, um noch mal von vorn anzufangen. Wir brauchen nur uns beide.«

Epilog

Die zwanzig Mittelstufenschüler rannten durchgeschwitzt und keuchend auf dem Tennisplatz hin und her. Avery sah auf ihre Uhr und blies in die Pfeife. Als die Kinder ihre Sachen packten, rief sie ihnen zu: »Vergesst nicht, dass nächste Woche das Turnier ist. Ich will euch alle in Topform sehen.«

Sie winkten ihr zu und gingen, sich gegenseitig neckend, zur Bushaltestelle.

Die Tennisplätze lagen in Washington Highlands, einem trostlosen und armen Viertel der Hauptstadt. Das hatte Avery gereizt – und deshalb blieb sie nach dem Training auch im Auto sitzen und gab acht, dass alle sicher in den Bus stiegen.

In ihrer Wohnung in Arlington duschte sie, wickelte sich ein Handtuch ums Haar und ließ sich aufs Sofa fallen. Die Narbe von der Brustwunde war noch rot und wulstig. Der Chirurg hatte ihr gesagt, sie werde sich wahrscheinlich eine Weile im Bikini unwohl fühlen, aber das glaubte sie nicht. Sie hatte eine gute Geschichte zu der Narbe.

Sie streckte sich auf dem Sofa aus, öffnete die Rendition-Games-App auf ihrem Handy und gab das Passwort ein.

Die Wohnung um sie herum verschwand und wurde durch ihr Kinderzimmer im Haus ihrer Eltern ersetzt. Die Mittagssonne schien durch die großen Schiebefenster. Das Farmhaus war von einer großen Wiese umgeben, und dahinter erstreckte sich ein Sojafeld, so weit das Auge reichte. Es verschwand allmählich, weil ihr Vater es in ordentlichen Reihen mit seinem neuen John-Deere-Mähdrescher aberntete.

Während sie zusah, blieb die riesige Maschine stehen, die Tür schwang auf, und ihr Vater stieg aus und kam auf das Haus zugeschlendert.

Avery folgte dem Duft von Hühnchen und Kartoffelpüree die Treppe hinab. Ihr Vater war ein bodenständiger Mann, der gern deftig aß, und ihre Mutter tat ihm den Gefallen. Sie lächelte Avery an, als sie in die Küche kam.

»Hallo, Schätzchen. Hast du ein bisschen geschlafen?«

»Nein, bloß gelesen.«

»Du musst dich ausruhen, Süße. Gehst du morgen zurück?«

Avery goss drei Gläser Tee ein und deckte den kleinen Frühstückstisch. »Ich dachte, ich bleibe bis Dienstagmorgen. Das nächste Training ist erst am Dienstagnachmittag.«

Ihre Mutter strahlte, als sie das Kartoffelpüree auf den Tisch stellte. »Wie schön.«

Die Tür schwang auf, und ihr Vater setzte seine Kappe von der freiwilligen Feuerwehr ab.

»Avery bleibt bis Dienstag.«

»Ich gehe mit dir zurück«, sagte er, während er sich setzte. »Ich muss Informatik studieren, um diese verdammte Maschine zu bedienen.«

»Das ist ein bisschen übertrieben«, sagte Avery.

»Wie soll man ein Raumschiff steuern, wenn man aus grauer Vorzeit stammt?«

Avery lachte. »So alt bist du nun auch wieder nicht, Dad.«

»Tja, vielleicht ist mein Gehirn einfach nicht so fit wie das der anderen Leute.«

»Mit deinem Gehirn ist alles in Ordnung, Schatz.« Ihre Mutter fasste sie beide an den Händen, und Averys Vater sprach das Tischgebet.

»Ich sag euch was, noch mehr Fortschritt kann ein alter Farmer kaum aushalten.«

Avery aß ein Stück Hühnchen. Es war köstlich. »Ich glaube, du kannst dich entspannen, Dad. Ich habe das Gefühl, dass in nächster Zeit alles beim Alten bleibt.«

***

Ein Major begleitete Desmond durch die Flure des Pentagon in einen Hörsaal. Auf den Stühlen saßen Flaggoffiziere, Kabinettssekretäre und Geheimdienstbeamte. Der Vizepräsident, der Sprecher des Repräsentantenhauses und der vorläufige Senatspräsident saßen in der ersten Reihe.

Der Präsident und sein Verteidigungsminister warteten auf dem Podium. Als Desmond zu ihnen kam, trat der Präsident ans Mikrofon.

»Unseren Gast muss ich wohl nicht vorstellen. Sie haben alle den Bericht von Agent Price und die Empfehlungen von Rubicon gelesen. Ich habe mich in den letzten Tagen mehrmals ausführlich mit Mr. Hughes unterhalten. Hören Sie sich an, was er zu sagen hat. Stellen Sie Fragen – strenge Fragen, denn ich weiß, dass Sie welche haben werden. Und seien Sie unvoreingenommen. Wir sind hier, um herauszufinden, wie wir zusammenarbeiten können. Das müssen wir nämlich.«

Er trat zur Seite, und Desmond nahm seinen Platz ein. Er räusperte sich und betrachtete die Gesichter der Zuhörer. Er sah Skepsis. Aggression. Und hier und da Neugierde. Es war ein schwieriges Publikum.

»Seit Anbeginn der Zeit waren wir unserer Umwelt ausgeliefert. Hurrikans. Überschwemmungen. Hungersnöte. Dürren. Seuchen. Und in den letzten Jahrzehnten hat eine andere Macht immer mehr Opfer gefordert: unsere eigenen Schöpfungen. Krieg. Atomwaffen. Umweltverschmutzung.

In den nächsten Jahren werden diese Schöpfungen immer mächtiger werden. Dieser Ort« – Desmond zeigte auf das Pentagon – »wurde geschaffen, um gegen eine ältere Art von Feinden zu kämpfen. Andere Länder. Armeen. Nicht gegen einen armen Jungen aus einer unterentwickelten Gegend der Welt, der eine Biowaffe herstellt und in ein Flugzeug steigt. Nicht gegen einen radikalisierten Studenten, der ein Dutzend Atombomben baut, sie in Koffer steckt und an Bord eines Schiffs bringt. Und das sind nur die Szenarien, die ich mir vorstellen kann.«

Er zog einen Zettel hervor. »Meine Techniker haben ein paar Sachen aufgeschrieben, die die Zukunft für uns bereithalten könnte. Drohnen, die das Wetter manipulieren. Ein Virus, das jeden Computer auf der Welt zerstört wie eine digitale Heuschreckenplage. Eine Maschine, die sich an den tektonischen Platten in den Boden graben und Erdbeben und Tsunamis auslösen kann.« Desmond sah auf den Zettel. »Okay, das klingt jetzt vielleicht ein wenig abwegig. Ein Virus, der die Intelligenz sämtlicher Bevölkerungsgruppen senkt, außer denen, die über das Trinkwasser geimpft wurden. Durch eine solche neuartige Gentherapie würden alle außer den Verursachern zu Untermenschen, die denen mit normaler Intelligenz dienen müssten.«

Die Zuhörer begannen, miteinander zu flüstern. Manche machten sich Notizen.

»Hier sind einige Szenarien, an die Sie sicher selbst schon gedacht haben. Ein Roboter, den man für den durchschnittlichen Wochenlohn eines Arbeiters kaufen kann, der mit Sonnenenergie gespeist wird und jahrzehntelang vierundzwanzig Stunden am Tag arbeitet, ohne dass er Ersatzteile braucht oder auch nur gewartet werden muss. So ein Gerät wird neunzig Prozent der körperlich arbeitenden Menschen arbeitslos machen. Und falls man es hier verbietet, werden die Länder, die es erlauben, zu den Produktionszentren der

Welt. Wenn man den Handel mit diesen Ländern unterbindet, werden die Länder, die es nicht tun, einen enormen wirtschaftlichen Vorteil erringen.

Und schließlich eine künstliche Intelligenz, die über die Hälfte der Arbeit auf der Welt erledigen kann: technischer Support, Dateneingabe, einfache medizinische Diagnosen, juristische Routinetätigkeiten wie Testamente und Immobiliengeschäfte sowie Buchhaltung. Das wäre eine Welt, die von Menschen geschaffen wurde, in der aber wenig Menschen gebraucht werden – weder ihr Körper noch ihr Geist. Diese Welt wird kommen. Und der Übergang wird sehr schmerzlich werden.«

Desmond nahm die Wasserflasche vom Pult und trank einen Schluck, um seine Worte wirken zu lassen. »Wir bieten Ihnen eine Möglichkeit, diese Katastrophen zu verhindern – sowohl die natürlichen als auch die menschlichen Ursprungs. Eine Möglichkeit, Szenarien zu entwickeln und die Zukunft zu verstehen. Eine Möglichkeit, diejenigen, die anderen Schaden zufügen wollen, durch ihre Gehirnaktivität zu identifizieren und sofort aufzuhalten. Das ist der Schlüssel zu einer neuen Form der Existenz. Und er ist schon hier, in allen von uns.

Ich bin gekommen, um Frieden zu schaffen. Kition ist nicht Ihr Feind. Wir sind nur hier, um zu helfen. Wir wollen kooperieren. Aber ich warne Sie, wir wollen eine friedliche Welt, und wir werden sie schaffen – mit oder ohne Ihre Unterstützung.«

Desmond machte eine Pause. »Irgendwelche Fragen?«

»Sie wollen, dass wir kapitulieren?«, knurrte einer der Generäle.

»Nein. Man kann nur vor seinen Feinden kapitulieren.«

Der General verdrehte die Augen. »Dann drücke ich es so aus: Sie wollen die Macht. Über uns, nein, über die ganze Welt, verdammt.«

»Nein. Glauben Sie mir, das ist das Letzte, was ich will. Wir haben eine ganz einfache Forderung: Wir wollen, dass die Menschen aufhören, sich gegenseitig umzubringen.«

***

Nach der Veranstaltung kehrte Desmond in sein Büro zurück, streckte sich in seinem Null-Gravitations-Sessel aus und rief die Rendition-Games-App auf.

Als das Bild scharf wurde, befand er sich im Wohnzimmer seines Elternhauses. Die Wände waren wie früher – ohne jede Brandspur. In dieser Rendition-Variante hatten die Buschfeuer vom Aschermittwoch niemals stattgefunden.

Ein lächelndes Gesicht tauchte im breiten Durchgang auf. »Wo warst du?«

»Meetings«, murmelte Desmond.

Er stand auf und umarmte seinen Bruder. Conner grinste bis über beide Ohren. Auf seinen frisch rasierten Wangen waren keinerlei Narben zu sehen.

»Mit wem?«, fragte er.

»Generälen und Politikern.«

»Du solltest hierbleiben.«

»Ich denke ernsthaft darüber nach.«

»Jungs!«, rief ihre Mutter aus dem Handarbeitszimmer. »Helft eurem Vater.«

Als sie nach draußen liefen, stieg er gerade von seinem Pferd. Er reichte Conner die Zügel und bedankte sich bei den Jungs, bevor er zum Haus ging. Sie fütterten und tränkten den Waler und begannen, die Scheune zu fegen.

»Erzähl mir, was nach Buenos Aires passiert ist.«

»Du hast mir das Leben gerettet.«

»Wie?«

Desmond stützte sich auf seinen Besen. »Yuri wollte mich töten.«

Conner hörte ebenfalls auf zu fegen. Er sah in eine der Boxen und wartete, dass sein Bruder fortfuhr.

»Du hast es nicht zugelassen. Du hast mich gerettet.«

»Und was ist mit mir passiert?«

»Yuri hat dich erschossen. Die Kugel war für mich bestimmt. Wir haben vergeblich versucht, dich zu retten.« Desmonds Augen wurden feucht. »Es tut mir leid. Wir haben alles getan ...«

»Ich bin froh.«

»Worüber?«

»Dass du lebst. Du kommst da draußen besser zurecht als ich. Ich war ein Wrack, bevor du mich gefunden hast. Wahrscheinlich wäre ich in ein paar Jahren sowieso gestorben.«

»Und hier drin?«

Conner wandte sich seinem Bruder zu. »Es ist genau, wie ich es mir vorgestellt habe. Ich bin zu Hause. So wie es sein soll.«

***

Auf der anderen Seite Washingtons stand Peyton Shaw an einem ähnlichen Rednerpult in einem Hörsaal der National Institutes of Health. Die Gesichter, in die sie sah, waren freundlicher.

»In der Vergangenheit haben wir bei der Bekämpfung von Infektionskrankheiten – und in der Medizin im Allgemeinen – immer nur reagieren können. Jemand erkrankt. Wir reagieren. Ein neuer Erreger infiziert Hunderte oder Tausende, bevor wir es bemerken. Wir reagieren.«

Peyton klickte mit der Maus, und das nächste Bild erschien. »Das ist jetzt vorbei. Zum ersten Mal in der Geschichte haben wir eine Methode, um festzustellen, wenn ein neuer Erreger seinen ersten Wirt befällt. Und mehr noch: Wir haben eine Methode, mit der wir – kabellos – Daten über den Erreger sammeln können. Wir können simulieren, wie die Viren oder Bakterien den menschlichen Körper beeinträchtigen, und wir können Therapien virtuell erproben. Dann können wir kabellos das Heilmittel verabreichen, ohne einen Eingriff vornehmen zu müssen.«

Sie sah verblüffte Gesichter und das Nicken derjenigen, die schon die Wahrheit über das Heilmittel für die X1-Pandemie kannten.

»Ich beschreibe nichts, was sich gerade in Entwicklung befindet. Keine Neuerung, für die riesige Investitionen nötig sind und die lange Wartezeit, unvermeidliche Verzögerungen und Umsetzungsprobleme mit sich bringt. Es ist alles schon da. In jedem von Ihnen. Und in mir.«

Sie klickte noch einmal, und eine Aufnahme der Rapture-Nanobots erschien auf der Leinwand. »Es wird das Gesundheitssystem verändern. Wir werden jede Krankheit heilen und jeden Erreger aufhalten – bevor er Fuß fassen kann. Ich habe mein Leben der Bekämpfung von Infektionskrankheiten und der Ausbildung anderer zu diesem Zweck verschrieben. Zum ersten Mal habe ich die Mittel, mein Ziel zu erreichen. Ich bin heute gekommen, um Sie daran teilhaben zu lassen.«

***

Die Welt kehrte langsam wieder zurück zur Normalität. Weder über die X1-Pandemie noch über die darauf folgende tödliche Krankheit, die umgangssprachlich »X1-Syndrom« und offiziell »akutes Zerebralsyndrom« genannt wurde, wurde noch viel gesprochen.

Der Immobilienmarkt in Washington hatte sich ebenfalls normalisiert, was bedeutete, dass das Angebot knapp und die Preise hoch waren. Desmond fand ein renovierungsbedürftiges Haus mit großem Garten in Kalorma. Peyton war begeistert. Sie kauften es noch am Tag der Besichtigung.

Sie saß mit einem Glas Wein an der Kücheninsel, als er nach Hause kam.

»Wie ist es gelaufen?«, fragte sie.

»Sagen wir mal so: Ich hätte nie gedacht, dass ich einmal froh darüber sein würde, von dem streitsüchtigsten Menschen auf Erden großgezogen worden zu sein.«

»Ein Raum voller Orville Hughes, was?«

»So ungefähr.« Desmond schenkte sich ein Glas Wasser ein. »Wann treffen sich alle?«

Ein Lächeln huschte über Peytons Lippen. »Dauert noch eine Weile.«

»Und wie lang genau?«

»Lang genug.«

Sie nahm ihn bei der Hand, ging rückwärts durch den Flur und stieß die Schlafzimmertür mit dem Fuß auf, während sie ihn küsste, genau wie sie es in ihrer ersten Nacht in dem Wohnheimzimmer an der Stanford University getan hatte.

***

Sie lagen beide schwitzend auf dem Rücken und sahen zum Deckenventilator auf, als ihr Handy summte. Eine Erinnerung:

Familienessen.

»Es wird Zeit. Bist du bereit?«

Er nahm sein eigenes Handy vom Nachttisch und öffnete die Rendition-Games-App. »Ja.«

***

Sie hatten London ausgewählt, weil es der einzige Ort war, an dem ihre ganze Familie zusammen gelebt hatte. Es war mit einer Menge Leid verbunden, aber es war ihr Zuhause.

Die Straßen waren so belebt wie vor der X1-Pandemie,

denn in dieser Welt – in dieser Rendition-Version – hatte der Ausbruch nie stattgefunden. Es gab noch andere Unterschiede, aber die waren subtiler.

Peyton ließ Desmond die Haustür öffnen, und sie fuhren mit dem Aufzug zu der Wohnung, an die sie sich aus ihrer Kindheit erinnerte. Alles war genau wie damals vor der Säuberungsaktion, bevor sie in der Nacht geflohen waren, bevor ihr Vater um sein Leben hatte kämpfen müssen.

Lin Shaw öffnete die Tür und schloss sie beide in die Arme. Andrew und Charlotte waren schon da, genau wie Madison und ihr Mann. Peyton war froh zu sehen, dass Andrew in dieser Rendition-Version der gleiche Mann war wie in der physischen Welt – körperlich und geistig. Das galt sogar für die Prothese an seinem linken Arm.

Die Schwingtür zur Küche ging auf, und ihr Vater schob sich hindurch, rückwärts und mit einem Blech Yorkshire Pudding zwischen den Ofenhandschuhen.

Kaum hatte er es abgestellt, umarmte er Peyton und drückte ihr die warmen Handschuhe auf den Rücken.

»Hallo, Dad. Ich freu mich so, dich zu sehen.«

Eine Träne lief über ihre Wange.

***

Lin Shaw schlug die Augen auf. In einem Sessel in der Ecke saß Richard Ferguson.

»Schöner Besuch?«

Lin nickte.

»Sagen Sie mir Bescheid, wenn sie das Spiegel-Projekt verlassen haben.«

»Natürlich.« Er erhob sich und blieb an der Tür stehen. »Sind Sie sicher, dass Sie das tun wollen?«

Das konnte sie nicht behaupten. Das Projekt, dem sie sich verschrieben hatte – der Kaninchenbau –, war ein Teilchenexperiment, dessen Ergebnis man unmöglich vorhersagen konnte. Sie kannte jetzt die Fakten. Eine Quantenkraft hatte die menschliche Evolution geprägt. Der Beweis wurde vor Ewigkeiten in unsere DNS geschrieben, damit wir ihn fanden. Die Quantenkraft, die Unsichtbare Sonne, war ein Leuchtfeuer, das alle entwickelten Spezies anzog – so wie die Gravitation auf Materie wirkte. Aber warum? Und zu welchem Zweck?

Manche in Lins Organisation glaubten, es gebe keinen Grund und die Unsichtbare Sonne sei wie die Gravitation nur eine Kraft, die aufgrund der Gesetze des Universums existierte und keinem höheren Zweck diente.

Lin war anderer Meinung. Sie glaubte, sie stünden kurz vor der größten Entdeckung in der Geschichte. Ihr Vater hatte die Theorie aufgestellt, dass der Code im menschlichen Genom für alle intelligenten Lebensformen im Universum wie eine Spur aus Brotkrumen war – eine Lingua franca der Mathematik und Quantenphysik.

Aber die entscheidende Frage war: Was würde passieren, wenn sie den Kaninchenbau einschalteten? Der Apparat würde subatomare Teilchen generieren, die dem Code im menschlichen Genom entsprachen, aber mit welchem Effekt? Lin glaubte, dass zahllose andere Wissenschaftler und Forscher in zahllosen anderen Welten in zahllosen anderen Universen diesen Schritt bereits unternommen hatten. Die Geschichte wiederholte sich, und so würde es auch auf der Erde geschehen. Sie glaubte, der Kaninchenbau würde das Spiegel-Projekt mit allen anderen Spiegel-Projekten im Universum verbinden – mit denen vor uns und mit denen nach uns. Sie glaubte, die Bestimmung der Menschheit sei es, ins Spiegel-Projekt einzutreten und durch den Kaninchenbau in die nächste Kammer der Existenz zu gelangen. Sie glaubte, dieser Übergang sei ein natürliches und unvermeidliches Ereignis.

Ferguson und andere aus Lins Team waren nicht so optimistisch. Sie befürchteten, die durch den Kaninchenbau generierten Teilchen könnten das Spiegel-Projekt stören wie ein Magnet, der an eine Festplatte gehalten wird. Andere glaubten, die Folgen wären noch dramatischer – vielleicht eine Explosion, die die ganze Welt verschlang. Sie argumentierten, der Code im menschlichen Genom sei ein trojanisches Pferd, das darauf wartete, von einer intelligenten Spezies gefunden zu werden. Das würde auch die Frage beantworten, warum dort draußen niemand war.

Trotzdem musste Lin Shaw es wissen. Aber es durfte sich niemand, der ihr wichtig war, im Spiegel-Projekt befinden, wenn sie mit dem Experiment begann.

»Ich bin sicher«, sagte sie.

Sie setzte sich auf den Tisch und wartete.

Wenige Minuten später kehrte Ferguson zurück und sagte: »Sie sind draußen.«

Zusammen gingen sie zur Steuerwarte, die aussah wie das Kontrollzentrum der NASA. Sie nickte, und Ferguson trat vor.

»Okay, Leute. Es geht los.« Er blickte zu Lin. »Sehen wir nach, was auf der anderen Seite ist.«

Sie beobachtete die Daten auf dem Bildschirm. Ein leises Summen ertönte um sie herum. Unter Ausschluss der Öffentlichkeit und ohne Tusch führten sie das fortschrittlichste Experiment aller Zeiten durch.

»Kollision bestätigt«, sagte einer der Quantenphysiker. »Kontinuierlich, jetzt. Wir generieren Ursprungsteilchen.«

Lin nickte Ferguson zu und verließ den Raum. In ihrem Büro legte sie sich auf das Sofa und öffnete die Rendition-Games-App. Als das Passwort verlangt wurde, zögerte sie. Das war vielleicht der wichtigste Augenblick in der Geschichte der Menschheit. Es gab keine Zeugen – und das war angemessen und richtig. Newton hatte auch keine Zeugen gehabt, als er seinen Durchbruch erzielte. Oder Aristarchos. Neil Armstrongs Mondlandung war verglichen damit ein besserer Stabhochsprung – wir wussten, was dort oben war, wir wussten nur nicht, ob er heil wieder herunterkommen würde. Lin wagte sich ins Unbekannte. Irgendeine Kraft wartete dort auf sie. Das Gute, das Böse oder etwas anderes.

Sie gab das Passwort ein, und das Büro um sie herum löste sich auf.

Sie stand in einem Hörsaal der Universität Oxford. Das erschien ihr logisch. Die Studenten packten ihre Bücher ein und verließen den Raum.

Die Symbolik war klar: Sie war die Studentin hier. Diese Rendition-Variante war ein Ort zum Lernen. Die Brotkrumen waren nicht zu übersehen.

Sie schlenderte die Catte Street entlang, an der Radcliffe Camera vorbei zum Great Gate. Nachdem sie am Ticketschalter ihren Fakultätsausweis gezeigt hatte, überquerte sie das Geviert und ging durch das Proscholium in die Divinity School. Der Raum war leer. Das hatte sie nicht erwartet. Vielleicht hatte sie sich getäuscht – in diesem Punkt und so vielen anderen.

Als sie in den ersten Stock hinaufstieg, kreisten ihre Gedanken. Was, wenn der Kaninchenbau nichts anderes war als die künstlichen Hasen, hinter denen die Windhunde auf der Rennbahn herjagten? Was, wenn das Universum nur geschaffen wurde, damit sich Tiere wie die Menschen darin austoben konnten – und wenn sie den Hasen jemals fingen und in den Bau hinabstiegen, wäre alles zerstört? War es das, was sie erwartete?

Die Bibliothek hatte sich seit ihrem letzten Besuch nicht verändert: dunkle Holzregale, Bücher an allen Wänden, ein hohes Fenster, durch welches das trübe Licht von Oxford fiel. Sie hörte Hufgetrappel, als würden Clydesdales die Straße entlangtraben.

Sie blieb vor einem Regal stehen, wo ein schlanker kahlköpfiger Mann mit Nickelbrille Bücher von einem Wagen nahm und einräumte.

Er richtete sich steif auf, als er sie sah. »Kann ich Ihnen helfen?«

»Ich weiß nicht genau.«

Er lächelte aufrichtig. »Wonach suchen Sie denn?«

Lin ließ es darauf ankommen. »Nach dem, was dahinter liegt.«

Sein Lächeln verblasste. Falten erschienen auf seiner Stirn. »Was meinen Sie damit?«

»Mein Volk und ich suchen nach dem, was im Zyklus als Nächstes kommt. Können Sie uns helfen? Sind Sie schon vorangekommen?«

Sanft legte er ein Buch zurück auf den Wagen. »Natürlich.« Als er wieder lächelte, erinnerte er Lin an ihren Onkel, der selbst in der qualvollen Zeit der Besetzung Hongkongs freundlich und reizend geblieben war. »Wir haben euch beobachtet«, sagte er.

»Wie lang?«

Er schüttelte den Kopf. »Zeit hat hier keine Bedeutung.«

»Nein, das dachte ich mir schon.«

Lin hatte so viele Fragen. Sie begann mit einer, die sie seit den Ereignissen in der Antarktis beschäftigte.

»Ich möchte Sie gern etwas fragen.«

Er nickte ihr aufmunternd zu.

»Wir hatten Angst, dass jemand anderes die Kontrolle über unser Spiegel-Projekt erlangt.«

»Der Mann namens Yuri.«

»Ja. Haben Sie ... ihn aufgehalten? Das Geschehen beeinflusst?«

Der Mann lächelte wohlwollend und schüttelte den Kopf. »Das steht uns nicht zu. Wir wissen, dass Sie deshalb den Kaninchenbau geschaffen haben – um Hilfe zu suchen. Aber wir sind nur Beobachter. Und Berater. Wir sind hier, um Ihnen zu helfen, den Weg zu gehen, den wir gegangen sind, wie uns andere zuvor geholfen haben. Der Erfolg gehört Ihnen allein. So wie es sein muss.«

»Unser Aufstieg ist unvollständig. Mein Volk ist nicht komplett hier. Nur ein Bruchteil. Und es gibt ein paar, die sich hin und her bewegen können.«

»Das ist völlig normal.«

»Was sollen wir tun?«

»Genau das, was ihr tut. Schritt für Schritt vorgehen. Wenn ihr erst hier seid, wird die Antwort offensichtlich.«

Lin dachte einen Moment darüber nach.

Er hob einen Finger. »Darf ich einen Vorschlag machen?«

»Natürlich.«

»Wir haben festgestellt, dass es verwirrend sein kann für diejenigen, die sich zwischen den Spiegel-Projekten hin und her bewegen. Die Grenzen verschwimmen.«

Lin hatte nie darüber nachgedacht, aber es klang einleuchtend. »Lösung?«

»Eine kleine Änderung.«

»Und zwar?«

»Ein Ortsname ist normalerweise am besten.«

Lin überlegte. »Zum Beispiel?«

»Der höchste Gipfel Ihrer Welt.«

»Ja, das würde funktionieren. In diesem Spiegel-Projekt hat er also einen anderen Namen als außerhalb?«

»Richtig. Auf diese Weise können Sie überall in Ihrer Welt jemanden nach dem höchsten Gipfel fragen und wissen sofort, wo Sie sind.« Er sah nachdenklich zur Decke auf. »In eurem ursprünglichen Spiegel-Projekt wurde der höchste Gipfel nach dem benannt, der ihn zuerst bestiegen hat. Sie sollten einen abwegigeren Namen wählen – etwas, das man nicht verwechseln kann. Zum Beispiel den eines Bürokraten aus der Ära, kurz bevor der Berg benannt wurde.« Er hielt inne. »Ja. Sie könnten ihn, sagen wir mal, nach dem damaligen Surveyor General of India benennen. Das hätte eine gewisse Logik.«

Er wartete.

»Da bin ich überfragt.«

»In *diesem* Spiegel-Projekt werden wir ihn Mount Everest nennen.«

Danksagung

Ein Buch zu schreiben fühlte sich manchmal an, wie auf Deck der *Santa Maria* zu sitzen und neuen Ländern entgegenzusegeln. Man hat eine Art Landkarte – einen Entwurf. Er zeigt einem die Richtung, aber das Schwierige ist, dort auch anzukommen. Man weiß nie, wie das Wetter sein wird. Manchmal wird das Schiff von den Wellen hin und her geworfen, manchmal kommt es gut voran. So war das Leben, während ich *Genom* geschrieben habe: meistens stürmische See, aber an einigen Tagen auch Sonnenschein.

Zum ersten Mal möchte ich mich bei Menschen bedanken, die nichts mit meiner Arbeit zu tun haben. Vor einigen Monaten hat die pulmologische Station des Duke University Hospital meiner Mutter das Leben gerettet. Sie ist noch nicht über den Berg und braucht eine Lungentransplantation, aber wir haben wieder Hoffnung. Diesen Leuten und allen anderen, die am Duke Hospital arbeiten, bin ich zu Dank verpflichtet. Wie Elim Kibet in *Pandemie* sagt: Hoffnung ist ein starkes Mittel. Und manchmal wissen wir Gesundheit erst zu schätzen, wenn wir sie zu verlieren drohen.

Einige Menschen haben viel zu *Genom* beigetragen.

David Gatewood hat hervorragend lektoriert. Judy Angsten und Lisa Weinberg haben als frühe Leser wunderbare Vorschläge gemacht und Tippfehler gefunden, die mir auch nach hundertmaligem Lesen nicht aufgefallen wären.

Aber vor allem möchte ich mich bei Ihnen fürs Lesen bedanken. Egal, welches Wetter auf See herrscht, ich plane weiterzuschreiben. Es macht mir einfach keinen Spaß mehr, an Land zu bleiben.

Anmerkungen des Autors

Danke fürs Lesen.

Ich hatte *die Extinction-Serie* als Trilogie geplant. Aber während ich *Genom* schrieb, bekam ich das Gefühl, ich könnte die Geschichte in zwei Büchern zu einem viel besseren Ende führen. Ich hatte Audible und meinen ausländischen Verlagen eine Trilogie versprochen, aber die Entscheidung war einfach: Als Schriftsteller versuche ich, das zu tun, was mir als Leser gefallen würde. Ich bin verpflichtet, jedes Buch, das ich veröffentliche, so gut wie möglich zu gestalten. Das habe ich auch bei *Genom* getan. Es ist das Ende der Extinction-Serie, aber es werden viele weitere Geschichten folgen. Vielleicht in diesem Universum, vielleicht in einem anderen Spiegel-Projekt. Ich hoffe, die Reihe hat Ihnen Spaß gemacht.

Noch einmal, danke fürs Lesen und alles Gute
Gerry
A. G. Riddle

PS: Sie können mir gern eine E-Mail schicken (ag@agriddle.com), wenn Sie Anmerkungen oder Fragen haben. Manchmal brauche ich ein paar Tage, aber ich beantworte jede einzelne Mail.